Themenseite:

Ein **Vorspann** weckt dein Interesse und bringt das Thema der Seite auf den Punkt.

Quellentexte stehen immer auf der rechten Seite.

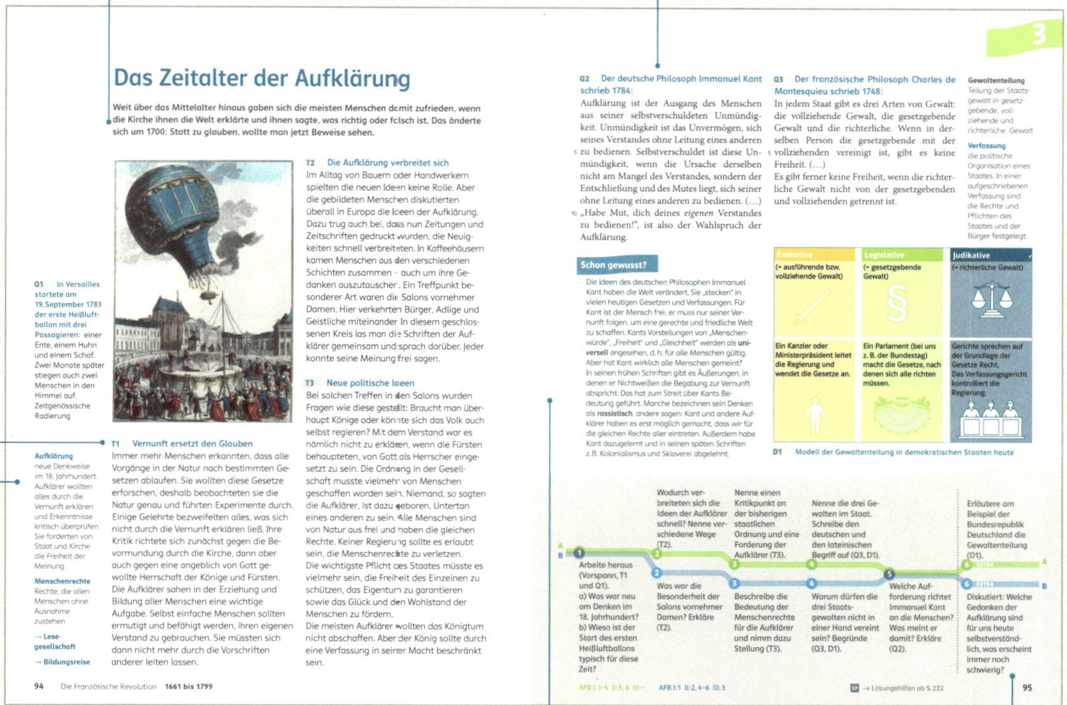

Das Zeitalter der Aufklärung

Weit über das Mittelalter hinaus gaben sich die meisten Menschen damit zufrieden, wenn die Kirche ihnen die Welt erklärte und ihnen sagte, was richtig oder falsch ist. Das änderte sich um 1700: Statt zu glauben, wollte man jetzt Beweise sehen.

Q1 In Versailles startete am 19. September 1783 der erste Heißluftballon mit drei Passagieren: einer Ente, einem Huhn und einem Schaf. Zwei Monate später stiegen auch zwei Menschen in den Himmel auf. Zeitgenössische Radierung

Aufklärung
neue Denkweise im 18. Jahrhundert. Aufklärer wollten alles durch die Vernunft erklären und Erkenntnisse kritisch überprüfen. Sie forderten von Staat und Kirche die Freiheit der Meinung.

Menschenrechte
Rechte, die allen Menschen ohne Ausnahme zustehen

→ **Lesegesellschaft**

→ **Bildungsreise**

T1 Vernunft ersetzt den Glauben

Immer mehr Menschen erkannten, dass alle Vorgänge in der Natur nach bestimmten Gesetzen ablaufen. Sie wollten diese Gesetze erforschen, deshalb beobachteten sie die Natur genau und führten Experimente durch. Einige Gelehrte bezweifelten alles, was sich nicht durch die Vernunft erklären ließ. Ihre Kritik richtete sich zunächst gegen die Bevormundung durch die Kirche, dann aber auch gegen eine angeblich von Gott gewollte Herrschaft der Könige und Fürsten. Die Aufklärer sahen in der Erziehung und Bildung aller Menschen eine wichtige Aufgabe. Selbst einfache Menschen sollten ermutigt und befähigt werden, ihren eigenen Verstand zu gebrauchen. Sie müssten sich dann nicht mehr durch die Vorschriften anderer leiten lassen.

T2 Die Aufklärung verbreitet sich

Im Alltag von Bauern oder Handwerkern spielten die neuen Ideen keine Rolle. Aber die gebildeten Menschen diskutierten überall in Europa die Ideen der Aufklärung. Dazu trug auch bei, dass nun Zeitungen und Zeitschriften gedruckt wurden, die Neuigkeiten schnell verbreiteten. In Kaffeehäusern kamen Menschen aus den verschiedenen Schichten zusammen – auch um ihre Gedanken auszutauschen. Ein Treffpunkt besonderer Art waren die Salons vornehmer Damen. Hier verkehrten Bürger, Adlige und Geistliche miteinander. In diesem geschlossenen Kreis las man die Schriften der Aufklärer gemeinsam und sprach darüber. Jeder konnte seine Meinung frei sagen.

T3 Neue politische Ideen

Bei solchen Treffen in den Salons wurden Fragen wie diese gestellt: Braucht man überhaupt Könige oder könnte sich das Volk auch selbst regieren? Mit dem Verstand war es nämlich nicht zu erklären, wenn die Fürsten behaupteten, von Gott als Herrscher eingesetzt zu sein. Die Ordnung in der Gesellschaft musste vielmehr von Menschen geschaffen worden sein. Niemand, so sagten die Aufklärer, ist dazu geboren, Untertan eines anderen zu sein. Alle Menschen sind von Natur aus frei und haben die gleichen Rechte. Keiner Regierung sollte es erlaubt sein, die Menschenrechte zu verletzen.
Die wichtigste Pflicht des Staates müsste es vielmehr sein, die Freiheit des Einzelnen zu schützen, das Eigentum zu garantieren sowie das Glück und den Wohlstand der Menschen zu fördern.
Die meisten Aufklärer wollten das Königtum nicht abschaffen. Aber der König sollte durch eine Verfassung in seiner Macht beschränkt sein.

3

Q2 Der deutsche Philosoph Immanuel Kant schrieb 1784:

Aufklärung ist der Ausgang des Menschen aus seiner selbstverschuldeten Unmündigkeit. Unmündigkeit ist das Unvermögen, sich seines Verstandes ohne Leitung eines anderen zu bedienen. Selbstverschuldet ist diese Unmündigkeit, wenn die Ursache derselben nicht am Mangel des Verstandes, sondern der Entschließung und des Mutes liegt, sich seiner ohne Leitung eines anderen zu bedienen. (…) „Habe Mut, dich deines *eigenen* Verstandes zu bedienen!", ist also der Wahlspruch der Aufklärung.

Q3 Der französische Philosoph Charles de Montesquieu schrieb 1748:

In jedem Staat gibt es drei Arten von Gewalt: die vollziehende Gewalt, die gesetzgebende Gewalt und die richterliche. Wenn in derselben Person die gesetzgebende mit der vollziehenden vereinigt ist, gibt es keine Freiheit. (…)
Es gibt ferner keine Freiheit, wenn die richterliche Gewalt nicht von der gesetzgebenden und vollziehenden getrennt ist.

Gewaltenteilung
Teilung der Staatsgewalt in gesetzgebende, vollziehende und richterliche Gewalt

Verfassung
die politische Organisation eines Staates. In einer aufgeschriebenen Verfassung sind die Rechte und Pflichten des Staates und der Bürger festgelegt.

Schon gewusst?

Die Ideen des deutschen Philosophen Immanuel Kant haben die Welt verändert. Sie „stecken" in vielen heutigen Gesetzen und Verfassungen. Für Kant ist der Mensch frei; er muss nur seiner Vernunft folgen, um eine gerechte und friedliche Welt zu schaffen. Kants Vorstellungen von „Menschenwürde", „Freiheit" und „Gleichheit" werden als **universell** angesehen, d.h. für alle Menschen gültig. Aber hat Kant wirklich alle Menschen gemeint? In seinen frühen Schriften gibt es Äußerungen, in denen er Nichtweißen die Begabung zur Vernunft abspricht. Das hat zum Streit über Kants Bedeutung geführt. Manche bezeichnen sein Denken als **rassistisch**, andere sagen: Kant und andere Aufklärer haben es erst möglich gemacht, dass wir für die gleichen Rechte aller eintreten. Außerdem habe Kant dazugelernt und in seinen späten Schriften z.B. Kolonialismus und Sklaverei abgelehnt.

Exekutive	Legislative	Judikative
(= ausführende bzw. vollziehende Gewalt)	(= gesetzgebende Gewalt)	(= richterliche Gewalt)
Ein Kanzler oder Ministerpräsident leitet die Regierung und wendet die Gesetze an.	Ein Parlament (bei uns z.B. der Bundestag) macht die Gesetze, nach denen sich alle richten müssen.	Gerichte sprechen auf der Grundlage der Gesetze Recht. Das Verfassungsgericht kontrolliert die Regierung.

D1 Modell der Gewaltenteilung in demokratischen Staaten heute

A / B

1 Arbeite heraus (Vorspann, T1 und Q1). a) Was war neu am Denken im 18. Jahrhundert? b) Wieso ist der Start des ersten Heißluftballons typisch für diese Zeit?

2 (A) Wodurch verbreiteten sich die Ideen der Aufklärer schnell? Nenne verschiedene Wege (T2).

2 (B) Was war die Besonderheit der Salons vornehmer Damen? Erkläre (T2).

3 (A) Nenne einen Kritikpunkt an der bisherigen staatlichen Ordnung und eine Forderung der Aufklärer (T3).

3 (B) Beschreibe die Bedeutung der Menschenrechte für die Aufklärer und nimm dazu Stellung (T3).

4 (A) Nenne die drei Gewalten im Staat. Schreibe den deutschen und den lateinischen Begriff auf (Q3, D1).

4 (B) Warum dürfen die drei Staatsgewalten nicht in einer Hand vereint sein? Begründe (Q3, D1).

5 Welche Aufforderung richtet Immanuel Kant an die Menschen? Was meint er damit? Erkläre (Q2).

6 EXTRA (A) Erläutere am Beispiel der Bundesrepublik Deutschland die Gewaltenteilung (D1).

6 EXTRA (B) Diskutiert: Welche Gedanken der Aufklärung sind für uns heute selbstverständlich, was erscheint immer noch schwierig?

AFB I: 1–4 II: 5, 6 III: – AFB I: 1 II: 2, 4–6 III: 3

SP → Lösungshilfen ab S. 222

Die **Verfassertexte** stehen immer auf der linken Seite.

Ein **Lexikon** klärt Begriffe, die im Text vorkommen. Begriffe aus dem Bildungsplan sind **blau** hervorgehoben. Sie werden auf der Seite erklärt oder → im Glossar (S. 246–253).

Schon gewusst-Kästen greifen Kurioses auf, bieten Informationen zu einer Person oder stellen Gegenwartsbezüge her.

Die Materialien der Seite werden mit den **Aufgaben** bearbeitet. Es gibt einen einfacheren und einen schwierigeren Lernweg (Aufgabenkonzept siehe die folgende Doppelseite).

Folgende Abkürzungen und Symbole solltest du dir merken:

Q steht für Quellen: Texte und Gegenstände, die aus vergangenen Zeiten übrig geblieben sind.

D bezeichnet Darstellungen von Geschichte: Berichte heutiger Forscher/Forscherinnen, Schaubilder oder Karten.

T steht für Verfassertext. Er wurde von einem Autor/einer Autorin dieses Schulbuches geschrieben und ist in Abschnitte gegliedert (T1, T2, …).

Bei diesem Text handelt es sich um eine Geschichtserzählung, die sich der Autor/die Autorin ausgedacht hat. Die Geschichte könnte aber so ähnlich passiert sein.

MB steht für Medienbildung. In Aufgaben oder auf Doppelseiten mit diesem Symbol übst du den Umgang mit verschiedenen Medien.

SP steht für Sprachbildung. Das Symbol steht bei den Lösungshilfen und den Hinweisen für das Lösen der Aufgaben. Hier findest du sprachliche Tipps, wie du über Geschichte sprechen und deine Antworten formulieren kannst.

Die Medien (Audios A, Videos V, interaktive Anwendungen I und Dokumente D) zum Schulbuch sind online und offline verfügbar.

1. QR-Code scannen oder Link in einen Browser eingeben
2. Mit den persönlichen Klett-Zugangsdaten anmelden
3. Digitale Medien online nutzen oder in die **Klett Lernen App** herunterladen

Link
qr.klett.de/LC-LSg-WZL

DEIN Weg durch „Zeitreise“

Wegweiser-Seite:

Im Wegweiser dieser Seite werden die wichtigsten Stationen vorgestellt, die dich im Kapitel erwarten. Du kannst die Wegweiser-Seite einfach zur ersten **Orientierung** nutzen.

Oder du wählst einen der beiden Wege, um selbstständig auf Zeitreise zu gehen und die abgedruckten Fragen zu beantworten. Dazu wirst du einige Unterrichtsstunden benötigen. Weg A (grün) ist meist einfacher als Weg B (blau).

Material zur Beantwortung der Fragen findest du auf den Themenseiten, in der Bücherei oder im Internet.

Die **Aufgabenwege** umschließen den Wegweiser. Weg A (grün) ist meist einfacher als Weg B.

Die **Stationen** sind in Bildern auf dem Wegweiser dargestellt.

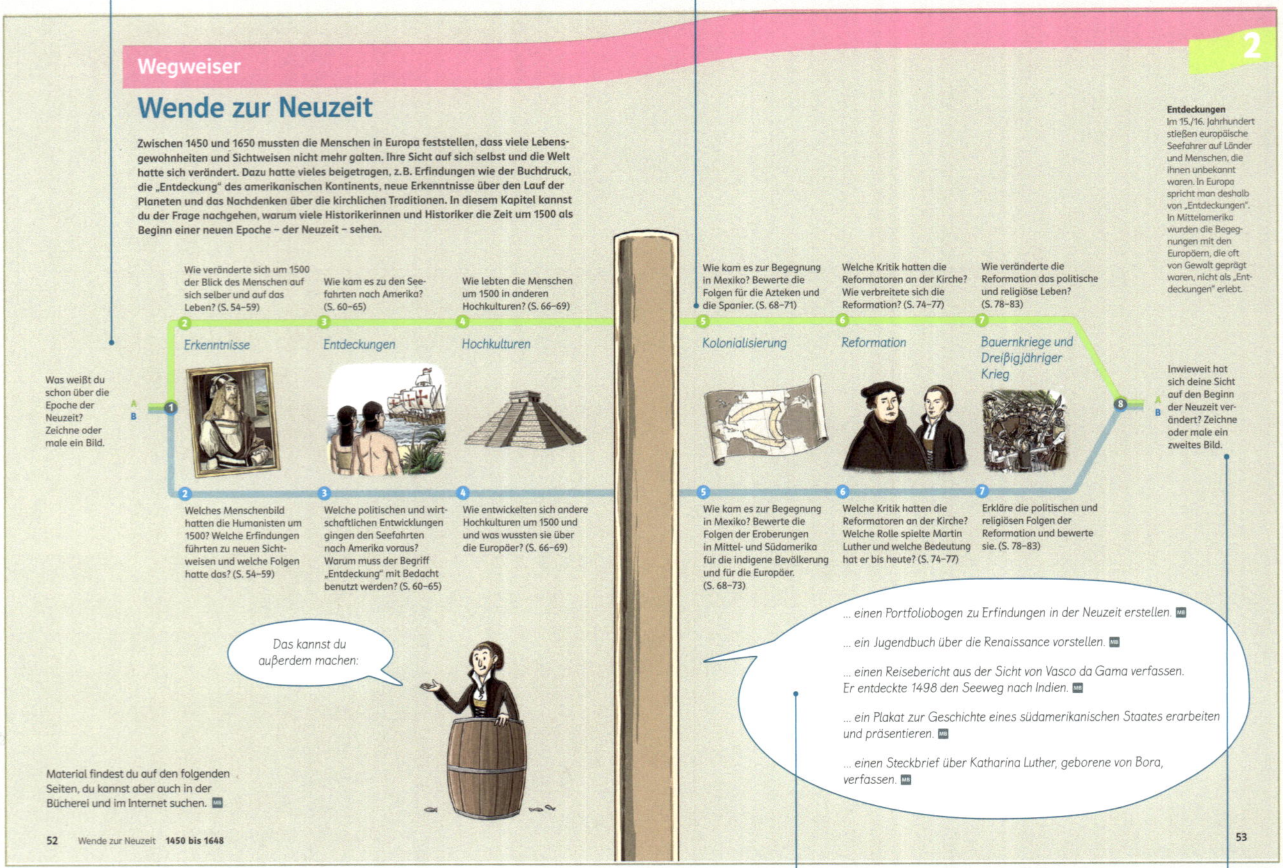

Wegweiser

2

Wende zur Neuzeit

Zwischen 1450 und 1650 mussten die Menschen in Europa feststellen, dass viele Lebensgewohnheiten und Sichtweisen nicht mehr galten. Ihre Sicht auf sich selbst und die Welt hatte sich verändert. Dazu hatte vieles beigetragen, z. B. Erfindungen wie der Buchdruck, die „Entdeckung“ des amerikanischen Kontinents, neue Erkenntnisse über den Lauf der Planeten und das Nachdenken über die kirchlichen Traditionen. In diesem Kapitel kannst du der Frage nachgehen, warum viele Historikerinnen und Historiker die Zeit um 1500 als Beginn einer neuen Epoche – der Neuzeit – sehen.

Entdeckungen
Im 15./16. Jahrhundert stießen europäische Seefahrer auf Länder und Menschen, die ihnen unbekannt waren. In Europa spricht man deshalb von „Entdeckungen“. In Mittelamerika wurden die Begegnungen mit den Europäern, die oft von Gewalt geprägt waren, nicht als „Entdeckungen“ erlebt.

1 Was weißt du schon über die Epoche der Neuzeit? Zeichne oder male ein Bild.

A
B

Weg A:

2 Erkenntnisse – Wie veränderte sich um 1500 der Blick des Menschen auf sich selber und auf das Leben? (S. 54–59)

3 Entdeckungen – Wie kam es zu den Seefahrten nach Amerika? (S. 60–65)

4 Hochkulturen – Wie lebten die Menschen um 1500 in anderen Hochkulturen? (S. 66–69)

5 Kolonialisierung – Wie kam es zur Begegnung in Mexiko? Bewerte die Folgen für die Azteken und die Spanier. (S. 68–71)

6 Reformation – Welche Kritik hatten die Reformatoren an der Kirche? Wie verbreitete sich die Reformation? (S. 74–77)

7 Bauernkriege und Dreißigjähriger Krieg – Wie veränderte die Reformation das politische und religiöse Leben? (S. 78–83)

Weg B:

2 Welches Menschenbild hatten die Humanisten um 1500? Welche Erfindungen führten zu neuen Sichtweisen und welche Folgen hatte das? (S. 54–59)

3 Welche politischen und wirtschaftlichen Entwicklungen gingen den Seefahrten nach Amerika voraus? Warum muss der Begriff „Entdeckung“ mit Bedacht benutzt werden? (S. 60–65)

4 Wie entwickelten sich andere Hochkulturen um 1500 und was wussten sie über die Europäer? (S. 66–69)

5 Wie kam es zur Begegnung in Mexiko? Bewerte die Folgen der Eroberungen in Mittel- und Südamerika für die indigene Bevölkerung und für die Europäer. (S. 68–73)

6 Welche Kritik hatten die Reformatoren an der Kirche? Welche Rolle spielte Martin Luther und welche Bedeutung hat er bis heute? (S. 74–77)

7 Erkläre die politischen und religiösen Folgen der Reformation und bewerte sie. (S. 78–83)

8 Inwieweit hat sich deine Sicht auf den Beginn der Neuzeit verändert? Zeichne oder male ein zweites Bild.

A
B

Das kannst du außerdem machen:

... einen Portfoliobogen zu Erfindungen in der Neuzeit erstellen. MB

... ein Jugendbuch über die Renaissance vorstellen. MB

... einen Reisebericht aus der Sicht von Vasco da Gama verfassen. Er entdeckte 1498 den Seeweg nach Indien. MB

... ein Plakat zur Geschichte eines südamerikanischen Staates erarbeiten und präsentieren. MB

... einen Steckbrief über Katharina Luther, geborene von Bora, verfassen. MB

Material findest du auf den folgenden Seiten, du kannst aber auch in der Bücherei und im Internet suchen. MB

52 Wende zur Neuzeit **1450 bis 1648**

53

Mit den Tipps zum **offenen Lernen** kannst du deinen Vorlieben folgen.

Am Ende präsentierst du deine **Ergebnisse** mit einem kleinen Produkt.

Aufgaben:

Zeitreise bietet dir nicht nur zwei Wege durch das gesamte Kapitel an, sondern im **Aufgabenblock** auch zwei Lösungswege für jede einzelne Seite.

Du **startest** gemeinsam mit deinen MItschülern und Mitschülerinnen, wählst dann Weg A (einfacher) oder Weg B (schwieriger).

Unterwegs kannst du von Weg A auf Weg B umsteigen.

Jeder Aufgabenblock endet mit einer gemeinsamen Schlussaufgabe.

Wer schneller ist oder besonders interessiert am Thema, kann zusätzlich die **EXTRA-Aufgaben** lösen.

Diese Aufgaben gehören zum Anforderungsbereich (AFB) I, II oder III (siehe dazu S. 266/267).

Zu jeder Aufgabe gibt es 💡 **Lösungshilfen** im Anhang des Buches (ab S. 222).

zeitreise 2

Autorinnen und Autoren
Sven Christoffer
Christine Dzubiel (Sprachförderung)
Stephanie Harkcom
Klaus Leinen
Jörg Peter Müller
Ina Setzer-Lenz
Dr. Andreas Sommer
Dirk Zorbach (Aufgaben)
Gerd Wiesmann

Beraterinnen und Berater
Dr. Martin Liepach
Dr. Patrick Mielke
Dr. Monika Tworuschka
Prof. Dr. Udo Tworuschka

Didaktischer Berater (Grundkonzeption)
Prof. Dr. Peter Gautschi

Ernst Klett Verlag
Stuttgart · Leipzig · Dortmund

Bildinformationen zu den Auftaktseiten

S. 10 f.: **Verkaufsstand im Stil des Mittelalters vor dem Restaurant „Olde Hansa“ in Tallin (Estland).** Das Restaurant befindet sich in einem ehemaligen Hanse-Packhaus und lockt Touristen mit Speisen und Musik wie im 15. Jahrhundert • S. 50 f.: **Flucht von Katharina von Bora aus dem Kloster.** Aufnahme vom Festspiel-Filmset für „Luther – Der Anschlag“, 67. Bad Hersfelder Festspiele, 2017 • S. 86 f.: **Madame de Polignac am Hof von Versailles.** Szene aus dem Kinofilm „Leb wohl, meine Königin!“, Kinostart in Deutschland: 2012 • S. 114 f.: **Fußballfans bei der Fußball-Europameisterschaft.** Foto auf einer Hamburger Fanmeile während des Spiels Deutschland: Kroatien, 2008 • S. 140 f.: **Szene aus dem Film „Moderne Zeiten“ (1936).** Der Film läuft auf einem Tablet. Foto, 2017 • S. 178 f.: **Straßenschilder mit der Zusatztafel „Kolonialgeschichte offenlegen“ in Waltrudering (München).** Auf der Tafel wird über die Unterdrückung des Widerstands der Herero in der ehemaligen Kolonie „Deutsch-Südwestafrika“ (heute Namibia) informiert. Foto, 2012 • S. 198 f.: **Lazarett im Ersten Weltkrieg.** Szene aus dem Film „Im Westen nichts Neues“. USA 1979

1. Auflage 1 5 4 3 2 1 | 28 27 26 25 24

Alle Drucke dieser Auflage sind unverändert und können im Unterricht nebeneinander verwendet werden.
Die letzte Zahl bezeichnet das Jahr des Druckes.

Autorinnen und Autoren: Sven Christoffer, Christine Dzubiel (Sprachförderung), Stephanie Harkcom, Klaus Leinen, Jörg Peter Müller, Ina Setzer-Lenz, Dr. Andreas Sommer, Dirk Zorbach (Aufgaben), Gerd Wiesmann
mit Beiträgen von: Wilfried Dähling, Prof. Dr. Michael Epkenhans, Helmut Heimbach, Maria Heiter, Arno Höfer, Gabriele Kayser, Dr. Peter Offergeld, Dr. Holger Schmenk, Dr. Hans Steidle, Dr. Hartmut Zückert

Beraterinnen und Berater: Dr. Martin Liepach, Dr. Patrick Mielke, Dr. Monika Tworuschka, Prof. Dr. Udo Tworuschka
Didaktischer Berater: Prof. Dr. Peter Gautschi

Entstanden in Zusammenarbeit mit dem Projektteam des Verlages.

Umschlag und Gesamtgestaltung: normaldesign, Jens-Peter Becker, Schwäbisch Gmünd
Satz und Layout: Anne Lehmann, Leipzig
Reproduktion: Meyle & Müller, Medien-Management, Pforzheim
Druck: PASSAVIA Druckservice GmbH & Co. KG, Passau

Printed in Germany
978-3-12-452056-2

9 783124 520562

Inhalt

um 1100 bis um 1500

1

1450 bis 1648

2

1661 bis 1799

3

1800 bis 1914

4

1750 bis heute

5

um 1880 bis 1914

6

um 1900 bis 1918

7

1

um 1100 bis um 1500

Leben im Mittelalter

10.–14. Jahrhundert
In Europa werden viele Burgen gebaut.

1000–1300
Das Leben auf dem Land ändert sich, z. B. durch neue Erfindungen.

1100–1400
„Städteboom": In Mitteleuropa werden viele neue Städte gegründet.

12. Jahrhundert
Viele Handwerker organisieren sich in Zünften.

14. Jahrhundert
In den Städten bilden die Kaufmannsfamilien eine neue Oberschicht: die Patrizier.

?

Welche Waren würdest du auf diesem Markt erwarten? Wo kommen sie her?

Überlege dir drei Regeln für den Verkauf auf einem Markt.

Wo würdest du diesen Markt vermuten? Warum dort?

In vielen Städten gibt es Wochenmärkte. Was wird dort meist verkauft? Gehen du oder deine Eltern auf solche Märkte? Warum?

Worin unterscheidet sich dieser Markt vom Online-Shopping? Welche Vorteile und Nachteile siehst du?

Leben im Mittelalter

Die meisten Menschen im Mittelalter lebten als Bauern auf dem Land. Doch ab dem 12. Jahrhundert entstanden immer mehr Städte; hier arbeiteten Handwerker und Kaufleute. In diesem Kapitel wirst du das Leben in mittelalterlichen Städten kennen lernen. Du wirst sehen, dass das Mittelalter keineswegs so „finster“ war, wie viele Menschen meinen.

A
B

1 Schreibe fünf Begriffe auf, die dir zur Stadt im Mittelalter einfallen.

2 *Gesellschaft*

A: Wie war die mittelalterliche Gesellschaft aufgebaut? (S. 16/17)

B: Welche Bedeutung hatten die Ständeordnung und die Grundherrschaft für das Leben im Mittelalter? (S. 16–19)

3 *Dorf*

A: Wie sah das mittelalterliche Dorfleben auf dem Land aus? (S. 20/21)

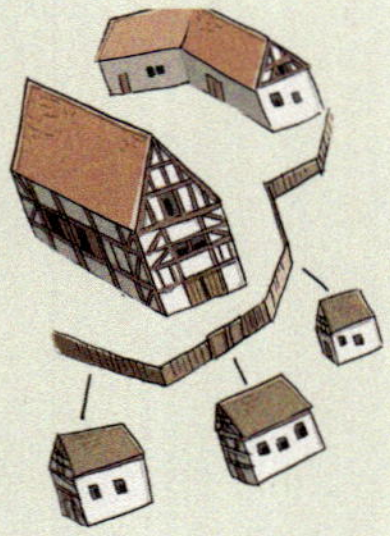

B: Wie sah das mittelalterliche Dorfleben auf dem Land aus und wie änderte es sich? (S. 20/21)

4 *Kloster*

A: Wie lebten Mönche und Nonnen? (S. 24/25)

B: Welche Bedeutung hatten Klöster im Mittelalter? (S. 24/25)

Material findest du auf den folgenden Seiten, du kannst aber auch in der Bücherei und im Internet suchen. MB

V01 Erklärvideo Mittelalter

5 Wie und warum wurden Burgen gebaut und wer bewohnte sie? (S. 26/27)

6 Wie entstanden Städte, wer lebte in ihnen und wie wurden sie regiert? (S. 28/29 und 38–41)

7 Welche Orte verband die Seidenstraße und was wurde auf ihr transportiert? (S. 34/35)

Burg

Stadt

Fernhandel

8 A B

Schau dir noch einmal die fünf Begriffe an, die du am Anfang des Kapitels aufgeschrieben hast. Schreibe auf, was du im Kapitel zur Stadt im Mittelalter zu diesen Begriffen Neues erfahren hast.

5 Ritter, Burgen, Edelfrauen: Wer diese Begriffe hört, hat sofort feste Bilder im Kopf. Wie aber war das Leben auf der Burg wirklich? (S. 26/27)

6 Wie war die mittelalterliche Stadt aufgebaut? Wer war arm, wer reich? Wer war mächtig, wer nicht? Wer war angesehen, wer stand am Rand der Gesellschaft? (S. 28/29 und 38–41)

7 Wen verband die Seidenstraße und was wurde auf ihr transportiert? Was tauschten die Menschen außer Waren aus? (S. 34/35)

... ein Zunftzeichen zeichnen oder am Computer gestalten MB
a) zu einem mittelalterlichen Handwerk (z. B. Gerber, Barbier, Kürschner, Böttcher, Münzmeister, Sattler, Büchsenmacher, ...)
b) oder zu einem modernen Handwerk

... ein Werbeplakat zu einer Sehenswürdigkeit aus dem Mittelalter in eurem Schul- oder Heimatort gestalten, MB

... recherchieren, was man unter einem „Lehen" im Mittelalter verstand.

→ **Lehen/Lehnswesen**

→ **Treueid**

Kindheit im Mittelalter

Die Kindheit war im Mittelalter kürzer als heute. Kinder galten schon mit sieben Jahren als erwachsen. Mädchen wurden in der Regel mit 13 Jahren verheiratet.

Q1 Mann mit Puppen. Das Bild zeigt möglicherweise einen Puppenmacher. Holzschnitt, 1497

Magistrat
Verwaltung einer Gemeinde

T1 Kinder auf dem Land

Die meisten Kinder lebten im Mittelalter auf dem Land. Es war selbstverständlich, dass sie bei der Feldarbeit halfen, Tiere hüteten oder im Garten mitarbeiteten. Die Bauernkinder lernten nie Lesen, Schreiben oder Rechnen. Sie schauten sich die landwirtschaftlichen Fertigkeiten von ihren Eltern ab.

T2 Kinder im Kloster

Die ersten Schulen gab es um 800 in Klöstern, Dom- und Stiftskirchen. Dort wurde der kirchliche Nachwuchs unterrichtet. Die Klosterschüler lernten Schreiben und das Gestalten von Büchern, die damals noch mit der Hand geschrieben wurden. Der Unterricht fand auf Latein statt. Die Schüler mussten überwiegend auswendig lernen.

T3 Kinder auf der Burg und am Hof

Bei den Kindern der Adligen und Patrizier übernahm eine Zofe die Betreuung des Kleinkindes. Mit sieben Jahren kamen die Jungen in die Ausbildung. Die Mädchen wurden streng überwacht: Sie blieben zuhause, beteten, spannen, nähten, stickten, webten, lernten Lesen und Schreiben.

Den adligen Kindern wurden ritterliche Tugenden an fremden Höfen beigebracht. Adlige schickten ihre Söhne auf die Burg eines anderen Ritters, wo sie als Knappen dienen mussten. Mädchen auf der Burg arbeiteten als Zofen, fertigten Handarbeiten an und kümmerten sich um den Haushalt. Manche Kinder aus der Oberschicht besaßen Turnierfiguren, mit denen sie Ritterturniere nachspielten. Es soll sogar Figuren von Turnierreitern gegeben haben, die beim Zusammenstoß mit dem Gegner aus dem Sattel fielen. Jungen kämpften mit Holzschwertern, während Mädchen mit Puppen oder Spielzeuggeschirr aus Ton spielten. Spielzeug galt als etwas Besonderes, das sich längst nicht jeder leisten konnte.

T4 Kindheit in der Stadt

Söhne von Handwerkern und kleinen Gewerbetreibenden wurden bei befreundeten Handwerkern in die Lehre geschickt. Die Kinder lebten im Haushalt des Lehrmeisters und mussten 13 bis 14 Stunden am Tag arbeiten. Das Leben der Kinder war ständig gefährdet: Sie konnten in siedende Lauge fallen, sich am Arbeitsgerät verletzen, von der Sägemühle erfasst oder von Pferden getreten werden. Arme Kinder mussten schon früh als Bettler um Brot flehen.
Im Spätmittelalter wurde Bildung wichtiger. Wer Handel trieb oder ein Geschäft oder eine Werkstatt führte, musste schreiben und rechnen können. Deshalb gründeten im 13. Jahrhundert viele Stadträte erste städtische Schulen. Sie stellten erstmals weltliche Lehrer ein. Zugang zu den städtischen Schulen hatten die Söhne der reichen Kaufleute und Handwerker. Die Kinder der ärmeren Stadtbewohner konnten private Winkel- und Klippschulen besuchen, wo freie Schreib- und Rechenmeister gegen Geld ihre Lehrdienste anboten.

D1 **„Ich bin so erschöpft."** Kindheit im Mittelalter und heute. Comiczeichnung

1 (A/B) Wie wird in D1 Kindheit im Mittelalter und heute dargestellt? Erkläre. Achte dabei auch auf die Bildunterschrift.

2 (A) Vergleiche die Darstellung der heutigen Kindheit in D1 mit deiner eigenen. Was ist bei dir genauso, was ist anders?

2 (B) Stimmst du zu, wie der Zeichner die Kindheit heute dargestellt hat? Nimm Stellung (D1).

3 (A/B) Arbeitet in Gruppen zu viert heraus, wie Kinder im Mittelalter lebten (T1–4). Erstellt dazu ein Plakat.

4 (A) „Wow, im Mittelalter war man mit sieben Jahren schon erwachsen!" Nimm Stellung zu dem Satz.

4 (B) „Wie Kinder im Mittelalter lebten, hing davon ab, wo sie aufwuchsen." Prüfe die Aussage (T1–4).

5 (A/B) Hättet ihr lieber als Kinder im Mittelalter gelebt? Diskutiert in der Klasse.

6 EXTRA MB (A/B) Auch heute wachsen Kinder unterschiedlich auf. Recherchiere ein Beispiel aus einem anderen Teil der Welt, das dich besonders interessiert (Internet).

SP → Lösungshilfen ab S. 222

Eine gottgewollte Ordnung?

Du willst etwas anderes werden als deine Eltern? Daran wird dich heute niemand hindern. Im Mittelalter hätten die Menschen das anders gesehen.

Stand/Stände
Gesellschaftliche Gruppen mit gemeinsamen Kennzeichen, z.B. Herkunft, Beruf, Bildung. Stände unterschieden sich nach ihren Aufgaben, ihrem Ansehen und ihren Rechten.

→ Königtum

T1 „Anständiges“ Leben

Die mittelalterliche Gesellschaft war eine Ständegesellschaft. Menschen mit gleicher Herkunft und Bildung gehörten zu einem Stand. Schon die Geburt entschied über die Zukunft der meisten Menschen. Der Sohn eines unfreien Bauern wurde – fast immer – ein unfreier Bauer. Das wurde auch von der Gesellschaft erwartet. Die Tochter eines Adligen blieb adlig oder konnte in ein Kloster eintreten und gehörte dann als Nonne zum Stand der Geistlichen.

T2 Die Ständeordnung

Vom 11. Jahrhundert an sprach die Kirche davon, dass Gott die Gesellschaft in drei Stände aufgeteilt habe. Ganz oben stand der weltliche Herrscher, der König. Er entschied über Krieg und Frieden, erließ Gesetze und war der höchste Richter im Land. Den Ersten Stand bildete der Klerus – also Bischöfe, Äbtissinnen und Äbte. Geistliche waren auch weltliche Herren über die Menschen, die auf ihrem Land wohnten.

Die Adligen bildeten den Zweiten Stand. Dazu gehörten die Gefolgsleute des Königs, mächtige Herzöge und Grafen. Sie besaßen ebenfalls viel Land und ihr Ansehen war groß. Auch die nicht so reichen Ritter gehörten diesem Stand an.
Die meisten Menschen waren Bauern. Sie gehörten dem Dritten Stand an und standen unten in der Gesellschaft. Sie besaßen die wenigsten Rechte.

T3 Gottgewollte Ordnung?

Die Ständeordnung wurde von vielen Menschen lange Zeit als gottgewollt gesehen. Ab dem 13. Jahrhundert kamen kritische Stimmen auf: Manche hielten die Bauern für wichtiger als die Geistlichen, weil alle Menschen von ihrer harten Arbeit lebten. Auch in der Kirche selber entstand eine neue Bewegung, die Bettelorden. Die Angehörigen der Bettelorden beriefen sich auf die Gleichheit der Menschen vor Gott und führten ein Leben in Armut und Demut. Zwei von ihnen waren Franz und Klara von Assisi.

D1 Vertreter der drei Stände

Schon gewusst?

Franz von Assisi wuchs in einer reichen Kaufmannsfamilie in Assisi Ende des 12. Jahrhunderts auf und nahm als junger Mann an verschiedenen Kriegen teil. Als er Anfang 20 war, hatte Franz ein religiöses Erlebnis: Gottes Stimme befahl ihm ein anderes Leben. Er solle die Kirche erneuern. Daraufhin legte Franz sein bisheriges Leben ab und lebte nun in großer Armut und kümmerte sich um die Tiere und die Kranken. Bald folgten andere Menschen seinem Vorbild, zum Beispiel die Adlige Klara. Daraus entstanden große **Bettelorden**, die Franziskaner und die Klarissen.

Q1 Die drei Stände. Christus als Herrscher über die Welt befiehlt: „Du, bete demütig“ (links), „Du, beschütze“ (rechts) und „Du, arbeite“ (Mitte). Holzschnitt von 1492, ursprünglich nicht farbig

Klerus
Er bildete den Ersten Stand der Ständegesellschaft. Zu ihm gehörten Geistliche wie Bischöfe, Priester, Äbte, Mönche und Nonnen.

Adel
führender Stand in der mittelalterlichen Gesellschaft, der seine Macht auf seine vornehme Abstammung, Grundbesitz, Herrschaftsrechte und besondere Privilegien stützte

Bauern
Über 90 Prozent der Menschen im Mittelalter lebten und arbeiteten als Bauern von Ackerbau und Viehzucht auf dem Land. Es gab freie und unfreie Bauern. Die Bauern gehörten zum Dritten Stand.

A / B

1 Inwiefern entschied im Mittelalter die Geburt über den Stand? Erkläre deinem Nachbarn (T1).

A 2 Nenne die drei Stände (T2) und ordne ihnen die Personen in D1 zu.

B 2 Erstelle eine Tabelle mit drei Spalten: Stand, Wer gehörte dazu? Aufgaben/Eigenschaften (T2, Q1, D1).

A 3 Wie begründet der Zeichner die Verteilung der Stände? Stelle dar (Q1).

B 3 a) Bearbeite Aufgabe A3.
b) Wie passt die Ständeeinteilung zur Rolle der Kirche im Mittelalter? Erkläre (S. 22/23).

A 4 Welche neuen Gedanken kamen im 13. Jahrhundert auf? Fasse zusammen (T3).

B 4 Befragt Franz von Assisi. Wie denkt er über die Stände und die Einteilung der Menschen? Schreibt das Gespräch auf (T3, Schon gewusst?).

5 Wenn du auf Zeitreise 700 Jahre zurückreisen könntest: Wen würdest du am liebsten treffen? Welche Fragen möchtest du stellen?

A 6 EXTRA Wie steht es heute mit der Zugehörigkeit durch Geburt? Frage deine Eltern, ob sie anders leben als deine Großeltern.

B 6 EXTRA MB Auch heute leben Menschen bewusst einfach, z. B. in einem Orden. Recherchiert Beispiele.

Leben in der Grundherrschaft

Heute arbeiten von 100 Menschen in Deutschland höchstens noch drei in der Landwirtschaft. Im Mittelalter waren es 90. Aber nicht nur das war anders. Für die meisten Menschen war mit der Arbeit auch Unfreiheit verbunden.

Frondienste
von „fro" = Herr. Arbeiten, die die abhängigen Bauern für den Grundherrn leisten mussten (z. B. Einholen der Ernte, Hüten des Viehs oder Reparaturen)

Abgaben
Zu festgelegten Terminen mussten die abhängigen Bauern dem Grundherrn Tiere, Getreide oder Erzeugnisse wie Käse, Wein oder Öl abliefern.

→ **Grundherrschaft**

→ **Agrargesellschaft**

T1 Was ist eine Grundherrschaft?

Grund und Boden gehörten zum größten Teil den weltlichen und geistlichen Herren, den Grundherren. Die Arbeit darauf verrichteten Bauern. Diese Bauern waren von ihrem Grundherrn abhängig. Die Grundherren besaßen also nicht nur das Land, sondern herrschten auch über die Bauern. Diese Form der Landwirtschaft nennt man Grundherrschaft.

T2 Wie war die Grundherrschaft aufgebaut?

Seit dem 8. Jahrhundert sah die Grundherrschaft so aus: Der Grundherr besaß einen oder mehrere Fronhöfe. Auf dem größten lebte er selbst (Herrenhof), auf den anderen setzte er Meier (Verwalter) ein. In der Nähe wohnten in kleinen Häusern die abhängigen Bauern. Sie bearbeiteten die Felder des Grundherrn und leisteten Abgaben. Die Meier überwachten vor Ort die Frondienste der Bauern und ihre Abgaben.

T3 Wieso wurden die Bauern abhängig?

Viele Bauern mussten in den Krieg ziehen und konnten in dieser Zeit ihre Felder nicht bewirtschaften. Die Ernte reichte dann zum Überleben nicht aus. Auch Missernten konnten einen Bauern in Schwierigkeiten bringen. Dann musste er einen großen Landbesitzer um Hilfe bitten. Der half gern – aber z. B. nur unter der Bedingung, dass der Bauer ihm seinen Hof überließ. So wurden viele Bauern von einem Grundherrn abhängig.
Manche Bauern begaben sich auch freiwillig in die Abhängigkeit eines Grundherrn. Sie wurden zwar unfrei, aber brauchten keinen Kriegsdienst mehr zu leisten. Für ihren Schutz sorgte von nun an der Grundherr.
Alle unfreien Bauern waren aber vom Willen ihres Grundherrn abhängig, wenn sie beispielsweise heiraten wollten.
Welche Pflichten die unfreien Bauern genau hatten, das regelten Abgaben- und Dienstordnungen (siehe Q1).

D1 Fronhof.
Auf den Fronhöfen arbeiteten auch unfreie Knechte, Mägde und Handwerker. Rekonstruktion

Q1 Duisburger Fronhofsordnung, wo der Abt des Klosters Prüm (Eifel) 893 Grundherr war:

In Duisburg gibt es eine Kirche, von der jährlich 30 Schillinge kommen. Es gibt dort 19 halbfreie Höfe. Jeder davon zahlt zu Weihnachten 1 Unze, zu Ostern 1 Huhn und 10 Eier, im Sommer an Steuer für den Heeresdienst 12 Denare, 1 Pfund Flachs und jedes zweite Jahr 1 Schwein im Wert von 5 Denaren; jeder leistet 2 Tage in der Woche Fronarbeit. Es gibt 2 andere Höfe, von denen jeder jährlich 3 Schillinge zahlt und sonst nichts. In Emmerich ist 1 Hof, der zahlt zu Weihnachten 1 Unze, 1 Pfund Flachs und leistet 2 Tage in der Woche Fronarbeit. (…) Es gibt dort 4 Höfe, die uns Meginhardus übergeben hat. Einer davon zahlt an Gerste 15 Müdden, an Roggen 16 Müdden, an Hafer 14 Müdden, 2 Lämmer im Wert von 12 Denaren, leistet jährlich 14 Tage Fronarbeit, 1 Tag muss er pflügen (…). Es gibt dort 8 landlose Arbeiter auf dem Fronhof. Jeder davon zahlt 12 Denare, die Frauen zahlen 5 Schillinge.

(Schilling = Silberwährung; 16 Unzen = 1 Pfund = ca. 500 Gramm; Denar = Pfennig; 1 Müdden = 200 l)

Q2 Bericht über den Grundherrn und Bischof Meinwerk von Paderborn (ca. 970 bis 1036):

Häufig besuchte er die Fronhöfe seines Bistums. Verfallenes reparierte er, Repariertes sicherte er durch klugen Schutz (…). So kam er auch einmal und fand einen Garten, der außer einem kleinen Stück in der Mitte mit Brennnesseln, wildem Kohl und anderen Unkräutern bedeckt war. Und sofort befahl er, dass der Frau des Meiers (die den Garten zu pflegen hatte) ihre eitlen Kleider ausgezogen werden sollten. Dann ließ er sie durch den ganzen Garten schleifen, bis das Unkraut, das in die Höhe geschossen war, dem Erdboden gleich gemacht war. Dabei tröstete er die betrübte Frau mit den von ihm gewohnten Schmeichelworten und munterte sie mit der ihm eigenen Freundlichkeit auf. Im folgenden Jahr fand er den ganzen Garten mit aller Sorgfalt und überreichem Fleiß in Ordnung gebracht vor. Da belohnte er die Frau, indem er ihr vermehrt seinen Dank zeigte und sie freigebig beschenkte.

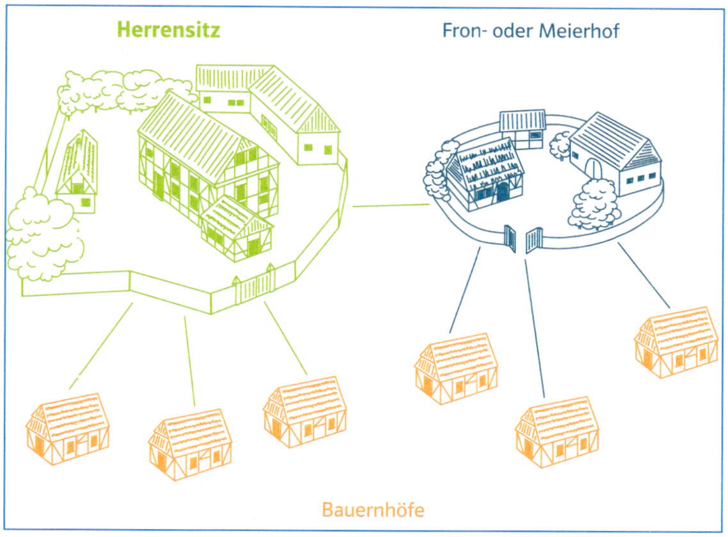

D2 Aufbau einer Grundherrschaft

A / B

1 Beschreibe, was man unter dem Begriff Grundherrschaft versteht (T1).

2 (A) Wie war die Grundherrschaft aufgebaut? Erkläre (T2, D2).

2 (B) Wie war die Grundherrschaft aufgebaut? Fertige eine Zeichnung an, in der du die Informationen aus T2 und D2 zusammenträgst.

3 Liste auf, welche Abgaben die Bauern leisten mussten (Q1).

4 (A) Stell dir vor, du wärst der Meier auf dem Hof in D1. Berichte, was deine Aufgaben sind (D1, T2).

4 (B) Zwei Bauern streiten sich darüber, ob sie sich in die Unfreiheit einer Grundherrschaft begeben sollen oder nicht. Was spricht dafür, was dagegen? Schreibe einen Dialog (T3).

5 Was bedeutete die Grundherrschaft für die abhängigen Menschen? Erläutere und bewerte (Q1, T3, ggf. Q2).

AFB I: 1, 3 II: 2, 4 III: 5   AFB I: 1, 3 II: 2, 4 III: 5

SP → Lösungshilfen ab S. 222

Das Leben auf dem Dorf

Als Bauersfamilie im Mittelalter zu leben, das bedeutete vor allem: harte Arbeit. Mühsam mussten die Felder beackert werden, um etwas ernten zu können. Erfindungen verbesserten die Ernten – und hatten noch ganz andere Folgen.

D1 Pflügen um 800 und um 1300. Der Hakenpflug (links) hatte den Boden nur oberflächlich gelockert. Der neue Räderpflug drang tief in die Erde ein und drehte sie um. Die Erträge stiegen.

Dorf
In einem mittelalterlichen Dorf siedelten mehrere Bauernfamilien zusammen, die ihre Arbeit und ihren Alltag gemeinsam organisierten und sich als Gemeinde oft selbst verwalteten.

verpachten
jemandem Land zur Nutzung überlassen für Geld

T1 Wohnen auf dem Bauernhof

Zu einem Bauernhof gehörten ein Wohnhaus und ein Stall für das Vieh. Das Wohnhaus hatte meist nur einen Raum mit ein paar selbst gefertigten Möbeln. Hier lebte die ganze Familie, in kalten Wintern auch das Vieh. Denn hier war die einzige Feuerstelle. Umgeben waren die Gebäude von einem Garten mit Zaun. Dahinter erstreckten sich Wiesen, Felder und schließlich der Wald. Er lieferte Holz, das für die Herstellung der Gebäude, Zäune, Gerätschaften und als Brennmaterial gebraucht wurde.

T2 Arbeiten im Feld und auf dem Hof

Die Arbeit auf den Feldern war meist Männersache. Gearbeitet wurde von Sonnenaufgang bis Sonnenuntergang. Die Art der Arbeit hing von der Jahreszeit ab. Überlebenswichtig war der Anbau des Getreides. Dafür musste zuerst der Boden gepflügt werden. Das geschah mit einem Hakenpflug aus Holz, der von Ochsen gezogen wurde. Der Pflug drang nicht tief in die Erde ein. So mussten die Bauern das gleiche Feld mehrmals kreuzweise pflügen. Die Ernte war oft schlecht. Es gelang nur selten, mit einem Sack Saatgetreide drei Säcke zu ernten. Davon mussten die Bauern auch noch Abgaben für den Grundherrn und Saatgetreide für das nächste Jahr bereithalten. Zum Leben blieb nicht viel übrig. Eine Missernte war daher eine Katastrophe.

Die Frauen versorgten vor allem den Hof und das Vieh. Sie sammelten Eier ein, melkten die Kühe und stellten Butter oder Käse her. Manche arbeiteten als Magd. Sie trieben Gänse, Schweine oder Ziegen auf Wiesen oder in den Wald und hüteten sie dort. Die meisten Frauen heirateten früh, mit 15 oder 16 Jahren, und bekamen viele Kinder. Kinder waren erwünscht als Hilfen bei der Arbeit und im Alter. Viele Kinder starben schon bei der Geburt oder in jungen Jahren.

T3 Das Leben auf dem Land ändert sich

Zwischen 1000 und 1300 wuchs die Bevölkerung Europas von 40 auf 70 Millionen Menschen. Waldstücke wurden gerodet und zu Ackerland gemacht, um alle ernähren zu können. Erfindungen wie der Räderpflug, Pferde als Zugtiere und die Dreifelderwirtschaft brachten höhere Erträge.
Das hatte Folgen für das Zusammenleben: Die Bauern konnten sich von den Diensten für den Grundherrn freikaufen. Sie fingen an, ihre Angelegenheiten selbst zu regeln und hielten Gemeindeversammlungen ab.
Die Fronhöfe verschwanden nach und nach. Die Grundherren verpachteten ihre Höfe gegen Geld. Die Pächter ließen Tagelöhner auf den Feldern der Grundherren für sich arbeiten. Diese waren sehr arm.
Auf der einen Seite gab es mehr Freiheiten, auf der anderen Seite nahmen die Unterschiede zwischen Reich und Arm zu.

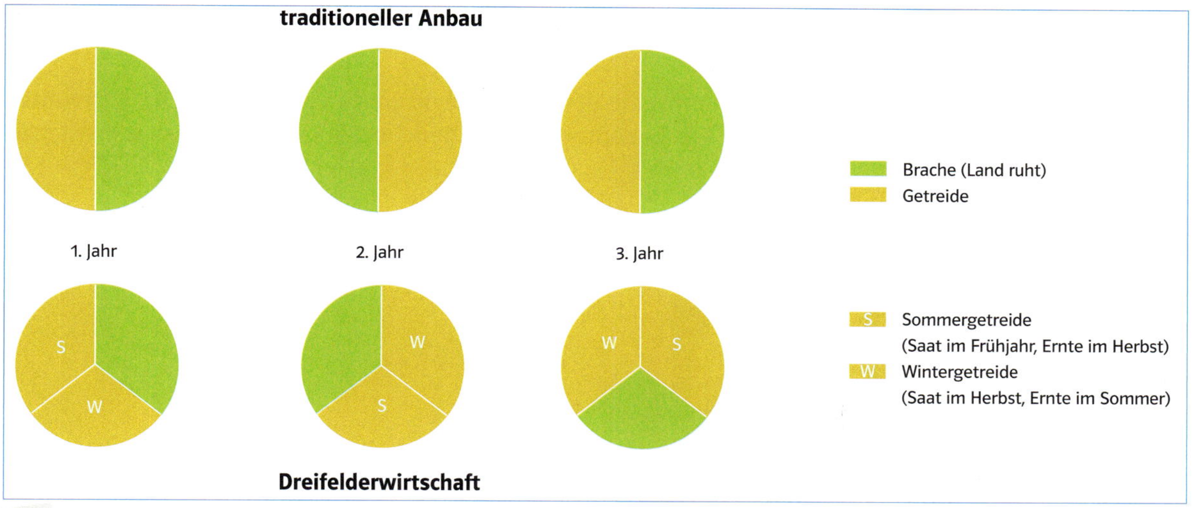

D2 Vergleich zwischen traditionellem Anbau (oben) und Dreifelderwirtschaft (unten). Im frühen Mittelalter teilten die Bauern ihren Acker in zwei Hälften: Eine Hälfte wurde bebaut, die andere „ruhte" sich aus. Jedes Jahr wechselte das. Ab dem 12. Jahrhundert teilten immer mehr Bauern ihren Acker in drei Teile. Auf dem ersten Teil stand Wintergetreide, auf dem zweiten Sommergetreide, der dritte Teil „ruhte" sich aus. Jedes Jahr wurde gewechselt. Die Erträge stiegen, weil nur noch ein Drittel des Ackers ruhte.

D3 Bauernleben im Mittelalter. Rekonstruktionszeichnung

A B

1 Welche Arbeiten hatte ein Bauer zu tun, welche eine Bäuerin? Liste auf (D1, D3, T2).

2 Welche Adjektive fallen dir ein, wenn du die Lebensbereiche einer Bauernfamilie beschreiben sollst (Wohnen, Essen, Arbeit, Kleidung)?

3 (A) Gestalte ein Werbeplakat für die Einführung des Räderpfluges (D4).

3 (B) Ein Bauer versucht seinen Nachbarn von der Dreifelderwirtschaft zu überzeugen. Verfasse ein Werbeplakat (Lexikon, D2–3).

4 Warum brachten die Veränderungen in der Landwirtschaft und die Entstehung von Städten den Menschen mehr Freiheiten? Begründe (T2–3).

5 Hat sich das Leben der Bäuerinnen und Bauern wirklich verbessert? Beurteile.

AFB I: 1, 2 II: 3–5 III: –   AFB I: 1 II: 2, 4, 5 III: 3

SP → Lösungshilfen ab S. 222

Kirchliches Leben im Mittelalter

Der christliche Glauben und die Regeln der Kirche gehörten für die Menschen im Mittelalter fest zum alltäglichen Leben. Was bedeutete das für den Einzelnen und das Zusammenleben?

Q1 Das Jenseits. Das Bild zeigt eine mittelalterliche Vorstellung vom Leben nach dem Tod im Paradies (oben) und in der Hölle (unten). Buchmalerei, 12./13. Jahrhundert

T2 Kirche im alltäglichen Leben

In fast jedem Dorf gab es eine kleine Kirche mit einem Pfarrer, in Städten gab es mehrere Kirchen. Die Priester begleiteten das gesamte Leben der Menschen: Sie predigten in der Kirche, tauften Neugeborene, schlossen Ehen und beerdigten die Toten. Ihnen beichteten die Menschen ihre Sünden und hofften dadurch auf Gottes Vergebung.
Der kirchliche Kalender bestimmte den Alltag: Am Sonntag durfte nicht gearbeitet werden, weil die Menschen dann in die Kirche gingen. Zudem gab es viele kirchliche Feiertage, an denen die Arbeit ruhte.
Die Bauern gaben einen Teil ihrer Ernten (den „Zehnt") an die Kirche ab, die damit ihre Arbeit und den Pfarrer bezahlte.

T1 Die Furcht der Menschen

→ „Himmel und Hölle"

fromm leben/ Frömmigkeit Ausrichtung des Lebens nach den Regeln der Religion

Die Christen im Mittelalter waren überzeugt, dass sie nach ihrem Tod vor Gott wie vor einem Gericht stehen würden: Gute Menschen konnten auf ewiges Leben im Paradies hoffen, schlechte Menschen würden ewig in der Hölle leiden. Die Angst vor der Hölle war groß. Daher wollten sich die Menschen mit guten Taten und Bußen für ihre Sünden auf das Jenseits vorbereiten. Die Kirche spielte dabei die zentrale Rolle. Die Herren der Kirche vermittelten den Willen Gottes und gaben die Regeln für ein frommes, gottgefälliges Leben vor.

T3 Nur Christen?

Im Reich lebten im Mittelalter fast ausschließlich Menschen, die christlich glaubten. Die meisten Menschen starben, ohne je einem Menschen mit anderer Religion begegnet zu sein. In manchen Städten und Regionen gab es jüdische Gemeinden, zum Beispiel in Worms, Mainz oder Köln. Kaufleute und Händler berichteten von „orthodoxen" Christen und muslimischen Osmanen, die sie auf ihren Handelsfahrten trafen. Einige Gelehrte tauschten sich mit islamischen und jüdischen Gelehrten aus, aber die große Mehrheit kannte nur das Christentum.

D1 Aus einem Fachbuch über Pilger:

Etwa 30 Kilometer am Tag stellten für Fußreisende eine gute Leistung dar. Die Überquerung von Flüssen und Gebirgen, die Reparatur von Kleidung oder Schuhen, die Beschaffung von Nahrungsmitteln oder Ermüdung führten aber dazu, dass man im Durchschnitt sechs Tage für eine Strecke von 150 Kilometern und zehn Tage für 200 Kilometer benötigte. Für die 3 000 Wegekilometer von Lübeck nach Santiago musste man eine Reisezeit von ca. fünf Monaten einplanen. War die Besiedlung dünn und das Gelände unwegsam, stieg das Risiko von Zwischenfällen und die durchschnittliche Tagesleistung sank. Mit dem Schiff konnte man 120 bis 200 Kilometer am Tag zurücklegen.

Q2 Ein Pilger. Holzschnitt, 1499

Kirche
Bezeichnung a) für ein christliches Gotteshaus, b) für die Organisation der Christenheit. Die Kirche bestimmte den Glauben und die Regeln des Zusammenlebens fast aller Menschen im Mittelalter.

orthodoxe Kirche
christliche Kirche, die auf dem Gebiet des Oströmischen Reichs entstand

Schon gewusst?

Wer im Mittelalter als Christ eine Sünde beging, rechnete damit, im Leben nach dem Tod dafür bestraft zu werden. Da die Angst vor den Höllenstrafen groß war, versuchten die Menschen, schon vor dem Tod die Sünden zu büßen. Das konnte in einer Beichte geschehen, durch eine Pilgerfahrt oder durch Spenden und Schenkungen an die Kirche. Der Pfarrer bestätigte dann, die Sündenstrafen zu erlassen. Im späten Mittelalter geschah dies oft in Schriftstücken, den **Ablassbriefen**.

A / B

1 (A, B) Wie stellten sich die Menschen im Mittelalter das Leben nach dem Tod vor? Beschreibe (T1, Q1).

2 (A) Ein Priester im Mittelalter berichtet von seiner Tätigkeit. Schreibe den Bericht auf (T2).

2 (B) Was taten die Menschen, um sich auf das Jenseits vorzubereiten? Arbeite heraus (T2, Schon gewusst?).

3 (A, B) Eine Bäuerin besucht mit ihrem Sohn die Dorfkirche und erklärt ihm, warum die Kirche für das Leben der Menschen wichtig ist. Am Ende kommt auch der Pfarrer dazu. Schreibe das Gespräch auf (T1–2).

4 (A, B) Was bedeutete die Kirche für den Einzelnen und das Zusammenleben? Nimm Stellung zur Frage im Vorspann.

5 EXTRA MB (A) Am Sonntag darf auch heute noch nicht überall gearbeitet werden. Informiert euch über die Sonntagsruhe.

5 EXTRA (B) Zeichne eine Sprechblase für den Pilger Q2. Er berichtet, warum er pilgert und was auf seiner Pilgerfahrt besonders mühsam oder interessant war (T1–3, D1, Schon gewusst?).

AFB I: 1, 5 II: 2, 3 III: 4 AFB I: 1, 2, 5 II: 3 III: 4

SP → Lösungshilfen ab S. 222

Leben im Kloster

Die Kirche prägte das Leben der Menschen im Mittelalter sehr stark. Das galt für Könige und Fürsten ebenso wie für einfache Bauern. Ein besonderer Ort der Kirche war das Kloster.

D1 Im „Campus Galli“ bei Meßkirch (Landkreis Sigmaringen) bauen Handwerker nach mittelalterlichen Plänen eine mittelalterliche Klosterstadt nach. Nur mittelalterliche Werkzeuge sind erlaubt. Die Bauzeit soll etwa 30 Jahre betragen. Foto, 2021

Kloster
(von lat. claustrum = abgeschlossener Raum) Anlage aus Kirche, Wohn- und Wirtschaftsgebäuden, in der Mönche oder Nonnen nach festen Regeln des Glaubens lebten

→ **Klosterschule**

T1 Ein Leben für Gott

Vor etwa 1500 Jahren gründete Benedikt von Nursia in Italien ein Kloster. Er und seine Glaubensbrüder wollten hier Gott dienen und ungestört von anderen Menschen sein. Ihre Regel lautete: „ora et labora“ – „bete und arbeite“. Die Mönche verpflichteten sich, auf Besitz zu verzichten, nicht zu heiraten und anderen Menschen Gutes zu tun. Nach dem Vorbild der Benediktiner entstanden in Europa viele Klöster. Auch Frauen gründeten Klöster und lebten als Nonnen nach den gleichen Regeln wie die Mönche.

T2 Ein Leben in Armut?

Das Leben der Nonnen und Mönche beeindruckte viele Menschen. Reiche schenkten den Klöstern Land und manchmal auch Geld. Als Gegenleistung sollten die Nonnen und Mönche für sie beten. So kam es, dass viele Klöster reich wurden. Schon bald lebten Mönche und Nonnen nicht mehr nach den strengen Regeln. Sie aßen und tranken viel, bauten prunkvolle Kirchen und benahmen sich wie vornehme Damen und Herren. Deswegen verließen viele Mönche und Nonnen ihre Klöster. An anderen Orten gründeten sie neue Klöster und gaben ihren Gemeinschaften neue Namen.

T3 Ein strenger Tagesablauf

Der elfjährige Claudio kann sich nur schwer an das Leben im Kloster gewöhnen. Nachts um zwei Uhr ruft ihn die Glocke zum ersten Mal zum Gebet. Zusammen mit den anderen Mönchen geht er müde durch den Kreuzgang in die Kirche. Gegen die Kälte zieht sich Claudio die Kapuze weit ins Gesicht. Nach dem Gebet geht es wieder ins Bett.
Um sechs Uhr beginnt sein Tag. Wieder nehmen alle in der Kirche Platz. Beim Morgengesang antwortet der Chor dem Vorsänger. Claudio gähnt. Er sieht, wie ein Mönch überprüft, dass keiner der Brüder einschläft.
Dann beginnt für ihn die Arbeitszeit. Gern würde er in der beheizten Schreibstube bei den Mönchen sein, die am Schreibpult stehen und kostbare Bücher abschreiben. Oder als Schüler in die Klosterschule gehen. Er würde sogar die Bibel oder wissenschaftliche Bücher lesen. Aber er muss mit anderen Brüdern im Garten oder auf den Feldern arbeiten. Das ist sehr anstrengend. Claudio ist hungrig. Seine erste Mahlzeit ist das Mittagessen: etwas Fisch und ein paar Bohnen. Obwohl er beides nicht gerne mag, isst er alles auf, denn Fleisch gibt es in diesem strengen Kloster nicht.
Zweimal wird seine Arbeitszeit durch ein Chorgebet unterbrochen. Nach dem Abendessen muss Claudio wieder in die Kirche, zum Abendgebet. Er hat, wie die meisten Mönche, den Tag schweigend verbracht.
Er ist froh, dass er endlich schlafen kann – bis zum nächsten Gebet.

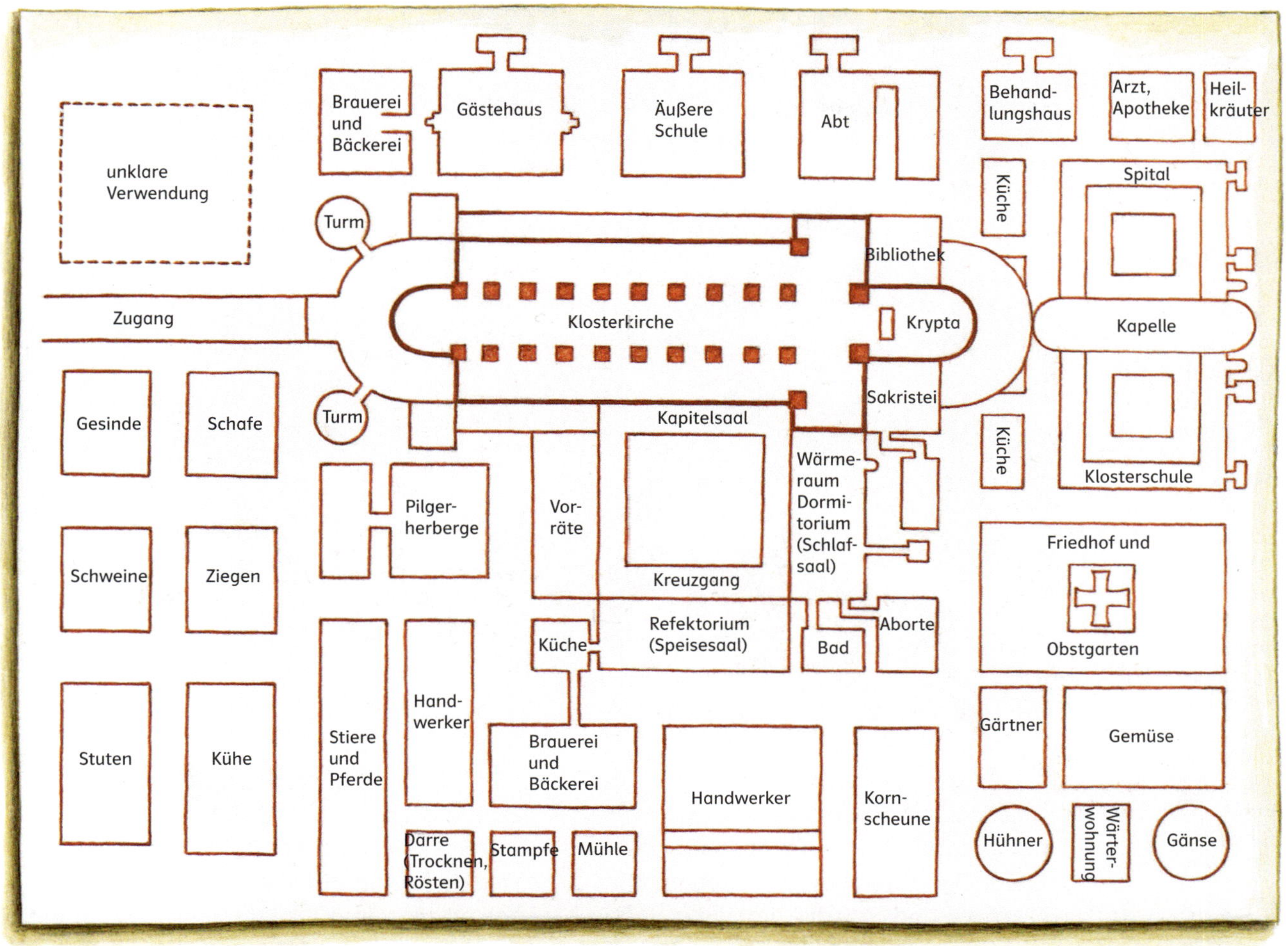

D2 Klosterplan. Er zeigt den Grundriss des Klosters St. Gallen in der Schweiz. Heutige Nachzeichnung des Plans von 820, der allerdings nie in die Tat umgesetzt wurde

A

- 1 Fertige eine Mindmap zum Wort „Kloster" an und stelle sie vor.
- 2 Wie lautete die Regel der Benediktiner (T1)?
- 3 Erstelle eine Tabelle zu Claudios Tagesablauf (T3).
- 4 Warum wurden die Klöster reich, obwohl die Mönche arm lebten? Erkläre (T2).
- 5 Bilde Überschriften und fasse darunter die verschiedenen Bereiche eines Klosters zusammen (D2).
- 6 Zwei Mönche unterhalten sich über das Klosterleben. Weil sich nicht mehr alle an Benedikts Regeln halten, ist der eine empört und will das Kloster verlassen. Der andere will bleiben. Schreibe das Gespräch auf.

B

- 1 Fertige eine Mindmap zum Wort „Kloster" an und stelle sie vor.
- 2 Was bedeutete es, als Benediktiner „für Gott zu leben" (T1)?
- 3 Fertige eine Tabelle zu Claudios Tagesablauf an (T3) und erkläre daran die Regel „ora et labora" (T1).
- 4 Warum wurden die Klöster reich, obwohl die Mönche arm lebten? Erkläre (T2).
- 5 „Ein Kloster war wie eine Stadt im Kleinen." Erkläre diese Aussage mit D2.
- 6 Zwei Mönche unterhalten sich über das Klosterleben. Weil sich nicht mehr alle an Benedikts Regeln halten, ist der eine empört und will das Kloster verlassen. Der andere will bleiben. Schreibe das Gespräch auf.

AFB I: 1, 2 II: 3–5 III: 6 AFB I: 1, 2 II: 3–5 III: 6

SP → Lösungshilfen ab S. 222

Leben auf der Burg

Für uns ist heute eine warme Wohnung selbstverständlich. Auf einer mittelalterlichen Burg pfiff der Wind durch die Fenster. Das Leben auf einer Burg war kein Zuckerschlecken.

D1 Ritterturnier
Zwei Ritter galoppierten aufeinander los. Jeder versuchte, den anderen mit seiner Lanze vom Pferd zu werfen. Fiel ein Ritter, ging der Kampf am Boden mit dem Schwert weiter, bis einer aufgab. Der Verlierer musste dem Sieger Pferd und Waffen geben. Rekonstruktionszeichnung

Burg
Befestigter Wohnsitz von Adligen im Mittelalter. Eine Burg musste gut zu verteidigen sein. Sie wurde bewohnt vom Burgherrn, seiner Familie und seinen Bediensteten. In Kriegszeiten suchten auch die Bauern aus der Umgebung den Schutz der Burg.

Ritter
Reiterkrieger eines adligen Herrn. Sie nannten sich seit dem 12. Jahrhundert „Ritter". Später wurden sie unabhängiger und bauten teilweise eigene Burgen. In Friedenszeiten hielten sie Turniere ab.

T1 Burgen werden gebaut

Zwischen dem 10. und dem 14. Jahrhundert wurden fast überall in Europa Burgen gebaut. Die ersten Burgen waren durch Holzzäune und Erdwälle geschützt. Später errichtete man dicke Mauern aus Stein. Eine Burg baute man dort, wo man sich gut vor Feinden schützen konnte: auf einem Berg oder auf einer kleinen Insel. Auf der Burg wohnte der adlige Burgherr mit seinem Gefolge. Von hier aus verwaltete er sein Land. Die Burg bot den Burgbewohnern und allen Menschen in der Umgebung Schutz. Die meisten Burgen lagen so, dass man von ihnen aus einen Handelsweg, ein Tal oder einen Fluss überblicken und beherrschen konnte.

T2 Das Leben auf der Burg

Eine Burg verfügte über Wohnräume, Stallungen und Verteidigungsanlagen.
Im Herrenhaus (Palas) wohnte die Familie des Burgherrn. Hier befand sich der Rittersaal. Im Herrenhaus waren auch die Zimmer für die Frauen und Kinder. Die Knechte und Mägde wohnten in den Nebengebäuden. Sie arbeiteten in Haus und Hof und versorgten das Vieh. Die meiste Zeit im Jahr war es finster und kalt in der Burg. Die Fackeln sorgten lediglich für ein wenig Licht. Nur wenige Räume waren beheizt. Glasfenster gab es nur selten. Weil die Fenster nur mit Tierhäuten abgedichtet waren, war es kalt und feucht in der Burg – besonders im Winter.

T3 Eine Burg wird belagert

Wenn es Krieg gab, flohen die Bauernfamilien mit ihrem Vieh auf die Burg.
Dort waren sie sicher. Oft wurde eine Burg monatelang von Feinden belagert, sodass niemand die Burg verlassen konnte. Dann brauchte man genug Wasser und Lebensmittel für viele Menschen. Deshalb hatten viele Burgen einen großen Speicher, Viehställe und einen tiefen Brunnen. Die Burgbewohner wehrten sich mit Pfeil und Bogen oder Armbrüsten gegen ihre Belagerer. Auch Steine, heißes Wasser und flüssiger Teer oder heißes Öl schütteten sie auf die Angreifer. Wenn aber die Vorräte ausgingen oder der Brunnen versiegte, mussten die Burgbewohner aufgeben.

Q1 Über das Leben auf einer Burg berichtet der Ritter Ulrich von Hutten im Jahr 1518:

Die Burg selbst, ob sie auf dem Berg oder in der Ebene liegt, ist nicht als angenehmer Aufenthalt, sondern als Festung gebaut. Sie ist von Mauern und Gräben umgeben, innen ist sie eng und durch Stallungen für Vieh und Pferde zusammengedrängt. Überall stinkt es nach Schießpulver; und dann die Hunde und ihr Dreck, auch das – ich muss schon sagen – ein lieblicher Duft! Man hört das Blöken der Schafe, das Brüllen der Rinder, das Bellen der Hunde, die Rufe der auf dem Feld Arbeitenden, das Knarren der Fuhrwerke. Der ganze Tag bringt vom Morgen an Sorge und Plage, ständige Unruhe und dauernden Betrieb. Äcker müssen gepflügt und umgegraben werden, Weinberge müssen bestellt, Bäume gepflanzt, Wiesen bewässert werden; man muss säen, düngen, mähen und dreschen. Wenn aber einmal ein schlechtes Ertragsjahr kommt, dann haben wir fürchterliche Not und Armut.

Q2 Bei der Erhebung zum Ritter wurde ein Schwertsegen gesprochen:

Wir bitten dich, Herr, erhöre unsere Bitten und segne mit der Hand Deiner Majestät dieses Schwert, mit welchem sich Dein Diener zu umgürten wünscht. Segne es, damit es Verteidigung und Schutz für Kirchen, Witwen, Waisen und alle, die Gott dienen, gegen das Wüten der Heiden sein könne. Allen, die ihnen nachstellen, möge es Furcht, Angst und Schrecken einflößen.

Q3 Szene aus dem Ritterleben. Der Markgraf von Brandenburg und seine Frau beim Schachspiel. Buchmalerei, 14. Jahrhundert

Schon gewusst?

Eine Fernsehdokumentation von 2016 bezeichnete die Ritter als „Helden aus Eisen“. In Filmen, Spielen oder Mittelalterspektakeln werden sie in Rüstungen mit Schwertern oder Lanzen gezeigt. Sie kämpfen dort für eine gerechte Sache: für ihren König, ihren Glauben oder für die Liebe einer Frau. **Doch waren Ritter wirklich Helden?** Die ersten Ritter waren Reitersoldaten der fränkischen Könige. Die Menschen sahen sie nicht als Helden, sondern als Plage an. Denn sie trugen Streitigkeiten aus, zündeten Burgen an, verwüsteten Dörfer und plünderten Klöster. Erst als sie mit kirchlichem Segen Adlige wurden, bekamen sie einen besseren Ruf: Sie galten nun als Beschützer der Armen und Schwachen und als Kämpfer für den Glauben. In Wirklichkeit kämpften sie oft für Geld.

D2 Ritter = Helden? Comiczeichnung

A / B

1 Worauf muss ein Ritter achten, wenn er eine Burg bauen möchte? Zähle auf (T1).

2 MB Aus welchen Räumen/Gebäuden bestand eine Burg? Liste auf (T2, I01).

A 3 Die Burgbewohner erwarten eine Belagerung. Welche Vorkehrungen müssen getroffen werden? Zähle auf (T3).

B 3 Zwei Angreifer unterhalten sich, wie sie mit anderen Kämpfern eine Burg erobern wollen (T3, D2, Q2).

A 4 „Es wäre mein Traum, auf einer Burg zu leben.“ Hätten die Bewohner damals dieser Aussage zugestimmt? Prüfe (Q1).

B 4 „Es wäre mein Traum, auf einer Burg zu leben.“ Prüfe diese Aussage aus damaliger und heutiger Sicht.

5 Waren Ritter Helden? Nimm Stellung („Schon gewusst?“-Kasten, D2).

Städte entstehen und wachsen

Um das Jahr 1000 lebten die allermeisten Menschen in Dörfern auf dem Land. Doch das änderte sich bald: Ab 1100 schossen neue Städte wie Pilze aus dem Boden – und veränderten das Leben.

Q1 Stadtansicht von Ulm. Holzschnitt, 1544 (später koloriert)

Stadt
von Landes- oder Grundherren gegründete größere Ansiedlung von Kaufleuten und Handwerkern, die vom Stadtherrn (Gründer) mit besonderen Rechten (Freiheiten) ausgestattet war (z. B. Abhaltung von Märkten, Mauerbau, Zollfreiheit, persönliche Freiheit der Bewohner)

→ **„Stadtluft macht frei"**

T1 „Städteboom"

Zwischen 1100 und 1400 entstanden allein in Deutschland ca. 3 000 Städte. Die meisten von ihnen waren klein. Nur ganz wenige hatten über 10 000 Einwohner. Um 1400 wohnte etwa jeder zehnte Deutsche in einer Stadt (= zehn Prozent, heute: mehr als 75 Prozent). In den Städten gab es viele Kaufleute und Handwerker. Die Handwerker lebten davon, Güter herzustellen und zu verkaufen: Die Schuster fertigten Schuhe, die Schmiede Werkzeuge und Waffen, die Kürschner Pelze. Die Kaufleute verkauften diese Güter. Sie fuhren auf Märkte, die manchmal weit entfernt waren. Kaufleute und Handwerker ließen sich gern an Stellen nieder, wo sie mit vielen Abnehmern rechnen konnten: in der Nähe von Klöstern, Burgen oder an Handelswegen. Die Landes- und Grundherren erlaubten den Bewohnern solcher Siedlungen, dort Märkte abzuhalten und schützende Stadtmauern zu bauen.
So waren aus den Siedlungen von Kaufleuten und Handwerkern Städte entstanden.

T2 Städtische Freiheiten

Im Vergleich zu den Menschen auf dem Land genossen die Stadtbewohner viele Freiheiten. Es galt der Grundsatz: „Stadtluft macht frei."
In der Stadt gab es keine Abgaben und Frondienste. Die Stadtbürger zahlten dem Stadtherrn nur eine erträgliche Steuer.
Streitigkeiten untereinander durften Kaufleute und Handwerker oft selber schlichten. Oder sie durften zumindest bei der Schlichtung durch den Richter des Stadtherrn mitwirken. In vielen Städten gelang es den Kaufleuten und Handwerkern im Laufe der Zeit sogar, die Stadtregierung selbst auszuüben.
All das zog unfreie Landbewohner natürlich mächtig an. Viele zogen – auch ohne Erlaubnis ihrer Herren – in die Städte. Wer sich von ihnen „Jahr und Tag" (das entsprach etwa einem Jahr) in der Stadt halten konnte, wurde frei wie die anderen Stadtbewohner.

I02
interaktives Schaubild
günstige Standorte für die Gründung einer Stadt

Q2 Gründungsurkunde der Stadt Freiburg (1120), die Vorbild für Gründungsurkunden vieler anderer Städte wurde:

Ich (Konrad – Herzog von Zähringen) verspreche allen, die zu meinem Markt kommen, Frieden und Schutz. (…) Allen Kaufleuten der Stadt erlasse ich den Zoll. Meinen Bürgern will ich keinen anderen Vogt (als meinen Stellvertreter) oder Priester geben außer dem, welchen sie selbst gewählt haben. Wenn ein Streit (…) entsteht, soll nicht von mir oder meinen Richtern darüber entschieden werden, sondern nach Gewohnheit und Recht aller Kaufleute, wie es besonders in Köln geübt wird. (…) Jeder, der in diese Stadt kommt, darf sich hier frei niederlassen, wenn es nicht der Leibeigene irgendeines Herrn ist. (…) Wer aber Jahr und Tag in der Stadt gewohnt hat, ohne dass irgendein Herr ihn als seinen Leibeigenen gefordert hat, der genieße von da an sicher die Freiheit.

D1 Günstige Standorte (1–5) für die Gründung einer Stadt (Mitte)

A

1. Beschreibe, was eine Stadt von anderen Ansiedlungen unterscheidet und wer hier vor allem wohnte (T1, Q1, Lexikon).
2. Warum entstanden Städte an den genannten Stellen (D1)? Begründe.
3. Erkläre mit einem Satz die Bedeutung von „Stadtluft macht frei“ (T2).
4. Liste auf, welche Vorteile die Stadt Freiburg ihren Bewohnern bot (Q2).
5. „Die Stadtbevölkerung ist ohne Landbevölkerung nicht lebensfähig.“ Nimm Stellung zu dieser Aussage.
6. EXTRA Suche nach Städten mit den Endungen -berg, -burg, -furt. Erkläre, was der Name über die Entstehung der Stadt verrät (D1).

B

1. Beschreibe, was eine Stadt von anderen Ansiedlungen unterscheidet und wer hier vor allem wohnte (T1, Q1, Lexikon).
2. Warum entstanden Städte an den genannten Stellen (D1)? Begründe.
3. Erkläre die Bedeutung von der Aussage „Stadtluft macht frei“ und liste die Vorteile auf, die freie Stadtbewohner hatten (T2).
4. Liste auf, welche Vorteile die Stadt Freiburg ihren Bewohner bot (Q2), und bewerte sie.
5. „Die Stadtbevölkerung ist ohne Landbevölkerung nicht lebensfähig.“ Nimm Stellung zu dieser Aussage.
6. EXTRA MB Informiere dich über die Entstehung der Stadt, in der deine Schule liegt. Bereite ein Plakat vor.

AFB I: 1, 4 II: 2, 3, 6 III: 5 AFB I: 1 II: 2, 3, 6 III: 4, 5

SP → Lösungshilfen ab S. 222

Auf dem Markt

Märkte unter freiem Himmel gibt es noch heute. Für die Menschen im Mittelalter aber war der Markt viel wichtiger als für uns. Warum das so war, erklärt Bauer Arnold seinem Sohn Jackop, als sie den Markt in der Nachbarstadt besuchen.

D1 Mittelalterlicher Markt. Rekonstruktionszeichnung

Markt
Ort, an dem Käufer und Verkäufer zu einem bestimmten Zeitpunkt und nach festgelegten Regeln (Marktrecht) zusammentrafen, um mit Waren zu handeln

T1 Jackops erster Besuch auf dem Markt

S(ohn): „Vater, was wollte der Soldat am Stadttor?"
V(ater): „Er hat mir die Marktordnung erklärt, Jackop."
S: „Was ist das?"
V: „Sie schreibt den Marktbesuchern vor, wie sie sich verhalten müssen. Die Marktordnung legt z. B. fest, was wir für unsere Hühner und Eier nehmen dürfen."
S: „Gibt es in jeder Stadt einen Markt?"
V: „Nein, nur in den Städten, denen der Landesherr erlaubt hat, Märkte abzuhalten."
S: „Sieh mal, Vater, da sind unsere Nachbarn mit Käse, Honig, Äpfeln und Bohnen."
V: „Ja, sowas bieten wir Bauern an. Und dahinter siehst du die Stände der Kaufleute und Handwerker aus der Stadt. Da gibt es Schuhe, Kleider, Töpfe, Brot, Fleisch und vieles mehr. Und alles vom Feinsten!"
S: „Das meiste davon machen wir aber doch zu Hause selber, du und Mutter."
V: „In der Stadt ist das aber anders. Die Handwerker üben spezielle Berufe aus. Ein Metzger backt z. B. nicht. Er muss Brot beim Bäcker kaufen. Und andere Sachen bei anderen Verkäufern, etwa bei uns Bauern. Deshalb sind für die Städter Märkte, wo es alles Mögliche gibt, wichtiger als für uns."
S: „Und wie geht das? Gibt der Metzger dem Bäcker Fleisch und bekommt dafür Brot?"
V: „Solche Tauschgeschäfte, Güter gegen Güter, gab es früher einmal. Aber das war viel zu kompliziert. Daher wurden die Preise in Geld festgelegt. So weiß man genau, was etwas kostet und kann Preise vergleichen."
S: „Vater, was ist das für eine Fahne dort?"
V: „Das ist die Marktfahne am Rathaus. Sie wird zu Beginn des Marktes hochgezogen und am Ende wieder eingeholt."
S: „Und wie lange dauert der Markt hier?"
V: „Heute ist Wochenmarkt, der dauert nur einen Tag. Daher sind ja auch nur Leute aus der Stadt und Umgebung hier. Aber zweimal im Jahr ist Jahrmarkt, der dauert eine Woche, in größeren Städten sogar zwei Wochen und länger. Dann ist richtig was los. Dann kommen auch Händler von weit her mit kostbaren Waren – Pelzen, seltenen Gewürzen, feinen Seidenstoffen."
S: „Toll, da gehen wir aber auch hin, bitte!"

Q1 Auszug aus der Markt- und Gewerbeordnung für die Stadt Landshut, 1256:

1. Wir verbieten, Schwerter und Dolche innerhalb der Stadt zu tragen. Und so oft Leute getroffen werden, die Schwerter tragen, so oft werden sie der Stadt 6 Schillinge und dem Richter 60 Pfennige zahlen.

2. Wenn einer (der ein Schwert trägt) kein Geld besitzt, wird ihm die Hand abgeschlagen werden. (…)

5. Wir verordnen, 2 ½ Pfund Rindfleisch für einen Schilling zu verkaufen und ebenso viel Hammelfleisch und drei Pfund Ziegenfleisch. Die Leute, die es anders machen, werden der Stadt 6 Schillinge und dem Richter 60 Pfennige zahlen. (…)

10. Wir verordnen, dass kein Kauf außerhalb des öffentlichen Marktes stattfindet, was die Leute betrifft, die der Stadt Waren zuführen (…)

20. Lotterbuben in jeder Art, fahrende Schüler (= Studenten, unterwegs von oder zu einer Universitätsstadt) mit langem Haar halten wir fern. Die Leute, die sie über eine Nacht hinaus beherbergen, verurteilen wir zu 1 Pfund.

Q2 Stadtwaage von Nürnberg. Der städtische Waagemeister (Mitte) und sein Knecht (links) wiegen die Ware des Kaufmanns (rechts). Dieser greift in seine Tasche, um für das Wiegen zu bezahlen. Erst dann darf er seine Ware auf dem Markt verkaufen.

Q3 „Ein Brotmaß wie im Mittelalter: unser Augustinerlaib“. Am Brotmaß des Freiburger Münsters konnte im Mittelalter jeder Brotkäufer prüfen, ob sein Brot die richtige Größe hatte. Werbung einer Freiburger Bäckerei, 2016

A

- 1 Beschreibe, wozu der Markt in einer mittelalterlichen Stadt diente (Q1, T1).
- 2 „Auf einem Markt muss es Regeln geben!“ Erkläre den Satz mithilfe von D1, Q2 und Q3.
- 3 Leite aus T1 die Begriffe Marktrecht und Marktordnung ab.
- 4 Arbeite die Unterschiede zwischen Wochen- und Jahrmärkten heraus (T1).
- 5 „Märkte im Mittelalter waren wichtiger als heute.“ Nimm Stellung zu dieser Aussage.
- 6 EXTRA MB Informiere dich über einen bekannten Markt in deiner Umgebung und finde heraus, seit wann und warum es ihn gibt.

B

- 1 Beschreibe, wozu der Markt in einer mittelalterlichen Stadt diente (Q1, T1).
- 2 „Auf einem Markt muss es Regeln geben!“ Erkläre den Satz mithilfe von D1 und Q1–3.
- 3 Jackop will genauer wissen, was die Marktordnung regelt und warum. Er fragt seinen Vater. Schreibe das Gespräch auf (D1, Q1).
- 4 Arbeite die Unterschiede zwischen Wochen- und Jahrmärkten heraus (T1).
- 5 „Märkte im Mittelalter waren wichtiger als heute.“ Nimm Stellung zu dieser Aussage.
- 6 EXTRA MB Informiere dich über einen bekannten Markt in deiner Umgebung und finde heraus, seit wann und warum es ihn gibt.

SP → Lösungshilfen ab S. 222

Handwerker schließen sich zusammen

In den Städten entwickelte sich das Handwerk besonders prächtig. Handwerker schlossen sich zu Zünften zusammen, die nicht nur die Preise und die Qualität überwachten. Auch heute noch erinnern Namen und Begriffe an die Handwerker des Mittelalters.

Zunft
(Mehrzahl: Zünfte) Zusammenschluss der Meister eines Handwerks

T1 Das Handwerk blüht auf

Die Kunden verlangten von den Handwerkern immer bessere Erzeugnisse. Daher spezialisierten sich die Handwerker in den Städten, um besonders gute Produkte herzustellen. Grobschmiede fertigten z. B. nur noch eiserne Großteile wie Pflüge oder Wagenräder an, Kleinschmiede dagegen nur noch Schlüssel oder andere kleinere Eisenteile. So entstanden immer neue Handwerksberufe. Durch die speziellen Arbeitsmethoden nahm die Qualität der Handwerkserzeugnisse zu.

Q1 Schneiderwerkstatt. Ein Meister mit seinem Gesellen und seinem Lehrling bei der Arbeit. Italienische Buchmalerei, 14. Jahrhundert

T2 Zünfte regeln das Handwerk

Alle Meister desselben Handwerks schlossen sich in einer Zunft zusammen. Nur Zunftmitglieder durften ihren Beruf ausüben. Jede Zunft hatte eine Zunftordnung. Sie schrieb vor, wie viele Meisterbetriebe eine Stadt und wie viele Lehrlinge und Gesellen jeder Meister haben durfte. Sie bestimmte auch, welche Menge an Erzeugnissen in welcher Qualität und zu welchem Preis jeder Meister herstellen durfte. Außerdem regelte die Zunftordnung, welche Aufgaben die Mitglieder bei den Festen und bei der Verteidigung der Stadt hatten.

T3 Im Meisterbetrieb

Die Meisterbetriebe eines Handwerks lagen oft alle in einer Straße. Namen wie „Schustergasse" erinnern heute noch daran. Die Familie des Meisters lebte meist mit Gesellen und Lehrlingen unter einem Dach. Für Bäcker oder Schuster war das Haus Wohn- und Arbeitsstätte in einem.

T4 Lehrlingsausbildung

Wenn sein Sohn ein Handwerk lernen sollte, schloss der Vater mit einem Meister einen Lehrvertrag ab. Darin versprach der Vater, dem Meister das Lehrgeld zu zahlen, der Meister versprach dem Vater, den Sohn in sein Haus aufzunehmen und nach den Vorschriften der Zunft auszubilden. Nach drei bis fünf Jahren endete die Lehrzeit mit der Gesellenprüfung und der feierlichen Aufnahme in die Zunft. Meister konnte jemand aber nur dann werden, wenn eine Meisterstelle frei wurde. Viele Handwerker blieben daher ihr Leben lang Gesellen.

Q2 Vorschriften für die Schmiedezünfte von Magdeburg (1415):

Die Grobschmiede sollen keine Sporen, Schlösser, Steigbügel, großen und kleinen Zaumzeuge herstellen. Wer in die Grobschmiedezunft eintreten will, soll ein Hufeisen, ein neues Pflugeisen und ein Handbeil herstellen. Diese soll er der Zunft zur Prüfung vorlegen. Werden diese für gut befunden, so soll man ihn zur Zunft zulassen. Und was in das Arbeitsgebiet der Grobschmiede fällt, soll niemand anders herstellen. (…) Die Kleinschmiede sollen keine Hufe beschlagen und keine Pflüge, Räder oder Äxte (…) herstellen. Wer in die Kleinschmiedezunft eintreten will, der soll ein Türschloss (…) herstellen. (…) Nagelschmiede sollen all jene Gegenstände nicht herstellen, die für das Grob- und Kleinschmiedehandwerk vorgesehen sind.

Schon gewusst?

Die Zünfte wurden Ende des 19. Jahrhunderts abgeschafft. In der Nachfolge entstanden **Innungen, in denen sich bis heute Handwerker zusammenschließen**, um ihre Interessen gemeinsam zu vertreten. Anders als früher die Zünfte dürfen die Innungen den Handwerksbetrieben nicht die Qualität oder die Preise vorschreiben. Sie sorgen für eine gute Ausbildung, bieten Lehrgänge an oder vermitteln bei Streitigkeiten mit Auftraggebern. Aktuell gibt es in Deutschland etwa 7000 Innungen. Die Mitgliedschaft ist freiwillig.

Q3 Handwerk heute. Bäckermeister mit einem Auszubildenden. Foto

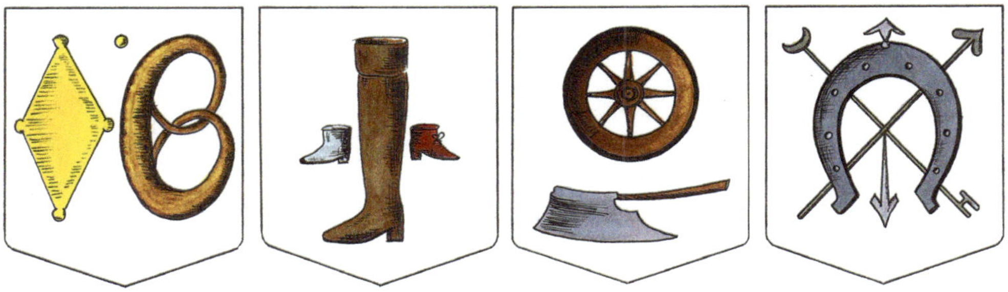

D1 Zunftzeichen, heutige Nachzeichnung

A / B

1 Nenne Gründe, warum sich Handwerker spezialisierten (T1).

2 (A) Erkläre den Begriff „Zunft" (T2).

2 (B) Erkläre den Begriff „Zunft". Begründe, warum solche Zusammenschlüsse Vorteile brachten (T2).

3 Zeichne die Zunftzeichen ab und nenne die Berufe. Fertige ein mögliches Zunftzeichen für die Schneiderzunft an (D1).

4 (A) Nenne Dinge, die in der Zunftordnung geregelt wurden. Warum hatte das Vorteile für Handwerker und Kunden? Begründe (T2).

4 (B) Nenne Dinge, die in der Zunftordnung geregelt wurden. Warum hatte das Vorteile für Handwerker und Kunden? Begründe (T2, Q2).

5 Vergleiche die Lehrlingsausbildung früher und heute (T4, Q3, Schon gewusst?).

6 „Die Zünfte beherrschten das Leben in der Stadt!" Nimm Stellung zu dieser Aussage.

AFB I: 1 II: 2–5 III: 6   AFB I: 1 II: 2–5 III: 6

SP → Lösungshilfen ab S. 222

Handel auf der Seidenstraße

Italienische Fernhändler reisten ab dem 13. Jahrhundert weit in den Osten Asiens, um Handel zu treiben. So kamen Porzellan, Seide und Schwarzpulver nach Europa. Doch die Händler brachten noch mehr mit als Luxuswaren und Erfindungen.

Seide
Kostbarer Stoff, mit dem weltliche und geistliche Herrscher im Mittelalter ihre Macht und ihren Reichtum zeigten. Luxuswaren wie Seide wurden über tausende Kilometer auf Land- und Seewegen gehandelt.

Seidenstraße
Handelsweg zwischen Asien und Europa. Die Seidenstraße verband seit der Antike das Mittelmeer mit China.

→ **Luxuswaren**

T1 Reichtum durch Fernhandel

Die Seidenstraße ist eine der ältesten und längsten Handelsrouten der Welt, die seit der Antike den Mittelmeerraum mit Asien verbindet. Händler beförderten über die Seidenstraße Güter wie Porzellan, Bronze, Pelze, Gewürze und Seide aus dem fernen Osten nach Europa. Sie galten bei Adligen und reiche Bürgern in Europa als Luxusgüter. Auch chinesische Erfindungen wie Papier und Schwarzpulver fanden so ihren Weg nach Westen. In China dagegen war man an Gold, Glas und Fertigwaren aus Europa interessiert.

T2 Mönche berichten

Im 13. Jahrhundert dehnte sich das Volk der Mongolen über weite Regionen Asiens aus. Dies trug dazu bei, dass der Austausch zwischen Asien und Europa zunahm: Die Mongolen hatten zahlreiche Gebiete erobert und waren mit ihren Reiterheeren bis nach Europa vorgedrungen. Daraufhin wurden Mönche aus Europa nach Asien geschickt, um mehr über die Absichten und das Leben der Mongolen herauszufinden.

Die Berichte der Mönche (Q3) trugen dazu bei, dass sich das Bild der Europäer über Asien allmählich weitete. Die Mongolen beherrschten zu jener Zeit auch die Gegenden rund um die Seidenstraße. Sie zeigten sich gastfreundlich gegenüber ausländischen Reisenden und Kaufleuten und boten ihnen Schutz. Das ließ den Handel zwischen Europa und Asien aufblühen.

T3 Verbreitung von Kultur und Wissen

Der Handel auf der Seidenstraße führte auch zur Verbindung von Kulturen. Schriften unterschiedlicher Sprachen verbreiteten sich über die Seidenstraße ebenso wie Religionen. Neben dem Christentum gelangten so der Buddhismus und der Islam nach China. Auch das Wissen über das Leben der Menschen in weit entfernten Regionen konnte sich so verbreiten.

T4 Der Handelsreisende Marco Polo

1271 brach der aus Venedig stammende Händler Marco Polo in Richtung China auf. Wahrscheinlich führte sein Weg über den heutigen Irak zum Persischen Golf und weiter nach Zentralasien bis nach Peking. Marco Polo verfasste ausführliche Berichte (Q2) über seine Reisen. Sie prägten das Bild der Europäer von Asien für lange Zeit. Ob er alle Reiseorte selbst besucht hat, wissen die Historikerinnen und Historiker bis heute nicht sicher.

Q1 Fest am Hofe des chinesischen Großkhans.
Illustration zu den Reiseberichten Marco Polos, 1412

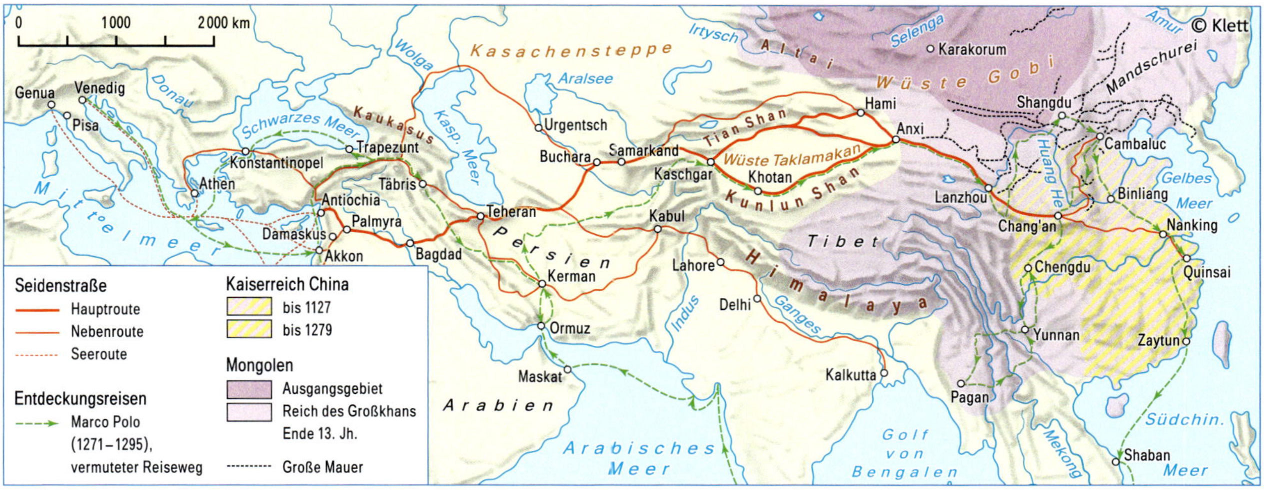

D1 Verlauf der Seidenstraße im 12./13. Jahrhundert

Q2 Marco Polo berichtet nach seiner Rückkehr aus China über seine Asienreise, 1298:

Am dritten Tag ist Quinsai (= Hangzhou) erreicht (…). Quinsai ist bei weitem die glanzvollste Stadt der Welt. (…) In Quinsai werden viele Güter hergestellt und in die Provinzstädte verschickt. Unmöglich ist es, zu beschreiben, wie reich die Kaufmannschaft hier ist und mit welch unglaublichen Mengen von Waren hier gehandelt wird. (…) Die reichen Herren und ihre Frauen (…) verrichten überhaupt keine Handarbeit; sie pflegen eine feine Lebensart, als wären sie Könige. (…) Alle Straßen von Quinsai sind mit Steinen und Backsteinen gepflastert. (…) Die Stadt hat noch mehr Annehmlichkeiten: es gibt über dreitausend öffentliche, warme Bäder.

Q3 Der Mönch Johannes von Plano Carpini, über seine Reise ins Mongolenreich, 1247:

2. Die (…) Tartaren (Mongolen) sind ihren Herren gehorsamer als irgendwelche anderen Menschen auf der Welt (…). Mit Worten streiten sie selten oder nie miteinander, handgreiflich aber nie. Kriege, Streitigkeiten, Verletzungen, Morde geschehen unter ihnen niemals. Auch Räuber und Diebe wertvoller Dinge sind dort nicht zu finden. Deshalb werden ihre Behausungen und Karren, in denen sie ihre Schätze haben, des Abends und auf der Fahrt nicht verschlossen. (…)

7. Ihre Nahrung besteht aus allem, was man essen kann. Sie essen nämlich Hunde, Wölfe, Füchse und Pferde, und in Notlagen Menschenfleisch.

→ Mongolensturm
→ pax mongolica
→ Imperium

A

1 Beschreibe den Verlauf der Seidenstraße von Osten nach Westen (D1).

2 Welche Waren wurden auf der Seidenstraße gehandelt? Liste auf (T1).

3 Welchen Kulturaustausch ermöglichte die Seidenstraße? Erkläre (T1, T3).

4 Was berichten die Fernreisenden von den Kulturen Asiens? Wähle eine Quelle aus und beschreibe (Q1, Q2 oder Q3).

5 Wie könnten die Berichte auf die Menschen in Europa gewirkt haben? Diskutiert (Q1–3).

6 EXTRA Verfasse ein Merkblatt, auf dem du aus Sicht eines Handelsreisenden Tipps für eine Reise nach China gibst.

B

1 Beschreibe den Verlauf der Seidenstraße von Osten nach Westen (D1).

2 Warum reisten ab dem 13. Jh. Europäer häufiger nach China? Erkläre (T1–2).

3 „Die Seidenstraße war mehr als eine Handelsstraße.“ Erkläre die Aussage (T3).

4 Was berichten die Fernreisenden von den Kulturen Asiens? Wähle eine Quelle aus und beschreibe (Q1, Q2 oder Q3).

5 Wie könnten die Berichte auf die Menschen in Europa gewirkt haben? Diskutiert (Q1–3).

6 EXTRA Verfasse ein Merkblatt, auf dem du aus Sicht eines Handelsreisenden Tipps für eine Reise nach China gibst.

AFB I: 1, 2, 4 II: 3, 6 III: 5   AFB I: 1 II: 2–4, 6 III: 5

SP → Lösungshilfen ab S. 222

Rundblick

Die Pest – Pandemie im Mittelalter

Keine Krankheit hat schlimmer in Europa gewütet als die Pest. In nur vier Jahren (1347–1351) starben etwa 25 Millionen Menschen in Europa am „Schwarzen Tod“. Bei der Pest handelte es sich um eine der ersten globalen Seuchen. Es zeigte sich, dass mit dem Fernhandel der weltweite Austausch in jeglicher Hinsicht zunahm – auch von todbringenden Bakterien.

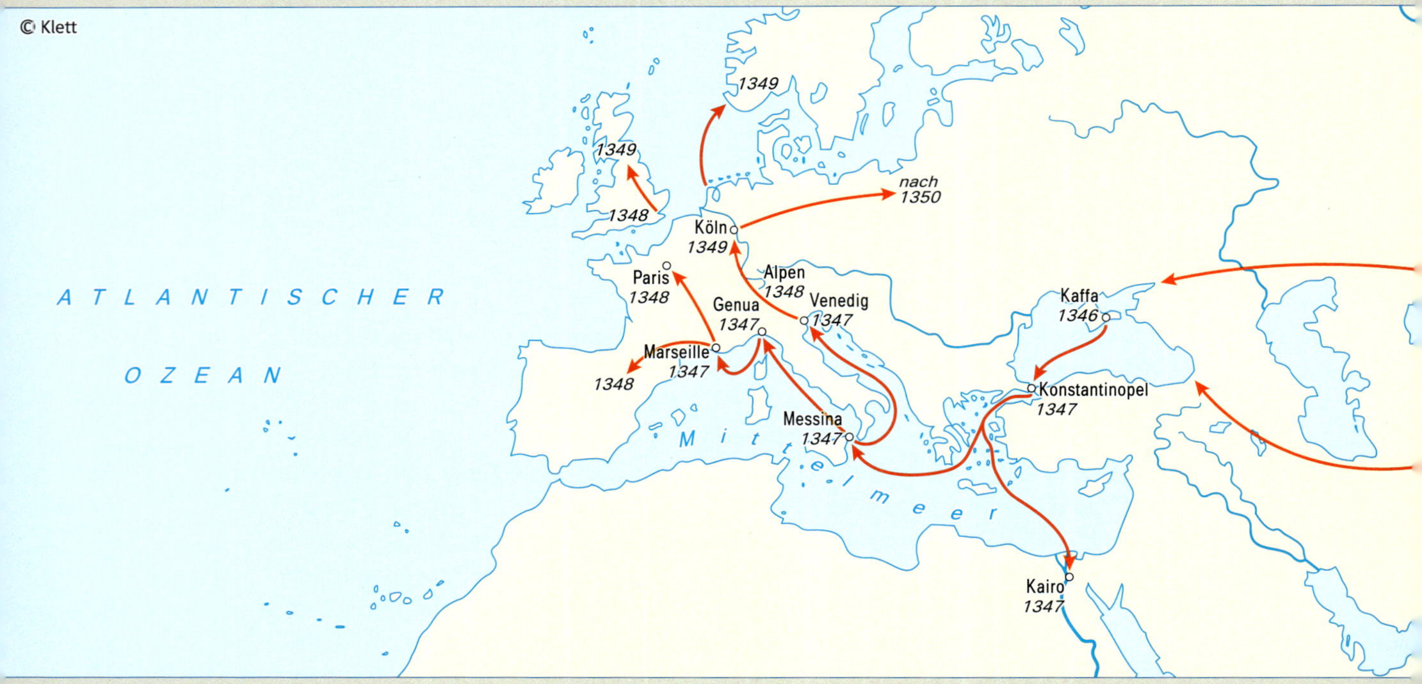

Pest
(auch „Schwarzer Tod“). Seuche, die sich im 14. Jahrhundert über die Seidenstraße bis nach Europa verbreitete

Pandemie
Ausbreitung einer Krankheit über Kontinente hinweg. Im Gegensatz dazu ist eine Epidemie auf einen Ort oder eine Region beschränkt.

T1 Der „Schwarze Tod“

Die Menschen im mittelalterlichen Europa waren immer wieder von schlimmen Krankheiten betroffen. Doch keine traf sie so furchtbar wie die „große Pest“. Schwarze Schwellungen, Bluthusten und hohes Fieber waren Zeichen für die Ansteckung. Nach wenigen Tagen starb der Befallene unter Qualen. Die Ansteckungsgefahr war so groß, dass Kranke völlig gemieden wurden. Die Toten wurden in Massengräbern verscharrt. Fast ein Drittel der west- und mitteleuropäischen Bevölkerung soll damals umgekommen sein. Die Wissenschaft war damals nicht in der Lage, die Ursache für die Pest zu finden.

T2 Der Pestbrief

Insbesondere in Hafenstädten verbreitete sich die tödliche Krankheit. Deshalb wurde 1375 der sogenannte Pestbrief eingeführt. Das war eine Art Gesundheitspass. Reisende mit ihren Waren mussten 40 Tage (= ital. quaranta giorni) warten, bevor sie in eine Stadt einreisen durften. In dieser Zeit beobachtete man, ob sie gesund blieben. So entstand der Begriff „Quarantäne“.

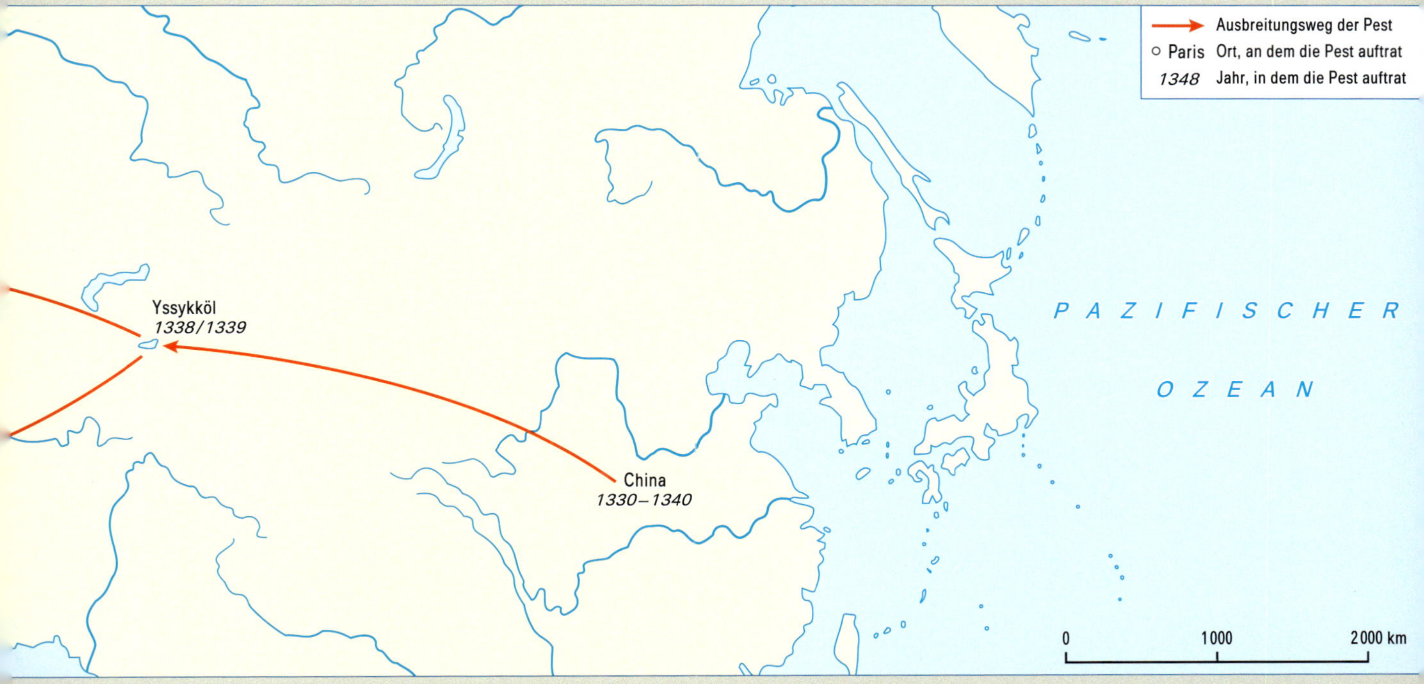

T3 Mit dem „Taxi" nach Europa

Heute weiß man: Der Pest-Erreger stammte ursprünglich aus Asien und wurde vermutlich durch Flöhe übertragen. Klimaschwankungen begünstigten die Ausbreitung der Krankheit. Um 1334 brach die Pest in China aus. Als „Taxi" für die Flöhe und damit die Bakterien dienten Kamele, die Handelswaren transportierten. Es dauerte mehrere Jahre, bis die Erreger Europa erreichten.

Schon gewusst?

Der weltweite Austausch, aber auch Entdeckungsfahrten oder Eroberungszüge sorgten immer wieder für die **Entstehung von Pandemien**:

- Ab etwa 1500 schleppten europäische Eroberer Krankheiten nach Mittel- und Südamerika ein, gegen die die dortige Bevölkerung keine Abwehrkräfte hatte. Fünf bis acht Millionen Angehörige der indigenen Bevölkerung (S. 68) starben an Pocken, Grippe oder Masern.
- In den Jahren 1918 bis 1920 forderte die „Spanische Grippe" weltweit mindestens 25 Millionen Todesopfer (manche Forscherinnen und Forscher gehen sogar von 50 Millionen Toten aus). Die Grippe hatte ihren Ursprung in den USA, über amerikanische Soldaten verbreitete sie sich während des Ersten Weltkrieges auf allen Kontinenten. Ihren Namen erhielt die „Spanische Grippe", weil spanische Zeitungen als erste über Krankheitsfälle berichteten.
- Von 2020 an breitete sich das Corona-Virus weltweit aus. Reisen und globaler Handel förderten die schnelle Ausbreitung. Allerdings bietet die weltweite Vernetzung auch die Möglichkeit, Pandemien gemeinsam zu bekämpfen und Medikamente und Impfstoffe zu entwickeln.

Wer regiert die Stadt?

Wer regiert die Stadt? Diese Machtfrage wird zwischen Parteien und Wählergruppen entschieden. Die gab es aber im Mittelalter noch nicht. Damals kämpften andere Gruppen um die Macht.

Patrizier
Im Mittelalter: städtische Oberschicht aus reichen Kaufmannsfamilien. Aufgrund ihrer adligen Lebensführung wurden sie als dem Adel ebenbürtig angesehen. Die Patrizier beherrschten im 12. bis 14. Jahrhundert vielerorts die Stadtregierungen.

→ **Rat**

→ **Selbstverwaltung**

T1 Unter der Herrschaft der Stadtherren

Bis um 1200 wurden die Städte meist durch ihre Stadtherren regiert. Das waren Herzöge, Grafen, Bischöfe und in den Reichsstädten der König. Durch ihre adligen Beamten sorgten die Stadtherren für Schutz und Ordnung in den Städten. Sie sprachen Recht und zogen Steuern ein.

T2 Eine neue städtische Oberschicht

So blieb es aber in vielen Städten nicht. Vor allem die reichen Kaufleute, die Patrizier, drängten auf Veränderungen. Sie waren durch den Handel reich geworden und gehörten zur Oberschicht in der Stadt. Die Patrizier waren der Meinung: Die Städte verdanken uns ihren Wohlstand, jetzt wollen wir auch mitbestimmen. In neu gegründeten Städten wie Freiburg (1120) oder Reichsstädten wie Aachen (1166) gewährten ihnen die Stadtherren von sich aus Freiheiten und Rechte. In anderen Städten wie Köln kam es jedoch erst nach schweren Kämpfen zwischen dem Stadtherrn und den Stadtbewohnern zu Veränderungen. Mit der Zeit wurden die Patrizier von den Adligen dann aber als ihresgleichen angesehen. Heiraten stifteten enge Verwandtschaften zwischen beiden Gruppen. Die Patrizier besetzten vielerorts die Führungsämter der Städte. Sie stellten die Bürgermeister und die Ratsherren des Stadtrats. In vielen Städten galten lange Zeit nur Patrizier als geeignet dafür, die Städte zu regieren.

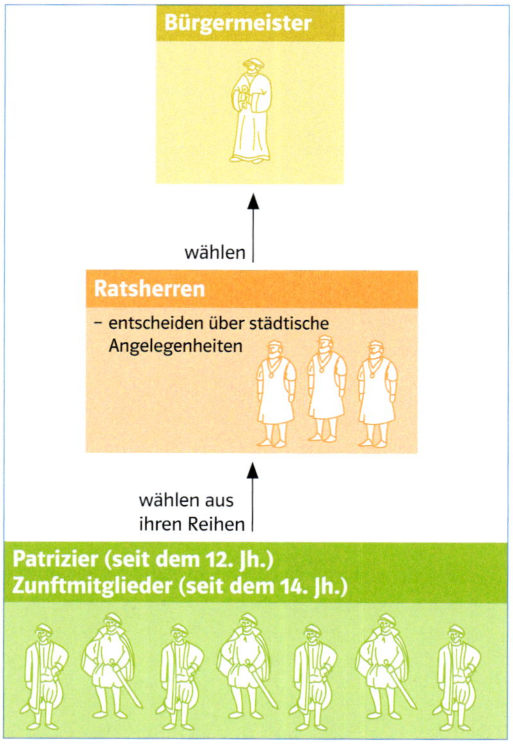

D1 **Die Stadtregierung** im Mittelalter

T3 Zünfte drängen an die Macht

Die Handwerker bildeten den weitaus größten Teil der Bevölkerung in der Stadt. Sie blieben lange von der Regierung der Stadt ausgeschlossen. Im 14. Jahrhundert wehrten sich die Handwerker in zahlreichen Städten gegen die Alleinherrschaft der Patrizier. Gerade die Handwerker der großen und wichtigen Zünfte, wie z. B. die Weber in Köln, führten diesen Protest an. Kaufleute, die keine Patrizier waren, unterstützten sie oft. Wo die Aufstände Erfolg hatten, wurden fortan neben Patriziern auch Zunftmitglieder Bürgermeister und Ratsherren. Das war z. B. 1396 in Köln oder 1450 in Aachen der Fall. Allerdings fanden solche Veränderungen nicht in allen Städten Deutschlands statt. So gab es am Ende des Mittelalters viele unterschiedliche Formen der Stadtregierung. Manche Städte wurden immer noch von Stadtherren, andere von Patriziern oder Zünften oder von beiden regiert.

Q1
Machtwechsel im Augsburger Stadtrat 1368. Der Rat der Patrizier (sitzend) empfängt eine Abordnung der Augsburger Handwerker (vorne stehend) und stimmt ihrer Forderung nach künftiger Beteiligung der Zünfte an der Regierung Augsburgs zu. Zeitgenössische Buchillustration

A

1. Arbeite aus T1–3 heraus:
   a) Wer regierte die Stadt?
   b) Wie veränderte sich die Herrschaftsform?
2. Warum beanspruchten die Patrizier mehr Macht in der Stadt (T2)? Begründe.
3. Beschreibe Q1. Was kannst du aus dem Stimmengewirr heraushören? Schreibe einige Sprechblasen in dein Heft (T3).
4. Nenne die Forderung der Handwerker in Q1.
5. Erkläre das Schaubild D1.
6. Welche Form der Stadtregierung ist die beste? Führt eine Diskussion in der Klasse.

B

1. Arbeite aus T1–3 heraus:
   a) Wer regierte die Stadt?
   b) Wie veränderte sich die Herrschaftsform?
2. Warum beanspruchten die Patrizier mehr Macht in der Stadt? Findest du das gerecht? Begründe.
3. Beschreibe Q1. Was kann man aus dem Bild über die Stellung der einzelnen Gruppen ableiten? Erläutere.
4. Nenne die Forderung der Handwerker in Q1 und begründe sie. Spielt die Szene in der Klasse nach.
5. Erkläre das Schaubild D1. Erläutere, wie sich die Gruppe der Personen, die die Macht in der Stadt hat, veränderte.
6. Welche Form der Stadtregierung ist die beste? Führt eine Diskussion in der Klasse.

AFB I: 1, 4 II: 2, 3, 5 III: 6   AFB I: 1 II: 2–5 III: 6

SP → Lösungshilfen ab S. 222

Stadtluft macht frei – aber auch gleich?

Unfreie wurden frei, wenn sie ein Jahr und einen Tag in der Stadt wohnten. Es galt der Grundsatz: „Stadtluft macht frei.“ Aber das bedeutete nicht, dass alle Stadtbewohner auch gleich waren.

Bürger/ Bürgerinnen
Ein Bürger hatte das Recht, den Stadtrat zu wählen, selbstständig ein Geschäft und Gerichtsprozesse zu führen sowie sein Vermögen zu verwalten. Allerdings hatte er auch die Pflicht, am Wach- und Verteidigungsdienst für die Stadt teilzunehmen. Selbstständige Bürgerinnen konnten sich davon freikaufen.

T1 Bürger waren längst nicht alle

Nicht jeder Stadtbewohner war auch Bürger der Stadt. In den meisten Städten erhielt man das Bürgerrecht nur, wenn man ein Haus, ein Grundstück und Vermögen besaß und Steuern zahlte. Das traf nur auf die wohlhabenderen Einwohner zu.

T2 Frauen in der Stadt

Frauen galten als Bürgerinnen, wenn sie mit einem Bürger verheiratet waren. Aber auch unverheiratete Frauen konnten das Bürgerrecht erlangen. Dafür mussten sie selbstständigen Handel oder ein Handwerk betreiben. Das kam gar nicht so selten vor: Köln war z. B. bekannt für seine tüchtigen Kauffrauen und Meisterinnen der Garnmacherzunft. Sie durften zwar nicht an der Ratswahl teilnehmen, konnten aber wie männliche Bürger Verträge abschließen und selbstständig Prozesse vor Gericht führen. Allerdings brachten es nur Frauen aus wohlhabenden Familien so weit. Das Leben einfacher Frauen – Mägde, Tagelöhnerinnen, Lohnarbeiterinnen – sah anders aus. Dabei war ein Leben als Magd in einem Bürgerhaus noch ganz erträglich, selbst wenn der Lohn gering und die Arbeit hart war. Schlimm war es dagegen für eine Frau, ihren Lebensunterhalt in einem verachteten Beruf verdienen zu müssen. Das betraf etwa Frauen, die z. B. in Badehäusern Liebesdienste gegen Bezahlung anboten. Auf solche Frauen schauten die Mitmenschen mit Verachtung herab.

T3 Am unteren Rand der Gesellschaft

Nur die kleine Oberschicht der Kaufleute erwirtschaftete für sich große Vermögen. Handwerkerfamilien führten meist ein bescheidenes Leben. Aber Krankheit oder Tod eines Mitglieds konnte die ganze Familie zu Bettlern machen. Tatsächlich war Betteln in schlechten Zeiten manchmal die einzige Chance zu überleben. Dabei galt Betteln nicht als schlimm, wenn es aus echter Not geschah. Anders war es, wenn ein Bettler Leiden nur vortäuschte. Dies galt als „unehrlich“ und machte ihn ehrlos. Als „unehrliche“ Berufe galten auch Henker und Folterknechte, Totengräber, Beseitiger von Tierkadavern und Kloakenreiniger. Sie wurden in der Stadt dringend gebraucht, waren aber dennoch verachtet. Genauso verachtet wurden Prostituierte und umherziehende Spielleute und Gaukler. Wer mit ihnen verkehrte, riskierte für immer seinen guten Ruf.

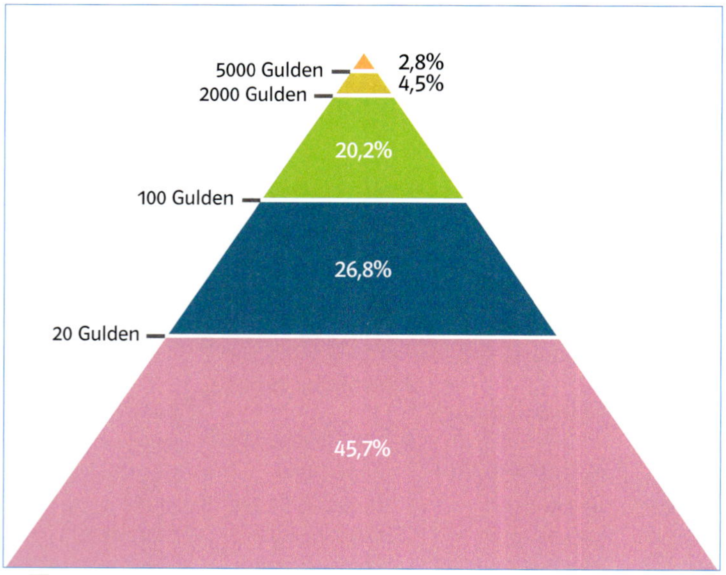

D1 Arm und Reich in der Stadt Nürnberg am Ende des Mittelalters.
Die städtischen Beamten schätzten das Vermögen der Bürger, um es besteuern zu können. Wer ein Vermögen von 100 Gulden besaß, musste etwa acht Gulden Jahressteuer zahlen.

A 02
Hörspiel
„Wir wollen hier keine Teufelsanhänger!"

Q1 Menschen in der Stadt. Gemälde von Jean Bourdichon, um 1505–1510

Q2 Kleiderordnung des Kieler Stadtrats, 1417:

Keine Frau darf gekrauste Tücher tragen und mehr als zwei Mäntel haben, die mit Pelzwerk gefüttert sind. Sie darf auch keinerlei Schmuck mit teuren Steinen und Perlen an allen ihren Kleidern tragen, wenn ihr Mann an die Stadt nicht mindestens 400 Mark Silber zu versteuern hat. (…)

Wenn der Mann zwar Steuern zahlt, aber nicht für 100 Mark, so darf seine Frau keinerlei Schmuck tragen. Insbesondere darf keine Bürgersfrau Pelzwerk unten an ihren Kleidern tragen.

Insbesondere wird empfohlen, dass keine Dienstmagd Spangen, Scharlachtuch[1] und vergoldeten Schmuck trägt, die mehr als 8 Schillinge wert sind.

1 Scharlach = wertvoller Stoff

Q3 Ein Prediger, 1264:

Ebenso werden aus der heiligen Christenheit so manche und besonders all jene verstoßen, die sich ihren Standespflichten entziehen und von Redlichkeit und Aufrichtigkeit abgefallen sind. (…) Dazu gehören die Possenreißer[1], Geiger und Trommler und wie sie alle heißen mögen, die sich dafür bezahlen lassen, dass sie einen lobpreisen. (…) Denn so einer erzählt jemandem, solange er zuhört, das Schmeichelhafteste, das ihm nur einfällt; sobald der sich aber umdreht, erzählt er über ihn das Schlimmste, was er nur irgend erzählen kann (…). Ihr ganzes Leben haben diese Leute auf Sünde und Schande ausgerichtet und schämen sich doch keiner Sünde und Schande.

1 macht Späße mit Leuten

A

1. Ordne die Menschen in Q1 den Begriffen „arm" und „reich" zu.
2. Erkläre, wer sich in der Stadt „Bürger" nennen durfte (T1–2).
3. Zähle auf: Wer gehörte zur Oberschicht, wer zur Unterschicht, wer zu den „Unehrlichen" (T2–3)?
4. Fertige ein Schaubild zu den Bevölkerungsgruppen in der Stadt an.
5. Erkläre den Sinn von Kleiderordnungen (Q2).
6. Suche dir eine Person auf dem Bild dieser Seite aus und erzähle aus ihrem Leben.

B

1. Ordne die Menschen in Q1 den Begriffen „arm" und „reich" zu.
2. Erkläre, wer in der Stadt sich „Bürger" nennen durfte. Beurteile die speziellen Bedingungen für Frauen (T1–2).
3. a) Löse Aufgabe A3.
b) Beurteile die Einordnung von Berufen als „unehrlich" (Q3, T3).
4. Fertige ein Schaubild zu den Bevölkerungsgruppen in der Stadt an.
5. Erkläre den Sinn von Kleiderordnungen (Q2). Diskutiert Vor- und Nachteile einer solchen Kennzeichnung.
6. Suche dir eine Person auf dem Bild dieser Seite aus und erzähle aus ihrem Leben.

AFB I: 1, 3 II: 2, 4–6 III: –   AFB I: 1 II: 2, 4–6 III: 3, 5

SP → Lösungshilfen ab S. 222

Jüdisches Leben in Mittelalter und Früher Neuzeit

Im Mittelalter und in der Frühen Neuzeit gab es auch in Europas Städten jüdische Gemeinden. Die Juden lebten mitten unter den Christen – doch dann wurden sie an den Rand gedrängt.

Synagoge
Gebäude, in dem Juden sich versammeln und Gottesdienst feiern. Die Synagoge ist auch ein Ort des Unterrichts und der Verwaltung. Die geistliche Leitung liegt in der Hand der Rabbiner.

„Kramhandel"
Handel mit vielen verschiedenen Kleinteilen. Vom 16. Jahrhundert an wurde der Begriff „Kram" abwertend verwendet.

→ **Schutzprivileg**

→ **Juden**

T1 Judenviertel und Judengettos

Juden wohnten oft in eigenen „Judengassen". Sie hatten eigene Gebetshäuser (Synagogen), eigene Krankenhäuser und Schulen. Es gab sogar eigene Metzgereien und Bäckereien für Lebensmittel, die den religiösen Speisevorschriften entsprachen. Im Mittelalter wohnten die Juden noch in direkter Nachbarschaft zu den Christen, ohne Mauern dazwischen oder andere Abgrenzungen. Erst im 15. Jahrhundert entstanden abgegrenzte Wohnviertel für Juden. Abends und an christlichen Feiertagen wurden sie verschlossen. So ein klar abgegrenztes Gebiet in einer Stadt nannte man ab dem 16. Jahrhundert „Getto". Juden mussten sich dann auch einen gelben Fleck oder Ring an der Kleidung befestigen, um als Jude erkannt zu werden.

Q1 Jüdische Frau in Worms. Laut der Judenordnung von Worms aus dem Jahr 1524 mussten sich Juden durch ein Zeichen an der Kleidung kenntlich machen. Solche Bestimmungen gab es auch anderswo, sie wurden aber nicht immer eingehalten. Flächendeckend setzten sich Kennzeichnungen erst in der Frühen Neuzeit durch. Zeichnung, 16. Jahrhundert

T2 Geschützt und angesehen

Um das Jahr 1000 gründeten sich jüdische Gemeinden am Rhein. Der Kaiser schützte die Juden. Garantien erhielten sie auch vom Bischof von Speyer: Er erlaubte es Juden, nach ihren religiösen Gesetzen zu leben und mit den Christen Handel zu treiben. Jüdische Händler betrieben den „Kramhandel" und auch Geldverleih gegen Zinsen. Die Kirche betrachtete den Zinsgewinn als unmoralisch – weshalb christliche Kaufleute, die Geld verliehen, ihren Zinsgewinn verheimlichten. Anders, als es manchmal zu lesen ist, waren Juden weder völlig rechtlos noch auf den Handel beschränkt. Es gab z.B. auch jüdische Handwerker, Gelehrte oder Ärzte. Manche brachten es zu Ansehen und Reichtum in der christlich geprägten Gesellschaft. Juden konnten das Bürgerrecht erwerben (manchmal allerdings nur in abgestufter Form) und hatten damit Rechte und Pflichten.

T3 Gefährdet und verfolgt

Im Laufe der Zeit verhärtete sich die Haltung der Christen gegenüber Juden. Schon immer gab es den Vorwurf, die Juden seien für die Kreuzigung Jesu verantwortlich. (Das stimmte nicht, denn die Römer hatten Jesus verurteilt.) Dazu kam: Jüdische Händler wurden als Konkurrenten verachtet. Außerdem warfen die Christen ihnen vor, überhöhte Zinsen zu verlangen. Diese Vorwürfe schlugen manchmal in Gewalttaten um – so auch zur Zeit der großen Pest 1347–1351. Da man sich die Seuche nicht erklären konnte, wurden die Juden beschuldigt, die Brunnen vergiftet zu haben. Der Kaiser gab seinen Schutz auf und ließ es zu, dass in vielen Städten Juden umgebracht wurden. Viele Juden flohen aufs Land oder wanderten nach Polen aus.

Q2 Kaiser Friedrich I. erneuerte 1157 alte Rechte der Wormser Juden:

(2) Von den Sachen, die die Juden nach Erbrecht besitzen in Form von Grundstücken, Gärten, Weinbergen, Äckern, Knechten oder sonstigem beweglichen oder unbeweglichen Gut, soll niemand wagen, irgendetwas wegzunehmen. In dem Freiraum, den sie an Baulichkeiten an der Stadtmauer innerhalb und außerhalb besitzen, soll sie keiner behindern (…)

(4) Innerhalb des Gebietes unseres Reiches dürfen sie frei und friedlich umherziehen, um ihre Geschäfte und ihren Handel auszuüben, um zu kaufen und zu verkaufen; und keiner soll von ihnen Zoll fordern. (…)

(7) Niemand soll sich herausnehmen, die Söhne und Töchter der Juden gegen ihren Willen zu taufen. (…)

(14) Wenn die Juden einen Streit oder eine Rechtssache untereinander zu entscheiden haben, sollen sie von ihresgleichen und nicht von anderen Leuten gerichtet werden.

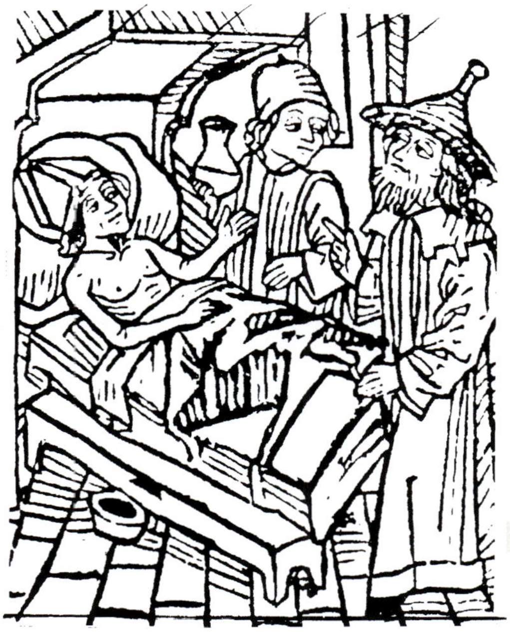

Q4 Jüdischer Arzt behandelt einen Bischof. Holzschnitt, 1487

Q3 Die Stadt Köln rechtfertigt ihre Judenausweisung vor dem Kaiser, 1431:

Besonders, weil sie ihr Geld (…) zu Wucher und Zins verleihen möchten, was wir nach den Geboten Gottes, den Gesetzen der heiligen Kirche und allem geschriebenen Recht nach nicht erlauben (…). Zum anderen, weil unsere Stadt von Köln eine der heiligsten Städte der Christenheit genannt wird und sie an manchen Stellen mit Heiligtümern der lieben Heiligen, die dort ruhen (…), löblich verziert ist, (so) dass die Juden mit ihren unchristlichen Füßen die heilige Erde darinnen billigerweise nicht mehr betreten sollen. Besonders auch darum, weil eine Kunde und Gerücht ausgebrochen waren, dass die Juden die Wasserstellen und Brunnen in unserer Stadt vergiftet haben sollen, wie es auch teilweise im um uns gelegenen Land welche getan haben, die deswegen gerichtet und entleibt wurden.

A / B

1 Beschreibe das Leben von Juden in einer Stadt im 14. und 16. Jahrhundert (T1, Q1).

2 (A) Welche Rechte erhielten Juden? Schreibe in eine Tabelle (Q2).

2 (B) a) Löse Aufgabe A2. b) Wurden Juden bevorzugt oder benachteiligt? Beurteile.

3 Zwei Berater des Bischofs diskutieren, ob sie einen guten jüdischen Arzt zu Hilfe holen sollen. Schreibe das Gespräch auf (Q4, T2–3).

4 (A) Erkläre, warum gerade der Geldhandel Anlass für Streitigkeiten bot (T2–3, Q3).

4 (B) Warum wurden Juden verdächtigt, Brunnen vergiftet zu haben? Gib die Vorwürfe wieder und nimm dazu Stellung (T3, Q3).

5 Diskutiere mit deinem Tischnachbarn: Wie kann das Zusammenleben verschiedener Religionsgruppen in einer Stadt gelingen?

6 EXTRA MB Informiere dich über die Pest im Mittelalter und ihre tatsächlichen Ursachen (S. 36/37, Internet). Bereite einen kurzen Vortrag vor.

AFB I: 1 II: 2, 3, 6 III: 4, 5 AFB I: 1 II: 2, 3, 6 III: 4, 5

SP → Lösungshilfen ab S. 222

Gewalt im Zeichen des Kreuzes

1099 richteten europäische Kreuzfahrer in Jerusalem ein Massaker an. Es begann ein fast 200 Jahre langer gewalttätiger Kampf zwischen Muslimen und Christen um das Heilige Land.

Massaker
Ermordung vieler meist wehrloser Menschen

Kreuzzug
Vom Papst verkündeter Krieg zur Verteidigung und Verbreitung des Christentums. Die Teilnahme war freiwillig, musste aber durchgehalten werden, sonst drohte der Ausschluss aus der Kirche.

→ **„Heiliger Krieg“**

Heiliges Land
religiöse Bezeichnung für Jerusalem und Umgebung, da dort viele heilige Stätten von Juden, Christen und Muslimen liegen

T1 „Gott will es“

Mit diesen Worten soll das Volk auf eine Frage des Papstes geantwortet haben, der 1095 zu einem Kreuzzug gegen die Muslime aufrief. Diese bedrohten den christlichen Kaiser von Byzanz und hielten das Heilige Land besetzt. Zehntausende Ritter, Bauern und Handwerker folgten dem Aufruf. Auch viele Frauen nahmen an den Kreuzzügen teil: als Pilgerinnen, Nonnen, Sanitäterinnen, Spioninnen, Kauffrauen oder Prostituierte. Daneben unterstützten manche Ehefrauen ihre Männer oder kämpften selbst.
Nach dem Symbol des christlichen Glaubens, das sich die bewaffneten Pilger aufnähten, wurden sie „Kreuzfahrer“ genannt. Jedem, der an einem Kreuzzug teilnahm, wurde die Vergebung seiner Sünden versprochen. Vielen Kreuzfahrern war das wichtig, andere suchten nur das Abenteuer oder hofften auf Reichtum und Macht.

T2 Massaker an Juden

Auf ihrem Weg nach Jerusalem erreichte 1096 ein Bauernheer den Rhein. Dort überfielen die Kreuzfahrer die Judenviertel mehrerer Städte, raubten und mordeten. Die Juden seien Feinde der Christen, so begründeten die Kreuzfahrer ihre Taten. Tatsächlich waren viele aber nur auf den Besitz der Juden aus. Mancherorts erfuhren die Juden aber auch Hilfe: In Speyer z. B. rettete Bischof Johann die meisten Juden (gegen Bezahlung).

T3 Gewalt gegen Muslime

Die Kreuzfahrer, die bis in das Heilige Land vordrangen, gingen auch gegen die muslimische Bevölkerung gewaltsam vor. Denn in ihren Augen waren die Muslime „Heiden“ und Feinde Christi. Es folgten sechs weitere Kreuzzüge. Fast 200 Jahre hielten Kreuzfahrer Teile des Heiligen Landes besetzt. Dabei prägten Gewalt und Feindschaft das Verhältnis von christlichen Besatzern und Muslimen zueinander. 1291 besiegten die Muslime die letzten Kreuzfahrer.

D1 Der erste Kreuzzug 1096–1099

I03
interaktive Karte
Erster Kreuzzug nach Palästina

A03
Hörspiel
In der Kathedrale von Clermont

Q1 Die Eroberung Jerusalems 1099, Bericht eines christlichen Augenzeugen:

Nachdem die Unsrigen die Heiden endlich zu Boden geschlagen hatten, ergriffen sie im Tempel eine große Zahl Männer und Frauen und töteten und ließen leben, wie es ihnen gut schien. Bald durcheilten die Kreuzfahrer die ganze Stadt und rafften Gold, Silber, Pferde und Maulesel an sich. (…) Am folgenden Tag erkletterten die Unsrigen das Dach des Tempels, griffen die Muslime, Männer und Frauen, an, zogen das Schwert und schlugen ihnen die Köpfe ab (…). Niemand hat jemals von einem ähnlichen Blutbad unter einem heidnischen Volk gehört oder es gesehen.

Q2 Ein muslimischer Geschichtsschreiber berichtet 1231 über die Eroberung Jerusalems:

Die Einwohner wurden ans Schwert geliefert, und die Franken (Kreuzfahrer) blieben eine Woche in der Stadt, während derer sie die Einwohner mordeten. (…) (In der Al-Aqsa-Moschee) töteten die Franken mehr als siebzigtausend Muslime, unter ihnen viele Imame, Religionsgelehrte, Fromme und Asketen (…). Aus dem Felsendom raubten die Franken (…) unermessliche Beute. Die Flüchtlinge erreichten Bagdad im Ramadan (…). In der Kanzlei des Kalifen gaben sie einen Bericht, der die Augen mit Tränen füllte (…) bei der Erzählung, was die Muslime in der erhabenen heiligen Stadt erlitten hatten.

Q3 Kreuzzüge aus europäischer Sicht. Muslime morden, plündern, schänden Kirchen. Französische Miniatur, um 1325

Schon gewusst?

Die Kreuzzüge aus muslimischer Sicht
Die Muslime kannten den Aufruf des Papstes zum Kreuzzug nicht. Sie sahen daher die Angriffe auf Jerusalem gar **nicht als religiösen Konflikt** „Christen gegen Muslime“, sondern als einzelne Überfälle ungebildeter Barbaren aus Europa. Deshalb starteten sie auch keinen „Gegenkreuzzug“ aller islamischer Machthaber, um die Europäer wieder zu vertreiben.

Die Eroberung Jerusalems in mittelalterlichen Quellen (Q1 und Q2)

- Die meisten christlichen Quellen beruhen auf dem Bericht eines Kreuzfahrers aus Süditalien. Doch dieser Ursprungstext (entstanden 1099 bis 1101) ist nicht als Augenzeugenbericht, sondern im Stil eines Heldengedichts verfasst. Viele Kreuzzugsberichte haben auch biblische Geschichten aus dem Alten Testament der Bibel als Vorlage.
- Erste muslimische Quellen entstanden ab 1150, fünfzig Jahre nach den Ereignissen. Andere Berichte stammen aus noch späterer Zeit.
- Mittelalterliche Chroniken übertreiben oft. Wie viele Opfer forderte z.B. die Eroberung Jerusalems? Christliche Quellen nennen 10 000 Tote, arabische Quellen bis zu 70 000. Das ist angesichts der Einwohnerzahl damaliger Städte zu viel. Neuere Forschungen gehen von 3 000 Toten aus.
- Christliche wie muslimische Quellen berichten vor allem über muslimische Opfer. Tatsächlich griffen die Kreuzfahrer Juden und Muslime ohne Unterschied an. Das geht aus jüdischen Quellen hervor.

A / B

1 a) Suche das Heilige Land auf der Karte (D1).
b) Erkläre deinem Tischnachbarn den Begriff (Lexikon).

2 (A) Liste auf, wo und gegen wen es durch die Kreuzfahrer zu Gewalttaten kam (T2–3, D1).

2 (B) MB Beschreibe Entstehung, Teilnehmer und Weg des ersten Kreuzzuges (T1–3, D1, I03, ggf. Atlas).

3 a) Arbeitet in Gruppenarbeit heraus: Wie ist die Eroberung Jerusalems dargestellt? Gruppe 1: Q1, Q3. Gruppe 2: Q2
b) Vergleicht beide Sichtweisen.

4 „Die Kreuzzüge waren ein Religionskrieg“. Prüfe die Behauptung (Schon gewusst?, erster Absatz)

5 Wie sind Quellen aus der Zeit der Kreuzzüge zu bewerten? Beurteile (Schon gewusst?, zweiter Absatz)

6 EXTRA Interviewe einen Ritter: Warum will er am Kreuzzug teilnehmen (T1)?

AFB I: 1a, 2, 3a II: 1b, 3b, 6 III: 4, 5

AFB I: 1a, 2, 3a II: 1b, 3b, 4, 6 III: 5

SP → Lösungshilfen ab S. 222

Nah dran

Jerusalem, Stadt der drei Religionen

Q1 **Blick auf die Altstadt von Jerusalem** (von Norden aus gesehen)

T1 Heiligtümer in der Stadt

Heute leben etwa 33 000 Menschen in der Altstadt von Jerusalem. Davon sind ca. 70 Prozent Muslime, 15 Prozent armenische und arabische Christen sowie 15 Prozent Juden. Aber nicht nur das macht Jerusalem zur Stadt der drei Religionen. Noch wichtiger ist, dass Jerusalem in der Geschichte aller drei Religionen eine bedeutende Rolle gespielt hat. Alle Religionen haben hier Heiligtümer, die von den Gläubigen in aller Welt verehrt werden. Für die Juden ist das die Westmauer („Klagemauer"), die von ihrem 70 n. Chr. zerstörten Tempel stammt, für die Christen die Grabeskirche, die 326 über dem mutmaßlichen Grab Jesu errichtet wurde, für die Muslime der 691/92 erbaute Felsendom über dem Felsen, von dem aus Mohammed eine Himmelsreise gemacht haben soll.

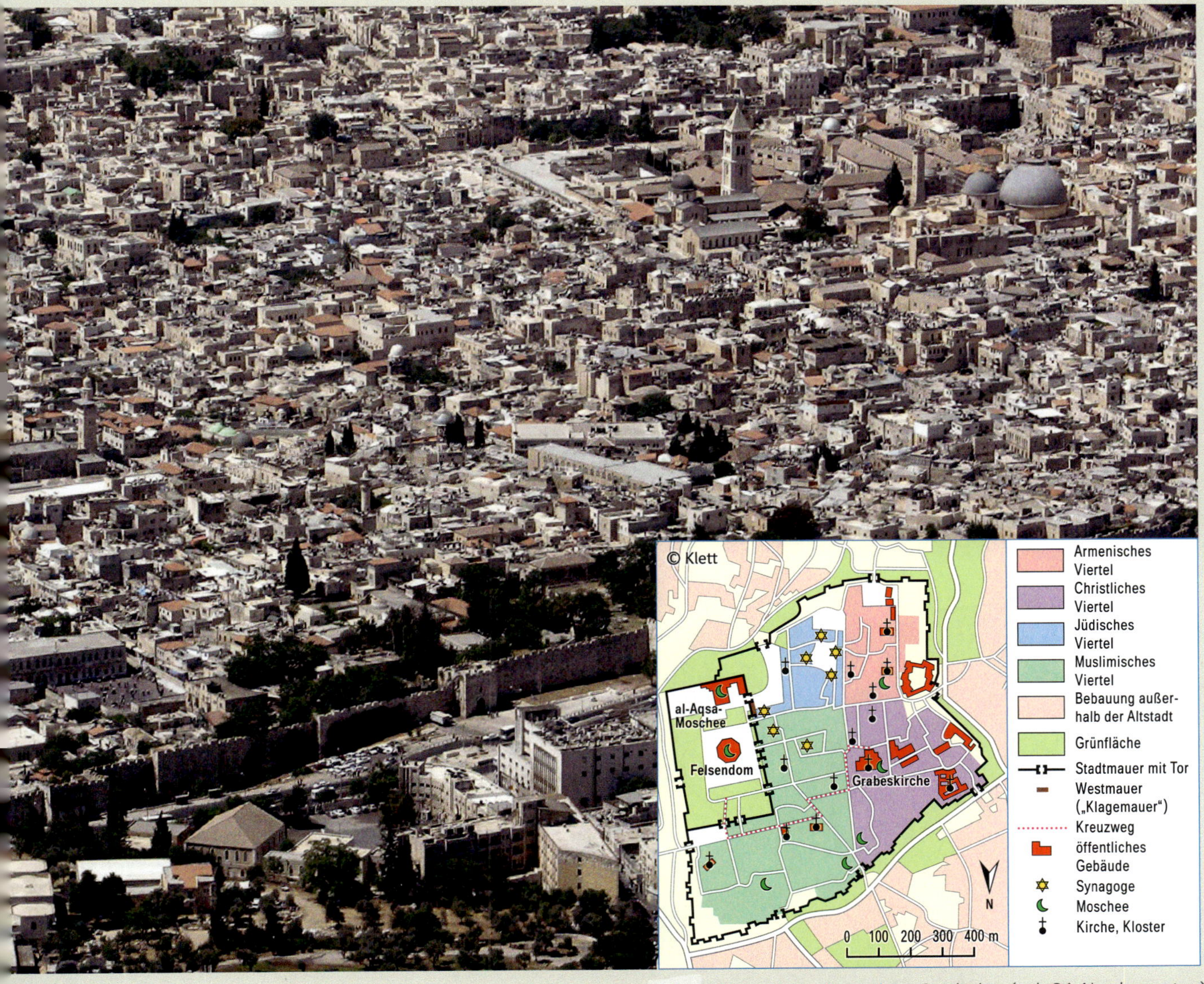

D1 **Altstadt von Jerusalem.** Stadtplan (vgl. Q1: Norden unten)

A B

1 Zeige deinem Tischnachbarn im Foto Q1: Wo in etwa verlaufen die Grenzen zwischen den Vierteln aus der Karte D1? Welche Sehenswürdigkeiten findest du auf dem Foto wieder?

2 a) Welche großen Heiligtümer gibt es in Jerusalem? Beschreibe ihre Lage innerhalb der Altstadt (Q1, D1).
b) Was verbinden die Gläubigen mit den Heiligtümern? Erkläre.

3 MB (A) Sammle weitere Informationen und Bilder zu den Heiligtümern. Recherchiere im Internet.

3 MB (B) Gibt es weitere Ereignisse, bei denen Jerusalem in der Geschichte der drei Religionen eine große Rolle gespielt hat? Recherchiere im Internet.

4 Schreibe unter der Überschrift „Jerusalem, die heilige Stadt der Juden, Christen und Muslime“ einen Bericht für einen Reiseführer.

AFB I: 1, 2a II: 2b–4 III: –   AFB I: 1, 2a II: 2b–4 III: –

SP → Lösungshilfen ab S. 222

Abschluss

Leben im Mittelalter

D01 Arbeitsblatt Wiecerholung

D02 Arbeitsblatt Lösung

I04 interaktive Übungen Leben im Mittelalter

- Ich kann Fragen stellen, was mich an der Geschichte des Mittelalters interessiert, z. B. ...
- Ich kann das Leben auf dem Land beschreiben.
- Ich kann die Bedeutung der mittelalterlichen Klöster erläutern.
- Ich kann bewerten, ob die Ständeordnung gerecht war.
- Ich kann beurteilen, wie das Leben auf der Burg wirklich war.
- Ich kenne typische Orte für die Entstehung von Städten im Mittelalter.
- Ich kann die Bedeutung von Städten im Mittelalter für die Entwicklung der Mitbestimmung erläutern.
- Ich kann in einer Stadt Spuren des Mittelalters entdecken.

2 1450 bis 1648

Wende zur Neuzeit

um 1450
Erfindung des Buchdrucks mit beweglichen Buchstaben

1452–1519
Lebensdaten von Leonardo da Vinci, einem Gelehrten und Künstler

1453
Eroberung Konstantinopels durch die Osmanen

1492
Landung von Kolumbus in Amerika

1517
Beginn der Reformation

1521
Untergang des Aztekenreiches

1543
Kopernikus: Die Erde dreht sich um die Sonne.

1648
„Westfälischer Frieden“ nach dreißig Jahren Krieg in Europa

?

Was ist auf diesem Bild ungewöhnlich?

Formuliere in Sprechblasen: Wie fühlen die Frauen sich? Was denken sie?

Zeichne, wie die Situation zwei Minuten später aussehen könnte.

Du beobachtest die Frauen. Was würdest du tun?

Wer könnten die Frauen sein?

Wegweiser

Wende zur Neuzeit

Zwischen 1450 und 1650 mussten die Menschen in Europa feststellen, dass viele Lebensgewohnheiten und Sichtweisen nicht mehr galten. Ihre Sicht auf sich selbst und die Welt hatte sich verändert. Dazu hatte vieles beigetragen, z. B. Erfindungen wie der Buchdruck, die „Entdeckung“ des amerikanischen Kontinents, neue Erkenntnisse über den Lauf der Planeten und das Nachdenken über die kirchlichen Traditionen. In diesem Kapitel kannst du der Frage nachgehen, warum viele Historikerinnen und Historiker die Zeit um 1500 als Beginn einer neuen Epoche – der Neuzeit – sehen.

1 Was weißt du schon über die Epoche der Neuzeit? Zeichne oder male ein Bild.

A

2 Wie veränderte sich um 1500 der Blick des Menschen auf sich selber und auf das Leben? (S. 54–59)

3 Wie kam es zu den Seefahrten nach Amerika? (S. 60–65)

4 Wie lebten die Menschen um 1500 in anderen Hochkulturen? (S. 66–69)

Erkenntnisse

Entdeckungen

Hochkulturen

B

2 Welches Menschenbild hatten die Humanisten um 1500? Welche Erfindungen führten zu neuen Sichtweisen und welche Folgen hatte das? (S. 54–59)

3 Welche politischen und wirtschaftlichen Entwicklungen gingen den Seefahrten nach Amerika voraus? Warum muss der Begriff „Entdeckung“ mit Bedacht benutzt werden? (S. 60–65)

4 Wie entwickelten sich andere Hochkulturen um 1500 und was wussten sie über die Europäer? (S. 66–69)

Material findest du auf den folgenden Seiten, du kannst aber auch in der Bücherei und im Internet suchen. MB

Entdeckungen
Im 15./16. Jahrhundert stießen europäische Seefahrer auf Länder und Menschen, die ihnen unbekannt waren. In Europa spricht man deshalb von „Entdeckungen". In Mittelamerika wurden die Begegnungen mit den Europäern, die oft von Gewalt geprägt waren, nicht als „Entdeckungen" erlebt.

A

5 Wie kam es zur Begegnung in Mexiko? Bewerte die Folgen für die Azteken und die Spanier. (S. 68–71)

6 Welche Kritik hatten die Reformatoren an der Kirche? Wie verbreitete sich die Reformation? (S. 74–77)

7 Wie veränderte die Reformation das politische und religiöse Leben? (S. 78–83)

Kolonialisierung

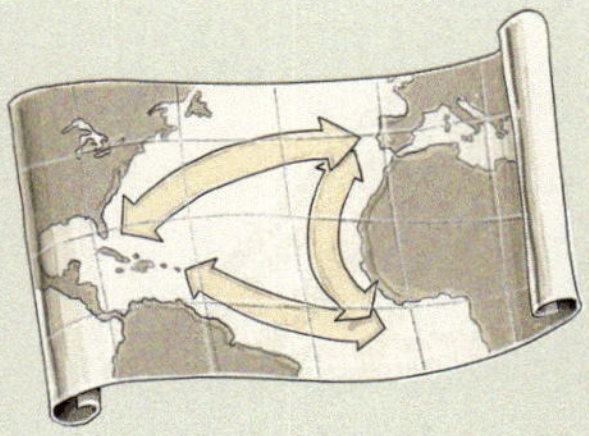

Reformation

Bauernkriege und Dreißigjähriger Krieg

B

5 Wie kam es zur Begegnung in Mexiko? Bewerte die Folgen der Eroberungen in Mittel- und Südamerika für die indigene Bevölkerung und für die Europäer. (S. 68–73)

6 Welche Kritik hatten die Reformatoren an der Kirche? Welche Rolle spielte Martin Luther und welche Bedeutung hat er bis heute? (S. 74–77)

7 Erkläre die politischen und religiösen Folgen der Reformation und bewerte sie. (S. 78–83)

8 A B Inwieweit hat sich deine Sicht auf den Beginn der Neuzeit verändert? Zeichne oder male ein zweites Bild.

... einen Portfoliobogen zu Erfindungen in der Neuzeit erstellen. MB

... ein Jugendbuch über die Renaissance vorstellen. MB

... einen Reisebericht aus der Sicht von Vasco da Gama verfassen. Er entdeckte 1498 den Seeweg nach Indien. MB

... ein Plakat zur Geschichte eines südamerikanischen Staates erarbeiten und präsentieren. MB

... einen Steckbrief über Katharina Luther, geborene von Bora, verfassen. MB

Der Mensch im Mittelpunkt

Um 1500 hatten gebildete Menschen den Eindruck, den Beginn einer neuen Zeit mitzuerleben. In der Kunst, der Architektur und der Wissenschaft – überall wagten sie es, bisherige Grenzen zu überschreiten und eine neue Sicht auf ihr Leben zu entwickeln.

Humanismus
von lat. humanus = menschlich.
Idee von Gelehrten, die den Menschen in den Mittelpunkt ihrer Forschung stellten

Renaissance
frz. = Wiedergeburt
Der Begriff bezeichnet die Zeit von ca. 1350 bis 1550. Künstler und Wissenschaftler entdeckten das Wissen der Antike wieder. Ideen aus der Antike wurden „wiedergeboren“.

Porträt
bildliche Darstellung eines menschlichen Gesichtes (Brustbild). Es stellt die besonderen persönlichen Eigenschaften dar.

→ **Individuum**

T1 Das Denken ändert sich

Im 14. Jahrhundert waren in Italien Städte wie Florenz, Venedig oder Mailand durch Handel reich und mächtig geworden. Die Kaufleute und Fürsten hatten das Sagen – Papst und Kaiser verloren immer mehr an Einfluss. Selbstbewusste Familien wollten sich von der Kirche und der alten Ordnung des Mittelalters nicht mehr beschränken lassen. Kaufleute, Politiker, Gelehrte und Künstler suchten nach neuen Ideen.

T2 Die Antike als Vorbild

Diese Menschen stellten fest, dass es schon in der Antike viele gute Ideen gegeben hatte, die aber verloren gegangen waren. Sie machten die Antike zum Vorbild:

Q1 Selbstbildnis des Malers Albrecht Dürer aus Nürnberg (1498). Maler der Renaissance bildeten die Menschen möglichst lebensnah ab. Albrecht Dürer reiste nach Italien und brachte die neuen Entwicklungen des Porträts und der Perspektive nach Deutschland.

Die italienischen Bürger nannten sich nun „Patrizier“ – wie die mächtigen Familien im alten Rom. Künstler und Architekten suchten nach Resten von Gebäuden und Skulpturen aus der Römerzeit. Gelehrte studierten alte Schriften griechischer und römischer Philosophen. Sie übersetzten das längst vergessene Wissen ins Lateinische, ins Italienische und in andere europäische Sprachen. So konnten die Bücher von mehr Menschen gelesen werden. Den Zeitabschnitt, in dem all dieses passierte, nennen wir „Renaissance“.

T3 Der Mensch im Mittelpunkt

Der Mensch wurde als freies Wesen gesehen, das Verstand und persönliche Fähigkeiten besitzt. Jeder sollte seine geistigen und körperlichen Kräfte gebrauchen und sein Leben selbst bestimmen. Diese neue Sicht, die den Menschen in den Mittelpunkt aller Überlegungen stellt, nennt man Humanismus. In der Kunst konnte man das besonders gut beobachten: Maler wie Albrecht Dürer (Q1) stellten Personen ins Zentrum ihrer Bilder. Sie sollten möglichst echt abgebildet werden. Der Betrachter sollte sich durch ein Porträt eine lebensnahe Vorstellung von der abgebildeten Person machen. Oft blickte die Person auf dem Bild den Betrachter direkt an. Ein weiteres Mittel, die Abbildung für den Betrachter lebendig wirken zu lassen, war die Zentralperspektive (siehe „Schon gewusst?“).
Den Mächtigen der Kirche gefiel es nicht, dass Künstler, Politiker und Wissenschaftler den Menschen in den Mittelpunkt stellten. Sie wollten die Welt nicht mit der Wissenschaft erklären, sondern mit der Bibel.

Schon gewusst?

In der **Zentralperspektive** treffen sich alle nach hinten laufenden Linien in einem Fluchtpunkt. Das Bild bekommt räumliche Tiefe. Entfernte Personen oder Gegenstände erscheinen kleiner als nahe. Künstler wie Leonardo da Vinci (siehe Q2 und S. 56) nutzten für die Zentralperspektive die geometrischen Kenntnisse der Griechen und Araber. Die Bilder wurden so gestaltet, als ob die Augen des Betrachters die Wirklichkeit sähen.

Q2 **Das Abendmahl.** Wandgemälde von Leonardo da Vinci, 1494–1497. Die Linien zeigen die Zentralperspektive.

Q3 **Dom von Florenz.** Der Architekt Filippo Brunelleschi hatte zuvor das Pantheon, ein antikes Gebäude mit einer besonderen Kuppel, in Rom vermessen und studiert. Die bis 1436 von ihm in Florenz gebaute Kuppel war die größte in Europa und eine Meisterleistung der Renaissance.

1 (A/B) Warum verloren die Kirche und der Kaiser in den Handelsstädten in Italien immer mehr an Einfluss? Arbeite heraus (T1).

2 (A) Wo fanden die Menschen um 1500 ihre Vorbilder? Finde heraus (T2, Schon gewusst?)

2 (B) Finde heraus, wo die Menschen in der Renaissance ihre Vorbilder fanden und was sie an ihnen interessierte.

3 (A) Bildet Dreiergruppen. Teilt die Arbeit auf: Beschreibt jeweils ein Bild Q1–3.

3 (B) Bildet Dreiergruppen. Teilt die Arbeit auf: Erklärt an den Bildern typische Merkmale der Renaissance (Q1–3, T3).

4 (A) Stellt euch die Beschreibungen gegenseitig vor. Klärt gemeinsam, wo neue Ideen deutlich werden.

4 (B) Stellt euch die Ergebnisse aus Aufgabe B3 vor. Erklärt anschließend an den Bildern typische Merkmale des Humanismus (T3).

5 (A/B) Reiche Familien aus Florenz beauftragen den Architekten, die Kuppel (Q3) zu bauen. Sie schreiben ihm, was sie mit dem Bau erreichen wollen.

6 (A/B) Beurteilt die Bedeutung der neuen Ansichten für unsere Vorstellungen vom Menschen heute.

AFB I: 1, 3 II: 2, 4, 5 III: 6   AFB I: 1, 3 II: 2, 4, 5 III: 6

SP → Lösungshilfen ab S. 222

Erfindungen verändern das Leben

Mainz, um 1450: Der Goldschmied Johannes Gutenberg erfindet den Buchdruck mit einzelnen Metallbuchstaben. Die gedruckten Bücher sorgen dafür, dass immer neue Ideen und Erfindungen bekannt werden.

→ **Buchdruck**
→ **Naturbeobachtung**

T1 Gedruckte Bücher in ganz Europa

Johannes Gutenberg hatte die Idee, aus Metall einzelne Buchstaben (Lettern) herzustellen. Die Lettern wurden zu Worten und Texten zusammengesetzt. So konnte eine Textseite gestaltet und immer wieder gedruckt werden. Nach dem Druck wurden die Lettern neu zusammengesetzt und die nächste Seite gedruckt. Im Jahr 1455 wurde das erste Buch auf diese Weise gedruckt, eine Bibel. Sie war gedruckt zehnmal preiswerter als eine handgeschriebene Bibel, weil drucken viel schneller ging als abschreiben. Menschen in ganz Europa brauchten immer mehr Bücher: Kaufleute und Politiker benötigten Bibeln, Rechenbücher und Rechtsbücher. Die Gelehrten an den Universitäten studierten die Abschriften von Büchern aus der Antike und schrieben selbst Bücher, um ihre Forschungsergebnisse bekannt zu machen. Um 1500 wurden in Europa fast zehn Millionen Bücher gedruckt. Wissen, Ideen und Neuigkeiten verbreiteten sich nun viel schneller.

Q1 Eine Druckerwerkstatt im 16. Jahrhundert. Kupferstich nach einem Gemälde von Jan van der Straet (Stradanus), 1588. Mit dem Buchdruck entstanden auch neue Berufe: Metallgießer für die Lettern, Papierhersteller, Drucker, Buchbinder und Buchhändler.

T2 Schießpulver, Uhren, Brillen

So wurde in Europa auch eine besonders folgenreiche Erfindung schnell bekannt: das Schießpulver. Mit Geschützen konnte man jetzt Öffnungen in Burg- und Stadtmauern schießen. Die mittelalterlichen Kampftechniken waren plötzlich veraltet. Ritter in schweren Rüstungen verloren gegen die Feuerwaffen. Andere Erfindungen nützten im Alltag: Da Sonnenuhren ungenau waren und bei schlechtem Wetter nichts nutzten, entwickelte man um 1300 die Gewichtsräderuhr. Sie verkündete bei jedem Wetter und nachts die Zeit, war aber groß und schwer. Daher dauerte es nicht lange, bis die Taschenuhr gebaut wurde.

T3 Leonardo da Vinci

Manche Erfindungen gingen auf einzelne Persönlichkeiten wie Leonardo da Vinci zurück. Er erhielt eine Ausbildung als Handwerker. Um gut zu zeichnen, begann er, die Natur ganz genau zu beobachten. Alle seine Beobachtungen skizzierte er in Notizbüchern, zum Beispiel den Vogelflug. Aus den Skizzen entstanden neue Erfindungen, etwa Modelle für Flugmaschinen und Kriegsgeräte. Die Kirche wollte seine Forschungen einschränken. Doch er beachtete ihre Verbote nicht. So öffnete er Leichen, um zu sehen, wie der Körper aufgebaut war. Seine Kenntnisse nutzte er zum Beispiel für das Wandgemälde „Das Abendmahl“ (siehe S. 55). Die Personen wirken dadurch echt und lebendig. Als Handwerker, Maler, Naturforscher und Erfinder kannte er sich in allen möglichen Gebieten aus – er war ein Universalgelehrter. Leonardo war ein Mensch, wie die Humanisten ihn sich wünschten: umfassend gebildet und für sich selbst verantwortlich.

A 04
Hörspiel
Bei Meister Konrad in der Lehre

Q2 Der Abt Johannes Trithemius schrieb 1494 über gedruckte Bücher:

Niemand möge denken (…): Wozu muss ich mich noch mit Abschreiben schinden, wo doch die Druckkunst so viele und so große Bücher ans Licht bringt, dass man um billiges Geld eine große Bibliothek einrichten kann? Fürwahr, wer so daher redet, der schickt sich an, durch sein Nichtstun Finsternis einreißen zu lassen. Wer wüsste nicht, wie groß der Unterschied zwischen Schrift und Druck ist? Geschriebenes, wenn man es auf Pergament bringt, wird an die tausend Jahre Bestand haben; Gedrucktes aber, da es auf Papier steht, wie lange wird es halten? Wenn Gedrucktes in einem Band aus Papier an die zweihundert Jahre Bestand haben wird, wird es hochkommen.

Q3 Über die Vorteile des Buchdrucks schrieb Bonus Accursius um 1475:

(Der Buchdruck) ist eine wahrhaft nutzbringende und gar schöne Kunst, denn Abschriften von Büchern zu verschaffen, ist wegen der hohen Preise für jedermann nicht gerade leicht. Aber wenn dies Gott sei Dank für dich auch kein Hinderungsgrund ist, so musst doch auch du den Buchdruck wegen seiner künstlerischen Schönheit hochschätzen; und dann auch deshalb, weil dieser Buchdruck, sobald er einmal richtig feststeht, immer in derselben Weise durch alle Druckbogen fortschreitet, sodass ein Fehler kaum möglich ist, eine Sache, mit der es beim Abschreiben von Büchern ganz anders aussieht.

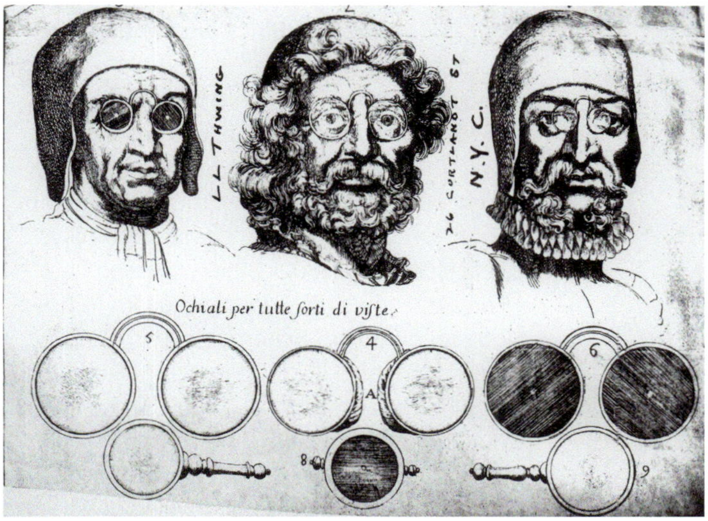

Q4 Brillen verschiedener Art. Kupferstich aus Italien, 1550

Q5 Taschenuhr, um 1600. Seit der Erfindung der Spiralfeder ließen sich kleine Uhren bauen, die alle 24 Stunden des Tages anzeigten. Kaufleute und Bürger trugen sie in der Tasche.

A

2 Erkläre, wie der Buchdruck funktionierte (T1).

3 Welche Erfindungen wurden am Beginn der Neuzeit gemacht? Liste auf (T2–3, Q4–5).

4 Inwiefern war Leonardo ein Universalgelehrter? Erkläre (T3).

B

1 Nenne Gründe, warum die Menschen in Europa immer mehr Bücher brauchten (T1).

2 Betrachte Q1. Stell dir vor, du besuchst die Druckerwerkstatt. Schreibe zu jeder Person eine Sprechblase, in der sie dir erklärt, was sie macht (T1).

3 a) Löse Aufgabe A3. b) Warum veränderten manche Erfindungen das Leben grundlegend? Begründe.

4 Stelle mithilfe von Q2–3 Vor- und Nachteile des Buchdrucks gegenüber. Welche Argumente überzeugen dich?

5 Beurteilt die Bedeutung Leonardos für die Wissenschaft bis heute.

6 MB „Die Erfindung des Buchdrucks war die wichtigste Erfindung der letzten 600 Jahre!“ Beurteile diese Aussage.

AFB I: 1, 3 II: 2, 4 III: 5, 6 AFB I: 1 II: 2–4 III: 5, 6

SP → Lösungshilfen ab S. 222

Ein neues Weltbild

Im 16. Jahrhundert erkannten Astronomen, dass die Erde um die Sonne kreist. Das war in der damaligen Zeit eine ungeheuerliche Behauptung.

Q1 Der älteste erhaltene Globus, 1492 hergestellt von Martin Behaim. Behaim fertigte den „Erdapfel" in Nürnberg an, nachdem er von Entdeckungsfahrten in Portugal zurückgekommen war. Der amerikanische Kontinent fehlt noch.

Astronom
Wissenschaftler, der die Sterne und das Weltall erforscht

Ketzer/Ketzerin
Menschen, die von den damals gültigen Lehren der Kirche abwichen

T1 Die Erde – eine Kugel

Schon die Griechen wussten, dass die Erde eine Kugel ist. Folgende Beobachtung hatte sie darauf gebracht: Von einem Schiff, das am Horizont erschien, war zuerst nur die Mastspitze zu sehen. Erst Stück für Stück wurde es vollständig sichtbar. Es sah so aus, als wenn das Schiff einen Hügel hinauffuhr. Daraus schlossen die Griechen: Die Erde ist eine Kugel! Der griechische Gelehrte Aristoteles fand dafür sogar Beweise: Bei einer Mondfinsternis konnte er den Schatten der Erdkugel auf dem Mond sehen.

T2 Die Erde – in der Mitte des Weltalls?

Im Mittelalter waren die Gelehrten sich allerdings sicher: Die Erde stand still in der Mitte des Weltalls. Sonne, Mond und Sterne waren leuchtende Punkte an durchsichtigen Kugelschalen, die sich um die Erde drehten.

Dieses geozentrische Weltbild hatte im 2. Jahrhundert der griechische Astronom Ptolemäus entwickelt. Nie hatte es jemand in Frage gestellt. Doch im 16. Jahrhundert kamen Zweifel auf.
Der Astronom und Mathematiker Nikolaus Kopernikus beobachtete viele Jahre lang den Lauf der Planeten. Er bemerkte, dass sie mit ihren Bahnen eigenartige Schleifen bildeten. Seine Erklärung: Die Erde musste ebenfalls ein Planet sein und wie alle anderen Planeten um die Sonne kreisen. Kopernikus' Erklärung wird auch heliozentrisches Weltbild genannt.

T3 Das neue Weltbild – ein Widerspruch zur Bibel?

Kopernikus veröffentlichte seine Studien 1543, kurz vor seinem Tod. Die meisten Gelehrten lehnten sie ab. Sie konnten sich nicht vorstellen, dass die Erde um die Sonne kreiste. Auch die Kirche lehnte Kopernikus' Lehre ab, weil sie der Bibel widerspräche. Für die Kirche stand der Mensch im Mittelpunkt von Gottes Schöpfung. Also musste Gott doch auch die Erde in den Mittelpunkt des Weltalls gestellt haben. Die Erde – nur ein Planet unter vielen? Die Sonne – der Mittelpunkt des Weltalls? Das war für die Kirche damals undenkbar, ja sogar Ketzerei! 90 Jahre später versuchte der italienische Gelehrte Galileo Galilei, die Beobachtungen von Kopernikus zu beweisen. Daraufhin machte die Kirche ihm den Prozess. Um nicht auf dem Scheiterhaufen verbrannt zu werden, gab Galilei zum Schein zu, dass er sich geirrt habe. Seine Schriften wurden verbrannt. Im 18. Jahrhundert erkannten Gelehrte langsam an, dass Kopernikus und Galilei doch recht gehabt hatten.

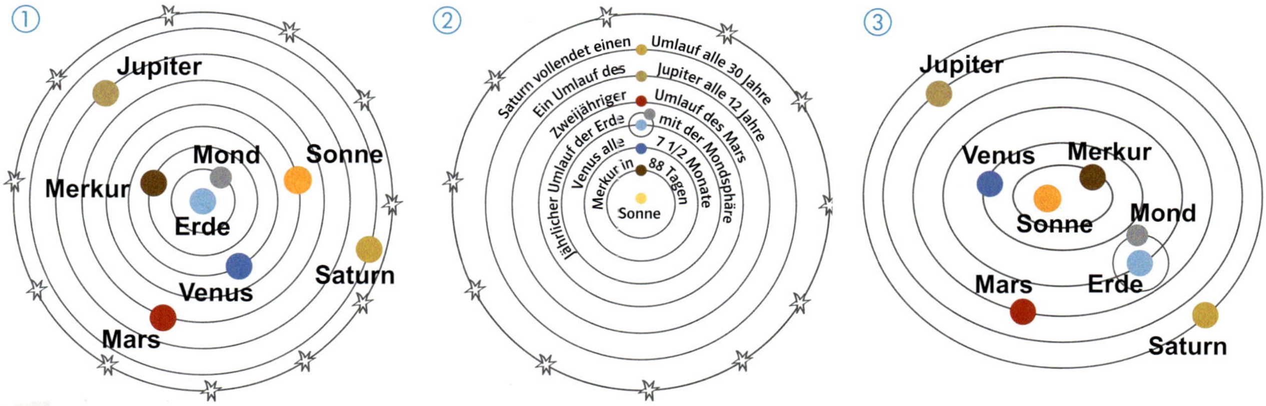

D1 **Weltbilder im Vergleich.** ① Geozentrisches Weltbild. ② Heliozentrisches Weltbild: Kopernikus ist noch von einer kreisförmigen Bewegung der Planeten sowie von einer Art Schale um die Welt ausgegangen. ③ Knapp ein Jahrhundert nach Kopernikus: Ergänzung des heliozentrischen Modells durch Forscher wie Johannes Kepler oder Galilei (ellipsenförmige Planetenumlaufbahnen, Unendlichkeit des Weltraumes).

Q2 Galileo Galilei schrieb im Jahr 1632:

Die Beobachtung, welche am deutlichsten zeigt, dass (… nicht die Erde im Mittelpunkt) steht, ist die Tatsache, dass sich alle Planeten bald näher, bald weiter entfernt von der Erde befinden. Wenn es nun wahr ist, dass die Bahnen der Planeten um die Sonne als Zentrum gehen, so stimmt es erst Recht, dass die Sonne ruht und nicht die Erde. Die Erde hat eine Bewegung von einjähriger Dauer. Wenn die Sonne ruht, folgt mit Notwendigkeit, dass sich die Erde auch täglich dreht. Denn steht die Sonne fest und die Erde dreht sich nicht um sich selber, sondern nur einmal im Jahr um die Sonne, so würde unser Jahr nur aus einem Tag und einer Nacht bestehen.

Q3 Kardinal Roberto Bellarmino, der Berater des Gerichts gegen Galilei, schrieb 1615:

Wenn man aber behaupten will, die Sonne stehe wirklich im Mittelpunkt der Welt und bewege sich nur um sich selbst, so läuft man damit große Gefahr, nicht nur alle Philosophen und Theologen zu reizen, sondern auch unseren heiligen Glauben zu beleidigen, indem man die heilige Schrift eines Fehlers überführt. Wenn ihr (…) die modernen Kommentare über die Bibel lesen wollt, werdet ihr finden, dass die Kommentare alle die Stellen aus der Bibel wörtlich nehmen und so erklären, dass die Sonne am Himmel ist und sich um die Erde bewegt und dass die Erde unbeweglich im Mittelpunkt der Welt steht.

geozentrisches Weltbild
von griech. „geo“ = Erde. Die Erde ist das Zentrum dieses Weltbildes.

heliozentrisches Weltbild
von griech. „helios“ = Sonne. Die Sonne bildet den Mittelpunkt dieses Weltbildes. Nikolaus Kopernikus zeichnete es als Erster auf.

→ **Kopernikanische Wende**

A / B

1. Wie bewiesen die Griechen, dass die Erde eine Kugel ist? Beschreibe (T1).
2. A: Beschreibe das Weltbild des Kopernikus (T2, D1: Nr. 2).
   B: Skizziere das heliozentrische Weltbild des Kopernikus und fasse die Argumente Galileis dafür zusammen. (T2, D2, Q2).
3. A: Stelle geozentrisches und heliozentrisches Weltbild gegenüber (T2, Lexikon. D1).
   B: Skizziere das geozentrische Weltbild und arbeite Bellarminos Argumente heraus (T2, Q3).
4. Partnerarbeit: Zwei Gelehrte diskutieren über das neue Weltbild. Einer ist von der neuen Lehre überzeugt, der andere zögert. Schreibt das Gespräch auf.
5. Nimm Stellung zur Reaktion der Kirche auf die Aussagen von Kopernikus und Galilei (T3, Q3).
6. Erkläre, warum die Kirche die Erkenntnisse von Kopernikus und Galilei inzwischen anerkannt hat.

Die Ausbreitung des Osmanischen Reiches und die Seefahrten

Um 1500 war das Osmanische Reich die stärkste Macht der islamischen Welt. 1453 eroberten die Truppen der Sultane Konstantinopel – und sorgten indirekt für die „Entdeckung“ Amerikas.

D1 Die Ausbreitung des Osmanischen Reiches 1326–1683

→ **Osmanisches Reich**

→ **Seeweg nach Indien**

Sultan
weltliche Herrscher in der islamischen Welt. Die mächtigsten waren seit dem 15. Jahrhundert die türkischen Osmanen-Sultane.

T1 Gesucht: der Seeweg nach Indien

Die Osmanen kontrollierten in ihrem riesigen Reich die Handelswege zwischen Europa und Asien (siehe die Karte S. 62 f.). Für Luxuswaren aus China oder Indien wie Gewürze (z. B. Zimt, Vanille, Pfeffer) oder Seide für feine Stoffe nahmen sie hohen Zoll. So wurden die Waren in Europa teurer. Um den Zoll zu sparen, suchten die Fernhändler mit Schiffen den Seeweg nach Indien. Die Portugiesen hatten Erfolg. Sie sammelten europäisches und arabisches Wissen und segelten immer weiter an der Küste Afrikas entlang. 1488 erreichte Bartolomeu Diaz die Südspitze Afrikas. Weil seine Mannschaft meuterte (=die Befehle verweigerte), musste er umkehren. Aber Vasco da Gama mit seiner Mannschaft gab nicht auf: Er umsegelte Afrika und landete 1498 im indischen Hafen Kalikut. So fand er als Erster den Seeweg von Europa nach Indien.

Q1 Gewürze.
Zimt, Vanille, Muskatnuss, Pfeffer, Safran u. a. Im 15. Jahrhundert waren Gewürze in Europa Luxuswaren und sehr begehrt.

T2 Andere Seefahrten folgen

Ein anderer Kapitän war überzeugt, dass man auch in umgekehrter Richtung auf dem Seeweg nach Indien kommen konnte. Sein Name: Christoph Kolumbus (S. 64).
Der Portugiese Fernando Magellan suchte 1519 im Auftrag des spanischen Königshauses einen Seeweg zu den Gewürzinseln im Stillen Ozean. Er entdeckte einen Weg um die Südspitze Amerikas herum („Magellanstraße“). Er wurde unterwegs erschlagen. Seine Mannschaft kehrte mit Gewürzen zurück, die für einen hohen Preis verkauft werden konnten. Der Preis war viel höher als die Kosten der ganzen Weltumsegelung.

Schon gewusst?

Die osmanischen Sultane **eroberten** vom 15. bis zum 17. Jahrhundert große Teile Nordafrikas, Arabiens und Südosteuropas (Balkan). Auf dem Höhepunkt ihrer Macht belagerten sie 1529 Wien. 150 Jahre lang führten katholische Kaiser und ihre Verbündeten Krieg gegen die Osmanen.
Mit der Niederlage nach der zweiten Belagerung Wiens 1683 wurde die osmanische Macht auf dem Balkan schwächer.
Die osmanische Herrschaft sorgte auf dem Balkan für einen **Austausch** der Kulturen. So fanden Juden, die 1492 von den Spaniern vertrieben wurden, Zuflucht auf dem Balkan und in Konstantinopel (später Istanbul). Besiegte Christen konnten in der osmanischen Armee als Beamte Erfolg haben, wenn sie Türkisch lernten und zum Islam übertraten.
Bis heute lassen sich auf dem Balkan allerdings auch Probleme im Zusammenleben unterschiedlicher Völker (Ethnien), Kulturen und Religionen beobachten.

Q2 Kaffeehaus in Wien. Das erste Kaffeehaus entstand dort 1683. So gelangte ein Stück osmanischer Kultur nach Europa. Den Kaffee hatten die Osmanen ihrerseits von den Arabern übernommen. Druck, 1838

Q3 König Manuel von Portugal teilte dem deutschen Kaiser Maximilian 1499 mit:

Im Übrigen haben sie (Vasco da Gama und seine Schiffe) eine Fülle von orientalischen Waren, die über die ganze Welt verbreitet sind, nämlich Zimt, Nelken, Pfeffer, Ingwer, Muskatnuss, Moschus, Benzoeharz, Weihrauch und alle Arten von Spezereien (Gewürzen) ebenso wie von Edelsteinen und Perlen von den indischen Handelsplätzen mitgebracht. Daher müssen über den derart glücklichen Ausgang sowohl Eure Majestät als auch alle christlichen Fürsten aufs Höchste frohlocken, dass diesen bedeutenden Warenhandel hinfort Christen und Mauren innehaben werden.

→ **Kulturtransfer und Kulturkonflikt**

Mauren
Bezeichnung für Muslime, die in Europa leben

A / B

1 (A, B) Liste Waren auf, die die Europäer um 1500 aus Indien erhielten (Q1, Q3).

2 (A) MB Beschreibe die schrittweise Ausdehnung des Osmanischen Reiches (D1, I05).

2 (B) MB Erkläre den Zusammenhang zwischen D1 und der Suche nach dem Seeweg nach Indien (D1, I05, T1–2, S. 65: D2).

3 (A) Wer fand den Seeweg nach Indien? Lohnte sich das Vorhaben? Beurteile (T2).

3 (B) Lohnten sich die Erkundungen der Seewege für die Auftraggeber? Beurteile (Q3).

4 (A, B) MB a) Welche Erfindungen erleichterten die Seefahrten? Recherchiere.
b) Warum waren die Seefahrten typisch für die Epoche der Neuzeit? Begründe.

5 (A) EXTRA Warum ist das Kaffeetrinken ein Beispiel für kulturellen Austausch? Erkläre (Q2, Schon gewusst).

5 (B) EXTRA MB Warum kam es auf dem Balkan zu einem Austausch zwischen den Kulturen? Erkläre (D1, I05, Schon gewusst).

6 (A, B) EXTRA MB Finde heraus, welche Spuren des Osmanischen Reiches heute noch in Europa zu finden sind.

AFB I: 1, 2 II: 3, 4, 6 III: 5 — AFB I: 1 II: 2–4, 6 III: 5

SP → Lösungshilfen ab S. 222

Seefahrten im Überblick

T1 Toscanellis Karte

Kolumbus orientierte sich bei seiner ersten Fahrt auf der Suche nach Indien an Toscanellis Karte (D1). Weil die Europäer den amerikanischen Kontinent nicht kannten, dachte er, er habe den Seeweg nach Indien entdeckt.
Die Orientierungskarte D2 zeigt noch weitere Seefahrten.

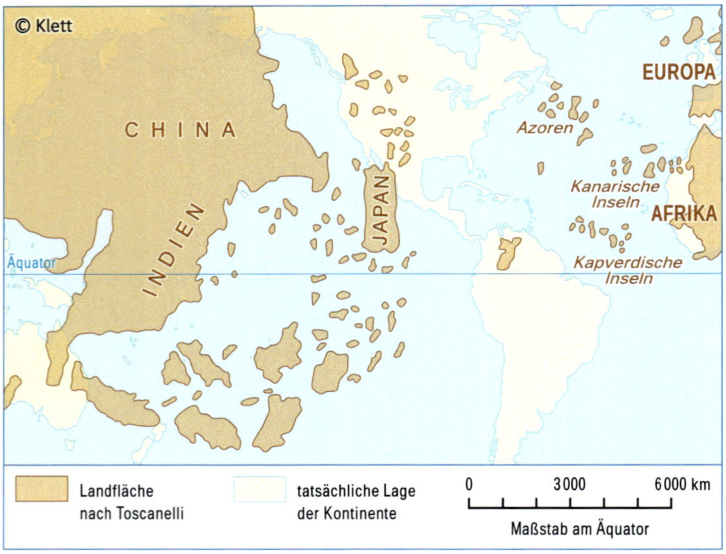

D1 Europa und die Lage der Ostländer: Die braunen Flächen der Karte zeigen, wie sich der italienische Kartograf Toscanelli 1474 die Welt vorstellte. In gelber Farbe eingefügt ist die tatsächliche Lage der Kontinente.

D2 Europäische Seefahrten

Schon gewusst?

Der Kartograf **Paolo dal Pozzo Toscanelli** (1397–1482) bestärkte Kolumbus in seinem Vorhaben, in westlicher Richtung den Seeweg nach Indien zu suchen. Toscanelli war einer der führenden italienischen Gelehrten: Er stellte Berechnungen zur Größe des Atlantiks und zur Entfernung des Seeweges nach Asien an. Er stand mit vielen Asienreisenden im Kontakt, möglichweise sogar mit dem chinesischen Seefahrer Zheng He. Toscanelli war aber nicht nur Kartograf, Mathematiker und Arzt, sondern auch ein berühmter Astronom. 1976 wurde ein Einschlagkrater auf dem Mond nach ihm benannt.

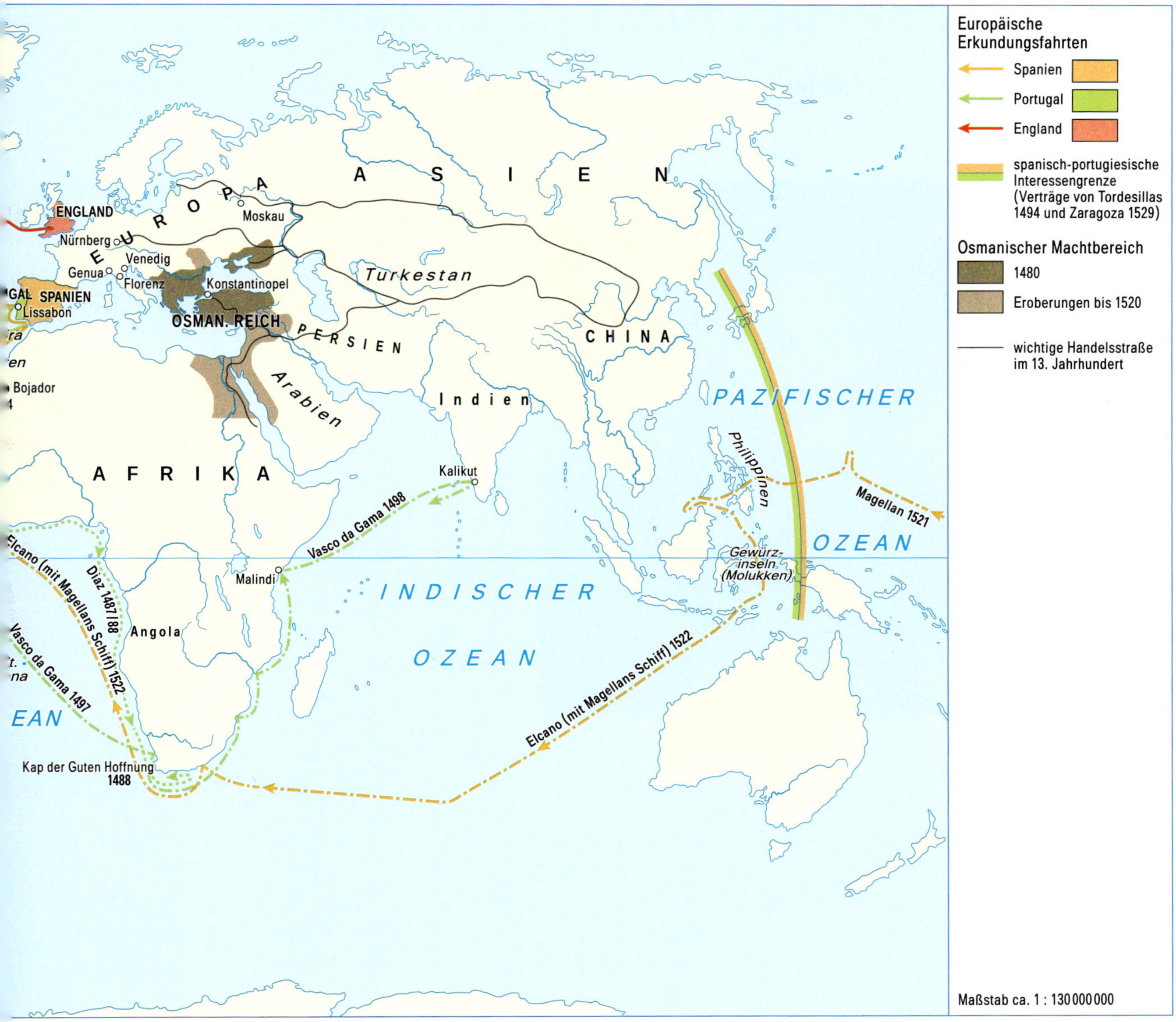

Beschreibe D1 und nenne den Namen des hell eingezeichneten Kontinents.

Beschreibe die erste Fahrt des Kolumbus und ihr Ergebnis (D2).

Erkläre, warum die Vergrößerung des Osmanischen Reiches im 15. Jahrhundert den europäischen Handel mit Ostasien behinderte (D2).

Erkläre, was Magellan suchte (S. 60: T2) und wie seine Fahrt verlief (D2).

Sowohl Kolumbus als auch Vasco da Gama suchten einen Seeweg nach Indien. Vergleiche die Ergebnisse.

Warum gilt Magellan als erster Weltumsegler? Begründe.

Portugiesische Seefahrer waren im 15. Jahrhundert besonders erfolgreiche Entdecker. Begründe die Aussage (D2 und S. 60: T1–2).

„Kolumbus entdeckte Amerika". Diskutiert über diese Aussage.

AFB I: 1, 2 II: 3, 4 III: 5   AFB I: 1 II: 2–4 III: 5

SP → Lösungshilfen ab S. 222

Kolumbus landet – in Indien?

Der Seefahrer Christoph Kolumbus hatte einen Plan. Er wollte in westlicher Richtung einen Seeweg nach Indien finden. 1492 brach er mit drei Schiffen auf. Aber Indien erreichte er nie.

Kolonien
Gebiete (meist auf anderen Kontinenten), die Europäer ab Ende des 15. Jahrhunderts unter ihre Herrschaft stellten und besiedelten

indigene Völker
von lat. indigena = eingeboren. Bevölkerungsgruppen (inkl. Nachfahren), die vor der Eroberung durch Andere in dem Gebiet lebten

Q1 **Christoph Kolumbus.** Porträt, 1506

T1 Westwärts nach Osten?

Die meisten Indienfahrer hatten vor, Afrika in Richtung Osten zu umrunden. Der erfahrene Kapitän Christoph Kolumbus war davon überzeugt: Ich kann Indien auch erreichen, wenn ich westwärts um die Erdkugel herum segele. Jahrelang bemühte er sich, in Portugal und Spanien reiche Unterstützer für seinen Plan zu finden. Im Jahr 1492 stimmte das spanische Königspaar zu.

D1 **Santa Maria.** Flaggschiff von Kolumbus. Nicht jedes Detail ist gesichert. Screenshot aus einer Animation (I07).

Königin Isabella und König Ferdinand gaben ihm Geld, um drei Schiffe für die weite Reise auszurüsten. Ferner ernannten sie ihn zum Admiral. Kolumbus versprach, neue Länder für das spanische Reich zu „entdecken", die dort lebenden Menschen zu Christen zu machen und große Reichtümer zu erwerben.

T2 Auf dem Weg in eine neue Welt

3. August 1492: Kolumbus verlässt an Bord der „Santa Maria" Spanien. Er rechnet mit einer Fahrt von drei Wochen. Doch schließlich bricht der dritte Monat an. Essen und Trinkwasser werden knapp. Die Matrosen verlieren das Vertrauen. Mit Mühe verhindert Kolumbus eine Meuterei.
12. Oktober 1492: Kolumbus landet mit drei Schiffen auf Guanahani, einer kleinen Insel der Bahamas. Er nennt sie San Salvador (Heiliger Erlöser) und erklärt sie zum Besitz der spanischen Königin. Von San Salvador aus segeln Kolumbus und seine Männer weiter und stießen auf die Inseln Kuba und Hispaniola.
Weihnachten 1492: Kolumbus gründet auf Hispaniola die erste spanische Kolonie. Dann segelt er zurück und nimmt Früchte, Pflanzen und Tiere mit an Bord, die den Europäern unbekannt sind. Auch einige Männer und Frauen aus Hispaniola verschleppt er, um sie in Spanien zu zeigen.

T3 Der Irrtum des Kolumbus

Kolumbus fuhr in den folgenden Jahren noch dreimal über den Atlantik. 1498 betrat er im heutigen Venezuela das Festland. Bis zu seinem Tod 1506 glaubte er aber, dass er in Asien gelandet war. Erst später wurde den Forschern klar, dass Kolumbus einen riesigen Kontinent entdeckt hatte. 1499 bis 1501 erkundete Amerigo Vespucci die südliche Küste dieses Kontinents. Nach ihm erhielt er seinen Namen: „Amerika".

D2 Aktuelle Kolumbus-Porträts. Links: Porträt einer deutschen Schülerin, 2010. Rechts: Porträt eines chilenischen Schülers, 2017. Beschriftet ist es mit „Colonización“ (= Kolonisation) und „Guerra“ (= Krieg). Die linke Flagge und die Krone stehen für die Spanier, die rechte Flagge steht für die Mapuches (indigene Bevölkerungsgruppe in Chile).

Q2 Aus dem Tagebuch des Kolumbus (Rekonstruktion, das Original ging verloren):
12. Oktober 1492: Zwei Stunden nach Mitternacht tauchte das Land vor ihnen auf. (…) Schon bald sahen sie nackte Leute am Strand. Der Admiral (Kolumbus) ging mit dem bewaffneten Boot an Land, (…) rief die beiden Kapitäne und die anderen, die an Land gegangen waren, zu sich; ebenso Rodrigo Descovedo, den Notar der Flotte, der rechtlich bezeugen sollte, dass er vor aller Augen von der Insel Besitz ergriff, wie er es dann auch im Namen des Königs und der Königin, seiner Herren, tat. Das Folgende sind wörtliche Äußerungen des Admirals in seinem Buch (…): „Da ich (…) ihre Freundschaft gewinnen wollte und bemerkte, dass es Leute waren, die sich eher durch Liebe für unseren heiligen Glauben gewinnen und zu ihm bekehren ließen, gab ich einigen von ihnen ein paar bunte Mützen und einige Ketten aus Glasperlen, die sie sich um den Hals hängten. (…) Sie sind sicher hervorragende Arbeitskräfte; sie haben einen aufgeweckten Verstand, (…).“

A

2. Finde heraus, welche Ziele Kolumbus verfolgte (T1).
3. Zeichne in drei Bildern die Ankunft in Amerika. Ergänze Sprech-/Denkblasen, die zeigen, was Kolumbus dachte.
4. Schau dir die drei Kolumbus-Porträts an. Male oder zeichne, wie du dir Kolumbus vorstellst (Q1, D2).

B

1. Stelle dar, welche Idee Christoph Kolumbus hatte (T1).
2. Finde heraus, welche Ziele Kolumbus verfolgte (T1, Q2).
3. Ordne den Tagebucheintrag (Q2) in die erste Fahrt von Kolumbus ein.
4. Vergleiche die Porträts. Welche Eigenschaften werden betont? Begründe: Wie kommt es zu den Unterschieden?
5. Bewertet das Vorgehen der Spanier auf Guanahani (T2, Q2).

6. EXTRA MB Nennt Einzelheiten, die deutlich machen, dass die Santa Maria für eine lange Überfahrt auf dem Meer gebaut wurde (D1, I07).

AFB I: 1 II: 2–4, 6 III: 5 AFB I: 1 II: 2–4, 6 III: 5

SP → Lösungshilfen ab S. 222

Das Aztekenreich

In Mittelamerika trafen die Spanier auf die Azteken. Die Azteken lebten in einer Hochkultur und herrschten von ihrer Hauptstadt aus. Die Europäer waren fasziniert von ihren Schätzen.

→ Aztekenreich

T1 Hauptstadt eines großen Reiches

Im 15. Jahrhundert gewannen die Azteken aus Tenochtitlan die Oberhand über ihre Nachbarstädte und Nachbarstämme. Tenochtitlan wurde zur Hauptstadt eines großen Reiches zwischen den Küsten des Atlantiks und des Pazifiks ausgebaut. Die Stadt selber lag inmitten eines Sees im mexikanischen Hochland – genau dort befindet sich heute die Hauptstadt von Mexiko: Ciudad de México (Mexiko-Stadt).

T2 Vom Leben der Azteken

Die meisten Azteken lebten als Bauern auf dem Land. In den Städten wohnten vor allem Adlige, Priester, Kaufleute, Handwerker und Künstler. Die Azteken kannten einen eigenen Kalender und ein Zahlensystem. Sie nutzten eine Bilderschrift und schrieben u.a. auf Leder. In diesen gemalten Büchern (siehe Q1) zeichneten sie ihre Erkenntnisse und religiösen Geschichten auf. Die Handwerker schufen feine Schmuckstücke aus Gold und Edelsteinen. Händler verkauften auf Märkten Luxuswaren wie Felle, Edelsteine, prächtigen Schmuck aus Papageienfedern oder Gold.

Seit 1502 herrschte über dieses Reich Moctezuma II. Sein Palast stand in Tenochtitlan auf einem großen, gepflasterten Platz neben den Tempeln und Palästen der Priester. In Moctezumas Palast lagerten die Abgaben der unterworfenen Stämme: Nahrungsmittel, Baumwolle, Waffen, Juwelen und Gold.

T3 Menschenopfer für die Götter

Die Azteken waren eine kriegerische Gesellschaft. Die aztekischen Herrscher unterwarfen immer mehr Stämme und forderten Abgaben. Gleichzeitig hatten die Kriege den Zweck, Gefangene zu nehmen und sie den Göttern zu opfern. Die Azteken glaubten nämlich, dass ein Weltuntergang die Erde bereits viermal verschlungen hätte. Um einen fünften Untergang zu verhindern, müssten sie dem höchsten Gott ständig Menschenopfer bringen. Bei einem einzigen Opferfest wurden auf den Götterpyramiden vor den Tempeln Tausende von Menschen getötet. Der höchste Gott trug den Beinamen Mexitli. Danach nannten sich die Azteken auch Mexica. Die Spanier bezeichneten später dieses Land und die Hauptstadt als „Mexiko".

Q1 Aztekischer Dreibund in einem gemalten Buch (Codex). Der Codex zeigt den Bund der Städte Texcoco, Tenochtitlan und Tlacopan (von links). Die Städte werden jeweils mit einem Bildzeichen sowie mit dem Zeichen für „König" dargestellt. Die Schriftsprache wurde später ergänzt. Codex Osuna, 1565

Q2 Der spanische Hauptmann Bernal Díaz schilderte um 1555 seinen ersten Eindruck von Tenochtitlan:

Wir sahen die große Wasserleitung, die von Chapultepec kommt und die ganze Stadt mit süßem Wasser versorgt, und die langen hölzernen Brücken, von denen die Dammstraßen unterbrochen waren, um die Verbindung zwischen den vielen Teilen des Sees zu ermöglichen. Auf dem See wimmelte es von Fahrzeugen, die Waren und Lebensmittel aller Art geladen hatten. Wir stellten einwandfrei fest, dass man Mexiko (so nannten die Spanier Tenochtitlan später) nur über die Zugbrücken oder in Kähnen erreichen konnte. Aus allen Orten ragten die weißen Opfertempel wie Burgen über die Häuser mit ihren Söllern (Plattformen), über kleinere kapellenartige Bauten und über die Befestigungstürme hinaus. Es war ein einmaliger Blick. (…) Dann besahen wir uns von hier oben aus noch einmal den Marktplatz mit seinem Gewimmel von Menschen, die einen Lärm machten, den man über eine Stunde weit hören konnte. Leute, die Konstantinopel und Rom gesehen hatten, erzählten, dass sie noch nirgendwo einen so großen und volkreichen Marktplatz gefunden hätten.

Schon gewusst?

Die Sprache der Azteken heißt Nahuatl. Die Spanier übernahmen außer dem Wort „Mexiko“ auch andere **Begriffe aus der Sprache** wie „Xocoatl“ (aztekisch xócoc = bitter, atl = Wasser) oder „Tomatl“.

Q3 Azteken bei der Herstellung des „Xocoatl“. Kakaobohnen wurden geröstet, gemahlen und dann mit Wasser und Gewürzen schaumig gerührt. Bild aus dem 17. Jahrhundert

D1 Markt in Tlatelolco. Es handelte sich um den wichtigsten Markt in der Stadt Tenochtitlan (heute Mexiko-Stadt). Um 1500 lebten etwa 200 000 Einwohner in Tenochtitlan. Sie war damals eine der größten Städte der Welt. Gemälde (Ausschnitt) des modernen mexikanischen Malers Diego Rivera, 1945

A / B

1 Beschreibe die Lage der Stadt Tenochtitlan. Welche Bedeutung hatte die Lage (T1)?

2 (A) Beschreibe die Rekonstruktion der Stadt (D1).

2 (B) Warum waren die Spanier von Tenochtitlan so begeistert? Erkläre aus Q2.

3 (A) Erkläre die Besonderheiten des Lebens der Azteken (T2–3).

3 (B) Erkläre die Besonderheiten der Geschichte, des Lebens und der Religion der Azteken (Q1, T1–3).

4 Begründet, warum es sich bei den Azteken um eine Hochkultur handelte.

5 Diskutiert in der Klasse, wie ihr das Leben der Azteken bewertet.

6 EXTRA Übersetze die Begriffe aus dem Nahuatl ins Deutsche. Suche nach Gründen für die Übernahme (Schon gewusst?).

AFB I: 1, 2 II: 3, 4, 6 III: 5

AFB I: 1 II: 2–4, 6 III: 5

SP → Lösungshilfen ab S. 222

Die Begegnung von Kulturen

Im Frühjahr 1519 erreichte den aztekischen König Moctezuma II. eine seltsame Nachricht: Ein Mann hatte auf dem Meer mehrere Berge gesichtet, die sich bewegten. Moctezuma schickte Kundschafter aus, um die Erscheinung näher zu beobachten.

D1 Mittel- und Südamerika zur Zeit der europäischen Eroberungen

→Inkareich
→Mayareich

T1 Die Azteken empfangen die Spanier

Bei den Bergen handelte es sich um die Schiffe des spanischen Gesandten Hernán Cortés. Er landete mit über 500 Männern, 14 Geschützen und 16 Pferden an der Küste des heutigen Mexiko. Cortés hatte sein gesamtes Vermögen eingesetzt, um das Land mit den unermesslichen Reichtümern zu finden. Als der aztekische König Moctezuma von den Eindringlingen hörte, schickte er Abgesandte an die Küste. Sie brachten den Spaniern wertvolle Geschenke mit, forderten sie aber gleichzeitig auf umzukehren. Doch die Spanier blieben. Die Geschenke lockten sie erst recht, weiter ins Landesinnere vorzudringen. Cortés sammelte mithilfe von Dolmetschern Informationen über die Situation vor Ort. Er verbündete sich mit den indigenen Gruppen, die von den Azteken unterworfen worden waren. Moctezuma beobachtete das mit Sorge. Er verhielt sich also erst einmal vorsichtig und abwartend, als Cortés im Herbst 1519 Tenochtitlan erreichte.

T2 Die Zerstörung Tenochtitlans

Doch die Spanier waren gekommen, um sich zu bereichern und das Land in Besitz zu nehmen. Sie empörten sich über die religiösen Bräuche und Menschenopfer der Azteken. Cortés ließ Götterbilder zerstören und stattdessen Kreuze aufstellen.

Bald kam es zum Widerstand in Tenochtitlan. Cortés nahm Moctezuma als Geisel und zwang ihn, das Volk zu beruhigen. Während seiner Ansprache wurde Moctezuma mit Steinen beworfen und starb – so berichten es jedenfalls einige Quellen. Cortés und seine Männer retteten sich unter Verlusten. Doch mithilfe von rund 200 000 indigenen Verbündeten, die sich von den Azteken befreien wollten, wurden diese schließlich besiegt. Zwischen 1519 und 1521 starben 300 000 Menschen der indigenen Bevölkerung – viele im Kampf oder durch Hinrichtung. Die meisten aber starben durch Krankheiten, die die Europäer einschleppten (siehe S. 36).

Die Spanier errichteten auf dem Tempelplatz von Tenochtitlan eine Kirche. Sie nannten die Stadt jetzt Mexiko. Sie wurde die Hauptstadt der spanischen Kolonie Neuspanien.

T3 Zerstörung des Inka-Reiches

Auch der Spanier Francisco Pizarro nutzte die Wirren von Bürgerkrieg und Epidemien, um 1532 die zweite große Kultur in Südamerika zu erobern: das Reich der Inka. Die Spanier errichteten eine Kolonie, nahmen gewaltsam die Gold- und Silberminen in Besitz und verpflichteten die Bevölkerung zur Zwangsarbeit.

Q1 Die Ankunft der Spanier mit Kanonen aus aztekischer Sicht. Boten berichten Moctezuma 1519:

Ein Ding wie ein Ball aus Stein fliegt aus ihrem Bauch heraus, sprüht Funken und regnet Feuer (…) Wenn sie (die Kugel) den Baum trifft, verweht er in Splittern, als ob ein Zauberer in seinem Inneren ihn fortgeblasen hätte (…) Ihre Kriegstracht und ihre Waffen sind ganz aus Eisen gemacht. Sie kleiden sich ganz in Eisen. Sie werden von Hirschen auf dem Rücken getragen, wohin sie wollen. Herr, auf diesen Hirschen sind sie so hoch wie Dächer. Ihr Körper ist ganz verborgen, nur ihre Gesichter sind nicht bedeckt. Ihre Haut ist weiß, wie aus Kalk gemacht.

Q2 Moctezumas Begegnung mit Cortés im November 1519. Moctezuma (links sitzend) wird von drei hochgestellten Azteken begleitet. Als Geschenke hat er Mais, Geflügel und Wild mitgebracht. Hinter Cortés (rechts sitzend) steht die aztekische Dolmetscherin Malinche, hinten oben seine Leibwache. Zeichnung eines aztekischen Künstlers von 1560 im Auftrag der Spanier, später koloriert

Schon gewusst?

Vieles, was wir über die Azteken wissen, **sehen wir durch die Brille der Spanier.** Die meisten heute bekannten Quellen stammen aus der Zeit nach der Eroberung und/oder wurden unter spanischem Einfluss aufgezeichnet (so z. B. auch Q2).
Die europäische Geschichtsschreibung hat lange Zeit den Einfluss der Europäer überschätzt. Historiker/Historikerinnen betonen heute, dass Seuchen und Konflikte unter den indigenen Völkern die entscheidende Rolle für die Niederlage der Azteken und Inka spielten – und nicht Cortés und Pizarro mit wenigen Männern. Diese Historiker/Historikerinnen betonen auch, dass Kulturen durch die Europäer nicht vollständig zerstört wurden. Sie sprechen von einer „Verschmelzung" der Kulturen.

A / B

1 Wie handeln die Spanier, wie die Azteken? Arbeite heraus (T1).

A 2 Wie kam es zur Begegnung von Europäern und der indigenen Bevölkerung und wie verlief sie? Fasse zusammen (D1, T2–3).

B 2 a) Bearbeite A2. b) Über welche Dinge berichten die Boten in Q1? Erläutere.

A 3 Ordne die Personen auf Q2 Spaniern und Azteken zu. Versetze dich in eine Person und notiere die Gedanken, die ihr durch den Kopf gehen.

B 3 Stellt die Situation in Q2 nach und spielt die Szene.

A 4 Welche Handlungsmöglichkeiten hatten die Spanier und Azteken 1519? Diskutiert zu zweit.

B 4 Diskutiert nach dem Spiel die Möglichkeiten, die Azteken und Spanier im November 1519 hatten.

5 Warum gelang es den Spaniern, das Aztekenreich zu erobern? Diskutiert darüber in der Klasse.

6 EXTRA Erkläre die Aussage: „Vieles, was wir über die Azteken wissen, sehen wir durch die Brille der Spanier." (Kasten „Schon gewusst?").

AFB I: 1 II: 2, 3, 6 III: 4, 5 AFB I: 1 II: 2, 3, 6 III: 4, 5

SP → Lösungshilfen ab S. 222

Die Vernetzung der Welt

In Amerika suchten die Europäer Glück und Gold. Dazu beuteten sie die indigene Bevölkerung aus und transportierten Reichtümer nach Europa.

Kolonien
siehe S. 64

Kolonialisierung
Eroberung, Unterwerfung, Besiedlung und Ausbeutung von Gebieten (meist auf anderen Kontinenten) durch die Europäer ab Ende des 15. Jahrhunderts. Die Folgen sind in Entwicklungsländern bis heute spürbar.

T1 Kolonien entstehen

Mit den Europäern kamen auch christliche Priester nach Mittel- und Südamerika. Sie wollten dort das Christentum verbreiten. Das geschah mit Worten, aber auch mit Zwang oder Gewalt. Oft wurden Missionare zum Teil der Gewaltherrschaft in den Kolonien, auch wenn einzelne eine bessere Behandlung der Bevölkerung forderten. Der Papst teilte die Welt durch eine Linie, damit Spanier und Portugiesen um ihre Kolonien nicht in Streit gerieten (siehe Karte S. 62/63). Spanien erhielt die eine Hälfte, Portugal die andere. Die Portugiesen eroberten daraufhin ab 1500 das heutige Brasilien. Andere europäische Staaten wie England, Holland und Frankreich folgten ihnen. Sie gründeten überall in der Welt Kolonien und Handelsstützpunkte.

T2 Die Europäer errichteten Plantagen

Eine bedeutende Geldquelle für die Europäer wurden Plantagen. Siedler holzten die Wälder ab. Sie legten riesige Felder an, auf denen Kakao, Tee, Tabak, Baumwolle oder Zuckerrohr angebaut wurden. Die indigene Bevölkerung musste auf den Plantagen als Sklavinnen und Sklaven arbeiten. Viele starben durch die harte Arbeit oder an aus Europa eingeschleppten Krankheiten, gegen die sie keine Abwehrkräfte besaßen.

T3 Vernetzung der Welt

Zwischen Europa, Amerika, Asien und Afrika begann ein reger Handel mit Rohstoffen sowie mit Gold, Silber, Gewürzen, Tee, Zucker und Textilien. Waren wurden weltweit ausgetauscht: Mais, Kartoffeln, Tomaten und Tabak kamen nach Europa. Umgekehrt brachten die Europäer Pferde, Schweine, Rinder und Hühner nach Amerika.
Aber auch Menschen wurden gehandelt. Um die Erträge der Plantagen zu steigern, kauften die Europäer etwa elf Millionen Männer und Frauen auf dem afrikanischen Sklavenmarkt. Sie verschifften diese als billige Arbeitskräfte nach Amerika. In Europa verließen dagegen tausende Menschen freiwillig ihre Heimat, weil sie sich in der „Neuen Welt" ein besseres Leben erhofften.

T4 Folgen bis heute

Der Austausch von Rohstoffen, Waren und Menschen war verbunden mit Konflikten. Gewaltsam versuchten die Kolonialmächte, ihre Einflusszonen und damit ihren Reichtum zu vergrößern. Diese Auseinandersetzungen dauerten bis ins 20. Jahrhundert an (siehe auch S. 184). In Mittel- und Südamerika hat der Kolonialismus bis heute Spuren hinterlassen – und auch in Europa (siehe „Rassismus heute", S. 194: Q4). Aber es kam auch zu einer „Verschmelzung" von Kulturen: In den Staaten Südamerikas leben heute Nachfahren der indigenen Völker, der europäischen Einwanderer und der afrikanischen Sklaven. Viele Menschen haben auch Vorfahren aus unterschiedlichen Kulturen. Die Plantagen gehören immer noch wenigen Großgrundbesitzern und Konzernen. Allerdings regt sich auch Widerstand (siehe Q1).

Q1 Rigoberta Menchú mit dem Friedensnobelpreis. Die Führerin der indigenen Bevölkerung in Guatemala organisierte Streiks für bessere Arbeitsbedingungen und rief die Bauern zum Widerstand gegen die damalige Militärdiktatur auf. Foto, 1992

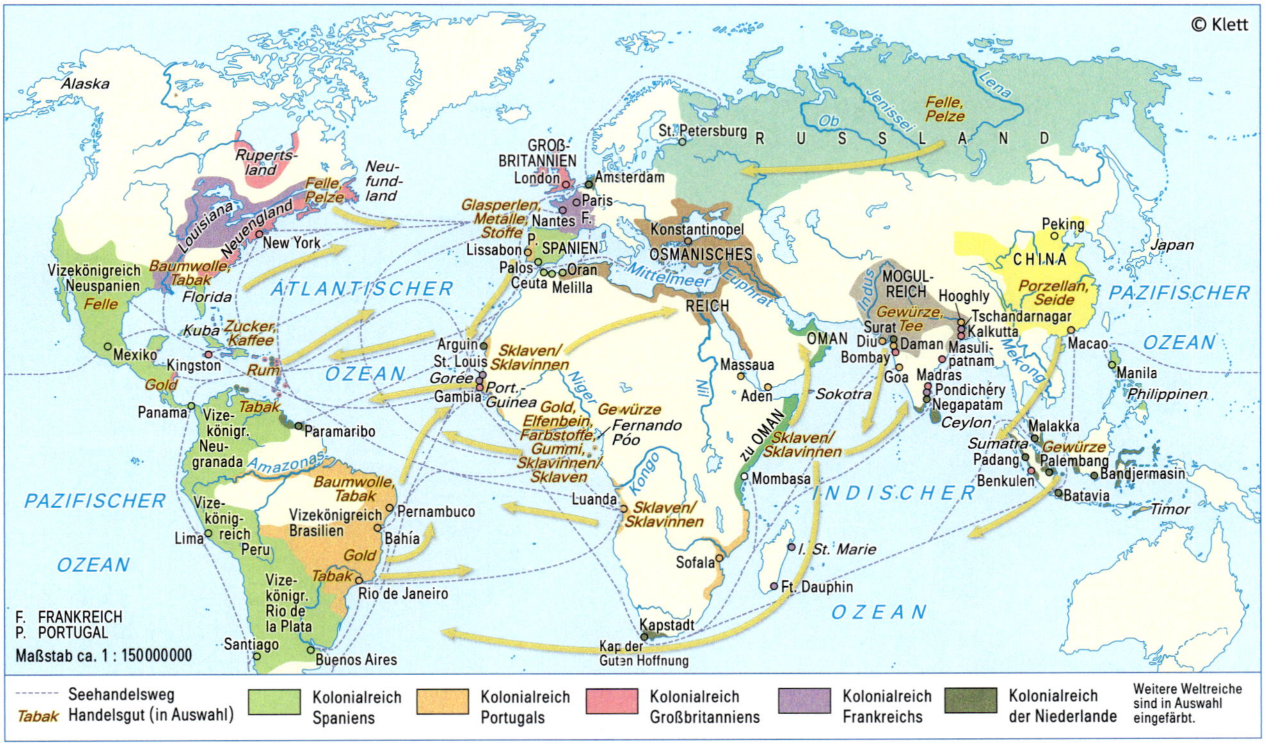

D1 Atlantikhandel Mitte des 18. Jahrhunderts

Schon gewusst?

Auch das Gebiet des heutigen Baden-Württembergs war in den transatlantischen Handel eingebunden. Der Konstanzer Kaufmann **Heinrich Ehinger** und einige **Ulmer Kolonisatoren** eroberten im Auftrag eines Handelsunternehmens Land in Venezuela (Südamerika). 1528 schloss Ehinger einen Vertrag mit Kaiser Karl V.: Der Kaiser überließ ihm Venezuela als Kolonie und erlaubte ihm die Ausbeutung von Rohstoffen und den Sklavenhandel. Ehinger durfte 4000 Sklavinnen und Sklaven aus Guinea (Afrika) nach Südamerika verschleppen. Dort mussten sie Zwangsarbeit leisten. Die Handelsfamilie Ehinger machte später auch anderswo Geschäfte, u.a. im heutigen Mexiko. Sie wurde reich – doch ihr Reichtum beruhte auf Versklavung und Ausbeutung.

→ Bankwesen
→ Fernhandel
→ Dreieckshandel

A 1 / B 1: Was versteht man unter den Begriffen „Kolonie“ und „Kolonialisierung“? Gib in eigenen Worten wieder (Lexikon, T1).

A 2 / B 2: Liste die europäischen Staaten und ihre Kolonien Mitte des 18. Jahrhunderts auf (D1).

A 3: Suche in der Karte D1 Beispiele für den Handel zwischen Kontinenten.

B 3: Beschreibe die Handelsströme in der Mitte des 18. Jahrhunderts (D1).

A 4: Warum erhielt Rigoberta Menchú den Friedensnobelpreis? Erkläre (T3, Q1).

B 4: Beurteile die Bedeutung der Verleihung des Friedensnobelpreises an Rigoberta Menchú (T3, Q1).

A 5 / B 5: „Die Kolonialisierung hatte Folgen bis heute.“ Nimm Stellung zu dieser Aussage.

AFB I: 1 II: 2–4 III: 5   AFB I: 1, 2 II: 3, 4 III: 5

SP → Lösungshilfen ab S. 222

Der Sturz eines Sklavenhändlers

125 Jahre lang stand der britische Unternehmer Edward Colston auf einem Sockel in der Stadt Bristol. Im Jahr 2020 wurde er gestürzt und im Fluss versenkt. Was war passiert?

Q1 Sturz eines Denkmals. Bei Anti-Rassismus-Protesten in Bristol reißen Aktivisten die Statue des britischen Sklavenhändlers Edward Colston vom Sockel und versenken sie im Hafenbecken. Foto, 7. Juni 2020

Rassismus
(siehe S. 188)

T1 Umgang mit einem Denkmal

Im Juni 2020 wurde in den USA der Afroamerikaner George Floyd bei einer gewaltsamen Festnahme von einem Polizisten getötet. Das Ereignis löste weltweit Proteste aus und entfachte eine Debatte über Rassismus im Alltag. Viele Betroffene meldeten sich zu Wort, u.a. in Deutschland. Im Zuge der Debatte wurde auch an die Verantwortung europäischer Staaten für die Versklavung von Schwarzen in der Zeit des Kolonialismus erinnert (siehe S. 194/195).

In der Stadt Bristol rissen Demonstranten eine Statue des britischen Sklavenhändlers Edward Colston vom Sockel und versenkten sie im Wasser. Colston war im 17./18. Jahrhundert an der Versklavung von über 80000 Menschen beteiligt gewesen – teilweise im staatlichen Auftrag. Auf seinen Schiffen starben knapp 20000 Menschen. Die Überlebenden mussten auf Plantagen in Südamerika arbeiten.

In Bristol förderte er mit seinem Geld großzügig Schulen, Kirchen und Krankenhäuser. Aus Dankbarkeit bauten ihm Kaufleute der Stadt 1895 ein Denkmal. Seine Rolle als Sklavenhändler wurde damals nicht erwähnt. Die heutigen Bewohner müssen nun entscheiden, was mit dem gestürzten Denkmal geschehen soll.

Q2 **Protestplakate am Sockel des gestürzten Denkmals.** Im linken Bildhintergrund liegen Reste des beschädigten Denkmals auf der Straße. Foto, 8. Juni 2020

D1 **Rassismus.** Karikatur von Kostas Koufogiorgos, 2020

Schon gewusst?

Der Sturz des Denkmals in Bristol ist kein Einzelfall. In **Boston (USA)** schlugen Unbekannte 2020 einer Statue des Christoph Kolumbus den Kopf ab. In **Belgien** wurden Statuen von König Leopold II. (1835-1909) mit Farbe übergossen. Er hatte die brutale belgische Kolonialherrschaft im Kongo zu verantworten. In den **Niederlanden** stritten die Menschen 2020 um Denkmäler niederländischer Seefahrer und Freibeuter. In **Frankreich** wurden Statuen von der Polizei bewacht. In **Deutschland** rückten Aktivisten 2020 einem Denkmal Otto von Bismarcks mit blutroter Farbe zu Leibe. Er war zu der Zeit Reichskanzler, als Deutschland Kolonien besaß (siehe S. 190). Seit Jahren gibt es Diskussionen um die Benennung von Straßen (siehe S. 190). In **Portugal** wurde das Denkmal eines Missionars mit dem Schriftzug „Entkolonisierung" versehen. Allerdings gibt es dort – wie auch in **Spanien** – wenig Kritik an der Kolonialherrschaft.

A / B

1 Was geschieht in Q1? Beschreibe mithilfe von T1.

2 (A) Warum wurde das Denkmal gestürzt? Arbeite heraus (Q1–2, T1).

2 (B) Warum wurde das Denkmal gestürzt (Q1–2, T1)? Schreibe eine Schlagzeile, die den Grund deutlich macht.

3 (A) Ergänze zwei Sprechblasen in Q1 (Kopie) und trage ein, was die Menschen zu dem Ereignis sagen.

3 (B) a) Bearbeite A3.
b) Ergänze weitere Sprechblasen. Es sollten sowohl zustimmende als auch ablehnende Meinungen dabei sein (Q2, T1).

4 (A) Was bedeutet „Black lives matter" (Q2)? Wie hängt das Motto mit dem Ereignis zusammen? Recherchiere.

4 (B) Erkläre die Aussage der Karikatur D1.

5 „Nicht die Denkmäler sind das Problem, sondern das Denken und Handeln der Menschen!"
a) Nimm Stellung zu der Aussage.
b) Ist die Beseitigung von Denkmälern sinnvoll? Diskutiert.

6 EXTRA MK Erstelle ein Plakat mit weiteren Personen, deren Denkmäler beschädigt wurden (Schon gewusst?). Sammle Informationen zu den Gründen.

AFB I: 1, 2 II: 3, 4, 6 III: 5   AFB I: 1 II: 2, 3, 6 III: 4, 5

SP → Lösungshilfen ab S. 222

Kritik an der Kirche

Erfindungen und Entdeckungen veränderten die Sichtweise der Menschen in Europa. Auch kirchliche Traditionen gerieten ins Wanken. Der Anlass für Veränderungen hing allerdings zunächst einmal mit konkreten Missständen zusammen.

Q1 Flugblatt gegen Geldbetrüger. Zu sehen sind Geistliche, Geldverleiher und Münzer. Vorne verkündet ein Mann einen Ablass, dahinter hängt ein Ablassbrief an einem Kreuz. Links ist ein Geldverleiher zu sehen. In der Mitte prägt ein Münzer minderwertige Geldstücke. Holzschnitt von Jörg Breu d. Ä. (dem Älteren), 1530. Flugblätter wurden zur Zeit der Reformation häufig dazu genutzt, politische oder religiöse Botschaften zu verbreiten. Die Bilder wurden auch von Menschen verstanden, die nicht lesen konnten.

Ablass
Ab dem 12. Jahrhundert bot die Kirche Schriftstücke an, in denen stand, welche Sündenstrafen man durch eine bestimmte gute Tat erlassen bekommen konnte. Diese Schriftstücke wurden Ablassbriefe genannt.

Sünden
Handlungen eines Menschen, mit denen er gegen göttliche Gebote verstößt

T1 Die Kirche in der Krise

Die Kirche hatte am Ende des Mittelalters großen Einfluss auf die Menschen. Die Gläubigen hatten Angst vor dem Teufel und der Hölle. Sie fürchteten sich auch davor, nach dem Tod von Gott für ihre Fehler bestraft zu werden. Denn so lehrte es die Kirche. Dabei verhielten sich viele Geistliche selbst nicht sehr vorbildlich: Die Päpste in Rom führten Kriege und lebten verschwenderisch. So gab Papst Leo X. riesige Geldsummen für Musiker und Dichter, für Jagden und Karneval und für seine Elefantenwärter aus. Einige Bischöfe, Priester und Mönche lebten nicht gerade christlich: Sie tranken übermäßig viel Alkohol und vernachlässigten ihre Aufgaben. Die Priester waren zum Teil so ungebildet, dass sie im Gottesdienst nicht einmal aus der Bibel vorlesen konnten. Hohe kirchliche Ämter wie das Bischofsamt wurden einfach an denjenigen verkauft, der am meisten bot – unabhängig davon, ob er geeignet war oder nicht. Die Menschen wurden deshalb immer unzufriedener mit ihrer Kirche.

T2 Geld befreit von allen Sünden

Für gute Taten, etwa für Wallfahrten, stellte die Kirche den Gläubigen „Ablassbriefe“ aus. Damit sollten den Menschen ihre Sündenstrafen erlassen sein. Nach und nach ging die Kirche dazu über, Ablassbriefe auch ohne Nachweise für ein gutes Werk einfach zu verkaufen. Schließlich brauchten die Päpste für ihr luxuriöses Leben viel Geld. Auch Prachtbauten wie der Petersdom in Rom wurden mit dem Geld aus dem Ablasshandel finanziert. Prediger zogen durch das Land, um Ablassbriefe zu verkaufen. Ihr Werbespruch lautete: „Sobald das Geld im Kasten klingt, die Seele in den Himmel springt.“

T3 Ein Mönch namens Luther

Der Mönch Martin Luther wollte auf diese Missstände aufmerksam machen. Am 31. Oktober 1517 schrieb er einen Brief an seinen Vorgesetzten, den Erzbischof Albrecht. Er fügte 95 Thesen (Behauptungen) gegen den Ablasshandel bei. Albrecht antwortete Luther nicht, sondern leitete die Thesen an den Papst weiter. Luther schickte die Thesen auch ein paar befreundeten Gelehrten – die waren begeistert und ließen die Thesen nachdrucken. Schnell wurden sie im ganzen Land bekannt. Viele Menschen stimmten Luther zu: Endlich wagte es jemand, die Missstände öffentlich anzuprangern.

D1 **Die Kirche in der Krise:**
Das Schaubild zeigt, wie die mittelalterliche Kirche in die Krise geraten ist und welche Folgen das für die Gläubigen hatte.

Päpste
- führen ein ________________ und verschwenderisches Leben.
- verdienen viel Geld mit den ________________

Geistliche
- verhalten sich zum Teil ________________
- sind oftmals schlecht ________________

→ Kirche in der Krise ←

Luther
- will mit seinem Schreiben auf eine __________ aufmerksam machen.
- verurteilt in seinen 95 __________ das Geschäft mit den Ablassbriefen.

Gläubige
- sind verärgert über den __________ __________ ihrer Kirche.
- stimmen der ________________ von Martin Luther zu.

Q2 **Der Ablassprediger Johann Tetzel sprach 1517 vor vielen Menschen bei Magdeburg:**

Du Adliger, du Kaufmann, du Frau, du Jungfrau, du Braut, du Jüngling, du Greis! (…) Wisse, dass ein jeder, der gebeichtet, bereut und Geld in den Schrein getan hat, so viel ihm der Beichtvater geraten hat, eine volle Vergebung aller seiner Sünden haben wird. Habt ihr nicht die Stimmen eurer Verstorbenen gehört, die rufen: Erbarmt euch, denn wir leiden unter harten Strafen und Foltern, von denen ihr uns durch eine geringe Gabe loskaufen könnt.

Q3 **Aus Luthers 95 Thesen vom Oktober 1517:**

32. Wer glaubt, durch Ablassbriefe das ewige Heil erlangen zu können, wird auf ewig verdammt werden samt seinen Lehrmeistern.
36. Jeder Christ, der wahrhaft Reue empfindet, hat einen Anspruch auf vollkommenen Erlass der Schuld auch ohne Ablassbrief.
43. Man soll die Christen lehren, dass, wer den Armen gibt und dem Bedürftigen leiht, besser tut, als wer Ablassbriefe kauft.

Schon gewusst?

Um Luthers Leben ranken sich viele **Legenden**. Hat Luther seine Thesen mit einem Hammer an die Kirchentür in Wittenberg geschlagen? Diese Legende hält sich bis heute. Sicher ist aber nur, dass Luther die Thesen am 31. Oktober 1517 einem Brief beilegte (siehe T3). Deshalb feiern evangelische Christen jedes Jahr am 31. Oktober den Reformationstag.

D2 **Legende vom Thesenanschlag.** Comiczeichnung, 2017

A / B

1 Liste auf, was viele Gläubige an der Kirche kritisierten (T1).

2 (A) Arbeite heraus, wie sich der Einsatz von Ablassbriefen wandelte (T2).

2 (B) Beschreibe die einzelnen Personen auf dem Flugblatt (Q1). Warum richtet sich das Flugblatt gegen das Geschäft mit Ablassbriefen? Erkläre (T2).

3 (A) Erkläre, wie Luther gegen den Ablasshandel vorging (T3).

3 (B) Vergleiche, was Johann Tetzel und Martin Luther über den Ablasshandel sagen (Q2–3, T3).

4 Übertrage das Schaubild D1 in dein Heft und setze folgende Begriffe richtig ein: Ungerechtigkeit – kriegerisches – Kritik – Ablassbriefen – unchristlich – Thesen – ausgebildet – Zustand

5 Diskutiert die unterschiedlichen Reaktionen (T3) auf Luthers Kritik.

AFB I: 1, 2 II: 3, 4 III: 5   AFB I: 1, 2 II: 3, 4 III: 5

SP → Lösungshilfen ab S. 222

Die Reformation breitet sich aus

Luthers Kritik an der Kirche breitete sich aus, denn viele Gläubige wollten eine echte Reform der Kirche. Doch der Papst und der Kaiser waren dagegen.

Reformation
Bewegung zur Erneuerung der Kirche. Sie wurde von Martin Luther ausgelöst und führte zur Spaltung der Kirche.

evangelisch
Von Luther vorgeschlagene Bezeichnung für seine Lehre, die sich auf die Evangelien in der Bibel stützte. Später bezeichnete man alle Kirchen, die aus der Reformation hervorgegangen sind, als evangelisch.

T1 Eine eigene Vorstellung von Gott

Der Mönch Martin Luther ging seinem Glauben an Gott auf den Grund. Als Professor für Bibelkunde an der Universität Wittenberg in Sachsen konnte er die Bibel auf Griechisch, Hebräisch und Lateinisch studieren. Er fragte sich, wie die Menschen leben sollten, um nach dem Tod zu Gott in das Himmelreich zu kommen. Er stellte fest:

- Niemand kann vor Gott bestehen, denn alle Menschen sind Sünder.
- Wer an Gott glaubt, dem werden seine Sünden vergeben.
- Gott entscheidet allein, wer nach dem Tod zu ihm in sein Himmelreich kommt und das ewige Leben erhält. Dazu braucht man keine Ablassbriefe zu kaufen.

Deshalb kritisierte Luther den Ablasshandel in seinen 95 Thesen scharf.

Schon gewusst?

Im Jahr 1525 **heirateten** Martin Luther und die Nonne Katharina von Bora, die kurz zuvor aus einem Kloster geflohen war. Die Heirat war damals ein ungeheuerlicher Schritt. Luther hatte sich nämlich als Priester zur Ehelosigkeit (Zölibat) verpflichtet. Doch weil sich das für Luther nicht aus der Bibel ableiten ließ, setzte er sich darüber hinweg. Viele Anhänger der Reformation folgten dem Beispiel. So erklärt sich, dass evangelische Pfarrer/-innen heiraten dürfen, während katholische Priester bis heute ehelos leben.

Q1 Martin Luther (links) und Katharina von Bora (rechts).
Gemälde von Lucas Cranach dem Älteren, 1526

T2 Papst und Kaiser verurteilen Luther

Die Kritik von Luther und anderen Reformatoren wurde immer bekannter. Das beunruhigte den Papst. Er verlangte von Luther, seine Thesen zurückzunehmen. Der weigerte sich. Deshalb schloss der Papst ihn aus der Kirche aus. Der Kaiser lud Luther 1521 zum Reichstag nach Worms, um ihn zu verhören. Luther sollte seine Lehre zurücknehmen. Der weigerte sich wieder. Deshalb ächtete der Kaiser ihn: Luther hatte im gesamten Heiligen Römischen Reich keine Rechte mehr, jeder konnte ihn töten. Es wurde verboten, Luthers Bücher zu drucken oder zu lesen.

T3 Schutz in Sachsen

Auf der Heimreise von Worms nach Sachsen wurde Luther entführt. Hinter der Entführung steckte jedoch Luthers Freund, der sächsische Kurfürst Friedrich „der Weise". Er ließ ihn heimlich auf die Wartburg bringen, um ihn zu schützen. Auf der Burg lebte Luther unerkannt und übersetzte einen wichtigen Teil der Bibel, das Neue Testament, ins Deutsche. So konnte jeder „Gottes Wort" selbst lesen.

T4 Die Reformation verbreitet sich

Luthers Lehre breitete sich trotz des Verbotes aus. Sie wurde zu einer großen Bewegung, der Reformation. Viele Fürsten und die meisten der deutschen Städte bekannten sich zur Reformation. Sie lösten sich vom Papst und entschieden selbstständig in kirchlichen Fragen. Sie nannten ihre Kirchen evangelisch, schafften die katholische Messe ab und hielten den Gottesdienst auf Deutsch (statt auf Latein). Die Reformation verlief nicht reibungslos, viele Menschen waren weiterhin auf der Suche nach dem richtigen Glauben. Es kam zu Kämpfen zwischen katholischen und evangelischen Bürgern.

Q2 Über Martin Luther schwebt die Taube des Heiligen Geistes. Holzschnitt, 1521

Q3 Luther und der Teufel reichen sich die Hand. Holzschnitt, 1535

D1 „Luther-Hype" im Jubiläumsjahr 2017. Im Jahr des Reformationsjubiläums wurden Luther-Plüschbären, Luther-Badelatschen und Luther-Spielzeugfiguren verkauft. Die abgebildete Spielzeugfigur brach alle Verkaufsrekorde.

katholisch
Die Bezeichnung entstand zur Zeit der Reformation für die bisherige Kirche, um sie von der evangelischen zu unterscheiden.

A

2 Wie reagierten der Papst und der Kaiser auf Luthers Thesen? Arbeite heraus (T2).

3 Wie entwickelten sich die evangelischen Kirchen? Fasse zusammen (Lexikon, T4).

4 Welche Veränderungen entstanden durch Luthers Lehre? Nenne Beispiele (Schon gewusst?, T4).

B

1 Arbeite heraus, was Luther über den Weg zum ewigen Leben lehrte (T1).

2 Wie wurde Luther von seinen Gegnern gesehen? Nenne sie und erkläre (T2, Q3).

3 Wie wurde Luther von seinen Anhängern unterstützt? Wie entstanden die evangelischen Kirchen? Erkläre (T3–4, Q1).

4 Inwiefern sind Luthers Lehre und sein Verhalten typisch für die Frühe Neuzeit? Beurteile.

5 Hat Luther die Kirche gespalten und zerstört? Oder hat er sie verbessert und entwickelt? Nimm Stellung.

6 EXTRA Wie ist der Hype um Luther im Jubiläumsjahr 2017 zu erklären (D1)?

AFB I: 1–4 II: 6 III: 5   AFB I: 1 II: 2, 3, 6 III: 4, 5

SP → Lösungshilfen ab S. 222

Die Bauern wollen frei sein

Luther lehrte, alle Christen seien frei. Davon hörten auch die Bauern. War das eine Aufforderung, sich endlich aus der Unterdrückung durch die Grundherren zu befreien?

D1 Aufständischer Bauer. Comiczeichnung

Zehnt
Die Bauern mussten zehn Prozent ihrer Getreideernte an die Kirche als Steuer bezahlen.

Zwölf Artikel
Flugblatt mit zwölf Forderungen (Artikeln) der Bauern in Memmingen

Bauernkrieg
Aufstände von 1524 bis 1526 in Deutschland, in denen die Bauern für ihre Freiheit von Frondiensten und Abgaben kämpften. Neben Bauern waren auch Bergleute und städtische Bürger an den Aufständen beteiligt. Söldnertruppen der Fürsten schlugen die Aufstände nieder.

T1 Schwaben im März 1525:

Mit lauten Unmutsäußerungen bewegt sich eine Schar von Bauern im frühen Morgengrauen auf einen Herrenhof in der Nähe von Memmingen zu.

Ein Bauer tritt aus der Menge hervor: „Herr, wir sind gekommen, weil wir in Not sind. Eine Not, für die Ihr und Euresgleichen verantwortlich seid. Schritt für Schritt habt Ihr uns unsere alten Rechte entzogen. Wir fordern deshalb, dass Ihr die Zwölf Artikel der Schwäbischen Bauern anerkennt. Sebastian Lotzer, ein Handwerksgeselle aus Memmingen, hat sie in unserem Namen verfasst."

Grundherr: „Der Mann und die Schrift sind mir unbekannt. Was fordert der Bursche? Was fordert ihr?"

Bauernführer (zieht eine Flugschrift hervor): „Zum Ersten bitten wir darum, dass die ganze Gemeinde ihren Pfarrer selbst wählen darf. Da der Kornzehnt schon in der Bibel festgelegt wurde, wollen wir ihn gern zahlen, damit der Pfarrer seinen Unterhalt davon bezahlen kann. Aber wir sind nicht bereit, auch den neuen Viehzehnt zu bezahlen, denn den haben sich die Menschen ausgedacht."

Grundherr: „Was geht mich der Viehzehnt an? Klagt euer Leid dem Bischof!"

Bauernführer: „Ich bin noch lange nicht fertig! Martin Luther lehrt, dass Christus alle Menschen durch seinen Tod am Kreuz erlöst hat. Daraus ergibt sich, dass wir frei sind. Wenn ihr also ein wahrer Christ seid, Herr, dann entlasst uns aus der Leibeigenschaft."

Eine junge Stimme aus dem Hintergrund: „Ich will endlich selbst bestimmen, wo ich wohne und wen ich heirate!"

Grundherr: „Ihr wollt völlig frei sein und keine Obrigkeit haben? Das ist gegen das göttliche Recht!"

Bauernführer: „Wir wollen unserem Herrn gehorsam dienen, wie es die Bibel lehrt, aber die Fürsten und Herren müssen sich ebenso an das Wort Gottes halten. Es ist nicht gerecht, dass kein Untertan mehr jagen oder Fische fangen darf. Auch sollen alle Wälder an unsere Gemeinden zurückgegeben werden, die sich die Herren genommen haben ohne zu zahlen. Jeder soll sich so viel Brenn- und Bauholz daraus holen dürfen, wie er braucht. Überhaupt wollen wir uns keine weiteren Lasten und Abgaben mehr auferlegen lassen."

Grundherr: „Ihr tretet vor mich und beruft euch auf Luther und die Heilige Schrift. So geht nach Hause und kehrt unbewaffnet zurück. Erst dann will ich über die Rechtmäßigkeit eurer Forderungen entscheiden."

Gemurmel. Die Bauern blicken verunsichert umher, bis ihr Anführer noch einmal das Wort ergreift: „So soll es sein. Aber noch bevor der Abend anbricht, stehen wir wieder vor eurem Tor. Und dann wollen wir endlich Gerechtigkeit!"

Schon gewusst?

Als **Beginn des Bauernkrieges** gelten die Unruhen in Stühlingen von 1524. Zum 500-jährigen Jubiläum 2024 erinnert die Stadt im Südschwarzwald an das Ereignis.

A06 Hörspiel
Die Bauern wollen frei sein

Q1 Noch im April 1525 hatte Luther die Bauern unterstützt. Doch nachdem es immer mehr Aufstände gab, schrieb er im Mai 1525:
Drei Arten schwerer Sünden gegen Gott und die Menschen laden diese Bauern auf sich, an denen sie sich vielfach den Tod verdient haben an Leib und Seele. Zum ersten, indem sie ihrer Obrigkeit geschworen haben, untertänig und gehorsam zu sein, wie es Gott gebietet (…), weil sie aber diesen Gehorsam mutwillig und mit Vermessenheit brechen (…). Zum zweiten laden sie Sünden auf sich, indem sie Aufruhr anzetteln, berauben und plündern mit Mutwillen Klöster und Schlösser, die ihnen nicht gehören. (…) Zum dritten versündigen sie sich, indem sie diese schreckliche, entsetzliche Sünde mit dem Evangelium bemänteln. (…) Damit verdienen sie gewiss zehnmal den Tod an Leib und Seele. (…) Darum, liebe Herren, (…) steche, schlage, würge hier, wer da kann.

D2 Verlauf und Folgen der Aufstände
1524: Bauernaufstände in Süddeutschland
1525: Aufstände auch in Thüringen, Sachsen
Februar/März 1525: Die Zwölf Artikel der Bauern (siehe T1) entstehen. Die Grundherren gehen darauf nicht ein.
Frühjahr 1525: Die Grundherren schlagen die Aufstände nieder. Am 15. Mai verlieren die Bauern die letzte große Schlacht.
Folgen: Einige Herren verbesserten Lebensbedingungen der Bauern. Aber: Die meisten Untertanen mussten noch 300 Jahre auf so weitgehende Freiheiten warten.

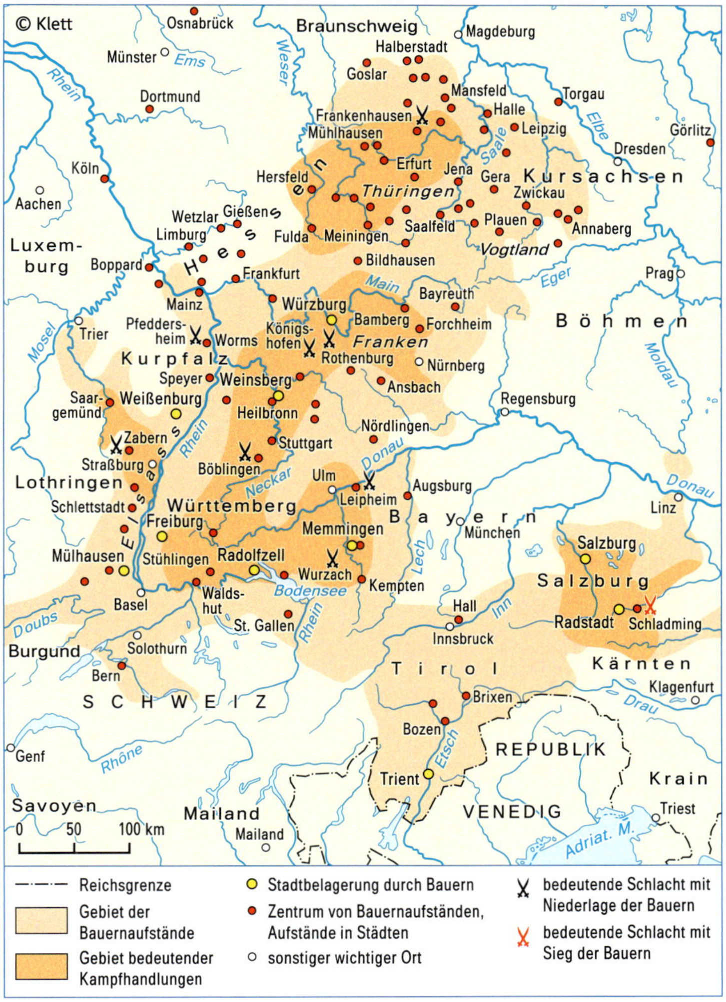

D3 Die Ausbreitung der Aufstände von 1524–1526

A
1. Warum beschweren sich die Bauern bei ihrem Grundherren? Liste ihre Forderungen auf (T1).
2. Suche dir eine Forderung aus und gestalte dazu ein Demonstrationsplakat (T1).
3. Beschreibe die Karte D3. Welche Folgen haben die Forderungen der Bauern?
4. Haben die Bauern mehr Schlachten gewonnen oder verloren? Prüfe (D2–3).
5. Lies Q1 und fasse zusammen, wie sich Luthers Meinung über die Forderungen der Bauern geändert hat.
6. Haben die Bauern etwas erreicht? Diskutiert.

B
1. Warum beschweren sich die Bauern bei ihrem Grundherren? Liste ihre Forderungen auf (T1).
2. Inwiefern haben die Forderungen der Bauern etwas mit Luthers Lehre zu tun? Erkläre und suche Textstellen in T1.
3. Die Fürsten gingen oft mit brutaler Gewalt gegen die Bauern vor. Suche nach Gründen für dieses Vorgehen (D3).
4. Schreibe die Szene T1 weiter (D2–3, Schon gewusst?).
5. Für Luther sind die Taten der Bauern „Sünden". Wie begründet er das (Q1)?
6. Haben die Bauern etwas erreicht? Diskutiert.

AFB I: 1, 3, 5 II: 2, 4 III: 6   AFB I: 1 II: 2–5 III: 6

SP → Lösungshilfen ab S. 222

Ein Christentum – drei Konfessionen

Katholische und evangelische Christen feierten getrennt voneinander Gottesdienst und gehörten zu verschiedenen Gemeinden. Wie sollte das Zusammenleben im Alltag weiter gestaltet werden? Und was bedeutete das für die Politik?

Protestanten
Auf dem Reichstag in Speyer 1529 protestierte die evangelische Minderheit gegen den Beschluss, Luthers Lehre zu verbieten. Seitdem werden die Anhänger der Reformation auch Protestanten genannt.

Konfession
bedeutet „Bekenntnis". Unter den Christen gibt es unterschiedliche Konfessionen (z.B. römisch-katholisch, evangelisch-lutherisch oder evangelisch reformiert).

→ **Konfessionalisierung**

T1 Religion und Macht

Die Auseinandersetzungen um den richtigen Glauben waren auch ein Kampf um die Macht. Kaiser Karl V. wollte die Einheit der Kirche und seine damit verbundene Macht behalten. Deshalb bekämpfte er die Lehre Luthers und die evangelischen Fürsten. Den Fürsten gelang es 1526 auf dem Reichstag in Speyer, Glaubensfreiheit für ihre Gebiete durchzusetzen.
Drei Jahre später wollten die katholischen Fürsten diesen Beschluss rückgängig machen. Dagegen protestierten die evangelischen Fürsten erneut: Jeder sollte in Gewissensfragen selbst entscheiden können.

T2 Der Augsburger Religionsfrieden

Für Kaiser Karl V. waren die Protestanten Irrgläubige und Rebellen, die ihre Treue gegenüber dem Kaiser gebrochen hatten. Deshalb ging er 1546/47 militärisch gegen die protestantischen Fürsten vor und besiegte sie.
Aber er konnte die Einheit der Kirche und damit auch des Reiches nicht erhalten. Die Protestanten verbündeten sich 1552 mit dem katholischen französischen König. Der verfolgte zwar die Protestanten in Frankreich, unterstützte sie aber in Deutschland, weil er den Kaiser schwächen wollte. Der nächste Kaiser, Ferdinand, musste 1555 auf dem Augsburger Reichstag einem Kompromiss (siehe Q2) zustimmen: Die Konfessionen der Protestanten und der Katholiken waren jetzt gleichberechtigt.

Q1 Johannes Calvin (1509–1564) begründete die evangelisch-reformierte Konfession. Von Genf breitete sich die reformierte Kirche in die Pfalz und die Niederlande, nach Frankreich und Schottland aus. Ausschnitt aus einem Gemälde, 1560

T3 Die Calvinisten

Ähnlich wie Luther kämpfte der Schweizer Johannes Calvin für eine Erneuerung der Kirche. 1537 setzte ihn der Rat von Genf ein, um das religiöse Leben in der Stadt zu reformieren. Calvin führte strenge religiöse Regeln ein: Alle Vergnügungen wie Kartenspiel, Tanz und Theater wurden verboten. Die Genfer Bürger mussten mehrmals in der Woche in die Kirche gehen und die Predigt hören. Jeder Schmuck wie Altäre, Kreuze oder Kerzen wurde aus den Kirchen entfernt. Nichts sollte von der Predigt und dem Abendmahl ablenken, die im Mittelpunkt des Gottesdienstes standen. Mit dieser einfachen Form des Gottesdienstes unterschieden sich die Calvinisten (Reformierten) von den evangelisch-lutherischen Christen.

T4 Calvins Lehre

Calvin wollte die Gläubigen aktiv am Leben der Gemeinde beteiligen. So bestimmte jede Gemeinde ihre Prediger, Lehrer und Kirchenältesten selbst. Die Gemeinde wählte sogar ein geistliches Gericht, das über den regelmäßigen Besuch des Gottesdienstes und den Lebenswandel der Bürger wachte und Strafen verhängte.

I10
interaktive Karte
Verteilung der Konfessionen um 1600

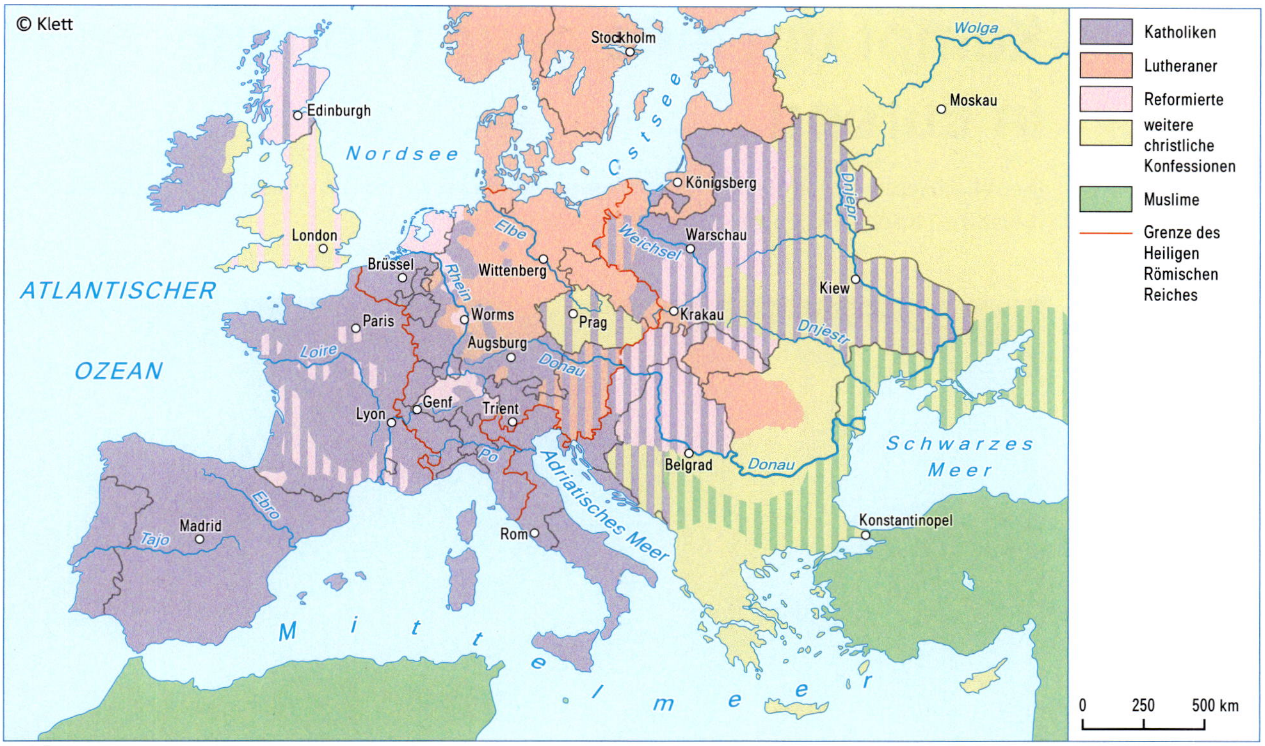

D1 Europa nach der Reformation um 1560

Q2 Die wichtigsten Bestimmungen des Augsburger Religionsfriedens von 1555:

1. Die Landesherren können wählen, ob sie den katholischen oder evangelischen Glauben annehmen wollen. (…) Calvinisten und Täufer (Anhänger einer weiteren Reformbewegung) bleiben ausgeschlossen.
2. Die Untertanen müssen den Glauben ihres Landesherren annehmen (wer herrscht, darf die Religion bestimmen). Wer widerstrebt, darf auswandern.
3. Die evangelischen Landesherren dürfen die Kirchengüter behalten, die sie vor 1552 eingezogen haben.
4. In den Reichsstädten, die konfessionell gemischt sind, dürfen Angehörige beider Konfessionen weiterhin nebeneinander leben.
5. „Geistlicher Vorbehalt“: Tritt ein geistlicher Fürst zum evangelischen Glauben über, muss er auf sein Amt verzichten.

A / B

1 (A und B) Stelle den Verlauf der Reformation auf einem Zeitstrahl dar (1517, 1521, 1526, 1529, 1537, 1546/47, 1552, 1555).

2 (A) Erkläre die Bezeichnungen: Katholiken, Protestanten, Calvinisten (Lexikon, Q1, T3).

2 (B) Der Kampf um die Religionen war auch ein Kampf um Macht. Erkläre dies am Verhalten Kaiser Karls V. (T2).

3 (A) Was änderte sich durch den Augsburger Religionsfrieden für die Bevölkerung? Liste auf (T2, Q2, Lexikon).

3 (B) Bearbeite Aufgabe A4. War damit ein dauerhafter Friede hergestellt? Beurteile.

4 (A) Beschreibe Calvins Lehre (T3–4).

4 (B) Beurteile die Folgen von Calvins Lehre für die Menschen in Genf (T3–4).

5 (A und B) Inwiefern veränderten die Folgen der Reformation das Leben der Menschen? Diskutiert.

AFB I: 1, 3, 4 II: 2 III: 5 AFB I: 1 II: 2 III: 3–5

SP → Lösungshilfen ab S. 222

Kampf um eine neue Ordnung in Europa

Die religiösen und politischen Neuerungen und die Versuche, sie mit Macht durchzusetzen, führten zu Kriegen in Europa. Der größte Krieg begann 1618.

Q1 Der Prager Fenstersturz im Jahr 1618. Böhmische Adlige stürzten die kaiserlichen Beamten aus dem Fenster der Prager Burg. Die Beamten überlebten den 15 Meter tiefen Sturz – der Legende nach landeten sie auf einem Misthaufen. Der „Prager Fenstersturz“ löste den Dreißigjährigen Krieg aus. Farbiger Kupferstich (Ausschnitt), 1635

Westfälischer Frieden
1648 in Münster und Osnabrück geschlossene Friedensverträge des Kaisers mit Frankreich und Schweden. Sie beendeten den Dreißigjährigen Krieg.

→ **pax universalis**

Territorialstaat
selbstständiger, von einem Fürsten regierter Staat mit eigener Gesetzgebung, Rechtsprechung und Steuerhoheit

T1 Vom Glaubenskrieg zum Machtkampf

Die Reformation hatte die Christen Mitteleuropas in zwei große Lager gespalten: Katholiken und Protestanten. Im Laufe der Jahre spitzten sich die Konflikte immer mehr zu. So widersetzten sich im Jahr 1618 protestantische Adlige in Böhmen dem Kaiser (Q1). Dieser hatte versucht, in seinen Landen Rechte, die den Protestanten zugestanden worden waren, wieder zurückzunehmen. Ein Krieg brach aus, der 30 Jahre dauerte und Millionen Opfer forderte. Zuerst bekämpften die katholischen Fürsten gemeinsam mit dem Kaiser die protestantischen Fürsten. Dann traten Dänemark (1625) und Schweden (1630) auf der Seite ihrer protestantischen Glaubensgenossen in den Krieg ein. 1635 schlug sich sogar das katholische Frankreich auf die Seite der Protestanten. Aus dem Glaubenskrieg war ein Kampf um die Vormacht in Europa geworden.

T2 Der Westfälische Frieden

Als die Gegner erkannten, dass es in diesem Krieg keinen Sieger geben konnte, begannen sie in Münster und Osnabrück zu verhandeln. Im Westfälischen Frieden von 1648 wurde der Augsburger Religionsfrieden bestätigt. Die Untertanen mussten jetzt aber nicht mehr die Konfession ihrer Fürsten annehmen. Dies war ein wichtiger Schritt in Richtung Glaubensfreiheit. In Mitteleuropa zerfiel das „Heilige Römische Reich“ endgültig in 370 Territorialstaaten: Die deutschen Fürsten erweiterten ihre Eigenständigkeit (eigene Gesetzgebung, Rechtsprechung, Steuerhoheit). Sie durften mit fremden Staaten Verträge schließen, solange diese nicht gegen Kaiser und Reich gerichtet waren. Ihre Stärke schwächte die Stellung des Kaisers.

D1 Das „Heilige Römische Reich Deutscher Nation“ nach 1648

A

1. Verfasse einen kurzen Zeitungsbericht zum Prager Fenstersturz (Q1, T1).
2. Warum ging es in diesem Krieg stärker um Macht als um Religion? Begründe (T1).
3. Liste die Ergebnisse des Dreißigjährigen Krieges auf (T2).
4. Erkläre, warum die Stellung des Kaisers geschwächt war (T2, D1).
5. Beurteile, wem der Krieg am Ende Vorteile brachte (T2).
6. Betrachte die Ergebnisse als Zwischenschritt vom Mittelalter bis heute und bewerte sie.

B

1. Verfasse einen kurzen Zeitungsbericht zum Prager Fenstersturz (Q1, T1).
2. MB Erkläre den Zusammenhang „Reformation – europäische Machtpolitik“ in einem Schaubild (T1; S. 80: T1–2). Digitale Lösung: siehe V02 ⓓ.
3. Verfasse einen kurzen Zeitungsbericht zum Westfälischen Frieden (T2, D1).
4. Erkläre den Begriff Territorialstaat (T2, D1).
5. Beurteile, wem der Krieg am Ende Vorteile brachte (T2).
6. Betrachte die Ergebnisse als Zwischenschritt vom Mittelalter bis heute und bewerte sie.

AFB I: 1, 3 II: 2, 4 III: 5, 6   AFB I: 1 II: 2–4 III: 5, 6

SP → Lösungshilfen ab S. 222

Abschluss

Wende zur Neuzeit

D03 Arbeitsblatt Wiederholung

D04 Arbeitsblatt Lösung

I11 interaktive Übungen Wende zur Neuzeit

- Ich kann Fragen an Epoche der Frühen Neuzeit stellen, z. B. zu Themen, die mich besonders interessieren.
- Ich weiß, wie sich die Kenntnisse und Sichtweisen der Europäer bis 1500 veränderten.
- Ich kenne Beispiele für die kulturellen Leistungen der indigenen Völker.
- Ich kann die Begegnung von Kulturen aus der Sicht der Eroberer und der indigenen Bevölkerung beurteilen und aus heutiger Sicht bewerten.
- Ich kann die Ursachen, den Verlauf und die Folgen der Reformation erläutern.
- Ich kann die Folgen der Reformation bewerten.
- Ich kann erläutern, inwiefern die Geschichte des Kolonialismus mit der heutigen Zeit zusammenhängt.

3

1661 bis 1799

Die Französische Revolution

1661–1715
Ludwig XIV. regiert Frankreich als absoluter Herrscher.

18. Jahrhundert
Die Aufklärer kritisieren das absolute Königtum.

14. Juli 1789
In Paris stürmen Bürger eine Festung des Königs.

26. August 1789
In Frankreich werden die Menschen- und Bürgerrechte verkündet.

1792
Frankreich wird Republik.

1793
Der König wird öffentlich hingerichtet.

1799
Napoleon Bonaparte erklärt die Revolution für beendet.

?

Stelle Vermutungen darüber an, wer die Personen links und rechts sein könnten.

Warum bekommt die Frau im grünen Kleid so großen Respekt?

Wen könnte sie anschauen, auf wen könnte sie zugehen?

Überlege dir eine Frage, die du ihr gerne stellen würdest.

Die Filmszene spielt in einem berühmten Schloss. Finde es im Buch.

Die Französische Revolution

Im Schloss von Versailles (sprich: Werssai) lernst du das prächtige Leben am Hofe des Königs kennen. Du erfährst aber auch, mit welchen Mitteln der Sonnenkönig über sein Land herrschte und warum viele Menschen diese Form der Herrschaft ablehnten. 100 Jahre später stürzte eine Revolution Adel und König und machte Frankreich zur Republik. Doch auch diese verschwand und machte einer neuen Monarchie Platz.

Schau dir die Bilder dieser Seite an. Formuliere zu jedem eine Forschungsfrage. Entscheide dich dann für Weg A oder B.

1

A

2 Mit welchen Mitteln herrschte ein absoluter König über sein Land? (S. 90–93)

3 Was war die Aufklärung? (S. 94/95)

4 Was versteht man unter der Gewaltenteilung einer Verfassung? (S. 94/95)

absolute Herrschaft

Aufklärung

Verfassung

B

2 „Der Staat, das bin ich!“, behauptete ein absoluter König. Erkläre, wie diese Aussage zu verstehen ist. (S. 90–93)

3 Wodurch wollten die Aufklärer im 18. Jahrhundert das Denken der Menschen verändern? (S. 94/95)

4 Was versteht man unter der Gewaltenteilung einer Verfassung? Wogegen bietet die Gewaltenteilung Schutz? (S. 94/95)

Material findest du auf den folgenden Seiten, du kannst aber auch in der Bücherei und im Internet suchen. MB

Wie kam es zur amerikanischen Unabhängigkeitsbewegung? Wie verlief in Frankreich der Sturm auf die Bastille und wie kam es zur Erklärung der Menschenrechte? (S. 96–105)

Was geschah in Frankreich während der Terrorherrschaft? (S. 108/109)

Wie sah die Karriere Napoleons aus? (S. 110/111)

5 *Revolution*

6 *Terror*

7 *Kaiserreich Frankreich*

8

A

B

Erstelle ein Portfolio. Trage deine Ergebnisse in einer Arbeitsmappe zusammen. Ist noch eine deiner Forschungsfragen offen? Dann beantworte sie.

5 Wie kam es zur amerikanischen Unabhängigkeitsbewegung? Wie verlief in Frankreich der Sturm auf die Bastille und wie kam es zur Erklärung der Menschenrechte? Warum ist der 14. Juli in Frankreich bis heute so ein wichtiger Tag? (S. 96–105, S. 170)

6 Was führte zur Terrorherrschaft und wie veränderte sie die Revolution? (S. 106–109)

7 Wie begünstigte die Revolution die Karriere Napoleons und welche Folgen hatte sein Machtstreben für die Revolution? (S. 110/111)

... die Mode aus der Zeit Ludwigs XIV. oder Ludwigs XVI. auf einem Plakat zeigen (und passende Musik dazu abspielen),

... das Schloss von Versailles zeichnen,

... über das Leben Ludwigs XVI. und seiner Frau Marie Antoinette berichten,

... im Internet Karikaturen zur Französischen Revolution suchen und der Klasse vorstellen, MB

... Napoleons Karriere in Bildern darstellen.

Der König regiert allein

Man nennt ihn den Sonnenkönig, und von sich selbst soll er gesagt haben: „Der Staat – das bin ich!“ Sein Hof in Versailles zog Adlige aus ganz Europa an. Sie bewunderten den Glanz des Hofes und wollten so herrschen wie Ludwig.

Q1 Diese Schaumünze ließ Ludwig XIV. nach seiner Regierungsübernahme prägen. Die freie Übersetzung der Umschrift lautet: „Alles andere überragend“. Überall in Versailles ließ er das Symbol der Sonne als Zeichen seiner Herrschaft anbringen.

→ **Sonnenkönig**

absoluter König herrscht im Staat mit uneingeschränkter Macht

Gottesgnadentum Wie Ludwig XIV. glaubten viele Könige von sich, sie seien Herrscher „von Gottes Gnaden“. Auch die Kirche lehrte, alle Gewalt (= Macht) auf Erden komme nur von Gott.

T1 Ein absoluter Herrscher

Im Jahr 1661 änderte sich in Frankreich einiges: Der junge König Ludwig XIV. wollte von nun an alleine regieren. Er misstraute sogar seinen eigenen Ministern, daher empfing er sie meistens einzeln. Sie durften ihm berichten und Ratschläge erteilen, dann ordnete der König an, was sie zu tun hatten. Ludwig nahm sich auch das Recht, Steuern zu erhöhen, Gesetze zu erlassen, die Entscheidungen der Gerichte zu beeinflussen sowie über Krieg und Frieden zu entscheiden. Er sah sich als Herrscher von „Gottes Gnaden“, der seine Entscheidungen nur vor Gott – und sonst vor niemandem – rechtfertigen müsse. Die übrigen 20 Millionen Franzosen hatten als Untertanen zu gehorchen.

T2 Die Hofgesellschaft

Seit 1662 ließ Ludwig XIV. westlich von Paris das Schloss Versailles bauen. Es war größer und prächtiger als alle anderen Schlösser. Mit aufwendigen Festen, Theater, Musik, Jagden, Feuerwerken und anderen Vergnügungen lockte der König die Adligen Frankreichs an seinen Hof. Wer in der Hofgesellschaft etwas gelten wollte, trug feine Kleider und fuhr in der eigenen Kutsche vor. Das Leben in Versailles kostete oft mehr, als ein kleiner Adliger aus seinen Landgütern erwirtschaftete. Dann machte er Schulden. Oft bezahlte Ludwig XIV. die Schulden seiner Adligen aus der königlichen Kasse. Dann mussten sie ihm ein Leben lang dankbar sein.

T3 Lauter kleine Sonnenkönige

Die Herrscher in den deutschen Kleinstaaten wetteiferten nun darum, ihre Schlösser nach französischem Vorbild auszubauen. Man kleidete sich nach der neuesten französischen Mode und übernahm viele französische Wörter in die deutsche Sprache. Auch die deutschen Fürsten herrschten in ihren Staaten absolut.

Q2 Reise Ludwigs XIV. mit seiner Frau Maria Teresa und dem Hofstaat durch Frankreich im Jahre 1667. Gemälde (Ausschnitt) von Adam Frans van der Meulen, 1685

Q3 Über das tägliche Aufstehen des Königs berichtet der Herzog von Saint-Simon in seinen „Erinnerungen“, die er zwischen 1740 und 1745 aufschrieb:

Um acht Uhr früh (...) weckte der erste Kammerdiener den König (...). Der König nahm Weihwasser und sprach ein Gebet. Inzwischen waren die Prinzen und danach einige Vertreter des höchsten Adels eingetreten. (...) Es kamen die vier Minister, die Vorleser, Apotheker, Ärzte, die Silberbewahrer, einige Offiziere und Kammerdiener. Nachdem der König eine kleine Perücke aufgesetzt hatte (...), erschienen die Kammerherren, die ihrem Herrn die Namen der bedeutenderen Persönlichkeiten ins Ohr flüsterten, und sofort traten die anwesenden Kirchenfürsten und Kardinäle, Gesandten, Marschälle und andere Großwürdenträger ein, denen (...) der breite Schwarm der Höflinge folgte. Der König zog sein Nachthemd aus, übergab die Reliquien, die er während der Nacht auf bloßem Leibe trug, dem ersten Kammerdiener und verlangte sein Taghemd. Das war der Höhepunkt der ganzen Zeremonie: Das Recht, dem König das Hemd zu reichen, stand dem Bruder des Königs zu, wenn dieser abwesend war, den Söhnen und Enkeln des Königs. (...) Wenn der König angezogen war, betrat er das anliegende Gemach. Dort hielt er mit den Ministern Rat. Dabei verkündete er das Programm des Tages, das auf die Minute eingehalten wurde.

Q4 Das Versailler Schloss. Das Schloss besaß mehr als 2000 Räume. Auf der Rückseite des Schlosses hatte Ludwig einen riesigen Park anlegen lassen. Foto

Q5 Das Ludwigsburger Schloss. Das Schloss wurde Anfang des 18. Jahrhunderts vom württembergischen Herzog Eberhard Ludwig errichtet. Es ist von drei Seiten von einer großen Parkanlage umgeben. Foto

1 Beschreibe mit deinem Nachbarn das Gemälde Q2.

2 (A) Nenne die Rechte, die Ludwig XIV. für sich beansprucht (T1).

2 (B) „Der Staat – das bin ich!“ Erkläre diesen Satz (Vorspann, T1, Lexikon).

3 (A) Arbeitet in Gruppen. Beschreibt das Leben am Hof Ludwigs XIV. in Versailles (T2, Q4).

3 (B) Arbeitet in Gruppen. Erklärt aus T2, Q1 und Q3, warum man Ludwig XIV. auch als Sonnenkönig bezeichnet.

4 Diskutiert darüber, ob ihr euch einen Herrscher wie Ludwig XIV. heute als Staatsoberhaupt vorstellen könntet. Schreibt eure Argumente vorher auf.

5 EXTRA „Der Lebensstil Ludwigs XIV. war ein Vorbild für die Adligen in ganz Europa.“ Prüfe diese Aussage, indem du Q5 mit Q4 vergleichst.

AFB I: 1–3 II: 5 III: 4   AFB I: 1, 2 II: 3, 5 III: 4

SP → Lösungshilfen ab S. 222

Methode

MK

Ein Bild deuten

T1 Ein König will Eindruck machen

Als Ludwig XIV. 63 Jahre alt war, ließ er seinen Hofmaler Rigaud zu sich kommen. Ludwig beauftragte ihn mit einem Porträtbild, das ihn selbst in voller Größe zeigen sollte. Der König wollte mit dem Gemälde Eindruck machen, denn es war als Geschenk für den spanischen Königshof bestimmt. Dort lebte seit einiger Zeit Ludwigs 17-jähriger Enkel Philipp, der zum König von Spanien gekrönt werden sollte. Als Rigaud das fertige Bild ablieferte, gefiel es Ludwig so gut, dass er es für sich behielt und im Schloss von Versailles aufhängen ließ. Für den spanischen Hof in Madrid ließ er eine Kopie des Porträts anfertigen.

Q1 Porträt König Ludwigs XIV. aus der Werkstatt des Hofmalers Hyacinthe Rigaud, 1701. Das Bild ist 2,77 Meter hoch und 1,94 Meter breit. Der größte Teil des Bildes wurde von den Assistenten des Hofmalers ausgemalt. Rigaud hat aber den Kopf des Königs selbst gemalt. Er wurde nachträglich auf der Leinwand befestigt.

D1 Was der Maler Rigaud wusste:
- Frankreichs Könige trugen bei ihrer Krönung als Herrschaftszeichen einen Mantel: innen aus Hermelinpelz, außen aus Brokatstoff.
- Weiß und Blau waren die Farben der Bourbonen (Herrschergeschlecht Ludwigs XIV.).
- Die Lilie war das Symbol der Bourbonen.
- Der „Orden des Heiligen Geistes“ war der höchste Orden Frankreichs.

D2 Der König und sein Maler haben sich genau überlegt, was alles auf dem Bild zu sehen sein sollte.

Ein Bild deuten

Beschreiben
1 Beschreibe deinen ersten Eindruck in ein oder zwei Sätzen.

2 Welche Einzelheiten fallen dir besonders auf?

3 Wer oder was steht im Mittelpunkt?

Untersuchen
4 Finde heraus, welche Aussagen die Bildlegende zu Thema, Personen, Zeit und Maler macht.

5 Untersuche den Aufbau des Bildes:
- Was oder wer steht im Vordergrund?
- Wie sind Personen oder Dinge angeordnet?
- Fallen Personen durch eine besondere Blickrichtung oder Haltung auf?

6 Wie werden Farben, Licht und Schatten eingesetzt?

Deuten
7 Zu welchem Zweck wurde das Bild gemalt? Wer war der Auftraggeber?

8 Ordne das Bild in die Zeit ein und beurteile, wie es wohl auf den Betrachter damals gewirkt hat.

A / B

1 Bearbeite mit deinem Nachbarn Q1.
a) Was fällt dir besonders auf? Was gefällt dir, was nicht?
b) Tauscht eure Notizen aus und diskutiert sie.

2 (A) Bearbeitet in Gruppen das Bild Q1 nach den Arbeitsschritten 3–7.

2 (B) Bearbeitet in Gruppen das Bild Q1 nach den Arbeitsschritten 3–8. Nennt einen Gegenstand, den ihr darin für wichtig haltet. Begründet eure Wahl.

3 (A) Bevor der Maler mit der Arbeit beginnt, schreibt er einen Merkzettel. Liste auf, was ihm wichtig erscheint (Q1, D1–2).

3 (B) Bearbeite Aufgabe A3. Lege dann dazu eine Mindmap an (Q1, D1–2).

4 Diskutiert in der Klasse: „Der Maler hat den Auftrag seines Königs gut/nicht gut ausgeführt.“

5 Die Bundeskanzlerin oder der Bundeskanzler lassen sich porträtieren. Welche Haltung nehmen sie ein? Welche Dinge sollen mit aufs Bild kommen? Begründe.

AFB I: 1, 3 II: 2, 5 III: 4   AFB I: 1 II: 2, 3, 5 III: 4

SP → Lösungshilfen ab S. 222

Das Zeitalter der Aufklärung

Weit über das Mittelalter hinaus gaben sich die meisten Menschen damit zufrieden, wenn die Kirche ihnen die Welt erklärte und ihnen sagte, was richtig oder falsch ist. Das änderte sich um 1700: Statt zu glauben, wollte man jetzt Beweise sehen.

Q1 In Versailles startete am 19. September 1783 der erste Heißluftballon mit drei Passagieren: einer Ente, einem Huhn und einem Schaf. Zwei Monate später stiegen auch zwei Menschen in den Himmel auf. Zeitgenössische Radierung

Aufklärung
neue Denkweise im 18. Jahrhundert. Aufklärer wollten alles durch die Vernunft erklären und Erkenntnisse kritisch überprüfen. Sie forderten von Staat und Kirche die Freiheit der Meinung.

Menschenrechte
Rechte, die allen Menschen ohne Ausnahme zustehen

→ Lesegesellschaft

→ Bildungsreise

T1 Vernunft ersetzt den Glauben

Immer mehr Menschen erkannten, dass alle Vorgänge in der Natur nach bestimmten Gesetzen ablaufen. Sie wollten diese Gesetze erforschen, deshalb beobachteten sie die Natur genau und führten Experimente durch. Einige Gelehrte bezweifelten alles, was sich nicht durch die Vernunft erklären ließ. Ihre Kritik richtete sich zunächst gegen die Bevormundung durch die Kirche, dann aber auch gegen eine angeblich von Gott gewollte Herrschaft der Könige und Fürsten.
Die Aufklärer sahen in der Erziehung und Bildung aller Menschen eine wichtige Aufgabe. Selbst einfache Menschen sollten ermutigt und befähigt werden, ihren eigenen Verstand zu gebrauchen. Sie müssten sich dann nicht mehr durch die Vorschriften anderer leiten lassen.

T2 Die Aufklärung verbreitet sich

Im Alltag von Bauern oder Handwerkern spielten die neuen Ideen keine Rolle. Aber die gebildeten Menschen diskutierten überall in Europa die Ideen der Aufklärung. Dazu trug auch bei, dass nun Zeitungen und Zeitschriften gedruckt wurden, die Neuigkeiten schnell verbreiteten. In Kaffeehäusern kamen Menschen aus den verschiedenen Schichten zusammen – auch um ihre Gedanken auszutauschen. Ein Treffpunkt besonderer Art waren die Salons vornehmer Damen. Hier verkehrten Bürger, Adlige und Geistliche miteinander. In diesem geschlossenen Kreis las man die Schriften der Aufklärer gemeinsam und sprach darüber. Jeder konnte seine Meinung frei sagen.

T3 Neue politische Ideen

Bei solchen Treffen in den Salons wurden Fragen wie diese gestellt: Braucht man überhaupt Könige oder könnte sich das Volk auch selbst regieren? Mit dem Verstand war es nämlich nicht zu erklären, wenn die Fürsten behaupteten, von Gott als Herrscher eingesetzt zu sein. Die Ordnung in der Gesellschaft musste vielmehr von Menschen geschaffen worden sein. Niemand, so sagten die Aufklärer, ist dazu geboren, Untertan eines anderen zu sein. Alle Menschen sind von Natur aus frei und haben die gleichen Rechte. Keiner Regierung sollte es erlaubt sein, die Menschenrechte zu verletzen.
Die wichtigste Pflicht des Staates müsste es vielmehr sein, die Freiheit des Einzelnen zu schützen, das Eigentum zu garantieren sowie das Glück und den Wohlstand der Menschen zu fördern.
Die meisten Aufklärer wollten das Königtum nicht abschaffen. Aber der König sollte durch eine Verfassung in seiner Macht beschränkt sein.

Q2 Der deutsche Philosoph Immanuel Kant schrieb 1784:

Aufklärung ist der Ausgang des Menschen aus seiner selbstverschuldeten Unmündigkeit. Unmündigkeit ist das Unvermögen, sich seines Verstandes ohne Leitung eines anderen zu bedienen. Selbstverschuldet ist diese Unmündigkeit, wenn die Ursache derselben nicht am Mangel des Verstandes, sondern der Entschließung und des Mutes liegt, sich seiner ohne Leitung eines anderen zu bedienen. (…) „Habe Mut, dich deines *eigenen* Verstandes zu bedienen!", ist also der Wahlspruch der Aufklärung.

Q3 Der französische Philosoph Charles de Montesquieu schrieb 1748:

In jedem Staat gibt es drei Arten von Gewalt: die vollziehende Gewalt, die gesetzgebende Gewalt und die richterliche. Wenn in derselben Person die gesetzgebende mit der vollziehenden vereinigt ist, gibt es keine Freiheit. (…)
Es gibt ferner keine Freiheit, wenn die richterliche Gewalt nicht von der gesetzgebenden und vollziehenden getrennt ist.

Gewaltenteilung
Teilung der Staatsgewalt in gesetzgebende, vollziehende und richterliche Gewalt

Verfassung
die politische Organisation eines Staates. In einer aufgeschriebenen Verfassung sind die Rechte und Pflichten des Staates und der Bürger festgelegt.

Schon gewusst?

Die Ideen des deutschen Philosophen Immanuel Kant haben die Welt verändert. Sie „stecken" in vielen heutigen Gesetzen und Verfassungen. Für Kant ist der Mensch frei; er muss nur seiner Vernunft folgen, um eine gerechte und friedliche Welt zu schaffen. Kants Vorstellungen von „Menschenwürde", „Freiheit" und „Gleichheit" werden als **universell** angesehen, d. h. für alle Menschen gültig. Aber hat Kant wirklich alle Menschen gemeint? In seinen frühen Schriften gibt es Äußerungen, in denen er Nichtweißen die Begabung zur Vernunft abspricht. Das hat zum Streit über Kants Bedeutung geführt. Manche bezeichnen sein Denken als **rassistisch**, andere sagen: Kant und andere Aufklärer haben es erst möglich gemacht, dass wir für die gleichen Rechte aller eintreten. Außerdem habe Kant dazugelernt und in seinen späten Schriften z. B. Kolonialismus und Sklaverei abgelehnt.

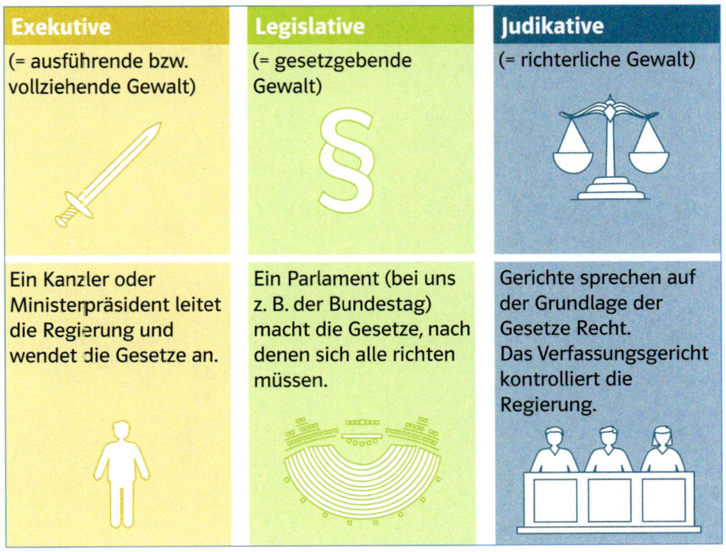

D1 Modell der Gewaltenteilung in demokratischen Staaten heute

A / B

1. Arbeite heraus (Vorspann, T1 und Q1).
   a) Was war neu am Denken im 18. Jahrhundert?
   b) Wieso ist der Start des ersten Heißluftballons typisch für diese Zeit?
2. A: Wodurch verbreiteten sich die Ideen der Aufklärer schnell? Nenne verschiedene Wege (T2).
   B: Was war die Besonderheit der Salons vornehmer Damen? Erkläre (T2).
3. A: Nenne einen Kritikpunkt an der bisherigen staatlichen Ordnung und eine Forderung der Aufklärer (T3).
   B: Beschreibe die Bedeutung der Menschenrechte für die Aufklärer und nimm dazu Stellung (T3).
4. A: Nenne die drei Gewalten im Staat. Schreibe den deutschen und den lateinischen Begriff auf (Q3, D1).
   B: Warum dürfen die drei Staatsgewalten nicht in einer Hand vereint sein? Begründe (Q3, D1).
5. Welche Aufforderung richtet Immanuel Kant an die Menschen? Was meint er damit? Erkläre (Q2).
6. EXTRA A: Erläutere am Beispiel der Bundesrepublik Deutschland die Gewaltenteilung (D1).
   EXTRA B: Diskutiert: Welche Gedanken der Aufklärung sind für uns heute selbstverständlich, was erscheint immer noch schwierig?

AFB I: 1–4 II: 5, 6 III: –   AFB I: 1 II: 2, 4–6 III: 3

SP → Lösungshilfen ab S. 222

In Nordamerika entsteht ein neuer Staat

→ Ideentransfer

Die Idee von der Freiheit des Einzelnen kam aus Europa. Doch in Amerika setzte sie sich zum ersten Mal durch. Viele Amerikaner sahen sich sogar als eine Vorhut im Kampf gegen die Unterdrückung überall auf der Welt.

D1 Flagge der 13 Kolonien, 1775
Im 18. Jahrhundert führten England und Frankreich einen erbitterten Krieg um die Vorherrschaft in Nordamerika. England gewann, doch der Krieg hatte sehr viel Geld gekostet. Einen Teil davon wollte sich der englische König von seinen Untertanen in den Kolonien durch höhere Steuern zurückholen. Dagegen rebellierten die Kolonisten. Am 4. Juli 1776 erklärten die 13 britischen Kolonien in Nordamerika ihre Unabhängigkeit.

→ amerikanische Unabhängigkeitserklärung

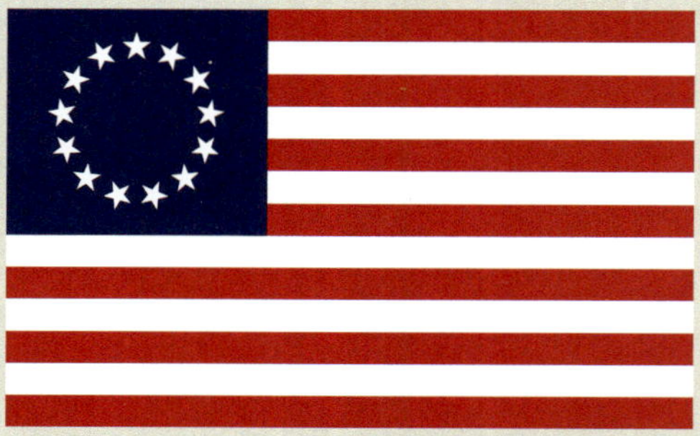

D2 Flagge der USA, 1789
Unter Führung des Generals George Washington setzten sich die Siedler gegen die Truppen des englischen Königs durch. 1783 musste er den Kolonien die Freiheit geben. Die 13 Kolonien schlossen sich zu einem neuen Staat zusammen, den sie „United States of America“ (USA) nannten. 1787 wurde eine Verfassung ausgearbeitet. Sie legte fest, dass die Bürger ihre Regierung selbst wählen durften. Doch dieses Recht galt nur für männliche weiße Siedler. Der indigenen Bevölkerung raubte man weiter das Land. Und es dachte auch kaum jemand daran, den afrikanischen Sklaven die Freiheit zu geben.

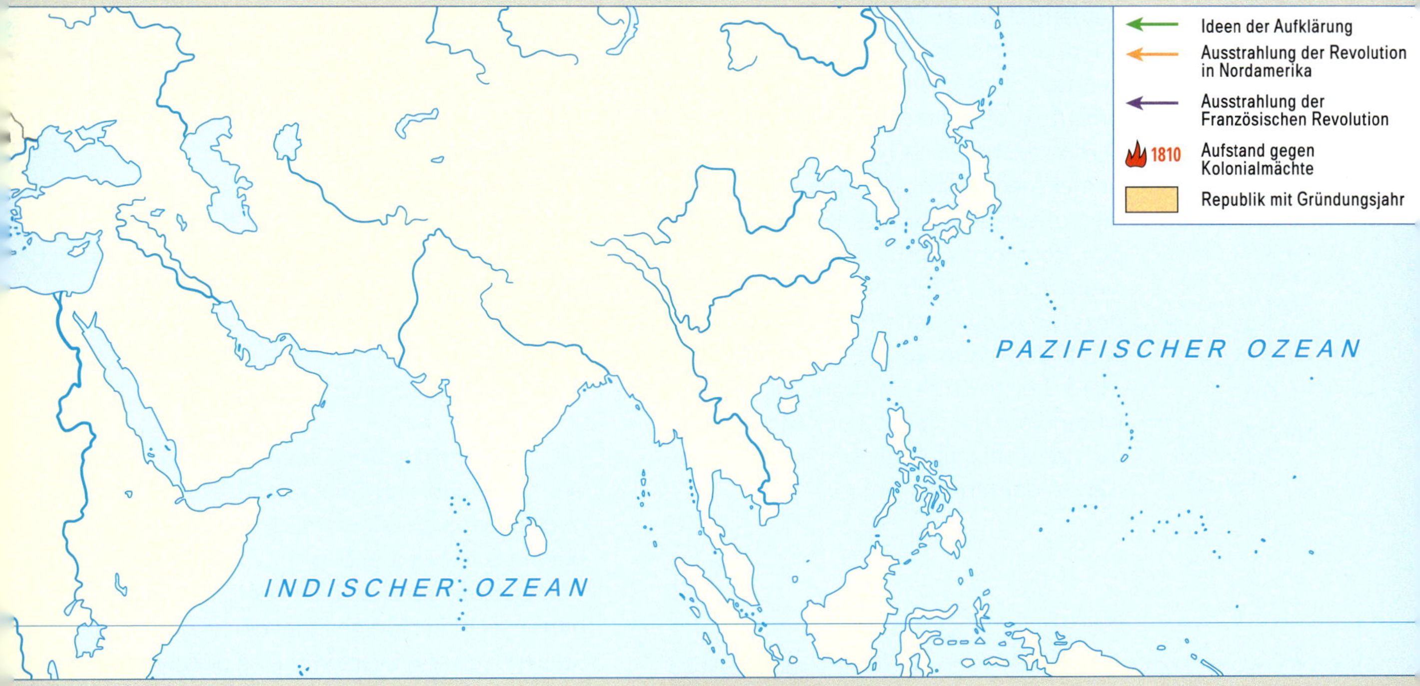

Q1 „Freiheitsbaum" in Boston. Im Jahr 1765 hängten junge Männer einen britischen Steuereintreiber symbolisch auf, dann teerten und federten sie ihn – damit war er schutzlos und geächtet. Am Baum hängt der verhasste Steuererlass der britischen Regierung. Britische Karikatur, 1774

Q2 George Washington, der erste Präsident der USA, leistet 1789 in New York seinen Amtseid auf die Bibel. Kolorierter Stich, zeitgenössisch

Frankreich in der Krise

1788 herrschte Ludwig XVI. noch absolut über sein Land. Auch die Ordnung der Gesellschaft war unverändert: Adel und Klerus standen oben, Bürger und Bauern unten. Doch immer mehr Menschen zweifelten an der Rechtmäßigkeit dieser Ordnung.

→ Ständegesellschaft

Dritter Stand
Gesellschaftliche Gruppe der Bauern und Bürger. Die meisten Menschen in der Ständegesellschaft gehörten zum Dritten Stand. Sie hatten aber die wenigsten Rechte und zahlten die meisten Steuern und Abgaben.

Privilegien
Sonderrechte für einzelne Personen oder Personengruppen im Staat

T1 Missernte und Hungersnot

1788 war für die Bauern in Frankreich ein Katastrophenjahr: Auf einen harten Winter folgte ein nasses Frühjahr. Viele Felder konnten nicht bestellt werden. Der Sommer brachte große Hitze und ließ das Getreide verdorren. Der Preis für Brot stieg stark an. Immer mehr Franzosen hungerten.
Sie hofften auf die Hilfe des Königs. Doch in den staatlichen Getreidespeichern gab es kaum Vorräte. Die Hungernden sahen aber, dass die Adelsgesellschaft in Versailles auf nichts verzichten wollte. Immer mehr arme Menschen in Stadt und Land wurden wütend auf die Reichen und Mächtigen: auf den König, die Adligen und die hohen Herren der Kirche.

Q1 „Hoffen wir, dass das Spiel bald ein Ende nimmt“, seufzt der Bauer. Aus seiner Tasche hängen Zettel, auf denen verschiedene Steuern, Abgaben und Dienste stehen. Der Geistliche und der Adlige tragen Zettel mit der Aufschrift „Bischof“, „Abt“, „Herzog“, „Graf“, „Pension“, „Großspurigkeit“. Französische Karikatur, 1789

T2 Die Staatskasse ist leer

Aber auch der König hatte Sorgen: Seine Vorgänger hatten ihm durch Kriege und ihr Luxusleben riesige Schulden hinterlassen. Nur mit Mühe konnte sein Finanzminister die Zinsen dafür bezahlen. Er schlug dem König vor, die Steuern zu erhöhen.
Doch alle wehrten sich gegen höhere Steuern. Adel und Klerus wollten auf ihre Privilegien nicht verzichten. Sie besaßen zwar viel Land, brauchten aber kaum Steuern zu zahlen. Bürger und Bauern sagten, dass sie schon jetzt fast alles mit ihren Steuern bezahlten, was der König ausgab.

T3 Einberufung der Generalstände

Der König und sein Finanzminister wollten auch gegen den Widerstand der ersten beiden Stände eine Reform durchsetzen. Dann hatten sie eine Idee: Vor langer Zeit hatten sich die Könige Frankreichs neue Steuern von einer Versammlung genehmigen lassen, in denen die Vertreter aller Stände saßen. Diese Versammlung hieß „Generalstände“. Sie war seit 175 Jahren nicht mehr zusammengekommen. In der Vergangenheit hatte jeder der drei Stände 300 Abgeordnete in die Versammlung geschickt. Jetzt wurden dem Dritten Stand, wie man die Bürger und Bauern zusammenfassend nannte, 600 Abgeordnete zugestanden. Denn sie vertraten 98 Prozent der Franzosen.
Und noch etwas tat der König: Er forderte die Menschen in ganz Frankreich auf, ihm Missstände mitzuteilen und Verbesserungsvorschläge zu machen. Zu Beginn des Jahres 1789 versammelten sich überall im Land die Menschen. Sie wählten, nach Ständen getrennt, ihre Abgeordneten und verfassten Schriften an den König.

Q2 In ihrem „Beschwerdeheft“ an den König forderten die Bauern des Dorfes La Chapelle 1789:

4. vollständige Abschaffung aller Privilegien

5. Abschaffung der königlichen Salzsteuer, der Kopfsteuer für Nichtadlige und anderer Rechte

6. Um diese Steuern und Rechte zu ersetzen, soll eine persönliche Kopfsteuer eingeführt werden, die ohne Unterschied die Bürger aller drei Stände betrifft (…).

9. Dass jegliche Gerichtsbarkeit und Polizeigewalt der Adligen abgeschafft wird; dass ihr Recht auf Jagd, Fischerei, (…) Abgaben und Dienste abgeschafft wird; dass jeder das Recht hat, zumindest jeder auf seinem Land, Hasen und andere Schädlinge der Landwirtschaft zu töten.

13. Dass man den Kirchenzehnten abschafft.

Q3 Die Bürger der Stadt Baucaire forderten 1789 vom König:

Artikel 3: Die Erklärung der Menschen- und Bürgerrechte.

Artikel 4: Die Freiheit der Presse und das Briefgeheimnis.

Artikel 16: Das Recht für alle Angehörigen des Dritten Standes, die verschiedensten Arbeitsplätze bei Armee, Marine und höherer Verwaltung einzunehmen.

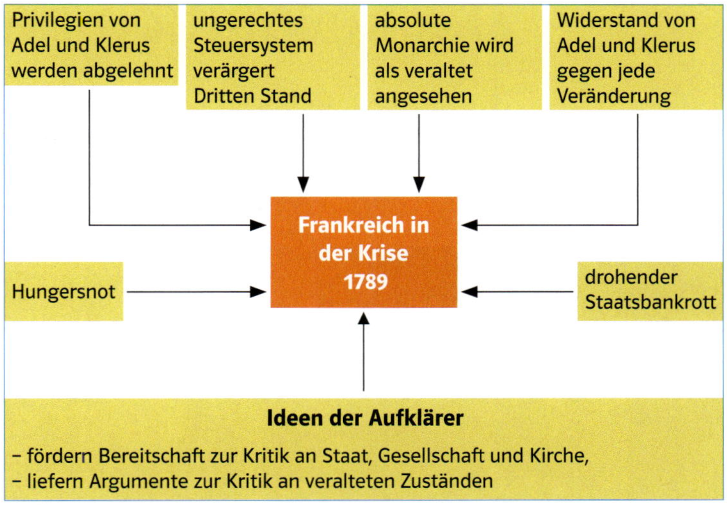

D1 Die politische und wirtschaftliche Krise Frankreichs 1789

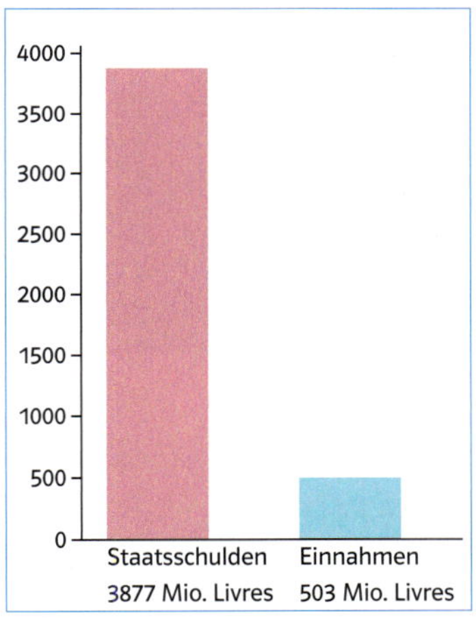

D2 Schulden und Einnahmen Frankreichs 1788

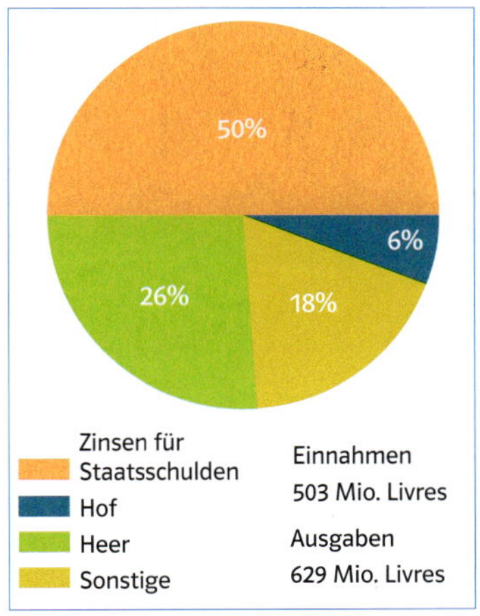

D3 Frankreichs Staatshaushalt 1788

A / B

1 (A/B) Vor welchen Problemen stand der französische König 1788/89? Arbeite aus T1–3 wichtige Aussagen heraus. Notiere dir Stichpunkte zu einem Kurzvortrag.

2 (A) Was forderten die Bauern 1789? Liste aus Q2 mindestens fünf Punkte auf.

2 (B) Was forderten Bauern und Bürger 1789? Liste aus Q1–3 auf: Freiheitsrechte, Gleichheitsrechte, Abschaffung von Vorrechten, Abschaffung persönlicher Lasten.

3 (A) Konnte der König die Staatsschulden senken oder nicht? Vergleiche dazu die Einnahmen des Jahres 1788 mit den Ausgaben (D3).

3 (B) Warum musste Ludwig XVI. die Steuern erhöhen? Begründe deine Aussage aus T2, D2–3.

4 (A/B) War die Krise von 1789 unvermeidlich? a) Untersuche die Grafik D1. Unterscheide den Einfluss neuer Gedanken, langfristige Probleme und Auslöser der Krise. b) Diskutiert eure Ergebnisse in der Klasse.

5 EXTRA Verfasst Zeitungsschlagzeilen zur Wahl der Generalstände (Q1–3). Die Leser interessiert vor allem: „Welche Veränderungen wollen die meisten Menschen in Frankreich?“

AFB I: 1, 2 II: 3, 4a, 5 III: 4b

AFB I: 1, 2 II: 3, 5 III: 4

SP → Lösungshilfen ab S. 222

Die Revolution beginnt

„Was ist der Dritte Stand? – Alles. Was ist er bis jetzt in der politischen Ordnung gewesen? – Nichts. Was fordert er? – Endlich etwas zu sein!“ Dieses Flugblatt eines Geistlichen veränderte Frankreich.

Q1 Eröffnung der Generalstände am 5. Mai 1789.
Die Sitzordnung: Ludwig XVI. und seine Gemahlin Marie-Antoinette oben links, die Vertreter der drei Stände zu ebener Erde. Die Abgeordneten verteilen sich wie folgt: Klerus: 291, Adel: 270, Dritter Stand: 578. Die Vertreter des Dritten Standes fallen durch ihre schlichte Kleidung auf. Die meisten waren Rechtsanwälte, Gelehrte, Kaufleute und Unternehmer. Der Klerus wurde von knapp 50 Bischöfen, einigen Äbten und Mönchen und 208 einfachen Pfarrern vertreten. Unter den Mönchen und Pfarrern waren viele bereit, den Dritten Stand zu unterstützen.
Gemälde, um 1840

Revolution
meist ein gewaltsamer Umsturz der staatlichen und gesellschaftlichen Ordnung

Nation
lat. „natio“ = „Stamm“, „Volk“. Heute fasst man damit Menschen gleicher Sprache oder Staatsangehörigkeit zusammen.

Nationalversammlung
eine Versammlung von gewählten Vertretern des Volkes, die eine Verfassung oder Gesetze erarbeiten sollen

T1 Die Generalstände treten zusammen

Am 5. Mai eröffnet der König die Versammlung der Generalstände. Die Stimmung ist gespannt. Denn die Abgeordneten des Dritten Standes wollen nicht nur über höhere Steuern reden; sie fordern die Beseitigung der Privilegien von Adel und Klerus. Es geht also auch um die Macht im Staat. Über die Frage, wie abgestimmt werden soll, kommt es zum Streit: Der König besteht auf einer Abstimmung nach Ständen. Damit wären Adel und Klerus im Vorteil. Die Vertreter des Dritten Standes verlangen dagegen eine Abstimmung „nach Köpfen“.

T2 Die Nationalversammlung

Am 17. Juni erklären sich die Abgeordneten des Dritten Standes zur Nationalversammlung. Die Begründung ist einfach: Sie vertreten 98 Prozent aller Franzosen, also beinahe die gesamte Nation.

T3 Der Ballhausschwur

Als der König den Tagungsraum schließen lässt, ziehen die Abgeordneten des Dritten Standes in ein leer stehendes Ballspielhaus. Dort schwören sie am 20. Juni, nicht eher auseinanderzugehen, bis Frankreich eine Verfassung hat.

T4 Bürger greifen zu den Waffen

Nun überstürzen sich die Ereignisse. In Paris ist Brot so knapp geworden, dass hungrige Menschen die Bäckereien belagern. Es kommt zu Plünderungen. Gerüchte gehen um, der König habe Truppen um Paris zusammenziehen lassen. In den ärmeren Vierteln der Stadt bewaffnen sich Tausende von Männern. Sie stürmen ein Waffenlager und erbeuten 30 000 Gewehre und einige Kanonen. Damit ziehen sie am 14. Juli zu einer alten Festung. Sie fällt – und mit ihr die politische Ordnung Frankreichs.

D1 Über die Eröffnung der Generalstände schrieb der Historiker Paul Sethe:

Als nun der König sich setzte und sein Haupt bedeckte, als Adel und Klerus ihm folgten, begannen auch einige Bürgerliche – unerhörter Vorgang – die Hüte aufzusetzen. Sie verletzten das Vorrecht der oberen Stände wissentlich. Schon kamen vom Adel die Rufe der Entrüstung „Die Hüte herunter!“ Niemand wusste, was aus der Erregung der Stunde hätte entstehen können; da rettete der König die Lage, indem er selber seinen Hut wieder abnahm. Drei Stunden saßen alle unbedeckt.

Q2 Sturm auf die Bastille, 14. Juli 1789. Die alte Festung des Königs wurde als Staatsgefängnis und Waffenmagazin genutzt. Sie galt als Symbol des verhassten Absolutismus. Nach der Übergabe der Festung wurden der Kommandant und viele seiner Soldaten erschlagen. Gemälde, 19. Jahrhundert

A / B

1 Warum beruft der König die Generalstände ein, worüber wollen die Abgeordneten des Dritten Standes verhandeln? Fasse aus T1 zusammen.

2 (A) Wähle aus:
a) Beschreibe das Gemälde Q1.
b) Wie rettet der König die Eröffnung der Generalstände? Begründe aus D1.

2 (B) Welchen Augenblick zeigt das Gemälde Q1? Werte dazu D1 aus und begründe.

3 Warum wäre der Dritte Stand bei einer Abstimmung nach Köpfen im Vorteil gewesen? Begründe aus T1 und Q1.

4 (A) Warum erklärt sich der Dritte Stand zur Nationalversammlung? Begründe mit T2 und T3.

4 (B) Ein Abgeordneter des Dritten Standes erklärt, dass sie den Saal verlassen und welche Ziele sie haben. Bereite eine kurze Rede vor (T2–3).

5 Wie begann die Französische Revolution? Arbeite mit deinem Nachbarn.
a) Nennt die wichtigsten Ereignisse (T1–4, Q2).
b) Legt zu den Ereignissen einen Zeitstrahl an.

6 EXTRA Bei der Erstürmung der Bastille gab es viele Tote. Warum feiern die Franzosen dennoch das Ereignis als ihren Nationalfeiertag? Diskutiert darüber.

AFB I: 1, 2a, 5a II: 2b, 3, 4, 5b III: 6   AFB I: 1, 5a II: 2, 3, 5b III: 4, 6

SP → Lösungshilfen ab S. 222

Methode

MK

Karikaturen richtig deuten

T1 Die meisten können nicht lesen
Zur Zeit der Französischen Revolution konnten die meisten Menschen nicht lesen. Das galt vor allem für Bauern, Handwerker und Arbeiter. Wer sie für eine Idee gewinnen wollte, auf Missstände hinwies oder andere zum Handeln bringen wollte, griff am besten zur Feder und zeichnete. Das verstanden die Menschen, besonders dann, wenn das Gezeichnete ihren alltäglichen Erfahrungen entsprach. Was die Menschen um 1789 bewegte, können wir also auch aus ihren Bildern ablesen.

T2 Auf die Spitze getrieben
Besonders aussagekräftig sind Karikaturen. In Karikaturen drücken Zeichner ihre Meinung zu bestimmten Personen oder Ereignissen auf lustige, spöttische und besonders direkte Weise aus. Bestimmte Merkmale einer Person oder einer Sache werden übertrieben dargestellt und dadurch lächerlich gemacht. Mit einer Karikatur will der Zeichner also nicht einfach informieren, sondern auch Anstoß erregen und seine Mitmenschen zum Nachdenken bringen.

Karikaturen richtig deuten

Beschreiben
1 Welche Szene zeigt die Karikatur? Gib den spontanen Eindruck wieder.

Untersuchen
2 Welche Gegenstände, Personen, Sachverhalte oder Tiere werden abgebildet?
3 Erkennst du Symbole? Erkläre ihre Bedeutung.

Deuten
4 Gegen wen richtet sich die Kritik? Wird zum Beispiel eine Person verspottet oder werden gesellschaftliche Verhältnisse kritisiert?
5 Was bringt die Verzerrung zum Ausdruck?
6 Welches Publikum will der Zeichner ansprechen? Welche Wirkung beabsichtigt er?

Q1 „Wusste ich's doch, dass wir auch einmal an die Reihe kommen!“ Französische Karikatur, 1789
① „Es lebe der König. Es lebe die Nation.“ (also: das ganze französische Volk, unabhängig von den sozialen Unterschieden), ② „Mit Mut vollbracht“, ③ „Friede und Eintracht“, ④ „Um die Nation zu schützen“, ⑤ Jahr der Veröffentlichung, ⑥ „Wusste ich's doch, dass wir auch einmal an die Reihe kommen.“, ⑦ „unermüdlich“, ⑧ Kokarde mit den Farben der Revolution, ⑨ „Grundsteuer“, ⑩ „Gleichheit und Freiheit“, ⑪ „Erleichterung für das Volk“

Q2 Das Ende der alten Zeit. Französische Karikatur, 1789. Bauern verwendeten Dreschflegel normalerweise, um beim Getreide das Korn aus den Ähren zu schlagen. Hier schlagen sie auf: ? Hut mit Federschmuck, ? Adelswappen, ? Säbel eines Offiziers, ? Arm- und Schulterrüstung eines Offiziers, ? Brustpanzer eines Offiziers, ? Offiziershelm, ? Kragen eines Geistlichen, ? zweispitziger Bischofshut, ? roter Kardinalshut

A / B

1 Bearbeite mit deinem Nachbarn Q1 in einem ersten Schritt.
a) Was seht ihr? Schreibt euren spontanen Eindruck auf.
b) Nennt den Hauptunterschied zu der Karikatur S. 98: Q1.

2 (A) Bearbeite Q1 nach den methodischen Arbeitsschritten 2 und 3. Erkläre auch, warum der Bauer sagt: „Es lebe der König, es lebe die Nation."

2 (B) Bearbeite Q1 nach den methodischen Arbeitsschritten 2–6.

3 Die Bauern aus Q1 und von S. 98: Q1 treffen sich.
a) Fasse zusammen: Welche Veränderungen stellen sie fest?
b) Beurteile, ob es den Bauern 1789 tatsächlich so gut ging, wie es die Karikatur darstellt.

4 (A) Bearbeite Q2.
a) Gehe nach den methodischen Arbeitsschritten 1–3 vor.
b) Ordne die Ziffern in Q2 den Begriffen in der Bildunterschrift zu.
c) Erkläre den Titel der Karikatur.

4 (B) Bearbeite Q2 nach den methodischen Arbeitsschritten 1–6.

5 Diskutiert in der Klasse, warum das wichtigste Ziel des Dritten Standes lautete: „Weg mit den Privilegien!"

AFB I: 1, 3a II: 2, 4 III: 3b, 5   AFB I: 1, 3a II: 2, 4 III: 3b, 5

SP → Lösungshilfen ab S. 222

Die Erklärung der Menschenrechte

Den Sommer des Jahres 1789 nennt man in Frankreich die Zeit der „großen Angst“. Auf dem Land stürmen Bauern die Herrensitze des Adels. In ihrer Wut über die Grundherren brennen sie deren Schlösser nieder – und mit ihnen die verhassten Abgabenverzeichnisse.

→ Freiheit
→ Gleichheit

T1 Die Menschen auf dem Lande

Vier von fünf Franzosen lebten 1789 auf dem Land. Die meisten von ihnen waren Bauern. Sie litten am meisten unter den Vorrechten von Adel und Klerus. Auf den Bauern lasteten aber nicht nur die Steuern des Königs. Noch drückender waren die Pflichten gegenüber ihren adligen Herren. Diese besaßen Verzeichnisse, in denen aufgelistet war, was die Bauern zu leisten hatten: Abgaben für das Ackerland, unbezahlte Dienste, die Pflicht zur Benutzung der herrschaftlichen Mühle und vieles mehr. Und dann kamen noch die Herren der Kirche: Sie verlangten von allem, was der Bauer erntete, den zehnten Teil. So war es seit Jahrhunderten.

Q1 Erklärung der Menschen- und Bürgerrechte vom 26. August 1789 auf einer Bildtafel aus dem Jahr 1791. Die Erklärung besteht aus 17 Artikeln. Die deutsche Übersetzung ist hier in gekürzter Form in das Original eingefügt worden. Die Frauengestalt oben links symbolisiert Frankreich, die Engelsgestalt oben rechts die Freiheit. Das Auge im Dreieck mit dem Strahlenglanz ist ein Symbol der Aufklärung: Man nennt es das „Auge der Vernunft“. Pike (Spieß) und rote Kappe sind Symbole der Französischen Revolution.

T2 „Weg mit den Privilegien!“

Doch die Familien der Bauern hungerten. Und die Bürger von Paris hatten gezeigt, dass man sogar eine Festung des Königs stürmen konnte. Jetzt waren auch die Bauern nicht mehr bereit zu gehorchen. Mit Äxten, Mistgabeln und Sensen bewaffnet vertrieben sie ihre Grundherren. Viele Adlige fürchteten um ihr Leben und flohen ins Ausland.
In Versailles kam es zu einer dramatischen Sitzung der Nationalversammlung. Am Ende verzichteten Adel und Klerus auf ihre Privilegien. Drei Wochen später folgte die Erklärung der Menschen- und Bürgerrechte. Damit wurden alle Franzosen zu Staatsbürgern mit gleichen Rechten. Die Ständegesellschaft gab es nicht mehr.

T3 Freiheit, Gleichheit, Brüderlichkeit

So lautete die Parole der neuen Zeit. Doch ihre Umsetzung warf Fragen auf: Wie sollte man die Gleichheit aller Menschen verwirklichen? Genügte es, wenn der Adel mitsamt seinen Titeln und Wappen abgeschafft wurde? Hatten alle die gleichen Chancen, wenn der Staat nun von der Kirche die Aufsicht über die Schulen übernahm? Sollten Frauen die gleichen Rechte wie Männer bekommen?

Schon gewusst?

In vielen Ländern werden **auch heute noch Menschenrechte verletzt**, z. B. im Iran. Dort müssen Frauen in der Öffentlichkeit ein Kopftuch tragen, sie dürfen bestimmte Berufe nicht ausüben, ohne die Erlaubnis eines Mannes nicht arbeiten oder verreisen. Mädchen sind im Iran schon ab neun Jahren strafmündig und dürfen mit 13 Jahren verheiratet werden. Wer die Kleidervorschriften nicht einhält, wird von einer Art „Sittenpolizei“ bestraft. 2022 wurde Jina Mahsa Amini im Iran verhaftet, weil sie ihr Kopftuch nicht richtig getragen haben soll. Kurz nach ihrer Verhaftung starb sie. Viele vermuten, dass die „Sittenpolizei“ schuld an ihrem Tod ist. Im Iran und überall auf der Welt gab es daraufhin Proteste unter dem Motto: „Frau, Leben, Freiheit!“

Q2 Solidarität mit den iranischen Protesten nach dem Tod von Mahsa Amini auf einer Demonstration in Berlin. Foto, 22. Oktober 2022

Q3 „Mann, bist du fähig, gerecht zu sein!“ So beginnt ein Text, den die Schriftstellerin Olympe de Gouges im September 1791 verfasste. In 17 Artikeln formulierte sie die Menschenrechtserklärung von 1789 (siehe Q1) neu:

Artikel 1: Die Frau wird frei geboren und bleibt dem Manne gleich an Rechten. (…)
Artikel 6: Das Gesetz soll der Ausdruck des allgemeinen Willens sein; alle Bürgerinnen und Bürger sollen persönlich oder über ihre Vertreter zu seiner Gestaltung beitragen; es muss für alle gleich sein: Da alle Bürgerinnen und Bürger vor ihm gleich sind, müssen sie gleichermaßen zu allen öffentlichen Würden, Ämtern und Anstellungen zugelassen sein: nach ihren Fähigkeiten und ohne andere Unterschiede als die ihrer Tugenden[1] und Begabungen.

1 wertvolle Eigenschaften

Q5 Olympe de Gouges. Zeitgenössisches Gemälde von Alexander Kucharski

Q4 Aus dem Grundgesetz der Bundesrepublik Deutschland, Artikel 3:

(1) Alle Menschen sind vor dem Gesetz gleich.
(2) Männer und Frauen sind gleichberechtigt. (…)
(3) Niemand darf wegen seines Geschlechts, seiner Abstammung, seiner Rasse, seiner Sprache, seiner Heimat und Herkunft, seines Glaubens, seiner religiösen oder politischen Anschauungen benachteiligt oder bevorzugt werden. (…)

A / B

1. Bearbeite T1–3.
a) Warum verwüsteten die Bauern 1789 die Schlösser und Klöster? Liste Gründe auf.
b) Nenne zwei Beschlüsse der Nationalversammlung, die Frankreich veränderten.

2. A: Gib den Artikeln in Q1 jeweils eine Überschrift, die das jeweilige Recht beschreibt.
B: Gib den Artikeln in Q1 eine Überschrift, die das jeweilige Recht beschreibt, und ordne sie nach Freiheitsrechten, Gleichheitsrechten und Besitzrechten.

3. A: Worin unterscheidet sich Art. 1 in Q1 und Q3? Erkläre.
B: Worin unterscheiden sich Q1 und Q3? Begründe deine Aussage aus dem jeweiligen Artikel 6.

4. MB Frauen gründeten Klubs, um politische Fragen zu diskutieren. Gestaltet in Gruppen das Flugblatt eines Frauenklubs, der gleiche Rechte für Frauen fordert (Q3). Digitale Lösung: siehe V 03 ⓓ.

5. Welche Vorbilder hat das Grundgesetz der Bundesrepublik Deutschland? Diskutiert darüber (Q1, Q3–4).

6. EXTRA MB Bildet Gruppen und erstellt ein Plakat zu den Verletzungen der Menschenrechte von Mädchen und Frauen im Iran (Q2, Schon gewusst?, Internet).

AFB I: 1 II: 2, 3, 6 III: 4, 5   AFB I: 1 II: 2, 3, 6 III: 4, 5

SP → Lösungshilfen ab S. 222

Frankreich wird Republik

Der König verkleidet sich als Diener, seine Frau als Dienerin. Mit gefälschten Pässen besteigen sie gegen Mitternacht eine Kutsche und verlassen heimlich die Hauptstadt. Sie haben Angst – vor ihrem eigenen Volk!

Q1 Ludwig XVI. wurde 1774 im Alter von 20 Jahren König. Das Gemälde aus dem Jahr 1777 zeigt Ludwig als absoluten Herrscher im Krönungsmantel.

konstitutionelle Monarchie
Der König ist als Staatsoberhaupt an eine Verfassung (Konstitution) gebunden. Seine Macht wird durch eine Volksvertretung (Parlament) eingeschränkt.

Republik
Bei dieser Staatsform wird das Volk als höchste Gewalt angesehen. Regierung und Parlament werden nur auf Zeit gewählt.

T1 „Holt den König zurück!"

Am Morgen des 21. Juni 1791 gibt es in ganz Paris nur ein Thema: Ludwig XVI. und Marie Antoinette haben sich davongemacht. Reiter der Nationalgarde verfolgen sie schon: Der König darf nicht ins Ausland entkommen. Wenn er die Monarchen Europas zu einem Krieg gegen Frankreich aufhetzt, ist die Revolution verloren.

T2 Die Macht des Königs wird beschränkt

60 Kilometer vor der Grenze wird Ludwig erkannt, festgehalten und unter Beschimpfungen nach Paris zurückgebracht. Viele Bürger fragen sich: Braucht man noch einen König? Die radikalen Abgeordneten der Nationalversammlung fordern seine Absetzung. Doch die Gemäßigten setzen sich durch: Am 3. September 1791 wird Frankreich eine konstitutionelle Monarchie. Der König bleibt Staatsoberhaupt, muss aber einen Eid auf die neue Verfassung leisten.

T3 „Das Vaterland ist in Gefahr!"

Zu dieser Zeit bereiten sich Österreich und Preußen darauf vor, Frankreich anzugreifen. Sie wollen nicht zulassen, dass einfache Bürger die Rechte eines Königs begrenzen. Gleichzeitig stellen französische Adlige, die vor der Revolution ins Ausland geflohen sind, eine Armee auf. Um einem Angriff zuvorzukommen, erklärt die französische Nationalversammlung im April 1792 Österreich den Krieg. Schon bald marschieren österreichische und preußische Truppen auf Paris zu. In der Not ruft die Nationalversammlung Freiwillige zu den Waffen. Zehntausende Männer melden sich: Sie wollen die Revolution retten und die Ideen von Freiheit und Gleichheit in ganz Europa verbreiten!

T4 Die Monarchie stürzt

Ludwig XVI. hat der Kriegserklärung zugestimmt, verhandelt aber insgeheim mit seinem Schwager, dem Kaiser in Wien. Preußen und Österreich rufen die Franzosen auf, die Revolution zu beenden. Sie drohen damit, Paris zu zerstören, wenn dem König etwas geschehen sollte. Doch der Aufruf erreicht das Gegenteil: Am 10. August 1792 stürmen empörte Revolutionäre das Königsschloss in Paris. Ludwig wird seines Amtes enthoben und ins Gefängnis gebracht.
Im September wird eine neue Nationalversammlung gewählt. Jetzt sind die Gegner der Monarchie in der Mehrheit. Der Konvent, wie sich die neue Versammlung nennt, setzt den König ab und erklärt Frankreich am 22. September 1792 zur Republik. Ludwig wird wegen Landesverrats angeklagt und zum Tode verurteilt. Am 21. Januar 1793 wird er hingerichtet.

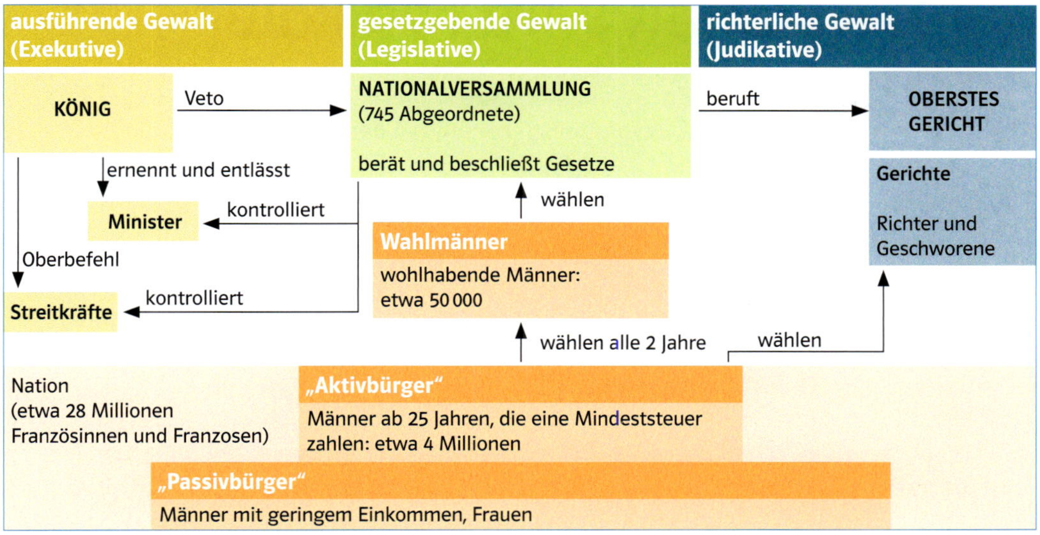

D1 Verfassung Frankreichs 1791

→ **Zensuswahlrecht**

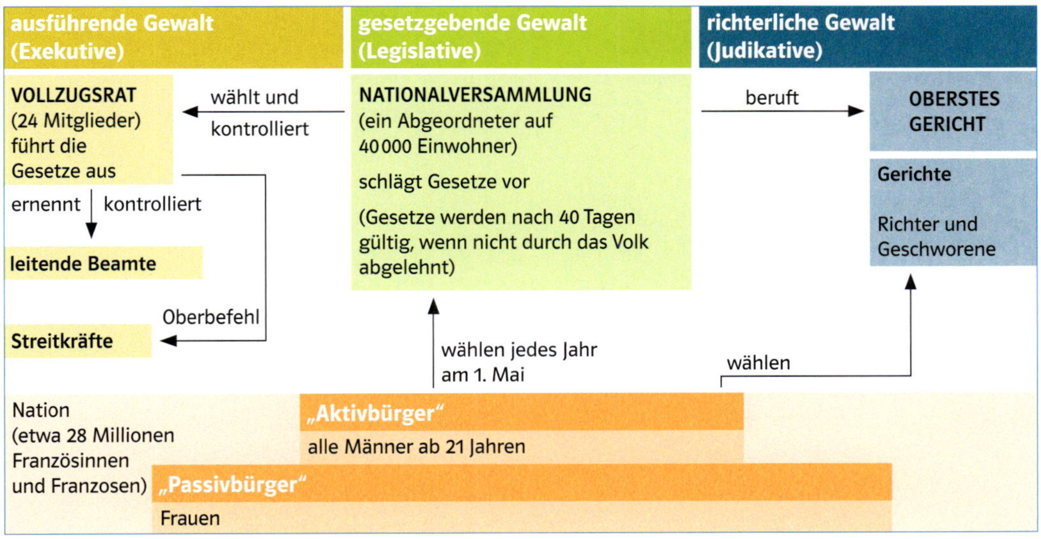

D2 **Die Verfassung Frankreichs von 1793** trat nie in Kraft. In Wirklichkeit herrschte eine kleine Gruppe mit diktatorischer Gewalt.

A

1 Der König wird von der Nationalgarde auf der Flucht gefasst. Fasst zusammen, mit welcher Begründung man den Herrscher festnimmt (T1–2).

2 (A) Zeichne einen Zeitstrahl und trage die drei Staatsformen ein: 1774, 1791, 1793 (T2, T4, Q1, Lexikon).

2 (B) Erläutere die Macht des Königs in den Staatsformen von 1774, 1791, 1793 (T2, T4, Q1, Lexikon).

3 (A) Wer wählt die Nationalversammlung in D1 (konstitutionelle Monarchie), wer in D2 (Republik)? Erkläre.

3 (B) Erläutere die Macht von Volk und Regierung bei den beiden Verfassungen 1791 (D1) und 1793 (D2).

4 Erkläre, warum es ab 1792 zu einem Krieg kommt (T3).

5 EXTRA Hat König Ludwig XVI. sein Land verraten? Nimm Stellung und formuliere eine kurze Begründung (T4).

B

AFB I: 1, 2 II: 3, 4 III: 5

AFB I: 1 II: 2–4 III: 5

SP → Lösungshilfen ab S. 222

Die Revolution wird radikaler

„Rettet das Vaterland!“, so rief im Sommer 1793 die Regierung zum Krieg auf. Begeistert meldeten sich Tausende: um die Revolution zu retten und deren Ideen zu verbreiten.

Jakobiner
eine radikale politische Gruppe, die zu ihren Sitzungen in einem ehemaligen Sankt-Jakobs-Kloster zusammenkam

Konvent
Name der Nationalversammlung vom 20. September 1792 bis zum 26. Oktober 1795

Kokarde
Wer seine revolutionäre Gesinnung zeigen wollte, trug ab 1789 ein Abzeichen in den Farben Blau-Weiß-Rot.

Schreckensherrschaft
Herrschaft der radikalen Jakobiner unter ihrem Anführer Robespierre während der Französischen Revolution

T1 Eine dreifache Krise

Ludwigs Hinrichtung hatte die Herrscher Europas entsetzt. Die Könige von Preußen, Österreich, Holland, England und Spanien schlossen sich militärisch gegen Frankreichs Regierung zusammen. Gleichzeitig kam es in Frankreich zu Aufständen. Die gläubige Landbevölkerung weigerte sich, Anordnungen der Revolutionsregierung zu befolgen, weil diese Kirchen plündern, Klöster schließen und Priester verhaften ließ. In manchen Gegenden brach die Versorgung zusammen, in den Städten hungerten die Menschen.

T2 Volksheer gegen Söldnerheere

Die Regierung ließ in den Gebieten der Aufständischen Dörfer und Städte niederbrennen und Zehntausende von Menschen töten. Gegen die Armeen der europäischen Könige stellte sie ein riesiges Volksheer auf. Jeder Franzose wurde zum Wehrdienst verpflichtet. Viele meldeten sich freiwillig, um die Revolution zu verteidigen. Die Soldaten spornte auch an, dass sie jetzt in die höchsten Offiziersränge aufsteigen konnten.

T3 Den Hunger mit Gesetzen bekämpfen

In Paris hungerten die Menschen. Ihr Zorn richtete sich gegen „Spekulanten“, die das Getreide knapp hielten und die Preise hochtrieben. So sahen es jedenfalls die einfachen Leute. Da die Regierung immer mehr von deren Zustimmung abhing, legte sie Höchstpreise fest. Die Folge war, dass Lebensmittel auf den Märkten noch knapper wurden. Wer konnte, besorgte sie sich auf dem Schwarzmarkt zu enormen Preisen.

T4 Die Macht der Straße

Das ärgerte die Handwerker, Arbeiter, Marktfrauen, Wäscherinnen, Tagelöhner und Kleinhändler. Sie wussten oft nicht, wie sie Brot, Salz und Zucker besorgen sollten. Die radikalsten unter ihnen, die Sansculotten, terrorisierten bald jeden auf der Straße, den sie für einen „Reichen“ hielten. Sie gingen zu den Sitzungen des Konvents und schrien lautstark ihre Forderungen heraus.

T5 Die Jahre des Terrors

„Der große Schrecken“, so nennt man bis heute die blutigste Zeit der Revolution 1793/94. Anführer der radikalen Jakobiner war der Rechtsanwalt Robespierre (sprich: Robespjer). Die Jakobiner verfolgten jeden, den sie für einen Gegner hielten als „Feind der Republik“. Das waren erst Adlige und Priester, dann reiche Bürger und gemäßigte Abgeordnete des Konvents, am Ende sogar Sansculotten und Jakobiner, die sich kritisch äußerten. Im Konvent wagte kaum ein Abgeordneter noch, Robespierre zu widersprechen. Er versprach die „Gleichheit“ aller auf Kosten der Reichen. Am Ende hatte jeder Angst. Nun verschworen sich ehemalige Anhänger Robespierres im Konvent gegen ihn. Er wurde gestürzt und zum Tode verurteilt. Die Revolution veränderte sich wieder.

Q1 Maximilien Robespierre. Porträt, um 1793

A 08 🔈
Hörspiel
Herbst 1795 – eine neue Zeit

Q2 Eine französische Zeitung schrieb 1793:

Ein Sansculotte (…) ist einer, der (…) keine Schlösser hat und Diener zu seiner Bedienung, und der mit seiner Frau und seinen Kindern, sofern er welche hat, ganz einfach im vierten oder fünften Stock wohnt. Er ist nützlich, weil er es versteht, ein Feld zu pflügen, zu schmieden, zu sägen, zu feilen, sein Dach zu decken, Schuhe zu machen und bis zum letzten Tropfen sein Blut zum Wohle der Republik zu vergießen.

Q3 Die Revolutionsgerichte waren gefürchtet. Ein Bericht aus der Zeit stellt sie so dar:

Verhöre und Verteidigungen gibt es nicht mehr. Zeugen werden keine vernommen. Wer im Gefängnis sitzt, ist bereits zum Tode verurteilt. Der öffentliche Ankläger kommt kaum mehr zur Ruhe. In einem Raum neben seinem Büro wirft er sich nachts für einige Stunden auf seine Pritsche, um dann aufgeschreckt wieder an den Schreibtisch zu wanken. (…) Es gibt Verhandlungen, wo 100 oder 150 Angeklagte schon vor der Verhandlung als schuldig in die Listen ein getragen wurden. (…) Der eine Richter vertreibt sich die Zeit damit, Karikaturen der Angeklagten zu zeichnen, andere sind oft betrunken.

Q4 Sansculotten mit Säbel, Pike (Spieß) und Kokarde (Abzeichen).
Eine „culotte" war eine Kniebundhose, die besonders der Adel vor der Revolution trug. „Sans culotte" bedeutete: „ohne Kniebundhose" – die Sansculotten trugen lange Hosen. Zeitgenössische Radierungen

1 (A/B) Mit welchen Schwierigkeiten hatte die Revolutionsregierung 1793 zu tun? Nenne aus T1 drei Probleme.

2 (A/B) Was unternahm die Regierung, um die Probleme zu lösen? Liste Maßnahmen aus T2 und T3 auf.

3 (A) Beschreibe die Kleidung der Sansculotten (Q4) und nenne Berufe, in denen sie arbeiteten (Q2).

3 (B) Schreibe einen Lexikonartikel zum Begriff „Sansculotten". Erläutere auch ihre politische Einstellung (Q2, Q4, T4).

4 (A) Welche Gruppe übte 1793/ 94 die Macht aus? Wie hieß ihr Anführer? Welche Mittel setzte er ein? Arbeite heraus (T5).

4 (B) a) Bearbeite Aufgabe A4.
b) Warum wurde Robespierre gerade von ärmeren Menschen unterstützt? Erkläre.

5 (A/B) Wie gingen die Revolutionsgerichte vor? Liste auf (Q3).

6 (A/B) Was gehört deiner Meinung nach nicht zu einer ordentlichen Gerichtsverhandlung? Beurteile (Q3).

SP → Lösungshilfen ab S. 222

Napoleon beendet die Revolution

Napoleon wird bis heute von vielen bewundert. Dabei hat er 20 Jahre lang Krieg in Europa geführt.

Q1 Napoleon überquert mit seiner Armee die Alpen. Auf den Steinen links unten stehen die Namen Bonaparte, Hannibal und Karl der Große. Gemälde von Jacques-Louis David, 1800

T1 Offiziersschüler des Königs

Napoleon wird 1769 auf der Insel Korsika geboren. Er ist begabt und bekommt mit neun Jahren einen Platz an einer staatlichen Schule, dann an einer Militärschule. Seine Lieblingsfächer sind Geschichte und Mathematik. 1785 wird er zum Leutnant der Artillerie befördert.

T2 Hauptmann unter Robespierre

Im September 1793 macht Napoleon zum ersten Mal auf seine Fähigkeiten aufmerksam: Die Engländer haben die Hafenstadt Toulon am Mittelmeer besetzt. Als Hauptmann der französischen Belagerungsarmee lenkt er das Feuer seiner Kanonen geschickt auf die Stellungen der Engländer und zwingt sie zum Abzug. Die Regierung befördert Napoleon zum General. Doch nach dem Sturz Robespierres ist der junge General ohne Beschäftigung.

T3 General des Direktoriums

Ein Jahr später lernt er Joséphine de Beauharnais (sprich: Boharnä) kennen. Sie hat gute Beziehungen zu den Mitgliedern des Direktoriums. Napoleon heiratet sie und bekommt ein militärisches Kommando. 1795 schlägt er einen Aufstand der Königsanhänger in Paris brutal nieder. 1796 erhält er das Kommando über die Italienarmee, die gegen Österreich kämpft. 1798 schickt ihn das Direktorium mit einer Armee nach Ägypten. Dort soll er die Handelswege der Engländer über das Mittelmeer nach Indien unterbrechen.

T4 Erster Konsul

Der ehrgeizige General kehrt 1799 aus Ägypten zurück und nutzt seinen Ruhm, um die Regierung zu stürzen. Eine neue Verfassung macht ihn zum Staatschef. Nun treibt er energisch die Reform des Staates voran: Bonaparte zentralisiert die Verwaltung. Er sorgt für eine stabile Währung, vereinheitlicht Maße und Gewichte, gründet staatliche Gymnasien und Universitäten, um fähige junge Leute für Verwaltung und Militär heranzuziehen. Vor allem aber lässt er ein einheitliches bürgerliches Recht ausarbeiten, den Code Civil. Freiheit gewährt Bonaparte allerdings nicht: Zeitungen dürfen nicht frei berichten, und die Spitzel der Polizei überwachen das Volk.

T5 Kaiser der Franzosen

Napoleon möchte, dass die Franzosen seine Herrschaft als rechtmäßig ansehen. Deshalb lässt er das Volk von Zeit zu Zeit abstimmen: 1802 wird er so Konsul auf Lebenszeit, 1804 Kaiser der Franzosen. Napoleons wirkliche Macht ist das Militär, das er durch Siege über die Armeen Europas an sich bindet.

Artillerie
Streitkräfte, die mit Geschützen kämpfen

Direktorium
Die Regierung Frankreichs 1795–1799. Sie begünstigte das Besitzbürgertum.

Konsulat
So bezeichnet man die Regierung des Generals Bonaparte zwischen 1799 und 1804.

Kaiserreich
So nennt man die Herrschaft Napoleons zwischen 1804 und 1815.

Q2
Kaiserkrönung, 2. Dezember 1804.
Napoleon krönt erst sich selbst, dann seine Frau Joséphine. Papst Pius VII. hat beide zuvor mit „heiligem Öl" gesalbt. Er war eigentlich nach Paris gekommen, um die Krönung selbst vorzunehmen. Ausschnitt aus einem Gemälde von Jacques-Louis David, 1809

D1 Durch Napoleons Eroberungen (siehe S. 118) verbreitete sich der Code Civil auch in den deutschen Staaten. Der Wirtschaftswissenschaftler Johannes C. Buggle schreibt dazu:

Der Code Civil änderte das bestehende Recht in mehreren Bereichen, von denen zwei besonders hervorzuheben sind: Erstens gewährte er allen Menschen Gleichheit vor dem Gesetz und beseitigte jede Form der Privilegierung von Adligen vor dem Gericht. Dies bedeutete, dass für alle die gleichen Regeln galten, unabhängig von Einkommen und Status. (...) Zweitens garantierte der Code Civil Eigentumsrechte und Handelsfreiheit (...).

Code Civil
Eine Sammlung von Gesetzen, welche die Rechte der Personen, der Güter und des Eigentums festlegten. Der Code Civil war lange Zeit das fortschrittlichste Gesetzbuch überhaupt.

A

1 Lege einen Zeitstrahl zur Karriere Napoleons an (T1–5).

2 Welche Eigenschaften und Fähigkeiten Napoleons findest du in T1–5? Liste mindestens fünf auf.

3 Wie machte Napoleon Frankreich zu einem modernen Staat? Liste stichwortartig seine Neuerungen auf (T4).

4 MB Wähle Q1 oder Q2 aus.
a) Beschreibe das Bild.
b) Wodurch setzt der Maler Napoleon gut in Szene? Erkläre.

5 „Napoleon herrschte wie ein Diktator, doch die meisten Franzosen hielten seine Herrschaft für besser, als alles, was sie bisher kannten." Diskutiert die Aussage.

6 EXTRA MB Wie hätte ein moderner Werbespot für Napoleon ausgesehen? Erarbeitet in einer Kleingruppe einen Spot und nehmt ihn auf.

B

1 Lege einen Zeitstrahl zur Karriere Napoleons an (T1–5).

2 Warum bekam Napoleon schon im Alter von 30 Jahren alle Macht im Staat? Erkläre dies aus seinen Eigenschaften und Fähigkeiten (T1–5).

3 Inwiefern gilt der Code Civil als „fortschrittliches" Gesetzbuch? Begründe (Lexikon, T4, D1).

4 MB Bearbeite Q1 und Q2. Wie macht der Maler Propaganda für Napoleon? Begründe.

5 „Napoleon herrschte wie ein Diktator, doch die meisten Franzosen hielten seine Herrschaft für besser, als alles, was sie bisher kannten." Diskutiert die Aussage.

6 EXTRA MB Wie hätte ein moderner Werbespot für Napoleon ausgesehen? Erarbeitet in einer Kleingruppe einen Spot und nehmt ihn auf.

AFB I: 1–3 II: 4 III: 5, 6   AFB I: 1 II: 2–4 III: 5, 6

SP → Lösungshilfen ab S. 222

Die Französische Revolution

D 05 Arbeitsblatt Wiederholung

D 06 Arbeitsblatt Lösung

I 14 interaktive Übungen Französische Revolution

- Ich kann erklären, wie Ludwig XIV. sein Land beherrschte.
- Ich kann über die Ideen der Aufklärer berichten.
- Ich kann erklären, wie Gewaltenteilung im Staat funktioniert.
- Ich weiß, warum es 1789 in Frankreich zu einer Revolution kam.
- Ich kann ein Herrscherbild entschlüsseln.
- Ich kann eine Karikatur deuten.
- Ich kann Napoleons Herrschaft als Beginn einer neuen Ordnung bewerten.
- Ich kann begründen, warum der Kampf um die Durchsetzung der Menschenrechte auch heute noch aktuell ist.
- Ich kann Fragen an die Geschichte der Französischen Revolution stellen und nach einer Antwort suchen. Zum Beispiel: Ist es gerechtfertigt, zur Durchsetzung einer „guten Sache“ Gewalt anzuwenden?

4 1800 bis 1914

Europa nach der Französischen Revolution

1806
Ende des „Heiligen Römischen Reichs“, Umgestaltung der Landkarte durch Napoleon

1815
Wiener Kongress: Wiederherstellung der alten Ordnung durch die Fürsten

1832
Hambacher Fest: Freiheitsdemonstration in Deutschland

1848/49
Revolution in Deutschland

nach 1849
Viele Deutsche wandern in die USA aus.

1871
Gründung des Deutschen Kaiserreiches

?

Die deutsche Fußballnationalmannschaft spielt. Was bedeuten die Fahnen, die die Fans schwenken? Weißt du, woher die Farben kommen?

Gleich werden die Fans die Nationalhymne singen. Was bedeutet eigentlich „Nation"?

Kennst du den Text der deutschen Nationalhymne?

„Einigkeit und Recht und Freiheit" werden in der Nationalhymne besungen. Was könnte damit gemeint sein?

Beschreibe den Charakter von Hymnen.

Schreibt in Kleingruppen eine Hymne für eure Klasse.

Wegweiser

Europa nach der Französischen Revolution

Die Ideen der Französischen Revolution verbreiteten sich in Europa – auch in den deutschen Ländern. „Einigkeit und Recht und Freiheit“ – der Text der heutigen deutschen Nationalhymne entstand in der ersten Hälfte des 19. Jahrhunderts. Damals gab es kein geeintes Deutschland, sondern viele deutsche Kleinstaaten. In ihnen bestimmten nicht die Bürger, was Recht ist, sondern der Fürst. Doch das akzeptierten die Menschen nach der Französischen Revolution auch in Deutschland immer weniger. Gelang es ihnen, ein einheitliches und freies Deutschland zu schaffen?

1 „Einigkeit“, „Recht“, „Freiheit“ – was verstehst du unter diesen Ausdrücken? Gestalte ein Deckblatt für das neue Kapitel.

A

2 Wie stellten die Fürsten nach der Herrschaft Napoleons ihre Macht wieder her? (S. 120/121)

3 Wie protestierten Menschen gegen Unterdrückung? Was forderten sie? (S. 122–127)

4 Welche Ziele hatte die Revolution in Deutschland? (S. 128–131)

Restauration

Protest

Revolution

B

2 Wieso stellten sich die Fürsten nach der Herrschaft Napoleons gegen Einheit und Freiheit? (S. 120/121)

3 Hatte der Protest gegen die Unterdrückung Erfolg? (S. 122–127)

4 Warum konnte die Revolution die Einheit Deutschlands und die Freiheitsrechte nicht durchsetzen? (S. 128–131)

Das kannst du außerdem machen:

Material findest du auf den folgenden Seiten, du kannst aber auch in der Bücherei und im Internet suchen. MB

Wie wurde die Reichseinigung im Jahr 1871 erreicht? (S. 132–135)

5

Reichseinigung

5

Mit dem Deutschen Reich wurde die staatliche Einheit Deutschlands geschaffen. Warum nicht die Freiheit? (S. 132–135)

Warum wanderten im 19. Jahrhundert viele Deutsche in die USA aus? (S. 136/137)

6

Auswanderung

6

Im 19. Jahrhundert wanderten viele Deutsche in die USA aus. Wie erging es ihnen auf ihrem Weg in die „neue Welt"? (S. 136/137)

7

A
B

Kommentiere auf einer Kopie der Doppelseite die Stationen 2 bis 5. Brachten sie mehr Einheit und Freiheit oder Rückschritte? Zeichne Fußabdrücke vorwärts oder rückwärts an die Station (rechter Fuß: Einheit, linker Fuß: Freiheit). Begründe deine Kommentierung.

... in Zeitungen, Fernsehen, Internet sammeln, bei welchen Gelegenheiten die Nationalhymne gesungen und die Nationalflagge gezeigt wird, MB

... Plakate gestalten mit Nationalflaggen und Versen aus den Nationalhymnen der Länder, aus denen eure Familien stammen,

... in eurem Heimatort nach Grabstätten oder Erinnerungssteinen für die Gefallenen der Kriege 1866 und 1870/71 recherchieren. Wie sehen sie aus? Wie wurden sie gestaltet?

Napoleon erobert Europa

Napoleons militärische Erfolge sicherten die Französische Revolution. Doch er wollte mehr: die Großmächte in die Knie zwingen und Frankreich zur Vormacht Europas machen.

T1 Die Eroberung des Kontinents

Napoleons Truppen kämpften 1803 erneut gegen das Vereinigte Königreich, das eine große Seemacht war. Auf dem Meer konnte Napoleon das Vereinigte Königreich nicht schlagen. Dafür besiegte er 1805 aber dessen Verbündete auf dem Festland – Österreich und Russland. 1806 eroberte er mit Preußen die nächste Großmacht. Nachdem er 1809 auch Spanien unter seine Kontrolle gebracht hatte, reichte seine Macht von Gibraltar bis Russland. Gegen das Vereinigte Königreich verhängte Napoleon die „Kontinentalsperre“: Kein Land des Kontinents durfte mehr Handel mit den Briten treiben. Damit wollte Napoleon seinen letzten Rivalen bezwingen.

T2 Eine brüchige Herrschaft

Napoleon beherrschte Europa direkt und indirekt. Frankreichs Grenze hatte er bis zum Rhein vorgeschoben. In eroberten Ländern setzte er Verwandte oder Vertraute als Könige ein. Die deutschen Fürsten schlossen sich zum Rheinbund zusammen. Sie erkannten Napoleon als Schutzherrn an.
In den besiegten Ländern entstand Unmut Es gab wegen der Kontinentalsperre in Mitteleuropa keine britischen Waren mehr. Napoleon verlangte hohe Steuern, die Länder mussten Soldaten für seine Armee stellen. In Spanien kam es zu einem Volksaufstand. Napoleon ließ die Rebellen niederschießen. Auch viele Deutsche fühlten sich durch die Besatzung gedemütigt. Das stärkte die nationale Bewegung und den Wunsch nach einer einigen und freien Nation. Bedenklich war aber, dass sich das Nationalgefühl mit Hass gegen die Franzosen mischte.

T3 Napoleons Sturz

1812 marschierte Napoleon mit seiner Armee nach Russland. Zwar konnte Napoleon Moskau erobern, musste dann aber umkehren, weil Lebensmittel fehlten. In der Kälte des Winters überlebten von 600 000 seiner Soldaten nur etwa 100 000. Russland, Preußen, Österreich und das Vereinigte Königreich verbündeten sich gegen ihn. In der „Völkerschlacht“ bei Leipzig 1813 wurde Napoleon besiegt. Er musste abdanken und wurde verbannt. 1815 kehrte er zurück, erlitt aber bei Waterloo (im heutigen Belgien) eine endgültige Niederlage. Abermals wurde er verbannt und starb 1821.

Nationalgefühl
Entsteht aufgrund von gemeinsamer Sprache, Ethnie, Geschichte, Kultur. Eine Nation kann in einem Staat leben oder in mehreren Staaten.

→ **Nationalstaat**

→ **Nationalismus**

Rheinbund
Bund südwestdeutscher Staaten, der sich 1806 auf Wunsch Napoleons bildete. Die Fürsten gewannen neue Titel und Gebiete. Sie mussten sich aber mit Napoleon verbünden und Frankreich im Kriegsfall Truppen stellen.

abdanken
Ein Herrscher verzichtet auf den Thron.

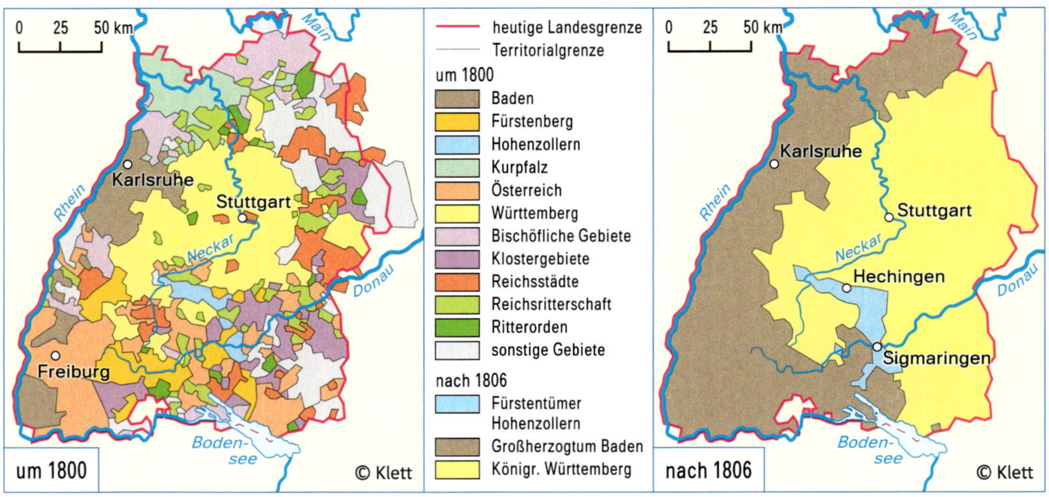

D1 Südwestdeutschland um 1800 (links) und nach 1806 (rechts). Vereinfachte Karte

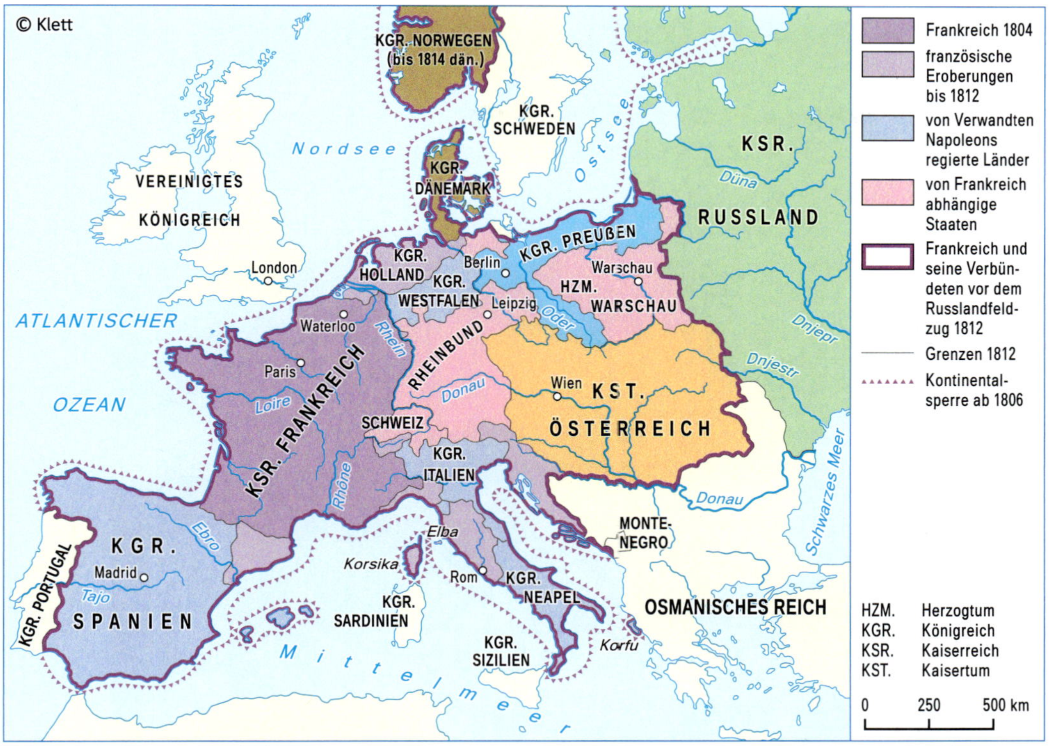

D2 Europa unter Napoleons Herrschaft bis 1812

Vereinigtes Königreich
Union aus England, Wales, Schottland und Irland (seit 1927 Nordirland).

Großbritannien
Name der britischen Hauptinsel (England, Wales und Schottland). Wird umgangssprachlich oft für „Vereinigtes Königreich" benutzt.

Schon gewusst?

Das deutsche Reich bestand um 1800 aus Hunderten von Landes- und Kleinstherrschaften. **Napoleon veränderte die Landkarte:** Viele kleine Herrschaften und die meisten Reichsstädte löste er auf. Kirchen und Klöstern nahm er ihre Gebiete weg, sie sollten keine weltliche Macht mehr ausüben. Übrig blieben mittelgroße Landesstaaten. Als sie sich 1806 – mit Ausnahme Preußens und Österreichs – zum Rheinbund zusammenschlossen, dankte der Deutsche Kaiser Franz II. ab. Das „Heilige Römische Reich Deutscher Nation" gab es nicht mehr.

→ Reich
→ Flurbereinigung
→ Säkularisation
→ Mediatisierung

A

1. Wie dehnte Napoleon seine Macht über ganz Europa aus? Erläutere anhand der Karte (Vorspann, T1, D2).
2. Was wollte Napoleon mit der Kontinentalsperre erreichen? Erkläre (T1–2).
3. Wie sicherte Napoleon die Vorherrschaft Frankreichs auf dem Kontinent? Erläutere (T2).
4. a) Erkläre die Ziele der nationalen Bewegung in Deutschland (T2).
   b) Arbeite die Kehrseite der Begeisterung heraus (T2).
5. Warum scheiterte Napoleon mit seinem Versuch, Europa zu beherrschen? Beurteile (T3).
6. EXTRA Vergleiche die beiden Karten Südwestdeutschlands (D1). Was hat sich durch Napoleons Umgestaltung geändert? Zähle auf.

B

1. Wie dehnte Napoleon seine Macht über ganz Europa aus? Erläutere anhand der Karte (Vorspann, T1, D2).
2. Welche Versuche unternahm Napoleon, das Vereinigte Königreich zu besiegen? Erläutere (T1–2, D2).
3. Wie sicherte Napoleon die Vorherrschaft Frankreichs auf dem Kontinent? Erläutere (T2, D2).
4. a) Löse Aufgabe A4.
   b) Erkläre, inwiefern die nationale Bewegung in Deutschland unter Napoleons Herrschaft gestärkt wurde.
5. Warum scheiterte Napoleon mit seinem Versuch, Europa zu beherrschen? Beurteile (T3).
6. EXTRA Vergleiche die beiden Karten Südwestdeutschlands (D1). Was hat sich durch Napoleons Umgestaltung geändert? Zähle auf.

AFB I: 6 II: 1–4, 6 III: 5 (A)
AFB I: 6 II: 1–4, 6 III: 5 (B)

SP → Lösungshilfen ab S. 222

1815 – die Fürsten setzen sich durch

Im September 1814 kamen in Wien Kaiser, Könige, Fürsten und Diplomaten aus ganz Europa zusammen. Sie wollten nach dem Sturz Napoleons die alte Ordnung wiederherstellen.

Q1 Europas Herrscher auf dem Wiener Kongress. In der Mitte hinter dem Tisch in weißer Uniform der gastgebende Kaiser von Österreich, zu seiner Rechten sitzend der Zar von Russland, zu seiner Linken stehend der König von Preußen. Kupferstich, 1815

Deutscher Bund
1815 als loser Zusammenschluss der 35 deutschen Fürstenstaaten und vier freien Städte gegründet

→ Einheit und Freiheit

T1 Der Wiener Kongress

Die Verhandlungen dauerten fast ein Jahr. Sie waren begleitet von einem großen Unterhaltungsprogramm mit Bällen, Festen und Konzerten. Der österreichische Minister, Fürst Metternich, organisierte den Kongress. Metternich gestaltete die Feierlichkeiten so geschickt, dass er die Kongressteilnehmer bei Laune hielt und Spannungen zwischen den Großmächten ausglich.

T2 Ein Bündnis gegen den Fortschritt

Alle Fürsten wollten die Gebiete, die ihnen Napoleon weggenommen hatte, zurückerhalten. Aber die Gebiete, die sie von ihm erhalten hatten, wollten sie nicht wieder herausgeben – auch nicht die geistlichen Herrschaften. Und sie wollten verhindern, dass sie noch einmal durch eine Revolution entmachtet würden. Dafür schlossen sich der Zar von Russland, der Kaiser von Österreich und der König von Preußen zu einer „Heiligen Allianz" zusammen. Sie versprachen einander, gegen alle nationalen und freiheitlichen Bestrebungen vorzugehen. Diesem Bündnis traten bald alle Fürsten Europas bei.

T3 Enttäuschte Hoffnungen

Der preußische König hatte dem Volk im Mai 1815 eine Volksvertretung versprochen, weil er die Unterstützung gegen Napoleon brauchte. Er brach sein Versprechen, als Napoleon besiegt war. Viele hatten an den Befreiungskriegen aus nationaler Begeisterung als Freiwillige teilgenommen und von einem geeinten und freien Vaterland geträumt. Doch die Fürsten in Wien nahmen auf diese Hoffnungen keine Rücksicht. Sie schlossen ihre Staaten nur lose zu einem Deutschen Bund zusammen. Es gab weder Einheit noch Freiheit. Viele Menschen waren enttäuscht.

D1 Europa nach dem Wiener Kongress

Q2 Ein Teilnehmer des Wiener Kongresses:
Man hat vergessen, dass diesen Krieg nicht die Herrscher, sondern die Nationen gemacht haben. Seit der Niederlage Napoleons hat man das Interesse der Nationen aus dem Auge verloren und sich nur mit den Interessen der Fürsten beschäftigt wie in den Kriegen früher; und jetzt ist wieder alles in Verwirrung geraten, es ist zu Interessenkonflikten gekommen und es ist unmöglich, alle Länder zufrieden zu stellen (...) Wenn man sich wenigstens als Grundlage die Gerechtigkeit genommen hätte, wären die Völker davon erbaut (...) und von ihrem schönen Zauber beruhigt worden; aber (...) jetzt (...) trennen sich (die Völker) immer mehr von den Herrschern.

A

1. Beschreibe Q1. Womit beschäftigten sich die Fürsten?
2. Nenne die Ziele der Fürsten auf dem Kongress (T1–2).
3. Welche Staaten haben durch die Gebietsveränderungen die meisten Vorteile? Arbeite mit D1.
4. In Preußen und anderen deutschen Gebieten waren die Menschen enttäuscht. Begründe (T3).
5. Der preußische König hat sein Versprechen gebrochen. Warum tat er das? Prüfe (T3).
6. Zwei Soldaten, die gegen Napoleon gekämpft haben, sprechen darüber, warum sie vom Wiener Kongress enttäuscht sind. Schreibe das Gespräch auf.

B

1. Beschreibe Q1. Womit beschäftigten sich die Fürsten?
2. Nennen die beiden Ziele der Fürsten und begründe, warum sie ihnen wichtig waren (T1–2).
3. Beschreibe die Gebietsveränderungen nach dem Wiener Kongress und erläutere, was der Deutsche Bund war (D1, T3).
4. Was kritisiert der Teilnehmer am Ergebnis des Wiener Kongresses? Erkläre (Q2, T3).
5. Der preußische König hat sein Versprechen gebrochen. Warum tat er das? Prüfe (T3).
6. Zwei Soldaten, die gegen Napoleon gekämpft haben, sprechen darüber, warum sie vom Wiener Kongress enttäuscht sind. Schreibe das Gespräch auf.

AFB I: 1, 2 II: 3–5 III: 6   AFB I: 1 II: 2–5 III: 6

SP → Lösungshilfen ab S. 222

Protest gegen die Fürstenherrschaft

Mit dem Wiener Kongress wollten die Fürsten alle Neuerungen seit 1789 rückgängig machen. Die Zeit der Restauration begann: Wer sich für Einheit und Freiheit einsetzte, wurde verfolgt und unterdrückt. Doch dagegen regte sich Widerstand.

Restauration
von lateinisch „restaurare“ = etwas wiederherstellen. Die Fürsten versuchten nach 1815, die Zustände wiederherzustellen, wie sie vor der Französischen Revolution gewesen waren.

Liberalismus
von lateinisch „liber“ = frei. Die Liberalen wollten einen freiheitlichen Verfassungsstaat, in dem die Menschen- und Bürgerrechte garantiert sind.

Zensur
Prüfung von Presseerzeugnissen durch den Staat und Verbot von unerwünschten Inhalten

T1 Studenten protestieren

Vor allem die Studenten an den Universitäten wollten sich mit den Zuständen nicht abfinden. 1815 schlossen sich in Jena Studenten zu einer Burschenschaft zusammen. „Ehre, Freiheit, Vaterland“ lautete ihr Leitspruch, schwarz-rot-gold gestreift war ihre Fahne. Bald gab es an fast allen deutschen Universitäten solche Vereinigungen. Am 18. Oktober 1817 trafen sich etwa 450 Studenten auf der Wartburg bei Eisenach. Sie forderten einen einheitlichen deutschen Nationalstaat und eine Verfassung, die Freiheiten garantierte. Es wurde ein großes Feuer entfacht. Die Studenten warfen fürstentreue Bücher hinein und verbrannten sie. Das war offener Protest gegen die bestehenden Verhältnisse.

T2 Verbote, Überwachung, Zensur

1819 ermordete ein national gesinnter Student den Dichter August von Kotzebue, der als Schriftsteller der Restauration galt. Für Metternich war der Mord ein willkommener Anlass, schärfer gegen die Anhänger der nationalen Bewegung vorzugehen. Er berief Minister der deutschen Staaten in den böhmischen Kurort Karlsbad. Hier beschlossen sie, die Burschenschaften zu verbieten, Zeitungen und Bücher streng zu zensieren (überprüfen und gegebenenfalls verbieten). Überall musste man mit staatlicher Überwachung rechnen: Polizeispitzel öffneten Briefe, stöberten in Buchhandlungen nach verbotenen Büchern und schrieben die Vorlesungen liberaler Professoren an den Universitäten mit. Selbst in Gasthäusern belauschten sie die Gespräche. Wer wegen „falscher“ Gesinnung auffiel, musste mit Berufsverbot oder gar Gefängnis rechnen.

Q1 **Das Hambacher Fest 1832.** Zeitgenössischer Stich

T3 Das Hambacher Fest

Doch das Verlangen nach Einheit und Freiheit ließ sich nicht unterdrücken. Als 1830 die Franzosen ihren absolutistischen König stürzten, spornte das auch die deutsche Freiheitsbewegung an. Unruhen erzwangen die Einführung von Verfassungen in vier deutschen Staaten. Am 27. Mai 1832 kam es zur bis dahin größten Freiheitsdemonstration in Deutschland. Etwa 25 000 Menschen, Professoren und Studenten, Handwerker und Weinbauern, darunter viele Frauen, zogen zur Ruine des Hambacher Schlosses in der Pfalz hinauf und trugen schwarz-rot-goldene Fahnen mit sich. Die Redner riefen die Teilnehmer dazu auf, für die nationale und liberale Sache einzutreten. Die restaurativen Politiker – allen voran Metternich – waren alarmiert. Mit einem neuen Gesetz verschärften sie die Karlsbader Beschlüsse. Viele liberal gesinnte Menschen verließen Deutschland, um in Frankreich, in der Schweiz oder in den USA ein freieres Leben zu führen.

Q2 Verschärfung der Karlsbader Beschlüsse, Gesetz des Bundestags vom 5. Juli 1832:

Keine in einem nicht zum Deutschen Bunde gehörigen Staate in deutscher Sprache im Druck erscheinende Zeit- oder (…) sonstige Druckschrift politischen Inhalts darf in einem Bundesstaate ohne vorgängige Genehmigung der Regierung desselben zugelassen (…) werden (…)

Alle Vereine, welche politische Zwecke haben (…), sind in sämtlichen Bundesstaaten zu verbieten und es ist gegen deren Urheber und die Teilnehmer (…) mit angemessener Strafe vorzuschreiten.

Außerordentliche Volksversammlungen und Volksfeste (…) dürfen (…) in keinem Bundesstaate ohne vorausgegangene Genehmigung der zuständigen Behörde stattfinden. Diejenigen, welche zu solchen Versammlungen oder Festen durch Verabredungen oder Ausschreiben Anlass geben, sind einer angemessenen Strafe zu unterwerfen. Auch bei erlaubten Volksversammlungen und Volksfesten ist es nicht zu dulden, dass öffentliche Reden politischen Inhalts gehalten werden (…)

Das öffentliche Tragen von Abzeichen (…) oder dergleichen (…) in anderen Farben als jenen des Landes, dem der, welcher solche trägt, als Untertan angehört, (…) das nicht genehmigte Aufstecken von Fahnen und Flaggen (…) ist unnachsichtlich zu bestrafen.

Q3 Wartburgfest 1817. Studenten verbrennen Symbole der Fürstenherrschaft und fürstentreue Bücher. Nachträglich kolorierter Holzstich, um 1880

A

1. Gib den Begriff „Restauration“ mit eigenen Worten wieder (Vorspann, Lexikon).
2. Was forderten die Studenten? Benenne (T1).
3. Inwiefern waren die Karlsbader Beschlüsse gegen die nationale Bewegung gerichtet? Erläutere (T2).
4. Vergleiche Q1 und Q3. Was sagt das über die Stimmung im Volk aus? Beschreibe (T3).
5. Welche Menschen- und Bürgerrechte (S. 104) wurden 1832 abgeschafft? Prüfe Q2.
6. Warum reagierten die Fürsten so hart auf das Hambacher Fest? Beurteile ihre Reaktion.

B

1. Gib den Begriff „Restauration“ mit eigenen Worten wieder (Vorspann, Lexikon).
2. Du bist als Reporter beim Wartburgfest. Berichte von den Zielen der Studenten und den Symbolen, die sie verwenden (T1, Q3).
3. Wie passen die Karlsbader Beschlüsse zur Politik der Restauration? Erläutere (T2).
4. Vergleiche Q1 und Q3. Ergänze Sprechblasen zu Q3 in dein Heft, die die Gedanken und Forderungen der Menschen ausdrücken (T3).
5. Stelle die Verschärfung der Karlsbader Beschlüsse der Erklärung der Menschen-/Bürgerrechte 1789 gegenüber (S. 104: Q1).
6. Warum reagierten die Fürsten so hart auf das Hambacher Fest? Beurteile ihre Reaktion.

AFB I: 1, 2 II: 3–5 III: 6   AFB I: 1 II: 2–5 III: 6

SP → Lösungshilfen ab S. 222

Methode

MB

Politische Lieder interpretieren

(Fast) jeder kennt die deutsche Nationalhymne. Sie wird zum Beispiel vor jedem Fußball-Länderspiel gesungen. Doch habt ihr schon einmal versucht, den Text zu verstehen? Dazu muss man ins 19. Jahrhundert zurückschauen.

D1 Neulich im Stadion. Comiczeichnung

T1 Lieder als Botschaften

Im 19. Jahrhundert haben politische Lieder mehr Menschen beeinflusst als Zeitungen, viele waren „in aller Munde“. Sie entstanden vor allem in politisch unruhigen Zeiten. Gemeinsames Singen stärkte das Gemeinschaftsgefühl, zahlreiche Gesangvereine wurden gegründet. Das politische Lied wirkte und wirkt bis heute folgendermaßen: Der Text erinnert oft an wichtige Ereignisse, an Überzeugungen – oder er ruft zu etwas auf. Die Melodie verstärkt das, indem sie eine bestimmte Stimmung erzeugt.

T2 Die deutsche Nationalhymne

Nationalhymnen sind eine besondere Art politischer Lieder. Oft sind es Revolutions- oder Freiheitslieder, die ein Staat zu seiner Hymne gemacht hat. Das trifft auch für das „Lied der Deutschen“ zu. Der Liedtext wurde 1841 von dem liberalen Dichter August Heinrich Hoffmann von Fallersleben geschrieben. Damals gab es noch keinen deutschen Nationalstaat. Das Lied brachte die Sehnsucht vieler Menschen nach einem geeinten „Vaterland“ zum Ausdruck. Zur Zeit der ersten deutschen Demokratie (1922) wurde es zur Nationalhymne. Während der NS-Zeit (1933–1945) wurde nur noch die erste Strophe als Nationalhymne gesungen. Nach dem Zweiten Weltkrieg wurde vor allem im Ausland die erste Strophe als anmaßend angesehen. Dagegen passte die dritte Strophe durchaus zum geteilten Nachkriegsdeutschland. Sie wurde daher 1952 zur Nationalhymne der Bundesrepublik erklärt und 1991 zur gesamtdeutschen Nationalhymne.

Schon gewusst?

August Heinrich Hoffmann wird 1798 in **Fallersleben** (heute ein Stadtteil von Wolfsburg) geboren. 1818 lernt er Jacob Grimm (Gebrüder Grimm) kennen, der ihn zum Studium der Literatur und Sprache anregt. Als Student wird er Mitglied einer Burschenschaft, 1830 Professor in Breslau. Er veröffentlicht politische Gedichte, u.a. das „Lied der Deutschen“, das er 1841 während eines Sommerurlaubs auf Helgoland schreibt. Weil er für ein einheitliches Deutschland eintritt, wird er 1842 als Professor entlassen, bekommt seine Staatsbürgerschaft entzogen und muss aus Preußen fliehen. Erst sechs Jahre später wird er für unschuldig erklärt und erhält eine Pension. 1849 heiratet er seine erst 18-jährige Nichte. Das Paar bekommt vier Kinder, von denen jedoch nur eines überlebt. 1853 zieht er nach Weimar um. Ab 1860 ist er Verwalter der Schlossbibliothek in Corvey (heute Nordrhein-Westfalen). Dort stirbt er nach einem Schlaganfall am 19. Januar 1874.

Q1 Heinrich August Hoffmann von Fallersleben. Zeitgenössische Radierung, später koloriert

Das Lied der Deutschen

1. Deutschland, Deutschland über alles,
Über alles in der Welt,
Wenn es stets zu Schutz und Trutze,
Brüderlich zusammenhält
Von der Maas bis an die Memel,
Von der Etsch bis an den Belt.
Deutschland, Deutschland über alles,
Über alles in der Welt!

2. Deutsche Frauen, deutsche Treue,
Deutscher Wein und deutscher Sang
Sollen in der Welt behalten
Ihren alten schönen Klang
Und zu edler Tat begeistern
Unser ganzes Leben lang.
Deutsche Frauen, deutsche Treue,
Deutscher Wein und deutscher Sang!

* Gemeint ist hier: Einigkeit, Recht und Freiheit sind ein Zeichen für Glück.

Politische Lieder interpretieren

Beschreiben

1 Singt das Lied (hier: nur die dritte Strophe!) oder hört es euch an. Beschreibt die Gefühle bzw. die Stimmung, die die Melodie erzeugt.

2 Fasse die zentrale Aussage jeder Strophe in eigenen Worten zusammen.

Untersuchen

3 Stelle fest, von wem der Text, von wem die Melodie stammt.

4 Wann ist das Lied entstanden? Was weißt du über diese Zeit?

5 Wie passen Text und Musik zusammen?

6 An wen richtet sich das Lied?

Deuten

7 Welchen Standpunkt hat der Autor des Textes?

8 Welche Wirkung sollte aus Sicht des Dichters das Lied auf den Zuhörer/Sänger haben?

Q2 **Das „Lied der Deutschen".** Text: August Heinrich Hoffmann von Fallersleben, 1841; Melodie: Joseph Haydn (1732–1809). Die Melodie stammt aus dem Lied „Gott erhalte Franz den Kaiser", das bis 1918 österreichische Nationalhymne war. Hoffmann von Fallersleben übernahm die bekannte Melodie.

→ **Freiheitslied**

A / B

1 (A/B) Zähle Anlässe auf, wann und warum heute die Nationalhymne gesungen wird.

2 (A) Erstelle einen Zeitstrahl über das „Lied der Deutschen" (T2, Q2).

2 (B) Bereite einen Kurzvortrag über die Geschichte der deutschen Nationalhymne und ihren Dichter vor (T2, Q2, Schon gewusst?).

3 (A/B) Interpretiert das „Lied der Deutschen" anhand der Arbeitsschritte oben.

4 (A) Wie beeinflussen politische Lieder die Menschen? Erkläre (T1).

4 (B) Suche weitere Lieder aus der Zeit um 1848 und erkläre, wie sie die Menschen beeinflussen sollten.

5 (A/B) Warum würde die 1. Strophe des „Liedes der Deutschen" heute im Ausland als Provokation aufgefasst werden? Erkläre.

Bürger gehen auf die Barrikaden

Februar 1848: In Paris stürzen Bürger, Studenten und Arbeiter den König und rufen die Republik aus. Wie eine Welle schwappt die Revolution über halb Europa. Die Zeit absoluter Fürstenherrschaft scheint abgelaufen.

→ **Europäischer Völkerfrühling**

→ **Wahlrecht**

→ **Bürgertum**

→ **Verein**

T1 Eine Welle von Revolutionen in Europa

Es begann Ende Februar 1848 in Paris: Bürger und Arbeiter gingen für das allgemeine Wahlrecht auf die Straße. Doch der König antwortete mit Verboten und setzte Soldaten gegen die Demonstranten ein. Es kam zu blutigen Straßenkämpfen, in denen sich nach vier Tagen die Demonstranten durchsetzten: Der König floh, die Republik wurde ausgerufen.

Die Nachricht vom Sieg der Revolution verbreitete sich wie ein Lauffeuer in Europa. Alle Menschen, die mit der Unterdrückung der Freiheit unzufrieden waren, schöpften Mut.

T2 Einheit und Freiheit!

In Deutschland griff die revolutionäre Stimmung zuerst auf die Staaten nahe der französischen Grenze über. Fast überall verliefen die Ereignisse nach dem gleichen Muster: Liberale Bürger hielten Versammlungen ab. Sie verfassten Bittschriften an die Regierungen, forderten freie Wahlen, Presse- und Versammlungsfreiheit und die nationale Einheit. Arbeiter und Bauern unterstützten die Bürger und stellten eigene Forderungen. Um ihre Krone zu retten, gaben viele Fürsten nach und ließen freiheitliche Reformen zu. Entscheidend aber war, was in den Hauptstädten der beiden Großmächte Preußen und Österreich-Ungarn passieren würde.

In Wien kam es am 13. März 1848 zu schweren Straßenkämpfen zwischen Soldaten und Aufständischen. Schon nach dem ersten Blutvergießen lenkte der Kaiser ein: Er entließ den verhassten Kanzler Metternich und führte die Pressefreiheit ein.

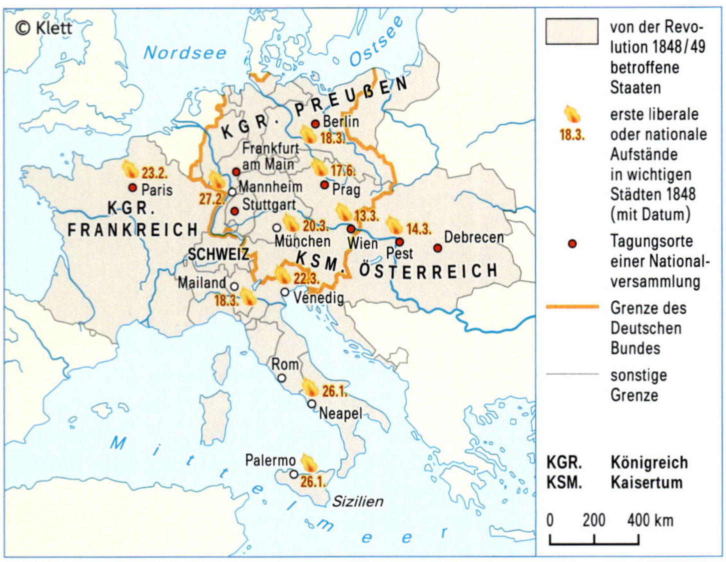

D1 Revolutionäre Erhebungen in Europa 1848

T3 Barrikadenkämpfe in Berlin

In Berlin versprach der preußische König Pressefreiheit und eine Verfassung, um das Volk zu beruhigen. Doch es kam zu einem Zwischenfall: Am 18. März 1848 versammelte sich eine große Menschenmenge vor dem Schloss, um dem König zu danken, als plötzlich zwei Schüsse fielen. Die Menge glaubte, der König lasse auf sie schießen. Schnell errichteten die Leute Barrikaden. Männer bewaffneten sich, Frauen und Kinder gossen aus Blei Kugeln. Ein blutiger Kampf zwischen Bürgern und Soldaten begann. Über 230 Barrikadenkämpfer starben. Die Toten wurden vor dem Schloss aufgebahrt, und das Volk forderte vom König, sich zu zeigen. Als er kam, riefen die Menschen: „Die Mütze herab!" Der König zog seinen Hut vor den Gefallenen. Zwei Tage später ritt er unter schwarz-rot-goldenen Fahnen durch Berlin. Er versprach, sich fortan für Einheit und Freiheit in Deutschland einzusetzen. Der Jubel war groß: Die Revolution hatte gesiegt – so schien es.

Q1 Forderungen der Bürger von Offenburg an die badische Regierung, 1847:

Art. 1. Wir verlangen, dass sich unsere Staatsregierung lossage von den Karlsbader Beschlüssen vom Jahr 1819 (…) Diese Beschlüsse verletzen (…) unsere unveräußerlichen Menschenrechte (…)

Art. 2. Wir verlangen Pressefreiheit; das unveräußerliche Recht des menschlichen Geistes, seine Gedanken unverstümmelt mitzuteilen, darf uns nicht länger vorenthalten werden.

Art. 4. Wir verlangen Beeidigung des Militärs auf die Verfassung. Der Bürger, welchem der Staat die Waffen in die Hand gibt, bekräftige gleich den übrigen Bürgern durch einen Eid seine Verfassungstreue.

Art. 5. Wir verlangen persönliche Freiheit. Die Polizei höre auf, den Bürger zu bevormunden und zu quälen. (…)

Art. 6. Wir verlangen Vertretung des Volks beim deutschen Bund. Dem Deutschen werde ein Vaterland und eine Stimme in dessen Angelegenheiten. (…)

Art. 9. Wir verlangen, dass die Bildung durch Unterricht allen gleich zugänglich werde. Die Mittel dazu hat die Gesamtheit in gerechter Verteilung aufzubringen.

Art. 13. Wir verlangen Abschaffung aller Vorrechte. Jedem sei die Achtung freier Mitbürger einziger Vorzug und Lohn.

Q2 Barrikade an der Rheinbrücke in Mannheim am 26. April 1848. Holzstich, 1848

Q3 Nach Zugeständnissen an die Revolutionäre schreibt Großherzog Leopold von Baden an den preußischen König, März 1848:

Die Ereignisse gingen und gehen noch mit so reißender Schnelle, dass man von Stunde zu Stunde (…) handeln musste. Das Unvermeidliche mit Gewalt zurückzudrängen, hätte nur die Kraft der überallher brausenden Wogen vergrößert. (…) Meine nachträglichen Zugeständnisse (…) sind teils von zweckmäßiger Art, teils von untergeordneter, teils von keiner nachträglichen Bedeutung. Die erste Aufgabe war, das Land zu beruhigen und zusammenzuhalten (…).

A / B

1. Fasse die Ereignisse in Paris im Februar 1848 zusammen. Welche Folgen hat das für die Nachbarländer (T1, D1)?
2. Was forderten die Bürger? Wie reagierten die Fürsten darauf? Gib wieder (T2 und Q1).
3. A: Du hast den 18. März 1848 in Berlin erlebt. Schreibe einen Tagebucheintrag (T3).
3. B: Berichte über die Barrikadenkämpfe in Berlin
   a) für eine Arbeiterzeitung oder
   b) für eine monarchiefreundliche Zeitung (T3).
4. A: Versetze dich in eine Person, die beim Barrikadenbau in Mannheim dabei ist. Was denkst/fühlst du? Beschreibe (Q2).
4. B: Befrage eine Person, die beim Barrikadenbau in Mannheim dabei war. Schreibe Fragen und Antworten auf (Q1, Q2).
5. Wie ernst meinte der Großherzog seine Zugeständnisse? Beurteile (Q3).
6. EXTRA MB Informiere dich, ob es auch in deiner Stadt, deiner Gegend 1848 revolutionäre Ereignisse gegeben hat.

SP → Lösungshilfen ab S. 222

Das erste deutsche Parlament

Die Aufstände hatten die Fürsten so erschreckt, dass sie viele Forderungen erfüllten. Es gab sogar ein gesamtdeutsches Parlament – zum ersten Mal in der deutschen Geschichte.

Q1 Einzug der Abgeordneten der Nationalversammlung in die Frankfurter Paulskirche am 18. Mai 1848. Druck, um 1848

Nationalversammlung
siehe S. 100.
In der Frankfurter Paulskirche tagte 1848/49 die erste deutsche Nationalversammlung.

Gegenrevolution
gewaltsame militärische Niederschlagung der Revolution von 1848/49 durch die deutschen Fürsten. Die Nationalversammlung wurde aufgelöst, die Grundrechte wieder aufgehoben, Revolutionäre verhaftet oder ermordet.

T1 Wahl der Nationalversammlung

Die Anhänger der Freiheitsbewegung forderten: Die Deutschen sollen eine Nationalversammlung wählen, die eine Verfassung für ganz Deutschland ausarbeitet. Die Fürsten, die unter Druck der Revolution standen, stimmten zu. So wurden zum ersten Mal in allen deutschen Ländern Abgeordnete für ein Parlament gewählt.
Am 18. Mai 1848 kamen fast 600 Abgeordnete in Frankfurt am Main zusammen. Das Ereignis wurde als großes nationales Fest gefeiert: Die Vertreter zogen unter Glockengeläut und Kanonendonner in die Paulskirche ein. Das war ihr Tagungsort, denn ein Parlamentsgebäude gab es noch nicht. Fast alle Abgeordneten gehörten zum gehobenen Bürgertum, waren Juristen, Gelehrte, Ärzte oder höhere Beamte. Nur vier Handwerksmeister gab es – keinen Arbeiter, keine Frau.

T2 Die erste deutsche Verfassung

Mit großer Mehrheit beschloss die Nationalversammlung im Dezember 1848 die „Grundrechte" (Q2). Aber über zwei Fragen stritten die Abgeordneten: Wer sollte Deutschland regieren und wie groß sollte es sein? Großdeutsch (mit Österreich) oder kleindeutsch (ohne Österreich)? Das Problem: Im Kaiserreich Österreich lebten außer Deutschen viele andere Völker – Ungarn, Tschechen, Slowaken. Da es unmöglich schien, nur den deutschen Teil Österreichs in das neue Reich aufzunehmen, entschied man sich für die kleindeutsche Lösung. Doch der Streit hatte die Abgeordneten entzweit. Die Verfassung wurde am 28. März 1849 nur mit knapper Mehrheit angenommen.
Als Staatsoberhaupt (Kaiser) war der König von Preußen vorgesehen. Aber Friedrich Wilhelm IV. lehnte es ab, die Kaiserkrone von einer „revolutionären Versammlung" anzunehmen. Jetzt hatte man eine Verfassung, aber kein Staatsoberhaupt. Was nun?

T3 Die Fürsten schlagen zurück

Viele Abgeordnete verließen enttäuscht die Nationalversammlung. Nur wenige tagten weiter, bis königliche Soldaten die Versammlung auflösten. Zahlreiche radikale Revolutionäre wollten mit Gewalt eine Republik erzwingen – ohne einen Kaiser.
In Dresden und Wuppertal, in Baden und in der Pfalz kämpften sie gegen die Truppen der Fürsten. Der preußische König war der Meinung: „Gegen Demokraten helfen nur Soldaten." Er ließ die Aufstände niederschlagen. Viele Revolutionäre wurden erschossen oder kamen ins Gefängnis. Zehntausende flohen in die Schweiz und die USA. Die Fürsten rissen in einer Gegenrevolution die Macht wieder an sich.

A09
Hörspiel
Ein großer Tag für die Demokratie?

Q2 Grundrechte des deutschen Volkes, von der Nationalversammlung 1848 beschlossen und 1849 in die Verfassung aufgenommen:

§ 137 Vor dem Gesetz gilt kein Unterschied der Stände. Der Adel als Stand ist aufgehoben (…) Die Deutschen sind vor dem Gesetz gleich (…) Die Wehrpflicht ist für alle gleich.

§ 138 Die Freiheit der Person ist unverletzlich (…)

§ 139 Die Todesstrafe, außer wo das Kriegsrecht sie vorschreibt, (…) sowie die Strafen des Prangers, der Brandmarkung und der körperlichen Züchtigung sind abgeschafft.

§ 140 Die Wohnung ist unverletzlich (…)

§ 143 Jeder Deutsche hat das Recht, durch Wort, Schrift, Druck und bildliche Darstellung seine Meinung frei zu äußern (…)

§ 144 Jeder Deutsche hat volle Glaubens und Gewissensfreiheit (…)

§ 161 Die Deutschen haben das Recht, sich friedlich und ohne Waffen zu versammeln (…)

§ 162 Die Deutschen haben das Recht, Vereine zu bilden (…)

§ 164 Das Eigentum ist unverletzlich. Eine Enteignung kann nur aus Rücksichten des allgemeinen Besten, nur aufgrund eines Gesetzes und nur gegen gerechte Entschädigung vorgenommen werden.

Q3 Debatte in der Nationalversammlung in Frankfurt/Main 1848:

Abgeordneter Karl Biedermann: „Das Volk muss wissen, dass es eine feststehende Macht an der Spitze der Geschäfte hat, und das ist das Erbkaisertum … Es kann niemand die Kaiserwürde erhalten als der Beherrscher des mächtigsten Staates, und das ist Preußen."

Abgeordneter Wilhelm Zimmermann: „Die Freiheit ist dem Volke der Zweck; die Einheit gilt ihm nur als Mittel, die Freiheit ihm zu sichern gegen alle Welt. Das Volk fürchtet in allem Ernste, der neue Kaiser könnte vielleicht ein Feind der Freiheit werden."

→ **Verfassung**

→ **Menschen- und Bürgerrechte**

Q4 Der ehemalige „linke" Abgeordnete der Nationalversammlung, Robert Blum, wird am 9. November in der Nähe von Wien hingerichtet. Steindruck, 1848

1 Beschreibe den Sitzungsort und die Ziele der Nationalversammlung (T1, Q1).

2 (A) Welche Freiheiten und Rechte sollten die Deutschen durch die Verfassung von 1849 erhalten? Liste auf (Q2).

2 (B) a) Löse Aufgabe A2.
b) Vergleiche Q2 mit den Grundrechten unseres Grundgesetzes von heute.

3 (A) Erläutere die beiden wichtigsten Streitpunkte in der Nationalversammlung (T2).

3 (B) Warum waren vor allem die Grenzen und die Frage des Staatsoberhauptes strittig? Erläutere mithilfe von T2, Q3 und S. 121: D1.

4 (A) Nenne die Folgen des Scheiterns der Revolution (T3, Q4).

4 (B) Beurteile die Folgen des Scheiterns der Revolution (T3, Q4).

5 Schon wieder kein Ergebnis. Diskutiert in Partnerarbeit, warum die Nationalversammlung scheiterte (T2–3).

6 EXTRA MB Robert Blum (Q4) kämpfte für die Demokratie. Recherchiert, ob sein Leben Stoff für einen Film hergeben würde.

AFB I: 1, 2, 4 II: 3, 6 III: 5   AFB I: 1, 2a II: 2b, 3, 6 III: 4, 5

SP → Lösungshilfen ab S. 222

Nah dran

Von der Nationalversammlung zum Bundestag

Q1 Sitzung der Nationalversammlung in der Frankfurter Paulskirche, Druck nach einer Zeichnung von Fritz Bamberger, 1848.
Die Anhänger der Republik saßen vom Rednerpult aus gesehen auf der linken Seite, die Monarchisten auf der rechten Seite. Seither spricht man in Deutschland von „linken“ und „rechten“ Parteien.
① Auf dem Podium: Präsident der Versammlung, ② Hinter dem Podium: Vorhang mit dem Bild des alten deutschen Reichsadlers, ③ Über dem Podium Gemälde der Germania (mythische Gestalt), ④ Vor dem Podium: zwei Stenografen, die alles mitschreiben, ⑤ Rednerpult, ⑥ Im Halbkreis vor dem Rednerpult: weitere Stenografen, ⑦ Sitzreihen der Abgeordneten, ⑧ Tribüne unten rechts: „Damenloge“ für Besucherinnen der „besseren Gesellschaft“, ⑨ Tribüne unten links: Zuschauerplätze für Herren der „besseren Gesellschaft“, ⑩ Tribüne oben: für sonstige Besucher, ⑪ Zwischen den Säulen: Plätze für Journalisten

T1 Beginn einer demokratischen Tradition

Die Revolutionäre von 1848 konnten zwar ihre Ziele nicht verwirklichen, aber ihr mutiger Einsatz und ihre Ideen blieben lebendig. Viele ihrer Forderungen und Lösungsvorschläge für ein freies und einiges Deutschland gingen in die Programme der liberalen und sozialistischen Parteien ein, die bald nach der Revolution entstanden. Als 1919 in Weimar die erste deutsche Republik gegründet wurde, konnten die Politiker auf die demokratische Tradition von 1848 aufbauen. Diese Tradition wurde fortgesetzt, als 1949 – genau hundert Jahre nach der Verkündung der Verfassung von 1849 – das Grundgesetz für die Bundesrepublik verkündet wurde. Das Grundgesetz gilt seit 1990 in Gesamtdeutschland. Und somit lebt die Tradition von 1848 bis heute fort.

I15 Animation Reichstagsgebäude

Q2 **Sitzung des Deutschen Bundestages** in Berlin, 2015. Die Abgeordneten der Partei „Die Linke“ sitzen links vom Rednerpult, die Abgeordneten der CDU/CSU rechts. Seit 2017 ist die AfD im Bundestag vertreten und sitzt ganz rechts.

A

1 Wie wirkt der Raum auf dich? Beschreibe (Q1).

2 (A) Welche Symbole sind in der Paulskirche zu sehen? Liste sie auf (Q1).

2 (B) Stelle in einer Tabelle gegenüber, welche Symbole in der Paulskirche und im Bundestag zu sehen sind (Q1–2).

3 Recherchiere im Internet oder in Lexika die Bedeutung der Symbole.

4 (A) Beschreibe die Sitzordnung der Abgeordneten in der Nationalversammlung (Q1).

4 (B) Vergleiche die Sitzordnung der Abgeordneten in beiden Parlamenten (Q1–2).

5 Begründe, warum die Ideen von 1848/49 im Bundestag von heute weiterleben (T1).

6 (A) EXTRA MB Finde heraus, wo der/die direkt gewählte Abgeordnete aus dem Wahlbezirk deines Wohnorts sitzt (Q2).

6 (B) EXTRA Erkläre einem fremden Besucher, warum die Sitzungen öffentlich sind und alles Gesagte stenografiert wird (Q2).

B

Reichsgründung „von oben“

1849 lehnte der preußische König die Kaiserkrone ab, die ihm die Nationalversammlung angeboten hatte. Einen Kaiser bekam Deutschland aber schließlich doch.

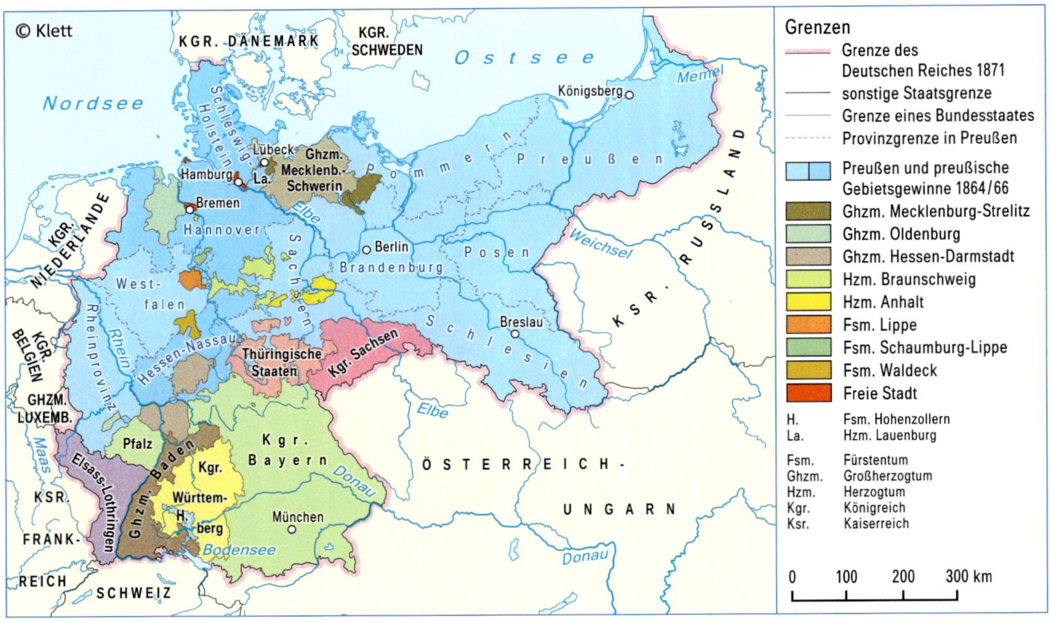

D1 Das Deutsche Kaiserreich 1871

→ alter/junger Nationalstaat

→ Reichsgründung „von oben“

T1 Preußen und Österreich – zwei Rivalen

In den Jahren nach der Revolution von 1848 strebten sowohl Preußen als auch Österreich nach der Vorherrschaft in Europa. Der preußische König wollte ein kleindeutsches Reich ohne Österreich, in dem Preußen das Sagen hatte. Dies führte zu Konflikten mit Österreich. 1862 wurde Otto von Bismarck preußische Ministerpräsident. Er setzte als Außenpolitiker erfolgreich preußische Interessen durch. Als Ergebnis verschiedener Kriege zwischen 1864 und 1866 verschob sich die Macht zugunsten Preußens. Der Deutsche Bund wurde aufgelöst und der „Norddeutsche Bund“ gegründet. Ihm gehörten alle deutschen Staaten nördlich des Mains an, und er wurde von Preußen beherrscht.

T2 Preußen im Konflikt mit Frankreich

Preußens neue Machtstellung führte zu Konflikten mit Frankreich. Als 1870 ein Angehöriger des preußischen Herrscherhauses König von Spanien werden sollte, fühlte sich Frankreich von Preußen umklammert. Beide Seiten verschärften die diplomatischen Spannungen. Am Ende war es Frankreich, das Preußen im Sommer 1870 den Krieg erklärte. Mit früheren Gegnern, den süddeutschen Staaten Bayern, Württemberg, Baden (und zusätzlich mit Hessen), hatte sich Preußen mittlerweile verbündet. Gemeinsam gewannen sie den Krieg. Frankreich musste das Elsass und große Teile Lothringens abtreten.

T3 Gründung des Deutschen Reiches

Eine Welle der nationalen Begeisterung ging durch Deutschland. Bismarck nutzte die gute Stimmung, um die süddeutschen Staaten für eine Einigung Deutschlands unter Preußens Führung zu gewinnen. Das „Deutsche Reich“ wurde gegründet.. Am 18. Januar 1871 riefen die deutschen Fürsten in Versailles den preußischen König zum Kaiser aus. Deutschland hatte jetzt seinen Nationalstaat. Er war aber durch den Willen der Fürsten und Monarchen zustandegekommen, nicht durch den Beschluss eines freien Parlaments.

Schon gewusst?

Das Bild zeigt das Ereignis **nicht so, wie es wirklich stattfand**. Tatsächlich trug Bismarck ② in Versailles keine weiße Paradeuniform, sondern eine blaue Uniform. Den Orden, der an seiner Brust zu sehen ist, bekam er erst später. Der preußische General Roon ③ war gar nicht anwesend. Der Kaiser ließ dieses Bild 1885 anfertigen, um es Bismarck zu seinem 70. Geburtstag zu schenken. Bismarck wurde als Reichsgründer in den Mittelpunkt des Bildes gerückt.

Q1 Ausrufung des Deutschen Kaiserreichs am 18. Januar 1871 im Schloss von Versailles. Die deutschen Fürsten machen den preußischen König ① zum Kaiser. Gemälde (167 × 202 cm) von Anton von Werner, 1885

Q2 Der neue Ministerpräsident Bismarck erklärt den preußischen Abgeordneten sein Programm, 1862:

Nicht auf Preußens Liberalismus (S. 122) sieht Deutschland, sondern auf seine Macht (…) Preußen muss seine Kraft zusammenfassen und zusammenhalten auf den günstigen Augenblick, der schon einige Male verpasst ist. Preußens Grenzen nach den Wiener Verträgen (Karte S. 121) sind zu einem gesunden Staatsleben nicht günstig. Nicht durch Reden und Majoritätsbeschlüsse (= Mehrheitsbeschlüsse) werden die großen Fragen der Zeit entschieden – das ist der große Fehler von 1848 und 1849 gewesen –, sondern durch Eisen und Blut.

A / B

1 Wie entwickelte sich die Rivalität zwischen Preußen und Österreich? Fasse zusammen (T1).

2 (A) Mit welchen Mitteln will Bismarck die Ziele erreichen? Arbeite heraus (T1–2).

2 (B) Erläutere den Unterschied zwischen Liberalismus und „Eisen und Blut“ (Q2).

3 MB Recherchiere im Internet und erstelle einen Zeitstrahl zu den Kriegen, die schließlich zur Reichsgründung führten (T1–2).

4 Begründe, warum der preußische König die Kaiserkrone 1849 ablehnte (S. 128: T2), sie aber 1871 annahm (T3, Q1).

5 Inwiefern war der deutsche Nationalstaat eine Gründung „von oben“ (Kapitelüberschrift)? Beurteile (T3).

6 EXTRA „Bei dem Bild zur Kaiserkrönung handelt es sich um eine Geschichtsfälschung.“ Nimm Stellung zu dieser Aussage (Q1).

AFB I: 1 II: 2–4 III: 5, 6 AFB I: 1 II: 2–4 III: 5, 6

SP → Lösungshilfen ab S. 222

Wie das Kaiserreich regiert wurde

1871 erhielt das Kaiserreich eine Verfassung. Sie sah ein gleiches, freies und geheimes Wahlrecht vor. Das hört sich ziemlich demokratisch an. Doch handelte es sich wirklich um eine demokratische Verfassung?

Haushalt
Er regelt die Einnahmen und Ausgaben in einem Staat.

T1 Eine monarchische Regierung

Das Deutsche Kaiserreich war ein Bundesstaat, der aus 22 Fürstenstaaten und drei Hansestädten bestand. Die Regierungen dieser Länder sandten Vertreter in den Bundesrat. Preußen hatte aufgrund seiner Größe und seiner Einwohnerzahl ein starkes Übergewicht im Bundesrat.
Es gab drei weitere wichtige Verfassungsorgane: Kaiser, Reichskanzler und Reichstag. Kaiser war der preußische König. Der Reichskanzler wurde allein vom Kaiser ernannt und entlassen. Das Amt des Reichskanzlers übernahm immer der preußische Ministerpräsident. Von 1871 bis 1890 war dies Otto von Bismarck. Der Reichstag konnte ihn nicht stürzen (absetzen). Der Reichstag beschloss den Haushalt, brachte Gesetzentwürfe ein, die er zusammen mit dem Bundesrat beschloss.
Bismarck fühlte sich nur dem Kaiser gegenüber verpflichtet. Über die Abgeordneten, die ja vom Volk gewählt waren, äußerte er sich dagegen häufig abwertend. Den Reichstag bezeichnete er als „Schwatzbude". Die Parteien, die seine Politik ablehnten, waren für ihn „Reichsfeinde". Dennoch arbeitete er mit ihnen manchmal zusammen, weil er eine Mehrheit im Parlament brauchte. Denn der Reichstag beschloss den Haushalt und zusammen mit dem Bundesrat die Gesetze. Nur mit den Sozialdemokraten arbeitete Bismarck nie zusammen.

T2 Die Vertretung des Volkes

Die Abgeordneten des Reichstags wurden in allgemeiner, gleicher und geheimer Wahl gewählt – damals war dies das fortschrittlichste Wahlrecht in Europa. Es galt jedoch nicht für Frauen. Die Abgeordneten wurden von Parteien als Kandidaten für die Wahl aufgestellt. Erste Parteien waren in Deutschland um 1860 entstanden. Sie vertraten die Interessen unterschiedlicher Gruppen.
Die Sozialdemokraten – nach der Sitzordnung im Parlament als „Linke" bezeichnet – kämpften für die Belange der Arbeiter. Die Konservativen – nach der Sitzordnung die „Rechten" – vertraten die Interessen von Adel und Großbürgertum. In der „Mitte" gab es zwei Parteien: Das Zentrum unterstützte vor allem die Interessen der Katholiken. Die Liberalen vertraten das Bürgertum, forderten mehr Bürgerrechte und machten sich für den Fortschritt in Industrie und Handel stark.

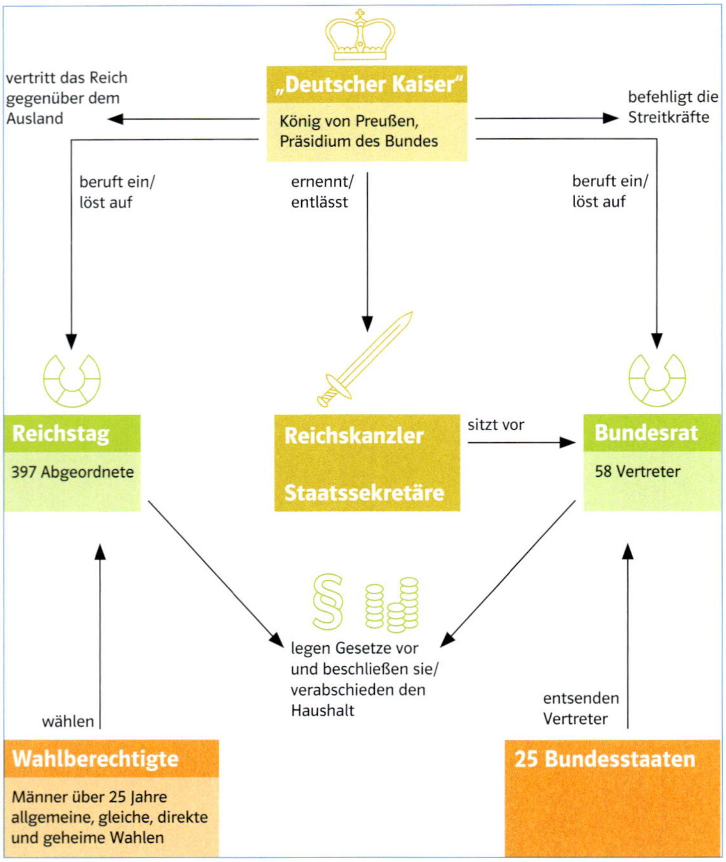

D1 Die Verfassung des Deutschen Reiches von 1871

Q1 Der Liberale Heinrich von Sybel über das Wahlrecht des Reichstags, 1871:

Auch wenn eine Volksvertretung (…) nicht die Kraft besitzt, Minister ein- und abzusetzen, so ist schon ihr Dasein und ihre Debatte, ihre Kritik des Staatshaushalts und ihre Befugnis, misslungene Gesetzentwürfe zu vernichten, eine höchst bedeutende Schranke gegen jeden willkürlichen Absolutismus der Regierung.

Q2 Über eine Wahl zum Reichstag erzählte man sich folgende Anekdote:

Ein ostpreußischer Gutsherr ließ alle seine Knechte gemeinsam zur Wahl fahren. Unterwegs erhielt jeder von ihnen seinen Wahlzettel in einem geschlossenen Umschlag; er brauchte ihn nur noch in die Urne zu werfen. Als ein Knecht nachsehen wollte, welche Partei angekreuzt war, erhielt er vom Vorarbeiter eine Ohrfeige mit der Bemerkung: „Du Dummkopf, weißt du denn nicht, dass es sich hier um eine geheime Wahl handelt?"

Schon gewusst?

Das Wahlrecht im Reich unterschied sich vom Wahlrecht der meisten Einzelstaaten. Der Preußische Landtag z. B. wurde nach dem **„Dreiklassenwahlrecht"** gewählt. Dabei wurden die Wahlberechtigten in drei Klassen eingeteilt, je nach Höhe ihrer Steuern. Jede Klasse wählte ein Drittel der Abgeordneten. Die etwa fünf Prozent der Wähler in der ersten Klasse hatten dadurch dasselbe Gewicht wie die 80 Prozent in der dritten Klasse.

Q3 Kundgebung der SPD gegen das Dreiklassenwahlrecht in Berlin. Foto vom 3. September 1911

A / B

1 Wie funktionierte die Verfassung von 1871? Stelle die Aussage des Schaubildes D1 in eigenen Worten dar.

2 (A) Wer hatte die größte Macht – Kaiser, Reichskanzler, Reichstag oder Bundesrat? Prüfe D1 (mit T1).

2 (B) War die Verfassung stärker demokratisch oder stärker monarchisch? Beurteile D1 (mit T1).

3 Zeichne die Sitzordnung des Reichstags, trage die Parteien ein und notiere, welche gesellschaftlichen Gruppen hinter ihnen standen (T2).

4 (A) Wie beurteilt der liberale Abgeordnete die Befugnisse des Reichstags? Begründe aus Q1.

4 (B) „Das Parlament ist nur eine Schwatzbude!" Nimm Stellung zur Aussage Bismarcks (T1). Nutze Q1.

5 Wie demokratisch wurde das Kaiserreich regiert? Nimm Stellung (T1–2, Q2, Schon gewusst?).

6 Versetze dich in einen Abgeordneten der Nationalversammlung von 1848. Wie würde er die Verfassung von 1871 bewerten? Verfasse eine Rede.

AFB I: 3 II: 1, 2, 4 III: 5, 6   AFB I: 3 II: 1 III: 2, 4–6

SP → Lösungshilfen ab S. 222

Aus Deutschland in die USA

Schlechte Ernten, keine Aussicht auf Arbeit oder erbärmliche Arbeitsbedingungen in den Fabriken – die Sorge um das tägliche Leben bestimmte im 19. Jahrhundert das Leben vieler Deutschen. Viele sahen nur einen Ausweg.

Q1 Europäische Auswanderer haben den Hafen von New York erreicht. Foto, 1902

Migration bedeutet „Wanderung". Von Migration spricht man, wenn Menschen ihren Wohnort vorübergehend oder auf Dauer wechseln – entweder freiwillig oder unter Zwang.

Emigrant bedeutet Auswanderer. Manche Emigranten gehen freiwillig, andere verlassen ihr Heimatland als Flüchtlinge oder Vertriebene.

T1 Deutschland im Umbruch

Im 19. Jahrhundert wandelte sich das Agrarland Deutschland in ein Industrieland. Viele Bauernfamilien konnten vom Ertrag ihrer kleinen Höfe kaum noch leben. Landarbeiter fanden keine Arbeit mehr. Auch Handwerkern und Heimarbeitern ging es schlecht, denn die industrielle Produktion machte ihre Arbeit überflüssig (S. 144). Zudem wuchs die Bevölkerung, sodass immer mehr Menschen auf der Suche nach Arbeit für den Lebensunterhalt waren. Nahrungsmittel wurden teurer, mehrere Missernten verschärften die Lage. In der Hoffnung auf ein besseres Leben zogen viele in die Industriezentren. Aber nicht alle fanden dort Arbeit und wer das Glück hatte, musste oft zu geringen Löhnen und unter unmenschlichen Bedingungen arbeiten. Auch politisch gab es kaum Grund zur Hoffnung: Die Revolution in Deutschland von 1848/49 war gescheitert.

T2 Auswandern als letzte Chance?

Die einzige Chance auf ein besseres Leben sahen viele in der Auswanderung. Die meisten wollten ihr Glück in den USA versuchen, denn über dieses Land hatten sie schon viel Gutes gehört. Ihren Höhepunkt erreichte die Auswanderung in der Mitte des 19. Jahrhunderts. Zunächst war es vor allem die Landbevölkerung, die ihre Heimat für immer verließ. Ganze Familien, manchmal sogar ganze Dorfgemeinschaften siedelten in die USA über. Unter den Auswanderern waren auch Revolutionäre, die aus politischen Gründen auf der Flucht waren.
Nach einer kurzen Boomzeit Anfang der 1870er-Jahre brach die deutsche Wirtschaft ein. Die schlechte wirtschaftliche Lage führte zu einer zweiten Auswanderungswelle in den 1880er-Jahren. Jetzt gingen vor allem junge alleinstehende Menschen. Insgesamt wanderten zwischen 1820 und 1920 rund 5,5 Millionen Deutsche in die USA aus.

T3 Der Weg in die „neue Welt"

Bevor sich die Auswanderer ihren Traum vom Leben in der „neuen Welt" erfüllen konnten, vergingen oft Jahre. Zunächst mussten die nötigen Papiere beschafft werden und das Geld für die Überfahrt. Die Auswanderer verkauften ihren gesamten Besitz. Dann ging es auf die lange Reise. Mehrere hundert Passagiere teilten sich den Platz auf einem Auswandererschiff. Die Überfahrt mit einem Segelschiff dauerte sechs bis zehn Wochen. Von 1855 an brauchten die neuen Dampfschiffe der Hamburg-Amerika-Linie nur noch zwei Wochen für die Fahrt über den Atlantik.
Die meisten Schiffe legten im Hafen von New York an. Hier wurden alle Einwanderer zunächst registriert und untersucht, ehe man sie in ihre neue Heimat entließ. Die meisten zog es zu Verwandten oder Bekannten, die schon früher nach Amerika ausgewandert waren. Sie gaben den Neuankömmlingen eine erste Unterkunft und nützliche Tipps für das Leben im fremden Land.

Q2 Mitteldeck eines Auswandererschiffs. Enge, Unfälle, Krankheiten und Proviantmangel machten die Reise zu einer Strapaze. Etwa jeder 50. Passagier überlebte die Fahrt nicht. Holzstich, 1847

Q3 Aus einer Auswandererbefragung des württembergischen Königs Wilhelm I., 1817:

a) Michael Mund, von Möglingen, Amt Ludwigsburg, verheiratet, und hat 6 Kinder, ist ohne alles Vermögen: Ich weiß weiter keine Ursache anzugeben, weswegen ich auswandere, als dass ich bei dem gegenwärtigen schlechten Verdienst und bei der großen Teuerung meine Familie nicht erhalten kann. Ich habe Nachricht von Verwandten aus Amerika, welche es dort gut haben. Ein Vetter, der mit mir zieht, versorgt mich mit Geld.

Q4 Gedenktafel für Friedrich Hecker. Der badische Revolutionär verließ Deutschland 1848 und ging nach Amerika. Gedenktafel an seinem Geburtshaus in Eichtersheim

1 (A/B) Welche wirtschaftlichen und politischen Gründe gab es für eine Auswanderung im 19. Jahrhundert? Liste in einer Tabelle auf (T1–2, Q3).

2 (A) Welche Schwierigkeiten gab es während der Überfahrt? Liste auf (T3, Q2).

2 (B) Welche Hürden gab es für die Auswanderer, bis sie New York erreichten? Beschreibe (T3, Q1–2).

3 (A) Stell dir vor, du bist eine der Personen auf dem Schiff (Q2). Schreibe einen Brief an deine Verwandten in Deutschland.

3 (B) Ein Reporter befragt eine Person in Q1. Schreibe ein Interview mit Fragen und Antworten.

4 (A) Was tat Friedrich Hecker nach seiner Emigration? Recherchiere und fasse zusammen (Q4).

4 (B) a) Löse Aufgabe A4.
b) Welche Sätze würdest du auf der Gedenktafel für Hecker ergänzen? Schreibe sie auf (Q4).

5 (A/B) Warum verlassen Menschen heute ihre Heimat? Diskutiert in der Klasse.

6 EXTRA MB (A/B) Deutsche Städtenamen verraten, wo sich deutsche Emigranten in den USA niederließen. Recherchiere einige Namen (Atlas, Internet).

AFB I: 1, 2 II: 4, 6 III: 3, 5   AFB I: 1 II: 2, 4a, 6 III: 3, 4b, 5

SP → Lösungshilfen ab S. 222

Abschluss

Europa nach der Französischen Revolution

D07 Arbeitsblatt Wiederholung

D08 Arbeitsblatt Lösung

I17 interaktive Übungen Europa nach der Französischen Revolution

- Ich kann erklären, wie Napoleon Deutschlands Landkarte veränderte.
- Ich kann erläutern, welche Freiheitsforderungen die Fürsten unterdrückten.
- Ich kann politische Lieder in den historischen Zusammenhang einordnen und ihre Botschaft entschlüsseln.
- Ich kann eine Hymne für meine Klasse schreiben.
- Ich kann die nationalen und freiheitlichen Ziele der deutschen Revolution von 1848 erklären.
- Ich kann dazu Stellung nehmen, ob die Revolution 1848 in Deutschland vergeblich war.
- Ich kann beurteilen, ob die Reichsgründung 1871 Einheit und Freiheit gebracht hat.
- Ich kann begründen, warum Menschen in der Vergangenheit und in der Gegenwart ihre Heimat verlassen.

5

1750 bis heute

Durchbruch der Moderne

1769
James Watt lässt sich eine von ihm weiter entwickelte Dampfmaschine patentieren.

1835
Die erste Eisen-bahnstrecke Deutschlands wird eröffnet.

1863
Die erste deutsche Arbeiterpartei gründet sich.

um 1900
Deutschland wird Europas erfolgreichste Industrienation.

1913
Henry Ford lässt in den USA seine Autos am Fließband produzieren.

nach ca. 1871–1914
Deutschland entwickelt sich zur modernen und gleichzeitig rückständigen Großmacht

?

Auf dem Tablet läuft Charlie Chaplins Film „Moderne Zeiten“. Wie zeigen sich hier zweimal moderne Zeiten?

An welchem Ort spielt der Film wohl?

Hat Charlie Freude an seiner Arbeit? Stelle Vermutungen an und begründe sie.

Würdest du so arbeiten wollen? Begründe deine Entscheidung.

Was geht Charlie durch den Kopf?

Was geht der Betrachterin/dem Betrachter des Films durch den Kopf?

Wegweiser

Durchbruch der Moderne

Die Industrialisierung veränderte das Leben wie nie zuvor. Eine Phase des Wirtschaftswachstums mit bahnbrechenden Neuerungen begann. Doch der Fortschritt hatte eine Kehrseite: Umweltzerstörung, Verstädterung, unmenschliche Arbeitsbedingungen. Konnte die „Soziale Frage“ gelöst werden? Erfindungen wie der Telegraf brachten Nachrichten in Windeseile rund um die Welt. Es war eine verrückte Zeit, in der sich alles beschleunigte – und die so gar nicht zum Leben im traditionellen Deutschen Kaiserreich zu passen schien.

1 Liste fünf Dinge auf, die sich in den letzten 200 Jahren durch den technischen Fortschritt wohl grundlegend verändert haben.

A

2 Wie verlief die erste Industrielle Revolution und mit welcher Erfindung ist sie verbunden? (S. 144–147)

3 Welche Schattenseiten hatte die erste Industrielle Revolution für die Menschen und die Umwelt? (S. 150/151)

4 Wie verlief die zweite Industrielle Revolution und mit welchen Entdeckungen ist sie verbunden? (S. 152/153)

Kohle/Dampf

Probleme

Chemie/Elektrizität

B

2 Wie kam es zur ersten Industriellen Revolution, wie verlief sie und wie veränderte sie Arbeit und Leben der Menschen? (S. 144–147)

3 Bringt technischer Fortschritt automatisch auch Verbesserungen für Mensch und Umwelt mit sich? Beurteile. (S. 150–153)

4 Wie verlief die zweite Industrielle Revolution und mit welchen Entdeckungen ist sie verbunden? (S. 152/153) Was versteht man unter der dritten Industriellen Revolution und einer „Industrie 4.0“? (S. 154/155)

Das kannst du außerdem machen:

Material findest du auf den folgenden Seiten. Du kannst aber auch in der Bücherei und im Internet suchen oder ein Museum besuchen. MB

Was verstand man unter der Sozialen Frage? Wie reagierten Arbeiter, Unternehmer und der Staat? (S. 156–163)

Was bewirkten Nationalismus und Militarismus im Denken der Deutschen? (S. 168–171)

Inwiefern war das Deutsche Kaiserreich gleichzeitig fortschrittlich und unmodern? (S. 164/165, S. 172–175)

5 *Soziale Frage*

6 *Nationalismus/ Militarismus*

7 *Tradition und Moderne*

8

A
B

Ergänze deine Liste, die du zu Beginn der Themeneinheit erstellt hast, um weitere Punkte. Überlege, welche Chancen und Risiken die weitere Entwicklung für dich persönlich bergen könnte.

5 Was verstand man unter der Sozialen Frage? Welche Motive standen hinter den jeweiligen Lösungsversuchen? (S. 156–163)

6 Inwiefern war das Deutsche Kaiserreich aggressiv nach „innen" und „außen"? (S. 168–171)

7 Wie lässt sich die tiefe Spaltung des Kaiserreichs in „Tradition" und „Moderne" erklären? (S. 164/165, S. 172–175)

... etwas über die Geschichte eines Betriebes, einer Fabrik, einer Verkehrsverbindung ... vor Ort von den Anfängen bis heute herausfinden, MB

... Spuren des Lebens und Wirkens eines Unternehmers/ Gewerkschafters/einer Frauenrechtlerin finden, MB

... eine Befragung durchführen, mit welchen Hilfsmitteln Alltagstätigkeiten früher und heute ausgeübt wurden/werden,

... Spuren der Veränderung durch die Industrialisierung in deiner Umgebung dokumentieren.

Die erste Industrielle Revolution

Seit 250 Jahren häufen sich Erfindungen, die das Alltagsleben so grundlegend veränderten, dass wir heute von einer Revolution sprechen – der Industriellen Revolution. In der ersten Phase wurde Muskelarbeit durch Wasserkraft und Dampfkraft ersetzt.

Industrialisierung
Sie begann im 18. Jahrhundert in England und veränderte die Arbeitswelt der Menschen grundlegend. Sie wird deshalb auch als Revolution bezeichnet.

→ **Fabrik**

T1 Die Zahl der Menschen steigt

Zu Beginn des 18. Jahrhunderts lebten die meisten Menschen als Bauern, Handwerker oder Tagelöhner auf dem Land. Die Bauern erzielten durch bessere Anbautechniken, den Einsatz von Maschinen und Düngemitteln in der zweiten Hälfte des 18. Jahrhunderts höhere Erträge. Dadurch hatten die Menschen mehr zu essen. Die Menschen wurden älter, weil es bessere hygienische Bedingungen gab und neue medizinische Erkenntnisse umgesetzt wurden. Dadurch starben auch weniger Kinder. Die Bevölkerung wuchs stark an. Diese Entwicklung begann in England.

T2 Mehr Menschen brauchen mehr Güter

Die Herstellung von Textilien beispielsweise erfolgte immer noch in mühevoller Heimarbeit. Neben der Feldarbeit spannen ärmere Bauern Wolle von Hand zu Garn. Dieses verarbeiteten sie dann auf Webstühlen zu Stoffen. Mehr Menschen brauchten jetzt aber auch mehr Kleidung. Mit ihren alten Spinnrädern konnten die englischen Weber die steigende Nachfrage nach Stoffen nicht mehr bewältigen. So suchten Händler und Unternehmer nach Möglichkeiten, die Produktion weiter zu erhöhen.

Q1 Heimarbeit im 18.Jahrhundert. Das Bild zeigt das Kochen, Aufspulen und Spinnen des Garns. Diese Arbeit zu Hause wird Heimarbeit genannt. Sie ermöglichte meist ärmeren Bauern einen zusätzlichen Verdienst. Englisches Gemälde, um 1750

T3 Mit „Jenny“ kam der Durchbruch

1764 gelang der große Durchbruch: Der Weber James Hargreaves erfand eine handbetriebene Spinnmaschine, die „Spinning Jenny“. Sie lieferte in gleicher Zeit sechzehnmal so viel Garn wie ein Spinnrad. Eine weitere Verbesserung schaffte Richard Arkwright 1769. Er ließ die Spinnmaschinen nicht mehr von Muskelkraft, sondern von Wasserkraft antreiben. Arkwright stellte die Maschinen in großen Räumen auf, wo Arbeiter sie bedienten und kontrollierten. So entstanden die ersten Fabriken.

T4 Eine kraftvolle Erfindung

Schon bald reichte die Wasserkraft zum Antrieb der Maschinen nicht mehr aus. Der Mechaniker James Watt entwickelte ab 1769 frühere Modelle von Dampfmaschinen weiter und verbesserte sie. 1782 gelang es ihm, eine leistungsstarke Dampfmaschine zu bauen, die mit Kohle befeuert wurde. Später veränderte Watt die Maschine noch so, dass man andere Maschinen damit antreiben konnte. Die Dampfmaschinen wurden zunächst im Bergbau eingesetzt, dann aber auch in der Textilindustrie – mit überwältigendem Erfolg: Um 1850 stellten 750 Arbeiter so viel Garn her wie 200 000 Heimarbeiter um 1750. Die Dampfmaschine war zur treibenden Kraft der Industrialisierung geworden.

A 10 Hörspiel „So long, Mr. Watt“

I 18 Animation Die Dampfmaschine

V 04 Erklärvideo Die Industrielle Revolution. Teil 1: Die erste Phase der Industriellen Revolution

D1 Schnitt durch eine Dampfmaschine: Der Dampf strömt abwechselnd durch die Ventile oben und unten in den Zylinder ein. Dadurch bewegt sich der Kolben, der seine Bewegung auf das Schwungrad überträgt. Das Schwungrad treibt über einen Riemen Maschinen an. Wie das genau funktioniert, zeigt die 3D-Animation (I 18).

Q2 Über die Dampfmaschine berichtete 1818 die „Kölnische Zeitung“:

Eine Maschine macht oft die Arbeit von tausenden Menschen entbehrlich. Mit jeder Maschine werden neue Menschen brotlos. Jede neu erbaute Dampfmaschine vermehrt die Zahl der Bettler und es steht zu erwarten, dass sich bald alles Vermögen in den Händen einiger tausend Familien befindet.

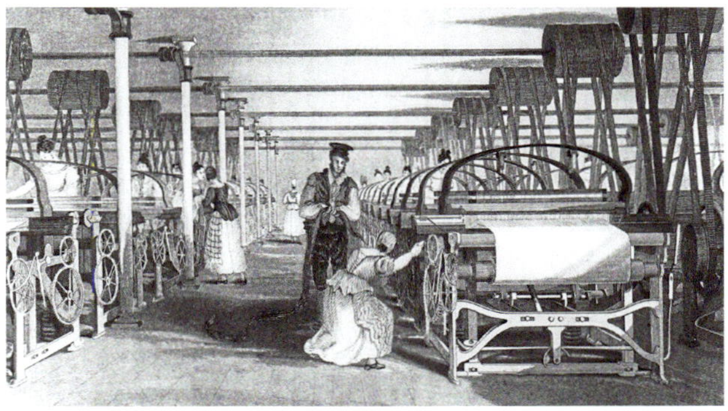

Q3 Englische Baumwollfabrik. Holzstich, um 1835

A / B

1. Zähle die Ursachen auf, die zur Industrialisierung führten (T1–2).

2 (A). Berechne, wie viele Heimarbeiter 1750 so viel Garn herstellten wie ein Fabrikarbeiter 1850 (T4).

2 (B). Warum wurde mit der „Spinning Jenny“ ein Durchbruch erzielt? Erkläre (T3).

3. Erstelle eine Tabelle zum Thema „wichtige Erfindungen“ (Wann? Wer? Was? T3–4).

4 (A). Arbeite Unterschiede zwischen Heimarbeit und Fabrikarbeit heraus (T2–4, Q1–3).

4 (B). Inwiefern veränderten die technischen Neuerungen auch die Rolle des Menschen in der Arbeitswelt? Arbeite heraus (T4, Q1, Q3).

5. Beurteile den Text in der „Kölnischen Zeitung“. Hat der Redakteur mit seiner Meinung recht? Diskutiert eure Ansichten.

6. Führt ein Rollenspiel durch: Ein Fabrikbesitzer will eine Dampfmaschine einführen. Seine Arbeiter diskutieren die möglichen Folgen.

AFB I: 1, 3 II: 2, 4 III: 5, 6 AFB I: 1, 3 II: 2, 4 III: 5, 6

SP → Lösungshilfen ab S. 222

„Vorwärts mit Dampf!"

Ab 1835 trieben Dampfmaschinen auch in Deutschland Eisenbahnen an. Das sorgte für einen unglaublichen Aufschwung der Wirtschaft – aber nicht alle Menschen waren sofort begeistert.

Q1 Eröffnung der ersten deutschen Eisenbahnstrecke zwischen Nürnberg und Fürth im Jahr 1835. Die Lokomotive trug den Namen „Adler". Zeitgenössisches Gemälde

Eisenhütte
Industrieanlage, in der aus Erz Eisen gewonnen wird

→ **Eisenbahn**

T1 Ein Wettrennen in England

Der 6. Oktober 1829 war ein denkwürdiger Tag: Ein Wettbewerb sollte klären, welche Lokomotive auf der neu erbauten englischen Eisenbahnstrecke zwischen Manchester und Liverpool fahren sollte. Tausende Zuschauerinnen und Zuschauer, Wissenschaftler und Techniker drängten sich an den Gleisen bei Rainhill. Alle wollten das Ereignis erleben. Nur eine einzige Lok erreichte schließlich das Ziel ohne Pannen: die „Rocket". Die dampfgetriebene „Rakete" schaffte fast 47 Kilometer in der Stunde. Die Zuschauerinnen und Zuschauer jubelten. Die Nachrichten aus England erregten großes Aufsehen.

T2 Die ersten Eisenbahnen in Deutschland

Am 7. Dezember 1835 fuhr die erste Eisenbahn in Deutschland. Sie benötigte für die sechs Kilometer lange Strecke von Nürnberg nach Fürth etwa neun Minuten. „Vorwärts mit Dampf" war nun auch in Deutschland das Motto der Industrialisierung. Im rückständigen und armen Südwesten begann der Ausbau des Eisenbahnnetzes erst relativ spät: Die erste Strecke in Baden wurde 1840 in Betrieb genommen (Mannheim – Heidelberg); in Württemberg verkehrte die erste dampfbetriebene Eisenbahn 1845 zwischen Cannstatt und Untertürkheim.

T3 Vorwärts mit Dampf

Die Dampflokomotive und der Ausbau des Eisenbahnnetzes kurbelten die Industrialisierung weiter an, denn Rohstoffe konnten nun in viel kürzerer Zeit in die Industriezentren gebracht werden. Mehr als 33 000 Kilometer Eisenbahnschienen wurden zwischen 1840 und 1880 in Deutschland verlegt. Diese Entwicklung leitete einen gewaltigen Aufschwung der Wirtschaft ein: Tausende Menschen fanden bei den Eisenbahngesellschaften Arbeit. Sie schütteten Bahndämme auf, gruben Tunnel, verlegten Schienen, bauten Brücken und Bahnhöfe. Aber auch in den Fabriken wurden immer mehr Arbeiter eingestellt. Sie bauten Lokomotiven und Waggons. Riesige Mengen an Werkzeugen und Maschinen waren nötig, der Bedarf an Eisen und Stahl stieg. Neue Bergwerke und Eisenhütten wurden erschlossen.
Ein weiterer Schritt belebte den Handel: 1834 schlossen sich 18 Staaten des Deutschen Bundes zum Deutschen Zollverein zusammen. Nun gab es ein großes, einheitliches Handelsgebiet ohne Zollschranken.

T4 Aufstieg durch Kohle – das Ruhrgebiet

Immer mehr hochwertige Kohle wurde benötigt. Aber die lag unter der Erde, sodass man tiefe Schächte bauen musste. Steinkohle wurde vor allem im Saarland und im Ruhrgebiet abgebaut. Das Ruhrgebiet wurde zur größten deutschen Industrieregion.

Q2 Aus einem ärztlichen Gutachten, 1835:

Ortsveränderungen mittels irgendeiner Art von Dampfmaschinen sollten im Interesse der öffentlichen Gesundheit verboten werden. Die raschen Bewegungen können nicht verfehlen, bei den Passagieren geistige Unruhe hervorzurufen. (…) Der Anblick einer Lokomotive, die in voller Geschwindigkeit dahinrast, genügt, diese Krankheit zu erzeugen.

Q3 Bericht von einer der ersten Eisenbahn-Fahrten zwischen Heidelberg und Mannheim, 1840:

Wir eilten nun dem Bahnhofe zu und hatten genug Mühe, Karten zu erhalten, denn das Büro war dicht umstellt. Eine der beiden Lokomotiven war hinreichend, die 14 Waggons mit etwa 500 Personen weiter zu befördern. So viel man auch über Eisenbahnen schon gehört und gelesen haben mag, so macht doch der Augenblick, in welchem sich der ungeheure Wagenzug aus eigener Kraft in Bewegung setzt, das Geräusche der Dampf entladenden Maschine und die rasche Bewegung über die Bahn-Schienen hinweg einen eigenen Eindruck auf den zum ersten Mal Fahrenden, und jetzt erst setzt ihn das Furchtbare, das in dieser Erfindung liegt, in wahres Erstaunen, das sich bei zarten Naturen wohl mit einem heimlichen Grauen vermischen mag.

D1 Entwicklung des Eisenbahnnetzes und des Deutschen Zollvereins

km	Strecke	Reisedauer in Stunden	
		Postkutsche 1841	Eisenbahn 1851
320	Berlin – Hannover	32	6
290	Berlin – Hamburg	31,5	8
215	Berlin – Leipzig	17,25	7
85	Halle – Magdeburg	6	2,5
26	Düsseldorf – Elberfeld	6,5 (1845)	2,5 (1845)
25	Augsburg – München	3,5 (1845)	1,125 (1845)

D2 Fahrzeiten Postkutsche und Eisenbahn

A / B

1 Du schaust bei der Eröffnung der ersten deutschen Eisenbahn zu. Schreibe deinen Freunden über dieses Ereignis (T2, Q1).

2 (A) „Vorwärts mit Dampf" – was ist damit gemeint? Erkläre (T2–3).

2 (B) Welche Bedeutung hatte die Einführung der Eisenbahn auf einer Skala von 1 bis 10? Begründe deine Einordnung.

3 Vergleiche die Fahrzeiten der Postkutsche und der Eisenbahn (D2). Berechne zum Vergleich jeweils die Kilometer pro Stunde.

4 (A) Welche weiteren Veränderungen brachte der Ausbau des Eisenbahnnetzes in Deutschland mit sich? Erläutere (T3–4, D1).

4 (B) Welche Vorteile hatte der Deutsche Zollverein? Beurteile (T3, D1).

5 (A) Wie beurteilen die Autoren von Q2 und Q3 die Eisenbahn? Stelle gegenüber.

5 (B) Ein Kaufmann und ein Viehhändler kommen über ihre Meinung zur Eisenbahn ins Gespräch. Spielt die Szene.

6 MB Recherchiert: Wann wurde in eurem Wohnort oder in der Nähe die erste Bahnstrecke gebaut? Bereitet einen Vortrag vor.

AFB I: 1 II: 2–6 III: –

AFB I: 1 II: 2, 3, 5, 6 III: 4

Methode

MB # Statistiken auswerten

T1 Zum Umgang mit Statistiken

In der zweiten Hälfte des 19. Jahrhunderts begann man damit, Daten über die verschiedensten Lebensbereiche zu sammeln: Produktionsergebnisse, Preise und Löhne, Familiengrößen und anderes mehr. Solche Zahlenreihen nennen wir Statistiken. Statistische Zahlen werden oft übersichtlich als Tabellen oder in Schaubildern (Diagrammen) dargestellt. Aber Vorsicht: Wer aus den Zahlenangaben die gewünschten Informationen erhalten will, muss die Schaubilder richtig „lesen“ und kritisch hinterfragen. Gerade Daten zu sozialen und wirtschaftlichen Fragen werden häufig mit dem Ziel zusammengestellt, einen ganz bestimmten Eindruck zu erwecken. Um statistische Angaben richtig auszuwerten und eine mögliche Manipulation zu durchschauen, solltest du die Arbeitsschritte beachten.

+ größte Genauigkeit
+ exakte Zahlenangaben

- unübersichtlich
- weniger einprägsam

	1818	1871	1885	1905
Bochum	2107	21192	40767	118467
Dortmund	4289	44420	78435	175577
Duisburg	5364	30533	47517	192346
Essen	4496	51513	65064	231360
Gelsenkirchen	505	7825	20289	147005

D1 Zahlentabelle: Einwohner im Ruhrgebiet 1818–1905

+ rascher Überblick
+ Entwicklungen gut und schnell ablesbar

- Maßstab kann über wirkliche Größe der Änderung täuschen

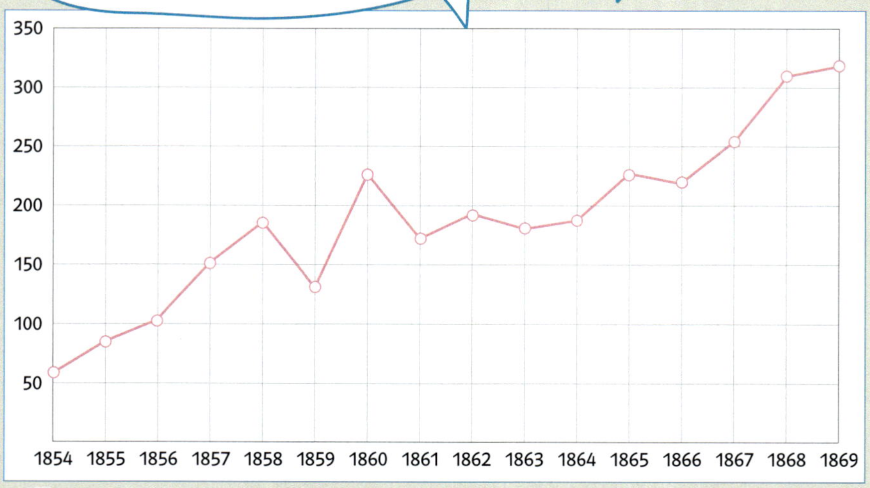

D2 Kurvendiagramm: Eisenerzförderung im Ruhrgebiet 1854–1869 (in 1000 t)

V 05 ⓓ
Tutorial
Diagramm erstellen

+ besonders geeignet für Vergleich von Mengenangaben zu einem ganz bestimmten Zeitpunkt

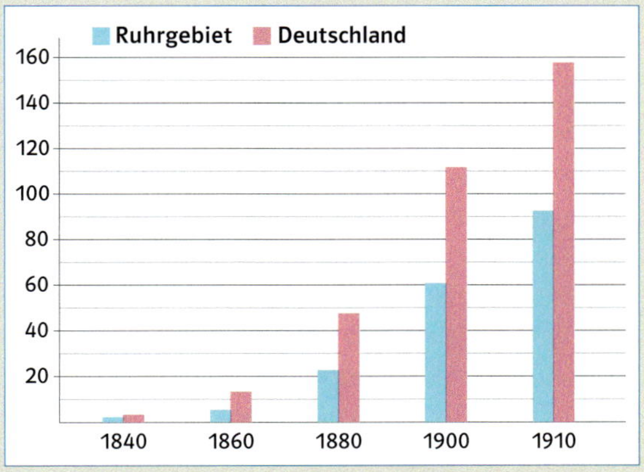

D3 **Säulendiagramm:** Steinkohleförderung 1840–1910

- Wahl der Maßeinheit beeinflusst, wie die Zahlen und der Größenunterschied wirken

Statistiken auswerten

Beschreiben

1 Worum geht es in der Statistik? Meistens steht es in der Überschrift oder in der Legende.

2 Welchen Zeitraum umfassen die Zahlenangaben?

Untersuchen

3 Wie wird das statistische Material dargestellt: als Tabelle oder als Diagramm?

4 Enthält die Statistik absolute Zahlen oder Prozentangaben?

Deuten

5 Was sagen die angegebenen Daten genau aus?

6 Lassen sich Entwicklungen ablesen?

Schon gewusst?

„Traue keiner Statistik, die du nicht selber gefälscht hast!“ Dieser Ausspruch ist berühmt und wird landläufig dem britischen Staatsmann Winston Churchill (1874–1965) zugeschrieben. Tatsächlich hat er ihn nie gesagt, jedenfalls lässt sich das nicht nachweisen. Expertinnen und Experten vermuten, dass zur Zeit des Zweiten Weltkriegs Mitarbeiter des deutschen NS-Propagandaministers Goebbels den Satz erfanden und ihn Churchill andichteten. Deutschland und England befanden sich damals im Krieg, und Deutschland wollte Churchill wohl als „Zahlenfälscher“ darstellen. Heute wird der Satz oft herangezogen, um **Misstrauen gegenüber Statistiken** auszudrücken.

A / B

1 Nenne die Themen der drei Statistiken D1–3 und zähle stichwortartig auf, was du zu diesen Themen bereits gelernt hast.

2 Wähle eine der drei Statistiken D1–3 und werte sie mithilfe der Arbeitsschritte aus.

3 (A) Welche Diagrammart eignet sich für die Zahlentabelle D1 am besten? Beurteile.

3 (B) Wähle eine Stadt aus D1 aus. Stelle die Entwicklung der Einwohnerzahl durch ein Diagramm dar. Digitale Lösung: siehe V 05 ⓓ.

4 (A) Beschreibe die Entwicklungen, die du aus D1–3 herauslesen kannst.

4 (B) Begründe, wie es zu den Entwicklungen kam, die du aus D1–3 herauslesen kannst.

5 Wie verändert sich der Eindruck von D2, wenn man die Abstände zwischen den Jahreszahlen verdoppelt bzw. halbiert? Beurteile.

6 EXTRA „Traue keiner Statistik, die du nicht selbst gefälscht hast.“ Was soll mit diesem angeblichen Churchill-Zitat gegenüber Statistiken ausgedrückt werden? Erkläre (Kasten).

AFB I: 1, 4 II: 2, 6 III: 3, 5 AFB I: 1 II: 2, 4, 6 III: 3, 5

SP → Lösungshilfen ab S. 222

Die Industrialisierung bringt Probleme

Fabriken, Stahlwerke und Bergwerke waren Zeichen für Wohlstand und Fortschritt. Die Industrie boomte, d.h. sie wuchs. Doch die Industrialisierung hatte auch Schattenseiten – für die Umwelt und für den Menschen.

Gartenlaube
Gartenhaus, Pavillon

T1 Fabrikschlote – Zeichen für Wohlstand?

Die Industrialisierung brachte den Menschen Fortschritt und Wohlstand. Gleichzeitig bereitete sie den Menschen und der Umwelt Probleme. Die Kohle, die verheizt wurde, und der Koks in den Hochöfen setzten Ruß, Rauch und giftige Abgase frei. Darunter litten die Arbeiter mit ihren Familien. Betroffen waren besonders die Armen, denn ihre Wohnungen lagen oft in unmittelbarer Nähe der Fabriken. Die Abwässer aus den Fabriken, sogar aus den Chemiebetrieben, wurden direkt in die Flüsse geleitet.

Schon gewusst?

Die Fabrikbesitzer im 19. Jahrhundert **stellten gerne Kinder ein**. Diese arbeiteten genauso lange wie Erwachsene, bekamen aber weniger Lohn. Einige der Kinder waren kaum älter als zehn Jahre. Besonders hart war die Arbeit im Bergbau. Die Kinder sahen oft wochenlang keine Sonne, viele wurden krank und starben früh. Als sich zeigte, dass viele Jugendliche wegen ihrer schweren Arbeit für den Militärdienst nicht geeignet waren, beschloss der Staat Gesetze: Von 1891 an mussten Kinder in Deutschland mindestens 13 Jahre alt sein, um in Fabriken arbeiten zu dürfen.

Q1 Kinderarbeit im Kohlebergwerk in England. Zeichnung um 1885

T2 Dunkle Wohnungen

Die Wohnungsnot in den Städten war groß. Niemand war darauf vorbereitet, dass so viele Menschen auf der Suche nach Arbeit in die Städte zogen. Die meisten Arbeiterfamilien lebten deshalb in engen, vollen Häusern. Viele Familien kochten, aßen und schliefen in einem Raum. Oft standen für alle Bewohner eines Wohnblocks nur drei oder vier stinkende Toiletten zur Verfügung. Solche Wohnhäuser nannten sie Mietskasernen. Die Brunnen reichten nicht aus, es gab keine Wasserleitungen. Deshalb mussten die Menschen Wasser aus den nahe gelegenen Flüssen schöpfen. Durch Schmutz, verunreinigtes Wasser, Müll und Ungeziefer breiteten sich Krankheiten aus.

T3 Schwere Arbeit

Die Arbeit im Schacht war anstrengend und gefährlich: Die Temperatur betrug in 600 Metern Tiefe etwa 30 Grad. Oft mussten die Bergleute kriechend oder gebückt arbeiten. Auch in den Fabriken machten Hitze, Lärm, Ruß, die ständig gebückte Haltung sowie die langen Arbeitszeiten von zehn bis elf Stunden viele Menschen krank. An den Maschinen passierten oft Unfälle.

T4 Mangelernährung

Mitte des 19. Jahrhunderts gab es mehrere Missernten. Die Preise stiegen. Arbeiterfamilien mussten bis zu 70 Prozent des Einkommens für Lebensmittel ausgeben. Ihr Essen bestand überwiegend aus Kartoffeln mit Gemüse und Roggenbrot mit Milch und war somit sehr einseitig. Fleisch konnten sie sich nur selten erlauben. Viele Menschen wurden krank oder starben durch die Mangelernährung.

Q2 Aus einem Bericht über Bochum in der Zeitschrift „Gartenlaube", 1875:

Mehr als sechzig Schachttürme großer Steinkohlenzechen zählt man eine Stunde im Umkreis der Stadt. Das kleine Werk von Mayer und Kühne hat sich zu einem großen fast wirren Häusermeer entwickelt. Die Wälder sind bis auf geringe Reste verschwunden und von allen Seiten umtost uns das erderschütternde Getöse der Hämmer, das Schnauben und Pfeifen der Dampfmaschinen und Lokomotiven, das Rollen der zahllosen Bahnzüge.

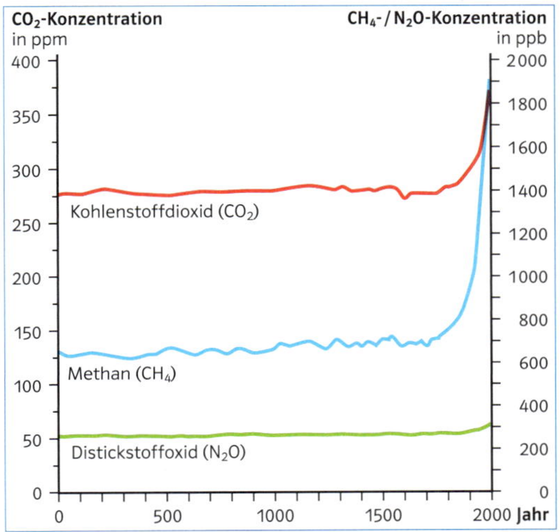

D1 Konzentration von Treibhausgas in der Atmosphäre. Schaubild nach Daten des Umweltbundesamtes, 2017

Q3 Armenviertel der Stadt Glasgow, 1868. Fotografien von Arbeiterfamilien sind selten. Diese Aufnahme ist eine Ausnahme: Ein Fotograf dokumentierte die Lebensverhältnisse in den Armenvierteln im Auftrag der Behörden.

A

2 Erläutere die Gefahren, denen die Menschen während der Arbeit ausgesetzt waren (Q1, T3).

3 Warum hatte Kinderarbeit sowohl für die Fabrikbesitzer als auch für die Familien Vorteile? Erläutere (Q1, T4).

4 Du besitzt eine Gartenlaube. Schreibe einen Beschwerdebrief an die Firma „Mayer und Kühne" (Q2).

B

1 Warum waren rauchende Fabrikschlote nicht nur Zeichen für Wohlstand und Arbeit? Erkläre (T1).

2 Eine Gruppe von Ärzten untersucht die Lebensbedingungen der Arbeiterfamilien. Welche Gesundheitsrisiken bestehen? Liste auf (T1–4).

3 Beurteile die Gründe, die zum Erlass von Gesetzen zur Kinderarbeit führten (Q1).

4 Beschreibe, wie die Industrialisierung die Natur veränderte (Q2, D1).

5 „Die Zerstörung der Umwelt durch den Menschen hat mit der Industrialisierung begonnen." Nimm Stellung zu dieser Aussage.

6 EXTRA Warum wurden von Arbeiterfamilien nur wenige Fotos gemacht? Beurteile (Q3).

AFB I: 1, 2 II: 3 III: 4–6

AFB I: 1, 2 II: 4 III: 3, 5, 6

SP → Lösungshilfen ab S. 222

Die zweite Industrielle Revolution

In der zweiten Hälfte des 19. Jahrhunderts übernahm die Elektro- und Chemieindustrie die Vorreiterrolle in der Entwicklung.

T1 Firmen mit Weltruf

→ Weltausstellung

Die Dampf- oder Spinnmaschinen hatten Erfinder entwickelt. Seit etwa 1850 bestimmten forschende Wissenschaftler die technische Entwicklung: Sie entdeckten, wie sie Erdöl zu einem Treibstoff für Motoren verarbeiten konnten. Elektrizität wurde als Antrieb für Maschinen oder Fließbänder, elektromagnetische Wellen für den Funkverkehr oder zum Speichern von Tönen (Grammofon) und Bildern (Filmbilder) genutzt. Deutsche Betriebe wie Siemens oder AEG produzierten elektrische Geräte mit Weltruf. Die Chemieindustrie mit Unternehmen wie Bayer und BASF war auf dem Weltmarkt führend. Um 1900 kamen 90 Prozent aller künstlichen Farbstoffe und Düngemittel aus deutscher Produktion. Deutschland wurde zur erfolgreichsten Industrienation in Europa.

T2 Spitzenleistungen der Forschung

Dieser Erfolg hing auch damit zusammen, dass Deutschland bedeutende Universitäten hatte, die gut ausgestattet waren. Junge Wissenschaftler aus anderen Ländern kamen nach Deutschland, um Physik, Chemie oder Medizin zu studieren. Deutsche Gelehrte leisteten wichtige Beiträge im Kampf gegen gefährliche Infektionskrankheiten. So entdeckte Robert Koch die Erreger von Cholera und Tuberkulose. Paul Ehrlich und Emil von Behring fanden Mittel gegen Wundstarrkrampf, Diphterie und Geschlechtskrankheiten. 1895 entdeckte Conrad Röntgen Strahlen, durch die man innere Organe sichtbar machen konnte. Zwischen 1901 und 1918 bekamen 17 deutsche Wissenschaftler Nobelpreise für Medizin, Physik und Chemie.

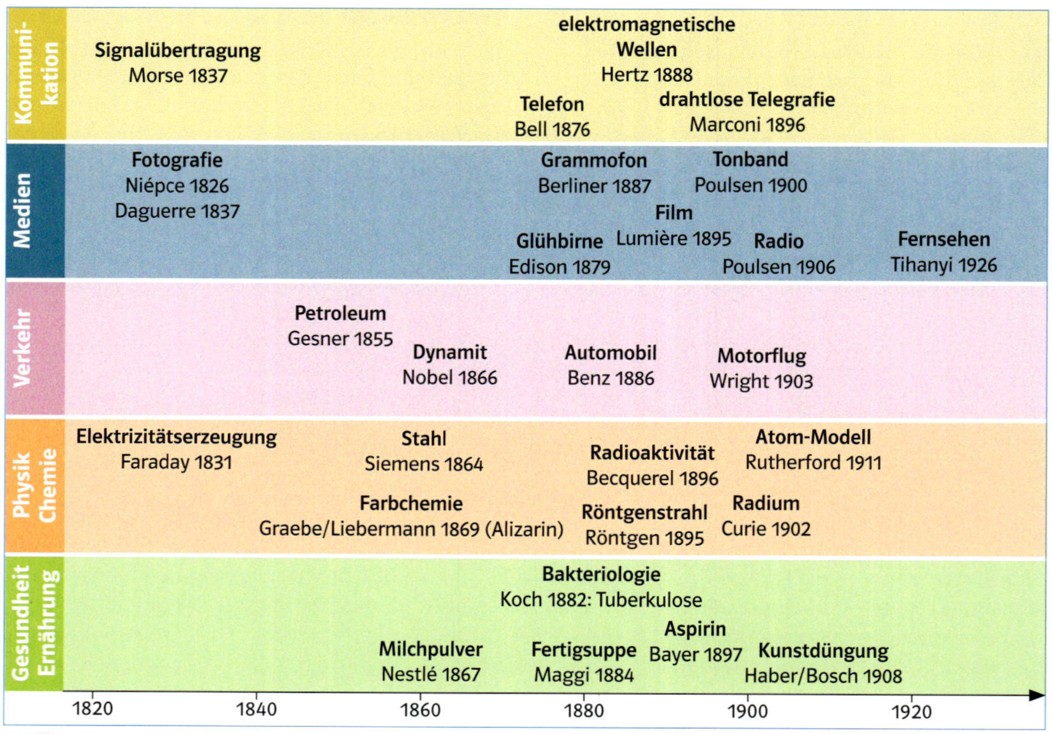

D1 Erfindungen und Entdeckungen der zweiten Industriellen Revolution

V06 ▷
Erklärvideo
Die Industrielle Revolution. Teil 2:
Die zweite Phase der Industriellen Revolution

Q1 BASF-Werk in Ludwigshafen, Gemälde von Robert Friedrich Stieler, 1881. Die Badische Anilin- und Sodafabrik (BASF) wurde 1865 in Mannheim gegründet und verdiente ihr Geld zunächst mit Färbemitteln, später u. a. mit Düngemitteln. Heute ist die BASF der größte Chemiekonzern der Welt.

Q2 Drehstrom-Dynamo der Maschinenfabrik „Oerlikon" in Lauffen am Neckar. Holzstich, 1893

A / B

1 (A/B) Zähle wissenschaftliche Erkenntnisse und Erfindungen auf, die zur zweiten Industriellen Revolution führten (T1–2).

2 (A) Beschreibe Deutschlands Rolle bei der zweiten Industriellen Revolution (T1–2, Q1).

2 (B) Erläutere den Zusammenhang zwischen Bildung und technischem Fortschritt (T1–2).

3 (A) Wähle zwei Erfindungen aus und erläutere mögliche Folgen und Anwendungen (D1).

3 (B) Wähle vier Erfindungen aus und). erläutere mögliche Folgen und Anwendungen (D1).

4 (A/B) Vergleiche die erste und die zweite Industrielle Revolution. Wo liegen die Unterschiede? Gibt es Gemeinsamkeiten?

5 EXTRA Recherchiere und stelle eine Firma aus deiner Region vor, die zur Zeit der zweiten industriellen Revolution gegründet wurde.

AFB I: 1, 2 II: 3–6 III: – AFB I: 1 II: 2–6 III: –

SP → Lösungshilfen ab S. 222

MB

Die dritte und vierte Industrielle Revolution

Die ersten zwei Industriellen Revolutionen sind bereits Geschichte. Jetzt befinden wir uns in einer dritten – und, so wie es scheint, an der Schwelle zu einer vierten Phase.

Automatisierung
Produktionsverfahren in der Industrie sind automatisiert, wenn sie überwiegend oder ganz ohne Mitwirkung des Menschen ablaufen. Ein Beispiel ist der Einsatz von Industrierobotern in der Produktion.

T1 Entwicklung des Computers

Die ersten Computer verarbeiteten Daten noch mithilfe von Röhren und Transistoren. Erst mit integrierten Schaltkreisen (Chips) wurden sie handlich und günstig: 1975 kam der erste Personal Computer (PC) auf den Markt. Bald erhielt er einen Bildschirm, eine Tastatur, eine Maus, eine grafische Oberfläche und vor allem einen Mikroprozessor sowie ein Betriebssystem, das Befehle verarbeiten konnte. Heute gelten PCs zunehmend als unhandlich und werden mehr und mehr durch eine Vielzahl anderer Geräte wie Laptops und Tablets ersetzt.

T2 Automatisierung mit Mikroelektronik

Mit den Computern begann die elektronische Datenverarbeitung und damit auch die programmierbare Steuerung von Maschinen in der Industrie. Ihr Erfolg wird als dritte Industrielle Revolution bezeichnet.

Q1 Industrie 4.0 in der Landwirtschaft. Die Kuh geht selbstständig zum Melkroboter. Ein kleines Funkgerät, das sie am Hals trägt, identifiziert sie. Der Roboter ertastet ihr Euter, wäscht es, saugt die Milch ab und analysiert deren Fettgehalt. Er gibt der Kuh anschließend im Fressnapf die Menge Futter frei, die sie mit ihrer Milchleistung „verdient" hat. Der Roboter meldet dem Landwirt Auffälligkeiten in der Zusammensetzung der Milch und sendet Daten über den Gesundheitszustand der Kuh. Foto, 2015

Produktionsabläufe konnten mit immer weiter entwickelten Maschinen optimiert und schließlich sogar automatisiert werden. Die Massenproduktion von Gütern wurde weiter gesteigert.
Roboter ersetzten menschliche Muskelkraft und Arbeit. Das führte auch zu einer grundlegenden Veränderung der Arbeitswelt. Berufe sind verschwunden, andere aber auch neu entstanden, da die Maschinen entwickelt, programmiert und gewartet werden müssen.

T3 An der Schwelle zur Industrie 4.0

Heute stehen wir an der Schwelle zu einer vierten Phase der Industriellen Revolution, die oft mit dem Schlagwort „Industrie 4.0" bezeichnet wird. Diese Weiterentwicklung wird maßgeblich getrieben durch die wachsenden Möglichkeiten des weltweiten Datenaustausches zwischen Rechenzentren, Computern und vielen anderen elektronischen Geräten: dem Internet.
Industrie 4.0 soll vor allem dadurch geprägt sein, dass Computer darüber entscheiden, was wo zu welcher Zeit und mit welchen Mitteln produziert wird. Alle Gegenstände im Produktionsprozess tragen Codes mit entsprechenden Informationen. Über Scanner und Sender kommunizieren sie untereinander sowie mit dem Lager, den Zulieferfirmen und den Bearbeitungsrobotern.
Künstliche Intelligenz (KI) soll Maschinen weitergehend mit Fähigkeiten ausstatten, die dem menschlichen Denken, Entscheiden und Handeln näher kommen. Das wirft aber neue Fragen auf, unter anderem in den Bereichen Arbeit, Gesellschaft, Privatsphäre, Ethik, Verantwortlichkeit. Bleibt der Mensch zunehmend außen vor?

V07
Erklärvideo
Die Industrielle Revolution. Teil 3:
Die dritte und vierte Phase der Industriellen Revolution

V08
Erklärvideo (Gesamtfilm)
Die Industrielle Revolution

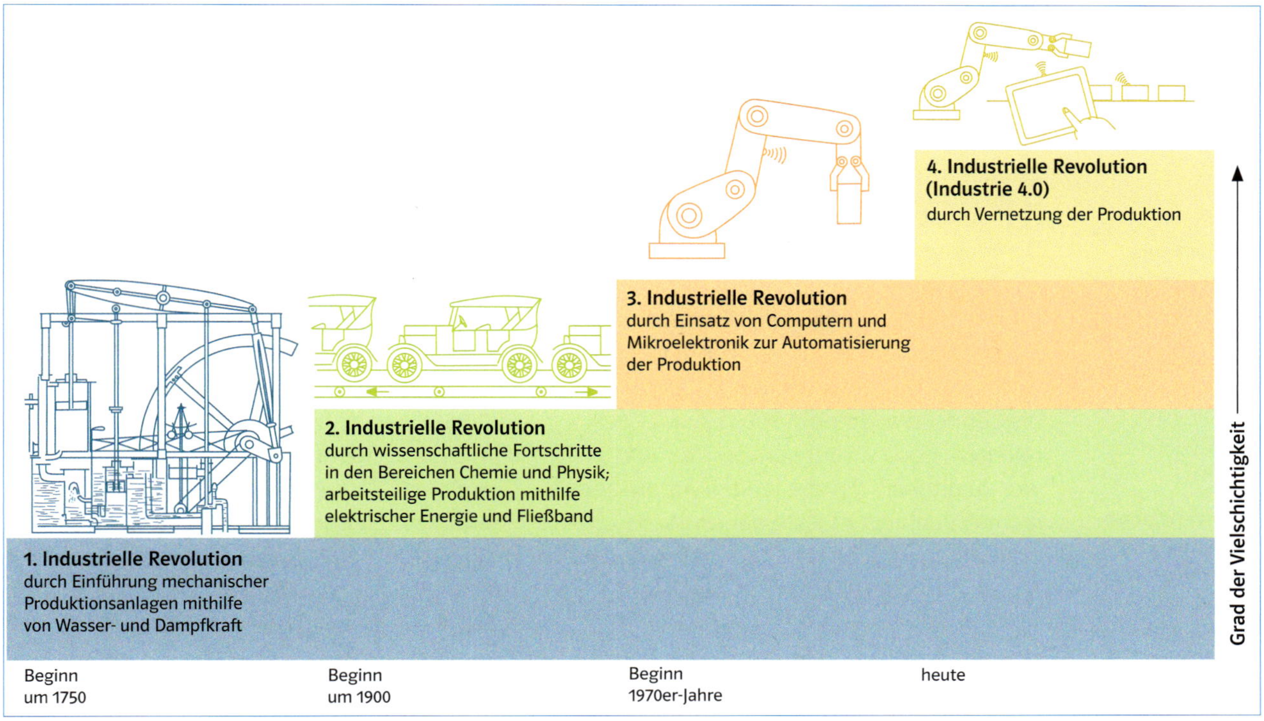

D1 Modell der vier Industriellen Revolutionen

Vorteile	Nachteile
- neue Berufe (Entwicklung und Wartung der Maschinen) - Steigerung der Massenproduktion - Daten sind weltweit verfügbar - …	- Roboter ersetzen Menschen - höherer Verbrauch von Ressourcen (Rohstoffen) - Missbrauch von Daten - …

D2 Vor- und Nachteile des Einsatzes von Entwicklungen der dritten und vierten Industriellen Revolution

A / B

1. Beschreibe den Zusammenhang zwischen der Entwicklung des Computers und der dritten Industriellen Revolution (T1–2).
2. Befrage deine Eltern oder Großeltern, wie sie früher Aufgaben ohne Computer/Smartphone erledigt haben (z. B. Briefe schreiben).
3. Ergänze D2 um weitere Vor- und Nachteile.
4. Zwei Arbeiter unterhalten sich über die Einführung von Robotern. Sie vertreten unterschiedliche Standpunkte. Schreibe das Gespräch auf (T2).
5. (A) Was unterscheidet die dritte Industrielle Revolution und die Industrie 4.0? Erläutere (T3, D1, Q1).
5. (B) Welche Arbeitsschritte in Q1 sind ein Kennzeichen für die „Industrie 4.0"? Arbeite heraus (T3, D1).
6. Trage die vier Industriellen Revolutionen auf einem Zeitstrahl ein. Liste auf, welche Erfindungen jeweils die Voraussetzungen waren (D1).

AFB I: 1 II: 2–6 III: –   AFB I: 1 II: 2–6 III: –

SP → Lösungshilfen ab S. 222

Arbeiter kämpfen für Gerechtigkeit

Wer allein ist, kann oft nur wenig ausrichten. Wer sich aber mit anderen zusammentut, kann Verbesserungen durchsetzen. Das erkannten auch die Arbeiter in den Fabriken.

Soziale Frage
Sammelbegriff für die sozialen Probleme, die mit der Industrialisierung entstanden (Kinderarbeit, Verelendung der Arbeiter)

Gewerkschaften
sind freiwillige Zusammenschlüsse der Arbeitnehmer. Sie vertreten die Interessen ihrer Mitglieder gegenüber den Arbeitnehmern.

→ **Unternehmer**

→ **Arbeiter**

→ **Arbeiterbewegung**

→ **Sozialdemokratie**

T1 Angst vor der Entlassung

Die meisten Fabrikbesitzer kümmerten sich wenig um ihre Arbeiter, denn diese waren leicht ersetzbar. Schließlich warteten genügend Menschen vor den Fabriktoren, die Arbeit suchten. So konnten die Unternehmer die Löhne, die ohnehin kaum zum Leben reichten, noch weiter senken. Wer erkrankte, wer zu alt war, wer die langen Arbeitszeiten nicht durchhielt, musste gehen. Wer sich Anordnungen widersetzte oder aufgrund neuer Maschinen überflüssig war, wurde entlassen.

T2 Aufstände und Streiks

Die Not der Arbeiterfamilien führte mancherorts zu Gewalt. Viele Arbeiter und Handwerker machten die Maschinen für ihre Lage verantwortlich. In England stürmten sie deshalb Fabriken und zerstörten die Einrichtungen. Solche Aufstände blieben in Deutschland aber die Ausnahme. Vielmehr wollten die Arbeiter mit Streiks höhere Löhne und bessere Arbeitsbedingungen erkämpfen.

T3 Arbeiter organisieren sich

Immer mehr Arbeiter schlossen sich in Vereinen zusammen: Sie tauschten sich aus, bereiteten Aktionen vor und richteten Notkassen ein. Auf ihren Druck hin hoben die Behörden 1869 das Streikverbot auf und ließen Gewerkschaften zu. In Leipzig wurde 1863 der „Allgemeine Deutsche Arbeiterverein" (ADAV) gegründet. Sein Präsident Ferdinand Lassalle kämpfte für das allgemeine (Männer-)Wahlrecht. 1869 gründeten August Bebel und Wilhelm Liebknecht die „Sozialdemokratische Arbeiterpartei". Sie vereinigte sich 1875 mit dem ADAV. Seit 1890 heißt diese Partei „Sozialdemokratische Partei Deutschlands" (SPD).
Viele Politiker und Unternehmer misstrauten den Sozialdemokraten. 1878 setzte Reichskanzler Bismarck das „Sozialistengesetz" durch: Sozialdemokratische Versammlungen und Zeitungen wurden verboten, ihre Anhänger überwacht. Viele Arbeiter hielten aber nun noch stärker zur Sozialdemokratie. Daher wurde das Gesetz 1890 aufgehoben.

Q1 Proletarier (Arbeiter) aller Länder vereinigt euch!
Flugblatt von Otto Marcus zum 1. Mai 1896. Der 1. Mai war 1889 zum „Kampftag der Arbeit" erklärt worden und wurde 1890 erstmals mit Massendemonstrationen gefeiert. Das Flugblatt greift ein Schlagwort von Karl Marx und Friedrich Engels auf, den wichtigsten Vordenkern der Arbeiterbewegung.

Q2 Aus dem Bundeslied für den Allgemeinen Deutschen Arbeiterverein (nach einem Gedicht von G. Herwegh, 1863):

Bet' und arbeit'! ruft die Welt,
bete kurz! denn Zeit ist Geld.
An die Türe pocht die Not –
bete kurz! denn Zeit ist Brot.

Und du ackerst und du säst,
und du nietest und du nähst,
und du hämmerst und du spinnst –
sag' o Volk, was du gewinnst!

Mann der Arbeit, aufgewacht!
Und erkenne deine Macht!
Alle Räder stehen still,
wenn dein starker Arm es will.

Q3 Aus einer Bekanntmachung der Direktion des Märkisch-Westfälischen Bergwerks-Vereins (1878):

An unsere Arbeiter.

Wir erklären hiermit, dass wir fortan jedem sofort kündigen werden, der sich an sozialdemokratischen (…) Bestrebungen beteiligt, sei es durch Besuch ihrer Versammlungen oder von Lokalen, wo solche Blätter ausliegen, oder durch Halten und Verbreiten solcher Blätter, Geldunterstützung oder andere Handlungen ähnlicher Art. Fleiß, Ordnung, Nüchternheit und Sparsamkeit sind die einzigen Mittel, um zu einer gesicherten Existenz zu gelangen und seine Lage zu verbessern.

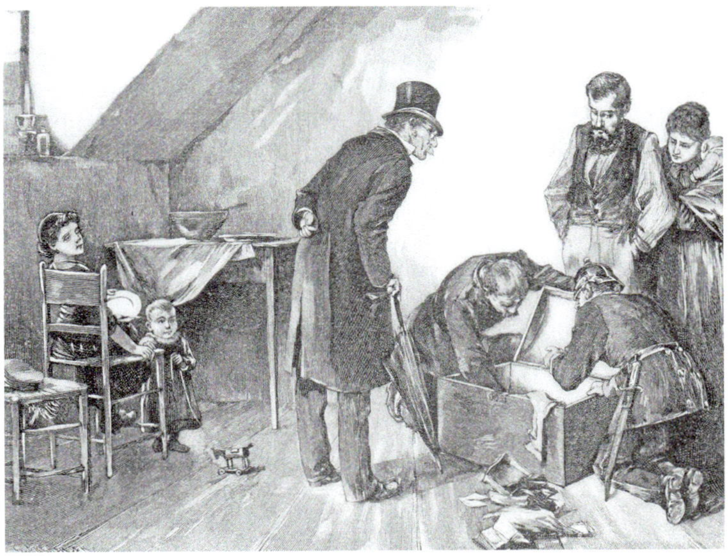

Q4 Durchsuchung bei einem politisch Verdächtigen. Holzstich aus der sozialdemokratischen Satirezeitschrift „Der wahre Jacob", 1895

A / B

1 (A, B) Wann musste ein Arbeiter fürchten, entlassen zu werden? Zähle auf (T1).

2 (A) Wie kam es zur Entstehung von Arbeiterparteien? Fasse zusammen (T3).

2 (B) Erläutere, wie die Arbeiter den im Bundeslied (Q2) gegebenen Ratschlag umsetzten (T3).

3 MK (A, B) Ein Mitglied eines Arbeitervereins will in einer Fabrik neue Mitglieder werben. Bereite eine kurze Rede vor, in der du die Vorteile erklärst.

4 (A) Beschreibe die Szene in Q4. Was könnte in der Kiste sein?

4 (B) Bearbeite Aufgabe A4. Warum erließen die Arbeitgeber Verbote wie in Q3? Begründe.

5 (A, B) Warum bewirkten die Sozialistengesetze genau das Gegenteil von dem, was Bismarck wollte? Erkläre (T3).

6 EXTRA Brauchen wir heute noch Gewerkschaften? Nimm Stellung.

Sozialismus – der Weg zu einer besseren Welt?

Was ist eigentlich eine Klasse? Diese Frage kannst du sicher ganz leicht beantworten. Der Philosoph Karl Marx und sein Freund Friedrich Engels hätten darauf im 19. Jahrhundert jedoch eine ganz andere Antwort gegeben.

Q1 Eine Schulklasse vor dem Denkmal von Karl Marx (1818–1883) und Friedrich Engels (1820–1895) im Zentrum von Berlin. Foto, 2012

Kapitalismus
Wirtschaftsordnung, geprägt von Privateigentum und freiem Wettbewerb

→ **Wirtschaftsliberalismus**

Sozialismus
von lat. socialis = gesellschaftlich. Der Sozialismus strebt Veränderungen in der Gesellschaft zum Wohle der arbeitenden Bevölkerung an.

Kommunismus
von lat. communis = gemeinschaftlich. Der Kommunismus betont die Gleichheit aller Menschen und die Aufhebung des Privateigentums.

T1 Die Idee der klassenlosen Gesellschaft

Marx und Engels bezeichneten eine Bevölkerungsgruppe, die wirtschaftlich und sozial in ähnlichen Verhältnissen lebte, als „Klasse". Die Industrialisierung brachte im 19. Jahrhundert eine neue Klasse hervor, die Industriearbeiterschaft. In den Städten gab es weit mehr Arbeitsuchende als Arbeitsplätze. Viele Arbeiter waren deshalb gezwungen, ihre Arbeitskraft zu schlechten Bedingungen zu verkaufen. Das Resultat waren Hungerlöhne, lange Arbeitszeiten, elende Wohnverhältnisse. Die Frage, wie man die sozialen Probleme der Arbeiterschaft lösen konnte, bezeichnete man im 19. Jahrhundert als Soziale Frage. Für den Philosophen Karl Marx und seinen Freund Friedrich Engels wurde sie zum Mittelpunkt ihres Lebens. Sie entwickelten die Idee einer „klassenlosen" Gesellschaft: Alle Menschen sollten frei und unabhängig leben. Arm und Reich, Herrscher und Beherrschte durfte es nicht mehr geben. Das klang verlockend.

T2 Arm und Reich

Für Marx und Engels waren die Arbeiter arm, weil die Unternehmer die Produktionsmittel (Fabriken, Maschinen und Werkzeuge) besaßen. Die Arbeiter („Proletarier") dagegen besaßen nichts als ihre Arbeitskraft, die sie den Unternehmern („Kapitalisten") verkaufen mussten. Der Lohn für ihre Arbeit sei viel geringer als ihre Arbeitsleistung. Dadurch würden die Kapitalisten sich auf Kosten der Proletarier bereichern.

T3 Kampf der Klassen

Marx und Engels sahen für dieses Problem nur eine Lösung: Die Arbeiter mussten sich zusammenschließen, den Kapitalisten die Produktionsmittel gewaltsam entreißen und zum Eigentum aller machen. Marx und Engels bezeichneten diesen Kampf zwischen Proletariat und Kapitalisten als Klassenkampf. In ihren Augen war die gesamte Geschichte der Menschheit eine Abfolge von solchen Klassenkämpfen.

T4 Proletarische Revolution

Ein Ende der Klassenkämpfe konnten sich Marx und Engels nur durch eine proletarische Revolution vorstellen. Die ausgebeuteten Arbeiter würden die „Diktatur des Proletariats" errichten. Kapital und Produktionsmittel wären dann nicht mehr Privateigentum. Das bezeichnete man später als Sozialismus. Darauf würde die klassenlose Gesellschaft folgen („Kommunismus").

D1 Klassenlose Gesellschaft. So stellen sich Marx und Engels den Ablauf des letzten Klassenkampfes vor.

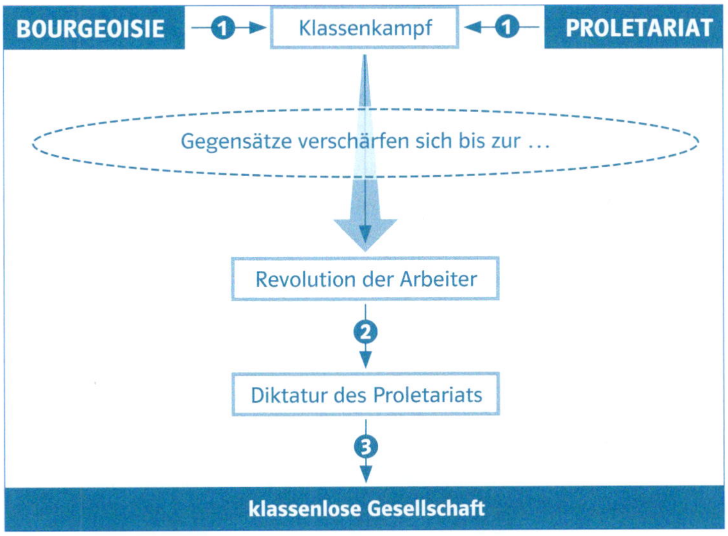

Q2 Aus dem „Manifest (Programm) der Kommunistischen Partei", 1848:

Die ganze Gesellschaft spaltet sich mehr und mehr in zwei große feindliche Lager, in zwei große, einander direkt gegenüberstehende Klassen: Bourgeoisie und Proletariat. (…) Im Anfang kämpfen die einzelnen Arbeiter, dann die Arbeiter einer Fabrik, dann die Arbeiter eines Arbeitszweiges an einem Ort gegen den einzelnen Bourgeois, der sie direkt ausbeutet (…). Das eigentliche Resultat ihrer Kämpfe ist (…) die immer weiter um sich greifende Vereinigung der Arbeiter. (…)

Der erste Schritt in der Arbeiterrevolution (ist) die Erhebung des Proletariats zur herrschenden Klasse (…). Das Proletariat wird seine politische Herrschaft dazu benutzen, der Bourgeoisie nach und nach alles Kapital zu entreißen (…). Es kann dies natürlich zunächst nur geschehen vermittelst despotischer (gewaltsamer) Eingriffe in das Eigentumsrecht und in die bürgerlichen Produktionsverhältnisse (…).

Wenn das Proletariat (…) die alten Produktionsverhältnisse aufhebt, so hebt es (…) die Klassen überhaupt auf. (…)

Die Kommunisten (…) erklären es offen, dass ihre Zwecke nur erreicht werden können durch den gewaltsamen Umsturz aller bisherigen Gesellschaftsordnung. Mögen die herrschenden Klassen vor einer kommunistischen Revolution zittern. Die Proletarier haben nichts in ihr zu verlieren als ihre Ketten. Sie haben eine Welt zu gewinnen. Proletarier aller Länder, vereinigt euch!

Klassen
Gruppen der Bevölkerung, für die gleiche wirtschaftliche/soziale Gegebenheiten gelten

→ **Klassengesellschaft**

Bourgeoisie
franz. = Bürgertum. Marx und Engels bezeichnen damit die Klasse der Kapitalisten und Fabrikbesitzer.

A / B

1 Gib die sozialen Probleme der Arbeiterschaft und deren Ursachen wieder (T1).

2 Wodurch konnten die Kapitalisten die Arbeiter ausbeuten? Erkläre (T2).

3 (A) Ordne die farblich gekennzeichneten Aussagen aus Q2 den Ziffern im Schaubild (D1) zu.

3 (B) a) Löse Aufgabe A3.
b) Erläutere D1 mithilfe von T1–3 und Q2.

4 (A) Welche Rolle spielt Gewalt bei der Umsetzung des Kommunismus? Erkläre (T3–4).

4 (B) Bewerte die Methoden, mit denen Marx und Engels die klassenlose Gesellschaft errichten wollten (T2–4, Q2).

5 Führe ein Interview mit Karl Marx und Friedrich Engels. Befrage sie darin über ihre Pläne. Schreibe das Interview auf (T1–3, Q2).

6 Haben die Ideen von Marx und Engels für Jugendliche heute noch eine Bedeutung (Q1)? Nimm Stellung und nutze auch die Kapitelüberschrift.

AFB I: 1–3 II: 4, 5 III: 6   AFB I: 1, 3a II: 2, 3b, 5 III: 4, 6

SP → Lösungshilfen ab S. 222

Kirchen, Staat und Unternehmer reagieren

Fast jeder Bundesbürger zahlt heute Beiträge zur Kranken-, Arbeitslosen- und Rentenversicherung, um in Notsituationen oder im Alter leben zu können. Was für uns heute selbstverständlich ist, mussten sich die Arbeiter im Industriezeitalter mühsam erkämpfen.

Q1 Das „Bruderhaus" in Reutlingen, das von Pfarrer Gustav Werner gegründet worden war. Zuerst hatte er Waisenkinder in seine eigene Familie aufgenommen. Dann baute er Schulen und Handwerksbetriebe, in denen Kinder ausgebildet werden konnten. Holzschnitt, um 1880 (digitale Reproduktion)

Sozialgesetzgebung
Maßnahmen der staatlichen Sozialpolitik. Reichskanzler Bismarck schuf mit seinen Sozialgesetzen 1883 die Krankenversicherung, 1884 die Unfall- und 1889 die Invaliditäts- und Altersversicherung. Arbeitgeber und Arbeitnehmer zahlen Beiträge ein.

→ **Sozialgesetzgebung**

Invalidität
Unfähigkeit, aus gesundheitlichen Gründen einen Beruf auszuüben

T1 Christliche Nächstenliebe

Die beiden christlichen Kirchen standen der Arbeiterbewegung ablehnend gegenüber. Doch angesichts der extremen Verelendung forderten die Kirchen schließlich, die tägliche Arbeitszeit zu verkürzen, einen gerechten Arbeitslohn zu zahlen und Kinderarbeit zu verbieten. Um Arbeiterfamilien unmittelbar helfen zu können, gründeten sie eigene Organisationen: 1848 die evangelische Innere Mission und 1897 die katholische Caritas.

T2 Auch Unternehmer wurden aktiv

Manche Unternehmer sahen ein, dass ein Betrieb ein besseres Ergebnis erwirtschaften konnte, wenn die Arbeiter zufriedener waren. So gründete beispielsweise der Essener Fabrikant Alfred Krupp eine Betriebskrankenkasse und ließ Werkswohnungen für Arbeiterfamilien bauen. Er erwartete aber von seinen Arbeitern, dass sie seinem Betrieb treu blieben und nicht in Gewerkschaften eintraten. Ferdinand Stumm, ein Konzernherr an der Saar, sorgte für seine Arbeiter mit einer Kranken- und Altersversorgung und baute für sie billige Betriebswohnungen. Dafür erwartete er eiserne Disziplin am Arbeitsplatz.

T3 Staatliche Sozialpolitik

Auch die Regierung sah ein, dass sie sich um die sozialen Fragen kümmern musste. Sie fürchtete, dass sich die Arbeiter noch stärker den Sozialdemokraten zuwenden würden. Deshalb erließ Reichskanzler Otto von Bismarck Sozialgesetze. 1883 trat die Krankenversicherung, 1884 die Unfall- und 1889 die Invaliditäts- und Altersversicherung in Kraft. Diese Sozialversicherungen werden heute unterschiedlich bewertet. Einige Expertinnen und Experten meinen, dass die tatsächlich ausgezahlten Beiträge enttäuschend niedrig waren. Andere betonen die großen Verbesserungen für die Arbeiter und ihre Familien.

Q2 Aus einer Zeitung vom 12. Januar 1866:

Gestern wurde uns ein Schreiben eines Arbeiters überbracht, in welchem mehrere Fälle zusammengestellt sind, die beweisen, wie schlecht bis jetzt für die Invaliden der Arbeit gesorgt wird.

1. Ein Arbeiter, welcher in einer Fabrik eine Reihe von Jahren gearbeitet hat, ist jetzt über ein halbes Jahr krank. Dieser erhält aus der städtischen Unterstützungskasse kein Geld mehr, seine Kameraden legen wöchentlich einen Betrag zusammen, damit er nicht vor Hunger und Elend umkommt.

2. Ein Arbeiter, der über ein Brett muss, gleitet aus und fällt mit einem Bein in heiße Lauge. Er kommt ins Krankenhaus und die Kosten, welche dadurch erwachsen, werden ihm später monatlich von seinem verdienten Lohne abgehalten.

Es ist in neuerer Zeit mehrfach ausgesprochen worden, dass die Fabrikanten durch ein Gesetz gezwungen werden müssten, für ihre Invaliden ausreichend zu sorgen. Andere haben gemeint, der Staat müsste dies tun.

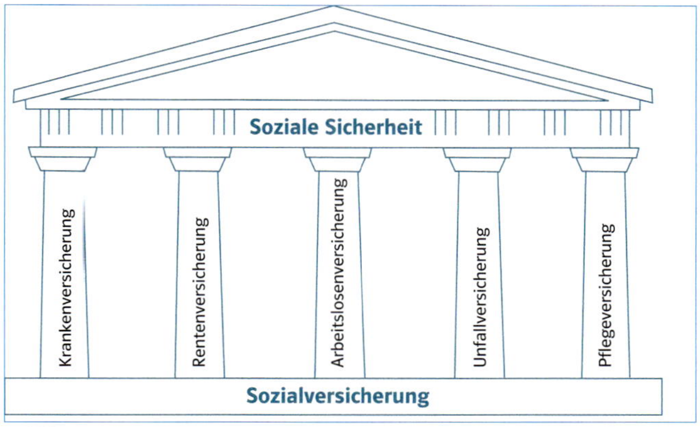

D2 Soziale Sicherheit heute. Nach dem Grundgesetz ist die Bundesrepublik Deutschland ein „demokratischer und sozialer Bundesstaat". Ein wichtiger Eckpfeiler des Sozialstaates ist die gesetzliche Sozialversicherung.

Jahr	Versicherung	Beiträge	Leistungen
1883	Krankenversicherung für Arbeiter und (freiwillig ab 1892) für ihre Angehörigen	2–3 % des Lohnes: – 2/3 vom Arbeiter – 1/3 vom Arbeitgeber	– ärztliche Behandlung und Medizin – Krankenhauskosten – Krankengeld: die ersten beiden Krankentage unbezahlt, danach 50 % des Lohnes
1884	Unfallversicherung für Arbeiter	Arbeitgeber	– Heilungskosten – bei Erwerbsunfähigkeit 2/3 des Einkommens – bei Tod 1/5 des Einkommens für Witwe
1889	Invaliditäts- und Altersversicherung für Arbeiter und Landarbeiter (ab 1911 auch Angehörige)	1 % des Lohnes: – 1/2 vom Arbeiter – 1/2 vom Arbeitgeber	– Invalidenrente bei Erwerbsunfähigkeit – Altersrente ab 70. Lebensjahr

D1 Sozialversicherung im Deutschen Kaiserreich

A / B

1 Arbeitet arbeitsteilig heraus: Mit welchen Maßnahmen reagierten Kirchen, Staat und einige Unternehmer auf die Lage der Arbeitnehmer? Listet auf (T1–3, Q1, D1).

2 (A) Warum war eine Invalidenversicherung im Industriezeitalter dringend nötig? Erkläre (Q2).

2 (B) Finde heraus, welche Sozialversicherungen in den in Q2 genannten Fällen geholfen hätten.

3 Welche Ziele verfolgten die Unternehmer mit den Sozialleistungen? Erkläre (T2).

4 Zwei Unternehmer streiten sich im Jahr 1890, ob sie soziale Maßnahmen einführen sollen. Der eine ist überzeugt (T2), der andere zögert. Schreibe das Gespräch auf.

5 „Die Sozialgesetzgebung war keine Wohltat, sondern Bismarck bekämpfte damit die Arbeiterbewegung." Nimm Stellung zu der Aussage (T3, Q2).

6 EXTRA Bewerte die Auswirkungen der Sozialgesetze/Sozialversicherungen bis heute. Was bedeutet in diesem Zusammenhang „Soziale Sicherheit" (D1–2)?

AFB I: 1 II: 2–4 III: 5, 6 — AFB I: 1 II: 2–4 III: 5, 6

SP → Lösungshilfen ab S. 222

Frauen auf dem Weg zur Emanzipation

Jedes Jahr am 8. März ist Internationaler Frauentag. Am 19. März 1911 fand er zum ersten Mal statt. Welche Forderungen hatten die Frauen damals und wie aktuell sind sie heute?

Q1 **„Die Führerinnen der Frauenbewegung in Deutschland".** Obere Reihe v. links: Marie Calm, Henriette Goldschmidt. Mittlere Reihe v. links: Louise Otto-Peters, Lina Morgenstern, Auguste Schmidt. Untere Reihe v. links: Jenny Hirsch, Anna Schepeler-Lette. Holzstich, um 1880

T1 Frauen in den Fabriken

→ **Frauenemanzipation**

Viele Mädchen und Frauen waren gezwungen, in den Fabriken zu arbeiten. Der Verdienst der Männer reichte nicht aus, um die Familien zu ernähren. Die Mädchen und Frauen arbeiteten elf bis 14 Stunden am Tag. Sie verrichteten die gleiche Arbeit wie die Männer, verdienten jedoch deutlich weniger Geld. Zusätzlich kümmerten sie sich zu Hause noch um die Kinder und den Haushalt. Starb der Mann, geriet die Familie wegen des geringen Lohns der Frau in große Armut. Viele Arbeiterinnen schlossen sich deshalb der Frauenbewegung an. Diese kämpfte für einen Zehn-Stunden-Tag, für besseren Arbeitsschutz, für gute Bildung sowie für das Frauenwahlrecht.

T2 Internationaler Frauentag

Millionen von Frauen in Dänemark, Deutschland, Österreich, der Schweiz und den USA beteiligten sich am ersten Internationalen Frauentag. Sie setzten sich öffentlich für neue Arbeitsgesetze ein. Sie verlangten einen Acht-Stunden-Tag, gleichen Lohn für gleiche Arbeit, ausreichenden Mutter- und Kinderschutz, Mindestlöhne und ein Wahl- und Stimmrecht für Frauen. Viele dieser Forderungen von 1911 sind noch heute aktuell.

T3 Der lange Weg zum Stimmrecht

In den 1870er-Jahren forderten immer mehr Frauen das Stimmrecht. Sie versuchten, mit Demonstrationen öffentliches Aufsehen zu erregen und so auf ihr Anliegen aufmerksam zu machen. Bereits 1869 hatte sich August Bebel für das Frauenstimmrecht ausgesprochen, aber erst 1891 wurde es in das Parteiprogramm der SPD aufgenommen. 1919 wurde schließlich das Frauenwahlrecht erstmals in der deutschen Verfassung festgeschrieben. Marie Juchacz, die als erste gewählte Frau in einem deutschen Parlament sprach, sagte 1919 dazu: „Was die Regierung getan hat, war eine Selbstverständlichkeit. Sie hat den Frauen gegeben, was ihnen bis dahin zu Unrecht vorenthalten worden ist."

Q2 Die Polizei geht bei einer Demonstration in England gegen eine Frauenrechtlerin vor. Foto, 1913

Industriezweig	Männer	Frauen
Walzwerk	2,46	0,98
Stahlwerk	2,54	1,33
Zuckerfabrik	1,73	0,53
Porzellanfabrik	1,32	0,34
Wollwarenfabrik	1,65	0,98
Baumwollspinnerei	1,34	0,63
Tabak- u. Zigarrenfabrik	2,08	1,06
Pulverfabrik	1,86	0,61

D1 Tagesverdienste von Frauen und Männern 1888 in Mark

Q3 Bericht einer Fabrikarbeiterin, 1909:

Wenn der Morgen grau heraufdämmert, so eilen wir (…) durch die Gassen, um die Kleinen tagsüber unterzubringen. (…) Sind die Kinder versorgt, so laufen die Mütter hastig zur Fabrik, um an surrenden Maschinen ein Stück Brot zu verdienen. (…) Um ½ 12 Uhr mittags geht es im Laufschritt (…) nach Hause, um das berühmte Proletarieressen, Kartoffeln und Hering, zu richten. (…) Um 1 Uhr geht es dann wieder im Trab in die Fabrik, wo wir müde und gehetzt bis halb 6 oder halb 7 schanzen (= schuften). (…) Sobald wir gegessen haben und die Kinder zu Bett gebracht sind, beginnt für uns Frauen die Quälerei von Neuem. (…) Wir hasten an den Bach, um zu waschen. Gar manchmal wird es 12 Uhr und noch später, bis wir damit fertig sind.

	2014	2018	2022
Männer	19,87 €	21,70 €	24,36 €
Frauen	15,44 €	17,33 €	20,05 €
Verdienstabstand	22,3 %	20,1 %	18,7 %

D2 Unterschiede der durchschnittlichen Stundenverdienste von Männern und Frauen (brutto). Anmerkung: In vergleichbaren Tätigkeiten verdienten Frauen 2022 etwa 7 Prozent weniger als Männer.

Q4 Verdienstabstand zwischen Männern und Frauen. Plakat des Deutschen Gewerkschaftsbundes (DGB), 2023

1 Liste die Forderungen und Ziele der Frauen auf (T1–2).

2 A Stelle ausgewählte Daten aus D1 in einem Säulendiagramm dar.

2 B Bearbeite Aufgabe A2. Berechne den Lohnunterschied in Prozent (vgl. D2).

3 A Vergleiche den Verdienstabstand in D1 und D2. Beschreibe die Entwicklung.

3 B Bearbeite Aufgabe A3. Wie lange dauert es bei gleichbleibender Steigerung, bis Männer und Frauen gleich viel verdienen?

4 „Statt weniger hätten die Frauen eigentlich mehr verdienen müssen als Männer!" Erkläre diese Aussage mithilfe von T1 und Q3.

5 A Beschreibe Q2. Ergänze drei Denk- oder Sprechblasen zu den Personen.

5 B Wähle zwei Frauen aus Q1 aus und recherchiere ihre Rolle in der Frauenbewegung. Lege dazu eine Mindmap an.

6 „An der Benachteiligung der Frauen hat sich bis heute nichts geändert." Nimm Stellung zu dieser Aussage (T3, Q4).

SP → Lösungshilfen ab S. 222

Jüdische Emanzipation

Vom 15. Jahrhundert an hatten die Juden in den Städten Europas oft in eigenen Wohnvierteln gelebt – abgesondert von der christlichen Bevölkerung. Mit der Französischen Revolution setzte 1789 eine neue Entwicklung ein.

Q1 Synagoge in Danzig, Endes des 19. Jahrhunderts. Die Synagoge wurde 1887 mit einem großen Festakt eingeweiht. Bis ins 18. Jahrhundert war es Juden verboten gewesen, sich in Danzig niederzulassen. Als Danzig Ende des 18. Jahrhunderts preußisch wurde, durften jüdische Familien preußische Staatsbürger werden. Der Synagogenbau drückt das gewachsene Selbstbewusstsein der jüdischen Bürger aus.

Antisemitismus
Form der Judenfeindschaft ab dem 19. Jahrhundert. Im Gegensatz zu älteren Formen der Judenfeindschaft sehen Antisemiten die Juden fälschlicherweise als eigene „Rasse" an. In ihren Augen ist die „jüdische Rasse" gegenüber anderen „Rassen" minderwertig. Sie unterstellen Juden auch, mächtig zu sein und „im Hintergrund" zu wirken.

→ **Judenemanzipation**

T1 Frankreich: sofortige Gleichstellung

1789 war es in Frankreich zu einer Revolution gekommen. Die Nationalversammlung beseitigte daraufhin die Benachteiligung der Juden per Gesetz: 1791 hob sie alle Sondergesetze für Juden auf. Diese waren nun Staatsbürger wie alle anderen Franzosen. Mit der Ausbreitung der französischen Herrschaft kam auch in West- und Mitteleuropa die Judenemanzipation in Gang.

T2 Deutschland: allmähliche Gleichstellung

In Deutschland war die Judenemanzipation ein mühsamer Prozess. Sie begann in Preußen: Juden wurden dort 1812 gleichgestellt. Doch nach den Befreiungskriegen gegen Napoleon versuchten die Fürsten, die Errungenschaften der Französischen Revolution zu beseitigen. Der „Wiener Kongress" bedeutete auch einen Rückschlag für die Emanzipation der Juden. Auch in Baden und in Württemberg war der Weg zur Gleichstellung ein ständiges Auf und Ab. Hier und in den anderen Staaten des Deutschen Bundes blieben Juden lange Zeit „Bürger zweiter Klasse".
Dennoch setzte sich die Emanzipation allmählich durch: Mit der Gründung des Deutschen Reiches 1871 wurden dann Juden rechtlich gleichgestellt.

T3 Juden spielen eine wichtige Rolle

Viele Juden in Europa nutzten die Möglichkeiten der Industrialisierung und spielten als Unternehmer und Geschäftsleute eine wichtige Rolle. In Deutschland trugen Juden im Finanzwesen, in der Industrie, im Handel und im Zeitungswesen des 19. Jahrhunderts maßgeblich dazu bei, dass das Land zu einer der modernsten Wirtschaftsmächte wurde.

T4 Antisemitismus

Doch Teile der Bevölkerung reagierten auf die Gleichstellung von Juden mit Anfeindungen: Seit dem Mittelalter hatte es einen religiös begründeten Hass auf Juden im christlich geprägten Europa gegeben. Im 19. Jahrhundert verband sich dieser Hass mit unwissenschaftlichen „Rassentheorien". Daraus entstand der moderne Antisemitismus, der Juden als „minderwertige Rasse" abwertete.

T5 Reaktion von Juden

Die Reaktion der Juden war unterschiedlich: Viele schlossen sich zu einem Verein zusammen, um sich politisch zu wehren und ihre Interessen besser zu vertreten. Andere wie der Schriftsteller Theodor Herzl sahen in der Auswanderung nach Palästina einen besseren Weg. Dort wollten sie einen jüdischen Nationalstaat gründen.

Schon gewusst?

Einer der entschiedensten Kämpfer für die Judenemanzipation war der jüdische Jurist und Politiker **Gabriel Riesser** (1806–1863). Riesser studierte Jura, obwohl er kaum Aussicht auf eine Zulassung als Rechtsanwalt hatte. 1829 stellte er einen Antrag auf Zulassung und berief sich dabei auf Regelungen der Gleichbehandlung von Juden unter Napoleon – vergeblich: Der Antrag wurde abgelehnt. Erst 1840 konnte Riesser in Hamburg Notar werden. 1848 trug Riesser als liberaler Abgeordneter maßgeblich dazu bei, dass in der Paulskirchenverfassung bürgerliche Rechte unabhängig vom Religionsbekenntnis waren. Zwar wurden diese Rechte in Preußen und Bayern wenig später wieder eingeschränkt, doch Riesser erhielt in Hamburg 1849 das Bürgerrecht. 1860 wurde er als erster Jude in Deutschland Richter.

Q2 Gabriel Riesser. Kreidedruck, um 1848

Q3 Heinrich Heine. (1797–1856), Schriftsteller

Q4 Der Dichter und Schriftsteller Heinrich Heine 1826:

Was ist (…) diese große Aufgabe unserer Zeit? Es ist die Emanzipation. Nicht bloß die der Irländer, Griechen, Frankfurter Juden, Westindischen, Schwarzen und dergleichen gedrückten Volkes, sondern es ist die Emanzipation der ganzen Welt, absonderlich (= insbesondere) Europas, das mündig geworden ist und sich jetzt losreißt von dem eisernen Gängelbande der Bevorrechteten, der Aristokratie.

1 (A/B) Erkläre den Begriff „Judenemanzipation“ mit eigenen Worten (Lexikon).

2 (A) Erstelle einen Zeitstrahl zu den wichtigsten Stationen der Judenemanzipation in Europa (T1–3).

2 (B) „Das 19. Jahrhundert war ein Zeitalter der Emanzipationsbestrebungen.“ Beurteile diese Aussage (T1–3, Q3–4).

3 (A/B) Schreibe einen Zeitungsartikel mit der Überschrift: „Gabriel Riesser – ein Kämpfer für die Judenemanzipation!“ (Schon gewusst?, Q2).

4 (A/B) Ende des 19. Jahrhunderts waren Juden rechtlich gleichgestellt. Gleichzeitig wuchsen antisemitische Vorurteile gegen Juden. Erkläre und nimm Stellung (T4).

5 EXTRA MB (A/B) Welche Beziehung hatte Heinrich Heine (Q3–4) zum Judentum? Recherchiere.

AFB I: – II: 1–3, 5 III: 4 | AFB I: – II: 1, 3, 5 III: 2, 4

SP → Lösungshilfen ab S. 222

Nah dran

MK

Eine antisemitische Postkarte

Q1 Werbe-Ansichtskarte eines Frankfurter Hotels, um 1897. Der handschriftliche Text lautet: „22. Sept. 1897 Geehrter Herr Pfarrer, da ich mich aus dem Judengewimmel der Stadt ins obige Lokal geflüchtet habe, um in Ruhe ein Pilsner zu schlürfen, gedenke ich Ihrer & sende die besten Grüße Ihr R. Philipp"

T1 Postkarten mit politischer Botschaft

Im Deutschen Kaiserreich entwickelte sich ein neues Massenmedium: die Postkarte. Postkartenmotive zeigten oftmals Kurorte oder Ausflugsziele. Postkarten wurden aber auch zu Werbezwecken und für politische Botschaften genutzt: Q1 zeigt eine antisemitische Karikatur. Damit warb der Frankfurter Hotelbesitzer Hermann Laass für sein „judenfreies" Hotel. Er zielte damit auf eine antisemitische Kundschaft ab – offenbar mit Erfolg, wie die Handschrift eines Gastes auf der Karte beweist (siehe Q1). Laass war kein Einzelfall: Auch an der Nord- und Ostsee gab es Hotels, die Juden den Zutritt verwehrten und mit dem Zusatz „judenfrei" Werbung machten.

T2 Antisemitismus und seine Bekämpfung

Hermann Laass war ein besonders überzeugter Antisemit. Er zeigte z.B. demonstrativ judenfeindliche Schilder in und an seinem Hotel. Damit erregte er Widerstand – nicht nur bei Frankfurts Juden. Die Stadt entzog ihm per Gerichtsbeschluss die Erlaubnis für die Benutzung des Bürgersteigs. Seine Schilder konnte er nun nicht mehr öffentlich präsentieren. Auch andere Behörden gingen gegen den Hotelier vor (siehe Q2). Das Beispiel zeigt: Der Antisemitismus breitete sich zwar im Kaiserreich aus, blieb jedoch nicht unwidersprochen. Aber seine Bekämpfung war mühsam: Laass z.B. suchte immer wieder nach neuen Wegen, seine Propaganda verbreiten zu können.

Antisemitische Bildsprache

Antisemiten schrieben Juden bestimmte Eigenschaften oder Merkmale zu, um sie herabzusetzen:

Hakennase: Im Mittelalter wurde der Teufel oft mit Hakennase dargestellt. Juden werden also mit den Merkmalen des Teufels gezeigt, um sie als „das Böse“ schlechthin zu kennzeichnen. Im 18./19. Jahrhundert behaupteten sogenannte „Rassenforscher“, Juden hätten angeblich häufig einen ausgeprägten Nasenknochen (1913 wurden diese Behauptungen übrigens erstmals wissenschaftlich widerlegt).

krause Haare: Antisemiten behaupteten zudem, Juden hätten häufig krause Haare. (Auch dies wurde schon 1886 wissenschaftlich widerlegt.) Mit den krausen Haaren sollten Juden zudem in die Nähe von Schwarzen gerückt werden, die für Rassisten ebenfalls als „minderwertig“ galten.

dunklere Hautfarbe: weiß = als rein/gesund, Juden sollten dagegen als ungesund dargestellt werden

gekrümmte Haltung: sollte Juden als nicht schön/ungesund darstellen

Monokel/Brille: kurzsichtig, intellektuell (betont verstandesmäßig) = ungesund

„Fußtritt“: verbreitetes Motiv auf judenfeindlichen Darstellungen = Juden sollen hinausgeworfen werden (hier: in Richtung des Bahnhofs)

Q2 Antisemitische Postkarten wurden sogar Thema einer Reichstagssitzung. Darin sagte der Staatssekretär des Reichspostamts, Viktor von Podbielski, 4. Februar 1898:

(Die Reichspostverwaltung) kann nur sagen, nach diesen Bildern, die dort in Frankfurt a. M. zur Versendung kamen, fühlen sich Bewohner Deutschlands beleidigt. In Folge dessen haben wir solche Postkarten von der Versendung ausgeschlossen.

Q3 Aus der jüdischen Wochenzeitschrift „Der Israelit“, 5. August 1901:

Frankfurt a. M. Der Besitzer des hiesigen Hotel(s) „Kölner Hof“ hatte vormals auf den Tischen des Raumes vor seinem Hotel Zettel mit der Ueberschrift: „Juden ist der Eintritt verboten.“ aufgelegt. Ueber Anordnung des Stadtrathes, welche von den höheren Instanzen genehmigt wurde, mußte die fernere Auflegung dieser Zettel unterbleiben. An deren Stelle sind nunmehr vom Hotelier kleine Karten mit der Aufschrift: „Einziges judenfreies Hotel“ getreten, auf deren Rückseite verschiedene das Judenthum schmähende Sätze abgedruckt sind. (…) Hoffentlich wird auch gegen diesen Unfug die behördliche Abhilfe nicht ausbleiben.

Q4 Briefaufkleber für Gäste des Kölner Hofes, um 1900

A / B

1. Beschreibe die Postkarte Q1. Was geschieht mit der Person rechts im Bild?
2. Welche Elemente der antisemitischen Bildsprache finden sich auf der Postkarte Q1 wieder (T1, Kasten)? Liste auf.
3. A: Auf welche Weise wollte der Besitzer des Hotels antisemitische Kunden anlocken? Fasse zusammen (T1).
   B: Woran erkennt man, dass der Absender der Postkarte ein Antisemit war? Begründe (Bildlegende Q1, T1).
4. A: Wie reagierten die Stadt Frankfurt und die Postverwaltung auf die Postkarte? Liste auf (T2, Q2–3).
   B: a) Bearbeite Aufgabe A4. b) Schreibe einen Brief der Stadtverwaltung, in dem du Hotelbesitzer Laass seine Werbung verbietest.
5. a) Wären heute ähnliche Postkarten denkbar? b) Wie könnten die Reaktionen darauf aussehen? Diskutiert in der Klasse.
6. EXTRA Würde man heute noch Postkarten drucken oder gäbe es andere Wege der Verbreitung solcher Propaganda? Diskutiert.

SP → Lösungshilfen ab S. 222

Aggression nach innen und außen

Die Revolutionäre von 1848 waren national und freiheitlich gesinnt gewesen. Im Kaiserreich wuchs der Nationalismus, während die Freiheit verkümmerte. Das führte zu einer aggressiven Politik gegen vermeintliche innere und äußere Feinde.

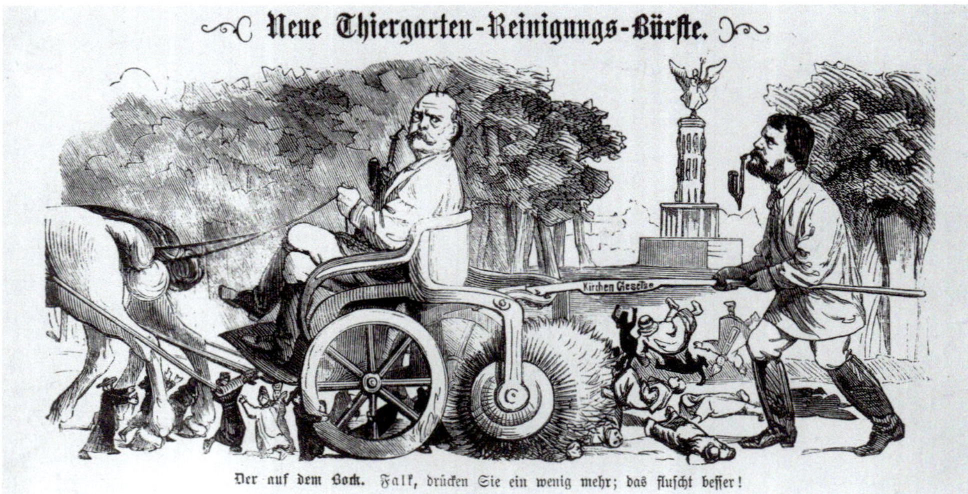

Q1 „Neue Thiergarten-Reinigungs-Bürste“. (Der Tiergarten ist ein Park in Berlin.) Bismarck sagt zu seinem Kultusminister: „Falk, drücken Sie ein wenig mehr; das fluscht besser!“ Auf der Stange, mit der Falk anschiebt, steht: „Kirchengesetze“. Karikatur aus der Satirezeitschrift „Kladderadatsch“, 1874

Nationalismus
übertriebener Stolz auf die Leistungen und Werte des eigenen Volkes, andere Völker werden dabei oft gering geschätzt

T1 Kampf gegen den „Erbfeind“

Für die meisten Deutschen war das 1871 gegründete Kaiserreich die Erfüllung ihres Wunsches nach einem deutschen Nationalstaat. Die Regierenden förderten den Nationalstolz. Die Gründer des Deutschen Reiches, Kaiser Wilhelm I. und Bismarck, wurden als Helden verehrt. Die Schule erzog die Kinder zu Dienst und Opferbereitschaft für das „Vaterland“. Gewaltige Denkmäler erinnerten die Besucher an die großen Siege der „Deutschen“. Viele Menschen empfanden Genugtuung darüber, dass der Nationalstaat durch einen Sieg über Frankreich errungen wurde. Sie erinnerten sich noch gut an die Niederlagen gegen Napoleon. Jährliche Gedenkfeiern erinnerten an den Sieg über den „Erbfeind“ Frankreich 1870/71. Die Toten aus dem Krieg wurden als Helden verehrt. Die nationale Einigung schien nicht genug. Reden an nationalen Gedenktagen gipfelten in dem Anspruch, Deutschland müsse eine Weltmacht werden. „Deutschland, Deutschland über alles, über alles in der Welt“ wurde gesungen, als ob Deutschland über anderen Ländern in der Welt stehe.

T2 Kampf gegen innere „Reichsfeinde“

Wer im Kaiserreich nicht mit der Mehrheit übereinstimmte, galt schnell als „Reichsfeind“. Die gefährlichsten inneren Feinde waren für Bismarck die Sozialdemokraten. Er bekämpfte sie mit den „Sozialistengesetzen“ (S. 156). Als innere Feinde galten auch die Katholiken. Bismarck fürchtete, dass sie sich eher ihrer Kirche als dem Staat verpflichtet fühlten. Mit mehreren Gesetzen ging er gegen den Einfluss der katholischen Kirche vor – gab sein Vorhaben aber später auf.
Schwierig war auch das Verhältnis zu Bevölkerungsgruppen wie Elsässern, Dänen und Polen, die Bürger des Deutschen Reiches geworden waren. Die 2,4 Millionen Polen im Deutschen Reich z.B. wollten ihre Sprache und Kultur nicht aufgeben. Das Deutsche Reich zwang sie aber per Gesetz, in der Schule, bei Behörden oder vor Gericht deutsch zu sprechen. 1906/07 protestierten 50 000 Schüler und Schülerinnen in „Schulstreiks“ dagegen. Die Behörden antworteten mit Schulverweisen und Gefängnisstrafen für die Eltern.

Q2 Rede Kaiser Wilhelms II. zur Taufe eines Kriegsschiffes in Wilhelmshaven, 1900:

(Seht,) wie mächtig der Wellenschlag des Ozeans an unseres Volkes Türe klopft und es zwingt, als ein großes Volk seinen Platz in der Welt zu behaupten, mit einem Wort: zur Weltpolitik (...) Ich bin nicht der Meinung, dass unser deutsches Volk vor dreißig Jahren unter der Führung seiner Fürsten gesiegt und geblutet hat, um sich bei großen auswärtigen Entscheidungen beiseiteschieben zu lassen. Geschähe das, so wäre es ein für alle Mal mit der Weltmachtstellung des deutschen Volkes vorbei. Hierfür (...), wenn es sein muss, auch die schärfsten Mittel rücksichtslos anzuwenden, ist Meine Pflicht (...) Ich bin überzeugt, dass Ich hierbei Deutschlands Fürsten und das gesamte Volk fest geschlossen hinter Mir habe.

Schon gewusst?

Wie fand es die **süddeutsche Bevölkerung**, dass der König des fernen Preußens als Kaiser an der Spitze des Deutschen Reichs stand? **Sie war begeistert.** So berichtete es jedenfalls der nationalliberale Abgeordnete Hans Victor von Unruh, der 1871 mit seinem Sohn durch Baden und Württemberg reiste und in Wirtshäusern mit der Landbevölkerung, Gastwirten und Förstern ins Gespräch kam. Offenbar waren in Süddeutschland noch Traditionen lebendig aus der Zeit des „Heiligen Römischen Reiches“, an die die Menschen anknüpfen konnten. Damals hatte es einen Kaiser gegeben.

Q3 Zeichen des Nationalismus. Kaiser Wilhelm I. trägt eine preußische Uniform und ein Fernglas, als sei er nach dem Sieg 1871 über Frankreich in die Stadt eingeritten. Eine der Figuren ist die Siegesgöttin Viktoria, eine andere ein Löwe (Symbol für die Kraft des Herrschers). Auf dem Bild über dem Löwen ist die Kaiserkrönung im Schloss Versailles zu sehen. Reiterstandbild, Karlsruhe 1897

A / B

1. Lies den Lexikonbegriff „Nationalismus“. Suche für die dort genannten Punkte Beispiele im Verhalten der Deutschen (T1).
2. (A) Warum ist Q3 nationalistisch? Erläutere. Suche weitere Beispiele für solche Denkmäler (S. 259).
2. (B) Schreibe aus Q2 die Stellen heraus, die nationalistisch gefärbt sind. Beurteile, wie sie auf die Nachbarstaaten gewirkt haben.
3. Welche Gesellschaftsgruppen wurden als „Reichsfeinde“ bezeichnet? Liste auf und nenne den jeweiligen Grund für die Eingruppierung (T2).
4. Analysiert in Partnerarbeit die Karikatur Q1. Nutzt dazu auch T2.
5. (A) Verfasse ein Flugblatt polnischer Schüler/-innen gegen die Unterdrückung ihrer Kultur und Sprache (T2).
5. (B) Welcher Zusammenhang bestand zwischen Reichsgründung und Unterdrückung von Minderheiten? Finde heraus (T2).
6. Gibt es heute noch Nationalismus? Werden Minderheiten diskriminiert? Diskutiert.

AFB I: 1, 3 II: 2, 4, 5 III: 6   AFB I: 1, 3 II: 4, 5 III: 2, 6

SP → Lösungshilfen ab S. 222

Nah dran

Zwei Nationen erinnern sich

Alle Nationen haben ihre Fest- und Gedenktage, mit denen sie an wichtige Ereignisse ihrer Geschichte erinnern. Dass diese Erinnerungen ganz unterschiedlich oder sogar gegensätzlich sein können, zeigt der Blick auf Deutschland und Frankreich im 19. Jahrhundert.

Q1 Die erste Feier des 14. Juli als Nationalfeiertag 1880 auf der Place de la Bastille in Paris. Steindruck, 19. Jahrhundert

① Julisäule, benannt zum Gedenken an die Gefallenen der Julirevolution 1830, später auch der Revolution von 1848
② Figur „Geist der Freiheit“
③ Festung Bastille, in Wirklichkeit 1790 abgerissen
④ Trikolore und Wappen der Republik Frankreich.

Bis heute ist der Ablauf der Feiern gleich: Fackelzug (13. Juli abends), Läuten/Salven (14. Juli morgens), Paraden, Umzüge, Festessen, Bälle, Konzerte, Feuerwerk.

→ Demokratie

→ 14. Juli

T1 Der 14. Juli in Frankreich

Seit der Revolution von 1789 hatten sich in Frankreich Anhänger von Republik und Monarchie bekämpft. Nach Deutschlands Sieg und dem Rücktritt des Kaisers 1870 setzte sich in Frankreich endgültig eine republikanische Verfassung durch. Frankreich, wieder zur Großmacht erstarkt, führte 1880 selbstbewusst den 14. Juli als Nationalfeiertag ein – den Jahrestag der Erstürmung der Bastille (S. 100/101). Damit erinnerte Frankreich aber auch an die Werte von Freiheit, Gleichheit und Brüderlichkeit.
Von Anfang an fanden die Festlichkeiten in jeder Gemeinde statt. Der 14. Juli ist noch heute Frankreichs Nationalfeiertag.

T2 Der „Sedantag“ in Deutschland

Am 2. September 1870 errangen Preußen und seine verbündeten Truppen gegen Frankreich den entscheidenden Sieg bei der Stadt Sedan. Das Deutsche Kaiserreich entstand (S. 132/133). Schon bald schlugen national gesinnte Deutsche vor, den Sedantag als Nationalfeiertag einzuführen. Von 1873 an feierten Kirchen, Schulen oder Universitäten den Tag mit Glockengeläut, Kanonendonner oder Umzügen. Kriegervereine weihten Denkmäler ein. Der Sedantag wurde zum Symbol der deutsch-französischen Feindschaft. In der Weimarer Demokratie wurde er 1919 als Feiertag abgeschafft – Nationalisten feierten ihn trotzdem noch lange weiter.

Q2 **Feiern zum „Sedantag" am 2.** September 1873 in Berlin und Einweihung der neuen Siegessäule. → **Sedantag**
① Siegessäule auf dem Königsplatz, heute auf dem Großen Stern, erbaut 1864–1873 aus Anlass der preußischen Siege über Dänemark (1864), Österreich (1866) und Frankreich (1870)
② Bronzefigur der Siegesgöttin Viktoria mit Adlerhelm, Lorbeerkranz, militärischen Zeichen
③ schwarz-weiß-rote Flaggen (Farben Preußens und ab 1871 auch des Reichs)

A / B

1 Liste auf, welche Personen und Gruppen, welche Symbole und Aktivitäten du auf den Bildern (Q1, Q2) erkennst. Lege dazu eine Tabelle an (siehe Lösungshilfe im Anhang).

2 Vergleiche die Feiern zum 14. Juli (Q1) und Sedantag (Q2). Ergänze dazu deine Tabelle um die Spalten „Anlass" und „Begründung".

3 Du warst als Zuschauer bei der Feier Q1 oder Q2 dabei. Schreibe einen Tagebucheintrag über deine Eindrücke.

4 (A) Informiere dich über den deutschen Nationalfeiertag heute. Welchen geschichtlichen Hintergrund hat er?

4 (B) Vergleiche den deutschen Nationalfeiertag heute mit dem Sedantag.

5 Begründe, warum
a) der Sedantag heute in Deutschland nicht mehr gefeiert wird,
b) der 14. Juli immer noch Frankreichs Nationalfeiertag ist.

6 „Der Sedantag steht für den deutschen Nationalismus und Militarismus." Erläutere diese Aussage.

AFB I: 1 II: 2–6 III: –   AFB I: 1 II: 2–6 III: –

SP → Lösungshilfen ab S. 222

Zwischen Tradition und Moderne

Das Deutsche Kaiserreich beeindruckte durch seine wirtschaftlichen und technischen Leistungen. Doch in der deutschen Gesellschaft ging es alles andere als modern zu.

D1 **Das Kaiserreich zwischen Tradition und Moderne.** Comiczeichnung

Militarismus
übersteigerter Einfluss des Militärs auf Staat und Gesellschaft

→ Obrigkeitsstaat

T1 Der Staat – ein Kasernenhof?

„Haben Sie gedient?" Diese Frage bekam so mancher junge Mann im Kaiserreich gestellt, wenn er Arbeit suchte. Nur wer „des Kaisers Rock", also die Soldatenuniform, getragen hatte, wurde als tauglich für die Gesellschaft angesehen.

Der Soldat lernte nicht nur den Umgang mit der Waffe, sondern auch Unterordnung, äußerste Disziplin und vor allem Gehorsam gegenüber den Vorgesetzten. Wenn ein Unteroffizier nach zwölf Jahren die Armee verließ, hatte er Anspruch auf eine Stelle beim Staat, bei der Bahn, Post oder Polizei. Dort trug er ebenfalls eine Uniform. Der Kasernenhofton bei den Behörden machte den Untertanen klar, dass die Obrigkeit das Sagen hatte. Bereits in der Schule herrschte eine militärische Strenge und Unfreiheit. Viele Deutsche nahmen diesen Militarismus gerne auf. Sie schauten voller Stolz auf „ihre" Soldaten, wenn diese in farbigen Uniformen zur Parade aufmarschierten. Kinder wurden in Matrosenanzüge gesteckt, Jungen spielten mit Zinnsoldaten und Holzgewehren. Der Befehlston übertrug sich häufig auf die Familie, in der der Ehemann und Vater das Sagen hatte. Wie beim Militär wurden im zivilen Leben die Befehle nicht hinterfragt, es herrschte ein Untertanengeist.

T2 Rasante Wirtschaftsentwicklung

Gleichzeitig vollzog sich ein Wandel, wie es ihn nie zuvor gegeben hatte. Deutschland war um 1900 die erfolgreichste Industrienation Europas (siehe S. 152). Unternehmer wie Krupp in Essen oder Stumm im Saarland betrieben moderne Fabriken – die sie gleichwohl obrigkeitlich und militaristisch führten. Chemische Betriebe waren auf dem Weltmarkt führend. Eine beherrschende Stellung hatte auch die deutsche Elektroindustrie. Bei der Firma Siemens z. B. arbeiteten 1910 rund 65000 Beschäftigte – davon 30 Prozent im Ausland.

Die Städte wurden zu modernen Großstädten, in denen Straßenbahnen fuhren und elektrische Laternen leuchteten. Der Alltag veränderte sich rasant durch Erfindungen wie das Telefon oder das Auto. Eine Voraussetzung für den Erfolg der Unternehmen waren die ausgezeichneten Universitäten, deren Forscher viele Nobelpreise erhielten (siehe S. 152).

T3 Juden in Wirtschaft und Forschung

Das Kaiserreich verdankte diese Spitzenstellung auch vielen Juden bzw. Unternehmern und Wissenschaftlern mit jüdischen Wurzeln: Fritz Haber z. B. erfand den Kunstdünger und erzielte damit für die Ernährung der Welt einen Durchbruch, Emil Rathenau gründete die Allgemeine Elektrizitätsgesellschaft (AEG), Albert Ballin war als Reeder mit der Hamburg-Amerika-Linie erfolgreich. Mit dem aufkommenden Antisemitismus wurden Juden aber angefeindet.

A 12 Hörspiel
Mädchen für alles

Q1 Aus einer „Richtlinie für Lehrerinnen und Lehrer der Volksschule“ von 1880:

Damit jede Störung des Unterrichts unmöglich werde, hat der Lehrer (…) darauf zu achten, dass

a) alle Schüler anständig, gerade, mit dem Rücken angelehnt und in Reihen hintereinander sitzen (…);
b) jedes Kind seine Hände geschlossen auf die Schultafel legt (…);
c) die Füße parallel nebeneinander auf den Boden gestellt werden (…);
d) sämtliche Schüler dem Lehrer fest ins Auge schauen (…)

Gibt der Lehrer (…) das Zeichen „Eins“, dann erfassen die Kinder das unter der Schultafel liegende Buch; beim Zeichen „Zwei“ erheben sie das Buch über die Schultafel; bei „Drei“ legen sie es geräuschlos auf die Schultafel nieder, den Blick wieder, wie früher, unverwandt und fest auf den Lehrer gerichtet.

Q2 Karlsruhe auf dem Weg zur modernen Großstadt. Die Einwohnerzahl überschritt 1901 die Grenze von 100 000. Foto um 1900

→ **Urbanisierung**
→ **Großstadt**

D2 Schulalltag im Kaiserreich. Heutige Zeichnung

Schon gewusst?

Der Nobelpreisträger Fritz Haber ist ein Beispiel für **Deutsche mit jüdischen Wurzeln**, die zu Deutschlands **Spitzenstellung** in der Forschung beitrugen. Zusammen mit Carl Bosch entwickelte er ein Verfahren, mit dem Stickstoff aus der Luft zu Ammoniak umgewandelt werden konnte. Damit ließ sich Kunstdünger herstellen – bis heute wichtig für die Ernährung der Weltbevölkerung. Haber nutzte das Verfahren aber auch für die Herstellung von Sprengstoff und gilt als Entwickler von Giftgas im Ersten Weltkrieg.

Q3 Fritz Haber; Foto, 1900

A

1. Beschreibe D1: Was ist mit der Bildunterschrift gemeint?
2. Wie wurden militärische Umgangsformen in den Alltag übernommen? Erläutere (T1).
3. Was war militaristisch an der Volksschule im Kaiserreich? Prüfe mithilfe von Q1 und D2.
4. Suche in Q2 nach Beispielen dafür, dass Deutschland um 1900 ein moderner Staat war (T2).
5. Schreibe als ausländischer Besucher einen Brief nach Hause, in dem du den Gegensatz von Tradition und Moderne im Kaiserreich kommentierst.

B

1. Beschreibe D1: Was ist mit der Bildunterschrift gemeint?
2. Schreibe einen Lexikonartikel zum Begriff „Militarismus“. Woran kann man Militarismus im Alltag erkennen (T1)?
3. Bearbeite Aufgabe A3. Diskutiert dann in Partnerarbeit, ob der Drill wohl zu besseren oder schlechteren Leistungen geführt hat.
4. Warum konnte man Deutschland um 1900 als einen der fortschrittlichsten Staaten bezeichnen? Erläutere (T2, Q2).
5. Schreibe als ausländischer Besucher einen Brief nach Hause, in dem du den Gegensatz von Tradition und Moderne im Kaiserreich kommentierst.

AFB I: 1, 4 II: 2, 3 III: 5 AFB I: 1 II: 2, 4 III: 3, 5

SP → Lösungshilfen ab S. 222

Die Vernetzung der Welt

Jules Verne beschrieb 1873 in einem Roman eine „Reise um die Erde" in 80 Tagen. Das Buch griff eine wahre Begebenheit auf: 1870 war es einem Amerikaner gelungen, die Erde in nur 80 Tagen zu umrunden – ein Zeichen dafür, dass sich die Welt vernetzt und beschleunigt hatte.

Q1 Von Hamburg in die USA fahren Ende des 19. Jahrhunderts Luxusreisende, aber auch Auswanderer u. a. aus Osteuropa. Plakat, undatiert

→ Dampfschiff → Migration

Q2 Ein Amerikaner und ein Ire unterhalten sich mithilfe einer neuen Erfindung: der Telegrafie. Im Hintergrund verlegen zwei Schiffe das Transatlantikkabel von Neufundland nach Irland. Karikatur, 1858

→ Telegraf → Vernetzung

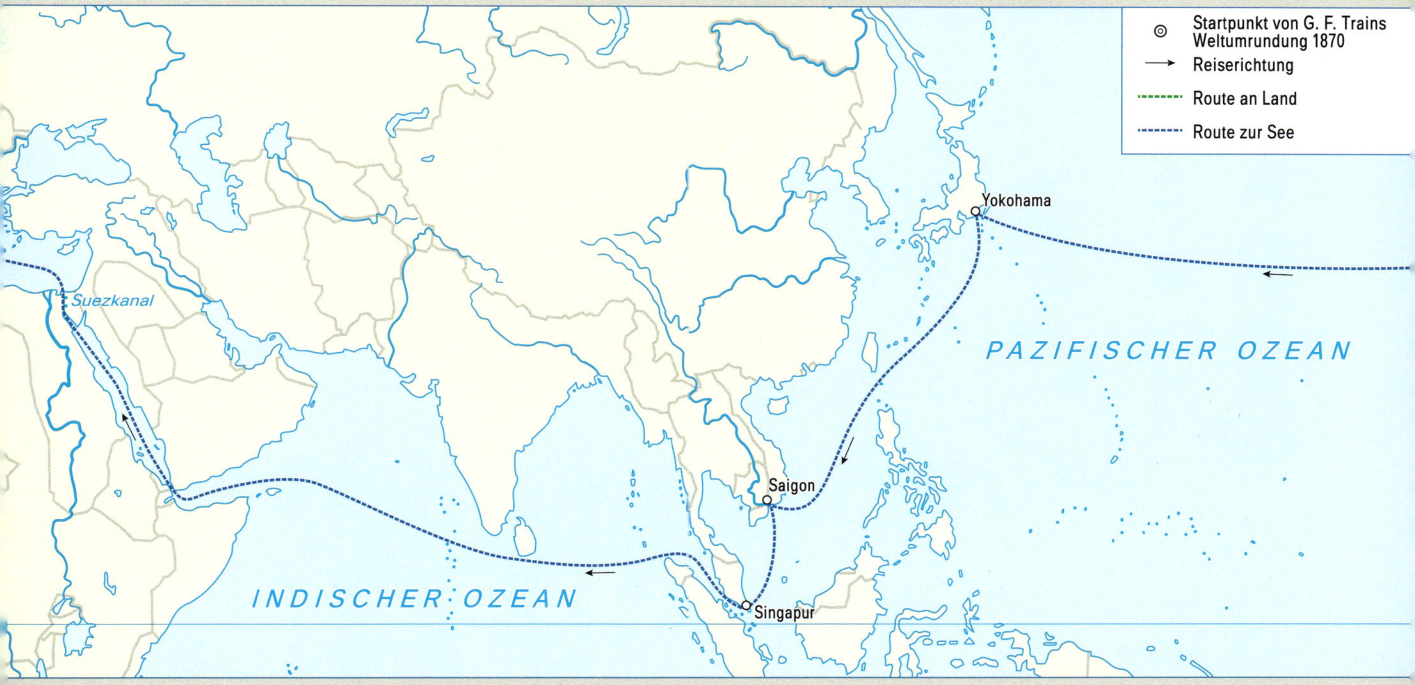

	1840	1855	1877	1900
USA	4 500	30 000	120 000	280 000
England	2 400	12 000	24 000	35 000
Frankreich	500	3 500	24 000	40 000
Deutschland (Grenzen 1871)	500	9 000	30 000	50 000
Russland	–	1 000	20 000	40 000

D1 **Entwicklung des Eisenbahnnetzes 1840–1900** (Angaben in Kilometern)

Q3 **Mit der Fertigstellung des Suezkanals 1869 wurde der Seeweg von Europa nach Asien deutlich verkürzt.** Zeichnung von 1881

→ Eisenbahn

Abschluss

Durchbruch der Moderne

D09 Arbeitsblatt Wiederholung

D10 Arbeitsblatt Lösung

I20 interaktive Übungen Durchbruch der Moderne

- Ich kann die Industrielle Revolution begründet in vier Phasen aufteilen.
- Ich kann Statistiken und Diagramme auswerten.
- Ich kann bewerten, welche Vor- und Nachteile der technische Fortschritt haben kann.
- Ich weiß, welche Auswirkungen die Mikroelektronik auf die Entwicklung hatte und hat.
- Ich kann erklären, was die Situation der Arbeiterinnen und Arbeiter verbesserte.
- Ich kann beurteilen, ob die Frage nach der Gleichberechtigung der Frau immer noch aktuell ist.
- Ich kann eine antisemitische Postkarte deuten und erkenne die Menschenverachtung dahinter.

6 um 1880 bis 1914

Imperialismus

vor 1880
In Afrika gibt es eine Vielfalt von Reichen und Kulturen.

ab 1880
Der „Wettlauf" europäischer Industriemächte um Kolonien in Afrika beginnt.

1884
Der deutsche Staat stellt „Schutzbriefe“ aus. Die deutsche Kolonisierung beginnt.

1890
Das Deutsche Reich wird selbst zur Kolonialmacht.

1904 bis 1908
Die Herero und Nama leisten Widerstand gegen die deutsche Kolonialmacht.

2020
Die Debatte um den Kolonialismus lebt auch in Deutschland wieder auf.

?

Nach wem/was werden in Deutschland Straßen benannt? Sammelt Beispiele und bildet Oberbegriffe (Dichter, Vögel, Politikerinnen und Politiker, ...)

Stellt euch vor: Die Straße, an der eure Schule liegt, soll umbenannt werden. Wie soll der neue Name heißen? Sammelt in Gruppen Vorschläge.

Führt eine Diskussion durch. Alle Gruppen stellen ihre Vorschläge mit Begründung vor. Anschließend wählt ihr den überzeugendsten Vorschlag.

Warum heißt die Straße auf dem Foto „Hererostraße“? Stellt Vermutungen an. Tipp: Die Beschriftung des Straßenschildes liefert Hinweise.

Wegweiser

Imperialismus

Um 1880 begann unter den Großmächten ein Wettlauf um Kolonien in Afrika, Asien und im Pazifischen Ozean. Die Industriestaaten erweiterten ihre Herrschaftsgebiete mit Gewalt und verpflichteten die ansässige Bevölkerung zur Zwangsarbeit. Es ging um Macht, Rohstoffe und Absatzmärkte – und um die Verbreitung einer vermeintlich höherwertigen Kultur. In der Zeit des Imperialismus wurden ungleiche Machtstrukturen geschaffen, die teilweise bis heute andauern.

1 Was weißt du schon über das Zeitalter des Imperialismus? Notiere in Stichworten.

A

2 *Afrika vor der Kolonialisierung*

Welche Reiche existierten in Afrika vor der Kolonialisierung (Beispiele)? (S. 182/183)

3 *Wettlauf um Kolonien*

Aus welchen Gründen errichteten die Industriemächte Kolonien? (S. 184–187)

4 *gefühlte Überlegenheit*

Wie sahen die Kolonialisten die ansässige Bevölkerung? Bewerte aus heutiger Sicht. (S. 188/189)

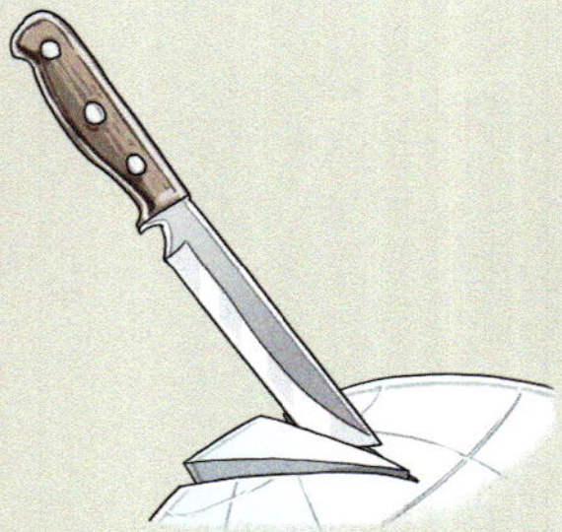

B

2 Welche Reiche existierten in Afrika vor der Kolonialisierung (Beispiele)? Warum wussten und wissen die Europäer wenig über die Geschichte Afrikas? (S. 182/183)

3 Aus welchen Gründen errichteten die Industriemächte Kolonien? Welche Folgen hatte die Kolonialisierung für die ansässige Bevölkerung? (S. 184–187)

4 Wie sahen die Kolonialisten die ansässige Bevölkerung? Bewerte aus heutiger und damaliger Sicht. (S. 188/189)

Material findest du auf den folgenden Seiten, du kannst aber auch in der Bücherei und im Internet suchen. MB

Kolonien
(siehe S. 64) Im Zuge des Imperialismus (S. 184) errichteten ab 1880 verschiedene Großmächte Kolonien in Afrika, Asien und im Pazifischen Ozean und beuteten sie aus.

A

5 Wie wurde Deutschland zur Kolonialmacht? (S. 190/191)

6 Wie wird an die Kolonialzeit erinnert? Ist Rassismus ein Phänomen der Vergangenheit? (S. 194/195)

Deutsche Kolonien und Widerstand

Aufarbeitung

7 A B Ergänze deine Liste aus Aufgabe 1 um Punkte, die du dazugelernt hast.

B

5 Wie wurde Deutschland zur Kolonialmacht? Wie reagierte die ansässige Bevölkerung? (S. 190–193)

6 Wie wird an die Kolonialzeit erinnert? Wie verändert sich die Erinnerung (S. 194/195)

... eine Ausstellung gestalten zu einer afrikanischen Hochkultur, z. B. über eines der großen mittelalterlichen Reiche von Äthiopien, Mali oder Nubien,

... eine ehemalige Kolonie auswählen und ein Referat halten zum Thema „Der Weg von der Fremdherrschaft in die Unabhängigkeit",

... nach Spuren aus der Zeit des Imperialismus in deinem Dorf/ deiner Stadt/einer benachbarten Stadt suchen (z. B. Straßennamen).

Afrika vor der Kolonialisierung

Obwohl Karawanen seit der Antike Gold, Elfenbein und Sklaven nach Europa brachten, war Afrika für die meisten Europäer ein unbekannter Kontinent. Erst als sie einen Seeweg nach Indien suchten, begannen sie sich für die Küstenregionen zu interessieren.

T1 Unbekanntes Afrika

Über viele Entwicklungen in Afrika wissen wir nur wenig, denn die frühen Reiche hatten keine Schrift. Eine Ausnahme ist zum Beispiel das mittelalterliche Reich von Mali, das früh den muslimischen Glauben angenommen und die arabische Schrift übernommen hatte. Mündliche Erzählungen, die von Generation zu Generation weitergegeben und später von Missionaren aufgeschrieben wurden, sind daher bis heute eine der wichtigsten Quellen (Q2).
Auch Missionare, Kaufleute und Forscher, die seit 1500 afrikanischen Boden betraten, beschrieben, was sie sahen. Diese Berichte sind jedoch gefärbt, da ihren Urteilen europäische Maßstäbe zugrunde lagen.

Q1 Blick auf die Stadt Benin mit dem königlichen Palast.
Niederländischer Stich, 17. Jahrhundert

T2 Vielfältiges Afrika

Neben zahlreichen islamischen Reichen im nördlichen Afrika und in den großen Savannenregionen gab es auch Staatsbildungen in anderen Teilen des riesigen Kontinents. In einigen regierten Könige, die sich auf eine gut funktionierende Verwaltung und große Armeen stützten. Ihre „Hauptstädte" wie Ibadan im heutigen Nigeria hatten zeitweise 70 000 Einwohner. Manche dieser Reiche zerfielen im Laufe der Zeit aufgrund innerer Wirren oder wurden von stärkeren Nachbarn unterworfen. In anderen Regionen lebten Gruppen von Verwandten, die einander halfen, aber keine staatlichen Strukturen kannten. Diese Völker, die zumeist Nomaden waren, haben wenige Spuren hinterlassen.

T3 Das Königreich Mapungubwe

Ein Beispiel für die vielfältigen afrikanischen Hochkulturen ist das Königreich Mapungubwe. Die Region war vor knapp tausend Jahren das größte Königreich Südafrikas.
Ausgrabungen legten mehrere reich geschmückte Königsgräber und Palastruinen frei. Zu den Fundstücken zählten auch Glasperlen und kunstvolle Arbeiten aus Gold, Kupfer, Porzellan und Elfenbein. Diese wertvollen Materialien lassen auf regen Handel mit der afrikanischen Ostküste und den dortigen Gütern aus Indien, China und Ägypten schließen.
Die Einwohner von Mapungubwe waren in der Lage, Eisen zu bearbeiten, und erreichten durch Landwirtschaft, Baumwollanbau und Handelsbeziehungen großen Wohlstand.
Die Erforschung der Geschichte des Königreiches dauert noch an.

Q2 Ein Erzähler und Sänger aus Guinea (1921–1981) leitete seinen Bericht über die Gründung des Mali-Reiches ein:

Ich bin Sänger. Ich bin Djeli Mamoudou Kouyate, Sohn von Bintou Kouyate und Djeli Kedian Kouyate. Ich bin Meister in der Kunst der Rede. […] Die Kunst der Rede hat kein Geheimnis für uns: Ohne uns verfielen die Namen der Könige in Vergessenheit. Wir sind das Gedächtnis der Menschen. Durch das Wort geben wir den Taten der Könige Leben vor den jungen Generationen. Ich erhielt meine Wissenschaft von meinem Vater Djeli Kedian, und dieser erhielt sie von seinem Vater. Die Geschichte hat kein Geheimnis für uns. Das einfache Volk lehren wir, was wir für richtig halten, denn wir besitzen die Schlüssel für die zwölf Tore des Mandingolandes.[1] […] Könige lehrte ich die Geschichte ihrer Ahnen, damit das Leben der Ahnen ihnen als Beispiel diene; denn die Welt ist alt, aber die Zukunft geht aus der Vergangenheit hervor. […] Andere Völker bedienen sich der Schrift, um die Vergangenheit festzuhalten. Aber diese Erfindung hat ihr Gedächtnis getötet. Sie fühlen die Vergangenheit nicht mehr, denn die Schrift hat nicht die Wärme der menschlichen Stimme. Bei ihnen glauben alle zu wissen, obwohl doch Wissen geheim bleiben muss.

1 Provinzen des Siedlungsgebietes der Mandingo, die sich als kulturelle Nachkommen des Königreichs Mali sehen

Q3 Gewichte zum Abwiegen von Gold aus dem Reich der Aschanti

Schon gewusst?

Das **System der mündlichen Erzählungen** in Afrika war lange Zeit stabil. So konnte viel Wissen über lange Zeiträume weitergegeben werden. Doch in der Zeit des Kolonialismus wurde diese Tradition **unterbrochen**. Menschen aus Westafrika wurden als Sklavinnen und Sklaven unter Zwang nach Süd- und Mittelamerika gebracht. Millionen von Menschen in Westafrika verschwanden – und mit ihnen ihr Wissen über die Geschichte.

A / B

1 Nenne drei Beispiele bedeutender Reiche in der Geschichte Afrikas (T1, T3, Q3, S. 181: Sprechblase).

2 (A) Wie wurde Geschichte in Afrika überwiegend weitergegeben? Erkläre (T1).

2 (B) a) Löse Aufgabe A2.
b) Was behinderte die Weitergabe mündlichen Wissens in Afrika? Gib wieder (Schon gewusst?).

3 Was denkt Djeli Mamoudou Kouyate über die mündliche und schriftliche Weitergabe von Wissen? Fasse zusammen (Q2).

4 Was machte das Königreich Mapungubwe zu einer Hochkultur? Arbeite heraus (T3).

5 „Afrika ist ein geschichtsloser Kontinent." Erkläre, wie dieses Vorurteil in Europa entstehen konnte (T1, Schon gewusst?) und widerlege es.

AFB I: 1, 2 II: 3, 4 III: 5 AFB I: 1, 2 II: 3, 4 III: 5

SP → Lösungshilfen ab S. 222

Die Europäer teilen die Erde auf

Die Europäer hatten schon seit mehr als 300 Jahren Kolonien in vielen Teilen der Erde erworben. Aber zwischen 1880 und 1914 entwickelte sich ein Wettkampf um Kolonien, wie es ihn bis dahin noch nicht gegeben hatte.

Imperialismus
von lat. imperium = Herrschaft, Reich. Der Begriff bezeichnet die Herrschaft eines Landes über die Bevölkerung anderer Länder. Im Zeitalter des Imperialismus von 1880 bis 1914 beherrschten die Industriestaaten Kolonialreiche in Afrika, Asien und im Pazifik.

T1 Das Zeitalter des Imperialismus

Mit Deutschland, den USA und Japan waren neue mächtige Industriestaaten entstanden. Sie strebten auch nach Kolonien. So wollten sie ihren Herrschaftsbereich vergrößern. Die Staatsregierungen hatten die militärischen Mittel, um ihr Kolonialgebiet gegen Rivalen und gegen den Widerstand der „Kolonialvölker“ zu behaupten. Dabei gingen die Kolonialstaaten als Konkurrenten vor: Vergrößerte ein Staat sein Kolonialgebiet, zogen die anderen Staaten nach. Innerhalb weniger Jahre waren die meisten noch nicht kolonisierten Gebiete verteilt. Es entstanden riesige Kolonialreiche unter der Herrschaft einiger Industriestaaten; man spricht von Imperien. Die Zeit von 1880 bis 1914 nennen wir heute das Zeitalter des Imperialismus.

Q1 „Die Plünderer der Welt“.
Amerikanische Karikatur, 1885

T2 Errichtung von Kolonien und die Folgen

Europäische Unternehmer rüsteten Expeditionen aus und drängten die lokalen Herrscher dazu, ihr Land abzutreten. Sie setzten betrügerische Verträge auf, drohten mit Gewalt oder versprachen militärische Unterstützung gegen andere lokale Herrscher. Schließlich übernahmen die europäischen Staaten selbst die Verwaltung der Gebiete. Die europäischen Mächte übten ihre Herrschaft in den Kolonien mit Gewalt aus. Sie verpflichteten die Bevölkerung zur Zwangsarbeit. Die ansässige Bevölkerung reagierte unterschiedlich – mit Widerstand im Alltag oder in Aufständen und Kriegen, aber auch mit Zusammenarbeit. Die europäischen Machthaber schlugen jede Art von Widerstand nieder. Millionen Menschen starben in Kämpfen, an Folter oder Misshandlungen.

T3 Wirtschaftliche Interessen

Unternehmer erzielten teils hohe Gewinne durch den Handel mit den Kolonien. Die Absicherung und Verwaltung der Fremdherrschaft hingegen war für den Staat teuer. Trotzdem hielten die Industriestaaten an ihren Kolonien fest. Die meisten Politiker meinten, dass nur noch Staaten mit Kolonialreichen in der Weltpolitik etwas zu sagen hätten. Der Kampf um die Kolonien verschärfte sich, mehrfach kam es beinahe zu Kriegen zwischen den Kolonialmächten.

T4 Langfristige Folgen

Die Kolonialherrschaft hatte fatale Folgen für die Lebensweisen der Menschen in den Kolonien. Sie schuf ungleiche Machtverhältnisse und unfaire Handelsbedingungen, die weit über die Zeit des Kolonialismus hinausgingen – und teilweise bis heute andauern.

In Afrika gibt's Rohstoffe zu holen. Genau das Richtige für unsere Industrie.

Kaffee, Kakao, Gewürze und Früchte lassen sich hier in Europa bestimmt prima verkaufen.

Ich kann dort meine Maschinen verkaufen, das bringt richtig Geld.

Wer in der Weltpolitik was zu sagen haben will, muss Kolonien besitzen! Das sehen zumindest die meisten Politiker so.

Die Errichtung von Kolonien ist ein Projekt von Großkapitalisten, Bankiers, Kaufleuten und Fabrikanten, die ihre persönlichen Interessen verfolgen. Das Volk hat davon gar nichts. Wir Sozialdemokraten lehnen sie ab!

D1 Stimmen zur Kolonialisierung aus Deutschland und Europa. Sie stammen vom Autor des Schulbuchs, wurden aber so ähnlich geäußert.

Wir wurden um unser Land betrogen und können nun nicht mehr selbst darüber bestimmen. Wir sollten uns dagegen wehren.

Plantagen nehmen uns unser Weideland weg. Wir müssen hungern.

Die Europäer zwingen uns, für sie zu arbeiten. Aber wer ernährt jetzt unsere Dorfbewohner? Unsere Lebensweise steht auf dem Spiel.

Die Europäer drängen uns ihre Lebensweise auf, wodurch unsere eigenen Formen des Zusammenlebens und unser Wissen zerstört werden.

Die Europäer sind stärker als wir. Besser, wir stellen uns gut mit ihnen. Vielleicht helfen sie uns dann im Kampf gegen unsere Feinde.

D2 Stimmen zur Kolonialisierung aus Afrika. Sie stammen vom Autor des Schulbuchs, wurden aber so ähnlich von den lokalen Herrschern geäußert.

A / B

1. Beschreibe Q1.
2. A: Arbeite heraus, wie und warum sich der Kolonialerwerb von ca. 1880 an veränderte (T1).
   B: Warum nennen wir heute die Zeit von 1880 bis 1914 das Zeitalter des Imperialismus? Erläutere (T1).
3. Liste wirtschaftliche Ziele des Kolonialerwerbs auf (T3, D1).
4. Gib die Aussagen der lokalen Herrscher wieder (D2).
5. A: Beschreibe, wie europäische Unternehmer Kolonialgebiete erwarben (T2).
   B: Ist der Titel der Karikatur passend gewählt? Begründe (Q1).
6. Bewerte die Folgen der imperialistischen Politik a) für die europäischen Staaten (T3), b) für die ansässige Bevölkerung (T4, D2).

AFB I: 1–3 II: 4, 5 III: 6 AFB I: 1 II: 2–5 III: 6

SP → Lösungshilfen ab S. 222

Die Welt im Jahr 1914

D1 Die Aufteilung der Erde im Jahr 1914

→ Kolonialreiche

A / B

1 MB S. 184: Q1 aus dem Jahr 1885 zeigt, wie Europas Großmächte Afrika und Asien unter sich aufteilen. Beschreibe mithilfe der Karte (1914) die weitere Entwicklung (D1, I21).

2 MB Beschreibe: Auf welchem Kontinent liegen a) die meisten Staaten mit Kolonialbesitz? b) die meisten Kolonialstaaten?

3 (A) MB Liste in einer Tabelle drei europäische Kolonialmächte auf und nenne jeweils einige Kolonien.

3 (B) MB Liste in einer Tabelle sechs europäische Kolonialmächte und ihre Kolonien auf.

4 Schaut euch eure Tabelle der Kolonialmächte an und fügt hinzu, wie die ehemaligen Kolonien heute heißen.

5 1914 brach der Erste Weltkrieg aus. Inwiefern könnte die imperialistische Politik der Großmächte eine Ursache für den Krieg gewesen sein? Diskutiert.

AFB I: 1–3 II: 4 III: 5   AFB I: 1–3 II: 4 III: 5

SP → Lösungshilfen ab S. 222

Gefühlte Überlegenheit

„Minderwertig“, „kulturell rückständig“ und „ohne Glauben“ – so lauteten die Urteile vieler Europäer im 19. Jahrhundert über die Menschen in den Kolonien. Der europäische Glaube an die eigene Überlegenheit hatte für die ansässige Bevölkerung fatale Folgen.

Rassismus
Anschauung, wonach Menschen aufgrund angeborener (äußerlicher) Eigenschaften in „Rassen“ von unterschiedlichem Wert eingeordnet werden. Rassisten bewerten einen Menschen danach, ob er einer angeblich wertvollen oder minderwertigen „Rasse“ angehört. Wissenschaftlich ist diese Lehre nicht haltbar.

→ Radikalnationalismus

→ Sozialdarwinismus

T1 Kulturelles Überlegenheitsgefühl

Um 1900 waren viele Menschen in den Industriestaaten davon überzeugt, dass ihre Kultur anderen überlegen war. Sie drängten der ansässigen Bevölkerung in den Kolonien deshalb ihre Lebensformen auf: Frankreich wollte ihnen „Zivilisation“ bringen, Deutschland „Fleiß und Ordnung“, die USA die Demokratie. Sie alle behaupteten, damit die Entwicklung der „Kolonialvölker“ zu fördern – notfalls auch mit Gewalt.

T2 Christliche Mission

Mit der Kolonialherrschaft verstärkten sich auch die christlichen Missionsbestrebungen. Die Missionare sahen die Einheimischen als Ungläubige an, die zum „richtigen“ Glauben gebracht werden müssten. In Missionsschulen lernten Kinder die Sprache der jeweiligen Kolonialmacht – und damit auch deren Kultur. Zudem wurden sie gezwungen, den christlichen Glauben anzunehmen. Manche Missionare ließen Krankenhäuser bauen. Aber sie trugen auch dazu bei, die Lebensweisen und das Wissen der einheimischen Bevölkerung zu zerstören.

T3 Rassistische Anschauungen

Viele Kolonialisten fühlten sich durch die neu entstandenen „Rassenlehren“ bestätigt. Diesen Lehren zufolge sollte die „Rasse“ der Weißen allen „farbigen Rassen“ überlegen sein. Nur die Herrschaft der wertvollsten „Rassen“ garantierte angeblich den Fortschritt der Menschheit. „Minderwertige Rassen“ müssten deshalb unterworfen werden. Anhänger solcher Lehren sahen den Rassismus als Gesetz der Natur. So rechtfertigten sie die Ausbeutung der Kolonien.
In Deutschland waren solche Ansichten in Verbindung mit einem übersteigerten Nationalismus sehr ausgeprägt. Viele Deutsche träumten von einem Weltreich und einem Mitteleuropa unter deutscher Vorherrschaft.

Q1 Kinder in einer Dorfschule in der französischen Kolonie Afrique occidentale – Soudan, heute: Mali). Französische Bildpostkarte, 1906

Q2 Der britische Kaufmann und Politiker Cecil Rhodes forderte im Jahr 1877:

Ich behaupte, dass wir die erste Rasse[1] der Welt sind und dass es für die Menschheit umso besser ist, je größere Teile der Welt wir bewohnen (…). Darüber hinaus bedeutet es einfach das Ende aller Kriege, wenn der größere Teil der Welt in unserer Herrschaft aufgeht. (…) Da (Gott) sich die Englisch sprechende Rasse offensichtlich zu seinem auserwählten Werkzeug geformt hat, (…) muss es auch seinem Wunsch entsprechen, dass ich alles in meiner Macht Stehende tue, um jener Rasse so viel Spielraum und Macht wie möglich zu verschaffen. Wenn es einen Gott gibt, denke ich, so will er daher eines gern von mir getan haben: Nämlich so viel von der Karte Afrikas britisch-rot[2] zu malen wie möglich und anderswo zu tun, was ich kann, um die Einheit der Englisch sprechenden Rasse zu fördern und ihren Einflussbereich auszudehnen.

1 Siehe dazu den Lexikonbegriff „Rassismus"

2 übliche Farbe für das Vereinigte Königreich auf damaligen Landkarten

Schon gewusst?

Früher haben Forscher Menschen u.a. aufgrund ihrer Hautfarbe in „Rassen" eingeteilt. Heute weiß man: **Es gibt keine „Menschenrassen"**, es gibt nur eine Menschenart: den „Homo sapiens". Die Hautfarbe sagt wenig darüber aus, wie stark Menschen sich unterscheiden. Genuntersuchungen zeigen: Europäer sind mit Ostafrikanern näher verwandt als Ostafrikaner mit (indigenen) Südafrikanern.

Q3 Der SPD-Vorsitzende August Bebel kritisierte in einer Rede vor dem deutschen Reichstag am 17. Februar 1894 die Kolonialherrschaft:

Was bedeutet in Wahrheit diese ganze sogenannte christliche Zivilisation in Afrika? Äußerlich Christenthum, innerlich und in Wahrheit Prügelstrafe, Weibermißhandlung[1], Schnapspest[2], Niedermetzelung mit Feuer und Schwert, mit Säbel und Flinte. Das ist Ihre Kultur. Es handelt sich um ganz gemeine materielle Interessen, ums Geschäftemachen und um nichts weiter!
(Große Unruhe rechts und in der Mitte. Lebhafte Zustimmung bei den Sozialdemokraten.)

1 damaliger Ausdruck für die Misshandlung von Frauen

2 umgangssprachlich für Alkoholismus

Q4 Wobogo, König der westafrikanischen Mossi (heute Burkina Faso), wehrte sich 1895 gegen die französische Kolonialherrschaft:

Ich weiß, dass die Weißen mich töten möchten, um mein Land zu bekommen. Und Ihr behauptet, dass Ihr nur helfen wollt, mein Land besser zu organisieren. Aber ich finde mein Land völlig in Ordnung, so wie es ist (…). Ich weiß, was für uns gut ist und was ich möchte: Ich führe meinen eigenen Handel. Außerdem: Schätzt euch glücklich, dass ich keinen Befehl gebe, um eure Köpfe abzuschlagen. Geht endlich weg und – vor allem – kommt niemals zurück!

A / B

1 Die Überschrift der Seite lautet „Gefühlte Überlegenheit". Wer fühlt sich hier wem überlegen? Finde es mithilfe des Vorspanns heraus.

2 (A) Nenne Bereiche, in denen die Industriestaaten sich der ansässigen Bevölkerung überlegen fühlten (T1).

2 (B) Gib wieder, wie die Industriestaaten den Einsatz von Gewalt gegenüber der afrikanischen Bevölkerung rechtfertigten (T1).

3 Inwiefern ist die Missionierung ein Beispiel dafür, dass die Industriestaaten der Bevölkerung ihre Lebensformen aufzwangen? Erläutere (T2, Q1, Lexikon).

4 (A) Inwiefern nutzten die Imperialisten rassistische Anschauungen für die Gründung von Kolonien? Erläutere (Q2, T3, Lexikon).

4 (B) Bewerte das Menschenbild der Rassisten (Q2, T3, Lexikon).

5 Gebt die Kritik am Kolonialismus wieder aus der Sicht
a) von Europäern (Q3)
b) von ansässigen Machthabern (Q4).

6 Schreibt eine Erwiderung gegen das Überlegenheitsdenken der Europäer.

SP → Lösungshilfen ab S. 222

Deutschland wird Kolonialmacht

Reichskanzler Bismarck hatte sich lange geweigert, Kolonien zu erwerben. 1884 änderte sich das. Die Interessen der ansässigen Bevölkerung spielten keine Rolle.

„Schutzgebiete" von privaten Gesellschaften erworbene und verwaltete Gebiete. Sie standen unter dem „Schutz" des deutschen Kaisers. Die Bezeichnung sollte verdeutlichen, dass es sich nicht um Kolonien des Deutschen Reiches handelte. Der Begriff wirkt aus heutiger Sicht verharmlosend, weil die ansässige Bevölkerung in keinerlei Weise „Schutz" bekam, sondern im Gegenteil der kolonialen Gewalt schutzlos ausgesetzt war.

→ **Kolonialreich**

T1 Bismarck und die Kolonialfrage

Bismarck lehnte Kolonien schon deshalb ab, weil ihre Verwaltung hohe Kosten verursachte. Er wollte auch Streitigkeiten zwischen Deutschland und anderen europäischen Staaten wegen ferner Kolonien vermeiden. Stattdessen förderte Bismarck sogar die Kolonialpolitik anderer Staaten. So wollte er deren Aufmerksamkeit von Deutschland und Europa ablenken.

T2 Ein Kolonialreich entsteht

1884 gab Bismarck seine Ablehnung auf. Einflussreiche Unternehmer forderten den Erwerb von Kolonien. Viele Politiker meinten, dass Kolonien die Wirtschaft in Schwung bringen und Arbeitsplätze schaffen könnten. Von 1884 an stellte Bismarck deutschen Unternehmern „Schutzbriefe" für Gebiete in Afrika und im Pazifik aus. Auf diese Weise wurden Kamerun, Togo, Deutsch-Südwestafrika, Deutsch-Ostafrika sowie Inselgruppen im Pazifik zu sogenannten „Schutzgebieten". Um 1890 übernahm das Deutsche Reich allmählich selbst den Besitz und die Verwaltung der Gebiete: Aus den „Schutzgebieten" wurden Kolonien des deutschen Staates.

T3 Herrschaft und Alltag

Die Deutschen errichteten in ihren Kolonien Verwaltungen, Hospitäler und Schulen. Die ca. 13 Millionen Menschen unter deutscher Kolonialherrschaft wurden rechtlich diskriminiert. Die deutschen Verwalter verlangten von der Bevölkerung in den Kolonien eine „Hüttensteuer". Um sie zahlen zu können, mussten die Menschen für die Deutschen arbeiten. Wer nicht zahlen konnte, wurde zur Zwangsarbeit verurteilt, Körperstrafen waren üblich. Auf diese Weise arbeiteten Frauen, Männer und Kinder wie Sklaven, obwohl die Sklaverei offiziell abgeschafft war.

T4 Folgen der Kolonialzeit

Die Kolonialzeit hat in Afrika Spuren bis heute hinterlassen. Die willkürlichen Grenzziehungen der Kolonialzeit haben zu vielen Bürgerkriegen, politischer Instabilität und Armut beigetragen. Noch immer sind die Handelsbeziehungen zwischen Afrika und Europa stark von den Bedürfnissen der reichen Industriestaaten geprägt. In Deutschland gibt es seit Jahren Diskussionen, wie das Land mit seinem „kolonialen Erbe" umgehen soll (siehe Q1–3).

Q1 Anwohnerproteste für eine Umbenennung des Petersweges in Ravensburg. In vielen deutschen Städten sind noch Straßen nach Kolonialisten benannt. Foto, 2010

Q2 „Farbanschlag" auf das Bismarck-Denkmal in Frankfurt/M. in Anspielung auf Bismarcks Rolle im Kolonialismus. Foto, 2021

Q3 Raubkunst. Europäische Museen besitzen Kunstschätze, die zur Kolonialzeit unrechtmäßig erworben wurden. Ehemalige Kolonialstaaten fordern die Rückgabe, erste Gegenstände wurden zurückgegeben. Bronzen aus dem Königreich Benin (heute Nigeria) in einem Hamburger Museum. Foto, 2021

A 13 🔈
Audio
Im Laden mit dem Elefanten

Q4 Der Deutsche Carl Peters erwarb 1884 riesige Gebiete in Ostafrika. 1912 beschrieb er, wie er die Verträge abgeschlossen hatte:

Ich selbst hatte mir, um den Sultanen (=lokalen Herrschern) ebenbürtig zu erscheinen, eine Reihe Fahnen mitgenommen, die ich aufziehen ließ (…). Wir tranken dann einen Trunk guten Grogs und brachten seine Hoheit von vornherein in die vergnüglichste Stimmung (…). Alsdann wurden Ehrengeschenke ausgetauscht.

Weigerte sich ein lokaler Herrscher, einen Vertrag abzuschließen, ging Peters so vor:

Ich wandte mich nun in die benachbarten Dörfer (…), um noch vor Einbruch der Nacht den Leuten eine Lektion zu erteilen. Ich befahl alles, was für uns von Wert war, schnell herauszuräumen, und ließ dann nacheinander sechs von diesen Dörfern in Brand stecken.

Q6 Zwangsarbeit im Eisenbahnbau.
Afrikanische Bauarbeiter wurden durch die deutschen Kolonialisten in Kamerun gezwungen, die „Nordbahn" zu errichten. Foto, um 1909

Q5 Der 96-jährige Papa Pegha André schilderte in den 1980er-Jahren die Zustände beim Bau der Eisenbahnstrecke in Njok in der deutschen Kolonie Kamerun:

Interviewer: Haben die Deutschen euch dort in „Njok" überhaupt nicht entlohnt?

Pegha André: Die Arbeiter von „Njok" bekamen nur spärliche Mahlzeiten. (…)

Interviewer: Was wart ihr damals für sie?

Pegha André: Ach, Arbeitstiere. So konnte man auch die vielen Todesfälle problemlos rechtfertigen. Du weißt das nicht, man wurde oft mit dem Stock geschlagen. Zur Verteilung der täglichen Aufgaben wurde man in Reihen auf dem öffentlichen Platz aufgestellt (…) Unsere Körper waren mit Prellungen überzogen, wegen der schlechten hygienischen Zustände (…) und der schlechten Behandlung. Das Lager bestand nur aus einfachen Strohhütten. (…) Einige von uns fingen dort, sobald die Sonne aufging, mit den Aufschüttungen an, andere stellten da, wo es nötig war, die Abtragung der Erde für die Bahndämme sicher. Diese Arbeiten wurden in Ketten ausgeführt und unter Peitschenhieben, damit sich niemand ausruhte.

A
B

1 Beschreibe Deutschlands Weg zur Kolonialmacht (T1–2).

2 Auf welche Weise erwarb Carl Peters Gebiete in Afrika? Beschreibe und bewerte anschließend (Q4).

3 Wie änderte sich das Leben für die ansässige Bevölkerung mit der Kolonialisierung? Arbeite heraus (T3, Q5–6).

4 MB Wählt ein Thema, recherchiert und nehmt Stellung:
a) Sollten Straßen wie in Q1 umbenannt werden?
b) Sollten Denkmäler wie in Q2 entfernt werden?
c) Sollte geraubte Kunst zurückgegeben werden (Q3)?

5 „Die Kolonialzeit hat bis heute Spuren hinterlassen." Nimm Stellung zu der Aussage.

6 EXTRA MB Recherchiert Spuren des Kolonialismus in eurer Stadt, eurem Dorf oder eurer Region.

A
B

AFB I: 1 II: 3, 6 III: 2, 4, 5 AFB I: 1 II: 3, 6 III: 2, 4, 5

SP → Lösungshilfen ab S. 222

Unterdrückung und Widerstand

Es ist die Nacht zum 12. Januar 1904: Angehörige des Herero-Volkes umzingeln die Stadt Okahandja, zerstören eine Eisenbahnlinie und kappen eine Telegrafenleitung. Sie lassen sich die Behandlung durch die deutsche Kolonialverwaltung nicht mehr gefallen.

Q1 Hendrik Witbooi. Das Foto zeigt den Führer („Kaptein“) der Nama (Mitte) möglicherweise im Kreis seiner Familie. Er starb 1905 im Kampf gegen die deutschen Kolonialtruppen. Foto, undatiert

Völkermord
Bezeichnung für staatlich organisierte Gewaltverbrechen, die zum Ziel haben, eine Menschengruppe aufgrund ihrer „ethnischen“ oder religiösen Herkunft zu ermorden und ihre Kultur zu vernichten. Nach dem Holocaust durch die Nationalsozialisten wurde Völkermord 1948 im Völkerrecht als Straftatbestand festgelegt.

Guerillakrieg
Die Kämpfer sind nicht als Soldaten erkennbar und ziehen sich nach dem Kampf in ihre Verstecke zurück, sie führen keinen offenen Krieg.

T1 Widerstand der Herero

Die Szene markierte den Startpunkt eines Konflikts, der sich zwischen 1904 bis 1908 in der Kolonie „Deutsch-Südwestafrika“ (heute Namibia) abspielte.
Die Herero lebten am Rand der Omaheke-Wüste. Sie zogen mit ihren Viehherden von Weideplatz zu Weideplatz. Doch dann fiel ein Großteil ihrer Herden der Rinderpest zum Opfer: Die Herero gerieten in wirtschaftliche Not und verkauften ihr Land an die weißen Siedler. Dafür wiesen ihnen die deutschen Behörden 1903 neues, aber unfruchtbares Land zu. Hier sollten sie künftig leben. Das gute Weideland hatten die Deutschen selbst besetzt. Im Januar 1904 begannen die Herero einen gewaltsamen Aufstand gegen die deutsche Kolonialmacht, womit diese nicht gerechnet hatte. Innerhalb weniger Wochen besetzten sie große Teile des Landes und töteten über hundert Siedler und Soldaten. Frauen und Kinder verschonten sie.

T2 „Vernichtung“ per Befehl

Monatelang versuchten die Deutschen, den Aufstand niederzuschlagen. Im August 1904 schwächten die inzwischen verstärkten Kolonialtruppen die Herero bei der Schlacht am Waterberg empfindlich. General Lothar von Trotha erklärte, man wolle die Herero „vernichten“. Soldaten trieben Männer, Frauen und Kinder in die Wüste und riegelten das Gebiet ab. Wer versuchte, an ein Wasserloch zu gelangen, wurde erschossen. Menschen und Vieh verdursteten. Insgesamt kamen mehrere Zehntausend Herero ums Leben – und damit ein Großteil der Gesamtbevölkerung. Heute werden die Geschehnisse in Deutsch-Südwestafrika daher von vielen Historikerinnen und Historikern auch als „Völkermord“ bezeichnet.

T3 Widerstand der Nama

Die Nama waren mit den Herero verfeindet und hatten zunächst die Deutschen unterstützt (sie waren auch durch einen Vertrag dazu gezwungen). Doch das brutale deutsche Vorgehen brachte die Nama im Oktober 1904 dazu, sich dem Widerstand anzuschließen. Sie führten einen zermürbenden Guerillakrieg, der Konflikt zog sich in die Länge. Am Ende setzten sich die Kolonialtruppen durch: Sie besetzten die Wasserstellen und verfolgten die Nama. 1907/08 mussten die letzten Kämpfer aufgeben.

Q2 Das Herero-Oberhaupt Samuel Maharero schrieb an den deutschen Gouverneur, 1904:

Der Anfang des Krieges ist nicht jetzt in diesem Jahr durch mich begonnen worden, sondern er ist begonnen worden von den Weißen. Du weißt, wie viele Herero durch die weißen Leute, besonders durch Händler, mit Gewehren und in Gefängnissen getötet worden sind (…). Die Händler raubten meine Leute aus. Für (…) (kleine) Schulden nahmen sie meinen Leuten zwei oder drei Rinder gewaltsam weg (…). Leutnant N. fing an, meine Leute im Gefängnis zu töten. Es starben zehn und es hieß, sie seien an Krankheit gestorben, aber sie starben durch die Aufseher (…). Jetzt muss ich die Weißen töten.

Q3 Brief des deutschen Generals Lothar von Trotha an die Herero, 1904:

Ich, der große General der deutschen Soldaten, sende diesen Brief an das Volk der Herero. Herero sind nicht mehr deutsche Untertanen. Sie haben gemordet, gestohlen (…). Das Volk der Herero muss jetzt das Land verlassen. Wenn das Volk dies nicht tut, so werde ich mit dem großen Rohr (Gewehr) es dazu zwingen. Innerhalb der deutschen Grenze wird jeder Herero, mit oder ohne Gewehr, mit oder ohne Vieh, erschossen. Ich nehme keine Weiber und Kinder mehr auf, treibe sie zu ihrem Volk zurück (in die Wüste) oder lasse auf sie schießen. Das sind meine Worte an das Volk der Herero.

Schon gewusst?

Die **koloniale Vergangenheit** Deutschlands wurde lange verdrängt. Für viele Historiker/-innen handelte es sich bei der Niederschlagung des Herero-Widerstandes um den ersten Völkermord des 20. Jahrhunderts. Bis in die jüngste Vergangenheit hat es Deutschland allerdings vermieden, einen „Völkermord" anzuerkennen. Erst im Sommer 2016 räumte die Bundesregierung dies ein. Parallel nahm Deutschland Gespräche mit der namibischen Regierung auf. Darin wollte man Fragen und Forderungen, die sich aus den Kolonialverbrechen ergeben, endgültig klären. 2021 einigten sich beide Seiten auf eine deutsche Zahlung in Höhe von 1,1 Milliarden Euro. Sie fließt als Wiederaufbauhilfe ins heutige Namibia. Die Nachfahren der Opfer lehnten das Abkommen ab. Sie hatten Deutschland auf Entschädigungen verklagt, waren damit aber vor Gericht gescheitert. Sie waren ihrer Ansicht nach nicht ausreichend am Verhandlungsprozess beteiligt. Sie fordern weiterhin Entschädigungszahlungen direkt an die Nachfahren der Opfer.

Q4 Angehörige der Herero vor einem Gericht in New York (USA). Das Gericht befasst sich mit dem Völkermord an den Herero zur Zeit der deutschen Kolonialherrschaft im heutigen Namibia. Foto, 17. März 2017

A / B

1 Nenne Ursachen für den Widerstand der Herero (T2, Q2).

2 (A) Beschreibe den Verlauf und das Ergebnis der Widerstandsaktionen (T2–3, Q4).

2 (B) Schreibe einen Zeitungsartikel, in dem du an den Widerstand der Herero und Nama erinnerst (T2–3, Q2–4).

3 Beurteile die Entscheidung des Herero-Oberhauptes (T2, Q2). Ist sie gerechtfertigt?

4 EXTRA MB Entschuldigung und Entschädigung: Informiere dich im Internet über den aktuellen Stand (Schon gewusst?).

AFB I: 1, 2 II: 4 III: 3 AFB I: 1 II: 2, 4 III: 3

SP → Lösungshilfen ab S. 222

Rassismus heute

2020 lebte in den USA die Debatte über Rassismus wieder auf – und griff auch auf Deutschland über. Rassismus ist also kein Phänomen der Vergangenheit. Aber vielleicht hat der heutige Rassismus mit der Vergangenheit zu tun.

Q1 Anti-Rassismus-Demonstration der „Black Lives-Matter"-Bewegung. Auf einigen Schildern steht: „No justice, no peace". Köln, 6. Juni 2020

Q2 „Schon schlimm, dieser gewalttätige Rassismus in den USA." Karikatur von Guido Kühn, 2020

Q3 **Aus einem Interview der „Süddeutschen Zeitung“ mit dem Politikwissenschaftler Lorenz Narku Laing, 19. Juni 2020:**

Warum tut sich Deutschland so schwer, die eigene Kolonial- und damit Rassismusgeschichte ordentlich wissenschaftlich und gesellschaftlich aufzuarbeiten?

Ich glaube, dass einer der Hauptgründe dafür ist, dass es in der deutschen Bevölkerung, anders als in Großbritannien, Frankreich oder den USA in der Nachkriegszeit, wegen der NS-Diktatur nur noch einen ganz kleinen Anteil an Minderheiten gab, die lautstark diese Forderung stellen konnten. Der einzige Grund, warum wir heute angefangen haben, über die kolonialistische Schuld Deutschlands zu sprechen, ist, weil Minderheitsorganisatoren, von Menschen afrikanischer Herkunft, der Sinti und Roma, der Muslime, aktiv fordern, dass dieses Erbe sichtbar gemacht und verhandelt wird.

Also muss der historische Rassismus aufgearbeitet werden, um den heutigen zu bekämpfen?

Unbedingt. Ohne die Aufarbeitung der Schandtaten ist keine Versöhnung möglich. Und ohne diese kann eine multikulturelle Gesellschaft nicht gut, effektiv und glücklich gelingen. Wir müssen unsere Geschichte im Sinne der Aufklärung komplett offenlegen, sichtbar machen und vollumfänglich besprechen. Weil alle Teile dazu gehören und die heutige Gesellschaft mitgeprägt haben.

Q4 **Die Journalistin Andrea Böhm fordert in der Wochenzeitung „Die Zeit“ vom 18. Juni 2020, die Geschichte Europas neu zu erzählen:**

Unsere technischen und geistesgeschichtlichen Errungenschaften – ob Industrialisierung oder Aufklärung – wären ohne die Plünderung der Kolonien, ohne Tod und Versklavung von Millionen Menschen nicht möglich gewesen. Rassismus als Ideologie[1] ist keine Spielart von Gruppenhass, den es auf der Welt immer schon gegeben hat. Er wurde passend zum europäischen Raubzug in den Kolonien entwickelt. Ein weißes Eliteprojekt[2] des 18. Jahrhunderts, in dem Biologen, Mediziner, Philosophen und Theologen die Hierarchisierung von Menschen in „Höher- und Minderwertige“ pseudo-wissenschaftlich wie moralisch zu untermauern versuchten. Und damit auch den Aufstieg Europas und des Westens zur „zivilisierenden“ Macht. „Das Taufbecken unserer Moderne“ – so hat der kamerunische Philosoph Achille Mbembe den Sklavenhandel und die Plantagenwirtschaft einmal beschrieben. Das anzuerkennen, ist der erste Schritt, um dem Rassismus der Gegenwart auf den Grund zu gehen.

1 Weltanschauung

2 Elite = Gruppe, die in einer Gesellschaft als besonders fähig gilt, Macht hat oder eine wichtige Rolle spielt

A / B

1 Wogegen demonstrieren die Menschen in Q1? Nennt Forderungen und erklärt sie (Q1, S. 72: T1).

2 MB Welche Ereignisse verbergen sich hinter den Städtenamen in Q2? Recherchiere. Wähle drei der genannten Städtenamen aus und gib in einer Internet-Suchmaschine ein: Städtename + Rassismus.

3 (A) MB Erkläre den Widerspruch zwischen der Sprechblase und den Städtenamen (Q2).

3 (B) Erkläre die Aussage der Karikatur (Q2).

4 Welchen Zusammenhang sieht Andrea Böhm zwischen dem „Aufstieg Europas“ und Rassismus? Arbeite heraus (Q4).

5 Warum ist dem Autor die Aufarbeitung der Kolonialgeschichte für das Zusammenleben wichtig? Begründe (Q3).

6 Die Demonstranten fordern, den Kolonialismus stärker in den Schulen zu thematisieren.
a) Überlegt, wie das geschehen könnte.
b) Wollt ihr selbst aktiv werden? Setzt einen eurer Vorschläge um.

Imperialismus

D11 Arbeitsblatt Wiederholung

D12 Arbeitsblatt Lösung

I22 interaktive Übung Imperialismus

- Ich kann Fragen zur Geschichte Afrikas und zur Entstehung von Kolonien formulieren.
- Ich kann Beispiele nennen, welche Reiche es in Afrika vor der Kolonialisierung gab.
- Ich kann auflisten, aus welchen Gründen die Industriemächte Kolonien errichteten.
- Ich kann die Folgen der Kolonialherrschaft für die lokale Bevölkerung erläutern.
- Ich kann aus Karten Informationen über die Aufteilung der Welt im Jahr 1914 entnehmen.
- Ich kann das Vorgehen der deutschen Kolonialmacht gegenüber den Herero und den Nama beurteilen.
- Ich kenne die Debatte um den Umgang mit dem Kolonialismus heute und kann mir eine Meinung dazu bilden.

7

um 1900 bis 1918

Der Erste Weltkrieg

1904
Deutschland und das Vereinigte Königreich beginnen ein Flotten-„Wettrüsten“.

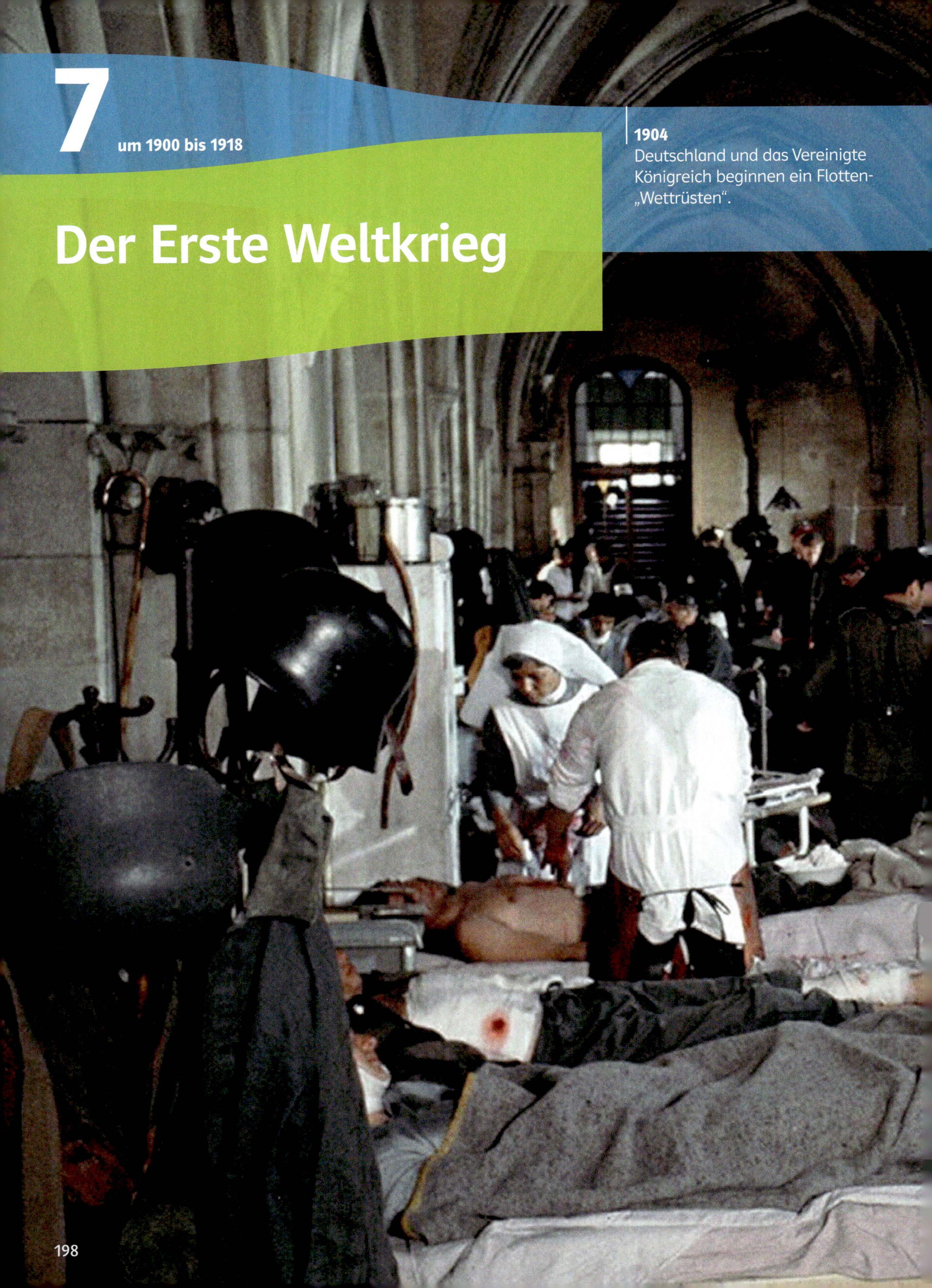

1914
Das Attentat auf den österreichischen Thronfolger löst den Ersten Weltkrieg aus.

1917
Die USA treten in den Krieg ein. In Russland gibt es eine Revolution.

1918
Das Deutsche Reich unterschreibt als Verlierer einen Waffenstillstandsvertrag.

?

Die Szene stammt aus dem Spielfilm „Im Westen nichts Neues“. Worum könnte es in dem Film gehen?

Wie wirkt die dargestellte Szene auf dich?

Der Ort dieses Lazaretts ist ungewöhnlich. Hast du eine Erklärung dafür?

Einer der Soldaten schildert einer Krankenschwester seine Erlebnisse. Spielt die Szene nach.

Wie könnte das Drehbuch zu diesem Film aussehen? Was passiert zuvor? Wie geht es weiter?

Wegweiser

Der Erste Weltkrieg

Zu Beginn des 20. Jahrhunderts herrschten unter den europäischen Großmächten starke politische Spannungen. Alle Großmächte waren auf Eroberungen aus. Es entstanden zwei Machblöcke: die Mittelmächte (Deutschland, Österreich-Ungarn, Italien, Osmanisches Reich, Bulgarien) und die „Entente" (das Vereinigte Königreich, Frankreich, Russland). 1914 kam es zur Katastrophe.

Was weißt du schon über den Ersten Weltkrieg? Notiere in Stichworten.

1

A

B

2 Wie kam es zum Ausbruch des Ersten Weltkrieges? (S. 202–207)

Der Weg in den Krieg

A 2 Mussten die Spannungen zwischen den Großmächten zwangsläufig im Ersten Weltkrieg enden? (S. 202–207)

3 Welchen Verlauf nahm der Erste Weltkrieg? (S. 208/209)

Der Verlauf des Krieges

B 3 Welche Erwartung gab es an den Krieg und wie verlief er? Was haben die Regierungen unternommen, um die Sicht der eigenen Bevölkerung auf den Krieg zu beeinflussen? (S. 208/209)

4 Wie betrieben die Staaten Kriegspropaganda? (S. 210/211)

Kriegspropaganda

B 4 Wie betrieben die Staaten Kriegspropaganda? Zeigt ein Foto immer, wie es wirklich war? (S. 210/211)

Das kannst du außerdem machen:

Material findest du auf den folgenden Seiten, du kannst aber auch in der Bücherei und im Internet suchen. MB

A 14
Hörspiel
Ist der Frieden noch zu retten?

Wie ging der Krieg aus? (S. 212/213)

5

Kriegsende und Kriegsfolgen

5

Welche Folgen hatte der Erste Weltkrieg für Deutschland? (S. 212/213)

Wie war die politische Situation nach dem Ersten Weltkrieg? (S. 214/215)

6

Europa im Umbruch

6

Welche neuen Wege beschritten die Staaten Europas und inwiefern unterschieden sich ihre Ziele? (S. 214/215)

8

A B Ergänze deine Stichwortliste aus Aufgabe 1.

... recherchieren, warum Bertha von Suttner eine Pazifistin war, und ihre Lebensgeschichte in einem Referat darstellen, MB

... dich über den Friedensnobelpreis informieren und einen Steckbrief zu Preisträgern wie Henri Dunant (Kapitelfigur links) erstellen, MB

... herausfinden, wo und wie in deiner Umgebung an den Ersten Weltkrieg erinnert wird, MB

... den Film „Im Westen nichts Neues" im Unterricht schauen und besprechen. MB

Bündnisse und Konflikte

Durch eine kluge Bündnispolitik sicherte der deutsche Reichskanzler Otto von Bismarck jahrzehntelang den Frieden in Mitteleuropa. 1888 wurde Wilhelm II. Kaiser des Deutschen Reiches – und zwang Bismarck bald darauf zum Rücktritt.

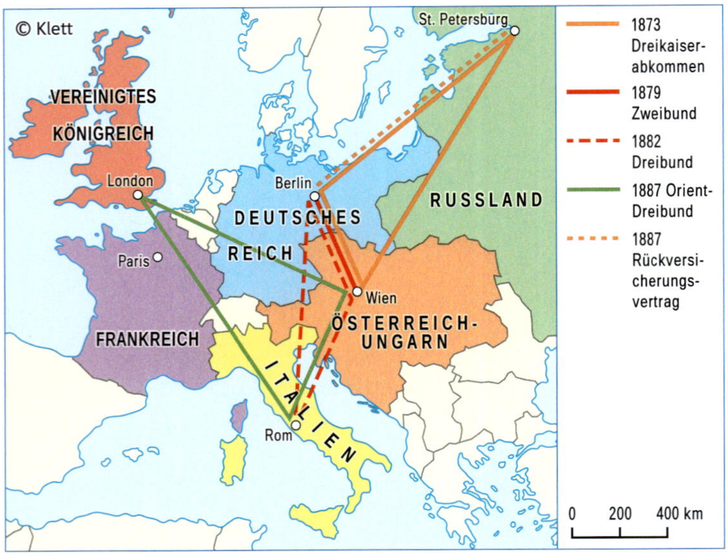

D1 Bündnisse, die zur Zeit Bismarcks geschlossen wurden

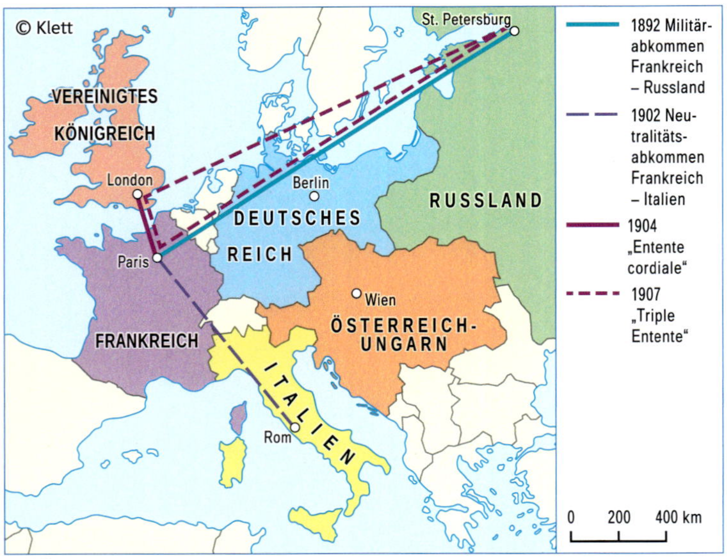

D2 Bündnisse, die zur Zeit Wilhelms II. geschlossen wurden

T1 Bismarcks Bündnispolitik

Mit seiner Außenpolitik wollte Bismarck das Deutsche Reich absichern. Dazu gehörte Elsass-Lothringen, das die Deutschen von Frankreich erobert hatten. Damit Frankreich keine Möglichkeit bekam, es zurückzuerobern, schloss Bismarck Bündnisse mit den großen Mächten Russland, Österreich und Italien. So konnten sie sich nicht mit Frankreich gegen Deutschland verbünden.

T2 Wilhelms Weltpolitik

Ab 1890 bestimmte Kaiser Wilhelm II. die Bündnispolitik. Er wollte Deutschland zu einem Weltreich machen und entließ Bismarck. Enge Beziehungen pflegte Wilhelm II. zu Österreich-Ungarn. Als die Spannungen zwischen Österreich und Russland zunahmen, gab er 1890 das Bündnis mit Russland auf. Daraufhin schloss Russland ein Bündnis mit Frankreich. Plötzlich sah sich das Deutsche Reich von zwei Seiten bedroht. Dazu verschlechterte sich das Verhältnis zum Vereinigten Königreich: Wilhelm II. wollte die britische Macht auf See brechen. Das führte ab 1904 zu einem Rüstungswettlauf zwischen dem Vereinigten Königreich und Deutschland beim Bau von Kampfschiffen.

T3 Zwei Machtblöcke entstehen

1904 entstand ein Bündnis zwischen dem Vereinigten Königreich und Frankreich („Entente cordiale"). 1907 beendeten auch Russland und das Vereinigte Königreich ihren Streit über Einflussgebiete in Persien (heute Iran) und Afghanistan. Innerhalb weniger Jahre hatten die Großmächte Bündnisse ohne bzw. gegen das Deutsche Reich geschlossen. An der Seite Deutschlands stand nur noch Österreich-Ungarn. Europa bestand nun aus zwei Machtblöcken.

Q1 „Wem wohl zuerst die Puste ausgeht?" Karikatur aus der Zeitschrift „Der wahre Jacob", 31. März 1908

Q2 Aus einem Gutachten des deutschen Marineministers Alfred von Tirpitz für Kaiser Wilhelm II., 1910:

Flottenpolitik Eurer Majestät hat zum Rückgrat, dass deutsche Flotte so stark sein muss, dass ein Angriff für England ein großes Risiko bedeutet. Auf diesem Risiko beruht die Weltmachtstellung des Deutschen Reiches (...).

Q3 Der britische Marineminister, 1912:

All das, was wir (...) durch die Jahrhunderte hindurch zusammengebracht haben, (würde) versinken und vergehen, wenn uns die Vorherrschaft zur See genommen würde. England ist eine Großmacht durch seine Flotte, Deutschland aber war in der ganzen Welt angesehen und geachtet, bevor es auch nur ein einziges Schiff besaß.

→ Bündnispolitik
→ Rüstungswettlauf

A

3 Vergleiche die außenpolitischen Ziele Bismarcks (T1) und Wilhelms II. (T2).

4 Welche Folgen hatte der „neue Kurs" Wilhelms II. für das Deutsche Reich? Beschreibe (T2–3).

5 Erkläre die Karikatur Q1. Was stellt sie dar? Was hofft Deutschland?

B

1 Nenne die Bündnisse und die Bündnispartner
- zur Zeit Bismarcks
- zur Zeit Wilhelms II.

(D1–2, I23).

2 Vergleiche D1 und D2: Wie hat sich die Bündnislage
- für Deutschland
- für Frankreich

entwickelt?

3 Warum kommt es ab 1904 zu einem Wettrüsten zwischen Deutschland und Vereinigten Königreich? Erkläre (T1–2, Q1).

4 Bismarck wird interviewt, was er von der Politik Wilhelms II. hält. Formuliere seine Antwort (T2–3, D2).

5 Warum entsteht durch den Bau neuer Kampfschiffe so viel Streitpotential? Werte Q2–3 aus.

6 Wie hat sich die Situation für Deutschland in Europa durch die Politik Wilhelms II. geändert? Beurteile.

AFB I: 1, 4 II: 2, 3, 5 III: 6   AFB I: 1 II: 2–5 III: 6

SP → Lösungshilfen ab S. 222

„Pulverfass“ Europa

Um 1900 war der Balkan das gefährlichste Krisengebiet Europas. Vor allem die Feindschaft zwischen Serbien und Österreich-Ungarn konnte jederzeit in einen Krieg ausarten, der alle europäischen Großmächte mit hineinreißen würde.

annektieren
(unrechtmäßige) Eingliederung eines Gebietes

T1 Krisenherd Balkan

Die Völker auf dem Balkan hatten lange Zeit unter der Herrschaft des osmanischen Sultans gestanden. Doch Ende des 19. Jahrhunderts wollten sich Makedonen, Albaner, Bulgaren und Serben von der türkischen Herrschaft befreien. Sie wollten unabhängig werden. Häufig stimmten aber die Siedlungsgebiete der Völker nicht mit den bestehenden Staatsgrenzen überein. Das führte zu Streitereien. Aus diesem Grund waren auch Österreich-Ungarn und Serbien verfeindet. Serbien wollte ein großes Reich für alle Serben. Dabei wurde es von Russland unterstützt. Einige Serben standen aber unter der Verwaltung von Österreich-Ungarn – zum Beispiel in Bosnien-Herzegowina.

D1 Die Balkanstaaten 1908 bis 1913

T2 Kriegsgefahr als Dauerzustand

1908 annektierte Österreich-Ungarn das Gebiet von Bosnien-Herzegowina, das es bis dahin nur besetzt hatte. Serbien und Russland sahen darin eine feindselige Handlung – sie drohten mit Krieg. Nur weil sich Deutschland drohend an die Seite Österreich-Ungarns stellte und das Vereinigte Königreich besänftigend auf Russland einwirkte, konnte ein Krieg vermieden werden. Doch auf dem Balkan blieb es nicht dauerhaft ruhig. 1912/1913 führten die Balkanstaaten mehrere Kriege gegen das Osmanische Reich und anschließend wegen strittiger Grenzfragen untereinander. Wieder gelang es den europäischen Großmächten nur mit Mühe, die Kämpfe zu beenden.

T3 Bedrohliche Aussichten

Schon bald deutete sich eine noch größere Krise an: In Österreich-Ungarn stand ein Wechsel auf dem Kaiserthron bevor. Der zukünftige Kaiser Franz Ferdinand wollte den slawischen Völkern (z. B. den Serben) in Österreich-Ungarn die gleichen politischen Rechte zugestehen wie den Österreichern und Ungarn. Sein neues „Großösterreich“ sollte ein Bund aus gleichberechtigten Staaten sein, die sich selbst verwalteten. Franz Ferdinand war davon überzeugt, dass sich in diesem Österreich auch die Slawen, darunter die Serben, zu Hause fühlen würden. Doch sein Vorhaben stand im völligen Gegensatz zu den großserbischen Plänen. Die serbische Regierung wünschte sich ja gerade die Unzufriedenheit der Slawen in Österreich-Ungarn. Denn nur so konnte sie die österreichischen Serben für das großserbische Reich gewinnen. Daher sah die serbische Regierung in der Thronbesteigung Franz Ferdinands eine Gefahr.

I24 interaktive Karte
Balkan von 1908 bis 1913

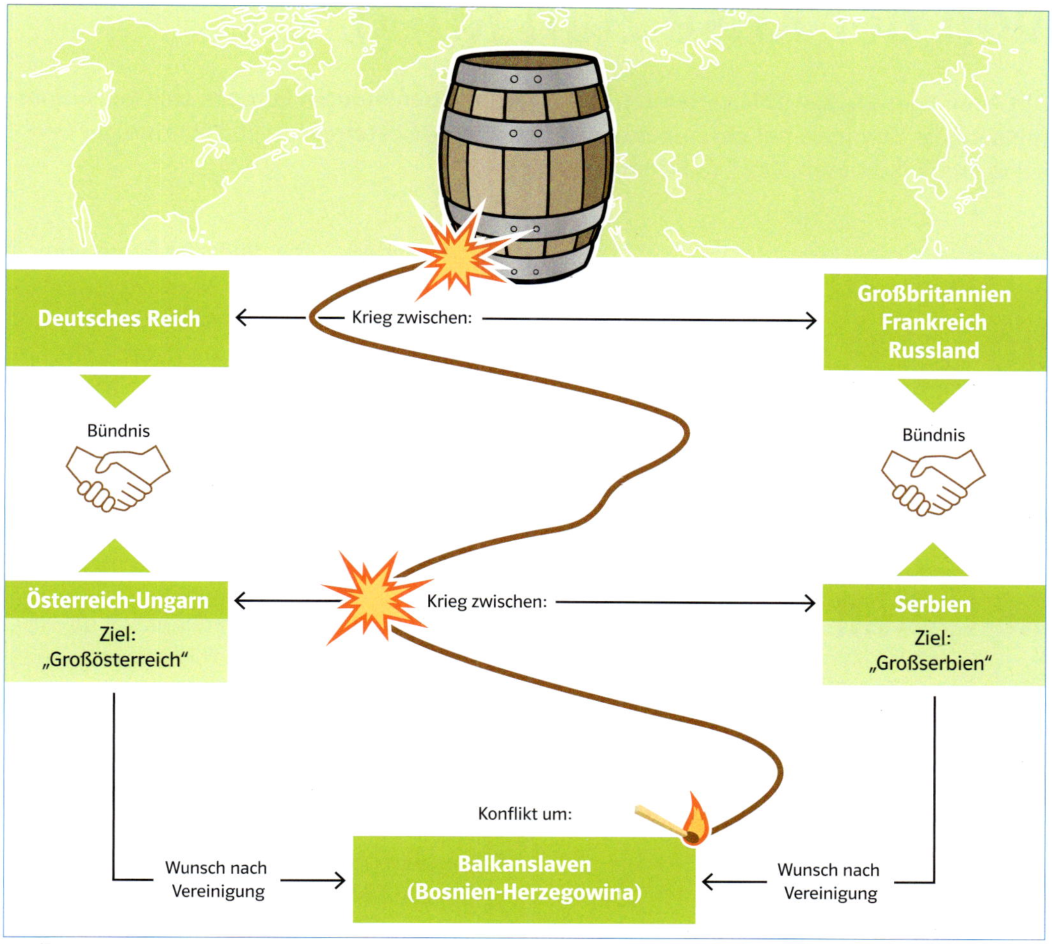

D2 **„Pulverfass“ Europa.** Schaubild

A

2 Warum gibt es einen Konflikt zwischen Österreich-Ungarn und Serbien? Erkläre (T1).

3 Warum steigt ab 1908 die Kriegsgefahr auf dem Balkan? Erläutere (T2).

4 Warum sah die serbische Regierung in Franz Ferdinand einen Gegner, obwohl er den Völkern des Balkans mehr Freiheit geben wollte? Erkläre (T3).

5 Warum kann aus dem Konflikt auf dem Balkan ein Krieg zwischen den europäischen Mächten entstehen? Begründe mit D2.

A/B

1 MB Beschreibe die Karte. Bei welchen Staaten gibt es Veränderungen (D1, I24)?

6 War Europa ein explosives „Pulverfass“? Nimm Stellung zur Überschrift der Seite.

B

2 Zeichne eine Skizze zu den Staaten auf dem Balkan und trage die Beziehungen und Konflikte zwischen ihnen ein, die sich bis 1913 entwickeln.

3 Stelle deine Skizze aus Aufgabe B2 in der Klasse vor.

4 Schreibe als serbischer Journalist einen Zeitungsartikel darüber, warum Franz Ferdinand eine Gefahr für Serbien darstellt (T3).

5 a) Bearbeite Aufgabe A5.
b) Beurteile die Situation Deutschlands, wenn es zum Krieg um Serbien kommt.

AFB I: 1 II: 2–5 III: 6   AFB I: 1 II: 2–5a III: 5b, 6

SP → Lösungshilfen ab S. 222

Von der Krise zum Krieg

Am Abend des 28. Juni 1914 verbreiten Extrablätter in den Städten Europas eine Sensationsmeldung: In Sarajewo hat ein serbischer Nationalist den österreichischen Thronfolger und seine Frau erschossen. Das ließ Schlimmes ahnen.

Gratis. Extra-Blatt. Gratis.

Vossische Zeitung

Königlich privilegirte Berlinische Zeitung von Staats- und gelehrten Sachen.

Haupt-Geschäftsstelle Breite Str. 8/9, Berlin C.

Der österreichische Thronfolger und seine Gattin ermordet.

Einer grauenvollen Bluttat sind der Erzherzog-Thronfolger Franz Ferdinand von Oesterreich-Ungarn und seine Gattin, die Herzogin von Hohenberg, zum Opfer gefallen. Durch Schüsse serbischer Fanatiker wurden sie ermordet, nachdem sie einem Bombenattentat, durch das einige Offiziere aus ihrem Gefolge und einige Personen aus dem Publikum verwundet wurden, entgangen waren. Ueber das furchtbare Ereignis wird uns telegraphiert:

Q1 Extrablatt der „Vossischen Zeitung" aus Berlin, 28. Juni 1914

Blankoscheck
Scheck, in den der Empfänger die Summe selbst eintragen kann = steht für uneingeschränktes Vertrauen

Mobilmachung
Alle Streitkräfte eines Staates machen sich bereit für einen bevorstehenden Kriegseinsatz.

Ultimatum
letzte Mahnung, bis zu einem bestimmten Zeitpunkt Forderungen zu erfüllen, um Krieg zu vermeiden

T1 Das Attentat

Der 28. Juni war serbischer Nationalfeiertag. Durch seinen Besuch in Sarajewo wollte der Thronfolger Franz Ferdinand auf die Serben Österreich-Ungarns zugehen. Doch serbische Fanatiker wollten keine Verständigung: Sie drängten auf die Loslösung aller Serben von Österreich-Ungarn (siehe S. 204). Einer von ihnen, der Student Gavrilo Princip, feuerte bei der Stadtrundfahrt des Thronfolgers die tödlichen Schüsse ab.

T2 Die Julikrise

Für Österreich-Ungarn war klar, dass die Drahtzieher des Attentats im verhassten Serbien saßen. Daher wollte die österreichisch-ungarische Regierung das Attentat nutzen, um Serbien zu demütigen. Hilfe kam vom Bündnispartner Deutschland: Am 6. Juli sicherte die deutsche Regierung Österreich-Ungarn ihre bedingungslose Unterstützung zu – sogar wenn es zu einem Krieg mit der serbischen Schutzmacht Russland käme („Blankoscheck"). Die deutsche Regierung hoffte, diese Zusicherung würde Russland abschrecken, Serbien zu helfen. Denn es war klar, dass ein Krieg zwischen Österreich-Ungarn und Russland auch andere Mächte mit in den Krieg hineinziehen würde. Schließlich hatten sich die Großmächte verpflichtet, ihre Bündnispartner im Fall eines Krieges militärisch zu unterstützen. Das Vereinigte Königreich schlug vor, den Konflikt durch Verhandlungen zu lösen. Doch Deutschland und Österreich-Ungarn lehnten das ab: Sie befürchteten, Serbien mit einem Kompromiss nicht genug zu schwächen.

T3 Europa auf dem Weg in den Krieg

Am 23. Juli stellte Österreich-Ungarn Serbien ein Ultimatum. Serbien versprach, fast alle Forderungen zu erfüllen, machte aber gleichzeitig seine Armee mobil (25. Juli). Österreich-Ungarn antwortete am 28. Juli mit der Kriegserklärung. Von nun an bestimmten militärische Überlegungen das Geschehen: Um Serbien zu schützen, machte Russland gegen Österreich-Ungarn und dessen Bündnispartner Deutschland mobil (30. Juli). Deutschland machte ebenfalls mobil und erklärte Russland am 1. August den Krieg. Noch am selben Tag folgte die Mobilmachung von Russlands Bündnispartner Frankreich. Daraufhin erklärte Deutschland auch Frankreich den Krieg (3. August). Die deutsche Kriegsplanung sah vor, zuerst Frankreich zu besiegen und danach Russland. Doch für den Einfall in Frankreich mussten deutsche Truppen das neutrale Belgien durchqueren. Das war für das Vereinigte Königreich der Anlass, Deutschland den Krieg zu erklären (4. August). Damit befanden sich alle europäischen Großmächte im Krieg.

A 15
Hörspiel
„Kohlschmied, schreiben Sie!“

D1 Der Historiker Christopher Clark sagte in einem Interview in der Wochenzeitung „Die Zeit“, September 2013:

Der Hamburger Historiker Fritz Fischer hat in den sechziger Jahren die These von der Hauptschuld der Deutschen am Krieg aufgestellt. Sie seien die Verantwortlichen gewesen, weil sie als Einzige den Krieg wirklich gewollt hätten. (…). Aber ich sehe das anders. Besonders interessant an der Krise im Juli 1914 ist doch, dass sich alle getrieben fühlten. Alle meinten, unter Druck von außen zu handeln. Alle meinten, der Krieg werde ihnen von den Gegnern aufgezwungen. Alle trafen jedoch Entscheidungen, die zur Eskalation (Verschärfung) der Krise beitrugen. Insofern tragen sie auch alle die Verantwortung, nicht nur Deutschland.

Q2 Einer der Attentäter wird überwältigt und festgenommen.
Foto, 1914 (digital koloriert)

D2 Der Historiker Volker Ullrich schrieb in der Wochenzeitung „Die Zeit“ im Januar 2014:

Auch die anderen europäischen Nationen tragen Verantwortung für den Beginn des Weltkriegs. Deutschland war vor 1914 wahrlich nicht der einzige Störenfried im Mächtekonzert – das haben viele wissenschaftliche Studien der vergangenen Jahre gezeigt (…). Aber es waren eben die Regierungen in Wien und Berlin, welche die Julikrise zur Machtprobe nutzten, es war vor allem die deutsche Reichsleitung, die mit ihrem „Blankoscheck“ an den österreichisch-ungarischen Bundesgenossen vom 5./6. Juli 1914 für die entscheidende Eskalation sorgte. Dieser Wille zur Zuspitzung unterscheidet die Julikrise von den vielen anderen, die in den Jahren zuvor immer noch entschärft werden konnten. Bislang sind keine Quellen bekannt geworden – und auch Clark führt sie nicht an –, die diese Erkenntnis erschüttern könnten.

A / B

1 Beschreibe die politischen Hintergründe des Attentats (T1, Q1–2).

2 (A) Wie reagieren Österreich-Ungarn und Deutschland auf das Attentat? Fasse zusammen (T2, T3: 1. Satz).

2 (B) Warum waren die Reaktionen Österreich-Ungarns und Deutschlands auf das Attentat gefährlich? Begründe (T2).

3 (A) Fertige einen Zeitstrahl an, der die Ereignisse bis zum 4. August 1914 abbildet (T1–3).

3 (B) Die „Vossische Zeitung“ berichtet am 4. August 1914, wie es zum Kriegsausbruch kommt. Schreibe den Artikel.

4 Stelle die Meinungen in D1 und D2 gegenüber.
a) Wer trägt die (Haupt-)Schuld am Krieg?
b) Wie wird die Meinung jeweils begründet?

5 Diskutiert in der Klasse: An welcher Stelle hätten einzelne Mächte die Entwicklung stoppen können?

AFB I: 1–3 II: 4 III: 5 AFB I: 1–3 II: 4 III: 5

SP → Lösungshilfen ab S. 222

Europa wird zum Schlachtfeld

August 1914: In ganz Europa ziehen junge Männer in den Krieg. Sie sind überzeugt, den Feind schnell besiegen zu können. Aber was sie erwartet, hat die Welt zuvor nicht gesehen.

Stellungskrieg
Kampfhandlungen, bei denen sich der Frontverlauf zwischen den kämpfenden Parteien über längere Zeit nicht ändert. Sie werden meist von Schützengräben und Bunkern aus geführt.

Giftgas
chemische Waffe, die z.B. die Nerven schädigt, blind macht oder zum Erstickungstod führt

→ **Materialschlacht**

T1 Falsche Erwartungen

Alle beteiligten Staaten hatten genaue Pläne, wie sie im Kriegsfall den Gegner rasch besiegen wollten. Aber die Pläne funktionierten nicht. Den Deutschen gelang zwar ein schneller Vorstoß durch Belgien und Nordfrankreich, aber kurz vor Paris wurden sie von französischen und britischen Truppen gestoppt. Der französische Plan, bis an den Rhein vorzustoßen, scheiterte von Anfang an am deutschen Widerstand. Russische Armeen wollten über Ostpreußen nach Berlin vorrücken. Sie wurden aber von deutschen Truppen zurückgeworfen. Nirgendwo gelang den Angreifern ein entscheidender Durchbruch. Im Gegenteil: Neue Waffen wie schnell feuernde Maschinengewehre und Kanonen brachten den Verteidigern Vorteile. Vor allem die angreifenden Truppen erlitten schwere Verluste. Die Vorstellung von einem schnellen Kriegsende erwies sich als Irrtum.

Q1 „Feinde ringsum“. Postkarte aus dem Ersten Weltkrieg. Sie belegt, dass sich Deutschland vor und während des Ersten Weltkrieges von Feinden regelrecht „eingekreist“ sah. Tatsächlich hatte Deutschland zu dieser Entwicklung wesentlich beigetragen – durch seine Bündnispolitik (S. 202).

T2 Stellungskrieg und Materialschlachten

Ende 1914 erstarrte der Krieg zum Stellungskrieg. Über Hunderte von Kilometern lagen sich die Soldaten auf Sichtweite gegenüber. Das Leben in tiefen schlammigen Schützengräben wurde zum Alltag der Frontsoldaten. Hier standen sie unter dauerndem Beschuss, der sich zeitweise zu rasendem Trommelfeuer steigerte.

1916 unternahmen die Deutschen einen Großangriff bei der französischen Stadt Verdun, dann die Briten einen am Fluss Somme. Rücksichtsloser Einsatz von Menschen und Material sollte den Durchbruch erzwingen. Immer grausamere Waffen wie Giftgas und Flammenwerfer wurden in den Materialschlachten eingesetzt. Trotzdem blieben beide Angriffe erfolglos. Sie brachten aber über einer Million Soldaten Tod und Verwundung.

T3 Kriegsziele und Kriegskosten

Es wurden immer mehr Waffen produziert, die Rüstungskonzerne machten hohe Gewinne. Die Produktion war sehr teuer. Deshalb mussten die Krieg führenden Staaten Schulden machen. Sie gingen davon aus, dass am Ende die Verlierer alles bezahlen würden. Die hohen Kosten beeinflussten auch die Kriegsziele: Im Fall einer Niederlage forderten sie von den besiegten Staaten die Abtretung von Kolonien und Industriegebieten sowie hohe Entschädigungszahlungen. Dafür mussten die Kriegsgegner aber erst einmal besiegt werden. Für viele Regierungen kam daher nur der eigene Sieg in Frage. Dass der Krieg auch mit einem Kompromiss enden könnte, schlossen sie aus.

Q2 Englische Truppen haben einen deutschen Schützengraben erobert. Foto, September 1915

Q3 Aus einem Feldpostbrief von F. Francke (geboren 1892, gefallen 1915) an seine Eltern, 5. November 1914:

Ihr könnt Euch ja gar nicht ausmalen, wie so ein Schlachtfeld aussieht, man kann's (…) selbst kaum glauben, dass so viel viehische Barbarei und unsägliches Elend möglich ist. Schritt für Schritt muss erstritten werden, alle hundert Meter ein neuer Schützengraben, und überall Tote, reihenweise! Alle Bäume zerschossen, die ganze Erde metertief zerwühlt von schwersten Geschossen, und dann wieder Tierleichen und zerschossene Häuser und Kirchen, nichts, nichts auch nur annähernd noch brauchbar. Und jede Truppe, die zur Unterstützung vorgeht, muss kilometerweit durch dieses Chaos hindurch, durch Leichengestank und durch das riesige Massengrab.

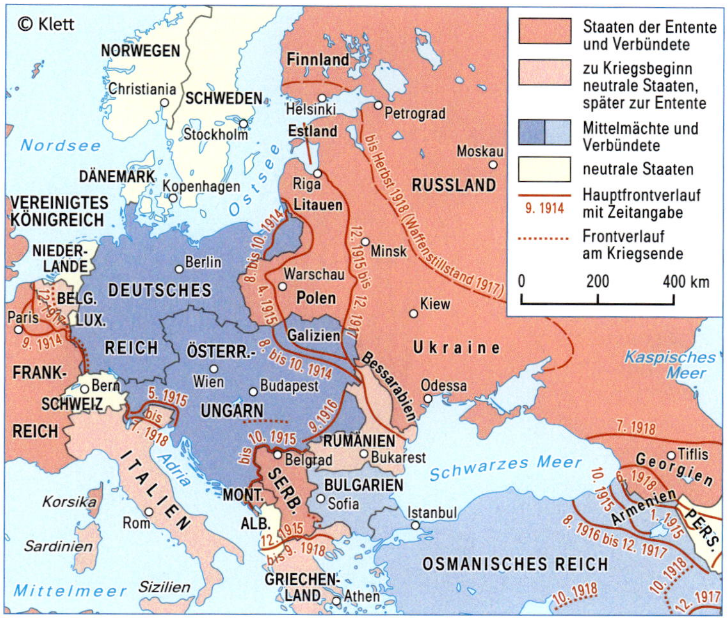

D1 Verlauf der Fronten im Ersten Weltkrieg

A / B

1 (A/B) Beschreibe die strategische Situation, in der sich Deutschland und Österreich 1914 befanden (Q1, D1).

2 (A) Beschreibe die Pläne der am Krieg beteiligten Staaten (T1). Waren sie erfolgreich?

2 (B) Warum waren die Erwartungen zu Beginn des Krieges falsch? Begründe (T1).

3 (A) Zähle auf, welche neuen Waffen es im Ersten Weltkrieg gab (T1–2).

3 (B) Warum beschleunigen die neuen Waffen den Krieg nicht, sondern verlängern ihn? Erkläre (T1–2).

4 (A) Beschreibe den Stellungskrieg aus der Sicht des einfachen Soldaten (T2, Q2–3).

4 (B) Lies zunächst T2 und Q3. Wähle anschließend aus Q2 mehrere Soldaten aus und formuliere ihre Gedanken und Gefühle.

5 (A) Wie wollten die Regierungen die hohen Kriegskosten bezahlen? Erläutere (T3).

5 (B) Erläutere den Zusammenhang zwischen Kriegskosten und Kriegszielen (T3).

6 (A/B) Bewerte die Auswirkungen des Krieges für die Produzenten von Kriegsgütern (T3) und die einfachen Soldaten (Q2–3).

AFB I: 1 II: 2–5 III: 6 AFB I: 1 II: 2–5 III: 6

SP → Lösungshilfen ab S. 222

Nah dran

MB Ein Foto macht Geschichte

Q1 Aufbruch zur Front (August 1914). In vielen Geschichtsbüchern (und auch in früheren Ausgaben der „Zeitreise") wird dieses Foto dazu verwendet, die Kriegsbegeisterung der Deutschen zu Beginn des Krieges zu zeigen. Neuere Forschungen belegen jedoch, dass es diese allgemeine Kriegsbegeisterung gar nicht gegeben hat. Foto, 1914

Propaganda
von lat. propagare = ausdehnen, ausbreiten. Beeinflussung der öffentlichen Meinung mithilfe von Manipulation (z.B. Weglassen, Verkürzen, aus dem Zusammenhang reißen)

D1 Zusatzinformationen zum Foto:

1. Der Fotograf Franz Tellgmann war offizieller Militärfotograf.
2. Die damaligen Fotoapparate eigneten sich nicht für Schnappschüsse. Schnelle Bewegungen hätten eventuell zu verwackelten Bildern geführt. Fotomotive mussten deshalb sorgfältig ausgewählt und in Szene gesetzt werden. Es handelt sich also um ein gestelltes Foto.
3. Fotos konnten zu Beginn des Ersten Weltkriegs bereits massenhaft verbreitet werden. Sie wurden in Illustrierten abgedruckt oder auch als Bildpostkarten verschickt. Das machte sie zu einem wertvollen Propagandamittel der Regierung. Viele der damaligen Zeitungen und Zeitschriften waren kaisertreu und halfen dabei, die Bevölkerung mithilfe solcher Fotos auf den Krieg einzustimmen.

D2 Der Historiker Philip Bauer über die Stimmung zu Kriegsbeginn:

Die lange geläufigen Bilder der Kriegsbegeisterung (…) haben sich im Licht der historischen Forschung als höchst zweifelhaft erwiesen. Besonders bei den unteren Schichten und bei der ländlichen Bevölkerung herrschte keineswegs Kriegsbegeisterung, sondern vielmehr Unsicherheit, Furcht und Entsetzen. Vom siegessicheren nationalen Taumel waren vor allem Großstädter und Studenten ergriffen. (…) Doch auch in den Städten war die Stimmung nicht eindeutig, eine Mischung aus Jubel und Angst prägte die Menschen. Während z. B. vor dem Berliner Schloss und der Münchner Feldherrenhalle Tausende (…) feierten und in Umzügen durch die Stadt zogen, standen abseits Frauen mit verweinten Gesichtern. Die weit verbreitete Unsicherheit und Angst äußerte sich während der Juli-Krise auch in Anti-Kriegs-Aktionen. (…) Zwischen dem 28. und dem 30. Juli 1914 fanden angesichts der wachsenden Kriegsgefahr in rund 30 deutschen Städten Anti-Kriegs-Kundgebungen mit insgesamt knapp 250 000 Teilnehmern statt, in Berlin eine Großdemonstration mit 30 000 Teilnehmern.

A

1. Beschreibe Q1. Welchen Eindruck vermittelt das Foto hinsichtlich der Stimmung der Soldaten?
2. Was sagt der Historiker Philip Bauer über die Stimmung zu Kriegsbeginn? Fasse zusammen (D2).
3. Erkennst du einen Widerspruch zwischen Q1 und D2? Begründe.
4. Überprüfe die Glaubwürdigkeit von Q1 mithilfe von D1.
5. Untersuche Q1: Was spricht dafür, dass es sich um ein gestelltes Foto handelt?
6. „Wer sich bei der Analyse eines Fotos nur auf den Bildinhalt beschränkt, kann schnell in die Irre geführt werden!“ Nimm Stellung zu dieser Aussage.

B

1. Beschreibe Q1. Welchen Eindruck vermittelt das Foto hinsichtlich der Stimmung der Soldaten?
2. Vergleiche Q1 und D2 miteinander. Was fällt dir auf?
3. Inwiefern relativieren die Zusatzinformationen zum Foto (D1) die in Q1 dargestellte Kriegsbegeisterung? Erkläre.
4. Analysiere Q1 mithilfe der methodischen Arbeitsschritte. Nutze dabei auch die Informationen aus D1.
5. Was machte Fotos im Ersten Weltkrieg zu einem wertvollen Propagandamittel? Erläutere (D1).
6. „Wer sich bei der Analyse eines Fotos nur auf den Bildinhalt beschränkt, kann schnell in die Irre geführt werden!“ Nimm Stellung zu dieser Aussage.

AFB I: 1, 2 II: 3, 5 III: 4, 6 AFB I: 1 II: 2, 3, 5 III: 4, 6

SP → Lösungshilfen ab S. 222

„Epochenjahr“ 1917 und Kriegsende

Selbst die führenden deutschen Politiker und Generäle zweifelten Ende 1916 am Sieg. Deutschland schlug daher seinen Gegnern vor, Frieden zu ehrenvollen Bedingungen für alle zu schließen. Doch der Krieg nahm eine andere Wendung.

Waffenstillstand
vorläufige Einstellung kriegerischer Handlungen zwischen Kriegsparteien, meist gefolgt von Friedensverhandlungen

Epochenjahr
Kalenderjahr, in dem sich etwas ereignet, das zu einem deutlichen Einschnitt im Ablauf der Geschichte führt

→ **„Heimatfront“**

T1 1916/1917 – verpasste Friedenschancen

Das Vereinigte Königreich und Frankreich lehnten das deutsche Friedensangebot ab. Sie forderten, dass Deutschland sich schuldig am Krieg bekenne und für die Schäden des Krieges aufkomme. Das lehnte Deutschland ab. Den Vorschlag des US-Präsidenten Woodrow Wilson zu einem „Frieden ohne Sieg“ (22. Januar 1917) lehnten dann alle Krieg führenden Staaten ab.

T2 1917 – das Jahr der Entscheidungen

Nachdem das Friedensangebot gescheitert war, wollte Deutschland im Februar 1917 durch einen „uneingeschränkten U-Boot-Krieg“ den Sieg erzwingen. Schiffe, die das Vereinigte Königreich und Frankreich mit Gütern anliefen, wurden ohne Vorwarnung von deutschen U-Booten versenkt. Als auch mehrere amerikanische Schiffe sanken, erklärte US-Präsident Wilson Deutschland am 6. April 1917 den Krieg. Aber es gab auch wichtige wirtschaftliche Gründe, denn der U-Boot-Krieg gefährdete den Handel der USA mit den Briten und Frankreich. Der Kriegseintritt der USA verschaffte Deutschlands Gegnern ein gewaltiges Übergewicht an Menschen und Material.
Russland allerdings schied aus dem Krieg aus. Dort war im März 1917 der Zar gestürzt worden (S. 218/219). Jetzt war der Revolutionär Lenin an der Macht und musste erst einmal im Land seine Herrschaft sichern. Deshalb drängte er auf einen Waffenstillstand mit Deutschland und dessen Verbündeten. Dieser wurde im Dezember 1917 geschlossen.

D1 Stimmen in Deutschland am Ende des Krieges

T3 1918 – die deutsche Niederlage

Deutschland suchte nun im Westen die Entscheidung. Aber die Gegner waren zusammen mit den USA überlegen. Die militärischen Kräfte der Deutschen waren bis Mitte 1918 aufgebraucht. Auch die Verbündeten waren am Ende. Im September sahen die Generäle um Hindenburg keine Siegchance mehr: Sie verlangten von der Regierung, um einen Waffenstillstand zu bitten. Doch die Gegner wollten mit der Regierung nicht verhandeln. Der Krieg ließ sich aber auch nicht weiterführen, denn die Matrosen der deutschen Flotte weigerten sich, zu einem letzten Verzweiflungskampf gegen die Briten auszulaufen. In ganz Deutschland schlossen sich Soldaten und Arbeiter dem Aufstand an. Kaiser Wilhelm II. musste am 9. November 1918 abdanken. Erstmals übernahmen Demokraten die Regierung. Ihre Vertreter unterzeichneten am 11. November den Waffenstillstandsvertrag mit den Siegern. Der Krieg war zu Ende.

Q1 Aufständische demonstrieren in den Straßen von Berlin. Sie verlangten das Ende des Krieges und die Übernahme der Macht durch Vertreter des Volkes. Foto, 9. November 1918

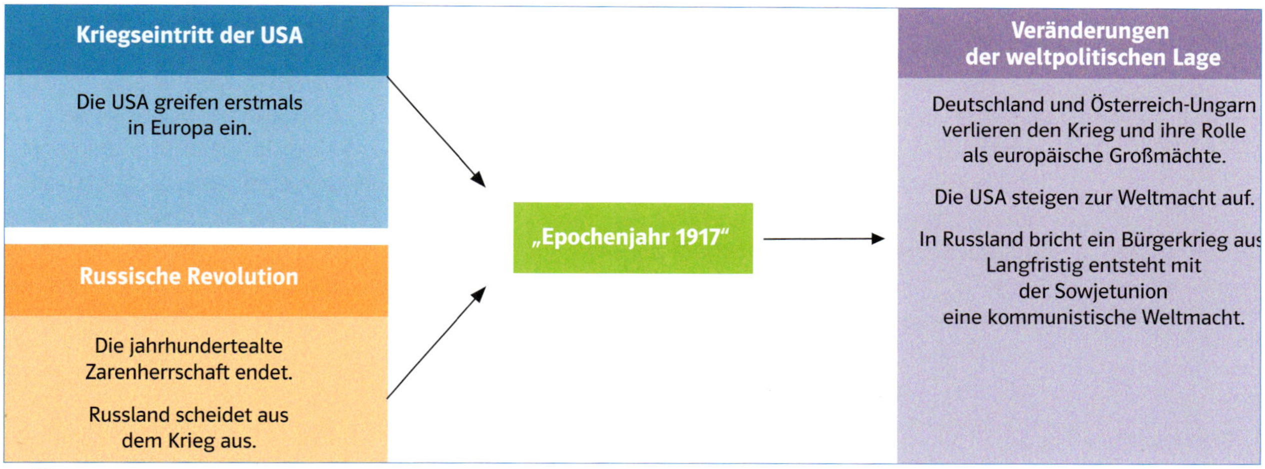

D2 „Epochenjahr“ 1917. Schaubild

A / B

1 Fertige einen Zeitstrahl an, der die Ereignisse zwischen 1916 und 1918 abbildet (Vorspann, T1–3).

2 (A) Inwiefern verändert sich die militärische Lage durch den Kriegseintritt der USA? Erkläre (T2).

2 (B) Warum treten die USA 1917 in den Krieg ein und warum tritt Russland aus dem Krieg aus? Erläutere (T2).

3 MB Weshalb bezeichnet man 1917 als Epochenjahr? Erstelle einen Erklärfilm (T2, D2, Lexikon). Unter V09 ⓟ erhältst du dazu hilfreiche Tipps.

4 Sollte das Ende des Krieges in Deutschland zugleich das Ende der Monarchie sein? Gib wieder, wie die Menschen darüber denken (D1).

5 Füge in Q1 (Kopie) Sprechblasen ein. Fülle sie mit den Forderungen der Menschen. Nutze T3.

6 „Das Ende des Krieges bedeutete für Deutschland gleichzeitig einen Neuanfang.“ Nimm Stellung zu dieser Aussage (T3, Q1).

AFB I: 1, 4a II: 2, 3, 4b, 5 III: 6   AFB I: 1 II: 2–5 III: 6

Europa ordnet sich neu

In Europa stürzten zum Ende des Ersten Weltkrieges drei große Monarchien. Doch wie sollte es weitergehen? Diese Frage wurde auf ganz unterschiedliche Weise beantwortet.

Faschismus
politische Bewegung, die nationalistisch, antidemokratisch und antikommunistisch eingestellt war. In faschistischen Staaten war alle Macht auf einen „Führer" konzentriert.

Diktatur
Herrschaft eines Einzelnen, einer Gruppe oder Partei, die die uneingeschränkte Macht über den Staat und das Volk ausübt. In einer Diktatur sind demokratische Rechte und Gewaltenteilung abgeschafft.

→ **Demokratie**

→ **Liberalismus**

→ **Kommunismus**

T1 Kriegsfolgen

Der Kriegsausgang teilte Europa in Sieger und Besiegte. Deren Probleme ähnelten sich jedoch: Die Rüstung hatte Unsummen an Geld verschlungen, die Wirtschaft lag am Boden, die Arbeitslosigkeit stieg dramatisch an. Während die Preise kletterten, verlor das Geld zugleich an Wert. Viele Menschen lebten in ständiger Sorge vor dem sozialen Abstieg in die Armut.

T2 Das Ende der alten Ordnung

Der Erste Weltkrieg hatte die Landkarte Europas verändert. Neue Staaten waren entstanden, die bisherige Staaten Deutschland und Russland hatten weite Gebiete verloren. Sie waren allerdings nicht nur äußerlich auseinandergebrochen, der Krieg hatte auch ihre innere Ordnung zerstört: Die Kaiser von Deutschland und Österreich-Ungarn mussten abdanken. In Russland hatte die Februarrevolution von 1917 den Sturz des Zaren herbeigeführt.

T3 Neue Wege, unterschiedliche Ziele

1914 hatte es nur drei Demokratien in Europa gegeben, nach Kriegsende waren es 13. Darunter befanden sich auch Deutschland und Österreich. Doch viele der jungen Demokratien mussten sich schon bald gegen Massenbewegungen behaupten:

- Viele Menschen waren von der Idee des Sozialismus fasziniert. Die sozialistische Bewegung strebte Veränderungen in der Gesellschaft zum Wohle der arbeitenden Bevölkerung an. Die Anhänger dieser Idee blickten hoffnungsvoll nach Russland. Dort hatte der Revolutionär Wladimir Iljitsch Lenin 1917 die Regierung aus adligen und bürgerlichen Abgeordneten gestürzt und baute einen sozialistischen Staat auf (siehe Kasten).
- Andere bewerteten die Demokratie als zu schwach, um mit den Krisen der Zeit fertig zu werden. Zugunsten einer starken Führung waren sie bereit, auf die demokratische Freiheit des Einzelnen zu verzichten. Davon profitierten vor allem faschistische Bewegungen. In manchen Ländern bahnte sich daher eine faschistische Diktatur an.

	Liberalismus	**Sozialismus/ Kommunismus**	**Faschismus**
Ziele	Freiheit des Einzelnen, Selbstbestimmung	klassenlose Gesellschaft	Einheit (national, ethnisch), Streben nach Macht
Herrschaft	Demokratie mit Gewaltenteilung und Wahlen	Diktatur des Proletariats bzw. einer Partei	Diktatur durch einen Führer, Militarismus
Gesellschaft	Pluralismus (Vielfalt)	soziale Gleichheit	„Volksgemeinschaft", hierarchisch
Wirtschaft	freier Wettbewerb (Marktwirtschaft), Schutz des Eigentums	Verstaatlichung, Abschaffung des Privateigentums, Planwirtschaft	Schutz der einheimischen Produktion (Protektionismus) und des Eigentums

D1 Politische Ideen in Europa nach dem Ersten Weltkrieg

126
interaktives Schaubild
Politische Ideen in Europa nach dem Ersten Weltkrieg

Schon gewusst?

Lenin hielt sich 1917 im Schweizer Exil auf, weil er ein Gegner des Zaren war. Die deutsche kaiserliche Regierung unterstützte Lenin nach dem Motto: „Meines Feindes Feind ist mein Freund." Sie brachte Lenin im April 1917 mit dem Zug nach Petrograd, damit er dort als Revolutionär Chaos stiftete. Deutschland wollte sich so im Krieg gegen Russland Vorteile verschaffen. Die Aktion erwies sich langfristig jedoch als Bumerang: Lenin baute in Russland einen mächtigen kommunistischen Staat auf (S. 218/219) – das war sicher nicht die Absicht seiner deutschen Helfer gewesen.

Q1 Wladimir Iljitsch Lenin in Petrograd vor Arbeiter- und Soldatenräten. Foto, 1917

D2 Europa zwischen Demokratie und Diktatur (1938)

Q2 Aus Erich Maria Remarques Roman „Im Westen nichts Neues" (1929):

Der Waffenstillstand kommt bald, ich glaube es jetzt auch. (…) Wenn wir jetzt zurückkehren, sind wir müde, zerfallen, ausgebrannt, wurzellos und ohne Hoffnung. Wir werden uns nicht mehr zurechtfinden können.

A

1. Stelle die politische, wirtschaftliche und soziale Lage im Nachkriegseuropa in Form einer Tabelle dar (T1–3).
2. „Wir werden uns nicht mehr zurechtfinden können." Was meint Remarque mit diesem Satz? Erkläre (Q2).
3. Welche drei Alternativen zur Monarchie bestanden im Nachkriegseuropa? Erläutere (T3, D1).
4. In welchen europäischen Staaten hat sich die Demokratie behauptet und in welchen nicht? Liste auf (D2).
5. „Die jungen Demokratien im Nachkriegseuropa hatten einen schweren Stand." Nimm Stellung zu dieser Aussage.

B

1. Stelle die politische, wirtschaftliche und soziale Lage im Nachkriegseuropa in Form einer Tabelle dar (T1–3).
2. Die Soldaten, die 1918 aus dem Krieg kamen (Q2), werden häufig als „verlorene Generation" bezeichnet. Erläutere diesen Begriff.
3. a) Löse Aufgabe A4.
b) Erläutere die Merkmale der verschiedenen politischen Ideen mit eigenen Worten (D1).
4. Beschreibe die Entwicklung Europas vom Ende des Ersten Weltkriegs bis zum Jahr 1938 (D2).
5. „Die jungen Demokratien im Nachkriegseuropa hatten einen schweren Stand." Nimm Stellung zu dieser Aussage.

AFB I: 1, 4 II: 2, 3 III: 5 AFB I: 1, 4 II: 2, 3 III: 5

SP → Lösungshilfen ab S. 222

Der amerikanische Weg

Nach dem Ersten Weltkrieg waren die USA wirtschaftlich und politisch eine Macht. Ihre freiheitliche Lebensweise mit dem kapitalistischen Wirtschaftssystem wollten die USA auch anderen Staaten nahebringen.

Q1 Der US-Kongress erklärt Deutschland 1917 den Krieg. Zeichnung in der Zeitschrift „Le Petit Journal", 1917

→ **Demokratieexport**

→ **Imperium**

T1 Die USA werden Kolonialmacht

Der Aufstieg begann damit, dass die USA Ende des 19. Jahrhunderts in einem Konflikt Spanien besiegten. Die alte Kolonialmacht Spanien trat große Teile ihres Reiches an die USA ab. Um sich gegen andere Kolonialmächte behaupten zu können, begannen die USA 1890 mit dem Bau einer modernen Kriegsflotte. Bereits 1900 gehörten die USA mit England und Deutschland zu den stärksten Seemächten der Welt.

T2 Die Friedensvorstellungen der USA

Viele Amerikaner meinten, es sei die Aufgabe der USA, anderen Völkern wirtschaftlichen Fortschritt, Freiheit und Demokratie beizubringen. Unter diesem Motto hatte Präsident Wilson die USA 1917 in den Ersten Weltkrieg geführt: Er hatte das militärische Eingreifen als „Kreuzzug für die Demokratie" angekündigt. Wilson hatte damit Erwartungen geweckt, ein Sieg über Deutschland und seine Verbündeten werde eine demokratische Friedensordnung nach amerikanischen Grundsätzen bringen. Doch seine Vorstellungen wurden nach dem Ersten Weltkrieg nicht bzw. nur unzureichend umgesetzt.

T3 Gegensatz zweier Weltmächte

Die USA zogen sich zunächst enttäuscht aus der Weltpolitik zurück. Auf die Führungsrolle in der Welt wollten sie dennoch nicht verzichten. Sie konzentrierten sich aber auf ihre überlegene Wirtschaftskraft. Und wirtschaftlich standen die USA sehr gut da: Der Erste Weltkrieg hatte die heimische Produktion angekurbelt und die USA reich gemacht.
Im Laufe des 20. Jahrhunderts entwickelten sich die USA mit ihrem leistungsfähigen Wirtschaftssystem zur Weltmacht. Zeitgleich wuchs in der Sowjetunion eine andere Weltmacht heran – mit einem völlig anderen politischen und wirtschaftlichen System (siehe S. 218/219). Das 20. Jahrhundert sollte von diesem Gegensatz dieser beiden Weltmächte bestimmt werden.

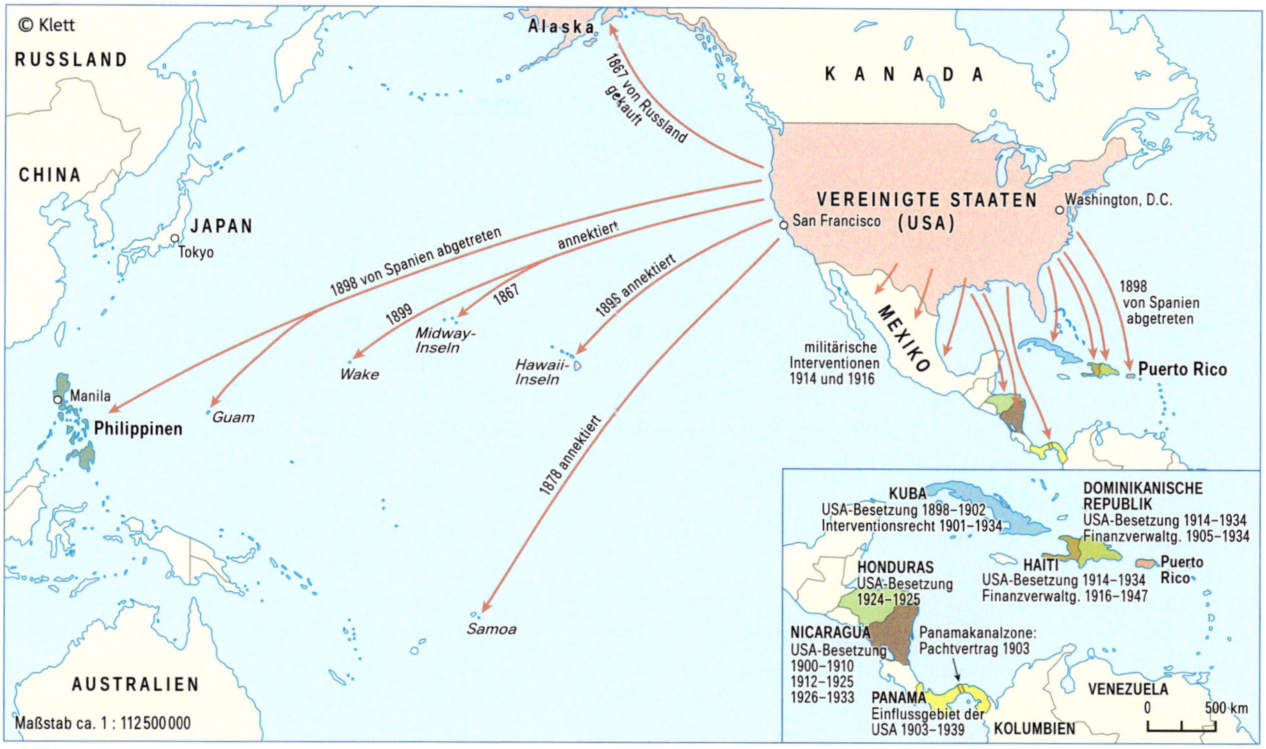

D1 **Kolonialmacht USA 1898–1947.** (annektieren = aneignen; Intervention = Eingreifen)

Q2 **Symbole des amerikanischen Wirtschaftsbooms.** Blick auf Manhattan, New York, 1920

A
B

1 Wie wurden die USA zur Kolonialmacht?
a) Beschreibe den Aufstieg im 19. Jahrhundert (T1).
b) Nenne Gebiete, die die USA in Besitz nahmen (D1).

2 (A) Inwiefern wollten die USA ihr politisches System und ihre Werte auch anderen Staaten nahebringen? Gib wieder (T2).

2 (B) Erkläre den Begriff „Demokratieexport“ (T2).

3 (A) Beschreibe die wirtschaftliche Situation der USA (T3, Q2).

3 (B) Wie hing das Wirtschaftssystem mit der Rolle der USA im 20. Jahrhundert zusammen? Erläutere (T3).

4 Diskutiert, was Wilson unter „Kreuzzug für Demokratie“ verstand (T2, Q1).

5 EXTRA Inwiefern zeigt das Foto die Symbole des US-Wirtschaftsbooms? Diskutiert (Q2).

A
B

AFB I: 1–3 II: – III: 4, 5   AFB I: 1 II: 2, 3 III: 4, 5

SP → Lösungshilfen ab S. 222

Der sowjetische Weg

Gegen Ende des Ersten Weltkrieges kam es in Russland zur Revolution. 1917 wurde Russland schließlich der erste kommunistische Staat der Welt. Der Arbeiterführer Lenin spielte dabei eine besondere Rolle.

Bolschewiki/ Menschewiki
von russ. bolsche = mehr und mensche = weniger.
Die Parteien gingen aus der Sozialdemokratischen Partei Russlands hervor. Auf einem Parteitag 1903 spaltete sich die Partei in die radikalen Bolschewiki und die Menschewiki, die auf demokratische Reformen setzten. Dabei waren die radikalen Bolschewiki knapp in der Mehrheit.

→ Oktoberrevolution

Sowjetunion
(= UdSSR: „Union der Sozialistischen Sowjetrepubliken"). Sie wurde 1922 von Lenin gegründet und schloss die russische Sowjetrepublik und weitere 14 Unionsrepubliken zwangsweise zusammen. Die UdSSR war eine Diktatur mit einer sozialistischen Planwirtschaft. Sie war das größte Land der Erde und bestand bis 1991.

T1 Russland – ein rückständiger Staat

Rund 80 Prozent der Bevölkerung in Russland lebten um 1900 auf dem Land. Immer wieder kam es zu Hungersnöten. Die Industrialisierung hatte erst in wenigen Städten eingesetzt. Der Zar regierte als absolutistischer Alleinherrscher. Die Bevölkerung war unzufrieden:

- Die Bauern klagten, weil das Land zu Gunsten des Adels ungerecht verteilt war.
- Die Bürger und Arbeiter klagten, weil sie politisch nicht mitbestimmen konnten.

Es bildeten sich Parteien. Die Industriearbeiter schlossen sich in der Sozialdemokratischen Partei zusammen. Die Partei spaltete sich 1903 in die gemäßigten Menschewiki und die radikalen Bolschewiki. Wirkliche Mitspracherechte hatte zu dieser Zeit jedoch niemand – weder die Parteien noch das Parlament (die Duma), das der Zar 1906 widerwillig zugelassen hatte.

T2 Die Februarrevolution

Der Erste Weltkrieg brachte die Wende: Militärische Niederlagen und eine Hungersnot führten im Februar 1917 zu Unruhen in der russischen Hauptstadt Petrograd. Der Zar befahl dem Militär, gegen die Unruhen vorzugehen. Aber die Truppe wollten nicht auf die Bevölkerung schießen. Der Zar musste abdanken. Eine Provisorische Regierung aus adligen und bürgerlichen Duma-Abgeordneten übernahm die Herrschaft. Die eigentliche Macht lag aber bei den Sowjets. Bauern und Menschewiki hatten hier die Mehrheit. Sie wollten demokratische Reformen umsetzen.

T3 Die Oktoberrevolution

Der bolschewistische Politiker Lenin forderte die Sowjets auf, die Provisorische Regierung zu entmachten, den Krieg zu beenden und den Sozialismus in Russland einzuführen – wenn nötig mit Gewalt. Aber noch beherrschten Lenins Gegner die Sowjets. Das änderte sich, als auch die Provisorische Regierung die Lage an der Front und im Land nicht in den Griff bekam. Mit ihren Forderungen nach Frieden und Brot kamen die Bolschewiki jetzt besser beim Volk an und wurden stärker in die Sowjets gewählt. Im Oktober hatten sie die beiden wichtigsten Sowjets in Petrograd und Moskau unter Kontrolle. Das nutzte Lenin zum Umsturz. Am 25. Oktober ließ er die Provisorische Regierung verhaften und übernahm selber an der Spitze einer bolschewistischen Regierung die Macht.

T4 Die Gründung der Sowjetunion

Nach einem langen Bürgerkrieg in Russland gründete Lenin 1922 die „Union der Sozialistischen Sowjetrepubliken" (UdSSR). Diesen Staat nennt man auch Sowjetunion. Es war der erste kommunistische Staat in der Geschichte. Der Kommunismus betont die Gleichheit aller Menschen und die Aufhebung des Privateigentums. Um seine Macht zu sichern, ließ Lenin allerdings Zeitungen verbieten und Gegner von der Geheimpolizei verfolgen. Auch Lenins Nachfolger Josef Stalin übte seine Herrschaft mit Gewalt aus. Er ließ Menschen verhaften, in Konzentrations- und Arbeitslager (GULags) verschleppen und massenhaft hinrichten. Der „Stalinismus" (1924 bis 1953) kostete Millionen Menschen das Leben.
Die Sowjetunion wurde eine Großmacht. Gemeinsam mit den westlichen Verbündeten besiegte sie Deutschland im Zweiten Weltkrieg. Nach dem Kriegsende 1945 entwickelten sich zwei große Lager, die sich feindselig gegenüberstanden: die kapitalistischen Staaten unter Führung der USA im Westen und die kommunistischen Staaten unter Führung der Sowjetunion im Osten.

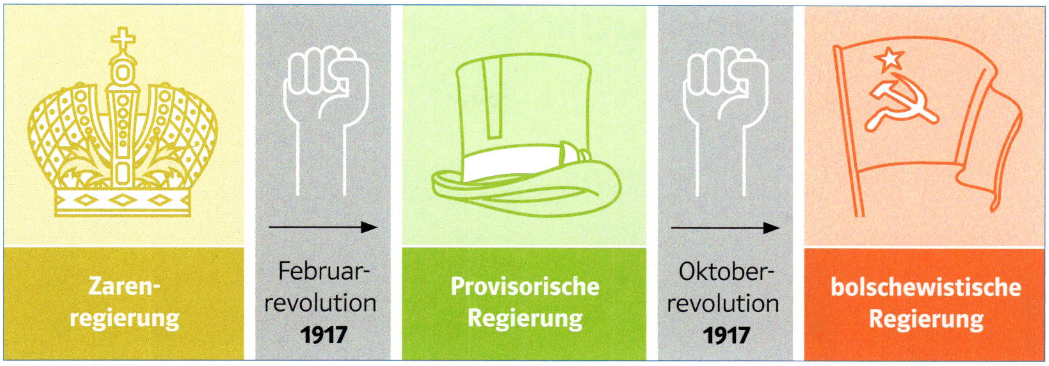

D1 Regierungen und Revolutionen in Russland. Schaubild

Q2 Nach der Februarrevolution veröffentlichte Lenin in der Zeitung „Prawda" („Die Wahrheit") seine Ziele:

2. Die Eigenart der gegenwärtigen Lage in Russland besteht im Übergang von der ersten Etappe der Revolution, die (…) der Bourgeoisie die Macht gab, zur zweiten Etappe der Revolution, die die Macht in die Hände des Proletariats und der ärmsten Schichten des Bauerntums legen muss. (…)

3. Keinerlei Unterstützung der Provisorischen Regierung, Aufdeckung der ganzen Verlogenheit aller ihrer Versprechungen (…).

5. (…) Abschaffung der Polizei, der Armee und der Beamtenschaft. (…)

6. (…) Beschlagnahme der gesamten Ländereien der Gutsbesitzer. Nationalisierung des gesamten Bodens im Lande; die Verfügungsgewalt über den Boden steht den örtlichen Sowjets (…) zu.

Q3 Rede Lenins vor dem Sowjetkongress am 26. Oktober 1917:

Was bedeutet diese Revolution? Zunächst bedeutet sie, dass wir eine Sowjetregierung haben werden ohne die geringste Beteiligung der Bourgeoisie. Die unterdrückten Massen werden selbst eine Regierung bilden. Der alte Staatsapparat wird zerschlagen werden und an seiner Stelle wird ein neuer, von Sowjetorganisationen geschaffener Regierungsapparat erstehen. (…) Eine unserer unmittelbarsten Aufgaben ist es, sofort den Krieg zu beenden. Aber um den Krieg, der mit dem jetzigen kapitalistischen System eng verknüpft ist, zu beenden, wird es notwendig sein, den Kapitalismus selbst zu stürzen. (…) Wir müssen nun daran gehen, in Russland einen proletarischen, sozialistischen Staat aufzubauen. Hoch lebe die weltumspannende sozialistische Revolution!

Sowjets
= Räte
Bezeichnung für die überall im Lande von Arbeitern, Soldaten und Bauern gewählten politischen Interessenvertretungen

A / B

1. Beschreibe die Lage Russlands um 1900 (T1).
2. Erkläre D1 mithilfe von T2 und T3.
3. A: Welche Ziele verfolgt Lenin nach der Februarrevolution? Arbeite heraus (Q2).
   B: Warum unterstützt Lenin nach der Februarrevolution die Provisorische Regierung nicht? Erkläre (Q2).
4. A: Welche Aufgaben sieht Lenin für die Sowjetregierung nach der Oktoberrevolution? Liste auf (Q3).
   B: Wie muss die Regierung laut Lenin vorgehen, um „einen proletarischen, sozialistischen Staat aufzubauen"? Erläutere (Q3).
5. MB Stelle in einem Kurzreferat die weitere Geschichte der Sowjetunion vor (T4, Internet).
6. „Aus Unterdrückten werden Unterdrücker." Trifft diese Aussage für die Oktoberrevolution von 1917 zu? Beurteile.

AFB I: 1, 3, 4 II: 2, 5 III: 6   AFB I: 1 II: 2–4, 5 III: 6

SP → Lösungshilfen ab S. 222

Abschluss

Der Erste Weltkrieg

D13 Arbeitsblatt Wiederholung

D14 Arbeitsblatt Lösung

I27 interaktive Übungen Der Erste Weltkrieg

- Ich kann Fragen zur Entstehung des Ersten Weltkriegs stellen.
- Ich kann die Ursachen und den Anlass für den Ausbruch des Ersten Weltkrieges nennen.
- Ich kann den Charakter des Ersten Weltkrieges beschreiben und seinen Verlauf darstellen.
- Ich erkenne, dass Fotos eine „gemachte“ Wirklichkeit abbilden.
- Ich kann Spuren des Ersten Weltkrieges in meinem Heimatort finden und historisch einordnen.

SP Lösungshilfen zu den Aufgaben

Seite 15

1 Wodurch sind Bauernkinder im Mittelalter erschöpft? Wodurch sind Kinder heute erschöpft?

2 –

2 –

3 Wenn ihr wollt, könnt ihr euch die Arbeit aufteilen, jede/r bearbeitet einen Verfassertextabschnitt. Überlegt euch, wie ihr die Ergebnisse zusammentragt und präsentiert. Tipps zur Plakatgestaltung findet ihr auf S. 267.

4 Überlege: Was bedeutete es im Mittelalter, wenn man mit sieben Jahren als erwachsen galt? Waren damit Pflichten oder Rechte verbunden?

4 War die Kindheit an den verschiedenen Orten des Lebens (Land, Kloster, Burg, Hof, Stadt) ähnlich oder verschieden?

5 Ich hätte lieber im Mittelalter gelebt als heute. Im Mittelalter … Heute dagegen …
Ich hätte nicht lieber im Mittelalter gelebt als heute. Heute… Im Mittelalter dagegen …

6 Beachte die Tipps zur Internetrecherche im Anhang.

Seite 17

1 Die Geburt spielte eine große Rolle. Der Sohn eines Bauern z.B. …

2 Erster Stand: Geistliche (= D1: Person rechts), Zweiter Stand: …

2 Ergänze die Tabelle:

Stand	Wer gehörte dazu?	Aufgaben/ Eigenschaften
Erster Stand	Geistliche (Bischöfe, Äbtissinnen, Äbte)	…
…	…	…
…	…	…

3 Beachte in Q1: Wer steht im Bild über den Ständen?

3 a) siehe Lösungshilfe zu A3; b) siehe S. 24, besonders T1

4 Die Ständeordnung wurde von den Menschen hingenommen. Doch im 13. Jahrhundert änderte sich das: Es kamen Stimmen auf, die …

4 Bedenke zunächst: Franz von Assisi war ein reicher Kaufmann, der sein Leben radikal änderte und in Armut lebte (Kasten „Schon gewusst?"). Passt das zum Leben in der Ständegesellschaft (T1)?

5 –

6 –

6 Nutze die Hinweise zum Recherchieren im Unterricht auf der hinteren Umschlagseite.

Seite 19

1 Benutze die Begriffe: Grund, Grundherr, Bauern, abhängig.

2 Eine Grundherrschaft bestand aus …, große Grundherrschaften bestanden aus vielen … Auf den Fronhöfen saßen der … und seine … Die unfreien Bauern mussten … Dafür erhielten sie im Gegenzug …

2 Verwende für deine Zeichnung folgende Begriffe: Grundherr, Herrenhof/ Fronhöfe, abhängige Bauern, Abgaben, Frondienste, Herrschaft, Schutz

3 Lies den Text zweimal. Tipp fürs zweite Lesen: Achte auf die Art der Abgaben und Dienste, die Zahlenangaben sind für deine Antwort nicht wichtig.

4 Hallo, mein Name ist Meier – und das ist auch mein Beruf. Ich habe hier auf dem Fronhof meines Grundherrn viel zu tun: …

4 Schreibe zunächst aus T3 Argumente für und gegen den Eintritt in die Grundherrschaft auf. Schreibe dann den Dialog.

5 Wäge ab zwischen Schutz und Unterhalt auf der einen Seite und Abgaben, Diensten und Willkür auf der anderen Seite.

Seite 21

1 Zu den Arbeiten der Männer zählte vor allem die Feldarbeit. Der Bauer musste … Die Frauen waren vor allem auf dem Hof tätig und versorgten das Vieh …

2 Ergänze die Tabelle:

	Adjektive
Wohnen	kalt, beengt, karg, …
Essen	…
Arbeit	…
Kleidung	…

3 Bei einem Werbeplakat kommt es auf Bild und Text an. Wichtig ist es, den Nutzen des Räderpfluges in den Mittelpunkt zu stellen, also: Warum sollte der Bauer einen Räderpflug kaufen? Was verbessert sich dadurch für ihn?

3 Notiere zunächst aus T1 und D1 Argumente für die Dreifelderwirtschaft: höhere Erträge, …
Bei einem Werbeplakat kommt es auf Bild und Text an. Wichtig ist es, den Nutzen der Dreifelderwirtschaft in den Mittelpunkt zu stellen, also: Warum sollte der Bauer sie einführen? Was verbessert sich dadurch für ihn?

4 Durch die Entstehung von Städten konnten die Bauern ihre Produkte gegen … auf den städtischen … verkaufen. Dadurch konnten sie sich von … und … freikaufen. So verringerte sich die Abhängigkeit von den … Mehr und mehr dörfliche Angelegenheiten regelten die Bauern … Auf den Feldern der Höfe arbeiteten fast nur …, die ärmste Gruppe der Menschen im …

5 Wäge ab: Was verbessert sich für die Bauern? Können alle Bauern von diesen Verbesserungen profitieren?

Seite 23

1 Die Menschen hatten Angst vor … Sie stellten sich die Hölle so vor: …

2 Nach dem Morgengebet habe ich … Dann ging ich zu einem Sterbenden und habe dort … Als ich in meiner Kirche war, kamen viele und wollten … Am Abend habe ich noch mit dem jungen Karl und seiner Marie über … gesprochen …

2 Nutze und erkläre dabei die Begriffe beichten/Ablass/ Vergebung.

❸ Sohn: Mama, warum hat jedes Dorf eine Kirche?
Bäuerin: Mein Sohn, Gott hat uns … Und die Kirche begleitet uns das ganze Leben. Als du geboren wurdest, haben wir direkt den Pfarrer gerufen, um dich taufen zu lassen. Als die alte Marie im Sterben lag, kam auch …
Sohn: Das verstehe ich nicht. Wie kann ich denn meine Sünden …
Priester: Das kann ich dir erklären: Wenn du gesündigt hast, dann …

❹ Tipp: Um Argumente zu finden, schau nochmal in T1–2 nach.

❺ Beachte die Tipps zur Internetrecherche am Ende des Buches.

❺ Mögliche Ideen: die Länge des Weges, das Wetter, das Gepäck, was hinterlässt er in der Heimat, was sieht er Neues …

Seite 25

❶ In die Mitte schreibst du das Thema: „Kloster". Mögliche Hauptäste: Glauben, Wirtschaftsbetrieb, Wissenschaft.

❷ Nenne den lateinischen Spruch und die deutsche Übersetzung.

❷ In deiner Antwort solltest du erklären, was die Klosterregel „ora et labora" bedeutet.

❸ Claudios Tagesablauf:

2 Uhr	Gebet in der Kirche
6 Uhr	…
…	…

❸ Nachdem du die Tabelle angelegt hast, fasse zusammen, woraus sein Tagesablauf vor allem bestand.

❹ Bedenke, dass die Menschen im Mittelalter Angst um das „Heil" ihrer Seele hatten. Sie fürchteten sich vor Höllenstrafen nach dem Tod. Überlege, welche Hoffnungen sie hatten, wenn sie dem Kloster „Geschenke" machten.

❺ Der Klosterplan zeigt Grundrisse von etwa fünfzig Gebäuden. Das größte gezeichnete Gebäude in der Anlage ist die Klosterkirche. Folgende Bereiche findest du im Plan: …

❺ Welche Berufe/ Gebäude/ Bereiche gab es im Kloster?

❻ Mönch A: „Bei uns galt mal die Regel, dass Besitz nichts zählt. Aber schau dir doch mal an, wie es mittlerweile bei uns zugeht: …"

Seite 27

❶ Bedenke z. B., dass man von einer Burg einen guten Überblick haben und dass sie gut zu verteidigen sein sollte.

❷ Benutze die Animation in „Medien zum Schulbuch" für deine Auflistung. Beginne z. B. mit dem Bergfried: steht im Zentrum der Burg, hierhin flüchteten die Bewohner in Notfällen …

❸ Brunnen graben, damit genug Wasser da ist …

❸ Bedenke: Welche verschiedenen Angriffsmöglichkeiten gab es? Wie konnten sich die Menschen auf der Burg dagegen verteidigen? Schreibe dann das Gespräch:
Angreifer 1: Am besten …
Angreifer 2: Aber wenn die Burgbewohner …?
Angreifer 1: Vielleicht sind wir erfolgreicher, wenn …

❹ Wäge ab: Suche nach Vorteilen des Burglebens (z. B. Schutz). Stelle den harten Alltag auf der Burg dagegen (Q1).

❹ Lege zunächst eine Tabelle an und sammle Stichpunkte:

	Vorteile	Nachteile
im Mittelalter	…	…
heute	…	…

❺ Wäge ab zwischen der Darstellung D1 auf der einen Seite und Q2 und Q3 auf der anderen Seite.

Seite 29

❶ In der Stadt lebten vor allem Kaufleute und … Städte lagen oft an … Den Städten war es erlaubt, … abzuhalten. Die Stadtbewohner hatten besondere Rechte: …

❷ Du kannst folgende Tabelle verwenden:

günstige Standorte	Grund
1) neben Soldatenlagern	Soldaten als Kunden der Kaufleute
2) nahe einer Burg	Burgbewohner als Kunden der Kaufleute
…	…

❸ Menschen, die vor ihrem Herrn geflohen und Zuflucht in einer Stadt gefunden hatten, waren frei, wenn sie …

❸ Benutze die Begriffe: Freiheiten, Abgaben und Frondienste, Steuern, Dienste, Streitigkeiten, Stadtregierung, Märkte, Schutz.

❹ Frieden und Schutz, kein Zoll für die heimischen Kaufleute, …

❹ Stadtbewohner waren bessergestellt als Landbewohner, weil sie …

❺ Bedenke: Die Menschen auf dem Land konnten ohne Städte leben, da sie sich weitgehend selbst versorgten. Konnte die Stadtbevölkerung auch ohne die Menschen auf dem Land leben?

❻ Bevor du die Aufgabe löst, kannst du die Endungen -berg, -burg und -furt den Ziffern in D1 zuordnen.

❻ Gib im Internet als Suchbegriffe die Stadt, in der deine Schule liegt, und „Geschichte" oder „Chronik" ein. Wähle eine verlässliche Webseite aus, z. B. die Seite der Stadt, des Stadtarchivs, des Heimat- oder Geschichtsvereins. Beachte auch die Tipps zur Internetrecherche im Anhang.

Seite 31

❶ Beachte z. B. den Warenaustauch zwischen der Stadtbevölkerung und den Bauern.

❷ Bedenke: Kunden, die Waren kauften, wollten nicht betrogen werden.

❷ Benutze die Begriffe Streit, Betrug, Abgaben, Ordnung.

❸ Marktordnung: Beachte den Anfang des Gesprächs zwischen Vater und Sohn. Marktrecht: Beachte die Antwort des Vaters auf die Frage, ob es in jeder Stadt einen Markt gibt.

3 Jackop (Sohn): Vater, was regelt die Marktordnung? V(ater): Sie legt fest, ... und verordnet ... Außerdem verbietet sie, ... S(ohn): Warum regelt die die Marktordnung das alles? V: Damit die Menschen auf dem Markt ..., die Käufer ... und die Stadt ...
4 Wochenmärkte fanden ... Sie dienten dem Austausch von Waren zwischen ... Jahrmärkte fanden ... und dauerten ... Hier wurden vor allem ... angeboten.
5 Im Mittelalter konnte man fast alle Waren nur auf dem Wochen- oder Jahrmarkt kaufen. Heute ...
6 Beachte die Tipps zur Internetrecherche im Anhang.

Seite 33

1 Verwende bei deiner Antwort die Stichworte „bessere Qualität" und „gute Produkte".
2 In einer Zunft waren ... Der Vorteil war, ...
2 Benutze die Begriffe Zusammenschluss, Interessen, Zunftordnung, Qualität, Menge, Preise, Ausbildung.
3 Achte auf die Symbole (Zeichen und Gegenstände), die abgebildet wurden.
4 Die Zunftordnung regelte: Wie viele Meisterbetriebe darf eine Stadt haben, ...
4 Siehe Lösungshilfe zu Aufgabe B2 (grün). Verwende außerdem den Begriff Konkurrenz.
5 Vervollständige und ergänze die Tabelle:

	früher	**heute**
Dauer	drei bis fünf Jahre	...
Prüfung	Gesellenprüfung	...
Wohnung	...	...
Vergütung (Geld)	...	...
Behandlung	...	...

6 Bedenke, dass niemand außerhalb der Zünfte seinen Beruf ausüben durfte.

Seite 35

1 Die Seidenstraße verlief von den Städten Quinsai (= Hangzhou) und Cambaluc in China nach Genua und ... in ... Die Seidenstraße führte über/entlang/durch ... Sie ist insgesamt ca. ... Kilometer lang.
2 Du kannst diese Tabelle vervollständigen:

Wichtige gehandelte Waren auf der Seidenstraße	
Von China nach Europa (Ost nach West)	Von Europa nach China (West nach Ost)
Porzellan	Gold
...	...

2 Siehe Lösungshilfe zu Aufgabe A2. Lies dann zusätzlich T2 und verwende in deiner Antwort die Wörter Mongolen und Mönche.
3 Der Austausch beschränkte sich nicht auf Waren, sondern auch auf die Kultur: Schriften ...
3 Siehe Lösungshilfe zu Aufgabe A3 (grün).
4 Zu Q1: Das Bild zeigt ein Fest... Zu Q2: Marco Polo berichtet über die chinesische Stadt Quinsai. Dort werden laut Marco Polo viele Güter... Zu Q3: Der Mönch ... beschreibt die Mongolen als gehorsam. Sie stritten nur selten...
5 Bilder wie Q1 und Berichte wie Q2 könnten ... auf die Menschen in Europa gewirkt haben. Q3 dagegen ...
6 Mögliche Inhalte: Reisebeschreibung, Handelsgüter, die sich gut kaufen/verkaufen lassen

Seite 39

1 Tipp zu a): Achte auf die Zwischenüberschriften im Text.
2 Benutze die Stichworte Reichtum, Wohlstand und Oberschicht.
2 Bestimme dazu, wer die Patrizier waren und welchen Anteil sie an der Stadtbevölkerung insgesamt hatten.
3 Ein Zunftvertreter: „Es wird Zeit, dass wir auch in der Stadt mitregieren können ..." Ein Patrizier zum anderen (halblaut): „Was sollen wir bloß machen? Wenn wir den Zünften nicht erlauben mitzuregieren, fürchte ich, dass ..."
3 Achte vor allem darauf, wer sitzt und wer steht.
4 Lies die Bildlegende zu Q1 genau.
4 Die Handwerker fordern ... Sie sind wichtig für die Stadt, weil sie ... (Nenne mindestens zwei Gründe.)
5 Nenne die einzelnen Personen bzw. Personengruppen. Beachte, wie „gewählt" wird.
5 Die Antwort findest du im grünen Kasten. Achte besonders auf den Text in den Klammern.
6 Überlegt zunächst Vorteile und Nachteile der verschiedenen Regierungsformen. Dann könnt ihr in der Diskussion eure Meinung besser begründen, zum Beispiel: „Ich finde es am besten, wenn in der Stadt möglichst viele Gruppen mitregieren können, weil ..."

Seite 41

1 Achte auf die Kleidung und die Wohnverhältnisse.
2 Wer sich als „Bürger" bezeichnen wollte, musste bestimmte Voraussetzungen erfüllen, zum Beispiel: ein Haus, ein Grundstück oder Vermögen besitzen, ...
2 Bürger: siehe Lösungshilfe zu Aufgabe A2 (grün). Bedingungen für Frauen: Beachte die Unterschiede zwischen verheirateten Frauen, unverheirateten Frauen aus wohlhabenden Familien und einfachen Frauen.
3 Tipp: Schreibe zunächst alle im Text genannten Personen-/Berufsgruppen heraus. Entscheide danach, ob sie zur Oberschicht, Unterschicht oder den „Unehrlichen" gehörte.
3 a) Siehe Lösungshilfe zu Aufgabe A3 (grün).
b) Berücksichtige in deinem Urteil, warum diese Menschen „unehrliche" Berufe ausübten und welche Bedeutung diese für die Gesellschaft hatten.

4 Überlege als Erstes, wie du die Oberbegriffe „Oberschicht", „Unterschicht" und „Unehrliche" im Schaubild anordnen würdest. Für weitere Eintragungen nutze deine Ergebnisse aus Aufgabe 3.
5 Im Mittelalter war die Kleidung mehr als nur Mode. Schmuck und Kleidung, sogar die verwendeten Materialien hatten eine Bedeutung. Sie zeigten an, ...
5 Siehe Lösungshilfe zu Aufgabe A5 (grün). Die Begriffe Zugehörigkeit, Stand, Individuum helfen dir, Vor- und Nachteile der Kleidervorschriften zu erkennen.
6 Beispiel: Ich bin die Tochter eines reichen Kaufmannes. Mir fehlt es an nichts. Wir wohnen in einem großen prächtigen Haus ...

Seite 43

1 mögliche Satzbausteine: unterschiedliche Lebensweise von Christen und Juden, eigene Geschäfte und Synagoge, 14. Jahrhundert: Leben in Nachbarschaft, 16. Jahrhundert: abgegrenzte Wohnviertel, Gettos
2 Trage folgende Begriffe in die Tabelle ein: religiöse Freiheit, freier Handel, Eigentum, eigene Richter, ...
2 Siehe Lösungshilfe zu Aufgabe A2 (grün). Vergleiche die Anzahl der Rechte und der Verbote. War ein freies und gutes Leben für Juden möglich?
3 möglicher Beginn des Gesprächs: Berater 1: „Jetzt kann nur noch einer helfen: Der jüdische Arzt ..." Berater: „Ich hole doch keinen Juden ins Haus! Was man da alles hört: ..." Berater 1: „Aber ..."
4 Was dachte die Kirche über den Handel mit Geld?
4 Folgende Satzbausteine können dir für deine Begründung helfen: keine Erklärung für ... Suche nach Schuldigen...
5 Tipp: Wie kann man Isolation verhindern? Gibt es gemeinsame Veranstaltungen? Möglichkeiten der Begegnung?
6 Verwende die folgenden Stichworte: Bakterien, Ratten, Flöhe.

Seite 45

1 a) Tipp: Das Gebiet liegt vor allem im heutigen Syrien, Libanon, in Israel und Jordanien.
b) Die Umgebung um ... Dort gibt es viele heilige Stätten von ..., ... und ...
2 Lies die Legende in D1 und verfolge die roten Pfeile. Beachte die gelben und grünen Punkte auf den Wegen der Kreuzfahrer.
2 Entstehung: Besetzung Heiliges Land, Bedrohung Kaiser; Teilnehmer: Bauern, Ritter, ... (siehe T1);
Weg: Lies die Ländernamen entlang der roten Linie (D1) ab. Du kannst auch zusätzlich einen Atlas verwenden.
3 Achte auf die Beschreibung von Tätern, Opfern und Taten.
4 Kannten die Muslime den Aufruf des Papstes oder nicht? Was folgt daraus?
5 Lies den zweiten Abschnitt im „Schon gewusst?"-Kasten genau. Welche Angaben in mittelalterlichen Quellen (wie Q1–2) solltest du besonders kritisch prüfen?
6 Beachte die Motive, die in T1 genannt sind.

Seite 47

1 Finde vom Felsendom aus (goldene Kuppel) die anderen Sehenswürdigkeiten.
2 a) „K...", G..., F...
b) Ordne den Heiligtümern in a) zu: wurde über dem Felsen erbaut, von dem aus Mohammed eine Himmelsreise gemacht haben soll; wurde über dem mutmaßlichen Grab Christi errichtet; stammt vom zerstörten Tempel
3 Du kannst in deine Recherche auch die Al-Aqsa-Moschee, die Grabeskirche und den Garten Gethsemane einbeziehen.
3 Wichtige Jahreszahlen mit Stichworten: 950 v. Chr. Tempel ...,
135 n. Chr. Vertreibung der ...,
637 Eroberung Israels durch...,
1099 Eroberung durch ...,
1291 Vertreibung der letzten ...
4 Verwende die Ergebnisse aus Aufgaben 2 und 3. Tipp: Du kannst einen Besichtigungsrundgang vorstellen, bei dem man an allen Heiligtümern vorbeikommt.

Seite 55

1 Bedenke, was sich für die Städte in Italien verändert hatte und was die Bürger wollten. Formuliere dann deine Antwort: In den italienischen Städten hatten ... das Sagen ... waren auf der Suche nach neuen Ideen ... Deshalb verloren ...
2 Nutze folgende Begriffe: Antike, Römerzeit, Reste von Gebäuden, Skulpturen, alte Schriften, Griechen, Araber
2 Tipp: Die Menschen blickten zurück in die Vergangenheit.
3 Beschreibe deine Bildquelle Q1 oder Q2 oder Q3.
So kannst du beginnen:
Auf Q1, Selbstbildnis des Malers Albrecht Dürer, wird ... dargestellt. Er ist mit ... gekleidet. Im Hintergrund ...
3 Welche Besonderheit aus der neuen Zeit zeigt das Bild/das Bauwerk?
4 Nutzt folgende Begriffe: Q1: Porträt, lebensnah; Q2: Geometrie, Zentralperspektive; Q3: Architektur, Vorbild antikes Gebäude
4 Beachte, dass im Wort Humanismus das Wort humanus = menschlich enthalten ist.
5 Verehrter Meister Brunelleschi, das neue Bauwerk soll zeigen, dass unsere Familie ... ist. Deshalb muss es ...
6 Die Künstler stellten den ... und nicht ... in den Mittelpunkt. Die Gelehrten beantworteten ihre Fragen mithilfe der ... und nicht mit der ... Durch die neuen Ansichten stellen wir heute auch ..., seine Würde und ... in den Mittelpunkt. Das sieht man z. B. daran, dass ...

Seite 57

1 Kaufleute und Politiker brauchten immer mehr Bücher, weil ... Gelehrte brauchten ...
2 Jeder Buchstabe wurde mehrfach aus Metall hergestellt. Diese Buchstaben nannte man ... Aus ihnen wurden ... zusammengesetzt ...
2 Beginne so: „Ich bin xy, meine Aufgabe in der Werkstatt ist es ..."

3 Lies T2–3 Abschnitt für Abschnitt. Wenn du auf eine Erfindung stößt, notiere sie.
3 a) Siehe Hilfe zu Aufgabe A2 (grün).
b) Überlege, wie sich z. B. der Tagesablauf der Menschen ändert, wenn sie eine Uhr bei sich tragen.
4 Leonardo arbeitete in folgenden Bereichen: … Deshalb …
4 Lege eine Tabelle mit zwei Spalten (Vorteile – Nachteile) an.
5 Leonardo ist bis heute ein persönliches Vorbild, weil … Es ist als Gelehrter ein Vorbild, weil …
6 Überlege, was ohne gedruckte Bücher in den letzten Jahrhunderten alles nicht möglich gewesen wäre.

Seite 59

1 Die Griechen beobachteten … Deshalb überlegten sie, dass … Ein Beweis war, dass …
2 Lies T2 Satz für Satz und filtere heraus, was aus Kopernikus Sicht über die Erde, die Sonne und die Planeten gesagt wird.
2 Beschreibe die Zeichnung D1, Nr. 2 und suche Textstellen in Q2, die begründen, dass dieses System richtig sein muss.
3

	geozentrisches Weltbild	heliozentrisches Weltbild
Wer vertrat es?	Ptolemäus	
Wann?	2.–16. Jahrhundert	
Position der Sonne		
Position der Erde	Erde steht fest, Planeten …	

3 Beschreibe die Zeichnung D1, Nr. 1 und suche Textstellen in Q3, die begründen, dass dieses System richtig sein muss.
4 Thomas: „Gott zum Gruß, Adalbert! Ich habe deine Ansichten gelesen. Du meinst, dass die Sonne in der Mitte aller Planeten fest steht? Das steht im Widerspruch zu unserer heiligen Schrift …“ Adalbert: „Es geht nicht um die alten Schriften, Thomas. Neue Beobachtungen zeigen …“
5 Schau dir nochmal die Ergebnisse von Aufgabe 4 an. Formuliere dann dein Urteil: Die Kirche wollte … Die Kirche reagierte … Damit verteidigte sie …
6 Lies dazu den letzten Satz des Verfassertextes (T3).

Seite 61

1 Q1: Gewürze wie Zimt, Vanille, … Q3: Gewürze wie Pfeffer, … außerdem Edelsteine, …
2 Osmanisches Reich 1326: Herrschaftsgebiet in der heutigen Nordwest-Türkei mit Hauptstadt Bursa
Eroberungen bis 1451: heutige Nordtürkei, Westtürkei, Walachei, …
Eroberung 1453: Konstantinopel
Machtbereich 1683: zusätzlich: Serbien, Ungarn, … und Teile Arabiens mit Mekka
2 Warum machte die Ausbreitung des Osmanischen Reiches den Warentransport nach Europa schwieriger?
3 … fand … den Seeweg nach Indien. Es lohnte sich, weil …
3 Wie können die Seefahrer die Kosten für ihre Fahrten decken?
4 a) Gib die Stichworte „Astrolabium“ und „Quadrant“ ein.
b) Verwende folgende Stichworte: Neugier, Grenzen überschreiten, Wissen, Erfindungen.
5 Traditionellerweise tranken die … Kaffee. Von ihnen übernahmen es die … Von ihnen lernten die … den Kaffee kennen und entwickelten die …
5 Aus welchen Gründen kamen Menschen aus Zentraleuropa ins Osmanische Reich und umgekehrt?
6 Kaffee(haus)kultur, Tabak, …

Seite 63

1 Wenn du den Kontinent nicht erkennst, vergleiche mit D2.
2 Kolumbus startete in … Als Erstes landete Kolumbus auf der Inselgruppe der … Anschließend segelte er weiter nach … Vergleiche mit S. 64: T2.
2 Prüfe, wie der kürzeste Weg von Europa nach Indien verläuft.
3 Suche zuerst das Land, von dem aus Magellan startete. Verfolge, in welche Richtung er segelte. Nutze auch S. 50: T2
3 Tipp: Als Magellan losfuhr, war Amerika bereits bekannt.
4 Magellan war … Er starb zwar …, aber … Deshalb gilt … als erster Weltumsegler.
4 Zähle auf, welche Gebiete sie erreichten, zu denen vorher noch kein europäisches Schiff gelangt war.
5 Informiere dich auch auf S. 53 (Lexikonbegriff: „Entdeckungen“). Aus der Sicht von Kolumbus und der Spanier … Aus der Sicht der indigenen Bevölkerung …

Seite 65

1 Kolumbus' Idee war: „Ich kann Indien …“ Erläutere seinen Plan anhand der Karte S. 62: D1. Tipp: Achte auf die braunen Flächen auf der Karte.
2 Ziele:
- den Seeweg nach Indien entdecken
- neue Länder für Spanien finden
- …
- …

2 Warum nimmt Kolumbus einen Notar mit?
3 Deine Bilder können die Abfahrt, die Fahrt über den Atlantik und die Ankunft in Guanahani zeigen.
3 Überlege, wie viel Zeit Kolumbus hatte, bevor er seine ersten Eindrücke aufschrieb.
4 Überlege, welche Eigenschaften von Kolumbus dir wichtig sind.
4 Warum kommt im rechten Kopf (chilenischer Schüler) das Wort „Krieg“ vor und links (deutscher Schüler) nicht?
5 Beziehe in deine Bewertung sowohl das erste Zusammentreffen mit der indigenen Bevölkerung als auch das weitere Vorgehen der Spanier ein (T2, Q2). Beginne so: Das Verhalten der Spanier auf Guanahani finde ich in Ordnung/nicht in Ordnung, weil …
6 Recherchiere dazu die Beschriftungen der einzelnen Schiffsteile in der Animation (Medien zum Schulbuch).

Seite 67

1 Tenochtitlan war die … des Reiches der … Sie lag inmitten … im … Heute liegt hier …
2 Im Vordergrund gibt es … In der Mitte sind … Im Hintergrund …
2 Zähle auf, was die Besucher wohl alles nicht erwartet hätten.
3 Besonderheiten im Leben der Azteken waren: Arbeitsteilung (verschiedene Berufe), ein Kalender, …
3 Siehe Lösungshilfe zu Aufgabe A3 (grün).
4 Denke an die typischen Merkmale einer Hochkultur, wie du sie z. B. in Klasse 6 bei Ägypten kennengelernt hast (Schrift, …).
5 Aus heutiger Sicht ist es erstaunlich, was die Azteken bereits kannten: … Erschreckend ist … Deshalb bewerte ich das Leben der Azteken als …
6 „xocoatl" bedeutet: …; „tomatl" bedeutet: … Die Spanier haben diese Wörter in ihre Sprache übernommen, weil …

Seite 69

1 Moctezuma begrüßt die Spanier mit …, fordert sie aber gleichzeitig auf, … Moctezuma betrachtet mit Sorge, dass die Spanier …
2 Beachte die Motive der Spanier. Gehe auch auf die Situation innerhalb der indigenen Bevölkerung ein.
2 a) Siehe Hilfe zu Aufgabe A2 (grün). b) Die Quelle beschreibt die Wirkung einer K…
3 Spanier: Cortés, … Azteken: Moctezuma, … Zeichne Sprechblasen und schreibe ihre Gedanken auf.
3 Lies zur Vorbereitung T2.
4 Handlungsmöglichkeiten: Verständigung, Konflikt, friedliche Mittel, kriegerische Mittel, Bündnisse
4 Siehe Hilfe zu Aufgabe A4 (grün).
5 Lies T1–2 abschnittweise und notiere die Gründe in Stichworten. Beachte auch den Kasten „Schon gewusst?"
6 Überlege: Woher haben wir die meisten Informationen über die Geschichte der Azteken?

Seite 71

1 Schlage den Begriff „Kolonien" auf S. 64 nach.
2

Spanien	Portugal	Vereinigtes Königreich
Vizekönigreich Neuspanien	Vizekönigreich Brasilien	…
…	…	…

3 Lies in der Karte: Welche Waren werden angeboten? Wohin werden die Waren gebracht (gelbe Pfeile)?
3 Siehe Hilfe zu Aufgabe A3 (grün).
4 Rigoberta Menchú engagierte sich für … Sie erhielt den Friedensnobelpreis, weil …
4 Überlege, warum es ein besonderes Zeichen ist, wenn Menschen wie Rigoberta Menchú so einen Preis bekommen.
5 Beschreibe die negativen Auswirkungen der Kolonialisierung bis heute. Bedenke aber auch, dass die Europäer die indigenen Kulturen nicht vollständig zerstörten. Benutze in deiner Antwort auch den Begriff „Verschmelzung".

Seite 73

1 Lies auch die Bildlegende. Folgende Fragen sollten in deiner Beschreibung beantwortet werden: Wer macht wann was und wie? Gehe auf die Frage des „warum" erst in Aufgabe 2 ein.
2 Beachte die Vorkommnisse in den USA im Jahr 2020.
2 Eine Schlagzeile sollte kurz, plakativ und einprägsam sein.
3 Die Körperhaltung und die Gesichtsausdrücke in Q1 verraten etwas darüber, was in den Menschen vor sich geht.
3 Siehe Lösungshilfe zu Aufgabe A3 (grün).
4 Beachte die Tipps zur Internetrecherche im Anhang.
4 Was meint die Figur rechts mit der Aussage: „Die Basis bleibt …"?
5 Mögliche Argumente: „Durch die Beseitigung von Denkmälern ändert sich gar nichts." „Denkmäler sind Ausdruck der Zeit, in der sie gebaut wurden. Denkmäler zu entfernen bedeutet, Geschichte unsichtbar zu machen." „Jede Generation muss neu prüfen, wie ihr Blick auf die Geschichte ist. Wenn ein Denkmal Mörder verherrlicht oder ein problematisches Geschichtsbild zeigt, muss es entfernt werden." „Denkmäler sollten nicht entfernt, sondern kommentiert werden." Wie stehst du dazu?
6 –

Seite 75

1 Prunk und verschwenderisches Leben der Päpste; …
2 Früher wurden Ablassbriefe für … ausgestellt. Später ging die Kirche dazu über, …
2 Nutze die Bildinformationen zu Q1. Warum wird das Geld in dem Bild so hervorgehoben?
3 Zuerst schrieb Luther an … In seinem Brief kritisierte er …
3 Wann werden einem nach Tetzels Meinung die Sünden/die Schuld vergeben, wann nach Meinung Luthers?
4 Lies dazu noch einmal die Verfassertexte (T1–3).
5 Albrecht reagierte folgendermaßen: Er … Vermutlich handelte er so, weil … Die Gelehrten … Viele Menschen …

Seite 77

1 Martin Luther war überzeugt, dass alle Menschen in den Himmel kommen können, wenn sie … Auf keinen Fall könne man sich den Weg in den Himmel …
2 Antworte in zwei Schritten: Papst und Kaiser verlangten, dass Luther … Als dieser sich weigerte, …
2 Luther wurde vom … und vom … als Verbündeter des … gesehen, weil …
3 Zuerst verbreitete sich Luthers Lehre. Sie wurde zu einer … Auch die Fürsten und … bekannten sich zur … Die Kirchen nannte man …
3 Untersuche vor allem die Rolle und das Verhalten der Fürsten.

4 Heirat von Priesterinnen und Priestern, Lesen der Bibel auf Deutsch, …
4 Lies auf S. 54 nach, wie sich das Denken der Menschen in der Frühen Neuzeit veränderte.
5 Tipps und Fragen zum Thema „Spaltung und Zerstörung“: Pro: Lies in T4 nach, welche Folgen die Reformation für die Einheit der Kirche hatte. Kontra: Findest du auf den S. 74–77 einen Hinweis, dass Luther wirklich eine neue Kirche gründen wollte? Tipps und Fragen zum Thema „Verbesserung und Entwicklung“: Pro: Gibt es in der katholischen Kirche heute noch Ablassbriefe? In welcher Sprache werden heute normalerweise katholische Gottesdienste gehalten? Kontra: Bedenke, dass die Reformation bzw. die Reaktion auf sie zu Gewalt führte (T4).
6 Wer profitiert vom „Luther-Hype“ und wieso? Denke z. B. an die evangelische Kirche, Medien, Spielzeug-, Literatur-, Textil- und Lebensmittelindustrie, Tourismus, …

Seite 79

1 Liste Punkte auf, z. B. freie Wahl des Pfarrers, Abschaffung des Viehzehnts (der Viehsteuer), …
2 Tipp: Das Plakat sollte eine kurze und einprägsame Forderung oder einen Slogan enthalten. Ein Slogan kann witzig, schockierend oder nachdenklich sein.
2 Tipp: Der Bauernführer in T1 beruft sich an einer Stelle direkt auf Luther.
3 Die Forderungen der Bauern führten zu … Sie breiteten sich schnell aus, im Norden bis nach …, im Süden … im Osten…
3 Beachte den ersten Satz von T1.
4 Beachte die Kartenlegende zu D1. Zähle in der Karte die gewonnenen und verlorenen Schlachten der Bauern.
4 In D2 erhältst du einen Hinweis, wie die Szene ausgegangen sein könnte.
5 Tipp: Luther nennt drei Gründe.
5 Siehe Lösungshilfe zu Aufgabe A5 (grün).
6 Die Bauern haben mit ihrem Kampf nichts/etwas/viel erreicht: …

Seite 81

1 Zeichne den Zeitstrahl quer auf ein DIN A4-Blatt und trage die Daten ab (1 Jahr = 0,5 cm). Dann schreibst du zu jeder Jahreszahl das passende Ereignis. Wenn du mehr Platz zum Schreiben benötigst, nimm ein DIN-A3-Blatt (1 Jahr = 1 cm).
2 Beachte die Lexikonbegriffe in den Randspalten auf den S. 76/77 und 80.
2 Prüfe, welche Gründe Kaiser Karl V. und auch der französische König für ihr Vorgehen haben.
3 Die Fürsten konnten … Die Untertanen mussten … Die eingezogenen Kirchengüter … In den Reichsstädten … Ein geistlicher Fürst (Erzbischof) …
3 Prüfe vor allem in Q2, für welche Gruppen/Gebiete jetzt klare Regeln gelten und wo es immer noch zu Unklarheit kommen kann.

4 Calvin führte Neuerungen in verschiedenen Bereichen ein: Im Alltag … In der Kirche … In den Gemeinden …
4 Wodurch greift die Lehre Calvins in den Alltag der Menschen ein?
5 Die Konfessionalisierung führte in Europa zu einer Vielfalt … Die ehemalige alleinige Stellung der einen katholischen Kirche … Im Heiligen Römischen Reich …

Seite 83

1 Nimm die Tipps zum Schreiben eines Zeitungsartikels auf S. 267 zu Hilfe.
2 Tipp: Beachte die Rolle Frankreichs (T1).
2 Warum entstehen durch die Reformation zwei Machtgruppen in Europa und wer gehört zur einen und wer zur anderen?
3 Ordne deine Liste nach folgenden Themen: Religion, Staaten, Rolle der Fürsten, Stellung des Kaisers
3 Beginne so: „In Münster und Osnabrück wurde heute, am …, beschlossen, dass … Von nun an gilt, dass …“ Überlege dir zum Schluss eine passende Schlagzeile.
4 Der Kaiser war nach dem Dreißigjährigen Krieg dadurch geschwächt, dass die deutschen Fürsten … Außerdem war er bei Entscheidungen … Sein „Heiliges Römisches Reich“ war nun …
4 Tipp: Jeder Territorialstaat hat in D1 eine andere Farbe.
5 Untertanen, Fürsten oder Kaiser? Entscheide mithilfe der Lösung aus Aufgabe 2, wem der Krieg Vorteile brachte.
6 Werte T2 Satz für Satz aus.

Seite 91

1 Beschreibe die Kutsche, die Pferde, die Kleidung der Menschen. Unterscheide die königliche Familie, die Hofgesellschaft, wohlhabende und arme Menschen am Rande des Zuges.
2 Schreibe Stichworte auf zur Art der Regierung, zur Erhebung von Steuern, zu Recht und Ordnung.
2 Wenn der König seine Rolle im Staat beschreibt, dann sieht er seine Rechte, seine Möglichkeiten in Entscheidungen einzugreifen, aber auch den angeblichen Ursprung seiner Macht.
3 Unterscheidet aufwendige Vergnügungen, kostspieliges Leben, Zeremonien, Arbeit.
3 Beschreibe spiegelbildlich die Vorstellung, die hinter der Bezeichnung steckt: Die Sonne wird von den Planeten umkreist. Ludwig XIV. ist vom Morgen bis zum Abend von … umgeben. Die Sonne steht im Mittelpunkt. Ludwig XIV. … Die Sonne sendet ihre Strahlen aus und verleiht allem Glanz. Ludwig XIV. …
4 Denkt über Fragen wie diese nach: Könnte ein Herrscher wie Ludwig XIV. den Staat gut repräsentieren? Könntet ihr euch vorstellen, Untertanen eines Königs zu sein? Sehen wir Herrschaft im Staat als einen Auftrag Gottes an?
5 Das Schloss von Versailles wurde im 17. Jahrhundert erbaut, das Ludwigsburger Schloss Anfang des 18. Jahrhunderts. Es weist große Ähnlichkeiten mit dem Schloss von Versailles auf: … Daher …

Seite 93

❶ a) Mir fällt auf, wie groß das Bild ist. Mir fällt auch auf, …
b) Achtet auf Gemeinsamkeiten und Unterschiede. Sprecht darüber, warum ihr euch für bestimmte Aussagen entschieden habt.

❷ Zu den Schritten 3 und 4 findest du die Angaben in der Bildlegende zu Q1, zu Schritt 7 in T1.

❷ Schritt 8: Überlege, inwiefern das Bild typisch ist für die Zeit des Absolutismus.

❸ Denke an Farben, Gegenstände, Dekoration und an Haltung und Kleidung des Königs.

❸ Du kannst folgende Hauptäste verwenden: Herrschaftszeichen, Licht, …

❹ Verwende die folgenden Wörter und Wendungen: würdevoll, majestätisch; zieht Blick des Betrachters an; erzeugt Gefühl der Unterlegenheit; Wärme der Farben; König wirkt unnahbar, aber nicht böse.

❺ Tipp: In einer Demokratie gibt es keinen absoluten Herrscher, eine Bundeskanzlerin/ein Bundeskanzler wird vom Volk gewählt. Überlege, ob es Kennzeichen der Demokratie gibt und ob man sie symbolisch darstellen kann.

Seite 95

❶ Vervollständige die Sätze:
a) Alle Vorgänge in der Natur … Durch Beobachtung und Experiment kann man die … der Natur erforschen. Was nicht durch die Vernunft zu erklären ist, darf man … Jeder soll seinen eigenen … gebrauchen. Man darf die Bevormundung durch die … und eine angeblich von Gott gewollte … der Könige und Fürsten kritisieren.
b) Man weiß, dass heiße Luft … ist als kalte Luft. Also zeigt man in einem Experiment, dass ein … aufsteigen kann.

❷ Nenne zwei Medien und zwei Orte. Die Medien druckten neue Ideen, an den Orten diskutierte man neue Ideen.

❷ Nutze die folgenden Bausteine: private Atmosphäre, interessante Gespräche, liebenswürdige Gastgeberin, ausgesuchte Gäste, schöne Umgebung.

❸ Die Kritik der Aufklärer richtet sich in erster Linie gegen die Begründung von Herrschaft. Die Forderungen der Aufklärer beziehen sich vor allem auf Rechte des Einzelnen gegenüber der Regierung.

❸ Tipp: Die Aufklärer versuchten, alle Dinge rein vom Verstand und „von der Natur aus" zu sehen.

❹ Die lateinischen Begriffe sind in D1 jeweils in der ersten Zeile zu finden, die deutschen Begriffe stehen in der Klammer darunter.

❹ Ist Macht ohne Gewaltenteilung mit der Freiheit vereinbar?

❺ Die Aufforderung Kants findest du im letzten Satz.

❻ Benutze die Begriffe Bundesregierung, Bundestag und Bundesverfassungsgericht.

❻ Wie siehst du die Situation in Deutschland? Können sich die Menschen frei und gleich an Rechten fühlen? Gilt das für alle Länder?

Seite 99

❶ Ergänze den Text, indem du fehlende Begriffe einträgst: starker Anstieg des …, kaum Vorräte in den staatlichen …, hungernde und unzufriedene …, riesige Staats…, König scheitert an … und … mit dem Plan einer Steuererhöhung, Einberufung der … zur Durchsetzung einer Steuerreform.

❷ Liste getrennt auf, was die Bauern abschaffen oder einführen wollten.

❷ Freiheitsrechte gelten für jedermann, sie sind meist sehr allgemein gefasst. Gleichheitsrechte sind in der Regel konkret. Denn sie beziehen sich auf ein Vorrecht, das noch Adel und Klerus genießen.

❸ Ziehe von den Einnahmen (503 Millionen Livres) des Jahres 1788 die Ausgaben (629 Millionen Livres) ab. Du erhältst einen negativen Betrag. Um diesen Betrag erhöhte sich im selben Jahr die Staatsschuld Frankreichs.

❸ Gehe auf die Rolle der Zinsen ein.

❹ a) Erkläre, warum die Hungersnot 1788/89 kaum zu verhindern war. Wie hätten der König, seine Minister sowie die Vertreter von Adel und Klerus die Krise entschärfen können? Konnte der König die neuen Ideen der Aufklärung einfach verbieten?
b) –

❺ Beachte die Tipps zum Verfassen eines Zeitungsartikels auf S. 267 („Hinweise für das Lösen der Aufgaben").

Seite 101

❶ Der König will die Finanzlage des Staates verbessern. Ihm geht es also nur um eine Erhöhung der … Die Abgeordneten des Dritten Standes wollen aber auch eine Reform des Staates, sie fordern die Abschaffung der …

❷ a) Unterscheide einzelne Gruppen. Was kannst du über die Sitzordnung sagen? Wie verhalten sich einzelne Personen?
b) Der Konflikt entstand dadurch, dass Bürgerliche bei Hofe ihren Hut nicht tragen durften, es aber den Vertretern von Adel und Klerus gleichtun wollten. Also setzte der König ein Zeichen, dem alle folgen mussten und konnten, indem er …

❷ Wer ist die Person in der linken oberen Ecke? Beachte die Höhe des Sitzes, die erst durch das Fußbänkchen und die Kopfhöhe der daneben sitzenden Frau deutlich wird. Wer ist die Frau? Welche Funktion hat die Person mit der erhobenen rechten Hand wohl? Sprechen die Vertreter der Stände schon?

❸ Die Lösung findest du im letzten Satz von Q1.

❹ Die Abgeordneten verweisen auf ihre Wähler. Das sind … Prozent der Franzosen, also …

❹ Stelle die Szene so dar, dass der Abgeordnete entschlossen wirkt. Er will die anderen überzeugen und mitreißen. Du könntest die Rede so beginnen: „ Wir verlassen diesen Saal auf Befehl des Königs, doch eine Niederlage ist das nicht – im Gegenteil …"

❺ Beginne mit dem 5. Mai 1789. Schlage im Glossar die Arbeitstechnik „Einen Zeitstrahl erstellen" nach, wenn du Hilfe brauchst.

❻ Beachte die Bildlegende zu Q2: Die Bastille war ein Symbol für den verhassten Absolutismus. Deshalb …

SP Lösungshilfen zu den Aufgaben

Seite 103

1 a) Suche Symbole, mit denen du die drei Personen einem der drei Stände in Frankreich zuordnen kannst. Wem gefällt das Spiel offensichtlich gut? Achte auch auf die Vögel, die Hacke, den Hasen.
b) Wer ist oben, wer unten? Was tun die Vögel, was die Hasen? Wie fühlt sich der Bauer?

2 Gehe auf die folgenden Symbole ein: tote Tiere, Hacke, Waage, Kokarde, Schwert, Reihenfolge der Ziffern.
Die neue Situation gefällt dem Bauern, seine Probleme haben sich sozusagen in Luft aufgelöst. Wenn es ihm im neuen Staat gut geht, kann er … hochleben lassen.

2 Zu den Arbeitsschritten 2–3 findest du Hilfen unter Aufgabe A2 (grün). Zu Arbeitsschritt 4: Es werden gesellschaftliche Verhältnisse kritisiert, und zwar … Verspottet werden … Tipp zu Arbeitsschritt 5: Die gesellschaftlichen Verhältnisse werden in der Karikatur umgekehrt. Tipp zu Arbeitsschritt 6: Für wen der Zeichner Partei ergreift, kannst du an den Kokarden und an den Spruchbändern erkennen.

3 a) Die Gesellschaftsordnung verändert sich zu ihren …
b) Überlege: Bestimmen die Bauern 1789 in Frankreich über die Politik? Sind sie in der Gesellschaft ganz oben angekommen?

4 Die folgenden Begriffe kannst du mit einzelnen Gegenständen verbinden: Adel, Klerus, Privilegien (= Vorrechte).

4 Zu den Arbeitsschritten 1–3 findest du Hilfen unter Aufgabe A4 (grün). Die Zielrichtung der Kritik symbolisiert die Bewegung der Dreschflegel. Das Verspottete und Verachtete liegt am Boden. Die Bauernburschen symbolisieren einen Stand der Gesellschaft, der eine neue Ordnung schafft. Verwende eines oder mehrere der folgenden Verben, um die Mittel der Veränderung zu beschreiben: zerstören, zerschlagen, zerbrechen, ausmerzen, auslöschen, demolieren, kaputtmachen, kurzen Prozess machen.

5 Der Dritte Stand will im Staat mitbestimmen und durch seine Leistung in der Gesellschaft Ansehen und Rang bekommen. Dazu müssen aber erst die … von … und … abgeschafft werden.

Seite 105

1 a) Die Bauern hatten Pflichten gegenüber vielen Herren: gegenüber dem König, dem Grundherrn, der Kirche. Nenne die Art der jeweiligen Verpflichtung.
b) Das eine betrifft die Abschaffung alter Vorrechte, das andere die Verwirklichung von Ideen der Aufklärung.

2 Ordne die Überschriften den richtigen Artikeln zu: Unverletzlichkeit des Eigentums, Schutz vor ungesetzlicher Verhaftung, Gleichheit vor dem Gesetz, Meinungsfreiheit, Garantie der Menschenrechte, Glaubens- und Gewissensfreiheit, Freiheit der Person, Grenzen der Freiheit.

2 Hilfen zu den Überschriften findest du unter Aufgabe A2 (grün). Freiheitsrechte werden in sechs Artikeln erklärt, ein Artikel beschäftigt sich ausführlich mit Gleichheitsrechten, zwei Artikel garantieren das Recht auf Eigentum beziehungsweise Besitz. Bei einem Artikel sind Freiheit und Gleichheit als absolute Grundwerte der neuen Gesellschaft untrennbar verbunden.

3 Olympe de Gouges ist das rechtliche Verhältnis von Mann und Frau wichtig. Es ist durch den Grundsatz geprägt, dass beide Geschlechter … Rechte haben.

3 Das Geschlecht ist entscheidend. Es geht aber auch um Interessen.

4 Die Frauen könnten mit ihrem Beitrag zur Revolution argumentieren, z. B. bei der Erstürmung der Bastille in Paris, bei der Vertreibung der Grundherren auf dem Lande. Sie könnten auch auf das Prinzip der Gleichheit verweisen, das für alle Menschen gelten soll.

5 Prüfe, welche Inhalte aus Q1 und Q3 im Grundgesetz enthalten sind.

6 Beachte die Tipps zur Internetrecherche im Anhang.

Seite 107

1 Der König darf nicht zu den anderen Monarchen (Königen und Fürsten) Europas gelassen werden. Er könnte sie … Dann wäre die … am Ende.

2 Beginne so: Du zeichnest einen Zeitstrahl und schreibst links oben die Jahreszahl 1774 hin. Darunter trägst du die Staatsform ein. Du findest den entsprechenden Hinweis dazu in Q1.

2 Beginne so: Als Ludwig XVI. König wurde, war er ein absoluter Herrscher …

3 Achte bei der konstitutionellen Monarchie darauf, dass die Wahl der Nationalversammlung in zwei Stufen erfolgt.

3 Die Macht des Volkes drückt sich in der Zahl der Wahlberechtigten aus. Wie viele Personen bestimmen jeweils über die Zusammensetzung der Nationalversammlung? Beurteile auch, welcher Teil des französischen Volkes sich an Wahlen beteiligen darf. Die Macht der Regierung (Exekutive) hängt davon ab, wer sie einsetzt und für welche Zeit sie im Amt ist. Beachte die Häufigkeit von Wahlen.

4 Wer bedroht zunächst wen? Wer erklärt tatsächlich den Krieg? Warum wollen Österreich und Preußen in Frankreich eingreifen?

5 Beachte bei deiner Stellungnahme: Der König hat heimlich mit den Gegnern Frankreichs verhandelt.

Seite 109

1 Ein Problem hat mit den Nachbarn Frankreichs zu tun, ein anderes mit der Missernte des Vorjahres, das dritte mit dem Zorn der gläubigen Landbevölkerung.

2 Verwende folgende Satzanfänge: Die Aufstände im Inneren werden … Gegen die Armeen der europäischen Mächte wird … Die Regierung versucht die Preissteigerungen durch ein …

3 Beachte auch das Zeichen an der Kopfbedeckung, es drückt die politische Einstellung zur Revolution aus.

3 Beginne so: Als Sansculotten bezeichnete man die radikalen …

4 Die Macht übte die Gruppe der Jakobiner aus. Ihr Anführer hieß … Die Jakobiner …, den sie für ihren Gegner hielten. Er war Jahre des …, man nennt die Zeit auch …

4 a) Siehe Lösungshilfe zu Aufgabe A4 (grün).
b) Überlege: Was haben sie zu verlieren, was können sie gewinnen? Beachte auch T3 und T4.

5 Ergänze die fehlenden Teile: Es gab weder … noch eine … Wer im Gefängnis saß, war praktisch schon zum … verurteilt. Die Liste mit den Schuldigen war schon vor der … ausgefüllt, Richter waren …
6 Nutze die Ergebnisse aus Aufgabe 5.

Seite 111

1 Lege den Zeitstrahl so an, dass der Pfeil von unten links nach oben rechts verläuft. Beginne mit Napoleons Geburt unten. Lass den Zeitstrahl mit dem Jahr 1804 oben enden. Napoleon ist zu diesem Zeitpunkt 35 Jahre alt.
2 Charakterisiere Napoleon mithilfe von Eigenschaften. Finde sie in den folgenden Sätzen: Napoleon lässt als Schüler große Begabung erkennen. Er zeigt als Offizier und General enorme Fähigkeiten. Napoleon schlägt einen Aufstand der Königsanhänger mit Entschlossenheit und Brutalität nieder; bedankt sich bei seinen bisherigen Förderern in der Regierung mit Rücksichtslosigkeit und stürzt sie.
2 Betrachte vor allem die folgenden Merkmale von Napoleons Persönlichkeit: Begabung, breite Interessen, Entschlossenheit und seinen Durchsetzungswillen, Machtwillen, Rücksichtslosigkeit, Ausstrahlung.
3 Beginne so: Napoleon zentralisierte die Verwaltung des Staates. Er …
3 Nenne zwei wichtige Änderungen durch den Code Civil und überlege, warum sie so bedeutend für die damalige Zeit waren.
4 a) Q1: Achte besonders auf alles, was Kraft, Entschlossenheit und Erfolgsstreben ausdrückt.
Q2: Achte besonders auf anwesende Personen und ihre Rolle.
b) Q1: Der Wind, die Richtung von Bewegung und die Farben spielen eine große Rolle.
Q2: Die Haltung von drei Personen ist entscheidend. Die Personen sind Napoleon, seine Frau und der Papst.
4 Beachte Motivauswahl, Körperhaltung, Farbe, Licht.
Q1: Beachte den Kontrast der Farbauswahl für Hintergrund und Vordergrund. Worauf treffen die Strahlen der Sonne? Welchen Effekt hat das? Erläutere die Wirkung von Linien, indem du vor allem auf Napoleons Handbewegung und die Darstellung des Pferdes eingehst. Beachte vor allem Schweif und Mähne.
David setzt Napoleon mit einem anderen Stilmittel in Szene. Benutze dazu den Begriff „Rückenwind“ in seiner doppelten Bedeutung.
Q2: Stelle dir den Vorgang der Krönung vor. Gibt es einen geeigneteren Moment, um Napoleon gut in Szene zu setzen? Ordne die folgenden Begriffe Personen oder Gruppen zu: dynamische Haltung, statische Haltung, Masse, Individuum, Demut, Wille, Licht, Schatten.
5 Verwende folgende Satzanfänge: Napoleon beendet eine Zeit, die viele Menschen in schlechter Erinnerung haben, weil …; Napoleon verändert Frankreich zu einem modernen …; Napoleon macht viele Franzosen stolz auf ihr Land, weil er als Feldherr …
6 –

Seite 119

1 Trage entsprechend der Kartenlegende in die Tabelle ein:

französische Eroberungen bis 1812	**von Verwandten Napoleons regierte Länder**	**von Frankreich abhängige Staaten**
Kgr. Holland	Kgr. Italien	Rheinbund
…	…	…

2 Napoleon konnte England nicht besiegen, stattdessen …
2 Verwende in deiner Erläuterung die folgenden Begriffe: Seemacht, „Kontinentalsperre“, Handel, Waren.
3 In eroberten Ländern setzte Napoleon …
3 Tipp: Er verwendete unterschiedliche Strategien.
4 Berücksichtige folgende Stichworte: a) einige und freie …, b) Hass …
4 a) Siehe Lösungshilfe zu Aufgabe A4 (grün).
b) Die nationale Bewegung wurde unter Napoleons Herrschaft gestärkt durch hohe …, den Zwang, … stellen zu müssen und das Niederschlagen von …
5 Denke an die Vielzahl der Länder und die Zwangsmaßnahmen.
6 Du kannst deiner Antwort die Überschrift geben: „Das Ende der kleinen Herrschaften“.

Seite 121

1 Die Fürsten, die Napoleon besiegt hatten, …
2 Was wollten die Fürsten haben, wovor fürchteten sie sich?
2 Verwende in deiner Begründung die folgenden Begriffe: Gebiete, Macht, „Heilige Allianz“, Revolution
3 Achte insbesondere auf die Großmächte Russland, Österreich und Preußen.
3 Überlege, welche Gebiete zum „Deutschen Bund“ gehörten und welche nicht.
4 Denke daran, warum viele an den Befreiungskriegen teilgenommen hatten (S. 118: T2, S. 120: T3).
4 Beachte, welche Interessen nach Ansicht des Teilnehmers beachtet und welche missachtet wurden.
5 Beachte, in welcher Situation der König das Versprechen gegeben hatte.
6 Diese Stichworte sollten vorkommen: keine Einheit Deutschlands, Zersplitterung in Landesstaaten, Unterdrückung der Freiheit, keine Volksvertretung.

Seite 123

1 Gehe von der Übersetzung von „Restauration“ aus.
2 Die Studenten protestierten gegen … und forderten …
2 So kannst du beginnen: Ich befinde mich hier auf der Wartburg in der Nähe von Eisenach. Etwa 450 Studenten aus zahlreichen Universitäten haben sich heute versammelt, um …
3 Die nationale Bewegung wurde unterdrückt, indem …
3 Beachte die Erklärung des Begriffs „Restauration“ in der Randspalte.
4 Verwende Gegensatzpaare wie „wenige – viele“, „aufgeregt – friedlich“, „Protest – Demonstration“ …
4 Achte darauf, was die Menschen auf beiden Bildern tun.

5 Verschärfung der Karlsbader Beschlüsse: Zeitungen müssen genehmigt werden: widerspricht Art. 11 der Menschen- und Bürgerrechte; …
5 Lege dazu eine Tabelle an:

Karlsbader Beschlüsse	Menschen- und Bürgerrechte
Verbot der Burschenschaften	Vereinigungsfreiheit
…	…

6 Hinweis: Denke an die Zahl der Teilnehmer und die Vorgänge in Frankreich.

Seite 125

1 Denke nicht nur an den Sport, sondern auch an die Politik.
2 1841: Hoffmann von Fallersleben schreibt den Liedtext. 1922: …
2 Lies die Hilfe zu Aufgabe A2 (grün). Beziehe wichtige Stationen im Leben des Hoffmann von Fallersleben ein.
3 Ihr könnt folgende Stichworte verwenden:
Schritt 2: Zusammenhalt, Stärke (Strophe 1), Besonderheiten (Strophe 2), Streben nach (Strophe 3)
Schritt 4: Restauration, deutsche Freiheitsbewegung.
Schritt 5: Lies T2.
Schritt 7: Lies noch einmal „Schon gewusst?".
Schritt 8: Lies dazu T1.
4 Was erreichen der Text, die Melodie, das gemeinsame Singen?
4 Beachte die Tipps zur Internetrecherche im Anhang.
5 Überprüfe an der Karte auf S. 121, in welchen Ländern Maas und Memel, Etsch und Belt heute liegen.

Seite 127

1 In Paris forderten Bürger … In Europa …
2 Beginne mit 1847.
3 Beachte die Hinweise zum Verfassen eines Tagebucheintrags im Anhang („Hinweise für das Lösen der Aufgaben").
3 Schlagzeile Arbeiterzeitung: „Jetzt hilft nur noch zu kämpfen!" Schlagzeile monarchiefreundliche Zeitung: „Der Pöbel greift zur Gewalt!"
4 „Ich heiße … Zusammen mit anderen Männern und Frauen haben wir eine Barrikade errichtet. …"
4 Du könntest die Frau oben auf der Barrikade auswählen. Mögliche Lösung:
Frage: „Wie heißt du?"
Antwort: „Ich heiße Lisette."
Frage: „Warst du dabei, als die Barrikade an der Rheinbrücke errichtet wurde?"
Antwort: „Ja, ich stand selbst … Es war eine aufgeheizte Stimmung. … Wir protestieren für/gegen …"
5 Was war das Ziel der Zugeständnisse? Beachte den letzten Satz von Q3.
6 Beachte die Tipps zur Internetrecherche im Anhang.

Seite 129

1 Tagungsort: Paulskirche, weil …, Ziele: … ausarbeiten.
2

Verfassung 1849	Grundrechte
§137	Gleichheit vor dem Gesetz, allgemeine Wehrpflicht
§138	…

2 a) Siehe Lösungshilfe zu Aufgabe A2 (grün).
b) Ergänze die Tabelle:

Verfassung 1849	Grundrechte	Grundgesetz 1949
§137	Gleichheit vor dem Gesetz	Art. 3
§138	…	…
…	…	…

3 Großdeutsch bedeutete: …, kleindeutsch bedeutete: …, Staatsoberhaupt: …
3 Überlege, um welches „Problem" es bei der Frage einer „großdeutschen" oder „kleindeutschen" Lösung ging.
4 Du kannst die folgenden Wörter verwenden: Enttäuschung, Soldaten, Gewalt, Aufstände, Niederschlagung, Gefängnis, Flucht, Hinrichtungen.
4 Beachtet den letzten Satz in T3.
5 Erörtert noch einmal die beiden Streitfragen (T2): Konnte man anders entscheiden?
6 Tipp: Es wurden schon Filme über Robert Blum gedreht.

Seite 131

1 Diese Stichworte können dir helfen: Saal, Tribünen, Kuppel, Fahnen, …
2 Symbole: Reichsadler, …
2 Denke an Wappentiere, Flaggen und andere Symbole.
3 Hinweise findest du z.B. auf der Webseite des Deutschen Bundestages.
4 Beschreibe die Anordnung der Sitzreihen vom Rednerpult aus gesehen.
4 Denke an die Abgeordneten, das Rednerpult, Stenografen.
5 Beachte 1849–1949.
6 Hinweise findest du auf der Webseite des Deutschen Bundestages.
6 Nichtanwesende sollen die Möglichkeiten haben, …

Seite 133

1 Verwende folgende Stichwörter: Vorherrschaft, kleindeutsches Reich, Macht verschiebt sich zugunsten …
2 Bismarck war ein geschickter Außenpolitiker, der seine Ziele auch mit … Mitteln durchsetzte. Er handelte strategisch geschickt, indem er … mit ehemaligen Gegnern gegen Frankreich schloss.
2 Überlege zunächst, was die beiden Begriffe „Liberalismus" und „Eisen und Blut" bedeuten.
3 1864: Krieg gegen Dänemark, …
4 Beachte, wer ihm die Krone jeweils anbot.

5 Überlege, durch wen der Staat gegründet wurde.
6 Bewerte, ob das, was der Maler hinzuerfunden hat, den Sinn des Ereignisses verfälscht.

Seite 135

1 Beachte insbesondere: Was bedeuten die drei Farben? Wer wurde von wem gewählt oder ernannt?
2 Achte darauf, wer die meisten Befugnisse hat (Pfeile).
2 Überlege zunächst, was die beiden Begriffe „Demokratie“ und „Monarchie“ bedeuten: Wer hat jeweils die Macht?
3

Sitzordnung	links	…
Partei	SPD	…
gesellschaftliche Gruppen	Arbeiter	…

4 Schlage den Begriff „absoluter Herrscher“ nach. Welche Befugnisse hat der Reichstag?
4 Überlege, welche Rechte/Befugnisse der Reichstag hatte und wie Bismarck dazu stand.
5 Fasse zusammen, was in den Aufgaben 1, 2 und 4 erarbeitet wurde.
6 Überlege: Konnte der Wille des Volkes im Kaiserreich von 1871 durchgesetzt werden?

Seite 137

1

wirtschaftliche Gründe	politische Gründe
geringes Einkommen	…
…	…

2 Enge (hunderte Menschen auf einem Auswandererschiff), …
2 Vor der Reise: … Während der Reise: …
3 Beachte die Hinweise zum Schreiben eines Briefes im Anhang („Hinweise für das Lösen der Aufgaben“).
3 Interviewer: „Sie sind gerade mit dem Auswandererschiff eingelaufen. Aus welchem Land kommen Sie?“ …
Interviewer: „Warum haben Sie Ihr Land verlassen?“ …
4 Beachte die Tipps zur Internetrecherche im Anhang.
4 a) Siehe Lösungshilfe zu Aufgabe A4 (grün)
b) Wähle aus, was du für bedeutsam hältst.
5 Mögliche Gründe: Krieg und Gewalt, Armut und Perspektivlosigkeit, Verfolgung und Diskriminierung, zerstörte Lebensgrundlagen z.B. durch den Klimawandel …
6 Suche Städte wie Mannheim, Heidelberg, Heilbronn, Karlsruhe, Stuttgart oder Ulm in den USA.

Seite 145

1 Verwende die Begriffe: Bevölkerungswachstum, steigende Nachfrage, Erfindungen
2 750 Fabrikarbeiter stellen so viel Garn her wie 200 000 Heimarbeiter. Ein Fabrikarbeiter stellt so viel Garn her wie … Heimarbeiter.
2 Welche Auswirkung hatte die „Spinning Jenny“ auf die Garnproduktion?
3

Wann?	Wer?	Was?
1764	James Hargreaves	„Spinning Jenny“
1769	…	…
…	…	…

4

Heimarbeit	Fabrikarbeit
mühevolle Handarbeit	…
…	in großen Räumen in einer Fabrikhalle
…	…

4 Achte z.B. auf mögliche Produktionsmenge und Antrieb der Maschinen. Beschreibe die Räume in Q1 und Q3.
5 Ersetzen Maschinen die Menschen? Werden durch die Maschinen wenige reich und viele Bettler?
6 Arbeiter 1: „Habt ihr schon gehört? Der Chef möchte jetzt auch so eine höllische Dampfmaschine in unserer Fabrik aufstellen!“
Arbeiter 2: „Oh weh …“ (Lärm, Hitze, Rauch, Dampf)
Arbeiter 3: (Arbeitserleichterung, mehr Produkte)
Arbeiter 1: (Maschine ersetzt menschliche Arbeitskraft)
…

Seite 147

1 „Hallo, ihr habt alle etwas verpasst. Tausende von Menschen wollten das Spektakel sehen: …“
2 Verwende die Wörter: Eisenbahn, viele Menschen, in Bewegung.
2 Die Bedeutung der Eisenbahn war hoch. Welche Auswirkungen zeigten sich auf die Bereiche Arbeitsplätze, Mobilität und Handel?
3 Beginne so: 320 : 32 = …, 320 : 6 = …
4 Tausende Menschen fanden …, Wirtschaftsaufschwung durch …, Handel …, Zeitmessung …
4 Welche Erleichterung brachte das neu geschaffene große und einheitliche Handelsgebiet?
5 Q2 Nachteile: …; Q3 Vorteile: …
5 Viehhändler: „Guten Abend Walter! Wie geht es dir? Wie laufen die Geschäfte?“ Kaufmann: „Blendend, Eugen, blendend! Seit wir endlich den Bahnanschluss in unserem Ort haben …“ (Vorteile) „Das dürfte doch auch Vorteile für dich gebracht haben, nicht wahr?“ Viehhändler: „Wo denkst du hin! …“ (Ängste, Befürchtungen)
6 Tipp: Gib in einer Internet-Suchmaschine die Begriffe „Geschichte“ und „Eisenbahn“ ein. Beachte die Tipps zur Internetrecherche im Anhang.

SP Lösungshilfen zu den Aufgaben

Seite 149

1 Betrachte die Beschriftungen von D1–D3.
2 Die Statistik enthält Daten zur … im Zeitraum von … Es handelt sich bei der Statistik um eine Tabelle/ein … -diagramm. Die Anzahl der … steigt an/sinkt … Man kann daran erkennen, dass …
3 Ein Säulen-/Kurvendiagramm hätte den Vorteil …
3 Wähle eine Stadt aus und zeichne die Daten in ein Kurvendiagramm ein. Auf der x-Achse trägst du die Jahre 1810 bis 1910 ein (1cm entspricht 10 Jahren), auf der y-Achse die Zahl der Einwohner (1cm entspricht 20 000 Einwohnern).
4 D1: Die Zahl der Einwohner im Ruhrgebiet ist in allen Städten zwischen 1818 und 1905 …
D2: Die Eisenerzförderung im Ruhrgebiet ist zwischen 1854 und 1869 …
D3: Die Steinkohleförderung im Ruhrgebiet/in Deutschland ist zwischen 1840 und 1910 …
4 Begründe den Anstieg der Bevölkerung im Ruhrgebiet mithilfe der Seiten 180/181. Erkläre den Zusammenhang mit der steigenden Eisenerz- und Steinkohleförderung.
5 Halbierte man die Abstände, so würde das die Kurve flacher/steiler werden lassen. Man hätte dann den Eindruck eines langsamen/steilen Aufschwungs. Verdoppelte man die Abstände, so …
6 Bei der Analyse von Statistiken muss man immer genau hinschauen, da …

Seite 151

1 Nenne die Probleme der Industrialisierung (T1).
2 Gefahren im Bergwerk (Q1, T3): …, in der Fabrik (T3): …
2 Finde in T1-4 die Ursachen für Atemwegs-, Infektionskrankheiten, Vergiftungen, Ungeziefer, Haltungsschäden, Verletzungen, Verstümmelungen, Mangelkrankheiten, Anfälligkeiten für Infektionskrankheiten, Alkoholismus und psychische Krankheiten.
3 Der Lohn der Kinder war vorteilhaft für den Fabrikbesitzer/die Familie, weil …
3 Der Grund war v.a. die zunehmende Untauglichkeit der Jugendlichen für den Militärdienst und nicht etwa … Was ich davon halte: …
4 „Sehr geehrte Damen und Herren … Mein Name ist … und ich besitze eine Gartenlaube in der Gartensiedlung direkt neben ihrem Werk …“ Zähle nun auf, welche Entwicklungen dich stören könnten (Q2).
4 Verschmutzung von …; Veränderung der Landschaft durch …; deutlicher Anstieg von … mit der Folge …
5 Dafür spricht: Mit der Industrialisierung hat sich die Zerstörung der Umwelt deutlich verstärkt und beschleunigt. Dagegen spricht: Schon mit der neolithischen Revolution begann der Mensch, …
6 Die Fotografie war gerade erst erfunden worden und somit … / Was wollte man damals wohl vor allem zeigen/ nicht zeigen?

Seite 153

1 Lies T1 und T2 genau durch, betrachte D1.
2 Durch den Erfolg deutscher Firmen (z.B. …) wurde Deutschland zur … Dieser Erfolg hing damit zusammen, …
2 Durch Bildung gelangten junge Menschen an Kenntnisse und Fähigkeiten, die … Zudem herrschten an den Universitäten …
3 –
3 –
4 Verwende die Wortpaare „Kohle/Dampf“ und „Chemie/ Elektrizität“.
5 Beachte die Tipps zur Internetrecherche im Anhang.

Seite 155

1 Mit der Entwicklung von Computern konnten … Durch Optimierung und Automatisierung konnte …
2 mögliche Themen: Briefe schreiben, sich orientieren/ Navigation, Organisation von Planänderungen bei Verabredungen, …
3 –
4 Arbeiter 1: „Habt ihr schon gehört? Der Chef möchte jetzt auch solche vollautomatischen Roboter in unserer Fabrik aufstellen!“
Arbeiter 2: (Ende der langweiligen Tätigkeit, Arbeitserleichterung, mehr Produkte)
Arbeiter 1: (Maschine ersetzt menschliche Arbeitskraft) …
5 Lies dazu T2–3 genau durch: Was prägte die dritte, was wird die vierte Industrielle Revolution prägen?
5 Insgesamt werden vier Arbeitsschritte genannt, die von der Maschine an das Tier angepasst werden, ohne dass ein Mensch eingreifen muss. Welche sind das?
6 erste Industrielle Revolution: S. 144; zweite Industrielle Revolution: S. 152; dritte und vierte Industrielle Revolution: S. 154

Seite 157

1 Beachte den Satz: „Wer …, der musste gehen.“ (T1)
2 Beachte dazu auch den Vorspann.
2 Er rät dazu, den „starken Arm“ dafür zu nutzen, … Die Arbeiter selbst erkannten diese Macht und versuchten durch …
3 Beschreibe zuerst die Situation der Arbeiter (T1), dann die Vorteile eines Zusammenschlusses (T3, Q1) und gemeinsamer Aktionen (T2).
4 Bedenke, wo die Dursuchung stattfindet.
4 Die Arbeitgeber verboten ihren Arbeitern, sich an „sozialdemokratischen Bestrebungen“ zu beteiligen, wie zum Beispiel dem Besuch von Versammlungen organisierter Arbeitervereine. Damit wollten sie erreichen …
5 Möglicher Beginn: Die überwachten Sozialdemokraten fühlten sich so ungerecht behandelt, dass …
6 Ja, Gewerkschaften sind nach wie vor wichtig, weil … Nein, Gewerkschaften sind heute überflüssig, weil …

Seite 159

1 Die Lebensverhältnisse und die Arbeitsverhältnisse der Industriearbeiterschaft waren sehr problematisch, weil …

2 Die Arbeiter waren laut Marx gezwungen, den Kapitalisten ihre … zu verkaufen. Der Lohn für ihre … sei aber viel niedriger als…

3 Achte auf Schlüsselwörter in den farblich gekennzeichneten Aussagen, die du im Schaubild wiederfindest: Bourgeoisie/Proletariat, Arbeiterrevolution …

3 a) siehe A
b) 1. Klassenkampf zwischen … und … (siehe T3),
2. Durch die großen Gegensätze und den Kampf der Klassen … (siehe T4, Q2) 3. Am Ende der Revolution der Arbeiter steht… (T4, Q2)

4 Laut Marx und Engels war es nicht zu vermeiden, dass die Arbeiter den Kapitalisten die Produktionsmittel …

4 Methoden: Eingriff in das Eigentumsrecht, gewaltsamer Umsturz, kommunistische Revolution …(Q2), – positive und negative Aspekte benennen und diskutieren …

5 Immer wieder hört man von Ihrer Idee einer klassenlosen Gesellschaft. Können Sie unseren Leserinnen und Lesern einmal beschreiben, wie eine solche Gesellschaft ganz konkret aussehen soll? …

6 Ja, die Ideen haben noch eine Bedeutung. Auch heute noch werden Arbeitnehmer ungerecht behandelt, z.B. … Deshalb finde ich es nach wie vor aktuell, … Oder: Nein, die Situation von damals ist mit heute nicht zu vergleichen …

Seite 161

1 Beiträge der Kirchen (T1, Q1–2): …, der Unternehmen (T2): …, des Staates (T3, D1): …

2 Denke bei deiner Antwort daran, wen die Invalidenversicherung schützte.

2 Fall 1: Problem = Krankheit … Fall 2: Problem = Arbeitsunfall …

3 Tipp: Sozialleistungen kosten etwas. Auf der anderen Seite bringen sie dem Unternehmer auch Vorteile: … Die Unternehmer verbanden die Gewährung von Sozialleistungen mit der Erwartung, …

4 Unternehmer 1: „Betriebskrankenkasse, Arbeiterwohnungen – das ist teuer und geht vom Gewinn ab." Unternehmer 2: „So sehe ich das nicht: Seit ich für meine Arbeiter sorge, arbeiten sie besser und …"

5 Mit den Sozialgesetzen wollte Bismarck die Arbeiter … und damit verhindern, …

6 Tipp: Vergleiche D1 mit den Säulen von D2.

Seite 163

1 Die Frauen kämpften für …, setzten sich ein für …, verlangten …

2 Ein Säulendiagramm findest du z.B. auf S. 149: D3.

2 Berechne zuerst den Lohnunterschied zwischen Männern und Frauen je Industriezweig. Berechne dann, wie viel Prozent des Männerlohns diese Differenz beträgt (Differenz/Männerlohn mal 100).

3 Tipp: Eine bessere Vergleichbarkeit erreicht man, wenn man herausgefunden hat, wie viel Prozent des Männerlohns der Frauenlohn ausmacht.

3 Da sich der Verdienstabstand in vier Jahren ungefähr um einen Prozentpunkt verringert, würde ein Gleichstand in … Jahren erreicht werden.

4 Zähle dazu auf, was Frauen außer ihrer Arbeit in der Fabrik noch leisteten.

5 Polizist vorne, Mitte: „Jetzt hören Sie mal auf, hier herumzuschreien und Widerstand zu leisten! Sie sind verhaftet! Sie dürfen nicht …" Frau: „Lassen sie mich sofort los! Ich habe das Recht …" Polizist auf dem Pferd: „…" …

5 Beachte die Tipps für Internetrecherche im Anhang.

6 Hinweise zur Benachteiligung der Frauen heute findest du in Q4 und D2.

Seite 165

1 –

2 Verwende folgende Daten: 1791, 1812, 1847, 1871.

2 Gehe zunächst auf die Judenemanzipation ein. Begründe dann mit Q4, wieso die Aussage auch über das Judentum hinaus gelten kann.

3 Beachte die Tipps zum Verfassen eines Zeitungsartikels im Anhang („Hinweise für das Lösen der Aufgaben").

4 Verwende folgende Begriffe: Gleichstellung, Reaktion, Anfeindungen, religiöser Hass, Rassentheorien, Antisemitismus.

5 Beachte die Tipps zur Internetrecherche im Anhang.

Seite 167

1 Verwende folgende Wörter: Hotel, Schild mit der Aufschrift: „…", Hotelgast, Fußtritt, Straße, Koffer, Bahnhof

2 Der Hotelgast auf der Karte zeigt einen Juden, der mit herabsetzenden Merkmalen gezeichnet ist.
- Hakennase: Im Mittelalter wurde der Teufel oft mit Hakennase dargestellt. Der Zeichner/Auftraggeber der Postkarte zeigt also den Hotelgast als Verkörperung „des Bösen". „Rassenforscher" im 19. Jahrhundert …
- krause Haare: …
- …

3 Achte auf das Werbeschild des Hotels auf der Postkarte.

3 Achte auf den Text, den der Absender R. Philipp auf die Karte geschrieben hat.

4 Die Stadt Frankfurt/M. entzog ihm … Die Reichspostverwaltung …

4 a) Siehe Hilfe zu Aufgabe A4 (grün).
b) Sehr geehrter Herr Laass, hiermit teilen wir ihnen mit, dass … Begründung: …

5 a) Mögliche Stichworte für die Diskussion: Antisemitismus heute, versteckter und offener Antisemitismus, Zustimmung, Ablehnung, Zivilgesellschaft, Grundgesetz, strafbar; b) mögliche Reaktionen: Boykott des Hotels, Anzeige, …

6 Denke an antisemitische Hetze im Internet.

SP Lösungshilfen zu den Aufgaben

Seite 169

1 Diese Ausdrücke solltest du erläutern: Opferbereitschaft, „Erbfeind", Weltmacht.
2 Tipp: Das Schloss in Versailles galt als Symbol für die Macht französischer Könige. Dass sich ein deutscher Kaiser in Versailles krönen ließ, war ein Zeichen der Demütigung Frankreichs.
2 Die Deutschen sind ein „großes Volk" (Z. 3), sollen Weltpolitik machen (Z. 5), …
3 Sozialdemokraten: wollen andere Gesellschaftsordnung; …
4 Nutze das Methodenglossar „Karikaturen deuten" im Anhang.
5 „Wir streiken, weil …"
5 Verwende folgende Stichworte: aggressive Reichsgründung, Minderheiten, zwangsweise in Nationalstaat eingegliedert, Erwartung: Anpassung an die Mehrheit
6 In Deutschland? In anderen Ländern, die ihr kennt?

Seite 171

1 Lege eine Tabelle an (s.u.) und ergänze.
2 Ergänze die Tabelle.

	14. Juli	Sedanfeier
Personen/Gruppen	…	Militär, …
Symbole	Trikolore-Flaggen. …	…
Aktivitäten	…	Parade, Reden
Anlass	Sturm auf die Bastille	…
Begründung	…	Machtanspruch des Kaiserreichs

3 Dein Tagebucheintrag sollte enthalten: Datum, Ort, Ereignis, Beobachtungen, persönliche Eindrücke.
4 Tipp für die Recherche: Der deutsche Nationalfeiertag ist der „Tag der deutschen Einheit" am 3. Oktober.
4 Die Deutschen feiern an ihrem Nationalfeiertag am 3. Oktober … Die Französinnen und Franzosen feiern an ihrem Nationalfeiertag am 14. Juli …
5 a) Verwende die Begriffe Kaiserreich, Militarismus, Nationalismus für die Zeit damals und Demokratie für heute.
b) Vergleiche mithilfe der Begriffe Freiheit, Gleichheit, Brüderlichkeit und Republik Frankreich damals und heute.
6 Beachte dabei: Was wurde gefeiert und an wen wurde gedacht? Wer hat den Sedantag vorgeschlagen? Wie wurde er gefeiert (T2, Q2)?

Seite 173

1 Traditionell erscheint die Teilnahme an einer Parade und … Modern dagegen …
2 Wie kam es, dass der Staat als Obrigkeit, die Bürger als Untertanen dastanden? Was war der Untertanengeist?
2 Verwende z.B. folgende Begriffe: militärisches Denken, Unterordnung, Disziplin, Gehorsam, Strenge, Befehlston.
3 Verwende die Stichworte „Befehl" und „Gehorsam".
3 Sammelt zunächst stichpunktartig, in welchen Bereichen der Drill zu besseren oder schlechteren Leistungen geführt haben könnte.
4 Was sieht altertümlich aus, was ist technisch modern?
4 Denke an Industrie, Wissenschaft und Alltag.
5 Meine liebe/r … Momentan bin ich in … Was mir auffällt: Anders als bei uns zu Hause ist es hier so, dass …

Seite 183

1 Mali-Reich, Königreich M…
2 In der Regel wurde in Afrika Geschichte … weitergegeben. … Erzählungen wurden von … zu …
2 a) siehe Lösungshilfe zu Aufgabe A2. b) In der Zeit des Kolonialismus …
3 Beachte die Zeilen 7-9, dort nennt er das Ziel seines Berichtes. Ab Zeile 20 erklärt er, welche Vorteile die mündliche Weitergabe von Wissen gegenüber der schriftlichen Weitergabe hat.
4 Achte darauf, was sich aus Ausgrabungen schließen lässt.
5 Möglicher Satzanfang: Die meisten Europäer wussten wenig über Afrika, das heißt aber nicht, dass …

Seite 185

1 Verwende folgende Begriffe: Weltkugel, Asien, Europa, Afrika, Vertreter Deutschlands, Englands, Russlands, Sack.
2 Wie: Vor 1880 wurden Kolonien vorwiegend von … erworben, danach durch …
Warum: Die neuen mächtigen Industriestaaten Deutschland, …
2 Neue mächtige Industriestaaten wie …, … und … strebten nach Kolonien. Das hatte Folgen: …
3 billige Einfuhr von …, Verkauf von Produkten in die …, Arbeitsplätze für …
4 Tipp: Beachtet, dass es durchaus unterschiedliche Auffassungen unter den lokalen Herrschern gibt, wie sie auf die europäischen Kolonialisten reagieren sollen.
5 Verwendet die folgenden Wörter: Expeditionen, betrügerische Verträge, Gewalt, …
5 Es ist zutreffend/nicht zutreffend, die Ausbeutung der ansässigen Völker als „Plünderung" zu bezeichnen. … Daher ist der Titel der Karikatur passend/nicht passend gewählt.
6 a) Die Jagd nach Kolonien führte zu …
b) Die willkürlichen Grenzziehungen der Europäer führten zu … Die Industriewaren aus Europa … Bis heute …

Seite 187

1 Untersuche die Flächenfarben in Afrika und Asien auf der Karte: Wie viele Staaten sind 1914 noch selbstständig? Wie viele sind in der Hand von Kolonialmächten?
2 Die Staaten mit Kolonien findest du in der Kartenlegende. Ordne sie nach Kontinenten.
3 Suche die Kolonien in Afrika und Asien/Ozeanien.

Kolonialmacht	Kolonie
Deutschland …	Kaiser-Wilhelms-Land, Togo, …

3 Siehe Lösungshilfe zu Aufgabe A3 (grün).
4 Nutze einen Atlas oder das Internet. Beachte die Tipps zur Recherche im Internet auf der hinteren Umschlagseite.
5 Wettlauf um Kolonien → Rivalität zwischen den Großmächten → …

Seite 189

1 Die … fühlten sich den Menschen in den … überlegen.
2 Frankreich: … Deutschland: … USA: …
2 Viele Europäerinnen und Europäer hielten ihre Lebensform („Zivilisation", …) für so …, dass sie dafür notfalls auch …
3 Die Missionare betrachteten die Einheimischen als „Ungläubige". Deshalb … Damit trugen sie dazu bei …
4 Du kannst so beginnen: Europäische Rassisten meinten, dass es wertvollere und minderwertige „Rassen" auf der Welt gebe. Sie zählten die Europäer zu den … Daraus leiteten sie ab, …
4 Lies vorher Artikel 1 in der Erklärung der Menschenrechte auf S. 104 in deinem Schulbuch. Sind die Ansichten der Rassisten mit Artikel 1 vereinbar?
5 a) Bebel setzt sich kritisch mit dem Überlegenheitsgefühl vieler Europäer auseinander und stellt dagegen, wie sie sich tatsächlich verhielten. …
b) König Wobogo sagt, die Europäer wollten …
Er dagegen ist der Meinung …
6 Berücksichtigt die Ergebnisse aus Aufgabe 5. Ihr könnt auch den Kasten „Schon gewusst?" einbeziehen, um die damalige Überzeugung zu widerlegen, als Europäer gehöre man einer höherwertigen „Rasse" an.

Seite 191

1 Achte besonders auf die Veränderungen, die ab 1884 und um 1890 eintraten.
a) Bismarcks Ablehnung hatte wirtschaftliche und politische Gründe: …
b) Er gab dem Druck von Unternehmern und Politikern nach: …
2 Gesellschaften → Unternehmer → Expeditionen → lokale Herrscher → Zureden → Drohungen → betrügerische Verträge
Die Verträge waren fair/unfair, denn …
3 Verwende folgende Wörter: Steuer, Zwangsarbeit, Gewalt, Strafen.
4 Beachtet die Hinweise zur Recherche im Internet auf der hinteren Umschlagseite.
5 Gehe auf die Spuren im Alltag und in der Kultur ein sowie auf die Spuren in den internationalen Handelsbeziehungen.
6 Wenn ihr Hilfe braucht, wendet euch an eine Bibliothek oder ein Archiv. Manchmal gibt es auch Vereine oder Historiker/-innen, die die Geschichte untersuchen. Ihr könnt auch – in Absprache mit der Lehrerin/dem Lehrer – bei der Lokalzeitung nachfragen.

Seite 193

1 Rinderpest → wirtschaftliche Not → Landverkauf → unfruchtbare Böden → Eisenbahnlinie → lebenswichtige Wasserquellen
2 Die Deutschen hatten mit dem Aufstand nicht gerechnet: … Nach ersten Erfolgen waren die Herero letztlich chancenlos. Das hatte für sie katastrophale Folgen: …
2 In diesem Jahr jährt sich der Hereroaufstand zum … Mal. Wie war es zu dem Aufstand gekommen, dessen Bilanz so grausam war? …
3 Möglicher Satzanfang: Natürlich ist Gewalt immer eine schlechte Lösung. Die Entscheidung ist aber nachvollziehbar, denn … gewaltsame Unterdrückung … Recht zur Selbstverteidigung …
4 Tipp: Gib die Begriffe „Herero" und „Entschädigung" in eine Internet-Suchmaschine ein. Beachte die Tipps zur Internetrecherche im Anhang.

Seite 195

1 Anlass der Proteste war … In vielen Ländern kam es daraufhin zu Demonstrationen … In diesem Zusammenhang wurde auch …
2 Beachte die Tipps zur Internetrecherche im Anhang.
3 Während die abgebildeten zwei Deutschen auf sich betroffen zeigen über den Rassismus in den USA, nehmen sie nicht wahr, dass …
3 Zu sehen sind zwei Personen … Sie gehen vor einer Wand, an die Städtenamen geschrieben sind. Die Personen sagen: „ …" Die Namen stehen für/erinnern an … Während die abgebildeten zwei Deutschen auf sich betroffen zeigen über den Rassismus in den USA, nehmen sie nicht wahr, dass … Der Zeichner möchte mit der Karikatur …
4 Rassismus gab es laut Andrea Böhm nicht schon immer auf der Welt, sondern …
5 Beachte die Zeilen 22–30.
6 Mögliche Umsetzung: Artikel Schülerzeitung, Projektwoche, Ausstellung

Seite 203

1

Bündnisse zur Zeit Bismarcks		**Bündnisse zur Zeit Wilhelms II.**	
Zweibund (1879)	Deutsches Reich – Österreich-Ungarn	(Zwei- und Dreibund bestanden zur Zeit Wilhelms II. weiter.)	
Dreibund (1882)			
		Militärabkommen (1892)	Frankreich, Russland
		Neutralitätsabkommen (1902)	

2 Wer hatte zur Zeit Bismarcks mehr Bündnispartner – Frankreich oder Deutschland? Wer hatte zur Zeit Wilhelms II. mehr Bündnispartner – Frankreich oder Deutschland?
3 Bismarcks Ziel war es, Deutschland vor Angriffen Frankreichs zu sichern, indem er …
3 Bismarck → Wilhelm II. → neue Welt- und Bündnispolitik → Rüstungswettlauf mit dem Vereinigten Königreich

SP Lösungshilfen zu den Aufgaben

4 Verlust von Bündnispartnern – Bedrohung von zwei Seiten – Konflikt mit Vereinigtem Königreich – Rüstungswettlauf – Entstehung von zwei Machtblöcken
4 Bismarck: „Wilhelms Politik ist falsch, weil/da/denn …"
5 Wer sind die drei Personen? Tipp: Der Mann mit der weißen Mütze steht in Karikaturen immer für den „deutschen Michel". Was tun sie? Wie ist der Titel der Karikatur zu verstehen? Aus welchem Land stammt die Karikatur? Welche Haltung nimmt der Karikaturist ein?
5 Die Stärke des Vereinigten Königreichs beruhte vor allem auf seiner Flotte. Deshalb fühlte sich das Vereinigte Königreich durch …
6 Deutschland hat sich unter Wilhelm II. in eine schwierige außenpolitische Lage manövriert, denn …

Seite 205

1 Liste die Gebietserweiterungen und -verluste auf für Österreich-Ungarn (1908–1913), Serbien (1912/13), Bulgarien, Griechenland, Osmanisches Reich. Albanien wurde …
2 Die serbische Regierung wollte, dass alle Serben …
2 Lies zunächst noch einmal den Verfassertext. Welche Balkanstaaten werden genannt? Bei der Anfertigung der Skizze kannst du die geographische Lage der Balkanstaaten (D1) als Ausgangspunkt nehmen. D2 hilft dir bei der Einzeichnung der Beziehungen und Konflikte.
3 1908 annektierte Österreich-Ungarn … Diese Vorgehensweise wurde von Serbien …
3 Ziehe Verbindungslinien zwischen den Staaten und markiere sie mit einem Blitz (= Konflikt) oder mit einem + (gute Beziehung/Bündnis). Erläutere vor der Klasse, warum du die jeweilige Markierung gewählt hast.
4 Franz Ferdinand wollte den Slawen in Österreich-Ungarn mehr Rechte zugestehen, um die Situation zu befrieden. Doch Serbien hatte kein Interesse an einer Aufwertung der Slawen in Österreich-Ungarn, denn …
4 Franz Ferdinand, eine Gefahr für Serbien! In Österreich-Ungarn steht ein Wechsel auf dem Thron unmittelbar bevor. Keine guten Nachrichten für Serbien, denn …
5 Beachte, welche Staaten in den regionalen Konflikt verwickelt und mit wem diese Staaten jeweils verbündet sind.
5 a) Siehe Lösungshilfe zu Aufgabe A5 (grün).
b) Betrachte zunächst den oberen Teil von D2.
6 Das Bild vom „Pulverfass Europa" ist zutreffend. Aufgrund der Bündnissysteme bedeuteten einzelne Konflikte in Europa (wie die Feindschaft zwischen Österreich-Ungarn und Serbien) eine Kriegsgefahr für ganz Europa: …

Seite 207

1 Denke an die unterschiedlichen Pläne der serbischen Nationalisten und Franz Ferdinands für die Serben in Bosnien-Herzegowina.
2 Österreich-Ungarn machte Serbien für das Attentat verantwortlich. Deshalb …
2 Mit dem „Blankoscheck" ging die deutsche Regierung ein enormes Risiko ein, denn …
3 Verwende folgende Daten: 28. Juni 1914, 6. Juli 1914, 23. Juli 1914, 25. Juli 1914, …
3 Heute erklärte das Vereinigte Königreich Deutschland den Krieg, angeblich wegen des deutschen Einmarsches in das neutrale Belgien. Damit sind alle Großmächte der beiden Bündnisse im Krieg. Wie kam es dazu? …
4 Der Historiker Clark sieht die Hauptschuld für den Ausbruch des Ersten Weltkrieges nicht bei den … Für ihn sind … verantwortlich, weil … Für den Historiker Ullrich sind … für den Ausbruch des Ersten Weltkrieges verantwortlich, in besonderer Weise aber …
5 Geht zum Beispiel auf Deutschlands Rolle am 6. Juli und am 1. August ein. Überlegt, wie Österreich-Ungarn am 25. Juli hätte handeln können. Beurteilt auch das Handeln Russlands und Frankreichs.

Seite 209

1 Zähle die Verbündeten und die Kriegsgegner. Was lässt sich daraus schließen?
2

Staat	Plan	Ergebnis
Deutschland		
Frankreich		
Russland		

2 Die Vorstellung von einem schnellen Kriegsende erwies sich als Irrtum, weil …
3 In T1 und T2 werden jeweils zwei neue Waffen genannt.
3 Verwende folgende Begriffe: neue Waffen, Vorteile, Nachteile, Verteidiger, Angreifer, Stellungskrieg
4 Gehe auf Bedrohungen und Ängste ein. Beurteile die Möglichkeiten des einfachen Soldaten, sein Überleben zu sichern.
4 Folgende Gedanken/Gefühle könnten vorkommen: Angst, Erschöpfung, Sinnlosigkeit, Leichen und Gestank, enorme Zerstörungen (Landschaften, Tiere, Häuser) …
5 Alle Regierungen beabsichtigten, die Kriegskosten auf die … abzuwälzen. Sie forderten …
5 Kriegskosten und Kriegsziele stehen in einem Zusammenhang. Denn je höher die Kriegskosten waren, desto …
6 Wer verdiente am Krieg? Wer litt unter dem Krieg?

Seite 211

1 Die Stimmung der Soldaten scheint … zu sein. Das erkennt man u.a. daran: Gesichtsausdruck: …; Gesten: …; Aufschriften: …
2 Der Historiker bezweifelt, dass die gesamte Bevölkerung in Deutschland zu Kriegsbeginn kriegsbegeistert war. Insbesondere …
2 Verwende folgende Begriffe: kriegsbegeisterte Soldaten, Unsicherheit, Furcht, Entsetzen.
3 Das Foto erweckt den Eindruck, dass … Der Historiker behauptet jedoch, dass …
3 Das Foto erweckt den Eindruck, dass alle Soldaten begeistert in den Krieg zogen, die Zusatzinformationen zum Foto zeigen jedoch, dass …

4 Es muss bezweifelt werden, dass das Foto die tatsächliche Stimmung zu Kriegsbeginn abbildet. Denn der Fotograf wurde von … dafür bezahlt, dass er …
4 Auf der Fotografie sind Soldaten auf dem Weg zur Front in einem Eisenbahnwaggon abgebildet. Die Aufschriften auf dem Waggon lauten: …
5 Wohin schauen fast alle Soldaten? Wem jubeln sie zu? Wie wirken die Gesten?
5 Fotos konnten auf … und in kaisertreuen … und … massenhaft verbreitet werden. Deshalb …
6 Die Aussage ist richtig. Ein Beispiel dafür ist Q1, denn …

Seite 213

1 Verwende folgende Daten: Ende 1916, 22. Januar 1917, Februar 1917, 6. April 1917, …
2 Durch den Kriegseintritt der USA verschlechterte sich die deutsche Kriegslage dramatisch, denn …
2 Verwende folgende Begriffe: Abschuss amerikanischer Schiffe, wirtschaftliche Gründe, Revolution, Lenin.
3 Im Jahr 1917 ereigneten sich gleich zwei bedeutsame Ereignisse, die zu einem deutlichen Einschnitt im Ablauf der Geschichte führten: Erstens …
4 Verwende folgende Begriffe: Kriegsniederlage – Vertrauensverlust – Verantwortung tragen
5 Zwei wichtige Forderungen der Menschen findest du in der Bildlegende zu Q1.
6 Die militärische Niederlage brachte einen politischen Neuanfang mit sich, denn …

Seite 215

1

Die Lage im Nachkriegseuropa		
politisch	**wirtschaftlich**	**sozial**
• neue Staaten … • …	• überschuldete Staaten als Folge … • …	• viele Menschen lebten … • …

2 „wir“ = Soldaten; zurückkehren → aus dem Krieg; zurechtfinden → im „normalen“ Leben
2 Du kannst folgende Formulierungen verwenden: „um ihre Jugend betrogen“ – „seelisch zugrunde gerichtet“ – „um ihre Zukunft gebracht“.
3 Neben dem demokratischen Zukunftsentwurf existierte noch der… Zukunftsentwurf nach dem Vorbild Russlands sowie …
3 a) Siehe Lösungshilfe zu Aufgabe A4 (grün).
b) Orientiere dich an der Tabelle D1. Um mehr über Liberalismus, Sozialismus/Kommunismus und Faschismus zu erfahren, gib die Begriffe in eine Internet-Suchmaschine ein. Beachte die Tipps zur Internetrecherche im Anhang.
4 Betrachte zunächst die Kartenlegende: Welche Farbe haben die Staaten, in denen sich die Demokratie behaupten konnte? Welche Farbe haben die Staaten, in denen sich die Demokratie nicht behaupten konnte?
4 Bis 1938 zerfiel Europa in zwei Lager: Die Demokratien im Westen…
5 Die Aussage ist richtig, denn viele der jungen Demokratien wurden gleich aus zwei Richtungen bedroht: …

Seite 217

1 Lies T1 genau und notiere die Voraussetzungen des Aufstiegs der USA zur Kolonialmacht.
2 Viele Amerikaner meinten … Auch Präsident Wilson war dieser Ansicht …
2 Schlage im Glossar nach. Beginne so: Darunter versteht man … In der Zeit nach dem Ersten Weltkrieg wollten die USA den Europäern …
3 Der Erste Weltkrieg hatte die Produktion in den USA …
3 Die starke Wirtschaftskraft und ein leistungsfähiges Wirtschaftssystem bildeten die Voraussetzung …
4 Tipp: Unter einem „Kreuzzug“ verstehen viele Menschen einen Krieg, bei dem eine übergeordnete Idee (damals die christliche Religion) verbreitet/verteidigt wird.
5 War es einfach, Hochhäuser zu errichten? Was brauchte man dazu? Wer baute Hochhäuser?

Seite 219

1 Russland war sowohl wirtschaftlich als auch politisch ein rückständiges Land, denn …
2 Versagen der Zarenregierung im Ersten Weltkrieg → Niederlagen an der Front und große Hungersnot in der Heimat → schwere Unruhen in Petrograd → Zar dankt ab → Provisorische Regierung aus adligen und bürgerlichen Duma-Abgeordneten → Fortsetzung des Krieges → Lage an der Front und im Land weiter chaotisch → Bolschewiki: Forderungen nach Frieden und Brot → Kontrolle der wichtigsten Sowjets → Verhaftung der Provisorischen Regierung → bolschewistische Regierung
3 Lenin möchte den Übergang von der ersten Etappe der Revolution zur zweiten Etappe der Revolution schaffen. Dazu müssen laut Lenin folgende Maßnahmen ergriffen werden: …
3 Provisorische Regierung will demokratische Reformen, Lenin will … (Q2, 1–7), weitere Stichwörter: falsche Versprechungen, Enteignung der Gutsbesitzer …
4 Du kannst folgende Begriffe benutzen: Sowjetregierung aus Proletariern – Beendigung des Krieges – Sturz des Kapitalismus – Aufbau eines sozialistischen Staates
4 alte/provisorische Regierung … – Regierung des Proletariats, ohne … – Krieg … und den Kapitalismus …
5 Beachte die Tipps zur Internetrecherche im Anhang.
6 Tipp: Lies noch einmal T4.

Methodenglossar (Band 1)

Einen Zeitstrahl erstellen

1 Überlege dir, welche Zeitspanne dein Zeitstrahl umfassen soll.

2 Lege fest, wie viel Platz du für ein Jahr, ein Jahrzehnt, ein Jahrhundert brauchst (Vorschlag für einen Zeitstrahl der Menschheitsgeschichte: 1 cm = 1 Jahrhundert).

3 Beschaffe dir ein genügend breites Blatt Papier oder klebe mehrere Blätter aneinander. Du kannst das entstandene, breite Papierband dann so falten, dass es in dein Heft oder deinen Ordner passt.

4 Zeichne mit einem langen Lineal dem Zeitstrahl ein.

5 Trage die Zeitabschnitte bzw. Epochen auf dem Zeitstrahl – am besten mit unterschiedlichen Farben – ein.

6 Trage die Ereignisse auf dem Zeitstrahl ein. Überlege auch, wie du die gewählten Ereignisse veranschaulichen kannst. Der Zeitstrahl wird übersichtlicher und schöner, wenn du auch passende Bilder darauf malst oder aufklebst.

Ein Schaubild verstehen

Beschreiben

1 Welches Thema behandelt das Schaubild? Die Bildunterschrift hilft dir weiter.

2 Welche Angaben zu Ort und Zeit werden gemacht?

Untersuchen

3 Welche Bestandteile enthält das Schaubild (z. B. Kästchen, Pfeile, Farben, Begriffe) und was bedeuten sie?

4 Welchen Zusammenhang zwischen dem Thema und der Form des Schaubildes gibt es?

Deuten

5 Was ist die Aussage des Schaubildes?

Geschichtskarten auswerten

Beschreiben

1 Lies dir die Überschrift und die Legende genau durch.

2 Beschreibe das Thema der Karte.

3 Nenne den Zeitpunkt oder den Zeitraum, über den die Karte etwas aussagt.

Untersuchen

4 Untersuche, welchen Raum die Karte zeigt. Ordne den Kartenausschnitt in einer größeren Übersichtskarte ein. Dein Atlas hilft dir dabei.

5 Kläre die Bedeutung von Farben, Pfeilen oder anderer Symbole. Schreibe dir stichwortartig Informationen der Karte auf.

Deuten

6 Fasse die Aussagen der Karte in wenigen Sätzen zusammen.

Einen Portfolio-Bogen erstellen

Wahrnehmen

1 Beschaffe dir Material zu deinem Thema (Schulbuch, Bücherei, Internet).

2 Verschaffe dir einen Überblick über dein Material. Wähle die genaue Frage/das genaue Thema aus. Je mehr dich die Frage/das Thema interessiert, desto leichter wird dir die Arbeit fallen.

Untersuchen

3 Werte deine Informationen aus. Lies wichtige Texte genau. Mach dir Stichpunkte und gliedere sie. Wähle aus, welche drei Aspekte du auf deinem Bogen darstellen möchtest.

4 Halte die Informationen auf dem Portfolio-Bogen fest. Tipp: Lege zunächst eine grobe Skizze an. Beachte folgenden Aufbau:
- Seite 1: Titelseite mit Bild und Zeitstrahl
- Seiten 2 und 3 (Innenseiten): Hier behandelst du dein Thema. Mit passenden Bildern oder Zeichnungen kannst du deine Texte ergänzen.

Deuten

5 Beantworte deine Frage oder fasse dein Ergebnis zusammen. Nutze dazu die obere Hälfte der Rückseite (Seite 4).

6 Reflektiere kurz, warum du dieses Thema ausgewählt hast, wie du es bearbeitet hast und wie du deine Arbeit beurteilst (mit Begründung). Nutze dazu die untere Hälfte der Rückseite.

7 Gib den fertigen Portfolio-Bogen jemandem zum Lesen. Sind deine Texte richtig und verständlich? Hast du dein Thema ansprechend präsentiert? Mithilfe der Rückmeldungen verbesserst du deinen Portfolio-Bogen. Gib ihn abschließend bei deiner Lehrerin/deinem Lehrer ab.

Schriftliche Quellen auswerten

Beschreiben

1 Lies den Text mindestens zweimal und erkläre, was das Thema ist.

2 Überprüfe, ob Personen- und Ortsnamen genannt oder Zeitangaben gemacht werden.

3 Kläre unbekannte Begriffe mithilfe eines (Online-)Lexikons.

Untersuchen

4 Gliedere den Inhalt in Sinnabschnitte.

5 Formuliere für jeden neuen Gedanken eine Überschrift.

6 Stelle fest, wer den Text geschrieben hat. Schreibt der Verfasser über Dinge, die er selbst erlebt hat? Wenn nicht, woher kann er seine Kenntnisse haben?

Deuten

7 Ordne den Text in den geschichtlichen Zusammenhang ein. Was ist dir bekannt, was ist neu für dich?

8 Mit welcher Absicht könnte der Verfasser den Text geschrieben haben?

9 In welchen Aussagen scheint der Verfasser glaubwürdig zu sein?

Methodenglossar

Ein Bild deuten

Beschreiben

1 Beschreibe deinen ersten Eindruck in ein oder zwei Sätzen.

2 Welche Einzelheiten fallen dir besonders auf?

3 Wer oder was steht im Mittelpunkt?

Untersuchen

4 Finde heraus, welche Aussagen die Bildlegende zu Thema, Personen, Zeit und Maler macht.

5 Beschreibe den Aufbau des Bildes:
- Was oder wer steht im Vordergrund?
- Wie sind Personen oder Dinge angeordnet?
- Fallen Personen durch eine besondere Blickrichtung oder Haltung auf?

6 Wie werden Farben, Licht und Schatten eingesetzt?

Deuten

7 Zu welchem Zweck wurde das Bild gemalt? Wer war der Auftraggeber?

8 Ordne das Bild in die Zeit ein und beurteile, wie es wohl auf den Betrachter damals gewirkt hat.

Karikaturen richtig deuten

Beschreiben

1 Welche Szene zeigt die Karikatur? Gib den spontanen Eindruck wieder.

Untersuchen

2 Welche Gegenstände, Personen, Sachverhalte oder Tiere werden abgebildet?

3 Erkennst du Symbole? Erkläre ihre Bedeutung.

Deuten

4 Gegen wen richtet sich die Kritik? Wird zum Beispiel eine Person verspottet oder werden gesellschaftliche Verhältnisse kritisiert?

5 Was bringt die Verzerrung zum Ausdruck?

6 Welches Publikum will der Zeichner ansprechen? Welche Wirkung beabsichtigt er?

Politische Lieder interpretieren

Beschreiben

1 Singt das Lied (hier: nur die dritte Strophe!) oder hört es euch an. Beschreibt die Gefühle bzw. die Stimmung, die die Melodie erzeugt.

2 Fasse die zentrale Aussage jeder Strophe in eigenen Worten zusammen.

Untersuchen

3 Stelle fest, von wem der Text, von wem die Melodie stammt.

4 Wann ist das Lied entstanden? Was weißt du über diese Zeit?

5 Wie passen Text und Musik zusammen?

6 An wen richtet sich das Lied?

Deuten

7 Welchen Standpunkt hat der Autor des Textes?

8 Welche Wirkung sollte aus Sicht des Dichters das Lied auf den Zuhörer/Sänger haben?

Statistiken auswerten

Beschreiben

1 Worum geht es in der Statistik? Meistens steht es in der Überschrift oder in der Legende.

2 Welchen Zeitraum umfassen die Zahlenangaben?

Untersuchen

3 Wie wird das statistische Material dargestellt: als Tabelle oder als Diagramm?

4 Enthält die Statistik absolute Zahlen oder Prozentangaben?

Deuten

5 Was sagen die angegebenen Daten genau aus?

6 Lassen sich Entwicklungen ablesen?

Kooperative Lernformen

Gruppenpuzzle

1 Stammgruppen bilden und Experten bestimmen:
Mindestens vier Mitglieder je Gruppe; jedes Gruppenmitglied bearbeitet einen anderen Auftrag.

2 Arbeit in den Expertengruppen:
Arbeitet anschließend mit den Experten aus den anderen Gruppen, die den gleichen Auftrag hatten wie ihr. Löst gemeinsam die Aufträge für euer Spezialthema. Haltet die Ergebnisse schriftlich fest. Löst dann die Expertengruppen auf und trefft euch wieder in euren ursprünglichen Stammgruppen.

3 Experten vermitteln ihr Wissen:
Jede/r Expertin/e trägt in ihrer/seiner Stammgruppe die Ergebnisse aus der Expertengruppe vor. Die anderen Gruppenmitglieder hören aufmerksam zu und stellen Fragen. Löst nun den übergeordneten Arbeitsauftrag als Stammgruppe.

4 Präsentation der Ergebnisse

Lerntempoduett

1 Aufgaben lösen

2 Vergleich mit einem Mitschüler/einer Mitschülerin:
Stellt die erste gelöste Aufgabe an einem vereinbarten Platz einem Mitschüler/einer Mitschülerin vor, der die Aufgabe etwa im selben Tempo gelöst hat, und besprecht sie kurz.

3 Weiteres Vorgehen:
Bearbeitet die weiteren Aufgaben individuell. Wiederholt Schritt 2 nach jeder gelösten Aufgabe.

4 Lösungen prüfen:
Besprecht die Ergebnisse in der Klasse.

Museumsgang

1 Gruppenarbeit:
Thema erarbeiten, Ergebnis festhalten

2 Vergleich und Präsentation:
Neue Gruppen bilden: In jeder Gruppe ist ein Experte/eine Expertin aus Schritt 1. Jede Gruppe betrachtet die verschiedenen Ergebnisse der ersten Gruppenarbeiten. Aus jeder dieser Gruppen präsentiert ein Schüler/eine Schülerin das Ergebnis der ursprünglichen Gruppe.

Partnerpuzzle

1. Aufgaben lösen:
   Jede/Jeder löst eine Aufgabe für sich.
2. Vergleiche in Partnerarbeit:
   Ergebnisse überprüfen mit einem Partner/einer Partnerin, der/die auch diese Aufgabe gelöst hat. (Schüler 1 mit Schülerin 2, die auch Aufgabe A gelöst hat, Schüler 3 mit Schülerin 4, die auch die Aufgabe B gelöst hat.)
3. Expertenpräsentation:
   Nun stellen diejenigen, die unterschiedliche Aufgaben gelöst haben, die Ergebnisse vor (Schüler 1 mit Schüler 3, Schülerin 2 mit Schülerin 4). So findet eine Expertenpräsentation statt.
4. Austausch und Sicherung:
   Abschließend tauschen sich noch einmal die Schüler/-innen 1 und 2, sowie 3 und 4 über die neuen Informationen der anderen aus. Das Gelernte wird kurz im Plenum gesichert.

Placemat

1. Vorbereitung:
   Tische zusammenstellen
2. Verlauf:
   Auf jedem Gruppentisch liegt ein Placemat (engl. für Platzdeckchen). Das Placemat hat in der Mitte ein Quadrat und vier Dreiecke an den Ecken. In diese werden Ideen zum Thema oder die Lösung der Fragestellung eingetragen. Dreht das Placemat im Uhrzeigersinn weiter, wenn jeder etwas eingetragen hat. Die Ideen oder Lösungen werden nun schriftlich kommentiert oder ergänzt. Ist das Placemat wieder in der Ausgangsposition, kann jeder/jede die Eintragungen der Mitschüler/Mitschülerinnen zu seiner/ihrer eigenen Idee sehen. In das leere Feld in der Mitte werden nun drei Gemeinsamkeiten aller Felder eingetragen. Vergleicht abschließend die Ergebnisse mehrerer Gruppen.

Think-Pair-Share

1. Think:
   Notiere zuerst deine Ideen, Gedanken und Lösungen zur Aufgabe in Einzelarbeit (Stillarbeit).
2. Pair:
   Vergleiche deine Ergebnisse mit einem Mitschüler oder einer Mitschülerin und ergänze ggf. deine Ergebnisse (Lautstärke 30-cm-Abstand).
3. Share:
   Präsentiere die Ergebnisse einem anderen Partner/einer anderen Partnerinoder der Klasse.

Begriffe aus dem Bildungsplan

○ G-Niveau (grundlegendes Niveau)

Arbeiter
Arbeiterbewegung
Aztekenreich
Blankoscheck
Buchdruck
Bürger
Bürgertum
Burg
Dampfschiff
Demokratie
Dorf
Dreieckshandel
Dritter Stand
„**E**inheit und Freiheit“
Eisenbahn
Europäischer Völkerfrühling
Fabrik
Flurbereinigung
Freiheit
Gewerkschaft
Großstadt
Grundherrschaft
„**H**eimatfront“
„Himmel und Hölle“
Imperialismus
Industrialisierung
Inkareich
Juden
Kirche
Kloster
Kolonie
Kommunismus
Kopernikanische Wende
Kreuzzug
Materialschlacht
Mayareich
Menschen- und Bürgerrechte
Migration
Nationalstaat, alter/junger
Obrigkeitsstaat
Osmanisches Reich
Pest
Rassismus
Reformation
Reichsgründung „von oben“
Restauration
Revolution
Rüstungswettlauf
Sedantag
Seeweg nach Indien
Seide
Seidenstraße
Sonnenkönig
Sozialdemokratie
„Stadtluft macht frei“
Telegraf
Unabhängigkeitserklärung, amerikanische
Unternehmer
Verfassung
Zunft
14. Juli

◒ M-Niveau (mittleres Niveau)

Antisemitismus
Arbeiter
Arbeiterbewegung
Aufklärung
Aztekenreich
Buchdruck
Bündnispolitik
Bürger
Bürgertum
Burg
Dampfschiff
Demokratie
Demokratieexport
Dorf
Dreieckshandel
„**E**inheit und Freiheit“
Eisenbahn
Europäischer Völkerfrühling
Fabrik
Flurbereinigung
Frauenemanzipation
Freiheit
Frömmigkeit
Gewerkschaft
Gleichheit
Großstadt
Grundherrschaft
„**H**eimatfront“
Imperialismus
Industrialisierung
Inkareich
Juden
Judenemanzipation
Kirche
Kloster
Kolonialisierung
Kolonialreich
Kommunismus
Konfessionalisierung
Kopernikanische Wende
Kreuzzug
Markt
Materialschlacht
Mayareich
Menschen- und Bürgerrechte
Migration
Militarismus
Nationalstaat, alter/junger
Naturbeobachtung
Obrigkeitsstaat
Oktoberrevolution
Osmanisches Reich
Pest
Radikalnationalismus
Rassismus
Rat/Stadtrat
Reformation
Reichsgründung „von oben“
Republik
Restauration
Revolution
Rittertum
Rüstungswettlauf
Sedantag
Seeweg nach Indien
Seide
Seidenstraße
Sonnenkönig
Sozialdemokratie
„Stadtluft macht frei“
Ständegesellschaft
Telegraf
Territorialstaat
Unabhängigkeitserklärung, amerikanische
Unternehmer
Verfassung
Vernetzung
Zensur
Zunft
14. Juli

E-Niveau (erweitertes Niveau)

Begriffsglossar

Adel ●
führender Stand in der mittelalterlichen Gesellschaft, der seine Macht auf seine vornehme Abstammung, Grundbesitz, Herrschaftsrechte und besondere Privilegien stützte (S. 17, 90)

Agrargesellschaft ●
Die mittelalterliche Gesellschaft war eine Agrargesellschaft, weil eine große Mehrheit der Bevölkerung (90 Prozent) als → Bauern in und von der Landwirtschaft lebte. (vgl. S. 18)

allgemeines Wahlrecht ●
→ Wahlrecht

Antisemitismus ◒●
Form der Judenfeindschaft ab dem 19. Jahrhundert. Im Gegensatz zu älteren Formen der Judenfeindschaft sehen Antisemiten die Juden fälschlicherweise als eigene „Rasse" an. In ihren Augen ist die „jüdische Rasse" gegenüber anderen „Rassen" minderwertig. Sie unterstellen Juden auch, mächtig zu sein und „im Hintergrund" zu wirken. (S. 164)

Arbeiter ○◒●
Die → Industrialisierung brachte eine neue Klasse hervor: die Arbeiter. Sie arbeiteten oft zehn Stunden und mehr gegen geringen Lohn in den → Fabriken der → Unternehmer und lebten mit ihren Familien meist in ärmlichen Verhältnissen. (S. 156)

Arbeiterbewegung ○◒●
Zusammenschlüsse und Aktionen von → Arbeitern, um ihre Arbeits- und Lebensbedingungen zu verbessern (S. 156)

Aufklärung ◒●
neue Denkweise im 18. Jahrhundert. Aufklärer wollten alles durch die Vernunft erklären und Erkenntnisse kritisch überprüfen. Sie forderten von Staat und Kirche die Freiheit der Meinung. (S. 94)

Aztekenreich ○◒●
Die Azteken hatten im 14. und 15. Jahrhundert auf dem Gebiet des heutigen Mexiko ein mächtiges Reich errichtet. Spanische Eroberer zerstörten das Aztekenreich im 16. Jahrhundert. (S. 66)

Bankwesen ●
Im 14. Jahrhundert entstanden in den Städten Oberitaliens Banken mit Filialen in ganz Europa. Wie heutige Banken tauschten sie Geld um, nahmen Überweisungen vor, gaben Kredite und stellten Wechsel aus. (S. 71)

Bauern ●
Über 90 Prozent der Menschen in der mittelalterlichen → Agrargesellschaft lebten und arbeiteten als Bauern von Ackerbau und Viehzucht auf dem Land. Es gab freie und unfreie Bauern. Die Bauern gehörten zum → Dritten Stand. (S. 16–21)

Bauernkrieg ●
Aufstände von 1524 bis 1526 in Deutschland, in denen die → Bauern für ihre → Freiheit von Frondiensten und Abgaben kämpften. Neben Bauern waren auch Bergleute und städtische → Bürger an den Aufständen beteiligt. Söldnertruppen der Fürsten schlugen die Aufstände nieder. (S. 78)

Bildungsreise ●
Seit der → Renaissance, aber auch während der → Aufklärung unternahmen die Söhne des → Adels und des gehobenen → Bürgertums Bildungsreisen durch mehrere Länder Europas. Sie sollten andere Landschaften, fremde Sitten, Kultur und Kunst kennenlernen, aber auch Kontakte knüpfen und ihre Sprachkenntnisse verbessern. Häufige Ziele waren Frankreich, Italien und verschiedene Stationen im Heiligen Römischen → Reich (u. a. Wien, Berlin). (vgl. S. 94)

Blankoscheck ○
Scheck, in den der Empfänger die Summe selbst eintragen kann = steht für uneingeschränktes Vertrauen. Am 6. Juli 1914 sicherte die deutsche Regierung Österreich-Ungarn ihre bedingungslose Unterstützung als Bündnispartner im Vorgehen gegen Serbien zu. Der „Blankoscheck" war einer der letzten Schritte auf dem Weg in den Weltkrieg: Österreich stellte ein Ultimatum an Serbien und erklärte kurz darauf den Krieg. (S. 206)

Buchdruck ○◒●
Johannes Gutenberg erfand den Druck von Büchern mithilfe von beweglichen Lettern aus Metall, die immer neu zusammengesetzt werden konnten. (S. 56)

Bündnispolitik ◒●
Das Deutsche Kaiserreich schloss Verträge mit mehreren Staaten zur gegenseitigen Unterstützung in Konflikten mit anderen Staaten. (S. 203)

Bürger/Bürgerinnen ○◒●
Ein Bürger hatte das Recht, den Stadtrat zu wählen, selbstständig ein Geschäft und Gerichtsprozesse zu führen sowie sein Vermögen zu verwalten. Allerdings hatte er auch die Pflicht, am Wach- und Verteidigungsdienst für die Stadt teilzunehmen. Selbstständige Bürgerinnen konnten sich davon freikaufen. (S. 40)

Bürgertum ○◒●
Kaufleute, freie Berufe und Handwerker bildeten das liberale Bürgertum, das in Deutschland 1848 für einen freiheitlichen Verfassungsstaat eintrat. (S. 126)

Burg ○◒●
Befestigter Wohnsitz von → Adligen im Mittelalter. Sie wurde bewohnt vom Burgherrn, seiner Familie und seinen Bediensteten. In Kriegszeiten suchten auch die → Bauern aus der Umgebung den Schutz der Burg. (S. 26)

Dampfschiff ○◒●
Im Laufe des 19. Jahrhunderts lösten von Dampfmaschinen angetriebene Schiffe die Segelschiffe ab. Damit verkürzten sich die Transport- und Reisezeiten. (S. 174)

Demokratie ○◒●
(griech. Volksherrschaft) Bei dieser Regierungsform bestimmen die Bürger selbst über ihre Angelegenheiten: Sie wählen Abgeordnete in ein Parlament, das stellvertretend für das Volk entscheidet. Die erste moderne Demokratie entstand Ende des 18. Jahrhunderts in den USA, die Französische Revolution bereitete den Boden für die ersten Demokratien in Europa. (S. 170, 214)

Demokratieexport ◒●
Versuch eines Landes, seine demokratische Staatsordnung auf andere Länder zu übertragen. Die USA wollten den Europäern nach dem Ende des Ersten Weltkrieges ihre → Demokratie beibringen. (S. 216)

Dorf ○◒●
In einem mittelalterlichen Dorf siedelten mehrere → Bauernfamilien zusammen, die ihre Arbeit und ihren Alltag gemeinsam organisierten und sich als Gemeinde oft selbst verwalteten. (vgl. S. 20)

Dreieckshandel ○◒●
Austausch von Rohstoffen, Fertigwaren und Sklaven zwischen Amerika, Europa und Afrika. Forscherinnen und Forscher benutzen den Begriff nicht mehr, da der Handel nicht nur „im Dreieck“ (Afrika, Mittel/-Südamerika und Europa) verlief, sondern vielfältiger war (siehe Karte S. 71).

Dritter Stand ○
In der → Ständegesellschaft des Mittelalters und der Frühen Neuzeit bildeten die → Bauern und → Bürger den Dritten Stand. Die meisten Menschen in der Ständegesellschaft gehörten zum Dritten Stand. Sie hatten aber die wenigsten Rechte und zahlten die meisten Steuern und Abgaben. (S. 16, 98)

„Einheit und Freiheit“ ○◒
Losung der deutschen Nationalbewegung, die für einen → Nationalstaat mit einer freiheitlichen → Verfassung kämpfte. (S. 120)

Eisenbahn ○◒●
Die Eisenbahn kurbelte die → Industrialisierung an, indem sie den Transport von Gütern und Menschen beschleunigte und selbst einen hohen Bedarf an Kohle und Stahl erzeugte. (S. 146, 175)

Europäischer Völkerfrühling ○◒●
Schlagwort für das Streben der Menschen in verschiedenen Ländern Europas nach → Einheit und Freiheit in der Zeit vor der → Revolution von 1848/49 (S. 126)

Fabrik ○◒●
(von lat. „fabricare“ = anfertigen) Von → Unternehmern betriebene Anlagen, in denen → Arbeiter an Maschinen Produkte in großer Anzahl herstellen. Die ersten Fabriken entstanden im Zeitalter der → Industrialisierung. Heute wird in immer mehr Fabriken vollautomatisch produziert; die Maschinen werden von Computern gesteuert. (S. 144)

Fernhandel ●
Seit dem späten Mittelalter brachen Kaufleute auf, um → Luxusgüter aus fernen Ländern nach Europa zu bringen. So entstanden Handelsverbindungen über die Ostsee, die Gewürz- und die → Seidenstraße und später über den Atlantik nach Amerika. (S. 34, 71)

Flurbereinigung ○◒
Napoleon fasste viele kleine Herrschaftsgebiete im → Reich zu wenigen großen Staaten zusammen. (S. 119)

Frauenemanzipation ◒●
rechtliche Gleichstellung der Frauen. Im 19. Jahrhundert kämpften Frauen vor allem für kürzere Arbeitszeiten, gute Bildung, gleichen Lohn für gleiche Arbeit, besseren Arbeitsschutz und das Frauenwahlrecht → Wahlrecht. (S. 162)

Freiheit ○◒●
Grundprinzip der → Aufklärung und der Französischen → Revolution. Die Erklärung der → Menschen- und Bürgerrechte sah die Menschen als frei geboren an und leitete daraus persönliche und politische Freiheitsrechte wie die Meinungs- oder Religionsfreiheit ab. (S. 96, 104)

Freiheitslied ●
Im 19. Jahrhundert entstanden viele Lieder, die den Kampf um → „Einheit und Freiheit“ besangen. Sie verbreiteten die revolutionären Botschaften und stärkten das Zusammengehörigkeitsgefühl der Menschen. (vgl. S. 125)

Frömmigkeit ◒●
Ausrichtung des Lebens nach den Regeln der Religion (S. 22)

Gegenrevolution ●
gewaltsame militärische Beendigung der Revolution von 1848/1849 durch die deutschen Fürsten. Die Nationalversammlung wurde aufgelöst, die Grundrechte wieder aufgehoben und viele Revolutionäre verhaftet oder ermordet. (vgl. S. 128)

Gewerkschaften ○◒●
sind freiwillige Zusammenschlüsse der → Arbeitnehmer. Sie vertreten die Interessen ihrer Mitglieder gegenüber den Arbeitnehmern. (S. 156)

Gleichheit ◒●
Grundprinzip der → Aufklärung und der Französischen → Revolution. Die Erklärung der → Menschen- und Bürgerrechte sah die Menschen als von Geburt gleich an. Sie sollten deshalb auch vor dem Gesetz gleich sein und gleiche politische Rechte (→ Wahlrecht) erhalten. Während der Revolution kam außerdem die Forderung nach sozialer → Gleichheit (Besitz und Einkommen) auf. (S. 104, 108)

Großstadt ○◒
Während der → Industrialisierung zogen viele Menschen in die Städte, die zu Großstädten wuchsen. Hier gab es moderne Errungenschaften wie elektrische Straßenbahnen, die ersten Autos, Straßenbeleuchtung oder ein Telefonnetz. Doch die → Arbeiter profitierten nicht davon: Besonders die ärmsten lebten in engen Wohnvierteln nahe der → Fabriken, wo Luft und Wasser verschmutzt waren. (S. 173)

Grundherrschaft ○◒●
Herrschaft von weltlichen und geistlichen Grundbesitzern über das Land und die darauf arbeitenden → Bauern. Die Bauern mussten an ihre Herren Abgaben zahlen und Frondienste leisten. (S. 18)

„Heiliger Krieg“ ●
Die → Kreuzzüge zur Rückeroberung Jerusalems wurden als „Heilige Kriege“ angesehen, weil der Papst sie ausrief und den Kreuzfahrern die Vergebung ihrer Sünden versprach. (S. 44)

„Heimatfront“ ○◒●
Propagandabegriff, der die Zivilbevölkerung ansprach. Sie sollte den Krieg ohne Klagen ertragen und die kämpfenden Soldaten in jeder Weise unterstützen. (S. 212)

„Himmel und Hölle“ ○
Die meisten Menschen des Mittelalters versuchten, ein gottgefälliges Leben zu führen (→ Frömmigkeit), um nach ihrem Tod in den Himmel und nicht in die Hölle zu gelangen. (S. 22)

Ideentransfer ●
die weltweite Verbreitung und Aufnahme von Ideen. Beispiel sind die → Menschenrechte und die → Demokratie, die durch die → Aufklärung verbreitet und erstmals in der amerikanischen, dann in der Französischen → Revolution und schließlich in weiteren bürgerlichen Revolutionen umgesetzt wurden. (vgl. S. 96)

Imperialismus ○◒●
von lat. imperium = Herrschaft, Reich. Der Begriff bezeichnet die Herrschaft eines Landes über die Bevölkerung anderer Länder. Im Zeitalter des Imperialismus von 1880 bis 1914 beherrschten die Industriestaaten Kolonialreiche in Afrika, Asien und im Pazifik. (S. 184)

Imperium ●
von lat. „imperare“ = herrschen. Weltreich/Großreich (Mittelalter → Mongolen). Im 20. Jahrhundert entwickelten sich die USA durch ihr überlegenes Wirtschaftssystem zur führenden Weltmacht. (vgl. S. 35, 216)

Begriffsglossar

Individuum ●
Im Zeitalter der → Renaissance und des Humanismus rückte der einzelne Mensch mit seinen Fähigkeiten und Kräften in den Mittelpunkt des Denkens. Er wurde als freie und schöpferische Persönlichkeit gesehen. (S. 54)

Industrialisierung ○◒●
Sie begann im 18. Jahrhundert in England und veränderte die Arbeitswelt der Menschen grundlegend. Sie wird deshalb auch als Revolution bezeichnet. (S. 144)

Inkareich ○◒●
Das Volk der Inka herrschte vom 13. und 16. Jahrhundert über ein großes Reich, das Teile der heutigen Länder Ecuador, Chile und Argentinien umfasste. Der spanische Eroberer Pizarro nutzte die Wirren von Bürgerkrieg sowie Epidemien und eroberte das Inkareich im Jahr 1532. Er nahm die Gold- und Silberminen in Besitz und ließ die einheimische Bevölkerung für sich arbeiten. (S. 68)

Juden ○◒●
Im frühen Mittelalter siedelten sich Juden in vielen europäischen Städten an. Es entstanden jüdische Gemeinden mit eigenen Synagogen, Schulen und Geschäften. Sie standen unter dem Schutz der Bischöfe und des Kaisers (Schutzprivileg). (S. 42)

Judenemanzipation ◒●
rechtliche Gleichstellung der Juden als Staatsbürger seit der Französischen → Revolution. So wurden sie zu einem gleichberechtigten (= emanzipierten) Teil der Gesellschaft. (S. 164)

Kirche ○◒●
Bezeichnung a) für ein christliches Gotteshaus, b) für die Organisation der Christenheit. Die Kirche bestimmte den Glauben und die Regeln des Zusammenlebens fast aller Menschen im Mittelalter. Seit der Kirchenspaltung in der → Reformation gibt es neben der katholischen Kirche mit dem Papst an der Spitze auch evangelische Kirchen. Vor allem in Ost- und Südosteuropa gibt es auch orthodoxe Kirchen. (S. 23)

Klassengesellschaft ●
Gesellschaft, die in Gruppen mit starken Unterschieden in Vermögen, Einkommen und Bildung aufgeteilt ist. Im 19. Jahrhundert bildeten sich die Klassen der Kapitalisten (auch: Bourgeoisie) und der → Arbeiter (auch: Proletarier) heraus. (S. 159)

Klerus ●
Er bildete den Ersten Stand der → Ständegesellschaft. Zu ihm gehörten Geistliche wie Bischöfe, Priester, Äbte, Mönche und Nonnen. (S. 17)

Kloster ○◒●
von lat. „claustrum" = abgeschlossener Raum. Anlage aus → Kirche, Wohn- und Wirtschaftsgebäuden, in der Mönche oder Nonnen nach festen Regeln des Glaubens lebten (S. 24)

Klosterschule ●
Im Mittelalter waren die → Klöster lange die einzigen Einrichtungen, die Kindern Unterricht im Lesen, Schreiben und Rechnen, später in Latein, den Wissenschaften und schließlich der Gotteslehre gaben. (vgl. S. 24)

Königtum ●
In Europa bildete sich ein Königtum heraus. Ein König war im Mittelalter ein hoher bzw. der höchste weltliche Herrscher. Er galt als von Gott auserwählt. Im Heiligen Römischen Reich wurde der König von adligen Fürsten gewählt und von einem Bischof gesalbt. (vgl. S. 16)

Kolonialisierung ◒●
Eroberung, Unterwerfung, Besiedlung und Ausbeutung von Gebieten (meist auf anderen Kontinenten) durch die Europäer ab Ende des 15. Jahrhunderts. Die Folgen sind in Entwicklungsländern bis heute spürbar. (S. 70, 184 ff.)

Kolonien ○
Gebiete (meist auf anderen Kontinenten), die Europäer ab Ende des 15. Jahrhunderts unter ihre Herrschaft stellten und besiedelten. Kolonien sind politisch und wirtschaftlich von ihrer Kolonialmacht abhängig. Die Europäer stellten im Zeitalter der Seefahrten (Ende des 15. Jahrhunderts) erste Kolonien unter ihre Herrschaft. Im Zeitalter des → Imperialismus (19. Jahrhundert) bauten die Industrieländer ganze → Kolonialreiche auf. (S. 64, 70, 184–193)

Kolonialreich ◒●
Gesamtheit der → Kolonien, die ein Staat erworben oder erobert hat (S. 184–193)

Kommunismus ○◒●
von lat. „communis" = gemeinschaftlich. Der Kommunismus betont die → Gleichheit aller Menschen und fordert die Aufhebung des Privateigentums. (S. 158, 214)

Konfessionalisierung ◒●
Zeitabschnitt im Anschluss an die → Reformation, als sich die Landesherren auf ein Glaubensbekenntnis (z. B. römisch-katholisch, evangelisch-lutherisch, evangelisch-reformiert) für ihren → Territorialstaat festlegten (S. 80)

konstitutionelle Monarchie ●
Der König ist als Staatsoberhaupt an eine → Verfassung (Konstitution) gebunden. Seine Macht wird durch eine Volksvertretung (Parlament) eingeschränkt. (S. 106)

Kopernikanische Wende ○◒●
der Übergang vom geozentrischen zum heliozentrischen Weltbild. Nikolaus Kopernikus hat sie durch seine Entdeckung, dass die Erde wie andere Planeten die Sonne umkreist, eingeleitet. (S. 59)

Kreuzzug ○◒●
Vom Papst verkündeter Krieg zur Verteidigung und Verbreitung des Christentums. Die Teilnahme war freiwillig, musste aber durchgehalten werden, sonst drohte der Ausschluss aus der Kirche. (S. 44)

Kulturtransfer/Kulturkonflikt ●
Das Vorrücken der türkischen Osmanen und die Ausdehnung des → Osmanischen Reiches führte in Europa zu Konflikten zwischen Juden, Christen und den Muslimen. Gleichzeitig entstand durch das Zusammenleben ein kultureller Austausch, indem Juden und Christen Teile der türkischen Kultur übernahmen. (S. 61)

Lehen/Lehnswesen ●
Der Lehnsherr vergab ein Gut (Amt, Land = Lehen) einen Lehnsträger. Dieser sorgte für das Land und die Menschen darauf und/oder übte das Amt aus. Was ein Lehen war und ab wann Lehen vergeben wurden, war in Europa sehr verschieden. Deshalb sprechen immer weniger Forscherinnen und Forscher von einem einheitlichen „Lehnswesen" im Mittelalter. (S. 13)

Lesegesellschaft ●
Gebildete trafen sich in den Salons vornehmer Damen, um gemeinsam die Schriften der Aufklärer zu lesen und zu diskutieren. (vgl. S. 94)

Liberalismus ●
von lat. „liber" = frei. Die Liberalen wollten einen freiheitlichen Verfassungsstaat, in dem → Menschen- und Bürgerrechte garantiert sind. (S. 122, 214)

Luxuswaren ●
Bezeichnung für in Europa begehrte Handelsgüter wie → Seide, Gewürze, Tabak, Kaffee, Zucker oder Baumwolle. Der Zugang zu Luxuswaren war ein Motiv für die → Kolonialisierung. (vgl. S. 34, 60)

Markt ◒●
Ort, an dem Käufer und Verkäufer zu einem bestimmten Zeitpunkt und nach festgelegten Regeln (Marktrecht) zusammentrafen, um mit Waren zu handeln. (S. 30)

Materialschlacht ○◒●
Im Ersten Weltkrieg wurden erstmals hochtechnisierte Waffen massenweise eingesetzt. Dieses Material bestimmte das Geschehen auf den Schlachtfeldern. (S. 208)

Mayareich ○◒●
Hochkultur in Mittelamerika, unter anderem in Teilen der heutigen Länder Mexiko und Guatemala. Spanische Eroberer führten während der → Kolonialisierung im 16. Jahrhundert lange Kriege gegen die Maya und versuchten, sie zu Christen zu machen. Tausende Menschen kamen durch Kämpfe und Seuchen ums Leben. (vgl. S. 68)

Mediatisierung ●
Napoleon gliederte bisher direkt dem Kaiser unterstellte Gebiete wie die Reichsstädte, kleinere Fürsten- und Ritterländereien in die größeren Fürstentümer ein (→ Flurbereinigung). (S. 119)

Menschen- und Bürgerrechte ○◒●
Die → Aufklärung ging davon aus, dass alle Menschen frei und gleich geboren werden und unveräußerliche Rechte haben. Erstmals wurden diese Rechte in der amerikanischen → Verfassung (1787) und den Bill of Rights (1789) festgeschrieben. Daran orientierte sich die Erklärung der → Menschen- und Bürgerrechte in der Französischen → Revolution (26. August 1789), die die Glaubens- und Meinungsfreiheit sowie die → Gleichheit vor dem Gesetz proklamierte. Auch die Grundrechte in der ersten deutschen → Verfassung (28. März 1849) gehen auf die Menschen- und Bürgerrechte zurück. (S. 94, 96, 104, 128)

Migration ○◒●
bedeutet „Wanderung". Von Migration spricht man, wenn Menschen ihren Wohnort vorübergehend oder auf Dauer wechseln – entweder freiwillig oder unter Zwang. (S. 136, 174)

Militarismus ◒●
übersteigerter Einfluss des Militärs auf Staat und Gesellschaft (S. 172)

Mongolen/-sturm ●
Unter Dschingis Khan und seinen Nachfolgern eroberten und beherrschten die Mongolen aus dem Nordosten Chinas im 12. und 13. Jahrhundert ein riesiges Reich. Als sogenannten Mongolensturm bezeichnet man mehrere Feldzüge im 13. Jahrhundert, in denen die Mongolen große Teile Asiens eroberten und bis nach Europa vordrangen. Heutige Staaten wie Afghanistan, Kasachstan, Iran sowie große Teile Russlands, der Ukraine und der Türkei gehörten damals zum mongolischen → Imperium und damit auch die Hauptrouten der → Seidenstraße. Auch Teile der heutigen Länder Polen, Bulgarien, Ungarn, Tschechien, Österreich und Deutschland wurden zeitweise von den Mongolen beherrscht. Schon Marco Polo berichtete von der gut organisierten Herrschaft des Mongolenstaates, die später pax mongolica genannt wurde. (vgl. S. 35)

Nation ●
lat. „natio" = Stamm, Volk. Heute fasst man damit Menschen gleicher Sprache oder Staatsangehörigkeit zusammen. (S. 100, 122)

Nationalismus ●
a) Anschauung, die die Errichtung eines unabhängigen → Nationalstaates zum Ziel hat; b) übersteigerter Stolz auf die eigene Nation, siehe auch → Radikalnationalismus). (S. 118, 168)

Nationalstaat, alter/junger ○◒●
Staat, in dem Menschen mit derselben Sprache und Kultur zusammenleben. Deutschland war mit seiner → Reichsgründung von 1871 ein junger Nationalstaat in Europa, im Gegensatz zu Frankreich, das sich schon seit der Französischen → Revolution als → Nation verstand. (S. 118, 132)

Nationalversammlung ●
Versammlung von gewählten Vertretern des Volkes, die eine → Verfassung oder Gesetze erarbeiten sollen. In Frankreich erklärten sich 1789 die Generalstände-Abgeordneten des → Dritten Standes zur Nationalversammlung. Die erste deutsche Nationalversammlung tagte 1848 in der Frankfurter Paulskirche. (S. 100, 128)

Naturbeobachtung ◒
Die Gelehrten und Künstler der → Renaissance gewannen ihre Erkenntnisse und Anregungen aus der genauen Beobachtung der Natur. (S. 54, 56)

Obrigkeitsstaat ○◒●
So wird oft das Deutsche Kaiserreich von 1871–1918 bezeichnet. In der → konstitutionellen Monarchie lag die Macht letztlich beim Kaiser. Auch gesellschaftlich orientierten sich viele Deutsche an der Obrigkeit aus kaiserlichem Hof, Adel und Militär. (S. 172)

Oktoberrevolution ◒●
Lenin und die Bolschewiki stürzten am 25. Oktober 1917 die Provisorische Regierung Russlands und übernahmen die Macht. Sie errichteten eine „Diktatur des Proletariats". (S. 218)

Osmanisches Reich ○◒●
Die türkischen Osmanen eroberten 1453 Konstantinopel. Sie versperrten den Europäern damit die Handelswege nach Indien und China und veranlassten sie, einen → Seeweg nach Indien zu finden. Bis ins 17. Jahrhundert dehnten sie ihr Reich immer weiter aus und eroberten auch große Teile des Balkans. (S. 60)

pax mongolica ●
→ Mongolensturm

pax universalis ●
lat. = allgemeiner Frieden. Bezeichnung für den Anspruch des Westfälischen Friedens 1648, nach 30 Jahren Krieg zwischen den unterschiedlichen Kriegsgegnern einen umfassenden allgemeinen Frieden für alle zu schaffen. Erstmals verhandelten die Staaten als gleichberechtigte Partner und schufen damit ein Modell, das jahrhundertelang als Vorbild galt. (vgl. S. 82)

Pest ○◒●
(auch „Schwarzer Tod") Die Pest ist eine Seuche, die sich im 14. Jahrhundert über die → Seidenstraße bis nach Europa verbreitete. (S. 36)

Radikalnationalismus ◒●
Ende des 19. Jahrhunderts verband sich der → Nationalismus in Deutschland mit der → rassistischen Vorstellung von der Überlegenheit der Deutschen gegenüber anderen Völkern. Damit wurde der Kampf gegen Minderheiten im Inneren und das Weltmachtstreben nach außen begründet. (vgl. S. 168, 188)

Begriffsglossar

Rassismus
Anschauung, wonach Menschen aufgrund angeborener (äußerlicher) Eigenschaften in „Rassen“ von unterschiedlichem Wert eingeordnet werden. Rassisten bewerten einen Menschen danach, ob er einer angeblich wertvollen oder minderwertigen „Rasse“ angehört. Wissenschaftlich ist diese Lehre nicht haltbar. (S. 188)

Rat
→ Stadtrat

Reformation
Bewegung zur Erneuerung der → Kirche. Sie wurde von Martin Luther ausgelöst und führte zur Spaltung der Kirche. (S. 76)

Reich
Der Herrschaftsbereich der römisch-deutschen Kaiser wurde vom im Mittelalter und in der Frühen Neuzeit bis 1806 als „Heiliges Römisches Reich“ bezeichnet. Nach dem Dreißigjährigen Krieg zerfiel das Reich in viele kleine → Territorialstaaten, die nach innen und außen souverän waren. (S. 82, 119)

Reichsgründung „von oben“
Im Gegensatz zum Versuch von 1848, die Einheit Deutschlands „von unten“ durch eine Revolution herzustellen, gründeten die deutschen Fürsten unter der Führung Preußens das Deutsche Reich 1871 „von oben“ und riefen den preußischen König zum Kaiser aus. (S. 132)

Renaissance
frz. = Wiedergeburt Der Begriff bezeichnet die Zeit von ca. 1350 bis 1550. Künstler und Wissenschaftler entdeckten das Wissen der Antike wieder. Ideen aus der Antike wurden „wiedergeboren“. (S. 54)

Republik
Bei dieser Staatsform wird das Volk als höchste Gewalt angesehen. Regierung und Parlament werden nur auf Zeit gewählt. (S. 106)

Restauration
von lat. „restaurare“ = wiederherstellen. Die Fürsten versuchten nach 1815, die Zustände wiederherzustellen, wie sie vor der Französischen → Revolution gewesen waren. (S. 122)

Revolution
meist ein gewaltsamer Umsturz der staatlichen und gesellschaftlichen Ordnung (S. 96, 100, 126, 218)

Ritter
Reiterkrieger eines adligen Herrn. Sie nannten sich seit dem 12. Jahrhundert „Ritter“. Später wurden sie unabhängiger und bauten teilweise eigene Burgen. In Friedenszeiten hielten sie Turniere ab. (S. 26)

Rüstungswettlauf
Von Rüstungswettlauf spricht man, wenn verfeindete Mächte wechselseitig immer mehr Waffen anschaffen. Im Zeitalter des → Imperialismus wetteiferten Deutschland und das Vereinigte Königreich um die größte Kriegsflotte. (S. 203)

Säkularisation
Napoleon ließ im „Heiligen Römischen → Reich“ den Besitz der → Klöster und → Kirchen enteignen und entschädigte damit die deutschen Fürsten für ihre Gebietsverluste. (S. 119)

Schreckensherrschaft
Herrschaft der radikalen Jakobiner unter ihrem Anführer Robespierre während der Französischen → Revolution. (S. 108)

Schutzprivileg
Im Mittelalter standen → Juden in vielen Städten unter dem Schutz der Bischöfe und des Kaisers. (S. 42)

Sedantag
Im Kaiserreich feierten Menschen überall in Deutschland am 2. September den Sedantag als Nationalfeiertag. Sie gedachten damit der siegreichen Schlacht der preußisch-deutschen Armee gegen Frankreich 1870 und der anschließenden Reichsgründung von 1871. (S. 170)

Seeweg nach Indien
Die Ausdehnung des → Osmanischen Reiches erschwerte Ende des 15. Jahrhunderts durch hohe Zölle den → Fernhandel mit indischen → Luxuswaren auf dem Landweg. Daher suchten die Fernhändler eine andere Route nach Indien – auf dem Seeweg. Die meisten Seefahrer versuchten es ostwärts, um Afrika herum. Christoph Kolumbus dagegen glaubte, auch in westlicher Richtung um die Erdkugel herum nach Indien gelangen zu können. Indien erreichte er nicht, dafür aber den bis dahin in Europa unbekannten amerikanischen Kontinent. (S. 60)

Seide
Kostbarer Stoff, mit dem weltliche und geistliche Herrscher im Mittelalter ihre Macht und ihren Reichtum zeigten. → Luxuswaren wie Seide wurden über tausende Kilometer auf Land- und Seewegen gehandelt. (S. 34)

Seidenstraße
Handelsweg zwischen Asien und Europa. Die Seidenstraße verband seit der Antike das Mittelmeer mit China. Sie ermöglichte den Austausch von Waren und Erfindungen. Aber auch Krankheiten wie die → Pest breiteten sich über diesen Handelsweg aus. (S. 34–37)

Selbstverwaltung
Bezeichnung für die Übernahme von Verwaltungsaufgaben in der mittelalterlichen Stadt durch → Stadträte (vgl. S. 38)

Sonnenkönig
König Ludwig XIV. von Frankreich sah sich selbst als absoluten Herrscher, der wie eine Sonne alles überrage und alles Gute für das Land hervorbringe. (S. 90)

Sozialdarwinismus
Fragwürdige Lehre während der zweiten Hälfte des 19. Jahrhunderts. Die Anhänger übertrugen Teile von Charles Darwins Thesen aus der Biologie auf menschliche Gesellschaften, z. B. eine „natürliche Auslese der Stärksten“. Der Sozialdarwinismus diente während des → Imperialismus teilweise als Argument für die Führungsrolle von angeblich überlegenen „Rassen“ (→ Rassismus) (vgl. S. 188)

Sozialdemokratie
Partei, die sich für die politischen Interessen der → Arbeiter einsetzt. In Deutschland ist die Sozialdemokratische Partei Deutschlands (SPD) die älteste Partei. Sie besteht seit 1890 unter diesem Namen. (S. 156)

Sozialgesetzgebung
Maßnahmen der staatlichen Sozialpolitik. Reichskanzler Bismarck schuf mit seinen Sozialgesetzen 1883 die Krankenversicherung, 1884 die Unfall- und 1889 die Invaliditäts- und Altersversicherung. Arbeitgeber und Arbeitnehmer zahlen Beiträge ein. (S. 160)

„Stadtluft macht frei" ○◒●
Die Redensart weist darauf hin, dass die Menschen in der Stadt mehr Freiheiten hatten als auf dem Land. Unfreie, die in die Stadt zogen, konnten nach etwa einem Jahr ihre → Freiheit bekommen. (S. 28, 40)

Stadtrat/Rat ◒●
Gremium von → Bürgern, das seit dem 13. Jahrhundert in vielen mittelalterlichen Städten die Stadtregierung bildete und damit die Alleinherrschaft adliger Stadtherren ablöste. Die Ratsherren wählten aus ihren Reihen einen Bürgermeister. Der Stadtrat entschied unter anderem über die Höhe der Steuern. (S. 38)

Stand/Stände ●
Gesellschaftliche Gruppen mit gemeinsamen Kennzeichen, z. B. Herkunft, Beruf, Bildung. Im Mittelalter unterschied man drei Stände: Den Ersten Stand bildeten die Geistlichen (der → Klerus), weil sie für das „Heil" der Menschen beteten. Der Zweite Stand waren die Adligen vom Herzog bis zum Ritter, die über Land und Menschen herrschten und ihnen dafür Schutz boten. Die meisten Menschen waren abhängige → Bauern mit wenig Rechten; sie gehörten zum → Dritten Stand. (S. 16)

Ständegesellschaft ◒●
Vor der Französischen → Revolution war die Gesellschaft nach Geburt in → Klerus (Erster → Stand), → Adel (Zweiter Stand) und → Bürgertum (→ Dritter Stand) eingeteilt. (S. 98)

Telegraf ○◒●
Die Telegrafie bezeichnet die körperlose Übertragung von verschlüsselten Zeichen (z. B. Morsezeichen) über eine große Distanz. Im Laufe des 19. Jahrhunderts begann die elektrische Telegrafie über Kabel ihren Siegeszug. Damit wurde eine schnelle Kommunikation über weite Entfernungen möglich, eine Voraussetzung für die → Vernetzung der Welt. (S. 174)

Territorialstaat ◒●
selbstständiger, von einem Fürsten regierter Staat mit eigener Gesetzgebung, Rechtsprechung und Steuerhoheit (S. 82)

Treueid ●
Gegenseitiger Schwur zwischen Lehnsherr und Vasall. Der Lehnsherr versprach dem Vasallen Schutz, dieser wiederum gelobte seinem Lehnsherren Gehorsam, Rat und Hilfe. (S. 13)

Unabhängigkeitserklärung, amerikanische ○◒●
Nach langen Auseinandersetzungen erklärten die 13 britischen Kolonien in Nordamerika am 4. Juli 1776 ihre Unabhängigkeit von Großbritannien. Das war der Höhepunkt der amerikanischen → Revolution, die schließlich den Staat USA mit einer eigenen demokratischen → Verfassung (1787) hervorbrachte. (S. 96)

Unternehmer ○◒●
Als Unternehmer bezeichnet man diejenigen, die Geld in → Fabriken und Maschinen investieren, um gewinnbringend Güter für den Markt zu produzieren. Zu Beginn der → Industrialisierung waren es oft einzelne Erfinder, die sich Geld liehen, später mussten Unternehmer Aktiengesellschaften gründen, um das nötige Kapital aufzubringen. (S. 156)

Urbanisierung ●
Durch die → Industrialisierung zogen immer mehr Menschen in die Städte (→ Großstadt), wo die meisten → Fabriken entstanden. Sie lebten dort enger in gleichförmigen Wohnvierteln zusammen, mussten versorgt und befördert werden, verbrachten ihre Freizeit anders als die Menschen auf dem Land. Diese Prozesse bezeichnet man als Urbanisierung. (vgl. S. 173)

Verein ●
In der Zeit der → Restauration gründeten viele national und liberal gesinnte Deutsche Vereine, um ihre politischen Ziele unter dem Schutz dieser unverdächtigen Bezeichnung zu verfolgen. (vgl. S. 126)

Verfassung ○◒●
So nennt man einen Text, der die politische Organisation des Staates festlegt. Er beschreibt die Rechte und Pflichten der einzelnen Staatsorgane. (S. 95, 96, 107, 129, 134)

Vernetzung ◒●
Neue Kommunikationsmittel (Telefon, → Telegraf) und Verkehrsmittel (→ Eisenbahn, → Dampfschiffe) aus der Zeit der → Industrialisierung führten Ende des 19. Jahrhunderts zu einer bis dahin unbekannten Vernetzung und Beschleunigung der Welt. Die verkürzten Kommunikations- und Reisezeiten trugen auch zu einem wirtschaftlichen Aufschwung bei. (S. 174)

Wahlrecht ●
Die französische → Verfassung von 1791 garantierte allen Männern ab 25 Jahren ein allgemeines und gleiches Wahlrecht. Allerdings wurde es durch einen Zensus beschränkt: Nur wer eine Mindeststeuer von vier Millionen zahlte, durfte wählen. Ab 1793 galt das allgemeine (Männer-)Wahlrecht ab 21 Jahren ohne Zensus.
In Deutschland kämpften Arbeiter und Bürger in der → Revolution von 1848 für das allgemeine Wahlrecht. 1918 erhielten in Deutschland auch Frauen das Wahlrecht. (vgl. S. 107, S. 126, 134, 162)

Weltausstellung ●
internationale Ausstellungen, die im Zeitalter der → Industrialisierung entstanden sind, um regelmäßig die technischen und handwerklichen Neuerungen aus der ganzen Welt vorzuführen. Sie fand erstmals 1851 in London statt. (S. 152)

Wirtschaftsliberalismus ●
Auffassung, nach der sich der Staat aus der Wirtschaft heraushalten und z. B. Freihandel gewähren und keine Zölle erheben soll. Der englische Ökonom Adam Smith (1723–1790), ein Begründer des Wirtschaftsliberalismus, behauptete, dass der freie Wettbewerb der Anbieter und Nachfrager auf dem Markt zum Wohlstand der → Nationen führe. (S. 158)

Zensur ◒●
Prüfung von Presseerzeugnissen durch den Staat und Verbot von unerwünschten Inhalten (S. 122)

Zensuswahlrecht ●
→ Wahlrecht

Zunft ○◒●
Zusammenschluss der Meister eines Handwerks (S. 32)

14. Juli ○◒●
Seit 1880 ist der 14. Juli der Nationalfeiertag der Franzosen. Er erinnert an die Erstürmung der Bastille und damit an den Beginn der Französischen → Revolution. (S. 170)

Register

Verwendete Abkürzungen:
Abb. = Abbildung/Übersicht/Karte;
amerik. = amerikanisch;
brit. = britisch;
chin. = chinesisch;
dt. = deutsch;
Gft. = Grafschaft;
europ. = europäisch;
evang. = evangelisch;
frz. = französisch;
griech. = griechisch;
gualtemaltek. = gualtemaltekisch;
HRR = Heiliges Römisches Reich;
iran. = iranisch;
ital. = italienisch;
jüd. = jüdisch;
kamer. = kamerunisch;
kathol. = katholisch;
Kgr. = Königreich;
n. Chr. = nach Christi Geburt;
österr.-ung. = österreich-ungarisch;
polit. = politisch;
port. = portugiesisch;
preuß. = preußisch;
röm. = römisch;
sowjet. = sowjetisch;
sozialist. = sozialistisch;
v. Chr. = vor Christi Geburt

Hinweise:
→ Verweis auf ein weiterführendes Stichwort
~ ersetzt das Stichwort bei Wiederholung

Halbfett gesetzt sind die Glossarbegriffe, die zum Bildungsplan gehören, sowie alle in der Randspalte zusätzlich erläuterten Lexikonbegriffe mit den jeweiligen Seitenverweisen.

Bei Herrschern und kirchlichen Amtsträgern sind in der Regel die Regierungs-/Amtsdaten, bei allen anderen Personen die Lebensdaten angegeben.

I

J

K

Register

Register und Textquellenverzeichnis

Textquellennachweis

19.Q1 Ingo Schwab (Hg.), Rheinische Urbare, Bd. 5. Das Prümer Urbar, (Droste) Düsseldorf 1983, S. 241/242 (übers. v. Verf.); **19.Q2** Vita Meinwerci episcopi Patherbrunnensis, hg. v. F. Tenckhoff, MGH SS. rer. Germ. in us. schol., Hannover 1921, c. 146 u. 148 (übers./bearb. v. Verf.); **23.D1** Zusammengestellt nach: Norbert Ohler, Pilgerstab und Jakobsmuschel, Artemis und Winkler, Düsseldorf/ Zürich 2000, S. 134 f.; **27.Q1** Zit. nach: Arno Borst, Lebensformen des Mittelalters, Neuausgabe von UB 34004, (Ullstein) Berlin 1997, S, 180 f. (Erstauflage: Propyläen 1973); **27.Q2** Carl Erdmann, Die Entstehung des Kreuzzuggedankens, Kohlhammer, Stuttgart 1935, S. 330; **29.Q2** Dieter Starke, Herrschaft und Genossenschaft im Mittelalter, (Klett) Stuttgart 1971, S. 86 ff. (bearb. v. Verf.); **31.Q1** Zit. nach: Monumenta Germaniae Historica (MGH) LL, Constitutiones II, Nr. 439 (übers. v. Robert Holtzmann); **33.Q2** Zit. nach: Peter Ketsch/Gerhard Schneider, Handwerk in der mittelalterlichen Stadt, (Klett) Stuttgart 1985 (bearb. v. Verf.); **35.Q2** Marco Polo, Die Wunder der Welt. Die Reise nach China an den Hof des Kublai Khan, übersetzt von Elise Guignard, Insel Verlag, Frankfurt 7. Aufl. 2016, S. 219–223.; **35.Q3** Zit. nach Johannes von Plano Carpini, Kunde von den Mongolen 1245–1247, Thorbecke, Sigmaringen 1997, S. 55–60, übersetzt, eingeleitet und erläutert von Felicitas Schmieder.; **41.Q2** Hedwig Sievert, Die Kieler Burspraken, mittelalterliches Leben im Spiegel alter Kieler Polizeiordnungen, in: Mitteilungen der Gesellschaft für Kieler Stadtgeschichte, Nr. 48, (Hirt) Kiel 1953, S. 157ff. (bearb. v. Verf.); **41.Q3** Berthold von Regensburg, Vier Predigten, übersetzt u. hg. v. Werner Röcke, (Reclam) Stuttgart 1983, S. 96/97 (bearb. v. Verf.); **43.Q2** Zit. nach: Rudolf Buchner, in: Quellen zur deutschen Verfassungs-, Wirtschafts- und Sozialgeschichte bis 1250 (Ausgewählte Quellen zur deutschen Geschichte des Mittelalters, Bd. 32), ausgew. u. übers. v. Lorenz Weinrich, (WBG) Darmstadt 1977, S. 243 ff.; **43.Q3** Jean-Marie Moeglin/ Rainer A. Müller (Hg.), Deutsche Geschichte in Quellen und Darstellung, Bd. 2, Reclam, Stuttgart 2000, S. 350–352 (bearb. v. Verf.); **45.Q1** Zit. n. Régine Pernoud (Hg.), Die Kreuzzüge in Augenzeugenberichten, übers. v. Hagen Thürnau, Deutscher Taschenbuch-Verlag, 3. Aufl., München 1975 (Originalausgabe: Rauch Verlag, Düsseldorf 1961), S. 125 (bearb. v. Verf.); **45.Q2** Radulfus Niger, De remilitari et triplic via peregrinationis Hierosolimitane, eingl. u. hrsg. v. L. Schmugge, Berlin/ New York 1977, S. 196 f., übers. v. Peter Offergeld; **57.Q2** Zit. nach: Hans Widmann, Vom Nutzen und Nachteil der Erfindung des Buchdrucks – aus Sicht der Zeitgenossen des Erfinders, Verlag der Gutenberg-Gesellschaft, Mainz 1973, S. 40–43.; **57.Q3** Zit. nach: Helmut Presser, Johannes Gutenberg mit Selbstzeugnissen und Bilddokumenten, Rowohlt Verlag, Reinbek 1995, S. 123 ff.; **59.Q2** Zit. nach: Anna Mudry (Hg.), Galileo Galilei. Schriften, Briefe, Dokumente, Bd. 1, C. H. Beck, München 1987, S. 280 f., 286 (bearb. v. Verf.); **59.Q3** Zit. nach: Albrecht Fölsing, Galileo Galilei. Prozess ohneEnde. Eine Biographie, Rowohlt, Reinbek 1996, S. 299 f.; **61.Q3** Zit. nach Eberhard Schmitt, Die Anfänge der europäischen Expansion, Schulz Kirchner, Idstein 1991, S. 119 ff.; **65.Q2** Zit. nach Eberhard Schmitt (Hg.), Dokumente zur Geschichte der europäischen Expansion, Bd. 2 (hg. von Matthias Meyn), C.H. Beck Verlag, München 1984, S. 112 ff., 119 (bearb. v. Verf.); **67.Q2** Zit. nach Eberhard Schmitt (Hg.), Dokumente zur Geschichte der europäischen Expansion, Bd. 2 (hg. von MatthiasMeyn), C.H. Beck Verlag, München 1984, S. 112 ff., 119 (bearb. v. Verf.); **69.Q1** Miguel León-Portilla, Renate Heuer (Hg.), Rückkehr der Götter. Aus d. Náhautl übers. Angel Maria Garibay K. Dt. v. Renate Heuer, ungek. Ausg., dtv, München 1965, (Original ersch. im Unionsverlag, Zürich), S. 32 f.; **75.Q2** Helmar Junghans (Hg.), Die Reformation in Augenzeugenberichten, Rauch Verlag, Düsseldorf 1967, S. 43 (bearb. v. Verf.); **75.Q3** Helmar Junghans (Hg.), Die Reformation in Augenzeugenberichten, Rauch Verlag, Düsseldorf 1967, S. 58; **79.Q1** Martin Luther, Ausgewählte Schriften, hg. von Karin Bornkamm und Gerhard Ebeling, 4. Band, (Insel) Frankfurt 1982, S. 133–139.; **81.Q2** Zit. nach: Helmut K. G. Rönnefarth, Konferenzen und Verträge, Teil 2, Bd. 3, Ploetz, Würzburg 1958, S. 23 f. (bearb. v. Verf.); **91.Q3** Saint-Simon, Memoiren, zit. nach: Theodor Steudel, Der Fürstenstaat, (Teubner) Berlin 1933, S. 1 ff. (bearb. v. Verf.); **95.Q2** Immanuel Kant, Was ist Aufklärung, in: ders., Werke, Bd. 9, (Wissenschaftliche Buchgesellschaft) Darmstadt 1975, S. 53 f.; **95.Q3** Montesquieu, Vom Geist der Gesetze, Buch 11, Kapitel 6, 1748, ausgew., übertr. u. eingel. von Ernst Forsthoff, (Goldmann) München 1968, S. 200 ff.; **99.Q2** Zit. nach: Histoire – Geographie, Bd. 4, (Hatier) Paris 2002, S. 60f. (übers. v. Rebecca Leinen); **99.Q3** Zit. nach: Histoire – Geographie, Bd. 4, (Hatier) Paris 2002, S. 60 f. (übers. v. Rebecca Leinen); **101.D1** Paul Sethe, Die grossen Tage: Von Mirabeau zu Bonaparte, (Scheffler) Frankfurt/M 1953, S. 16; **104.Q1** Déclaration des droits de l'homme et du citoyen, 26.8.1789, in: Bibliothèque Jeanne Hersch, Textes fondateurs. Sources françaises, unter: http://www.aidh.org/Biblio/Text_fondat/FR_02.htm (Zugriff: 22.5.2012, übers. v. Rebecca Leinen); **105.Q3** Olympe de Gouges, Déclaration des droits de la femme et de la citoyenne, 1791, zit. nach https://fr.wikisource.org/wiki/D%C3%A9claration_des_droits_de_la_femme_et_de_la_citoyenne (Zugriff: 8.8.2017, übers. v. Rebecca Leinen); **105.Q4** Grundgesetz der Bundesrepublik Deutschland, www.bundestag.de/gg (letzter Zugriff: 28.11.2017); **109.Q2** Zit. nach: Martin Göhring, Geschichte der großen

Textquellen- und Abbildungsnachweis

Revolution, Bd. 2: Vom Liberalismus zur Diktatur, (Mohr) Tübingen 1951, S. 382; **109.Q3** Le Père Duchesne, 1793, zit. nach: Histoire – Geographie, Bd. 4, (Hatier) Paris 2002, S. 78 (übers. v. Rebecca Leinen); **111.D1** Johannes C. Buggle: Law and Social Capital: Evidence from the Code Napoleon in Germany. In: SOEP — The German Socio-Economic Panel Study at DIW Berlin 566–2013, S.8–10, Übers. der Redaktion;; **121.Q2** Hilde Spiel (Hg.), Der Wiener Kongress in Augenzeugenberichten, (dtv) München 1978, (Original ersch. im Karl Rauch Verlag, Düsseldorf), S. 74; **123.Q2** Zit. nach: Wolfgang Hardtwig/Helmut Hinze (Hg.), Deutsche Geschichte in Quellen und Darstellung, Bd. 7: Vom Deutschen Bund zum Kaiserreich 1815–1871, (Reclam) Stuttgart 1997, S. 100 f.; **125.Q2** Lied der Deutschen. Text: August H. Hoffmann von Fallersleben, 1841. Musik: Joseph Haydn, 1797; **127.Q1** Die Forderungen des Volkes, v. 12.09.1847, unter: https://de.wikisource.org/wiki/Die_Forderung_des_Volkes (Zugriff: 26.06.23); **127.Q3** Hans Jessen (Hg), Die Deutsche Revolution 1848/49 in Augenzeugenberichten, (Rauch) Düsseldorf 1968, S. 40; **129.Q2** Zit. nach: Ernst Rudolf Huber (Hg.), Quellen zum Staatsrecht der Neuzeit, Bd. 1: Deutsche Verfassungsrecht im Zeitalter des Konstitutionalismus (1806–1918), (Matthiesen) Tübingen 1949, S. 257 ff.; **129.Q3** Franz Wigard (Hg.), Stenographischer Bericht über die Verhandlungen der deutschen konstituierenden Nationalversammlung zu Frankfurt a. M., Frankfurt/M 1849, Bde. 6 u. 7., (Breitkopf&Härtel) Leipzig 1849; **133.Q2** Zit. nach Lothar Gall (Hg.), Bismarck, Die großen Reden, (Severin und Siedler) Berlin 1981, S. 62 f.; **135.Q1** Heinrich von Sybel, Das neue deutsche Reich, in: Heinrich von Sybel, Vorträge und Aufsätze, 2. Aufl., (Hofmann) Berlin 1875, S. 32; **135.Q2** Überliefert in Geschichte und Geschehen II A/B, (Klett) Stuttgart 1995, S. 81; **137.Q3** Zit. nach: Günter Moltmann (Hg.), Aufbruch nach Amerika. Friedrich List und die Auswanderungen in Baden und Württemberg 1816/17. Dokumentation einer sozialen Bewegung, unter Mitarb. v. Ingrid Schöberl, (Wunderlich) Tübingen 1979, S. 133 ff.; **145.Q2** Zit. nach: Horst Mönnich, Aufbruch ins Revier, Aufbruch nach Europa. Hoesch 1871–1971, (Bruckmann) München, 1971, S. 54; **147.D2** Nach: Klaus Hermann, Die Personenbeförderung bei Post und Eisenbahn, in Scripta Mercaturae, 2/1977, S. 10.; **147.Q2** Zit. nach: Dieter Bradtke, Die industrielle Revolution in Deutschland, (Klett) Stuttgart 1985, S. 20; **147.Q3** Friedrich Harkort, in: Hermann, Nr. 26 v. 30.3.1825; **148.D1** Bodo Harenberg (Hg.), Chronik des Ruhrgebiets, (Chronik-Verlag) Dortmund 1987, S. 632; **148.D2** Heinz Günther Steinberg, Das Ruhrgebiet im 19. und 20. Jahrhundert – ein Verdichtungsraum im Wandel, in: Siedlung und Landschaft in Westfalen – landeskundliche Karten und Hefte 16, (Selbstverlag) Münster 1985, S. 21; **149.D3** zusammengestellt nach: Wilhelm Treue/Karl-Heinz Manegold/Herbert Pönicke, Quellen zur Geschichte der industriellen Revolution, (Musterschmidt) Göttingen u. a. 1966, S. 99; sowie Wolfgang Köllmann (Hg.), Die industrielle Revolution. Bevölkerung – Technik, Wirtschaft, Industrie – Unternehmer, Arbeiterschaft – Sozialreform, Sozialpolitik, (Klett) Stuttgart 1987, S. 51; **151.D1** Nach: Umweltbundesamt: Atmosphärische Treibhausgas-Konzentrationen, unter: http://www.umweltbundesamt.de/daten/klimawandel/atmosphaerische-treibhausgas-konzentrationen#textpart-1 (Zugriff vom 18.05.2017); **151.Q2** Die Gartenlaube. Illustriertes Familienblatt, Nr.31, 1875.; **157.Q2** Georg Herwegh: Herweghs Werke in drei Teilen, Teil 3. Hrsg. v. Hermann Tardel. Bong Berlin 1909, S. 88 f.; **157.Q3** Zit. nach: Bodo Harenberg (Hg.), Chronik des Ruhrgebiets, (Chronik-Verlag) Dortmund 1987, S. 172; **159.Q2** Karl Marx/Friedrich Engels, Werke, Bd. 4, (Dietz) Berlin (Ost) 1974, S. 459–493; **161.Q2** Bote vom Niederrhein v. 12.1.1866, zit. nach: Stadt Duisburg, Dezernat für Bildung und Kultur, Hartmut Pietsch (Hg.), Industrialisierung und soziale Frage in Duisburg, (Braun Verlag) Duisburg 1982, S. 63; **163.D1** Nach: Wirtschafts- und Sozialwissenschaftliches Institut der Hans-Böckler-Stiftung: https://www.boeckler.de/52854.htm (Zugriff: 9.8.2017) und Statistisches Bundesamt: www.destatis.de/DE/Publikationen/Thematisch/VerdiensteArbeitskosten/ Arbeitnehmerverdienste/IndizesVerdiensteVj.html (Zugriff: 9.8.2017); **163.D2** Nach: Wirtschafts- und Sozialwissenschaftliches Institut der Hans-Böckler-Stiftung: https://www.boeckler.de/52854.htm (Zugriff: 9.8.2017) und Statistisches Bundesamt: https://www.destatis.de/DE/Presse/Pressemitteilungen/2020/03/PD20_097_621.html (Zugriff: 23.11.2020); **163.Q3** Der Textilarbeiter, Nr. 6, o. O., 1909.;**165.Q4** Heinrich Heine, Sämtliche Werke II, Band 3: Reisebilder, Kapitel 66 (Erstveröffentlichung 1826), München (Artemis & Winkler) 1969; **167.Q2** Im deutschen Reich 4 (1898), Heft 2 (Februar 1898), S. 85, unter: https://sammlungen.ub.uni-frankfurt.de/cm/periodical/zoom/2322006?query=K%C3%B6lner (Zugriff: 15.7.2020); **167.Q3** „Der Israelit“, 5. August 1901. Zit. nach https://sammlungen.ub.uni-frankfurt.de/cm/periodical/pageview/2504084 (Zugriff: 15.7.2020); **169.Q2** Zit. nach: Ernst Johann (Hg.), Reden des Kaisers. Ansprachen, Predigten und Trinksprüche Wilhelms II., 2. Aufl., (dtv) München 1977, S. 89; **173.Q1** Zit. nach Geschichte lernen 54/1996 (Friedrich Verlag), S. 24; **183.Q2** Zit. nach Franz Ansprenger: Kolonisierung und Entkolonisierung in Afrika. 3. Aufl., Klett, Stuttgart 1979, S. 8 f.; **189.Q2** Zit. nach The Last Will and Testament of Cecil J. Rhodes. Hrsg. von W. T. Stead. Review of Reviews Office, London 1902, S. 58 f., 98. Übers. von Peter Alter.; **189.Q3** Zit. nach Weiß auf schwarz. Kolonialismus, Apartheid und afrikanischer Widerstand. Hrsg. v. Manfred O. Hinz u. a. 2. Aufl. Elefanten Press, Berlin 1986, S. 116.; **189.Q4** Lutz van Dijk, Die Geschichte Afrikas, Frankfurt/M. 2004, S. 99 f.; **191.Q4** Carl Peters, Wie Deutsch-Ostafrika entstand, (Voigtländer) Leipzig 1912, S. 27ff.; **191.Q5** Alexandre Kum'a N'dumbe III. (Hg.), So war das bei der Zwangsarbeit … jetzt berichten afrikanische Zeitzeugen. Interview eines betagten Basaa Papa Pegha André über die deutsche Kolonialzeit, Éditions AfricAvenir, Wien 2018, Transkription Basaa und Übersetzung ins Französische: Njock David Andrè unter der Supervision von Clédor Nseme, Übersetzung ins Deutsche: David Andrè Njock, Clédor Nseme, Peter Sondermeyer, S. 218 f.; **193.Q2** Zit. nach: Marie-Luise Baumhauer, Imperialismus, (Beltz) Weinheim/Basel 1978, S. 36 (übers. v. Marie-Luise Baumhauer, Silvia Kurze, Dieter Hein); **193.Q3** Brief v. 2.10.1904, zit. nach: Martha Mamozai, Herrenmenschen. Frauen im deutschen Kolonialismus, (Rowohlt) Reinbek 1982, S. 36; **195.Q3** Lorenz Narku Laing, „Weniger Rassismus bedeutet mehr Freiheit für alle“, Interview v. Florian J. Haamann, SZ.de v. 19.06.2020, unter: https://www.sueddeutsche.de/muenchen/fuerstenfeldbruck/rassismus-antidiskriminierung-strukturelle-ungleichheit-1.4941520 (Zugriff: 26.6.20); **195.Q4** Andrea Böhm, Wir ewigen Rassisten, ZEIT ONLINE v. 18.06.2020, unter: https://www.zeit.de/gesellschaft/2020-06/rassismus-in-europa-kolonien-geschichte-verdraengung-sklaverei/komplettansicht (Zugriff: 26.6.2020); **203.Q2** Zit. nach: Erwin Hölzle (Hg.), Quellen zur Entstehung des Ersten Weltkrieges. Internationale Dokumente 1901–1914, (Wissenschaftliche Buchgesellschaft) Darmstadt 1978, S. 76 (Bearb. d. Verf.); **203.Q3** Zit. nach: Rolf Eckart (Hg.), Das Zeitalter des Imperialismus. Kaiserreich und Erster Weltkrieg 1871–1914 (Lesewerk zur Geschichte, Bd. 8), München: Goldmann, 1968, S. 118; **207.D1** „Dieser Krieg hat das ganze Jahrhundert entstellt“, Thilo Kößler im Gespräch mit Christopher Clark, Interview im Deutschlandfunk am 20. Januar 2014, zit. nach: http://www.deutschlandfunk.de/interview-mit-christopher-clark-dieser-krieg-hat-das-ganze.724.de.html?dram:article_id=275077 (Zugriff: 9.8.2017); **207.D2** Volker Ullrich, Nun schlittern sie wieder. Mit Clark gegen Fischer: Deutschlands Konservative sehen Kaiser und Reich in der Kriegsschuldfrage endlich rehabilitiert, zit.nach: ZEIT-Online vom 24. Januar 2014, http://www.zeit.de/2014/04/erster-weltkrieg-clark-fischer (Zugriff: 9.8.2017); **209.Q3** Zit. nach: Philipp Witkop (Hg.), Kriegsbriefe gefallener Studenten, (Albert Langen/Georg Müller) München 1928, S. 90; **211.D2** aus: Philip Bauer: Der erste Weltkrieg. Vorgeschichte und Ausbruch, Redaktion: Bayerische Landeszentrale für politische Bildungsarbeit, http://www.blz.bayern.de/blz/web/erster_weltkrieg/7.html (Zugriff: 16.11.2017); **215.Q2** Erich Maria Remarque, Im Westen nichts Neues, (Kiepenheuer & Witsch) Köln 1998, S. 261 f.; **219.Q2** Wladimir I. Lenin, Ausgewählte Werke in drei Bänden, Bd. 2., (Dietz) Berlin (Ost) 1978, S. 37ff. Bearb. d. Verf.; **219.Q3** Zit. nach: Herbert Michaelis/Ernst Schraepler (Hg.), Ursachen und Folgen, Bd. 1: Die Wende des ersten Weltkrieges und der Beginn der innerpolitischen Wandlung 1916/1917, (Dokumenten-Verlag Wendler) Berlin o.J. [1959], S. 167 f.

Abbildungsnachweis

Umschlag Getty Images, München (AFP/Vincenzo Pinto); **5–8** Wieland, Tobias, Celle; **10** akg-images, Berlin (Michael Foedrowitz); **12–13** Wieland, Tobias, Celle; **14.Q1** akg-images, Berlin; **16.D1** Wieland, Tobias, Celle; **17.Q1** akg-images, Berlin; **18.D1** Müller, Lutz-Erich, Leipzig; **19** Lohß, Sandy, Chemnitz; **20.D1** Müller, Lutz-Erich, Leipzig; **20.D2** Lohß, Sandy, Chemnitz; **21.D1** Wieland, Tobias, Celle; **22.Q1** akg-images, Berlin; **23.Q2** ullstein bild, Berlin (Granger, NYC); **24.Q1** Picture-Alliance, Frankfurt/M. (dpa/Felix Kästle); **25.D2** Müller, Lutz-Erich, Leipzig; **26.D1** Wieland, Tobias, Celle; **27.D2** Wieland, Tobias, Celle; **27.Q3** akg-images, Berlin; **28.Q1** akg-images, Berlin; **29.D1** Lutz-Erich Müller, Leipzig; **30.D1** Wieland, Tobias, Celle; **31.Q2** F1online digitale Bildagentur, Frankfurt (Imagebroker RM); **31.Q3** Bäckerei Pfeifle, Freiburg/Foto: Andreas Gerhardt, Freiburg; **32.Q1** akg-images, Berlin; **33.D1** Lohß, Sandy, Chemnitz; **33.Q3** Getty Images Plus, München (Photodisc/Peter Dazeley); **34.Q1** akg-images, Berlin (Ms. fr. 2810, fol. 44 r. Paris, Bibliothèque Nationale); **35.D1** Ernst Klett Verlag GmbH, Stuttgart; **36** Ernst Klett Verlag GmbH, Stuttgart; **37** Wieland, Tobias, Celle; **38.D1** Lohß, Sandy, Chemnitz; **39.Q2** BPK, Berlin (Lutz Braun/Bayerisches Nationalmuseum); **40.D1** Lohß, Sandy, Chemnitz; **41.Q1** Bridgemanimages.com, Berlin (Giraudon); **43.Q1** Universitäts- und Landesbibliothek, Darmstadt, Hs 1971, Bd. 23, fol.122; **43.Q4** BPK, Berlin (Dietmar Katz); **44.D1** Ernst Klett Verlag GmbH, Stuttgart; **45.Q3** akg-images, Berlin (British Library); **46** laif, Köln (Polaris/Ziv Koren); **47.D1** Ernst Klett Verlag GmbH, Stuttgart; **48** Wieland, Tobias, Celle; **50** Aufnahme vom Festspiel-Filmset für „Luther – Der Anschlag", 67. Bad Hersfelder Festspiele, 2017 (c) Osthessen/News – Foto: Harald Ernst. Mit freundlicher Genehmigung der Bad Hersfelder Festspiele; **52/53** Wieland, Tobias, Celle; **54.Q1** akg-images, Berlin (Erich Lessing); **55.Q2** Interfoto, München (Alinari); **55.Q3** JupiterImages photos.com, Tucson, AZ (photos.com); **56.Q1** Picture-Alliance, Frankfurt/M. (Costa/leemage); **57.Q4** akg-images, Berlin; **57.Q5** BPK, Berlin (The Trustees of the British Museum); **58.Q1** akg-images, Berlin; **59.D1** Lohß, Sandy, Chemnitz; **60.D1** Ernst Klett Verlag GmbH, Stuttgart; **60.Q1** ShutterStock.com RF, New York (yingko); **61.Q2** BPK, Berlin (Alfredo Dagli Orti); **62.D1 und D2** Ernst Klett Verlag GmbH, Stuttgart; **64.D1** creanovo – motion & media design GmbH, Axel Kempf, Hannover; **64.Q1** akg-images, Berlin; **65.D1** Heiter, Maria, Düsseldorf (Schülerarbeit); **66.Q1** Interfoto, München (PHOTOAISA/M.C.Esteban); **67.D1** akg-images (Agostini/G. Dagli Orti), Berlin. (c) Banco de México Diego Rivera Frida Kahlo Museums Trust/VG Bild-Kunst, Bonn 2023 [Diego Rivera: The Great City of Tenochtitlan]; **67.Q3** Bridgemanimages.com, Berlin; **68.D1** Ernst Klett Verlag GmbH, Stuttgart; **69.Q2** ullstein bild, Berlin (Granger, NYC); **70.Q1** Picture-Alliance, Frankfurt/M. (dpa/NTB/Scanfoto code 025); **71.D1** Ernst Klett Verlag GmbH, Stuttgart; **72.Q1** Picture-Alliance, Frankfurt/M. (NurPhoto/Giulia Spadaforo); **73.D1** toonpool.com, Berlin (Kostas Koufogiorgos); **73.Q2** Picture-Alliance, Frankfurt/M. (empics/Ben Birchall); **74.Q1** akg-images, Berlin; **75.D1** Lohß, Sandy, Chemnitz; **75.D2** Schwarwel, Leipzig; **76.Q1 li** akg-images, Berlin; **76.Q1 re** Alamy stock photo, Abingdon (Paul Fearn); **77.D1** Picture-Alliance, Frankfurt/M. (dpa/Daniel Karmann); **77.Q2** akg-images, Berlin; **77.Q3** BPK, Berlin; **78.D1** Wieland, Tobias, Celle; **79.D3** Ernst Klett Verlag GmbH, Stuttgart; **80.Q1** akg-images, Berlin; **81.D1** Ernst Klett Verlag GmbH, Stuttgart; **82.Q1** akg-images, Berlin; **83.D1** Ernst Klett Verlag GmbH, Stuttgart; **84** Wieland, Tobias, Celle; **86** ddp images GmbH (Capelight Pictures), Hamburg. Aus dem Film: Leb wohl, meine Königin/Les adieux à la reine, R: Benoit Jacquot, 2011; **88/89** Wieland, Tobias, Celle; **90.Q1** Interfoto, München (National Maritime Museum, London); **90.Q2** akg-images, Berlin (Château et Trianons, Versailles/Jean-Claude Varga); **91.Q4** Mauritius Images, Mittenwald (Universal Images Group North America LLC/DeAgostini/Alamy Stock Foto); **91.Q5** ullstein bild, Berlin (Euroluftbild.de); **92.Q1** BPK, Berlin (RMN - Grand Palais/Angèle Dequier); **93.D2** Wieland, Tobias, Celle; **94.Q1** ullstein bild, Berlin (Granger, NYC); **95.D1** Lohß, Sandy, Chemnitz; **96.D1** ShutterStock.com RF, New York (Yuriy Boyko_Ukraine); **96.D2** ShutterStock.com RF, New York (BigAlBaloo); **96.oben** Ernst Klett Verlag GmbH, Stuttgart; **97.Q1** ullstein bild, Berlin; **97.Q2** akg-images, Berlin (North Wind Picture Archives); **98.Q1** akg-images, Berlin; **99.D1** Lohß, Sandy, Chemnitz; **99.D2 und D3** Lohß, Sandy, Chemnitz; **100.Q1** Bridgemanimages.com, Berlin (Photo Josse/Castles of Versailles and Trianon); **101.Q2** akg-images, Berlin; **102.Q1** BPK, Berlin (RMN – Grand Palais/Agence Bulloz); **103.Q2** akg-images, Berlin (Bibliothèque Nationale Paris); **104.Q1** akg-images, Berlin (Musée Carnavalet, Paris/Erich Lessing); **105.Q2** Picture-Alliance, Frankfurt/M. (EPA/Clemens Bilan); **105.Q5** Alamy stock photo, Abingdon (ART Collection); **106.Q1** akg-images, Berlin (Nimatallah); **107.D1 und D2** Lohß, Sandy, Chemnitz; **108.Q1** ullstein bild, Berlin (Musee Carnavalet, Paris/brandstaetter images); **109.Q1 links** akg-images, Berlin (Bibliothèque Nationale Paris); **109.Q1 rechts** Bridgemanimages.com, Berlin (NPL – DeA Picture Library/Cabinet des Arts Graphiques, Hôtel Carnavalet, Paris); **110.Q1** akg-images, Berlin (Erich Lessing); **111.Q2** akg-images, Berlin (Erich Lessing); **112** Wieland, Tobias, Celle; **114** ullstein bild, Berlin (Sylent Press); **116** Wieland, Tobias, Celle; **117** Wieland, Tobias, Celle; **118.D1** Ernst Klett Verlag GmbH, Stuttgart; **119** Wieland, Tobias, Celle; **119.D2** Ernst Klett Verlag GmbH, Stuttgart; **120.Q1** akg-images, Berlin; **121.D1** Ernst Klett Verlag GmbH, Stuttgart; **122.Q1** akg-images, Berlin; **123.Q3** akg-images, Berlin; **124.D1** Wieland, Tobias, Celle; **124.Q1** akg-images, Berlin (Scanpix Ritzau/Keld Navntoft); **126.D1** Ernst Klett Verlag GmbH, Stuttgart; **127.Q2** akg-images, Berlin (Sammlung Archiv für Kunst und Geschichte); **128.Q1** akg-images, Berlin; **129.Q4** akg-images, Berlin (Sammlung Archiv für Kunst und Geschichte); **130.Q1** BPK, Berlin (Dietmar Katz); **131.Q2** Imago (Reiner Zensen), Berlin. (c) VG Bild-Kunst, Bonn 2023 [Ludwig Gies: Bundesadler]; **132.D1** Ernst Klett Verlag GmbH, Stuttgart; **133.Q1** akg-images, Berlin; **134.D1** Lohß, Sandy, Chemnitz; **135.Q3** BPK, Berlin; **136.Q1** ullstein bild, Berlin; **137.Q2** akg-images, Berlin; **137.Q4** https://creativecommons.org/licenses/by-sa/4.0/deed.de, Mountain View (Peter Schmelzle); CC-BY-SA-4.0 Lizenzbestimmungen: https://creativecommons.org/licenses/by-sa/4.0/legalcode, siehe *3; **138** Wieland, Tobias, Celle; **140** Foto-Montage: Klett-Archiv (Lorenz Steinert), Stuttgart/Filmstill: Picture-Alliance (Everett Collection), Frankfurt (aus dem Film: Moderne Zeiten, Regie: Charlie Chaplin, 1936); **142/143** Wieland, Tobias, Celle; **144.Q1** BPK, Berlin; **145.D1** Lohß, Sandy, Chemnitz; **145.Q3** BPK, Berlin; **146.Q1** DB Museum, Nürnberg; **147.D1** Ernst Klett Verlag GmbH, Stuttgart; **148.D2** Lohß, Sandy, Chemnitz; **149.D3** Lohß, Sandy, Chemnitz; **150.Q1** akg-images, Berlin; **151.D1** Jäckel, Diana, Erfurt; **151.Q3** Interfoto, München; **152.D1** Lohß, Sandy, Chemnitz; **153.Q1** BPK, Berlin; **153.Q2** BPK, Berlin; **154.Q1** Picture-Alliance, Frankfurt/M. (Peter Kneffel/dpa); **155.D1** Lohß, Sandy, Chemnitz; **156.Q1** BPK, Berlin; **157.Q4** akg-images, Berlin; **158.Q1** akg-images, Berlin (Urs Schweitzer); **159.D1** Schaar, Wolfgang, Grafing; **160.Q1** Picture-Alliance, Frankfurt/M. (Bildagentur-online/Celeste); **161.D2** Lohß, Sandy, Chemnitz; **162.Q1** BPK, Berlin; **163.Q2** akg-images, Berlin; **163.Q4** Picture-Alliance, Frankfurt/M. (SZ Photo/Jürgen Heinrich); **165.M2** akg-images, Berlin; **165.Q3** akg-images, Berlin; **166.Q1** Stöckle, Wilhelm, Weinstadt; **167.Q4** akg-images, Berlin (Heritage Images/Fine Art Images); **168.Q1** BPK – Bildarchiv Preußischer Kulturbesitz, Berlin; **169.Q3** akg-images, Berlin; **170.Q1** Bridgemanimages.com, Berlin (Archives Charmet); **171.Q2** akg-images, Berlin; **172.D1** Wieland, Tobias, Celle; **173.D2** Müller, Lutz-Erich, Leipzig; **173.Q2** akg-images, Berlin; **173.Q3** akg-images, Berlin (IAM); **174.Q1** akg-images, Berlin; **174.Q2** Interfoto, München (Granger, NYC); **175.Q3** akg-images, Berlin; **176** Wieland, Tobias, Celle; **178** Picture-Alliance, Frankfurt/M. (Sueddeutsche Zeitung Photo/Claus Schunk); **180/181** Wieland, Tobias, Celle; **182.Q1** akg-images, Berlin (De Agostini Picture Lib./A. Dagli Orti); **183.Q3** akg-images, Berlin (André Held); **184.Q1** ullstein bild, Berlin (Granger, NYC); **186.D1** Ernst Klett Verlag GmbH, Stuttgart; **188.Q1** akg-images, Berlin (Peter Weiss); **188.Q1** akg-images, Berlin; **190.Q1** Schwäbischer Verlag GmbH, Ravensburg (Benjamin Wagener); **190.Q2** IMAGO, Berlin (Marcel Lorenz); **190.Q3** Picture-Alliance, Frankfurt/M. (Daniel Bockwoldt/dpa); **191.Q6** akg-images, Berlin; **192.Q1** akg-images, Berlin; **193.Q4** Picture-Alliance, Frankfurt/M. (dpa/Johannes Schmitt-Tegge); **194.Q1** Picture-Alliance, Frankfurt/M. (Geisler-Fotopress); **194.Q2** toonpool.com, Berlin (Guido Kuehn); **196** Wieland, Tobias, Celle; **198** All quiet on the Western Front, R: Delbert Mann, USA 1979 (c) Alamy Images Ltd. (Moviestore collection Ltd), Abingdon; **200/201** Wieland, Tobias, Celle; **202.D1** Ernst Klett Verlag GmbH, Stuttgart; **202.D2** Ernst Klett Verlag GmbH, Stuttgart; **203.Q1** akg-images, Berlin; **204.D1** Ernst Klett Verlag GmbH, Stuttgart; **205.D2** Schaar, Wolfgang, Grafing; **206.Q1** ullstein bild, Berlin; **207.Q2** akg-images, Berlin; **208.Q1** Deutsches Historisches Museum, Berlin (I. Desnica); **209.D1** Ernst Klett Verlag GmbH, Stuttgart; **209.Q2** BPK, Berlin (BnF, Dist. RMN-GP); **210.Q1** BPK, Berlin (Franz Tellgmann); **212.D2** Wieland, Tobias, Celle; **213.D1** Ernst Klett Verlag GmbH, Stuttgart; **213.Q2** akg-images, Berlin (Gebr. Haeckel); **215.D2** Ernst Klett Verlag GmbH, Stuttgart; **215.Q1** Süddeutsche Zeitung Photo, München (SZ Photo); **216.Q1** Interfoto, München (Mary Evans); **217.D1** Ernst Klett Verlag GmbH, Stuttgart; **217.Q2** BPK, Berlin; **219.D1** Schaar, Wolfgang, Grafing; **220** Wieland, Tobias, Celle; **264–267** Oser, Liliane, Hamburg;

*3 Lizenzbestimmungen zu CC-BY-SA-4.0 siehe: http://creativecommons.org/licenses/by-sa/4.0/legalcode

MB Hinweise zum Recherchieren im Internet

Das Internet bietet eine fast grenzenlose Menge an Informationen – auch zu geschichtlichen Themen. Doch das Aufspüren von richtigen und verständlichen Inhalten ist nicht einfach. Die folgenden Schritte können dir dabei helfen.

Schritt 1: Vorbereitung

- Thema: Wie heißt das Thema, zu dem du etwas suchst? Fasse es nicht zu weit (nicht „Renaissance“, sondern z. B. „Kunst der Renaissance“).
- Fragestellung: Nachdem du dein Thema eingegrenzt hast, formuliere jetzt eine „Forschungsfrage“, die du beantworten willst (z. B. „Was sind typische Merkmale der Kunst in der Renaissance?“).
- Suchbegriffe: Überlege dir nun Suchbegriffe, die gut zu dieser Forschungsfrage passen (z. B. „Merkmale Kunst Renaissance“)

WICHTIG: Nimm dir für diesen Schritt Zeit – mit geeigneten Suchbegriffen erzielst du ein besseres Ergebnis.

Schritt 2: Suche und Auswahl

- **Mit Suchmaschinen:** Gib deine Suchbegriffe in eine oder besser mehrere Suchmaschinen ein (z. B. „blinde-kuh“, „helles-koepfchen“, „duckduckgo“ oder „ecosia“)
- **Mit Wissens-Webseiten:** Besuche auch Webseiten, die geschichtliches Wissen gut verständlich darstellen (z. B. „Kinderzeitmaschine“ oder „Planet Wissen“). Gib deine Suchbegriffe dort in die Suchleiste ein.
- **Vorsicht mit Wikipedia:** Die Texte dort sind oft kompliziert und sehr lang. Außerdem kann man sich nicht immer auf ihre Richtigkeit verlassen.

WICHTIG: Schau dir die Suchergebnisse genau an – nicht immer sind die ersten Treffer die besten!

Schritt 3: Bewerten

- Passen die Ergebnisse jeweils zu deiner Forschungsfrage?
- Sind die Inhalte überhaupt verständlich?
- Sind die Informationen glaubwürdig? Die folgende Checkliste hilft dir dabei, das herauszufinden:
  - Nutze und vergleiche mehrere Internetseiten: Stimmen die Informationen überein?
  - Überprüfe, wer hinter der Internetseite steckt. Diese Information findest du z.B. im „Impressum" oder unter „Wir über uns".
  - Welchem Zweck dient die Seite? Will jemand einseitige oder falsche Informationen verbreiten oder wird sachlich informiert?
  - Soll etwas verkauft werden (= Werbung)?
  - Stimmt die Rechtschreibung? Sind die Bilder passend und von guter Qualität? Ist die Seite kürzlich aktualisiert worden?
  - Versuche herauszufinden, ob die Informationen aktuell sind.

WICHTIG: Diesen Schritt ernst nehmen – nicht alle Informationen im Internet sind vertrauenswürdig!

Schritt 4: Verarbeiten der Informationen

- Nutze die Informationen, die du ausgewählt hast, und erstelle damit ein eigenes Produkt (z.B. Text, Präsentation, Plakat, Audio, Videobeitrag).
- Dabei reicht es nicht aus, die Inhalte aus dem Internet einfach nur zu kopieren. Du musst sie bearbeiten und einen sinnvollen Zusammenhang zwischen ihnen herstellen.
- Wenn du Inhalte aus dem Internet übernimmst, musst du immer die Herkunft (= Quelle) angeben. Dazu gehören die Internetadresse und das Datum, an dem du die Seite aufgerufen hast.
- Zitierst du einen Text wörtlich, so muss dieses Zitat gekennzeichnet sein (z.B. Anführungszeichen). Es sollte nicht zu lang sein – es geht ja darum, einen eigenen Gedankengang zu belegen. Kürzungen eines Zitats müssen so gekennzeichnet sein: (...). Kürzungen dürfen den Text nicht „entstellen", d.h. der Sinn darf dadurch nicht verändert werden.

TIPP: Auf der Seite „internet-abc" findest du weitere Hinweise, wie du im Internet verlässliche Informationen finden kannst.

Hinweise für das Lösen der Aufgaben

SP *Sprachtipps, die dir beim Formulieren der Antworten helfen, sind hier blau hervorgehoben.*

Anforderungsbereich I

Arbeite heraus	Du liest einen Text oder schaust ein Material unter einer bestimmten Fragestellung an. Du gibst die wichtigsten Gedanken dazu mit deinen Worten wieder. • *In dem Text/Bild geht es um …* • *Der Maler stellt dar, wie …* • *Die Autorin ist der Ansicht, dass …*
Beschreibe	Du sagst/schreibst auf, was du in einem Material zu einem Thema erkennst. • *Ich sehe/erkenne …* • *Das Material/Bild zeigt…* • *Im Vordergrund befindet sich …* • *Davor/dahinter/neben …* • *Zuerst …, dann …, danach …*
Fasse zusammen	Du liest einen Text und schreibst das Wichtigste kurz auf. • *… lässt sich so zusammenfassen: …* • *Die wichtigsten Aspekte sind: …* • *Die Kernbotschaft lautet: …*
Gib wieder	Du suchst aus einem oder mehreren Texten nach wichtigen Aussagen/Informationen und wiederholst diese. • *Die wichtigste Aussage lautet: „…“* • *Der Autor schreibt, dass …* • *Die Rednerin spricht von …*
Liste auf/Stelle zusammen	Du schreibst Informationen in Kurzform auf: z.B. in kurzen Sätzen, nach Oberbegriffen geordnet, in Stichworten oder in einer Tabelle. *Beispiel Ötzis Ausrüstung:* • *Kleidung: Grasmantel, Bärenfellmütze, …* • *Waffen: Pfeile, …* • *Werkzeuge: …*
Nenne/Zähle auf	Du entnimmst einem Text oder einem anderen Material einzelne Aussagen und ordnest sie sinnvoll. *1. Folgende Punkte kann ich nennen: …* *2. … heißt …* *3. … wird … genannt.*
Ordne zu	Du sortierst Informationen unter Überschriften oder Oberbegriffe. • *… passt zu/gehört zu …* • *… lässt sich einteilen in …*
Stelle gegenüber	Du beschreibst die Unterschiede zwischen zwei Bildern, Aussagen oder Sachverhalten, ohne sie zu kommentieren oder zu bewerten. • *Autor A behauptet, …* *Autorin B dagegen spricht von …* • *Im Bild links ist … zu sehen.* *Ganz anders im Bild rechts: …*

Anforderungsbereich II

Analysiere	Du untersuchst ein Material oder einen Sachverhalt umfassend nach vorgegebenen oder selbst gewählten Aspekten und stellst deine Ergebnisse begründet dar. • *Betrachtet man …, dann …* • *Folgende Merkmale lese ich ab: …* • *Daraus geht hervor, dass …* • *Besonders wichtig ist …*
Erkläre/Begründe	Du äußerst dich ausführlich zu Abläufen, Ereignissen, Zuständen oder Handlungen von Personen und suchst nach Gründen dafür. Diese Zusammenhänge formulierst du dann mit eigenen Worten. • *Dies kann man erklären mit …* • *Es bedeutet, dass …/Das heißt, …* • *Da/Weil/Aufgrund von …*
Erläutere	Du stellst Sachverhalte oder Handlungen ausführlich dar. Dabei entscheidest du selbst, was du für besonders wichtig hältst und du demzufolge sehr genau darlegst, was du nur kurz erwähnst oder was du weglassen willst. • *Infolge von …, sodass …* • *Zum Beispiel …*
Finde heraus	Du suchst in verschiedenen Materialien eine Antwort auf eine Frage oder die Lösung eines Problems. Du formulierst das Ergebnis mit deinen Worten. • *Folgende Informationen konnte ich finden: …* • *Ich habe herausgefunden, dass …*
Ordne ein	Du stellst Sachverhalte oder Positionen in einen größeren thematischen Zusammenhang. • *… hängt zusammen mit …* • *Man kann … diesem Aspekt zuordnen.*
Prüfe	Du vergleichst Informationen aus den Materialien mit dem, was du schon weißt. Du stellst fest, ob beides übereinstimmt oder sich widerspricht. • *Anhand der Informationen kann ich (nicht) bestätigen, dass …*
Vergleiche	Du stellst unterschiedliche Aussagen/Informationen gegenüber und findest heraus, worin sie sich gleichen, ähnlich sind oder sich völlig unterscheiden. • *Im Vergleich zu …* • *Es gibt viele Ähnlichkeiten: …* • *Im Gegensatz zu …*